江西当代文学史

（1978—2018）

李洪华 著

百花洲文艺出版社
BAIHUAZHOU LITERATURE AND ART PRESS

图书在版编目（CIP）数据

江西当代文学史：1978—2018 / 李洪华著. —— 南昌：
百花洲文艺出版社, 2023.7（2023.10重印）
ISBN 978-7-5500-4567-5

Ⅰ.①江… Ⅱ.①李… Ⅲ.①地方文学史 – 江西 – 1978—2018
Ⅳ.①I209.956

中国版本图书馆CIP数据核字（2021）第269469号

江西当代文学史（1978—2018）

李洪华　著

出 版 人	陈　波
责任编辑	胡青松
书籍设计	张诗思
制　　作	何　丹
出版发行	百花洲文艺出版社
社　　址	南昌市红谷滩世贸路898号博能中心一期A座20楼
邮　　编	330038
经　　销	全国新华书店
印　　刷	江西润达印务有限公司
开　　本	710mm×1000mm 1/16　　印张 25.5
版　　次	2023年7月第1版
印　　次	2023年10月第2次印刷
字　　数	350千字
书　　号	ISBN 978-7-5500-4567-5
定　　价	56.00元

赣版权登字　05-2021-481
版权所有，盗版必究

邮购联系　0791-86895108
网　　址　http://www.bhzwy.com
图书若有印装错误，影响阅读，可向承印厂联系调换。

回顾以前瞻

——序《江西当代文学史（1978—2018）》

刘 华

这是一部直面当下、瞻望未来的文学史，一部会成长的文学史。

它所回顾的历史，其实并不长，甚至，放在历史长河中远眺，那只是短短一截粼粼波光而已，1978年至2018年，此书将时间跨度定义为"近四十年"。近四十年，却是江西文学崛起、发展并走向繁荣的至关重要的时期。

伴随着思想解放和改革开放的春风，江西文学与中国文学一道迎来生机勃发的新时期，把新时期初始的80年代概括为"江西文学的崛起阶段"，再恰切不过了。而崛起的重要标志，便是题材的广泛多样。在这里，题材话题不仅仅是相对过去三十年革命历史题材创作"独领风骚"的状况而言，更重要的是，江西文学的进步恰恰是由作家们摆脱模式化、政治化的束缚，获得选择题材的极大勇气和宽阔空间，突破一个个"禁区"，一大批中青年作家携着反映现实生活的力作崛起于文坛而开始的。

文学崛起的80年代，表现最为活跃并取得丰硕成果的是小说创作。江西作家立足生活的土壤，虽依然不乏对革命历史的钟情，但更多的笔墨开始倾注于自己对社会的关注、对现实的热情上。他们坚持现实主义精神和创作方法，写真实，含真意，表真情，作品多有对现实问题的种种思考、对人生忧患和人的生存状态的深沉描述、对生命价值的弘扬和追求、对变革现实和改造环境的热烈进取。红土地上的丘陵山冈不再是局囿视野的屏障，而成为作家审视现实、把握时代的坚实支点。正如此书作者李洪华所言："江西小说创作在题材内容上不断开拓，在艺术风格上更趋多元，尤其是在乡土小说创作和革命历史书写方面形成了'两峰并峙'的局面，并在全国产生了一定的影响。"同样，诗人的思维空间也获得了前所未有的拓展，主体意识不断强化，诗的表现对象呈现出多样化趋势，改变了以革命历史题材为主导的传统，日月星辰与自然山水、历史痕迹与现实生相、心灵真实的想象与迷离的幻觉，都在诗人笔下得到生动酣畅的表现。报告文学紧跟时代步伐，及时反映改革开放过程中出现的各种社会问题或典型人物，创作出多部有社会影响的作品。一批实力强劲的儿童文学作家，则以不凡的创作实绩，推动了江西儿童文学创作的长足进步。

我曾把90年代概括为：江西文学的稳健发展阶段。随着改革开放的深入，生产力的进一步解放，文学事业获得了进步和繁荣的新机遇，社会转型时期丰富复杂的现实生活和同样丰富微妙的心灵世界，为作家提供了纵横笔墨的广阔天地，文学创作日益呈现出日常化、个人化发展的多元共生局面。与此同时，文学又遭遇到令其相当困窘的挑战。这种挑战不啻是对文学信念的淘洗和净化。对于怀揣"文学赣军"的愿望而集结、正在逐渐成长壮大的江西文学队伍来说，更是严峻的考验。令人欣慰的是，这支队伍中的大多数，面对滚滚商潮的诱惑和冲击，依然矢志不移地实践文学理想，保持甘于清贫和寂寞的创作心境，辛勤耕耘，锐意创造，匠心营构自己的精神家园。

回顾90年代的文学，我以为，姹紫嫣红的个性张扬是这一阶段最为动人的风景。老一辈作家笔锋犹健，不断有新作问世；崛起于新时期以来的中青年作家、诗人日臻成熟，成为推动文学持续发展的中坚力量，这一阶段的代表作品多出自他们的手笔。如李洪华所言："素来稳健持重的江西文学不断突破局限，开拓视野，贴近生活，塑造个性，不但立足于赣鄱大地，书写了独具魅力的本土文化，而且开始走向全国，成为当代文坛一道不可忽视的亮丽风景。"是的，在这一阶段，审美风格和文学技巧的异彩纷呈，是以前无法比拟的。作家的个性追求，与坚执的文学信念、沉着的创作态度相对应，呈示出稳健的特征。这批中青年作家勇于探索和创新，力图标新立异，但他们新异的个性一般建构在对社会对人生的独特思考之上。江西文学充溢的现实主义精神和在形式、风格、手法、语言等方面丰富发展的个性化书写，颇可以说明，在文坛"实验场"式的众声喧哗中，江西作家冷静地思辨着、甄别着，理智取舍而不随波逐流，大胆创新而不哗众取宠。个性追求的稳健，还突出地体现为坚持自我，在坚持之中学习、借鉴，在坚持之中不断调整，从而丰富自我、超越自我。

进入新世纪，江西文学进入了走向繁荣的新阶段。我以为，这一新阶段以一批出手不凡的新人闪亮登场，甚至集体亮相为显著特征，与之紧密相伴的突出进步，主要表现在以下方面：小说创作在生活的广度、思想的深度和艺术的高度等方面取得可喜成就；关注底层生活、充溢人文气韵、追求诗性品格、呈现多样面貌的江西"散文热"，悄然酝酿于90年代，欣然勃发于这一时期，以致形成全国关注的"江西散文现象"；诗歌呈现出群体崛起的发展态势，江西诗群形象日益清晰；网络文学异军突起，发展强劲，成绩斐然。正如本书的表述："一大批中青年作家成为江西文学创作的生力军，无论是题材内容还是艺术风格，都呈现出'千山竞秀'的文学景观。"

所谓"直面当下"，乃指这部文学史的研究对象，重点是江西文学当下的创作、当下的作家，这些作家中的绝大多数仍然是当下江西文学的在场者。尤其值得关注的是，李洪华在铺展江西近四十年的创作史时，对当下创作活跃、成就突出的中青年作家给予了足够的重视，被其列为重要作家以专节评述的，多达三十人左右，其中多为"70后""80后"。由此可见，这的确是一部会成长的文学史。

这是一部回顾发展、启示现今的文学史，一部有愿景的文学史。

江西作家是可敬的一代又一代、一群又一群，他们勤恳、奋勉、诚实，尤为可贵的是，他们同行相友、相亲，相互发现并相互喝彩，共同营造了矢志笔耕、砥砺前行的良好氛围。回望近四十年的发展历程，可以清晰地看到江西作家与时代和人民一道前进的身影。正确地理解自己所处的时代和社会，透过错综复杂的社会现象和现实矛盾，准确地把握时代的脉搏，生动反映、深刻揭示生活的本质，改善人的情感生活，完善人的道德理想，护卫人的精神价值，始终被他们视作天职和使命。出于固守的社会责任感和文学精神，江西作家不乏贴近现实、关注时代的热情，江西创作也不乏反映变革生活的火灼之作。然而，由作家的思维路径、价值趋向、判断角度来看，他们真诚地拥抱时代却不浮躁，自觉地投入现实却不趋时媚俗，他们的创作态度是严谨的，绝少游戏感也绝少轻浮状，整体上显示出一种庄重的风度。江西作家长于对社会、人生作冷静的思考，力图以独特的思想映照现实叩问历史开掘生活的底蕴，他们沉着地表现当代人的生存状态、生活命运和情感生活，执意于追寻人生价值，探究人的灵魂世界。江西作家的沉着大约与传统的集体心理有关，这种沉着，虽有其负面影响，比如多了几分稳重因而少了几分激越，多了几分淳厚因而少了几分敏锐，然而，沉着，无疑是成就无愧时代的大气之作所必需的。

从"独领风骚"到"两峰并峙"，再到"千山竞秀"，正是江西当代文学留下的鲜明的创作史轨迹。探访这条轨迹，不难发现文学工作对于"史"的意义。比如，曾经并峙着的"双峰"，即乡土小说创作和革命历史书写，无疑，它们的耸立主要得益于作家的努力，然而，与省文联、省作协的长期培育不无关系。江西于20世纪80年代初期直至2011年，先后三次召开有规模、上档次的全国革命历史题材创作研讨会，《星火》甚至一度改为革命历史题材创作专刊。至于农村题材创作，则始终在80年代的文学工作视野内，省作协和《星火》多次召开研讨会并予以大力扶持；又如，诞生于60年代初期的谷雨诗会，"文革"中断后于1980年恢复，一年一度，延续至今。江西谷雨诗会是一代代诗人起步的平台、成长的舞台、竞秀的讲台，而且，经年历久，它深刻影响了人民群众的文化生活，从而，由诗人的盛大节日蔓延发展为遍及江西大地的崭新的文化习俗；再如，"江西散文现象"之所以能够成为一道亮丽景象，理当归功于文学组织部门的齐心协力，省文联、省作协和江西散文学会以及有关报刊，频频开展散文研讨，既为江西散文造势，更为江西创作把脉，并通过组织采风、建立创作基地、出版创作丛书等各种举措，集结起一支实力整齐、人数众多、梯队呈现的创作队伍。"江西散文现象"的形成，为各种体裁的创作提供了有益启示，我甚至觉得，江西散文创作引人入胜的内在，比如，创新意识、现代意识和觉醒了的个性意识、多样意识，对于一向沉稳的江西文学来说，其意义也是不可小觑的；此外，我必须提及省文联、省作协面向新世纪举办的早春笔会，其现实背景是青黄不接（从80年代后期到90年代，离开江西的作家之多，恐后人难以想象，仅《星火》的重点小说作者便有二十位），笔会的主人公为全省的青年作者，包括不少已经搁笔的作者。而在二十年后，放眼望去，江西创作骨干队伍多有"早春面孔"。一次笔会，充其量只是一次集结，殊不知，它能唤醒，它有唤醒的力量。

回望来时路，有欢喜，有欣慰，也有遗憾和不安。放在中国当代文学整体格局中考察，毋庸讳言，江西作家的整体实力尚显薄弱，缺少在全国文坛具有重要影响的领军人物，缺少能够出现于全国性文学大奖的身影，小说创作后继乏人，等等。此书对诸多不尽如人意处的认识，也是江西文学界的共识，而且，这一共识几乎成了近四十年每每总结创作的老生常谈。所谓"不尽如人意处"，其实只是表象而已，它的内在一定是充足的、深刻的，一旦把那些因素挖掘出来，当是能够启人心智的。当然，无论作家、评论家，还是文学组织工作者，对此，每个人应该都有各自的答案。

或许可以说，这部书中的作家论，已经从各个侧面指向了答案，同时，也指向了江西文学的愿景。

这是一个人亲历且亲为的文学史写作，是有温度的文学史写作。

所谓"亲历"，指的是，近四十年来，此书作者李洪华一直置身于江西的文学现场，与江西文坛保持着紧密的联系，他大概是距离作家最近的评论家了，或者说，他就在一拨拨作家的中间，就在一场场活动的席间。长期以来，他始终是江西文学事业的一位参与者、建设者、思想者，而不仅仅是见证人，更不是旁观者。身为大学教授，在承担繁重的教学和科研任务之余，倾尽心力，去关注和思索中国文学的风云流变，来考察和审视江西文学的来龙去脉，以扎扎实实的担当来履行使命和责任，以辛勤耕耘的成果来表达热爱和追求，这样的评论家是值得尊敬的。

所谓"亲为"，指的是，这洋洋洒洒的三十多万字，全部出自李洪华手笔，它以深厚的文学理论学养为依托，以宽阔的中国当代文学视野为参照，以长期积累的江西文学研究为基础，以风格别具的文艺批评笔墨为手段，对近四十年的江西文学发展历史做出了真实的描述和科学的概括。这部时间跨度并不长的文学史，以作家论见长，或可窥见作者受囿于地方性、时间性的智慧和策略。其可贵之处在于，通读作者怀揣真挚情感的创作，不难看出，无论创作史的综述还是重要作家的评述，都是李洪华长期关注、倾心研究的结晶。尤其作家论部分，甚至可以清晰反映评论家与创作的距离，那是气息相通的距离，是一以贯之地贴近，所以，他才能对作家的成长轨迹、创作特色和作品价值做出真切描述和独到判断。

所以，李洪华让自己的文字有了温度。当然，正因为它是一个人的亲历且亲为的写作，难免受限于一个人所及而留下缺憾。不过，不要紧，记住——这是一部会成长的文学史。

目 录

绪论　　"崛起"的江西文学

　　江西自古便是"文章节义之邦"，诗歌昌盛之地，古代文学有着辉煌灿烂的成就。自东晋陶渊明开创中国山水田园诗派以来，至宋代晏殊、晏几道、欧阳修、曾巩、王安石、黄庭坚、杨万里、姜夔、周必大、文天祥等更是以传诵千古的诗文创造了江西文学辉煌灿烂的历史；在"朝士半江西"的明代，杨士奇等的"台阁体"诗和汤显祖的戏剧仍在延续江西文学的名望，正所谓"盖西江文事，若晋之霸业，世执牛耳"[①]。然而，近现代以来，江西文学逐渐变得迟滞和保守，明显黯淡于其他地域文学。新中国成立以来，江西当代文学走过了七十年的发展历程，前三十年江西文学虽然取得了一定的成绩，但是整体状况不容乐观，甚至在"文革前的十七年，我们仅出版过二部本省作者的长篇小说"[②]。十一届三中全会以后，随着改革开放的不断深入，中国社会经历了深刻的新旧转型，经济体制由"计划"转入"市场"，文化形态由"整一"走向"多元"，近四十年来江

---

　　① 李绂：《南园答问》，转引自吴海、曾子鲁主编：《江西文学史》，江西人民出版社2005年版，第2页。

　　② 中国作家协会江西分会：《江西文学的丰硕成果》，《江西新时期十年文学作品选·文学评论卷》，百花洲文艺出版社1990年版，第1页。

西文学取得了长足发展，按其历程大致可以分为三个阶段。80年代为江西文学的崛起阶段，伴随着思想解放和改革开放的展开，江西文学与全国文学一道迎来了生机勃发的新时期，无论是创作队伍还是文学实绩都较此前有了显著的变化；90年代为江西文学的深入发展阶段，随着市场经济制度的确立和多元文化形态的形成，江西文学取得了进一步发展，小说、诗歌、散文、儿童文学、纪实文学等诸多文学领域都涌现出一批代表性的作家作品；新世纪以来为江西文学的繁荣时期，一大批中青年作家成为江西文学创作的生力军，无论是题材内容还是艺术风格，都呈现出"千山竞秀"的文学景观，尤其是在散文、诗歌和网络文学创作方面形成了具有鲜明特色的"江西现象"。

一

1977年8月中共第十一次代表大会正式宣布历时十年的"文化大革命"结束，并把"文革"结束后的中国社会称为"社会主义革命和建设的'新时期'。1978年12月中共十一届三中全会彻底否定了"两个凡是"的方针，重新确立解放思想、实事求是的思想路线，作出了把党和国家的工作重心转移到经济建设上来，从而进行改革开放的伟大决策，从而开启了改革开放的历史新时期，随后当代文学也进入到"继往开来"的新时期[①]。新时期，党和国家的文艺方针、政策都做出了相应调整，"党中央提出，我们的文艺工作总的口号应当是：文艺为人民服务，为社会主义服务"，"为我国的社会主义新时期的文艺工作指出了正确的方向"[②]，取代了过去的"文艺为工农兵服务""文艺为政治服务"的口号。"百花齐放，百家争鸣"的方针被再次强调，文艺创作自由得到高度重视，邓小平在中国文学艺术工作者第四次代表大会上的《祝辞》

---

① 周扬：《继往开来，繁荣社会主义新时期的文艺——在中国文学艺术工作者第四次代表大会上的报告》，《人民日报》1979年11月20日。

② 社论《文艺为人民服务，为社会主义服务》，《人民日报》1980年7月26日。

中指出，"党对文艺工作的领导，不是发号施令，不是要求文学艺术从属于临时的、具体的、直接的政治任务，而是根据文学艺术的特征和发展规律，帮助文艺工作者获得条件来不断繁荣文学艺术事业，提高文学艺术水平，创作出无愧于我们伟大人民、伟大时代的优秀的文学艺术作品和表演艺术"，"文艺这种复杂的精神劳动，非常需要文艺家发挥个人的创造精神。写什么和怎样写，只能由文艺家在艺术实践中去探索和逐步求得解决。在这方面，不要横加干涉"[①]。80年代，"伤痕文学""反思文学""改革文学""朦胧诗""寻根文学""先锋文学""新写实文学"等，各种文学潮流不断涌现，新时期文学在宽松自由的创作环境中释放出前所未有的生机活力。

在思想解放和改革开放的时代语境中，江西文学创作迎来了整体"崛起"的新时期。1979年1月，老牌文学刊物《星火》（创办于1950年，1966年停刊）复刊；同年9月，大型文学刊物《百花洲》创刊。这两份备受文学界瞩目的文学刊物为江西作家提供了重要发表园地，成为新时期江西文学"复兴"的信号。80年代，江西小说创作率先崛起，"形成了一支彼此衔接、实力雄厚的小说创作梯队，显示了江西新时期之初小说创作的实力和后劲"[②]。俞林、杨佩瑾、罗旋、郭国甫、吴源植等一批五六十年代便已成名的前辈作家构成了江西小说创作的第一梯队；陈世旭、胡辛、宋清海、熊正良、傅太平、邱恒聪、相南翔、严丽霞、雨时、如月、金岱、李志川等一批80年代涌现出来的作家逐渐成为江西小说创作的中坚力量；此外，周毅如、刘国芳、榕芳、卢永华、贺传圣、朱向前、余国振、杨新民、邱国珍、胡桔根、曹元明、吴清汀等也在小说创作中崭露头角。前辈作家力作频出，俞林的《在青山那边》、杨佩瑾的"天意"三部曲（《霹雳》《旋风》《红尘》）和罗旋的《南国烽烟》《梅》《红线记》等堪称代表；中坚力量佳构纷呈，陈世旭的《小镇上的将军》《惊

---

① 邓小平：《在中国文学艺术工作者第四次代表大会上的祝辞》（1979年10月30日），《邓小平文选》第二卷，人民出版社1994年版，第210页。

② 刘华：《江西当代作家创作论·序》，《江西当代作家创作论》，江西高校出版社2013年版，第5页。

涛》《马车》，罗旋的《红线记》，胡辛的《四个四十岁的女人》，宋清海的《馕神小传》等分别获得全国优秀小说奖。熊正良的"红土地"系列、傅太平的"小村"系列、李志川的"鄱阳湖"系列、邱恒聪的"井冈山"系列等都是这一时期江西小说创作的新收获。新时期江西小说创作在题材内容上不断开拓，在艺术风格上更趋多元，尤其是在乡土小说创作和革命历史书写方面形成了"两峰并峙"的局面，并在全国产生了一定的影响。

新时期江西诗歌创作同样焕发出蓬勃的生机。1980年江西恢复了一度中断的谷雨诗会（1962年创办，"文革"期间停办），一年一度的诗歌盛会重新点燃了江西诗人的热情。80年代的江西诗人队伍主要由两部分构成：一是五六十年代便开始发表诗作的中年诗人，如李耕、郭蔚球、李音湘、吕云松、朱昌勤、陈良运、徐万明、帅珠扬、苏辑黎、杨学贵、陈运和、刘国藏、吴林抒、胡一笙、刘国治等；二是新近涌现出来的青年诗人，如李春林、朱光甫、熊光炯、胡平、程维、刘华、刘立云、王治川、安安、汪峰、吴国平、陈政、冷克明、渭波、颜溶等。新时期伊始，江西诗歌创作感应着时代的脉搏，经历了从历史反思到个性抒发的恢复和发展的过程。"文革"结束后，歌颂老一辈革命家、控诉"四人帮"倒行逆施，对人性、人道的呼唤成为江西诗歌创作的主题。代表作品如熊光炯的《枪口，对准了中国的良心》、胡平的《请您欣慰地闭上眼睛》、郭蔚球的《假如生活抛弃了你》、李音湘的《春天的歌怎么唱》、陈良运的《生命的密码》、洪亮的《太蝴蝶》、杨学贵的《铁窗情歌》、李春林的《盈盈的爱》等。随着思想解放和改革开放的深入，江西诗人很快将笔触转向了现实生活和历史深处，追求诗歌艺术的新突破。李耕的《不眠的雨》《梦的旅行》等散文诗集，对人生和命运进行积极深入的思考，富于想象和哲理，风格冷峻凝重。郭蔚球的《美的追求》《爱的长河》等诗集，在对自然、生命、人生和爱情的热情关注中充满了"永远的激情"。刘华的《我拾到一双眼睛》运用写实、象征、隐喻相结合的方式，呼吁人们找回曾经丢失的眼睛和心灵。胡平的诗集《当代人》敏锐地捕捉了改革开放初期日常生活中的新变化，《来自鞋摊的诗报告》《养蜂人》《存车处，一个中国姑娘》

等展现了普通百姓平凡而又美丽的精神世界，洋溢着生活的激情，具有鲜明的时代感。此外，还有吴林抒的《我是抚河水》《海洋之歌》、徐万明的《梅雨集》、苏辑黎的《飘香的土地》、刘国藏的《春花秋月》、胡一笙的《五月的芬芳》、刘国治的《求索集》、冷克明的《血色乡土》、陈政与吴国平的《山海交响曲》等诗集。

80年代江西儿童文学和报告文学引人瞩目。1978年10月，在庐山召开了全国少年儿童读物出版工作座谈会，随后《人民日报》发表了社论《努力做好少年儿童读物的创作和出版工作》。1981年1月，全国第一张儿童文学报《摇篮》在南昌诞生，江西儿童文学有了自己的创作园地，随后涌现出曲一日、孙海浪、郑允钦、罗旋、邱恒聪、吴南凯、严霞峰、万长枌等一批实力强劲的儿童文学作家及其创作。曲一日的寓言故事篇幅短小，构思精巧，形象生动，诙谐幽默，寓意深远，寓言故事集《狐狸艾克》是新时期江西儿童文学的重要收获，获得1980—1985年全国首届优秀儿童文学奖。孙海浪的《井冈小山鹰》《带火的银剑》《魔盆》《逃离孤儿院》《乞丐王》等主要书写革命战争年代的儿童斗争故事，富有传奇色彩和教育意义，诗作《井冈山下种南瓜》以生动活泼的儿歌形式，反映了老区少年儿童继承革命传统的理想志向，获得"第二次全国少年儿童文艺创作评奖"。郑允钦的童话常常以奇特的想象编织离奇的情节，营构奇幻的环境，塑造具有独特个性和能力的人物，充满了奇人奇事奇境，童话集《吃耳朵的妖精》《树怪巴克夏》分别获第二、三届全国优秀儿童文学奖。此外，本时期有影响的儿童文学作品还有罗旋的《七叶一枝花》《我是谁》，邱恒聪的《少年军需队》，严霞峰的《小白兔智斗大灰狼》《和时间公公赛跑》《神秘的湖》，万长枌的《弟弟》《大棒槌和小钉头的故事》《月夜》，傅汉清的《井冈之子》（与殷定生合作）、《斩蛇剑》等。80年代江西报告文学创作大多紧跟时代步伐，及时反映改革开放过程中出现的各种社会问题或典型人物，可称之为"社会问题报告文学"和"人物报告文学"。胡平是新时期江西报告文学的标志性人物，代表作品有《世界大串联》《东方大爆炸》《在人的另一片世界》《历史沉思录》《中国的眸子》等，其中《在人的另一片世界》获得全国第四届优秀报告文学奖。此外，还有姜惠林的《七色人间》《张果喜旋风》、朱昌勤的《强者们》、傅汉清的《来自红土地的报告》等。

总之，新时期以来，江西文学取得了长足的发展，创作队伍不断壮大，创作题材更加丰富，艺术成就较为突出，尤其在小说、诗歌、儿童文学和报告文学创作领域出现了陈世旭、胡辛、罗旋、李耕、曲一日、孙海浪、郑允钦、胡平等一批有全国影响的作家，创作了《小镇上的将军》《惊涛》《马车》《红线记》《四个四十岁的女人》《禳神小传》《狐狸艾克》《井冈山下种南瓜》《吃耳朵的妖精》《树怪巴克夏》等全国获奖作品，初步呈现出整体"崛起"的态势。但毋庸讳言，在潮流涌动的80年代，江西文学创作在艺术视野和思想深度上还存在一定的囿限，创作主体的艺术视野、想象空间和表现能力还有待进一步提升，对悠远丰饶的赣鄱文化缺乏历史的打捞，对丰富复杂的都市生活和生命世界缺乏深度挖掘和个性塑造，在历史纵深感和生命厚重感等方面显得不尽如人意。

<h2 style="text-align:center">二</h2>

20世纪90年代，以邓小平"南方谈话"和十四大的召开为标志，开启了中国改革开放的崭新篇章，中国社会发生了结构转型，经济体制由"计划"转向"市场"，多元文化形态得以确立。虽然在大众文化不断兴起的转型时期，精英知识分子倡导的人文精神面临危机，新时期以来的文学开始失去"轰动效应"，但是在主流文化、精英文化和大众文化"三分天下"的多元格局中，文学创作日益呈现出日常化、个人化发展的多元共生局面。在此时代背景下，江西文学创作进入到一个深入发展的新阶段，作家队伍更趋壮大，创作题材更加丰富，各类文体创作更加成熟。

本时期，老一辈作家仍然笔耕不辍，尤发新意，思想艺术愈加成熟。杨佩瑾在小说创作上超越"五老峰"后，推出长篇历史小说《浣纱王后》，把诗意想象伸向了遥远的历史，在春秋时代吴越战争的背景下，以浣纱王后西施为主人公叙写了一段充满家国情仇的动人故事。老诗人李耕仍不断有新作问世，散文诗集《没有帆的船》《粗弦上的颤音》始终表现了对真善美的追求和热爱，体现了情理交织、冷热兼容、刚柔相济的散文诗风格。郭蔚球的诗集《冬恋》既感应时代脉搏，有着"亢奋、激越的时代精神"，也有对生命、人生的感悟和对假丑恶现象的讽刺批判。罗旋在书写革命历史之外推出了描写赣南绿色山水和客家风习的"绿色系列"小说。在众声喧哗、多元共生的90年代，真正彰显了江西文学新气象的是一批中青年作家。随着生活积累和艺术经验的增长，他们在思想艺术上的探索日益成熟，逐渐形成了各自的风格特征。

90年代江西小说创作得到了长足发展，一批风格各异的中青年作家不断推出精品力作。被誉为"小镇作家"的陈世旭已经成为江西小说创作的"领军人物"，一方面继续运用坚实的现实主义笔触在村镇叙事上不断深化探索，推出《镇长之死》《李芙蓉年谱》《将军镇》等力作，其中《镇长之死》获首届鲁迅文学奖，长篇小说《将军镇》是小镇系列的集大成者，小说以一种"辞典"式或"葫芦串"式的结构方式展示了20世纪70年代至90年代中期将军镇的生活变迁，塑造了一系列性格鲜明的小镇人物；另一方面，陈世旭开始进行知识分子精神探索系列创作，长篇小说《裸体问题》聚焦社会转型时期的大学校园，以讽刺批判的笔调描写各类知识分子的生存状态和精神品质，反思社会现实问题。80年代后期以"红土地"系列小说著称的熊正良在《红河》《红锈》《闰年》《隐约白日》等作品中进一步着力描写了红土地上一群既勤劳坚韧又愚顽落后的大地子民，通过他们的生存苦难凝视历史深处的沉重，诠释人与土地、历史传统与现代文明的内在联系和紧张冲突。向来以"小村"系列著称的傅太平在长篇小说《火季》中，一改此前舒缓恬淡的风格，运用紧张沉重的笔调呈现了时代变革浪潮冲击下的乡土暗面，用象征隐喻的方式表现了对乡土历史、现状和未来的思考。熊正良和傅太平分别获得庄重文文学奖，小说集《红锈》《小村》入选"21世纪文学之星丛书"。90年代江西小说创作的成熟在长篇小说上得到充分体现，除了上述作家的长篇小说外，胡辛的《蔷薇雨》、雨时和如月的《情爱梦幻》、南翔的《海南的大陆女人》、叶绍荣的《日出苍山》、李伯勇的《轮回》、温燕霞的《此恨无关风和月》《夜如年》等都是本时期江西小说创作的重要收获。此外值得特别关注的是，丁伯刚、杨剑敏、陈蔚文、陈然、江华明、陈永林等一批青年作家在创作的起步阶段便有不凡的表现。丁伯刚的中篇小说《天杀》《天问》以独异的内向度写作方式表现了社会转型时期城乡各类人物的生存焦虑。杨剑敏的《诱惑》《出使》等开启了"古典精神"系列，以现代眼光观照历史人物，作品中的奇诡想象、先锋姿态和古典诗意显露出新历史小说的特殊魅力。

90年代散文"突然"显现出繁盛的局面，在文化图书市场占据了重要地位，各类报刊都开设散文专栏，散文、随笔作者骤然大增，诸如忆旧散文、学者散文、女性散文等各种散文创作此伏彼起，"这种种现象构成了当时的'散文热'"①。正是在上述背景下，80年代几乎悄无声息的江西散文（仅有熊述隆、吕云松等极少有影响的创作者）在90年代得到长足发展，一批中青年散文作家纷纷涌现，"创作群体面之广，作品数量之繁多，令人目不暇接"②。本时期代表江西散文创作成就的主要是以被誉为江西"散文三秀"的梁琴、郑云云、王晓莉为代表的一批女性散文创作者及其创作。梁琴的散文集《叶影》《回眸》展现梁琴有着爽直和真诚的品格，无论是童年趣事、手足亲情，还是南昌记忆、文化行旅，常常以朴实真诚的内心去触摸和感悟生命中真实饱满的记忆，从平常生活和身边故旧中发掘出美好的情致，其中《回眸》荣获全国第五届少数民族文学创作奖。郑云云则总是把散文创作作为倾注"生命热情"和拯救自己的一种方式，文笔清丽凝练、贮满深情，散文集《金色的骆驼毛》《云水之境》既从身边生活中发现令人感动的诗意和平凡生活的美，也把审美的触角伸向人文山水和历史旧识的纵深处，去领悟生命的真谛和万物的因果。王晓莉的散文一开始便散发出清幽柔美又不乏坚韧散淡的气息，散文集《红尘

---

① 洪子诚：《中国当代文学史》，北京大学出版社2016年版，第317页。
② 刘华：《跃上葱茏四百旋——江西文学五十年巡礼》，《创作评谭》1999年第1期。

笔记》记录了早年青春时代的生活片段和人生感悟，表现出一种同龄人少有的平实从容。值得特别注意的是，陈蔚文、江子、李晓君、范晓波、傅菲等一批更年轻的散文创作者开始崭露头角，但他们的精彩呈现主要是在新世纪以后。此外，晏政、危仁晸、默予、省三等的杂文也颇具影响。

尽管学界通常认为，在文学失去"轰动效应"的大众文化语境中，"诗歌既不能满足大众的消费需求，也难以符合一些批评家对抗'现实'的批判性功能的预期"，因而"90年代诗歌向着社会和文化边缘的滑落，就更让人印象深刻"。①但是，国内诗坛这种整体性"边缘化"的基本面并没有成为江西的"诗歌现实"。90年代，江西诗歌仍然保持了80年代以来持续发展的态势，以程维、三子、汪峰、圻子、布衣、江子、李晓君、马策、邓诗鸿、渭波、徐勇、牧斯、凌翼、聂迪、颜溶、杨瑾、马策、老德、杨晓茅等为代表的一批青年诗人带着青春的朝气和新锐的创作迅速"崛起"，初步显示出江西诗歌的群体力量。程维被称誉为"中国新古典主义诗歌开创者"，在《古典中国》《纸上美人》等诗集中，程维将审美的触角伸向古典中国的辽远腹地，从汉字唐韵，到江山美人；从帝王将相，到文人墨客；从金戈铁马，到筝曲琴音。在无数次时空穿越中触摸历史的各个断面、折皱和细节，并以其丰富奇特的想象、大胆夸张的修辞和极富表现力的诗歌语言，重构了绚丽多姿的"古典中国"，让日渐黯淡的古典重放诗意的光芒。三子的诗《灯盏下的村庄》《人物记》《我的木匠生涯》等负载着诗人对故土风物的生命记忆和隐秘的古典情怀，蕴含着对村庄、土地、山川、草木、亲人、乡邻最深挚的情感，在平淡质朴和深沉感动之间充盈着感人的力量。汪峰对乡土的吟唱有着特别的张力和沉重，在《村庄》《甘蔗》等诗作中常常把生活的沉重负荷在乡土无可挽救的颓败中。圻子和布衣的诗也大多取材于故乡的记忆，善于从日常的生活中发掘诗意，从平凡的物象中提炼出哲理，譬如圻子的《一棵树丢弃了叶子》《山峰》，布衣的《丘陵》《鸟迹》等。此外，颜溶、杨瑾、马策、老德、凌云、杨晓茅等善

---

① 洪子诚：《中国当代文学史》，北京大学出版社2016年版，第336页。

于从城市日常生活中发掘诗意，表露出对城市现代生活的内心焦虑和孤独，譬如颜溶的组诗《早安，我的城市》、杨晓茅的《南方晚灯下的酒吧》《咖啡夜》、凌云的《陌生的人》《梦呓》等。

90年代江西纪实文学和儿童文学取得了长足发展。胡平的报告文学进一步把笔触延伸至更深远的历史，对历史深处文化事件进行深刻反思，从文化角度反思江西历史变迁的《千年沉重》是本时期的力作。胡辛与聂冷是90年代江西传记文学创作的代表人物。胡辛的传记文学《生命的舞蹈——蒋经国与章亚若之恋》《陈香梅传》《最后的贵族——张爱玲》是江西纪实文学的重要收获，她以小说家的身份进入传记文学创作，倡导"虚构在纪实中穿行"[①]，常常选取独特的视角，以主体融入的方式，进入传主的生活世界和情感心理，复活出入情入理的传主人生故事。聂冷的《辫子大帅张勋》《吴有训传》具有鲜明的本土意识和独特的人文情怀，在遵循历史真实的基础上，注重生活细节的捕捉和人物精神世界的开掘，将文学性与纪实性较好地融汇于传记文学的创作中。此外，姜惠林的《阵痛岁月》《大写邱娥国》《走出"土围子"》，朱昌勤的《不安的强者》，傅汉清和庄家新的《来自红土地的报告》等是继80年代后推出的报告文学新作，石凌鹤等的《方志敏传》、胡志亮的《傅抱石传》、周葱秀的《叶紫评传》、李国强的《邵式平传》、邹华义的《以笔代剑的英雄邹韬奋》等是本时期纪实文学的代表作品。在儿童文学方面，除曲一日、孙海浪、郑允钦、严霞峰、万长枡等继续推出新作外，彭学军开始成为江西儿童文学创作的代表人物，她的"青涩年华"系列总是带着一种温和优雅的"善意"和"诗意"去看待人生，理解生活，叙写各类生命成长故事，主要作品有《油纸伞》《蓝森林陶吧》《午夜列车》等，其中《油纸伞》获1994年陈伯吹儿童文学奖。

可见，本时期江西文学赓续了新时期以来的良好发展态势，小说、诗歌、散文、纪实文学和儿童文学等各类文体创作得到长足发展，一批中青年作家已

[①] 胡辛：《虚构在纪实中穿行——传记作者主体性不容忽视》，《九江师专学报》2000年第1期。

开始成为创作的中坚力量，并逐渐形成独具特色的创作风格，譬如陈世旭的凝重厚实、熊正良的奇诡悲怆、傅太平的平和冲淡、胡辛的热切真诚、彭学军的温和优雅等。在经济体制和文化形态转型的90年代，素来稳健持重的江西文学不断突破局限，开拓视野，贴近生活，塑造个性，不但立足于赣鄱大地，书写了独具魅力的本土文化，而且开始走向全国，成为当代文坛一道不可忽视的亮丽风景。

三

　　新世纪以来，中国经济社会的改革开放继续深入推进，社会主义市场经济体制初步建成，综合国力显著增强，网络新媒体迅猛发展，文学艺术生态再次发生新变，进入到一个以传统的文学期刊为依托的传统型文学、以新兴的商业出版为依托的市场化文学（或大众文学）和以网络媒介为平台的新媒体文学（或网络文学）①等多元共存的新阶段。一方面，向来具有传统精英意识和社会道德良知的纯文学仍以坚韧姿态执着前行；另一方面，社会转型时期的大众化和世俗化思潮在文学创作中不断彰显，网络文学异军突起，文学与影视密切关联，日常生活审美化渐成主流。新世纪文学生产、传播和消费方式发生了前所未有的变化，出版市场、读者大众和主流意识形态日益成为影响文学创作走向的重要力量。新世纪江西文学在新的时代背景和文化场域中呈现出初步繁荣的文学景观，小说创作出现新的面貌，散文创作令人瞩目，诗歌创作群体日益壮大，纪实文学和儿童文学稳步前行，网络文学异军突起。

　　新世纪江西小说创作已经在生活的广度、思想的深度和艺术的高度等方面取得了可喜的成就。一是在关注城乡日常生存状态的基础上，继续向人性深处和底层边缘拓展，譬如陈世旭的《波湖谣》《立夏·立秋》《立冬·立春》等

---

① 白烨：《新世纪文学的新风貌与新走向》，《文艺争鸣》2010年第11期。

"鄱湖谣"系列小说，及时捕捉了转型时期乡土社会诸多复杂变动的讯息，以充满质感和张力的语言，对民间乡土所蓄积和敞现的人格光辉与人性温暖进行了细微洞察与诗意书写。熊正良在《死亡季节》《疼痛》《别看我的脸》《美手》（又名《残》）等长篇小说和《苍蝇苍蝇真美丽》《谁在为我们祝福》《追上来了》《我们卑微的灵魂》等中短篇小说集中，把沉静尖锐的笔触伸向了更广泛的城乡底层社会，在描写底层人物艰窘生存和卑微灵魂方面表现出罕见的细腻、深度和力量。李伯勇笔下的乡土世界有其独到的视角和领地，《寂寞欢爱》《恍惚远行》《旷野黄花》《抵达昨日之河》等长篇小说深植于故乡赣南边地客家文化和历史的深处，以忧虑而深邃的目光打量这片土地和它的乡民在现代历史进程中所呈现出来的全部幽暗与辉煌。丁伯刚的《路那头》《唱安魂》《两亩地》《有人将归》《宝莲这盏灯》等中短篇小说主要表现了社会转型时期一些异乡漂泊者失根时的困惑与焦虑。二是在历史书写方面，不断寻求艺术上的创新与突破，常常遵循"大事不虚，小事不拘"的创作原则，在历史大背景下展现小人物的日常生活伦理。刘华的长篇小说《车头爹　车厢娘》《红罪》，刘上洋的《老表之歌》，刘建华的《天宝往事》《立春秋》，温燕霞的《红翻天》《围屋里的女人》，叶绍荣的《故土红尘》等是新世纪江西长篇小说创作的重要收获。三是把创作视角投向更广阔的社会生活领域，在大学叙事、底层叙事、都市叙事、乡土叙事和职场叙事等方面涌现出一批充满活力的青年作家群体。阿袁小说大多以娴熟自如、化俗为雅的言说方式描叙大学校园里的生活故事，如《长门赋》《老孟的暮春》《郑袖的梨园》《子在川上》《鱼肠剑》《上邪》《师母》等。阿乙[①]把敏锐的触觉伸向小城底层灰色地带，冷静而细腻地叙述一个个貌似平静，实则暗流汹涌的人生故事，他把这些故事称作"世上最无聊最慵懒最绝望最不振作的事"，表现出加缪式的虚无和卡夫卡式的荒诞，如《模范青年》《灰故事》《春天在哪里》《寡人》《鸟，

---

① 由于阿乙目前已迁居北京，后面不再作为单独章节讨论他的小说创作，其他作家也作如是处理。

看见我了》《下面，我该干些什么》《早上九点叫醒我》等。陈蔚文擅长用幽默微讽的笔调表现现代城市青年丰富的情感生活和幽微的内心世界，如《早春情事》《民工张小根的爱情》《卢苡的早春》《沉默的花朵》《惊蛰》《租房》等作品。陈然向来以温婉而悲凉的写实笔调关注社会转型时期挣扎在城乡底层的弱势群体，如《幸福的轮子》《我们村里的小贵》《我是许仙》《我们小区的保安》《亲人在半空飘荡》《2003年的日常生活》等作品。樊健军是近年来江西小说创作崛起中的佼佼者，在《桃花痒》《诛金记》《空房子》《穿白衬衫的抹香鲸》《半窗红烛》《花黄时》等作品中，他总是用一种细腻、温暖而又富有想象力的笔触叙写大量乡土守望者或城乡巡睃者的人生故事。欧阳娟拥有"青春物语"和"职场叙事"两套笔墨，前者以纤细绵密的笔致，在青春梦幻的浅吟低唱中追忆如花的往事，咀嚼流逝的忧伤，如长篇小说《深红粉红》《路过花开路过你》等；后者用成熟稳健的笔调直面复杂多变的职场人生，烛照曲折幽微的人性世界，代表作有长篇小说《交易》《手腕》等。

新世纪江西散文创作呈现出蓬勃发展的繁荣景观，作家队伍、作品数量和艺术质量都备受瞩目，甚至因为"江西有一批艺术上乘，风格成熟，水准相当，且产生了一定影响的散文家"，而被称誉为"江西散文现象"①。本时期江西散文作家队伍已经形成了两大方阵，一是以刘上洋、陈世旭、刘华、郑云云、梁琴、熊述隆、朱法元、李伯勇等为代表的前辈作家群，二是由王晓莉、江子、范晓波、李晓君、陈蔚文、傅菲、简心、洪忠佩、杨振雩、彭文斌、朱强等组成的青年作家群。前辈作家群多关注历史文化和社会人生等宏大主旨，以沉稳的写作姿态为江西散文立住阵脚，如刘上洋的散文集《高路入云端》、陈世旭的散文集《海的寻觅》、刘华的散文集《乡村的表情》、郑云云的散文集《作瓷手记》、梁琴的散文集《回眸》等；青年作家群则更多把目光投向日常生活和情感世界，以新锐的探索精神为江西散文推波助澜，表现出更为开放多元的个性化追求。近年来，"江西散文现象"的出现或曰江西散文创作的崛

---

① 《江西散文现象研讨会在南昌举行》，《散文（海外版）》2010年第1期。

起，从某种意义上说，更直接地来自于一批在散文领域孜孜以求的青年作家的努力，他们把笔触伸向了更辽阔的生活大地和更幽深的心灵世界，代表作家作品主要有王晓莉的散文集《双鱼》《笨拙的土豆》，江子的散文集《入世者手记》《在谶语中练习击球》《苍山如海——井冈山往事》《青花帝国》，范晓波的散文集《正版的春天》《夜晚的微光》，李晓君的散文集《江南未雪》《后革命时代的童年》，陈蔚文的散文集《随纸航行》《蓝》《叠印》，傅菲的散文集《屋顶上的河流》《故物永生》，简心的散文集《被绑架的河流》，彭文斌的散文集《江右故园》《储蓄阳光》，朱强的《秋水长天》《墟土》等。在社会转型文化多元的当下，新锐作家们的散文写作与社会宗旨、时代旋律、道德说教无关，他们指向的是"精神诗性""生命感悟""人格智慧"和"审美愉悦"等艺术的多维向度，唯其如此，才使江西散文拥有了生命的活力，洋溢青春的激情。

新世纪江西诗歌呈现出群体崛起的发展态势。首先，江西诗群形象日益清晰。江西文坛和媒体以"谷雨诗会＋纸质报刊＋网络媒介"的立体传播方式向全国推介江西诗歌[①]，着力打造江西诗歌群体形象。2001年，《创作评谭》第2、4、6期分别以评论与文本互动形式集中推介赣州、上饶和南昌诗人作品。4月19日，《江西日报·井冈山》推出第四十二届"'谷雨诗会'专页"，正式提出南昌、上饶、赣南三大诗群的概念。2002年《创作评谭》第3期推出"崛起的江西诗群"大展，发表26位诗人作品、诗观，并配发著名诗评家谭五昌的评论《崛起的江西诗群》，后被《诗选刊》转载，在全国范围内产生较大影响，"江西诗群"首次以明确的集团性概念得以确立。其次，从地域角度看，新世纪以来江西诗坛形成了"南昌诗群""上饶诗群""赣州诗群"等为代表的三大诗歌群体，"江西诗人已经充分意识到一个诗歌群体对于有效整合与利用本地区诗歌资源的重要意义和价值，标志着'江西诗歌'这一全省范围内的

---

① 龚奎林：《人文关怀与青春群像——江西青年诗人论》，《创作评谭》2012年第3期。

诗歌群体的'崛起'进入了实质性的发展阶段"①。第三，一批中青年诗人显示出强劲的创作实力，不断推出精品力作，诗艺和风格愈加成熟。程维由"新古典主义"进入到"本土写作，小说诗写作阶段"，《江右书》《妖娆罪》《信使》等"将小说式叙事性元素引入诗歌"，"强调诗的元气，构建本土写作的世俗性与精神谱系"②。三子的诗歌以一种缓慢沉静的方式走向内心，走向传统，诗集《镜中记》和长诗《堪舆师之诗》在低缓平静的叙述中不断朝向生活和历史的深远处，获取"更深的思想和更广大的空间"③。渭波的诗集《裂片的锋芒》保持着与外部世界的尖锐对立，有着对生命、生活、事物的独到感悟，充满了一种深沉的思考的力量。林莉的诗集《在尘埃之上》《孤独在唱歌》在对春天、故乡和大地的低回咏唱中，呈现出一种蓬勃的力量。林珊的诗集《小悲欢》和组诗《好久不见》善于用朴素而灵动的语言去呈现自然和生活的诗意。王彦山的诗集《一江水》《大河书》既表现出虚静不争、简约疏旷的古典精神，也有关于日常生活和现代情绪的现代书写。此外，圻子、布衣、邓诗鸿、汪峰、胡刚毅、凌云、马策、牧斯、聂迪、徐勇、周籁、漆宇勤、吴素珍、丁薇、邓小川等都以各自不同的风格推出新作。

新世纪报告文学创作更加走向多元，既有对社会生活现实及时追踪的综合性报告文学和人物报告文学，也有重新审视和反思历史的史志性报告文学，代表作家作品主要有胡平的《禅机：1957苦难的祭坛》《战争状态》《情报日本》《森林纪》，卜谷的《红军留下的女人们》《抗冰万里》，蒋泽先的《中国农民生死报告》《秋杰老师》，徐春林的《平语札记——修水移民故事》，凌翼的《井冈山的答卷》，詹文格的《中医，一个跨越世纪的争论》等。新世纪江西传记文学在题材内容和艺术风格上向多元化方向发展，代表作家作品有杨佩瑾的《杨尚奎传》，聂冷的传记文学《绿色王国的亿万富翁——杂交水稻之父袁隆平传》《花红别样：杨万里传》，胡辛的《彭友善传》《网络妈

---

① 谭五昌：《崛起的江西诗群》，《创作评谭》2002年第3期。
② 程维：《写作，就是寻找神话与诗歌的故乡》，《南昌晚报》2018年8月9日。
③ 汪峰：《春天的手风琴——写在三子诗歌的边上》，《创作评谭》2003年第4期。

妈》，叶绍荣的《陈寅恪家世》，邱恒聪的传记文学《鹃花缘——宋应星之路》，余伯流等的《毛泽东与井冈山》《毛泽东与瑞金》，卜谷的《良心树：戴煌其人其事》，荒坪的《我的外公陆定一》，肖麦青的《晚清悲风——文廷式传》，祝春亭等的《邵逸夫传》《郑裕彤传》，揭光保的《揭傒斯传》，陈世旭的《孤独的绝唱——八大山人传》，孙海浪的《王勃》《八大山人》，罗聪明的《红军将领萧克》等。

新世纪江西儿童文学担当主力的仍是90年代以来的成名作家彭学军、郑允钦、孙海浪、曲一日、曾小春等。彭学军已成为江西儿童文学领域里具有全国影响力的领军人物，在出版《长发飘零的日子》《你是我的妹》《腰门》《奔跑的女孩》等一系列女孩成长叙事作品外，还有意尝试突破身份和题材的囿限，先后推出《浮桥边的汤木》《戴面具的海》《森林里的小火车》《黑指——建一座窑送给你》等"男孩不哭"系列作品，观照不同生活背景下的男孩的生命成长历程和情感心理状态。郑允钦继续推出"怪怪童话系列"，以儿童的眼光去寻找和发现美与趣，揭示和抨击丑和恶。孙海浪继《钟声》系列三部曲（《中国小太阳沉浮录》《倾斜的童工世界》《离异家庭子女的自白》）后，推出《生存智慧》丛书（包括《大漠上的脚印》《跨越的瞬间》《春风翻开的书页》《花蕾上的蜜》《回归森林的小鸟》五部）与小读者进行心灵上的沟通，引领他们打开生存智慧的大门。值得注意的是，近年来一批更年轻的江西儿童文学作家引人注目，代表作家作品有喻虹的《木耳的秋天》《时光邮局》，周博文的《达尔的奇幻旅行》《远山的红蜻蜓》，刘柳的《豆豆树呀快快长》，丁之琳的《雪小子》等。

新世纪江西网络文学异军突起，发展强劲，成绩斐然，形成了"70后""80后""90后"甚至"00后""四代同频"的繁荣局面，网络小说类型较为齐全，其中玄幻、仙侠、历史、架空、都市言情等题材类型已经成为网文主流。新世纪以来，江西网络文学经历了PC互联网时期的起步，移动互联网时期的发展和IP时期的繁荣三个阶段。今何在、撒冷、夏言冰、方想、安以陌、浪漫烟灰、池灵筠、野玉丫头等都是江西网络文学创作初期的代表人物。

2000年今何在在新浪网发表被誉为"网络第一书"的《悟空传》，其后相继推出《新大陆狂想曲》《中国式青春》《海国异志》《十亿光年》等作品；撒冷是阅文网站最早期的一批白金大神和网络文学远古大神之一，著有《天擎》《苍老的少年》《诸神的黄昏》等；夏言冰从2001年起便在天涯论坛和榕树下开始创作网络小说，代表作有《大宋之天子门生》《宦海无涯》《升迁之路》和《一路青云》等；方想2006年大学毕业后开始从事网络小说创作，先后推出了《星风》《卡徒》《师士传说》等；浪漫烟灰2006年开始涉足网络小说创作，著有《全职业天才》《桃花宝典》《近身武王》《终极全才》等；安以陌被誉为"疗伤治愈系言情小天后"，著有《陌上云暮迟迟归》《清梦奇缘》《神偷俏王妃》等。2014年后中国网络文学生产进入到IP（知识产权）时代，打破了原来网络小说收费制度的单一模式，开启了与影视、动漫、网游等的跨界发展，江西网络文学也由此进入到一个前所未有的繁荣发展时期。今何在、方想、慕容湮儿、贼道三痴、撒冷、犁天、番茄等一批早期江西网络作家成功转型，更值得重视的是，阿彩、90后村长、上山打老虎额、纯情犀利哥、净无痕、慕容湮儿、太一生水等一批年轻网络作家作品深受追捧。阿彩2009年开始网文创作，是中国移动"咪咕阅读"明星作家、新锐文学顶级大神作家，作品《神医凤轻尘》《医妃权倾天下》网络总点击量均超过20亿。90后村长为阿里巴巴签约作家，著有《绝世武圣》《焚天大帝》《绝世丹神》《三界主宰》《焚天魔帝》等多部大型长篇玄幻小说，曾获第三届橙瓜网络文学奖"网文之王全国百强大神"称号。上山打老虎额从2011年开始从事网络写作，累计创作2258多万字，著有《荣华富贵》《明朝大官人》《娇妻如云》《明朝败家子》《明颂》等，获艺恩影视作品IP奖。纯情犀利哥2011年开始从事网络文学创作，曾在第二届网文之王评选中位列"百强大神"、第三届橙瓜网络文学奖评选中位列百强大神，代表作《独步逍遥》名列2019年度最具潜力十大动漫IP。净无痕2010年底开始从事网络创作，2018年入选第三届橙瓜网络文学奖百强大神，代表作《伏天氏》名列2019年度最具潜力十大游戏IP。慕容湮儿2008年起开始发表作品，是2017年胡润公布的原创文学IP价值榜单上最年轻的作家，著有长篇小说《倾世皇妃》《眸倾天下》《三生三世，桃花依旧》等。太一生水2013年在创世中文网发布个人首部玄幻小说《万古至尊》，日销过万，凭借此书一举封神，2018年在第三届橙瓜网络文学奖评选中位列百强大神。

不难发现，新世纪江西文学取得了前所未有的发展。小说创作在关注城乡日常生存状态的基础上，继续向人性深处和底层边缘拓展，陈世旭、熊正良、阿袁、阿乙、刘华、李伯勇、丁伯刚、陈蔚文、王芸、杨帆、欧阳娟等在乡镇叙事、历史叙事、大学叙事、都市叙事和职场叙事等方面涌现出一批精品力作。散文创作呈现出蓬勃发展的繁荣景观，"江西散文现象"引人注目，刘华、刘上洋、郑云云、梁琴、熊述隆等写作姿态沉稳，关注历史文化和社会人生等宏大主旨，江子、傅菲、王晓莉、范晓波、李晓君、陈蔚文等把目光投向日常生活和情感世界，表现出更为开放多元的个性化追求。本时期江西诗歌呈现出群体崛起的发展态势，形成了"南昌诗群""上饶诗群""赣州诗群"等为代表的三大诗歌群体，林莉、三子、圻子、布衣、邓诗鸿、林珊、周簌、漆宇勤、吴素珍等一批中青年诗人显示出强劲的创作实力，不断推出精品力作，诗艺和风格愈加成熟。纪实文学在深广度上继续推进，胡平、卜谷、蒋泽先、徐春林、凌翼、詹文格等的报告文学既有对社会现实的及时追踪，也有对历史传统的重新审视和反思。儿童文学创作更加走向多元，彭学军的女孩成长叙事和"男孩不哭"系列、郑允钦的"怪怪童话系列"、孙海浪的《生存智慧》丛书引人瞩目。网络文学异军突起，今何在、撒冷、夏言冰、方想、安以陌、浪漫烟灰、池灵筠、野玉丫头、阿彩、90后村长、上山打老虎额、纯情犀利哥、净无痕、慕容湮儿、太一生水等一批"大神"级网络作家十分活跃，形成了"70后""80后""90后"和"00后""四代同频"的繁荣局面，在玄幻、仙侠、历史、架空、都市言情等类型小说创作上成绩显著。当然，新世纪江西文学创作仍有诸多不尽如人意处。一是仍然缺少在全国文坛上具有重要影响的领军人物；二是在全国性文学大奖尤其是鲁迅文学奖和茅盾文学奖方面仍然缺少江西作家的身影；三是在中国当代文学格局中江西作家的整体实力仍显薄弱，没有形成"文学赣军"的集团力量；四是江西文学创作队伍的梯队不够健全，文学后备力量亟待加强；五是培育江西文学力量的"土壤"（报纸期刊）和"气候"（政策措施）明显不足，上述诸多方面在江西文学进一步繁荣发展的过程中是应该引起重视的。

第一章　近四十年来的江西小说（上）

　　新时期以来，江西小说创作在思想文化和经济社会的转型时期取得了长足的发展。回顾改革开放以来江西小说四十年的发展历程，大致可以1990年末为界，分为两个时期。前二十年主要以革命和乡土为依托，稳步前行，形成了"两峰并峙"的创作局面；后二十年向历史和现实生活各领域开拓，蓬勃发展，呈现出"千山竞秀"的文学景观。然而，无论是稳步前行，还是蓬勃发展，四十年来，江西作家始终以强烈的时代使命感和鲜明的人道情怀立足历史，扎根大地，从火热的革命历史斗争、深厚的传统文化积淀和鲜活的社会现实生活中发掘题材源泉，汲取创作灵感，塑造艺术个性，为繁荣发展的中国当代小说艺术园地奉献了具有鲜明特色的"江西风景"。

第一节　从"两峰并峙"到"千山竞秀"

　　改革开放以来，伴随着思想解放的潮流和经济社会的转型，江西小说创作取得了长足的发展。在作家队伍上，这一时期，俞林、杨佩瑾、罗旋等五六十年代便已成名的作家构成了江西小说创作的第一梯队；陈世旭、胡辛、宋清海、熊正良、傅太平、邱恒聪、相南翔、严丽霞、雨时、如月等一批80年代涌现出来的作家逐渐成为江西小说创作的中坚力量。在具体创作方面，第一梯队力作频出，俞林的《在青山那边》，杨佩瑾的"天意"三部曲（《霹雳》《旋风》《红尘》），罗旋的《南国烽烟》《梅》《红线记》等堪称代表；中坚力量佳构纷呈，陈世旭的《小镇上的将军》《惊涛》《马车》，胡辛的《四个四十岁的女人》，宋清海的《馕神小传》等分别获得全国优秀小说奖。此外，熊正良的"红土地"系列、傅太平的"小村"系列、李志川的"鄱阳湖"系列、邱恒聪的"井冈山"系列等，都是这一时期江西小说创作的重要收获。新时期江西小说创作在题材内容上不断开拓，在艺术风格上更趋多元，尤其是乡土小说创作和革命历史书写形成了"两峰并峙"的局面，甚至在全国产生了一定的影响。

一、地域文化表征与新时期江西小说的崛起

　　江西是一块文化积淀深厚的土地，从商代的青铜遗址到宋代的书院理学，从景德镇的陶瓷文化到赣南的客家风习，从临川的才子之乡到龙虎山的道教圣地，无不为江西作家的文学创作提供了得天独厚的丰富资源。而浓郁的地域文化一旦与文学联姻必然会产生出奇幻的文学景观。这在中国现当代文学中不乏成功的范例，如沈从文的湘西、汪曾祺的高邮、莫言的高密、贾平凹的商州等，无不以浓郁的地方色彩和乡土气息成为享誉一方的文学重镇，"这类靠回忆重组来描写故乡农村（包括乡镇）的生活，带有浓重的乡土气息和地方色彩的小说"便是"乡土小说"[①]。自20世纪80年代以来，江西乡土小说创作独走一脉，成绩斐然，并在全国产生了一定的影响。陈世旭是80年代以来江西小说创作中的"扛大旗"者。从艺术视角和叙事方式来看，陈世旭向来有两套笔

---

　　① 钱理群等：《中国现代文学三十年》（修订本），北京大学出版社1998年版，第67页。

墨，一类是村镇叙事，主要运用中短篇的形式，把各色人物的命运遭际点缀在赣北水乡小镇风情浓郁的画卷上。《小镇上的将军》借小镇人物视角表现了落难将军的大义凛然与深沉苦闷，《镇长之死》通过描写癫痫镇长锄强扶弱的凛然正气，充分体现了乡间人物既粗犷豪放又不无狡黠的生存智慧，其他诸如行状诡秘而生存有道的"圣人"余自悦、贫贱无忧的瞎拐以及在政治风云和民间情爱中挣扎的鄱湖男女等，无不体现出赣北民间特有的生存方式和文化风习。陈世旭的另一类小说是知识分子精神探索系列，主要运用长篇的架构，常常借各类知识分子的生存状态和人格矛盾反思社会问题，感应时代脉搏。《裸体问题》以东方大学老中青三代知识分子的视角描写他们在商品经济浪潮冲击下的生存状态和灵魂挣扎，"第一次真正从文化角度来审视高等院校知识分子的生存状态和人格矛盾，严肃思考当代生活存在的文化冲突问题"[①]。后来的《世纪神话》《登徒子》进一步展示了当下社会生存状态，探索知识分子精神历程。作者分别以记者方肃和作家李贺的情爱纠葛和风月故事为主线，立体呈现了商品经济时代各色人物在美色、金钱和权力等欲望追逐中的人性沉沦和灵魂挣扎。毋庸讳言，陈世旭的小说创作尤其是"小镇系列"在当代文学中已具有了无可替代的"史"的意义。熊正良最初是以"红土地系列"小说崛起于江西文坛的，其后更在底层写作领域持续延展着他旺盛的创作活力而获得了全国性的声誉。在《红河》《红锈》《红薯地》《红蝙蝠》《无边红地》《隐约白日》等系列作品中，美工出身的熊正良凭借其惊人的感觉和想象把抚河两岸涂抹成一片"令人震栗的红"。熊正良着力揭示了抚河两岸勤劳、坚韧、朴实而又愚顽落后的大地子民的生存符码，死亡、暴力、性与生殖是他反复渲染的主题。80年代以来，傅太平以田园牧歌式的恬淡笔调为沉重的江西文坛吹来了一股清新的风。他笔下的"小村"沉浸在一片古朴、温馨、恬静、和谐的氛围中。在《小村》《雨季》《春天》《热天》《月夜》《禾场上》等作品中，傅

---

① 汪秀珍：《陈世旭长篇小说〈裸体问题〉研讨会综述》，《江西社会科学》1993年第11期。

太平动用了自己丰富的乡村生活积存描绘出古朴的民风民俗，传达出乡土中国自在自为的生存状态。诚然，新时期以来江西具有浓郁地域特色和乡土气息的作家作品远不止以上这些，比如胡辛的《瓷城一条街》《地上有个黑太阳》《陶瓷物语》等"陶瓷"系列小说，以虔诚和激情叙说着火与土的图腾；宋清海的《鸡鸣店》《蜕壳》《馕神小传》等系列中篇，表现了传统农耕文明在现代商业文明冲刷下农民的心灵嬗变；李志川的《同乐园戏班》《飘流的村庄》《湖边匠谱》等"鄱阳湖系列"小说，描绘了赣北鄱阳湖畔的水乡风情。

　　江西是一块"红色"的土地。它不仅因含酸碱性的红壤覆盖连绵的丘陵地带而呈现出天然的赤红景观，更因无数革命先辈鲜血的濡染而积淀着深厚的革命历史文化底蕴。从南昌城头的枪声到井冈山上的星火，从游击战争的开展到苏维埃政权的建立，从安源工人大罢工到万里长征第一步，无数的英雄史诗为历史小说的创作提供了得天独厚的资源。于是一批反映近现代革命战争的小说作家在赣鄱大地上迅速崛起。在革命历史书写方面，杨佩瑾是一位从理论到实践都具有丰富经验的中坚人物。80年代初，杨佩瑾结合自己的创作实践率先提出革命历史题材创作要突破"五老峰"（老题材、老故事、老典型、老主题、老手法）的主张①。新时期以来，他的长篇小说"天意"三部曲——《霹雳》《旋风》和《红尘》从题材、人物、主题到手法都表现出对"十七年"革命历史小说的新突破。《霹雳》以纸工工人暴动始末为主线，从侧面反映了秋收起义前后的历史情景。虽然作者说，"我是带着写秋收起义和枪杆子里出政权这个题材和主题的框框写下去的，写作中努力使生活中活生生的形象改造得符合原先的某些概念"②，但作品中那些竹林小溪、工棚小店、古亭渡口无不散发出湘赣边区浓郁的乡土气息。《旋风》一改正面书写土地革命的传统路数，以双塔镇一对土、客族青年由宗族世仇发展成为革命情侣的故事为主线，从宗族矛盾的角度来反映革命时代的风云变幻。《红尘》则通过一个反动土豪家庭出

①　杨佩瑾：《突破"五老峰"——谈革命历史题材创作的出新》，《星火》1983年第7期。
②　杨佩瑾：《突破"五老峰"——谈革命历史题材创作的出新》，《星火》1983年第7期。

身的小姐丁月英曲折坎坷的人生悲剧，开掘了战争与人性的复杂主题。此外，《黑眼睛天使》《浣纱王后》等都是杨佩瑾继续沿着"战争与人"这一主题不断掘进的结晶。新时期以来，罗旋先后出版了长篇《南国烽烟》《梅》、中篇《七叶一枝花》《缺男户》、短篇《红线记》《白莲》《败将》等系列作品。罗旋立足于当年赣南苏区的革命战争生活，努力开掘富有地域风情的新奇领域，在艰难的战争生活中体味出深厚纯朴的人性和人情，从而表现出一种粗犷而淡远的美学风格。在赣南的红土地文学阵营中，邱恒聪也是一位成绩显著的默默耕耘者。从《狂飙》、《少年军需队》（与人合著）、《古城枪声》、《星妹、月妹和老板》到《末代绿林》（与人合著）、《井冈魂》等，邱恒聪始终把目光聚焦于井冈山革命根据地和赣南苏区那些动人的英雄传奇和艰苦的斗争生活。

在中国当代文学中，都市文学是伴随着市场经济的转型、消费文化的兴起和城市化进程的加速而逐渐繁荣发展起来的。江西是一个内陆省份，山地丘陵是其主要的地貌特征。历来以农业大省著称的江西，建国后较长时期处于经济欠发达、思想多保守的落后境地。在这一特殊"省情"的濡染下，新时期以来，江西小说创作中的现代都市风景较为薄弱，但值得提及的主要有胡辛、相南翔、雨时、如月、李治平等少数作家的部分创作。在不惑之年以《四个四十岁的女人》闯入文坛的胡辛，在长篇力作《蔷薇雨》中描写了红城徐氏七姊妹及其周围人物在剧烈社会变革中的生活变故和情感周折。但从散落在小说各处的三眼井、洗马池、系马桩、干家大屋、徐孺故榻等历史旧识和徐氏姊妹的情感生活来看，作者的着力点似乎不在表现色彩斑斓的现代都市生活状貌，而在于探讨现代文明冲击下传统女性的心理情感嬗变和对行将远去的古巷风情的追忆和惋惜。南翔的城市写作主要是他的"海南的大陆人"系列。作者从大陆人的独特视角来写海南的城市生活，试图追踪社会变革时期普通人物的心路历程，塑造了徐国华、吴萍（《不要问我从哪里来》），敖英（《永无旁证》），舒风（《淘洗》），米兰（《米兰在海南》）等一群创业失败者的形象。他们在海南的城市舞台上奋力拼搏，企望融入这片开放的土地，但成功时的得意和失败后的疲惫决定了他们作为边缘人的生活轮回。雨时、如月是新时期江西现代都市文学中担当重任的文学伉俪。从《静静的2—4单元》《蛮荒》《序幕》《循着爱的踪迹》《铜帆》到《情爱梦幻》，他们追踪着时代的步伐，切合城市生活（或工业生活）的脉动，散发出鲜活的现代文明气息。《情爱梦幻》是一部真正意义上的现代都市小说，作品以《现代都市》杂志编辑们的生活遭遇和情感经历为主线，展示了市场经济大潮中文化人的现实追求和精神困惑。在"编辑部"以外，作者把目光投向北京、上海、武汉、兰州、海口、深圳等中国现代都市的前沿，从领导干部到建筑工人，为我们描绘了一幅幅绚丽多姿的现代都市画卷。此外，在江西都市小说创作中，李治平的城市写作也有其独到之处。在《送你一颗鲜太阳》《死亡追忆》《城市人》中，他主要把审视的目光投向城市生活的角落，关注城市底层人们的生存状态。

新时期以来，江西作家立足赣鄱大地，凸显地域优势。在革命历史书写方面，江西作家擅长把严酷的革命斗争生活与浓郁的赣南边区风土人情相结合，并深入开掘战争状态下不同人物的心理情感世界，在表现战争与人性这一复杂而深刻的主题方面显示出一定的深度。在地域乡土创作方面，江西作家不但描绘了浓郁的地域风情，传达出多元的本土文化，而且逐渐形成了自己的个性与风格，如陈世旭的凝重厚实、熊正良的奇诡悲怆、傅太平的平和冲淡等，都已成为新时期文学中一道不可忽视的亮丽风景。当然，我们也不否认，新时期江西小说创作在艺术视野和思想深度上还存在一定的囿限，创作主体的艺术视野、想象空间和叙事能力有待进一步提升，他们大多把目光巡睃在近代革命战争和本土现实生活上，对悠远丰饶的赣鄱文化缺乏历史的打捞，对纷繁复杂的现代都市生活缺乏深度挖掘和个性塑造，在历史纵深感和生命厚重感等方面显得不尽如人意。

二、多元文化语境与新世纪江西小说的拓展

20世纪90年代以来，随着经济社会转型的完成，多元文化形态得以确立。在主流文化、精英文化和大众文化"三分天下"的多元格局中，文学创作也呈现出多元共生的繁荣景观。当我们站在新世纪的地平线上检视江西小说创作时，会欣喜地发现，"而今迈步从头越"。近年来江西小说创作已经在生活的广度、思想的深度和艺术的高度等方面取得了可喜的成就：一是在关注城乡日常生存状态的基础上，继续向人性深处和底层边缘拓展；二是在革命历史书写方面，不断寻求艺术上的创新与突破，常常遵循"大事不虚，小事不拘"的创作原则，在革命历史的大背景下展现小人物的日常生活伦理；三是把创作视角投向更广阔的社会生活领域，一批青年作家在大学叙事、小城叙事、职场叙事、都市情感叙事和底层叙事等方面表现出令人期待的创作前景。

新世纪以来，江西小说创作在关注城乡日常生存状态的基础上，继续向人性深处和底层边缘拓展，创作出一批在全国产生较大影响的佳作。陈世旭的《波湖谣》《立夏·立秋》《立冬·立春》等"鄱湖谣"系列小说及时捕捉了转型时期乡土社会诸多复杂变动的讯息，以充满质感和张力的语言，对民间乡土所蓄积和敞现的人格光辉与人性温暖进行了细微洞察与诗意书写。在江西小说创作中，熊正良与陈世旭一样，是为数不多的自20世纪80年代以来一直保持健旺创作活力的作家。在《死亡季节》《疼痛》《别看我的脸》《美手》等长篇小说和《苍蝇苍蝇真美丽》《谁在为我们祝福》《追上来了》《我们卑微的灵魂》等中短篇小说集中，熊正良把沉静尖锐的笔触伸向了更广泛的城乡底层社会，在描写底层人物艰窘生存和卑微灵魂方面表现出罕见的细腻、深度和力量。褚兢、李伯勇、丁伯刚、杨剑敏是近年来江西小说创作中各走一路的卓尔不群者。褚兢以官场小说著称，在系列长篇"官场风月录"（包括《考察干部》《政界乾坤》《市长生涯》《蹉跎政绩》）中，作者以主人公伊凡考入公务员后，从市到县再到省等不同阶段所

经历的二十年职场风雨为线索，直面社会现实，解剖官场文化，批判奴性思想，弘扬清明政治，彰显出知识分子勇于批判、敢于担当的精神传统。李伯勇笔下的乡土世界有其独到的视角和领地。他的《轮回》《寂寞欢爱》《恍惚远行》《旷野黄花》《抵达昨日之河》等长篇小说深植于故乡赣南边地客家文化和历史的深处，以忧虑而深邃的目光打量这片土地和它的乡民在现代历史进程中所呈现出来的全部幽暗与辉煌。丁伯刚是一个乡土的沉思者和放逐者，早期小说《天杀》《天问》《落日低悬》等以细腻冷静的笔触描写卑微敏感的社会底层人物，后来的《路那头》《唱安魂》《两亩地》《有人将归》《宝莲这盏灯》等作品则多表现社会转型时期一些异乡漂泊者失根时的困惑与焦虑。杨剑敏长期以来耽溺于"古典精神"的营构，《陌上桑》《广陵散》《戒刀》《剑客》《秋后问斩》《突厥》《出使》等系列小说都以非凡的想象和先锋的姿态重述久远年代的人物故事，充分彰显了新历史小说的叙事魅力。

　　20世纪末以来，在商品经济大潮挟裹下大众文化渐趋成为流行时尚，不但与主流文化和精英意识分庭抗礼，甚至"随风潜入"社会生活的各个角落。这种开放多元的大众文化在极大丰富和改善人们日常生活的同时，也泥沙俱下地带来了功利性和世俗化的大众消费审美趋向，从而使得传统的英雄主义和理想主义在历史题材创作中被改写或遮蔽。然而，江西革命历史题材书写却在这一大众文化语境中仍然以执着的姿态表达了对革命历史和传统的敬意。叶绍荣的《日出苍山》真实反映了秋收起义宏阔悲壮的历史风云。贾献文的《雾满龙岗》、《兵暴》（与陈光莲合著）生动描写了中央苏区第一次反"围剿"波澜壮阔的历史画卷和"宁都暴动"的真实场景。张学龙的《安源往事》艺术呈现了毛泽东、李立三、刘少奇等老一辈革命家早年领导的安源革命斗争。温燕霞的《红翻天》通过"红鹰宣传突击队"女战士的斗争生活和情感纠葛，反映了第五次反"围剿"前后赣南苏区的历史情景。卜利民的《少共国际师》"带着战争年代赣南大地特有的红土气息和铁血史迹"真切呈现了第五次反"围剿"时期，一支特殊红军队伍"少共国际师"浴血战斗的革命青春。刘华的长篇小说《车头爹　车厢娘》《红罪》《大地耳目》是新世纪江西长篇小说创作的重要收获。《车头爹　车厢娘》以奶奶一家三代铁路人的生活故事和命运遭遇为主线，叙写了自抗战以来半个多世纪各类铁路人的酸甜苦辣和悲欢离合，呈现了铁路工人别样的生活世界，搭建起久被遮蔽的精神空间；《红罪》通过钟长水、赖全福、李双凤等背负"红罪"的革命者在历史悖谬中的革命追求和灵魂挣扎，演绎了一段"从未揭示却真实发生在红土地上的红军秘史"，重构革命历史与乡土大众的血肉联系和精神纽带，不仅以沉重的笔触在历史的粗粝处触摸生命的疼痛，而且以悲悯的情怀在命运的无常中谱写人性的悲歌。《大地耳目》里蒸腾着一股原生田野的气息和民间生命的欢悦，作者以田野调查的口述形式，让各类不同的"大地耳目"现身说法，四十多位不同身份和阅历的讲述者，四十多种不同内容和风格的叙述声音，形成了众声喧哗的"复调"，立体地、原生态地呈现了锦江生气淋漓的民间乡土社会和"才艺满江歌满湖"的风俗民情。

此外，值得注意的是，近年来反映江西本土生活题材的长篇力作还有刘上洋的《老表之歌》，刘建华的长篇小说《天宝往事》《立春秋》，叶绍荣的《故土红尘》，江华明的《尖锐的瓷片》等。《老表之歌》以南江为中心真实描绘了一幅生动的改革开放时期的江西画卷，塑造了江兆南、肖海君、杨大任、林一凡、梁光含等一批挺立时代潮头、敢闯敢拼、敢做敢当的改革开放时代的英雄人物形象，重塑了江西形象和老表形象。《天宝往事》以晚清天宝古村刘氏家族生活及其励精图治打造宜丰土纸产业的传奇故事为主线，描绘了一幅清末民初江南乡土家族生活的风情长卷。《立春秋》通过"轩窗第"蔡家及其周边人物的命运遭际和兴衰荣辱，反映了辛亥革命前后山雨欲来、动荡不安的社会现实，重构了清末民初半个多世纪近代中国的历史进程和生活图景，在审美向度和历史理性方面进行了新的尝试和努力。《故土红尘》以质朴而温情的笔触描述了半个多世纪故土家园的风尘往事和湘鄂赣边的历史变迁，成功塑造了主人公翟福祺在敛财和行善过程中既贪婪冷酷又不乏温情慈善，"时而是魔鬼，时而是菩萨"的生动形象，表现了社会变动时期传统乡土社会所经历的精神文化嬗变及其对土地的深情与迷惘。《尖锐的瓷片》通过周荣花、张步秀和于飞飞等瓷器镇龙缸弄瓷器人家的生活变迁和命运遭际，生动呈现了50年代末至改革开放初近半个世纪瓷都人物的生活图景和文化风习。

　　近年来，江西小说创作不仅向乡土和历史的深处掘进，而且还把创作视角投向了更广阔的社会生活领域，在大学叙事、底层叙事、都市叙事和职场叙事等方面涌现出一批充满活力的青年作家群体，其中阿袁、阿乙、陈蔚文、陈然、樊健军、陈离、王芸、杨帆、欧阳娟、文非等是他们中的佼佼者。阿袁小说大多描述的是大学校园里的生活故事，在《长门赋》《老孟的暮春》《郑袖的梨园》《子在川上》《鱼肠剑》《上邪》《师母》等作品中，作者以其娴熟自如、化俗为雅的言说方式接通了学院与闺阁的人性通道，照亮了学院生活世界的隐微，敞现出真挚的人生情怀。阿乙是近年来城镇底层叙事的杰出代表，他把敏锐的触觉伸向小城底层灰色地带，冷静而细腻地叙述一个个貌似平静实则暗流汹涌的人生故事，他把这些故事称作"世上最无聊最慵懒最绝望最不振作的事"，表现出加缪式的虚无和卡夫卡式的荒诞，代表作品有自传体小说《模范青年》，中短篇小说集《灰故事》《春天在哪里》《寡人》《鸟，看见我了》，长篇小说《下面，我该干些什么》《早上九点叫醒我》。陈蔚文擅长用幽默微讽的笔调表现现代城市青年丰富的情感生活和幽微的内心世界。在《早春情事》《民工张小根的爱情》《卢苡的早春》《沉默的花朵》《惊蛰》《租房》等作品中，中学生朦胧的"早春情事"、打工仔蠢蠢欲动的暗恋情怀、女护士不能生育的内心怅惘、小职员对爱情的热切期待、家庭主妇疑虑丈夫出轨的张皇失措、单身女性都市漂泊遭遇的尴尬无奈等等，这些现代城市青年丰富驳杂的情感心理无不得到真切、细腻的呈现。陈然向来以描写底层人物和弱势群体著称，在《幸福的轮子》《我们村里的小贵》《我是许仙》《我们小区的保安》《亲人在半空飘荡》《2003年的日常生活》等作品中，他一如既往地用温婉而悲凉的写实笔调关注社会转型时期挣扎在城市或乡村底层的工人、车夫、教员、保安以及家庭主妇和村姑弱女。陈然对这些遭遇苦难和不幸的底层人们，没有单向度地表示同情与怜悯，而是既对他们的坚忍和善良表达应有的敬意，也对他们的软弱和卑鄙发出了质疑和批判。樊健军是近年来江西小说创作崛起中的佼佼者，在《桃花痒》《诛金记》《空房子》《穿白衬衫的抹香鲸》《半窗红烛》《花黄时》等作品中，他总是用一种细腻、温暖而又富有想象力的笔触叙写大量乡土守望者或城乡巡睃者的人生故事。陈离小说在本质上是一种知识分子写作。在《夜行记》《两只老虎》《从前的故事》《午夜之门》《英语课》《如梦记》《惘然记》等作品中，陈离始终都没有放弃知识分子的观察视角和叙事姿态。无论是乡村失败者的苦难人生，还是城市寄寓者的情感生活，抑或是学院人物的精神痛苦，陈离总是以一个清醒的知识分子身份采取冷静的谛视姿态，越过现实层面的"真"，掘进精神世界的"深"，并由此表现出一个知识分子的道德情怀和精神立场。王芸的小说体现了一位有过新闻媒体工作和文化散文写作经历者的特点，前期小说《时间寻找长久的爱情》《日近黄昏》《事故》《虞兮虞兮》等，主要描写城市下层普通小人物驳杂艰辛的生活故事及其彰显出的人性冷暖，后期作品《江风烈》《对花》《与孔雀说话》《羽毛》等，在继续关注城市底层人物生存状态的同时，更是把笔触延伸至历史文化的深处，表现出更广阔的家国情怀和文化自觉。以中篇小说集《瞿紫的阳台》入选"21世纪文学之星丛书"的杨帆常常在喧闹的都市背景下探寻深层的人性问题。她对人生或人性的看法似乎有着深刻的悲观，在她的小说中总是充斥着家庭的破碎、婚姻的离弃和爱情的背叛，譬如《瞿紫的阳台》《妈妈的男人》《吃石榴的男人》《毒药》《迷途》《天鹅》等大都如此。欧阳娟拥有"青春物语"和"职场叙事"两套笔墨。《深红粉红》《路过花开路过你》以纤细绵密的笔致，在青春梦幻的浅吟低唱中追忆如花的往事，咀嚼流逝的忧伤；《交易》《手腕》用成熟稳健的笔调直面复杂多变的职场人生，烛照曲折幽微的人性世界。文非从最初的小说集《周鱼的池塘》（入选"21世纪文学之星丛书"2017年卷）到后来的"雨庵镇"系列（包括《渔船来到雨庵镇》《失眠症》《闯入者》《父亲弥留之际》等），一直在努力建构属于自己的文学空间——具有地域风情的南方村镇，作品具有一种对抗性的张力，注重人性的深度开掘和思考，叙述干净利落，充满了爱、温情与慈悲。

　　"小说的精神是复杂性"，"小说存在的理由是要永恒地照亮'生活世界'，保护我们不至于坠入'对存在的遗忘'"①。回望改革开放四十年来江西小说创作从"两峰并峙"到"千山竞秀"的发展历程，无论在表现生活的广度、思想的深度，还是艺术的高度上，江西小说创作无疑是欣慰与忧虑并存。一方面，江西小说创作取得了不可否认的成绩，尤其是在革命历史书写和地域乡土叙事方面为中国当代小说创作提供了"江西经验"。但是另一方面，毋庸讳言，江西当代小说创作仍存在一些不容忽视的局限和问题。从中国当代小说整体格局来看，江西与一些兄弟省份相比，仍然缺少在全国文坛有重要影响的领军人物，没有形成鲜明的"文学赣军"集团力量，在文学想象和艺术风格上素来稳健持重有余，灵动轻盈不足，而在生存和叙事的可能性探索中更显迟疑保守。因而，在未来的文学行旅中，江西小说创作既要正视不足，开拓视野；也要自强自信，塑造个性，从"千山竞秀"走向"姹紫嫣红"。

第二节　陈世旭的小说

　　陈世旭是新时期以来江西小说创作中的"扛大旗"者。陈世旭（1948—　），江西南昌人，初中毕业后曾在赣北农场务农，后来在九江县文化馆从事群众文化工作，1981年调江西省文艺研究所从事专业文学创作及研究，1985年至1987年在武汉大学中文系作家班学习，历任江西省作家协会主席、江西省文联主席。1979年，陈世旭凭借成名作《小镇上的将军》正式走上文坛，四十年来笔耕不辍，被称为中国文坛的"常青树"，先后出版长篇小说《梦洲》《裸体问题》《将军镇》《世纪神话》《边唱边晃》《一半是黑色 一半是白色》《登徒子》《一生之水》等，中短篇小说集《带海风的螺壳》《天鹅湖畔》《青藏手记》《马车》《波湖谣》等，散文随笔集《风花雪月》《都市牧歌》《天南

---

① 米兰·昆德拉：《小说的艺术》，董强译，上海译文出版社2004年版，第23页。

地北》《大地文章》等，传记文学《孤独的绝唱——八大山人传》。短篇小说
《小镇上的将军》获全国第二届优秀短篇小说奖，《惊涛》获全国第四届优秀
短篇小说奖，《马车》获全国1987—1988年优秀小说奖，《镇长之死》获首届
鲁迅文学奖等。从题材内容和叙事方式来看，陈世旭向来有两套笔墨：一类是
村镇叙事，多运用坚实的现实主义笔触，把各色人物的命运遭际点缀在乡镇风
情浓郁的画卷上；另一类小说是知识分子精神探索系列，常常以讽刺批判的笔
调，描写各类知识分子的生存状态和精神品质，反思社会现实问题，感应时代
脉搏。无论是民间村镇叙事还是知识分子精神探索，陈世旭始终以坚韧的姿态
在赣鄱大地上持守着一份文学的沉重与宁静，表达他对文学和生活的思考，以
执着的艺术真诚和直面人生的现实精神不断寻找对自我的超越。

一、时代变迁中的乡土情怀

　　赣鄱乡土既是陈世旭的故土家园，也是他的创作源地，如同浙东之于鲁
迅，湘西之于沈从文，高邮之于汪曾祺，高密之于莫言，商州之于贾平凹。陈
世旭曾如此坦露他对赣鄱乡土的深情眷恋："在长江中下游，鄱阳湖口的一个
小沙洲上，我曾经生活了将近十年。现在，我离开它，将近二十年。我的青
春——人生最宝贵的年华，是属于它的。不仅如此，到目前为止，我的关于欢
乐与痛苦的最初的经验，我的最热烈与最深沉的情感，乃至我创作灵感的源
泉、我的审美理想以及艺术追求的激情和情致，也都是同它联系在一起的。"
（《都市牧歌·故地》）陈世旭后来的赣鄱乡土叙事大多围绕他深情眷恋的
"梦洲"或"小镇"展开，譬如《小镇上的将军》《镇长之死》《将军镇》
《梦洲》《波湖谣》等，对"文革"苦难荒诞岁月的回顾与反思；《天鹅湖
畔》《立冬·立春》《立夏·立秋》等对改革开放年代乡土社会躁动发展的描
绘与展望。

　　陈世旭最初是以"小镇"系列小说为文坛所广泛关注的。20世纪八九十年
代，陈世旭在《小镇上的将军》《镇长之死》《将军镇》《小镇名人录》《李

芙蓉年谱》《遗产》等系列作品中，以罕见的执着和真诚精心营构了属于他的"一方水土"——"小镇"世界。在最初给他带来巨大声誉的《小镇上的将军》中，作者以一位原南京军区政治部退休的老将军的故事为原型，塑造了一个在动乱岁月身陷逆境仍坚毅挺拔、刚正不阿的英雄形象。作品并没有紧张的冲突和完整的情节，从将军的到来、与炊事员的趣事、救生病的小孩、痛斥镇长夫人、悼念总理，到将军去世、人们自发为将军送葬等，叙事主要是在一些场面和细节的描写中完成的。这种通过场景和细节推动叙事、塑造人物的表现方式成为陈世旭后来小说创作的重要特色。《镇长之死》是小镇叙事的进一步延伸，作者把《小镇上的将军》中那个没有正面出场的镇长推向了前台。在那个黑白颠倒的混乱岁月，癫痫镇长深谙官场权力暗斗规则，通过各种不正当手段攫取小镇权力，用变相监禁的办法逼迫村镇干部写交代，以此达到掌握把柄控制干部的目的。他表面上积极迎合上面布置的各种劳民伤财的政治任务，内心则充满了对底层弱势民众的同情和歉疚。在这个半是"魔鬼"半是"天使"的癫痫镇长身上，既真实体现了人性的复杂，也生动体现了民间的智慧。长篇小说《将军镇》是小镇系列的集大成者。小说以一种"辞典"式或"葫芦串"式的结构方式展示了20世纪70年代至90年代中期将军镇的生活变迁，塑造了插队知青、下放干部、落难将军、地区专员、县委书记、工作组长、大队书记、小镇镇长、民间艺人等性格鲜明的各色人物形象。而其他诸如行状诡秘而生存有道的"圣人"余自悦、贫贱无忧的瞎拐以及在政治风云和民间情爱中挣扎的波湖男女等无不体现出赣北民间特有的生存方式和文化风习。陈世旭笔下的小镇风情主要是通过典型的细节和场景描绘、富有个性的人物语言和行为方式而得到突出表现的。他大多采取史家的写实笔法，关注人物的日常生活、外部行为和活动场景，因人立事，以事显情，并通过富有地域特色的方言土语和歌谣俚曲营造出浓厚的地域文化气息。毋庸讳言，陈世旭的"小镇系列"在当代文学中已具有了无可替代的"史"的意义。

　　在陈世旭的乡土叙事中，与"小镇"毗连的是"梦洲"。《梦洲》《惊涛》《波湖谣》等以"梦洲"为场景展开的乡土叙事在很大程度上仍然是小镇系列的延伸和拓展。1964年陈世旭初中毕业后在"上山下乡"运动的裹挟下来到赣北农场度过了难忘的八年插队务农生活，长篇小说《梦洲》便是这段农场务农生活的写照。小说以主人公小小的生活经历和命运遭际为主线，描写了特殊年代知青们荒诞而无奈的下放生活，反映了"极左"政治运动对农村社会的冲击和影响。《惊涛》由《宿怨》《烽火》《车灯》《热土》四个系列短篇组成。《宿怨》主要写春甫与公社书记的积怨，及其在抗洪救灾时的冲突和转化；《烽火》主要写秋霞和李欣在抗洪救险中萌生的爱情，及其在烽火报警问题上李欣丑态的暴露和秋霞痴情的觉醒；《车灯》主要写夏邦清和胡月生由挚友变情敌，及其在洪水威胁面前不计前嫌，奋力救灾，让生命像"车灯"一样点燃；《热土》主要写鲁道明在机构改革中落选后怀恨在心，及其后来在救灾中破坏炸坝分洪报复夏邦清，而激起众怒。作者通过抗洪救险这一中心事件串联各篇，把自然界的洪水与社会生活中的"波涛"有机地融会在一起，在"惊涛"骇浪中展示人性善恶。《波湖谣》叙写的仍是农场知青的梦洲故事。小说以四个小故事结构全篇，在一定程度上淡化了政治运动的血雨腥风，而注重描写底层人物在政治运动中对道德、理想、爱情的渴望与坚守。农场知青韩冬虽是技校毕业，但因父亲身份问题而被留在农村。然而，韩冬一直试图逃离不公命运的安排，终于在省农业厅技术员的帮助下，抛弃了一切，包括曾经的爱人，决然地离开了梦洲。在关注乡土政治活动外，陈世旭并没有忘怀动乱岁月中的乡土日常生活。在他笔下，最初的"梦洲"是一个无根的荒洲，随着背井离乡的农民、背债负案的逃亡者和临时歇脚的渔民等各类原始居民的到来和垦殖，逐渐成为一块可以安稳生活的农场。白天人们在田间劳作，傍晚在袅袅炊烟中，女人唤鸡、唤猪、唤伢子，一幅田园生活图在作者笔下展开。然而，朱福火与唐寡妇、张珍珍与郑克光、刀疤等真实自然而又阴暗混杂的乡间男女情爱，以及随后到来的政治运动中农民与知青之间的冲突报复，充分彰显了既生气淋漓也藏污纳垢的民间生活风习。

当然，陈世旭的乡土小说并不都是冷峻沉重的"文革"叙事，也有另一路温暖舒缓的水乡故事。新世纪初，陈世旭发表了一组新"波湖谣"系列短篇

《立冬·立春》《立夏·立秋》，反映了波湖水乡何谷村在改革开放时期的风情画卷。《立冬》讲述了退休教师何蛟寿带领何谷村人进行村委会选举的经过；《立春》描写了青年教师何来庆甘于留守乡土在村小教书的经历；《立夏》写乡村干部李玉生不计私利舍命醉酒为何谷村老百姓利益开发旅游的故事；《立秋》写老船工何神仙保护野生珍禽动物的事迹。陈世旭的新"波湖谣"系列小说无论是题材内容还是笔调风格都与此前的村镇叙事有了很大不同，作者一方面真实反映了现代转型中乡村社会的嬗变及其蜕变中农民心理变化，揭示了城镇化发展中乡村社会的种种问题和无法逆转的衰落现实；而另一方面，作品的感人力量显然不在常见的乡村叙事中，而是来自两代乡村基层干部和知识分子守望乡土的执着与真诚。作者对民间乡土所蓄积和敞现的人格光辉与人性温暖的细微洞察与诗意书写，莫不让人升腾起一种久违的感动。在经济转型时期的中国，丰饶的城市日益成为贫瘠乡村的巨大诱惑，传统的价值理想在现代物质文明的追逐中日渐式微。新"波湖谣"系列小说并未回避现代城市对传统乡村的诱惑，"何谷村已不是先前的何谷村，年轻人都出去打工，剩下老小"，当年风靡一时的"串堂班"如今早已"风光不再"，年轻人不爱看戏，戏班子也都"弃船上岸"。城乡物质生活方面日益增大的差异加速了人们对乡土的逃离。然而，随着当下经济社会的发展和国家"三农"政策的落实，农村的情势也在悄然发生变化。"重归鄱阳湖"的陈世旭及时捕捉了转型时期乡土社会的诸多变动。何谷村的村民选举已然传达出现代乡村变革的时代讯息。在何教授的带动下，串堂班又"扯起来了"，何谷村选出了年富力强的当家人，招商引资、旅游开发、生态养殖等项目都经由"盘算"逐渐变为现实。如果说何教授回归乡土的桑榆情怀让人敬重，那么何来庆守望乡土的人性温暖同样使人感动。正值而立的何来庆一边在简陋的村小教书，一边在困窘的村里兼做支书；既要在学校里教十来个学生的语、数、体、音、美全部功课，又要忙活全村老少的大小事情。陈世旭以看似漫不经心的笔触在何来庆身上传达出现代乡土社会的芜杂与沉重：外部世界的召唤、羸弱父母的牵绊、放弃学生的不忍以及父老乡亲的信任等诸多问题纠缠着这个外表开朗活泼的乡村知识分子。直至小说结尾时"最后一课"的感人场景与主人公为挽留辍学女生"一头扎进湖里"的果决态度鲜明地昭示出年轻一代知识分子守望乡土的最后抉择。新"波湖谣"的艺术价值不止在于及时地捕捉了转型时期乡土社会的变动讯息，也不止在于为当下冷漠而轻飘的文坛提供了民间大地的温暖与感动，而且还在于它为当下小说艺术尤其是短篇小说文体标示了一种新的可能。新"波湖谣"既非以题材求异，也不凭技法取胜。村民选举、孩童辍学、日常醉酒、守护候鸟，这些"微不足道的小事"却在作者质朴亲切的叙述中"变得趣味盎然"。毋庸讳言，新"波湖谣"的重心不在叙事，而在写人。小说所用的笔法不是西洋油画的浓墨重彩，而是传统中国的写意山水。何教授、何神仙的桑榆情怀不是靠细致的心理打磨彰显，而是在一次次奔走守护中令人感动。何来庆、李玉生的赤子之心不是借英雄式的豪言壮语表露，而是在一次次守望付出中让人温暖。陈世旭向来擅长用朴实的材料和生动的细节营造出丰富的精神空间，何教授、何神仙、何来庆、李玉生等乡村人物的人格标杆在鄱阳湖的远山近水间矗立而起。

自"小镇"系列到新"波湖谣"系列，我们不难发现陈世旭一直以来在小说叙事艺术上的努力：尽可能地简洁利索，不回避富有表现力的方言土语，即便是人物与景致的描写，也多用蕴藉而充满张力的短句，至于叙述的展开更是删繁就简，惜墨如金。有人说，陈世旭是文坛的"常青树"，"像务农一样写作"[1]，不只是称誉陈世旭写作勤奋与务实，更应包含陈世旭对乡土家园的钟情与守望。

二、社会转型时期的精神探索

在一次访谈中，陈世旭说："我觉得，一个国家的时代变革，能不能形成和发展一种新的文化精神，这种新的文化精神的品质如何，渗透程度如何，在

---

① 褚兢：《像务农一样写作——著名作家陈世旭印象》，《作品》2005年第12期。

很大程度上取决于知识分子的文化成色。可以说，知识分子的表情就是国民的表情。"[1]如果说70年代末陈世旭以"小镇作家"的身份正式走上文坛，那么从90年代开始，他则以"时代书记官"的视角对社会转型时期的知识分子进行了表情绘写与精神叩问。虽然在《裸体问题》之前，陈世旭便陆续发表了《马车》《研究生院的爱情故事》《校长、教授、助教和红房子》《未理之璞》等反映知识分子生活的中短篇小说，但1993年长篇小说《裸体问题》的发表仍然可以视为"小镇作家"陈世旭创作转型的到来（因为后者正是在前者的基础上拓展而来）。随后，《一半是黑色，一半是白色》《世纪神话》《边唱边晃》《登徒子》和《一生之水》等知识分子系列作品相继问世，陈世旭对社会转型时期知识分子群体的生存状态和精神世界进行了持续关注和深入开掘。

自20世纪末以来，长期维系意识形态一体化的时代"共名"开始被众声喧哗的多元化所取代，旧的价值体系开始崩塌，新的价值体系尚未建立，迅速转型的经济体制和多元文化空间使得知识分子逐渐失去了居于社会中心引领时代风尚的优越和自信，并进而在商品经济的大潮中迷失方向。正如许纪霖先生所忧虑的那样："当代中国的知识分子正面临着一个严峻的生存挑战。商品经济的大潮以不可阻挡的气势席卷社会的每一角落，涤荡着既存的价值观念、生存准则和人际规范。人们仿佛突如其来地被抛出了久已习惯的生活轨道，愕然地注视着周围陌生的一切。偌大的神州，已放不下一张平静的书桌，神圣的校园，失去了往日的清高，安宁的书斋，也难以再抚慰学者们一颗寂寞的心。"[2]陈世旭笔下的知识分子虽然大多生活于文人气息较浓而又相对封闭的高校、作协或博物馆等文化事业单位，然而，转型时期泥沙俱下的时代洪流冲刷着每个社会角落，使得不同代际的知识分子几乎都陷入了不同程度的精神迷失或生存尴尬。

陈世旭的知识分子系列小说共时性地呈现了老、中、青三代不同知识分

① 陈劲松、陈世旭：《我很庆幸把这一生交给了文学——陈世旭访谈录》，《山花》2010年第5期。

② 许纪霖：《商品经济与知识分子的生存危机》，《读书》1988年第9期。

子的群体形象。由于时代背景、成长经历和知识结构等的不同，不同代际的知识分子往往表现出不同的生存状态和精神风貌。根据许纪霖先生关于20世纪中国知识分子的代际划分，陈世旭笔下的老一代知识分子大致属于后"五四"一代，如彭佳佩、公伯骞、董敦颐、梁守一（《裸体问题》）、秦友三（《边唱边晃》）等。他们主要在民国时期接受大学教育，学生时代受到具有东西方文化背景的"五四"一代知识分子的熏陶，赓续了前辈知识分子的精神传统。陈世旭笔下的范正宇、姚长安、肖牧夫（《裸体问题》）、陈火林（《一半是黑色，一半是白色》）和郑子健（《边唱边晃》《登徒子》）等中年知识分子，大致属于"十七年"与"文革"一代。他们主要在建国后特殊的政治文化语境中接受大学教育，其知识背景具有浓厚的意识形态色彩。由于时代环境及其在此环境下习得的学术修养和人生阅历与前辈学人迥异，中年知识分子在文化和学术上的生命没有及时得到充分发展，在很大程度上中断了民国知识分子的精神传统。虽然激进的政治运动扭曲甚至中断了他们正常的学习进程，但是"文革"后他们大多通过恢复高考或自修，在文化知识和专业技能上获得迅速提升的机会，而成为新时期社会各领域的中坚力量。青年知识分子常常是陈世旭知识分子系列作品中的核心人物，如《裸体问题》中的况达明、戴执中、田家宝、程志、张黎黎，《世纪神话》中的方肃，《边唱边晃》中的何为，《登徒子》中的李贺，《一生之水》中的冯乐等，他们属于"文革"后的一代，主要在新时期接受大学教育，"轻装上阵"的他们对周围一切都充满了无所顾忌的叛逆精神和青春活力。然而他们已不再像其前辈们那样专注于学术专业和文学创作，而是以知识学术或文学才华为资本游戏世俗红尘。虽然他们内心角落里也还仍然蛰伏着对世俗的敌意，挣扎着知识分子的良知，但由于没有前辈知识分子的历史包袱和苦难记忆，再加上改革开放时代各种思想文化潮流所赋予他们的全新思想观念，转型时期的青年知识分子表现出了与前辈知识分子完全不同的人生姿态。

老一代知识分子一方面虽然赓续了前辈知识分子安贫乐道、克己奉公的优秀品质，但另一方面也因袭了他们隐忍退让、学优则仕的不良传统，在纷繁芜杂的社会转型时期不可避免地表现出难以"与时俱进"的不适与焦虑，甚至失去知识分子应有的操守和人格。在《裸体问题》里，中文系主任梁守一在商品经济大潮中终于经受不住利益的诱惑，趁学术活动之余另寻生财之道，"君子耻于利"的信念在购玉的患得患失中瞬间崩塌。同时伴随着职位的上升，梁守一更是将"君子爱财，取之有道"的生存法则通过作家班和校庆活动发挥得淋漓尽致。而化学系主任尹教授为了沽名钓誉，最初主动笼络学生，支持女儿尹敏同田家宝的恋爱，并推荐他参加"星火计划"，然而，一旦田家宝拒绝他占用自己的学术成果，这位享誉学界的导师竟然对学生进行了爱情和事业的双重打击，完全迷失于对功利主义的追求里，丧失了知识分子的基本操守。如果说梁守一和尹教授在追名逐利中丧失了知识分子应有的操守和人格，那么彭佳佩、公伯骞和董敦颐等则在纷繁芜杂的社会转型时期表现出难以"与时俱进"的生存尴尬。彭佳佩在学术上敢为人先，在生活中却处处隐忍退让，陷入困境。公伯骞虽德高望重，学为人师，但为了天伦之乐，不惜以公器了私愿，在职称评定上举棋不定，最终酿成不良后果。董敦颐虽志存高远，事必躬亲，无奈力不从心，事与愿违。

　　社会转型时期，中年知识分子在长期压抑后急欲重新振奋，然而，相对滞后的思想观念和商品时代的生存法则却成为他们施展人生抱负的掣肘，"人到中年"的知识分子们遭遇到新的尴尬和危机。《裸体问题》里一场晋升副教授的竞争让三位人到中年的讲师同时陷于尴尬。范正宇年龄大，科研弱；姚长安科研强，讲课不受学生欢迎；肖牧夫上课和科研都优秀，但"工农兵学员"的身份不好。三人都渴望评上副教授，因为他们深知"这个头衔和它所体现出来的价值"，职称不仅是能力水平的判断，更是工资、住房等各种生活待遇的载体，然而，副教授的名额却只有一个。在新的竞争环境中，虽然中年知识分子不再像他们的先辈那样忍辱退让，安于现状，而是表现出积极主动的竞争姿态，然而，残酷的竞争最终导致令人扼腕的两败俱伤，姚长安英年早逝，肖牧夫辞职出国。这种转型时期个人的合理性要求与现实条件下无法实现之间的冲突同样不断侵蚀着陈火林、向海洋和郑子健等的个性与良知。辗转于讲台、官场和学界的陈火林始终难以找到张扬个性、实现自我的净土。从省城到地方的向海洋虽有过人的工作能力，却最终难以逃脱折戟沉沙的悲剧。享誉文坛的实力派作家郑子健即使不愿同流合污，却也在复杂的人事倾轧中一筹莫展。

相较于前辈知识分子，转型时期的青年知识分子既是年轻有为的一代，具有敢为天下先的开拓精神；也是浮躁多变的一群，常常在困厄曲折中缺乏持之以恒的毅力，在世俗诱惑面前迷失人生航向。《裸体问题》中，年轻才子们的红杉社最终风流云散，戴执中下海、田家宝出国、程志下乡、张黎黎沉沦。而那部曾经寄寓了才子们精神追求的《山鬼》尽管在商业赞助上获得了舞台演出的机会，却"并没有出现很多年前创作者们想象的那种轰动，预期的那场革命根本就连一点影子也看不见"。"象牙塔"外伴随着商品经济汹涌而至的世俗化浪潮很快瓦解了青年知识分子涉世未深的理想与诗意。在《边唱边晃》中，原本"独善其身"的何为最终难抵世俗诱惑，很快在与赵响、猴子、姚红等的欲望放纵中迷失人生，而以巫婆、新斯基、大马等为代表的一帮文坛新秀更是整天寻欢作乐，沉湎于跳舞、泡妞、酗酒等声色犬马之中。与何为等一样，《世纪神话》中的方肃与《登徒子》中的李贺也都不务正业，只把满腔热情洒向无边风月，在欲望的追逐中沉沦，而逢中、二饼、幺鸡等作协一帮文人更是不学无术，寡廉鲜耻，有的借骗取诗坛泰斗回信而"声名鹊起"，有的靠女性化署名走上文坛，有的凭运作关系在权、钱、色的交易中呼风唤雨。《一生之水》中的冯乐虽寄身于高校，学的是中文专业，但他不再是一个单纯治学或从文的人文知识分子，而是一个介于官、学之间的高校行政化知识分子。依靠"裙带关系"踏上仕途的冯乐凭借"吮痈舐痔"的谄媚功夫从一般科员一路攀至主政一方的院长，并且身边的漂亮女人趋之如鹜。冯乐在仕途与情场的"得意"是与其深谙消费时代商品交换规律和官场权谋法则分不开的："我现在做叭儿狗，以后才能有别人做我的叭儿狗，权力与女人密不可分，你有权就会有女人；有女人，你就干什么事都特有劲，就会有更多的权。"

在社会急剧转型的商品经济浪潮中，传统知识分子追求理想抵御苦难的精神支撑已然土崩瓦解。以商品交换价值为基础的实用理性法则和来自世俗社会赤裸裸的欲望诱惑，使得当下知识分子不同程度地出现了自我认同的危机、道德理性的困惑和人性良知的迷失。陈思和先生在《知识分子精神的自我救赎》中谈及王安忆的创作时说道："在90年代文学界的知识分子人文精神普遍疲软的状态下，有相当一部分有所作为的作家放弃了80年代的精英立场，主动转向民间世界，从大地升腾的天地元气中吸取与现实抗衡的力量，还有的作家在文化边缘的生存环境中用个人话语来表达自己的感受，王安忆则高擎起纯粹的精神的旗帜，尝试着知识分子精神上自我救赎的努力。"①与王安忆一样，自20世纪90年代以来，在物质消费主义渐趋流行的商品经济时代，陈世旭始终以坚韧的姿态持守知识分子特有的精英立场，直面转型时期的社会现实，"擎起纯粹的精神的旗帜"，执着探寻知识分子的精神世界，并尝试"自我救赎的努力"。

在陈世旭的作品中，无论是身处高校的教师，还是活跃文坛的作家；无论是因袭传统的前辈知识分子，还是迷失精神的年轻一代，转型时期的知识分子虽然遭遇"被边缘化"的尴尬与焦虑，但是作为知识和思想的代表，他们仍然没有完全放弃知识分子的某些精神传统。在商品法则和俗世欲望的魅惑下，敏感的知识分子难免感应时代脉搏、随波逐流，但是内心的自省与焦灼却常常将"沉重的肉身"袒露在现实的沙滩上。自省不仅是知识分子对自身价值的重估，也包含对人、对己的人性关怀以及与之而来的反思。在外部现实与内心理性的不断交锋中，陈世旭笔下良知未泯的知识分子常常萌生出突围俗世的冲动，并试图在事业、爱情与宗教中寄予自我救赎的期待。陈世旭笔下的知识分子多为人文知识分子，所从事的专业或职业多与文化或文学有关，他们常常试图在事业的追求中寄予自我救赎的期待。《一半是黑色，一半是白色》里，大学中文系毕业的陈火林，不管在什么岗位上，始终保持好学多思的习惯，每当工作或感情陷入困顿或纠结时，他总是将精力转移到学习和写作上，甚至多次想回到高校，投身学术事业。《裸体问题》中以况达明为首的年轻才子们试图

---

① 陈思和等：《知识分子精神的自我救赎》，《文艺争鸣》1999年第5期。

以现代版的《山鬼》在东方大学引起一场革命，而以晓雨为代表的先锋诗人们则企图"以最不先锋的肉体为代价，去换取最先锋的灵魂的自由"。《边唱边晃》里的郑子健始终与文坛流弊格格不入，每当陷入人事纷扰时，总想"弃了市嚣，抛却俗务"，到韵园"依碧枕流，汲泉品茗"，一洗身心，而何为在经历了巫山云雨和俗世浊流之后，最终在下乡救灾的过程中受到灵魂的洗礼，重新投入差不多已经放弃的小说写作。《世纪神话》里的方肃虽然沉湎于酒色之间，但也不忘文人雅趣，开设"饮冰室"茶馆，并装修得古典且雅致，力求在现代都市里隔出一方古典天地，让正被物欲压得无处藏身的文化精神得到一个喘息的角落。《一生之水》中的冯乐在追逐欲望满足和感官刺激过程中总是难以摆脱精神上的困惑与危机。他一方面听从世俗欲望的召唤寻欢作乐，另一方面又陷入道德律令充满内疚和自责。临终前，冯乐把那些本属隐私的故事交给他自认为"最信赖的朋友"，希望有一天这些真实的故事能以虚构的表象发表出来，从而能被那些与他有过瓜葛的女人看见，"让那些从来就没有爱过他的女人看见了知道他也从来就没有把她当回事；那些给过他真爱的女人看见了知道他也是个有情有义的男人"，冯乐的权力和女人最终都"风流云散"，正当盛年的冯乐却罹患绝症不治身亡。

孔子说"士志于道"（《论语·里仁》）。对于古代知识分子而言，"道"体现为"济苍生""善其身"的政治抱负和人格操守。对于现代知识分子而言，"道"除了被赋予时代内涵的政治抱负和人格操守之外，更有了赋予他们以身份自信的学术知识。然而，"文革"时期对知识学术的批判在很大程度上瓦解了当代知识分子建构人生自信的基础，转型时期人文精神的失落再次使知识分子的价值重建陷入危机。陈世旭正是从传统与现代的冲突和裂痕中关注转型时期不同代际知识分子的生存境遇和精神嬗变，试图探讨知识分子的自我救赎之途，进而完成对一个时代的表情绘写和精神叩问，并由此敞现出同为知识者的批判姿态和人文情怀。

三、《青藏手记》：叙述空间的开拓

在陈世旭的小说创作中，无论从哪个角度来看，《青藏手记》都是一部值得充分重视的小说。那来自高原的强悍的生命气息和崇高的理想主义精神无不深深地震撼着每个读者的心灵深处。然而在感动之余，我们不难发现《青藏手记》的叙事美学同样不容忽视。

《青藏手记》的魅力不在于故事的离奇曲折和人物性格的风韵饱满，而在于对人物内心情感的捕捉和小说整体氛围的营造，这二者的达成则首先来自叙事形式的匠心独运。作品在"我"到阿曲做线务员，因病调离后又开着邮车重返青藏，最终献身高原这样一个简单的故事框架内融入了大量的非情节性的描写、抒情和议论。从整体上看，《青藏手记》分为六节，每节都以一个"关于……"的介词结构做标题："关于路""关于草和树""关于卓玛、娜仁花和欢喜菩萨""关于密宗、雪灾和熊""关于朝佛和佛的本生故事""关于《青藏手记》的手记"。作者的用意十分明确，他在每一节中都有不同的叙事中心。这种散点式的结构显然借鉴了游记散文的特点，采取移步换形的手法，根据叙事的需要，把人物的行动过程作为场景来观察。叙事人不时地打断故事发展的进程，采用历史追溯和场面叠加的方法加强叙事空间的展现和小说氛围的渲染。这一散文化的结构方式无疑大大拓展了小说的叙述空间。

从叙事的起点来看，"我"开着邮车行驶在去往青藏的邮路上。在这里"路"是叙述的中心，"我"只不过充当了一个叙述者或者说见证人的角色。因而作品中对路的描写融入了"我"的丰富的主观情感。"青藏的路是天路"，遥远而漫长。在寂然无声的荒原上只有青色的路在孤独行人的视野里永无休止地伸展。它"是对人的忍耐极限的挑战"。遥远而冷寂的青藏之路充满了无数不可知的变数，"白天滚烫而夜晚冰冷"。在这条严酷的路上"你一天可以历经一年四季"，"最起码人性的愿望常常成为一种奢侈"，它会使平淡的人生增添许多悲壮的色彩。在"我"多愁善感的沉思中，历史与此同时也进入了"我"对路的感伤表述。一千年前，文成公主的浩荡车队"在唐蕃古道上

卷起漫天烟尘"，倒淌河便是当年公主感伤的明证。一千年后班禅活佛的壮阔旅行，身后只留下骆驼、马匹尸骸堆积如山的千里荒原。而现在，"历史长廊留下的是无边的寂静"。作者在极力描绘和渲染青藏之路的悠远、漫长、艰险和冷寂的同时，赋予了它极为丰富的人生意蕴和哲学内涵。青藏之路既是一种精神的象征，更是一种人生的境界。在历经了漫长而艰辛的青藏之路后，平凡的人生也会得到超越。"在青藏之路，你会觉得几倍于人"，"那些平淡苍白的人生也许几辈子、几十辈子加在一起，都无法达到对你人生所经验的高度，同时你会觉得你的人生太短促"。习惯了在江南小镇营造写作空间的陈世旭一旦把目光投向粗犷的青藏高原，便禁不住激情满怀。在豪迈的高原，壮丽的日出日落，漫山遍野的牛羊，伸手可触的白云，神秘的雪山神谕，这一切都很容易使人感觉到灵魂的超脱和生命的微贱。行驶在邮路上的"我"，在广阔的高原背景下叩问生命的意义。作者在这里几乎抛弃了完整的故事，不再把情节作为叙述的主体，而代之以心理情绪来组织小说，同时融入大量的非情节因素：描写、议论和抒情。但陈世旭无意走先锋小说只注重文本实验的老路，他在突出人物情绪的同时仍保持了情节线的完整。在豪迈的高原面前，"我"为自己过去对高原的背弃和逃亡而深深地忏悔。小说在"我"的忏悔中进入了关于阿曲往事的追忆。经过了艰难跋涉终于到达阿曲后的"我"受到了大家的热情接待。然而不到一个星期"我"因无法忍受可怕的寂寞而有了第一次逃离。但很快"我"便接受了生活对"我"的考验，习惯了与鸟为伴，而且从道白那里学会了用念珠来打发寂寞，让"时光和青春在念珠上滑过"。这期间"我"与尕斯有过一段美好而短暂的情感经历。后来"我"因病调离了青藏，但不久又驾着邮车重回高原。故事至此又回到了叙事的起点。显然此前"关于路""关于草和树""关于密宗、雪灾和熊"等的描写，既是作者关于生存的哲学思考，也是为人物所作的场景铺垫。在第二节中，作者又插入了老那的故事。作为局长的老那开着手扶拖拉机跑了一百多公里等了"我"一天。这仍然是线性叙事的发展。但作者随后就借老那喋喋不休的叙说转述了他过去的经历。由于气候寒冷，阿曲没有绿色，草和树只是作为一种象征而生长在人们的期待中。老那无疑是恶劣高原环境中的一棵摇曳的青稞。为了高原的邮政事业他献出了青春热血献出了一双儿女，最终自愿放弃了调回内地的机会而成为高原永远的守护者。

苏珊·朗格认为：“艺术家的能力就是将表现性和情感意味移入到外部之中的能力，艺术家从现实生活中取得一束鲜花、一片风景都被转化成一件浸透着艺术活动的想象物。这样一来，就使每一件普通的现实物都染上一种创造物所具有的意味，这就是自然的主观化，也正是这种主观化，才使得现实本身被转变成了生命和情感的符号。”①大量的主观性话语在拓展小说叙事空间的同时，无疑也给小说营造出浓郁的诗意氛围。《青藏手记》中所传达的首先是关于神秘青藏的生命体验和审美情感。那漫长而冷寂的路，那无比壮丽的落日，那漫无边际令人窒息的寂寞，那神秘而令人心悸的天葬，那磕长头朝佛的神圣场面……陈世旭在广阔而悲壮的高原背景下，在柔弱的生命、坚韧的意志和严酷的生存环境之间追问人生的终极意义。命运常常造就不同角色的分配和不同的生命承担方式。《青藏手记》中“我同青藏不可分离的命运，在我父亲手上就注定了”，但是两代人的努力也无法使具有汉人传统的“我”和老那的一双儿女逃脱高原生存的宿命，最终都把生命交给了高原。一种生命的悲凉和人生的壮丽贯穿了《青藏手记》的全部。从语言和修辞层面上来看，《青藏手记》与其说是小说，毋宁说是一部诗情浓郁的散文诗。陈世旭的小说语言向来以凝练、沉郁和质朴而著称。《青藏手记》在语言上继续保留了凝练和沉郁之外，似乎又多了一些丰腴。从形式上看，浓缩的短句仍然是这部小说的主要特色。在作者笔下，邮车“永远是孤旅”，路在寂然无声的荒原上“永无休止地伸展”，寂寞是“一片走不出去的沼泽”，“时光和青春在念珠上滑过”……这些凝练的短句，饱含着丰富的情感意蕴，浓缩了深厚的哲理内涵，营造出浓郁的诗意，从而具有了些许丰腴的质感。《青藏手记》在对话上，采用的一律

---

① 苏珊·朗格：《艺术问题》，滕守尧、朱疆源译，中国社会科学出版社1983年版，第135页。

是富有节奏感的短句。比如"我"刚到阿曲一个星期因无法忍受寂寞而逃到了西宁，待冲动平静之后，"我"又回到了阿曲，原以为一场严厉的处分仅在老那和"我"的一场简短对话之后便结束了："去哪儿啦？""西宁。""有急事？""没有。""那为啥？""就是想看看草，看看树。""看见啦？""看见了。""咋样？""顶好。""那就好。"这些简洁短促的对话既充分表达了人物丰富的内心世界，又符合高原的生活特点。这便是陈世旭式的语言。

叙事视角的巧妙设计也是《青藏手记》散文化倾向的重要因素。第一人称的叙事方式在作品中体现出了不尽的魅力。小说的前五节，以手记的形式采取第一人称的叙事视角，讲述了"我"在阿曲的经历、见闻和感受。第一人称"我"并非作者本人，而是一位叫高原的邮车司机。作者显然是从便于抒发自我情感的角度来采用第一人称叙事方式的。同时这一叙事方式也更有利于把一些不连贯的叙事和抒情片段合乎逻辑地艺术地联结在一起。在小说中，青藏的路、"我"的孤独、老那的故事、尕斯的"爱情"以及许多关于青藏的传说，都在"我"深沉、凝重的叙述中得到了完整的统一。在《青藏手记》中陈世旭一方面安排高原以第一人称进入对往事的回忆、生命意义的追问和自我心灵的忏悔，作者尽量与第一人称的叙事者保持着情感的认同。另一方面，作者又在小说的最后部分以"笔者"的身份参与叙事，"借作者与叙述者的间离造成了另一潜在的审视角度"[①]。这种叙事角度的安排形成了作品多维的时间维度。《青藏手记》是高原的遗物，高原以第一人称的身份在讲述他的往事。而整个叙事过程又是在作者的"帮助"下完成的。陈世旭的这一叙事方式很容易让我们想起鲁迅那部著名的爱情小说《伤逝——涓生的手记》。为了让涓生的感伤和悔恨得以真切地呈现，鲁迅让涓生在"手记"中以第一人称的身份对过去的"我"进行了无尽的解剖和忏悔。而作者本人则有意识地与叙述者保持距离，提供给读者以理性思考的线索，"那个叙事者尽管满心悔恨，却没有在道德上

---

① 陈平原：《陈平原小说史论集》上卷，河北人民出版社1997年版，第356页。

和感情上公平对待被他抛弃的子君"①。虽然我们无法确证陈世旭在多大程度上受到鲁迅的影响。但是在文体的运用、视角的设置和抒情效果的达成上，二者都有惊人的相似之处。如果从这个角度出发，有一点我们可以肯定：陈世旭已经承继了五四以来现代小说心理化和诗化的叙事传统，实现了小说结构重心的转移。这种在小说文体上的自觉努力同样也表现在陈世旭的其他作品中。

　　在《小镇上的将军》这部最初给陈世旭带来巨大声誉的短篇中，作者在将军落难这样一个简单的故事框架里融入了大量的关于现实和历史的思考，虽然叙事的焦点集中在将军身上，但作者是通过小镇上"小老百姓们"的眼光由远及近、由表及里来完成将军形象的塑造的。小说中没有惊天动地、离奇曲折的故事情节，而只安排了教育小兵、棍打镇长夫人、组织悼念总理这三件小事，其中将军每天站在十字街口那棵被雷轰了顶的老樟树下，拄着发亮的茶木拐棍，挺直身板默默沉思的形象让人久久难忘。而90年代初曾一度名动京城的长篇小说《裸体问题》在结构上的散文化特征尤为明显。作品没有贯穿始终的故事情节和中心人物。它是作者用"葫芦串"式的结构把以前已发表过的一些中短篇小说《马车》《校长、教授、助教和红房子》《研究生院的爱情故事》等融会在一起重新打造而成的一部长篇。这种"散点透视"的叙事方式"不仅有利于反映广阔的社会生活，而且与现在这个纷繁缭乱的社会现实以及文化人浮躁不安的精神状态相吻合，增强了一种生活缤纷感，表现了作家创作心态的从容自由"②。陈世旭说，在某种程度上，形式即是内容。形式的变革所造成的对观念的冲击，往往就直接体现为历史内容。以为只要有内容的更新就可以不求形式的变革，只能是一厢情愿。不变是相对的，变是绝对的。③这种从内容到形式的对小说艺术本体的自觉，在陈世旭后来的创作中得到充分彰显。

---

①　帕特里克·哈南：《鲁迅小说的技巧》，《国外鲁迅研究论集》，北京大学出版社1981年版。

②　吴海：《〈裸体问题〉：当代知识分子的精神画像》，《创作评谭》1994年第3期。

③　陈世旭：《当代文学在哪里迷失》，《文学评论》1988年第6期。

第三节　杨佩瑾与罗旋的小说

　　江西是一块"红色"的土地，革命历史小说创作是江西文学独走一脉的重镇，杨佩瑾和罗旋便是江西革命历史小说创作的杰出代表。杨佩瑾（1935—　），浙江诸暨人，1949年中学毕业后参军，历任华东军政大学、解放军三野通讯学校学员，志愿军六十三军电台报务员、台长、参谋，《南昌铁道报》记者、编辑，《星火》月刊编辑，宜春地区文联主席及宜春地委宣传部部长，江西省文联党组副书记、副主席、主席，江西省作协主席、名誉主席，代表作品有小说《银色闪电》《雁红岭下》《剑》《霹雳》《旋风》《红尘》《黑眼睛天使》《浣纱王后》等，长篇传记文学《杨尚奎传》，散文集《曲溪流翠》，电影文学剧本《雁红岭下》《仇侣》《非常岁月》，电视剧剧本《古桥流水》等，长篇小说《红尘》获江西省作协首届谷雨文学奖，《旋风》获江西省政府优秀文学作品一等奖，《浣纱王后》获第十届中国图书奖等。罗旋（1929—　），江西南昌人，1949年毕业于江西八一革大，先后在江西省文联、文化局、盘古山钨矿、赣州地委机关、地区群艺馆等工作过，著有长篇小说《南国烽烟》《梅》《伢仔·妹仔》《天嶷山神女》《破戒》等，中短篇小说集《野马》《败将》《含笑》《还魂草》等，以及纪实文学《蒋经国传奇》。《红线记》获1980年全国优秀短篇小说奖，《梅》获江西省人民政府优秀文艺作品一等奖，《缺男户》获江西省首届谷雨文学奖，《我是谁》获江西省第二届谷雨文学奖。

一、杨佩瑾：革命历史小说的开拓创新

　　早在五六十年代，杨佩瑾的小说创作一开始便表现出与当时流行的概念化和模式化的革命历史书写迥然不同的个性特色。《银色闪电》以我军某无线电连新战士姚文青的军旅生活和爱情纠葛为主线，反映了解放初我军的训练生活和战士的精神风貌。这部长篇处女作的价值，不仅在于题材的新颖，是我国第

一部描写通信兵战斗生活的长篇小说，被誉为"反映我军训练生活不可多得的好作品"，而且还表现在特殊政治文化语境中作者对军营与乡村生活、革命与爱情主题叙事处理上的独到匠心。小说中虽然主人公的成长历程和爱情方式不可避免地带有时代的印记，但是在叙事过程中，新兵连与荷香村两种场景的转换，军事训练与爱情纠葛两条线索的交替，姚文青与孙玉秀爱情误会的安排，以及电报代号长江、黄河、黑龙江、黄山、嵩山、华山等的运用，使得小说呈现出单纯明朗、清新有致的叙事风格。初稿于1963年、出版于1973年的《剑》与魏巍的《谁是最可爱的人》一样在当时引起很大轰动，前后出版了近三百万套。杨佩瑾以自己的亲身经历为基础，在小说中第一次近距离地描写了朝鲜战争中我军侦察兵和朝鲜游击队的战斗生活，塑造了梁寒光、王振华、周良才、金昌英、金钟万等具有国际主义和爱国主义精神的铁血英雄形象。一方面，《剑》与"十七年"红色经典小说一样，以激烈残酷的战斗场景和引人入胜的故事情节取胜，表现了我军侦察兵英雄英勇无畏、胆识过人的革命英雄主义精神；另一方面，小说通过中国侦察兵与朝鲜游击队深入李伪军"太极狼"联队和美侵略者"眼镜蛇"部队腹地并肩作战的传奇故事，反映了中朝人民在保家卫国的战争中用鲜血凝成的珍贵友谊。1964年发表的中篇小说《雁红岭下》以抗洪斗争为背景，叙写了以青琥为代表的雁鸿岭下某铁路职工子弟学校学生在革命传统影响下成长的故事。小说后由长春电影制片厂拍成同名电影，产生了广泛影响。总之，无论是单纯明朗的《银色闪电》，还是奇诡壮丽的《剑》，或是清新活泼的《雁红岭下》，杨佩瑾的早期创作作为江西小说在中国当代小说发展史上留下了浓重的一笔。

新时期以来，杨佩瑾结合自己的创作实践，提出了享誉一时的突破"五老峰"的创作主张。他认为，老题材、老故事、老典型、老主题、老手法等如同"五老峰"，横阻着革命历史题材作品的创新之路，要突破"五老峰"，必须做到："第一，老题材要选择新角度"；"第二，按照生活的本来面貌，塑造新的典型人物"；"第三，立足历史，着眼现实，开掘新的主题"；"第四，沿着人物性格发展的足迹，结构新的故事"；"第五，为民族化而借鉴，走自己的路"。①这一时期的长篇小说《霹雳》《旋风》《红尘》《黑眼睛天使》和《浣纱王后》等正是作者上述创作主张的实践，从题材、人物、主题到手法等都表现出对前期小说创作的新突破。

《霹雳》以雄浑的基调和恢宏的气度表现了大革命失败后湘赣边区土地革命初期的艰苦卓绝的斗争生活，小说以纸工工人暴动的始末为主线，描写了义勇队队长朱子炎和许茶英青梅竹马的爱情故事，从侧面反映了秋收起义前后的历史情景，而作品中那些竹林小溪、工棚小店、古亭渡口所散发出的浓郁的湘赣边区的乡土气息更是给作品带来了一股清新的风。《旋风》一改正面书写土地革命的传统路数，以双塔镇一对有着世仇的土、客族青年凤妹子和赵泉生由宗族世仇发展成为革命情侣的故事为主线，从湘赣边区土、客两家宗族矛盾的角度来反映革命时代的风云变幻。以"郎中秀才"身份出现的游击队队长赵泉生和野性泼辣、讲情重义的凤妹子是我国当代文学人物画廊中两个不可多得的形象。《红尘》则通过一个反动土豪家庭出身的小姐丁月英曲折坎坷的人生悲剧，开掘了战争环境下人性人情的复杂性主题。作者把细腻的笔触伸入丁月英复杂的心理情感世界，描述了她在遭遇绑架、失恋、出家以及被逼自杀等一系列生存困境时对亲情、友情、爱情等情感的艰难选择。然而，值得注意的是，虽然《霹雳》《旋风》《红尘》在很大程度上表现出突破革命历史题材创作"五老峰"的努力，但仍不免还留存一些概念化和模式化的局限。作者当初把这三部描写江西苏区土地革命斗争的小说命名为《天意》三部曲，是借用当年苏区一位老人的话为作品的主题定调：共产党得天下是"天意"，人民和历史的意志是不可逆转的历史规律。对此作者说："我是带着写秋收起义和枪杆子里出政权这个题材和主题的框框写下去的，写作中努力使生活中活生生的形象改造得符合原先的某些概念"。②在情节结构上，《天意》三部曲也没有完全摆脱"革命+爱情""才子+佳人"的写作模式。《霹雳》着力描写了秋收农民

---

① 杨佩瑾：《突破"五老峰"——谈革命历史题材创作的出新》，《星火》1983年第7期。

② 杨佩瑾：《突破"五老峰"——谈革命历史题材创作的出新》，《星火》1983年第7期。

暴动中义勇队队长朱子炎和许茶英的爱情故事；《旋风》主要描写了土地革命时期"郎中秀才"赵泉生和帮会大师妹凤妹子的爱情故事；《红尘》重点描写了游击队队长田云生和土豪小姐丁月英之间的爱情故事。在人物塑造上，《天意》三部曲同样既有模式化的遗憾，也有一定程度的突破。在刻画朱子炎、闻大锤、许水根、赵泉生、田云生等英雄人物时，一方面突破了此前对人物心理描写不够的局限，利用紧张的矛盾冲突和场景描写来表现人物的内心世界，另一方面在人物的形象上仍然延续五六十年代的英雄脸谱，或大智大勇，或沉着镇定，或耿直鲁莽，或坚毅勇敢。对此，作者曾不无遗憾地坦陈："《霹雳》使我最感到遗憾的是未能刻画出一个全然与别人作品中不同的新的典型人物。"①但值得注意的是，《天意》三部曲在女性形象的塑造上有了明显的突破。无论是《霹雳》中深明大义、坚毅不屈的许茶英，《旋风》中敢说敢干、重情重义的凤妹子，还是《红尘》中命运坎坷、美丽动人的丁月英，杨佩瑾成功塑造了一批性格鲜明而具有现代意识的女性形象。

　　杨佩瑾小说创作真正实现突破与超越的是《黑眼睛天使》和《浣纱王后》。《黑眼睛天使》主要描写了红军女战士丁小仙与俘虏安东尼奥神甫在押送过程中由"恨"而"爱"的情感历程。最初丁小仙对安东尼奥神甫的特务行为十分憎恨，甚至差点开枪把他打死。然而，后来在押送神甫的长期交往中，她发现安东尼奥拍电报的行为并非出于本心，而是受特务神甫安德森的欺骗利用，他实际上有着善良正直的心灵。于是，丁小仙希望神甫投降红军，和她一起为红军从事报务工作。由于左倾分子方良浩的迫害和袁家堡的误解，丁小仙和安东尼奥产生了生死与共同病相怜的爱情。然而，作者在处理这种战争爱情题材时，谨慎地把握着分寸，没有让故事像50年代路翎的《洼地上的"战役"》那样走向悲剧。由于丁小仙忠诚革命，而安东尼奥则信奉上帝，他们在各自的坚定信仰中无法为对方改变和牺牲，因此最终只能选择分手。两个情窦已开的青年男女在离别的时候，把各自最宝贵的东西送给了对方，丁小仙收下

---

① 　杨佩瑾：《突破"五老峰"——谈革命历史题材创作的出新》，《星火》1983年第7期。

了安东尼奥的十字架，安东尼奥则珍藏着丁小仙的红五角星。不难看出，《黑眼睛天使》表面上虽仍属革命历史题材范畴，但叙述重心不再是革命斗争故事，主题也由宏大的革命转向了丰富的人性。《浣纱王后》则完全走出了杨佩瑾长期熟稔的革命历史题材，而把诗意想象伸向了遥远的历史，在春秋时代吴越战争的背景下，叙写了一段充满爱恨情仇的动人故事。正如作者所言："本书叙述的故事，发生在许多许多年以前，遥远得如同夕阳下远方天际一抹淡淡的云烟，似隐似现，若有若无，朦胧，美丽，令人惆怅。"①显然，小说的主旨不是要还原一段充斥着阴谋、争斗、杀戮的历史风云，而是要借这段风云历史表现人性的悲欢。故事的开始，当主人公西施最初走出越国苎萝村时，还是一个豆蔻年华的浣纱姑娘，却不料被卷入一场绑架了家仇国恨的激烈斗争旋涡里。此后，西施不惜牺牲爱情甚至生命，毅然为国赴难，在吴越两国长达十年的权谋争斗中，以一己之身周旋于邦国之间和宫廷内外，成就了一番家国复仇大业，演绎了一段动人的爱情故事。西施"朝为越溪女，暮作吴王妃"，牺牲爱情和青春成为政治权谋工具的悲剧人生固然让人唏嘘扼腕，然而，作者对这位流传千古的绝世佳人又有另一番审美演绎："多少个世纪过去了，朝代更迭，沧桑变化，那些霸业显赫的帝王，那些功成名就的将相，大多被后来人遗忘了。唯独这位姑娘的名字，如同夜空上一颗闪烁的星星，以它美丽的光芒，穿透遥远的空间和时间，照耀着我们这个依然充满苦难与不幸的星球，在中国人心目中，她的名字成了美的象征，并且与爱情和善良凝结在一起，世世代代活在一切有情人的眸子里。"②小说中，西施不再是作为传统的"爱国主义女英雄"，在"春秋无义战"的历史视域中，作者更多从人性和情义的层面上去着力塑造一位美丽、善良的传奇女性。值得注意的是，西施与范蠡的爱情历来为人们所传颂，西施与吴王夫差的情感却被人们忽略。小说中，西施虽然对夫差最初只是为国"献身"，但后来为夫差的一往情深所感动，尤其是夫差临死

---

① 杨佩瑾：《浣纱王后·楔子》，中国青年出版社1995年版。

② 杨佩瑾：《浣纱王后·楔子》，中国青年出版社1995年版。

前的真情告白，更让西施感到"大恸"，并意识到"十年夫妻，竟亦种下了难以割舍的情爱"。对于其他人物杨佩瑾也主要从人性层面描绘出他们在君王之外的复杂性。譬如勾践，既生动细致描绘了他忍辱负重、坚毅不拔、机警果敢的一面，也表现了他自私冷酷、阴险狠毒的一面。而对于夫差，既描绘出正史所述骄横自负、忠奸不辨、利令智昏的一面，更展示了他直率温存、重情好义的一面，尤其是对待西施的感情，至死不渝。此外，《浣纱王后》在语言表达上的魅力也令人称道。作者既擅以简洁白描写人状物，也长用典雅文辞抒情达意。譬如："她嫣然含笑，亭亭玉立，眉目如画，皓齿如雪，穿着一身本色细麻衫裙。乌发披肩。从荷塘上吹来的清风，微微拂动着她的秀发和裙衫，显出青春少女窈窕美丽的体态，宛如忽然从那碧绿摇曳的池荷之间出现的含苞菡萏，清雅慧丽，恍若梦中仙子。"这一段关于西施之美的描写可谓充满了温婉动人的古典韵致。难怪有人称誉《浣纱王后》"创造了美的典范"，是以"饱蘸诗情和泪水的笔触"写成的一部"具有深厚文学意义的历史小说"，"凄清动人，感人肺腑"。①也正如作者在小说的扉页上所写"人间只有美是无敌的"②，赞的是人，也可用之于文。

二、罗旋：扎根于赣南的红土青山

自20世纪50年代以来，罗旋一直在小说创作领域耕耘不辍，向来被誉为"赣南文坛的不老松"③。罗旋的小说创作主要立足于赣南这片红土青山，无论是反映革命战争的革命历史小说，还是描写故土家园的赣南乡土小说，他都满怀着对这片热土和赣南儿女的真挚情感，不断开掘具有人性深度和生活广度的审美世界。正如他所说："我虽不是地地道道的客家人，然而却有着深厚的

---

①　冰凌：《人间只有美是无敌的——杨佩瑾和他的〈浣纱王后〉》，《江西当代作家创作论》，江西高校出版社2013年版，第14页。

②　杨佩瑾：《浣纱王后·楔子》，中国青年出版社1995年版。

③　邵滢：《绿地红土　人情诗性》，《江西当代作家创作论》，江西高校出版社2013年版，第16页。

赣南客家情怀，足足半个世纪，我把生命的根子扎在了赣南，对客家的山山水水产生了深厚感情，自认为是客家的客家人。也曾在深山土围安家落户，经受了三年艰苦的劳动，体验了无比丰富的生活，积累了取之不尽的素材。当时虽无只字记录，但营养摄入血液，经过时光的酿造，终于转化成这些形象文字。"①

50年代，以宣风为笔名的罗旋在发表充满童真童趣的中短篇小说集《来红放鹅》《兰兰和林林》《野马》之后，便开始把目光投向了此后钟情一生的革命历史和客家乡土。1957年发表的《爱与憎》，是罗旋在革命历史题材领域的最初尝试。作者借土地革命时期赣南苏区一对年轻夫妻在革命斗争中的身份位移和情感纠葛，表现出在革命历史叙事方面特有的敏感和细腻。男女主人公原本为一对恩爱夫妻，丈夫参加红军后，妻子流落他乡成为地下交通员。然而，当妻子等来归来的丈夫后，却发现他已叛变了革命。于是，妻子在经过爱与憎的激烈斗争后，决定大义灭亲。小说的可贵之处在于，作者并没有落入五六十年代革命叙事二元对立的俗套，让这对年轻夫妻反目成仇，针锋相对，而是真实细腻地展示了他们在身份位移后复杂的情感纠葛。当然，在特殊的政治文化语境中，罗旋也因对革命历史题材的这一"人性化"处理而遭到广泛的批判。但罗旋并没有就此止步，1963年初发表的《石敢当》，是他继续向革命历史深处开掘的结果。作者借鉴传统评书的艺术经验，通过富有个性化的语言和行为，塑造了一个朴实可爱、敢作敢当的游击队员石敢当的形象，在当时引起较大反响。诚然，正如罗旋自己所言，他真正的革命历史叙事的开始，是在"文革"结束后的新时期。

1980年罗旋以《红线记》获全国优秀短篇小说奖，正式登上全国文坛。此后，他在革命历史题材创作领域更是一发而不可收，先后发表了《白莲》《败将》《还魂草》《南国烽烟》《梅》等小说。在这些作品中，罗旋立足于当年赣南苏区的革命战争生活，努力开掘富有地域风情的新奇领域，在艰难的战争

---

① 　罗旋：《含笑·后记》，中国文联出版社2003年版，第303页。

生活中表现深厚纯朴的人性和人情。成名作《红线记》以1934年赣南游击战争进行到最艰苦的岁月为背景，描写了红军战士山虎和猎虎女儿紫娥之间富有传奇色彩的爱情故事。在艰苦卓绝的革命战争时期，受伤的红军战士山虎被猎虎老炳和女儿紫娥抬到家里，当"撑门"女婿。山虎与紫娥最初相互猜忌各怀心思，后来在患难相处中感情发生变化，终于拴在了一根红线上结成夫妻，一起参加革命上山打游击。紧张的战斗情节（如奇袭铲共团）、离奇的爱情故事（受伤的红军战士成为老表家的"撑门婿"）、个性殊异的人物（倔强执拗的山虎与泼辣野性的紫娥）以及生活气息浓郁的山间围猎场面，使得这篇作品成为当年全国获奖小说中唯一的一部历史题材的精致短篇。《白莲》主要叙写了"望郎媳"雪妹坎坷曲折的人生故事。雪梅本是一个弃婴，被狠毒奸刁的地主鲍信斋捡回家后，作为"望郎媳"收养。她长期被当作用人使唤，受尽折磨，后来招赘秋生。可是新婚不到三日，丈夫便参加"农会"出走。雪妹虽然生在贫家，却长于富户；尽管"从早到晚不停地劳动，不知挨过多少打骂，受了多少欺压"，但在那些穷姐妹眼中却是享尽人间天下福；虽然她救治过共产党"穷人王"，却不料后来被地主出卖遭杀害。特殊的身份和经历，使得雪妹既不为村人也不为红军理解，被当成"地主婆""算计革命的罪人"，一次次受到诬陷、惩罚。忍辱负重的雪妹最后在关键时刻为红军秘密送出情报，挽救了红军游击队，却献出了自己年轻的生命。《白莲》在人情人性的开掘和客家风习的描写上同样表现出与众不同的魅力。《还魂草》的叙述时间跨越了革命战争和"十年浩劫"两个不同时期，反映了一对老游击队员出身的夫妻四十多年的生活遭遇。作者采取电影蒙太奇的手法，让历史与现实穿插进行。革命年代，游龙是个老游击队员，长期生活、战斗在山野丛林，凭着胆识和智谋多次为革命建功立业，但也沾染了一些不良习气，始终难以得到重用。解放后，游龙进城当了干部，虽然在妻子兼战友蕙兰的帮助下克服了不少缺点，但仍然"江山易改，秉性难移"。"文革"中，游龙受到不公正对待，成了"死不改悔"的反动派。但他仍为革命事业无怨无悔，直到后来生命受到威胁时才用"偷梁换柱"的办法，将工作证和一株时时带在身边的还魂草放到"牛棚"里一个与自己长相酷似的死者身边，然后隐姓埋名，躲到当年自己打游击的地方，做一名尽心尽责的临时养路工。长篇小说《梅》艺术再现了30年代艰苦卓绝的赣南游击战争的历史生活画卷，刻画了一批似傲雪"寒梅"般坚贞不屈、英勇无畏的革命英雄形象。长期以来，革命历史小说在描写老一辈革命家形象时常常只注重以英雄业绩塑造光辉形象，注重写事件和场景，而忽略内心和人性。罗旋在塑造陈毅形象时，避免窠臼，着力开掘人物的内心世界和个性魅力，集中表现了陈毅集将领、战士和诗人于一身的人格魅力。小说一开始，"大军西去气如虹，一局南天战又重"，中央革命根据地遭到敌人严重破坏，陈毅在严峻形势面前带着部队"沉入"群众中去，依靠基层党组织和革命群众重新打开革命新局面，充分体现了过人的胆略。在赣南三年游击战争时期，生活极为艰苦，环境极其恶劣，陈毅和普通战士一样以"野菜和水煮"当粮食，为了"彻底解决一下"复发的伤口，请警卫员聋牯和自己一起挤伤口，除"祸根"。尽管在艰难险阻中，陈毅仍不失革命诗人的壮怀激烈和机智风趣，在战士们消极沉闷的时候，他不是训斥指责，而是笑呵呵地指挥大家唱起"怕火不是真黄金，怕死不来闹革命"的"老表歌"；在生死存亡之际，他无所畏惧地吟唱起"此去泉台招旧部，旌旗十万斩阎罗"的豪迈诗句。此外，《梅》还成功塑造了石亮、大老刘、牛强、夏梅、聋牯、石大娘等形象，以及陈尚仁、陈尚懿、尤占魁、吴老十、黄楚等反面人物。值得注意的是，《梅》既在人情人性的描写上取得了进展，譬如对石亮与石大娘之间的母子情、石亮与夏梅之间的夫妻情的描写；但另一方面，在很大程度上仍然还有五六十年代革命历史叙事常见的模式化痕迹，譬如二元对立的情节结构和人物设置，通过激烈矛盾冲突刻画人物性格等。从这个意义上说，罗旋的两部长篇革命历史小说在丰富性和深刻性上反而不及他的那些精彩短篇。

可见，罗旋的革命历史小说主要立足赣南苏区，在书写革命战争历史风云时，一方面着力表现老一辈革命家和赣南英雄儿女在艰苦卓绝的革命战争生活中所释放出来的美好人情人性，另一方面则通过对赣南客家特有生活习俗的描写，表现出对红土故园的热爱和赞美。当然，罗旋对赣南儿女和故土家园的真挚情感同样表现在那些描写赣南绿色山水和客家风习的乡土小说中，代表作品主要有《独活》《含笑》《客家歌王》《美丽胡枝子》《钩吻》《插花山》和《天嶷山神女》等。客家儿女历来有着对山的敬畏和爱护之情。罗旋常常在这些作品中直接描写客家人与山地之间"无山不客，无客不山"的"情结"。在《独活》中，林场副场长艾少荣即使遭遇了人事和情感的双重打击，但仍坚守大山，独自一人去大山深处的"望台"看守山林。孑立山头的他对来看望他的老场长感慨道："比起人海的嘈杂、喧嚣和拥挤，比起复杂社会的环境污染和精神污染，这里可说是世外桃源。你瞧，与四山树木为友为邻，超凡脱俗，清静有为，我已能做到没有任何负担，什么也不怕丢掉，所以我活得真正轻松。"大山以其神秘博大的胸怀容纳了它的子民，而它的子民更是把对山的深情融入自己的血液。作品中那"一茎直上，得风不摇，无风自动"的"独活"，象喻了主人公坚守理想、护卫大山的可贵品质，正是大山和云雾，让艾少荣超越了凄凉和孤独，变得豪迈和超脱。《含笑》中，青娥原本是林场苗圃的工人，因为丈夫不在身边，她一脸"招人喜欢的笑"竟然惹出一堆莫须有的"绯闻"，于是被分配到最偏僻最艰苦的深山作业队。大山又一次敞开它博大的胸怀，"重重的山密密的林汪汪的水，几乎把这里与世界隔绝"，在"杉皮盖顶、竹筋糊泥的工棚"，倔强聪慧的青娥勇敢接受了苦难生活的磨砺。虽然受到"绯闻"的困扰，但青娥仍以一种难得的包容和大度化解银娣的嫉妒和单身汉的骚扰，并最终赢得他们的理解和尊重。《客家歌王》中，善良美丽的夏木莲"是个天真无邪的妹子，心地纯净如同山泉水"，有着动听的歌喉，和深爱着她的木通、黄荆一起，在深山纸棚间快乐地生活着，"云在山上游，水在山下流，金麂山除了绿色还是绿色。墨绿的松杉，翠绿的桐茶，品绿的竹林，草绿的芦箕，织成深浅浓淡有致的锦幅"。然而，充满诗情画意的宁静生活被接踵而至的不幸打破。木莲先是被弯弓人设下陷阱"抢婚"，后又推给立早人做了"媳妇"。最后，仁厚的木通用执着的爱温暖了饱受磨难的木莲。显然，在罗旋笔下，美丽温顺又不失坚毅的女性似乎比坚韧执着的男性更适合承载他的审美理想。此外，还有《钩吻》中温顺坚忍的青秀，《美丽的胡枝子》中勤劳黩达的桐妹，《纯女户》中精明能干的杨赛风，《插花山》中精明标致的晶妹，《天嶷山神女》中勤劳善良的母亲，等等。

自"五四"以来，新文学的乡土书写传统中，既有鲁迅、王鲁彦、彭家煌、台静农、许钦文等冷峻写实的一路，主要通过乡土的落后沉滞表现国民性批判的主题；也有废名、沈从文、汪曾祺、孙犁等温暖诗意的一路，常常借乡土的淳朴善良表现人情人性美的主题。对于罗旋而言，故土家园既有浴血奋战的英雄史诗，还有美好善良的人情人性，也不乏落后丑陋的风土人情，譬如《红线记》中的"撑门婿"、《白莲》中的"望郎媳"、《客家歌王》中的"抢婚""械斗"等落后习俗，《钩吻》中盗山者的卑劣可耻、《独活》中肖炎的不择手段、《麻风女》中钟北的居心叵测、《插花山》中冬生的阴险狡诈等丑陋人性。可见，罗旋在书写故土家园时，既不忘鲁迅、王鲁彦等冷峻写实的传统，更主要的还是秉承沈从文和孙犁等温暖诗意的方式，更倾向于通过山地女性的真诚、美丽、善良来开掘美好人情人性的主题。

第四节　熊正良与李伯勇的小说

在江西近四十年来的小说创作中，熊正良与李伯勇无疑是具有特殊意义的存在。无论是从生活经历还是从创作道路来看，熊正良与李伯勇有着大致相似之处。他们出生于20世纪40年代末50年代初，经历了特殊岁月的蹉跎和磨砺，有过上山下乡插队务农的经历，后来都凭借自己的文艺才华在基层文化部门崭露头角，并在文学创作道路上以卓尔不群的姿态和风格"各奔前程"。熊正良（1954—），江西南昌人，先后任职南昌县文联干部、南昌市文学院副院长、《星火》杂志主编、江西省作协副主席。熊正良最初以"红土地系列小说"引起文坛瞩目，著有长篇小说《死亡季节》（又名《闰年》）、《疼痛》（又名《隐约白日》）、《别看我的脸》、《美手》（又名《残》）等，小说集《红锈》《乐声》《谁在为我们祝福》《我们卑微的灵魂》等，中篇小说《红河》

《匪风》《城市麻雀》等，先后获江西省政府优秀文艺成果奖、江西谷雨文学奖、《人民文学》优秀作品奖和庄重文文学奖。李伯勇（1948—　　），江西上犹人，历任上犹县文化馆文学组长、文联秘书长、主席，赣州市作协副主席。李伯勇主要以赣南"幽暗家园"系列作品为人们所关注，代表作品有《轮回》《寂寞欢爱》《恍惚远行》《旷野黄花》《抵达昨日之河》等长篇小说，《南方的温柔》《恶之花》《瞬间苍茫》《重叠的背影》《九十九曲长河》《昨天的地平线》《灰与绿的交响》《文海观澜沉思录》等中短篇小说集、散文集和评论集，先后获江西谷雨文学奖、"恒泰杯"当代长篇小说奖、江西省第三届文学艺术奖、江西省"文艺十佳"称号等。虽然熊正良和李伯勇小说的题材内容和艺术风格不尽相同，但是他们都以坚韧执着的姿态凝视脚下的那片土地，把沉静深刻的笔触伸向底层大众和民间社会。从20世纪80年代到现在，一直在自己的园地"踽踽独行"，任凭"前边、后边和旁边，风云聚散，人事几度翻新"。①

一、熊正良：从"无边的红土地"到"我们卑微的灵魂"

熊正良的小说创作始于20世纪80年代初期，《冬日》《蔫嫂》《霜月》《新船》《八仙》等最初的作品，大多用一种清新质朴的笔调着意描写农村变动中的一些"生活新意"，譬如农村女性在干部面前的愤怒（《蔫嫂》）、乡村姑娘在物质生活满足后对精神世界的追求（《霜月》）、乡土淳朴民风的变化（《八仙》）等。尽管这些早期习作不无清新可喜之处，但作者本人后来却因它们过于幼稚，而不愿过多提及，甚至说，它们连"练笔都谈不上"，"过了两三年，自己都不好意思看"②。

大约在1986年前后，熊正良的创作迎来了转机，这便是给他带来最初声誉的"红土地"系列小说。熊正良曾经如此描述"红土地"给他的灵感和转机：

---

①　李敬泽：《前往什么地方？——不是在谈熊正良》，《南方文坛》2000年第4期。

②　江磊：《与红土地相遇——熊正良访谈录》，《小说评论》2010年第1期。

"八六年春来的那天，准确地说最后只剩下了一幅色彩强烈却又苍凉忧郁的画面。我在画中的一条路上走着，红土地的颜色和它的宽阔坦荡以及它柔滑起伏的岭坡，我当时就觉得异常亲切，觉得自己似乎就是在这块土地上长大的，而且已经生活了很多年。那一天我没有说话。太阳很好，草还没怎么钻出来，地面占领有稀稀拉拉的经了冬天的枯草。鄱湖就在后面，直上直下的红色断层（壁坎）上镶嵌着细小的蚌壳，白白的，在大牛红色中连缀成一条醒目的白线，由此我想到红土地的诞生，想到了神话。我压了近一年，到动笔的时候这一切已经不是作为一个实际存在物了，而是充满了神话色彩。换言之，红土地已经不在脚底下，而是悬浮在空中，悬浮在心里。我借这块土地构造自己的艺术世界，将人、物放逐进去，由他们的位置、关系等等，糅合一个圆球。"①显然，熊正良尽管并不出生在"红土地"，但是"红土地"却是他创作的精神家园。在《红河》《红锈》《红薯地》《红蝙蝠》《无边红地》《隐约白日》《乐声》和《闰年》等系列作品中，熊正良着力描写了充满神秘色彩和浓郁风情的红土地，以及生长在这片土地上的一群既勤劳、坚韧，又愚顽、落后的大地子民，通过他们的生存苦难凝视历史深处的沉重，诠释人与土地、历史传统与现代文明之间的内在联系和紧张冲突。

熊正良笔下的"红土地"充满了神秘的乡野气息，笼罩着"令人震栗的红"。在《无边红地》中，"日头下全是耀眼的红色"，"红色的鼓红邑的锣红色的钹红色的唢呐"，"红河一片红亮，两岸的颜色一如红河。狗呀牛呀猪呀人呀草呀树呀坟呀全是红色。红色压迫得我透不过气来"。《红河》中，茅芭丛"像染了血似的剑戟"一样，红狸子繁衍生息其间，到处是一片蓬蓬勃勃、红红火火的生命天地。这片土地的子民，或种田为生，或靠手艺为生，甚至靠打猎杀猪等营生维持生计，他们连名字也跟土地深深地连在一起，诸如荞麦花、冬芥子、秋芥子、毛桃子、瘦荆等，像粗粝土地上生长出来的野蛮植物一样，渺小、轻贱，但这些小人物身上所承载的正是红土地的沧桑岁月和生命

---

① 江磊：《与红土地相遇——熊正良访谈录》，《小说评论》2010年第1期。

形态。熊正良在这些象征苦难、野性的红色里倾注了对生命、历史和人性的思考。死亡、暴力、性与生殖是熊正良反复渲染的主题。《无边红地》中，荞麦花挣脱了与细仁子压抑得像潭死水似的婚姻生活，与五义叔在那片空旷寂寥的野地里偷情，让她充溢着前所未有的生命活力，并生下了他们的孩子秋芥子。然而，偷情并没有给他们的生活带来长久的欢愉，五义叔遭遇车祸身亡，荞麦花上吊而死，"悬在满屋子默然的红色里"。《红河》中，野狸子当初生下"葡萄胎"后，被第一个男人狠心抛弃。第二段婚姻中，丈夫莽长从小就丧失了性能力。"熬着活"的野狸子终于无法忍受性欲压抑的煎熬，茅芭丛里那一群有着蓬勃生命的红狸子激活了她的生命欲望。她与油倌的一次次野合导致了莽长的自杀。然而，野狸子嫁给油倌之后，生毒疮的油倌也很快离开了人世，野狸子始终没能得到安稳生活和情感归宿。《闰年》中，出身不好的文香被一群男女用野蛮的方式逼疯。在闰年岁月，她四处奔走，向那些落后野蛮的力量发出抗议。而文远在与文香的爱情被世俗偏见所扼杀后，毅然走向死亡，割破喉管，之后吃力地解开牯牛鼻头那根滑腻腻的牛绳，让被牛绳束缚的牯牛获得解放。此外，还有《乐声》中贱与毛桃子的莫名岁月与无奈人生，《红薯地》中守不住"红薯地"而走向穷途末路的父亲与儿子，《红锈》中对红土地既依恋又厌恶的秋芥子，等等。熊正良笔下的地之子们世世代代在红土地上浑浑噩噩地繁衍生存，却总也无法挣脱无边的苦难和草芥一般的宿命。

90年代后期，熊正良的小说创作开始走出了神秘野性的"红土地"。在《城市麻雀》《你是一条虫》《谁在为我们祝福》《追上来了》《苍蝇苍蝇真美丽》《我们卑微的灵魂》《别看我的脸》《美手》等作品中，熊正良把沉静尖锐的笔触伸向了更广泛的城乡底层社会，在描写底层人物艰窘生存和卑微灵魂方面表现出罕见的细腻、深度和力量。对于这种重回现实和当下的写作"转场"，既有时代风向的影响，也是一种审美的自觉。熊正良说，之所以要"贴近"当代社会生活，原来的写作方式"虽然用了力，很认真，好像艺术上也过得去，还有极为少数的几个'小众'们喜欢，但绝大多数人都看得味同嚼蜡"，这说明与当下"有隔"，而且"隔得厉害"，"'当下'是一个重要的问题，作为身处"当下"的人，你在写什么，'当下'的人漠不关心，这样的写作比较可疑"，因此，他"在凝视的角度上和叙述方式上作了些许调整"。①

《谁为我们祝福》通过徐梅寻找女儿的艰辛经历，表现了底层人物的生存卑微和争取尊严的努力。徐梅当初为了返城与刘义结婚，离婚后为拉扯儿女操碎了心。当得知女儿金娣做了"小姐"之后，徐梅拖着受伤的身体，到处刷寻人启事，甚至为了挽救女儿，不顾一切铤而走险，刺杀拉皮条的李红卫。《苍蝇苍蝇真美丽》描写了父亲为了偏执的尊严而不惜报复行凶、入狱坐牢，甚至不惜付出生命的悲剧故事。父亲故意打伤了刺瞎"我"眼睛的王润儿的爸爸，并且宁愿让警察掀掉自家的房屋也不愿意赔几百元钱医药费，而执着于将那笔钱留给"我"成亲，最后竟然牺牲自由，选择坐牢。当"我"因眼瞎不能说上媳妇的时候，父亲完全抛弃了理智，与王润儿同归于尽。在这个小说中，父亲传宗接代的俗世生命欲望的强大使人出乎意料。《我们卑微的灵魂》叙写了主人公马福从煤矿到省城，为生计劳碌奔波的生活经历，书中着重表现了底层人物既勤劳善良又知足退守的性格心理。在国营煤矿辛苦了大半辈子的马福在煤矿倒闭后，只得到省城另谋生路。进城后的马福始终抱着"手挣嘴吃"和"低人一等有低人一等活法"的信念，什么脏活苦活都抢着干，含辛茹苦地拉扯儿子长大。尽管马福平时为人处世都保持谨慎退让的态度，但是有时为了护卫尊严也会爆发出令人难以置信的抗争力量。虽然马福曾经不满"准儿媳"李美芳从事按摩小姐的职业，但是当他得知老扁要骚扰强奸她时，马福毅然站到了李美芳的身边，不顾一切地承担起保护的责任，甚至最终以自戕的方式战胜了嚣张的老扁。可见，熊正良在关注底层社会时，不回避苦难和卑微，但是他绝不咀嚼苦难，更不渲染卑微，而是在描写底层人物苦难和卑微时闪现出人性的光辉。

在后来的《美手》中，熊正良对苦难和人性进行了更深广层面的探讨。

---

① 江磊：《与红土地相遇——熊正良访谈录》，《小说评论》2010年第1期。

小说虽然叙写的仍是底层人物的命运故事，但在时间维度上有了历史的纵深与现实的拓展。小说以第一人称"我"（李文兵）的视角，讲述了姐姐李玖妍过去的"文革"遭遇，同时叙写了那些与姐姐有关的现在的人事。姐姐李玖妍在一次正常的恋爱中失去了贞操，尽管姐姐想尽一切办法为自己遮蔽和辩护，但众人却以此为谈资，表面上表现出愤慨和不齿，内心却都感到一种莫名的新鲜和刺激，"他们几乎是带着一种考究的目光盯着李玖妍的屁股"，品头论足。真正把姐姐推向万劫不复深渊的是恋人詹少银和她的家人。詹少银为了自己的政治前途，不仅否认曾与姐姐发生过性行为，而且还主动向组织提交了姐姐写给他的信件，里面有许多关于"文革"的反思内容。姐姐很快以"现行反革命罪"被捕入狱。家人为乞求自保也置姐姐于不顾。姐姐最终被曝尸野外而无人收尸，自己的父母和姐妹都避之不及。作品中颇有深意的是，叙述者"我"（李文兵）是一个身体残疾者，显然作者以此反衬出更深刻的主旨：比肢体的残疾可怕的是心灵上的残疾，比心灵的残疾更可怕的，则是那个年代群体性的精神残疾。李洁非在评论熊正良的小说时指出："这位作家始终在写作中专注于和肃穆地对待每一个灵魂，不论人物是男是女。读他的作品你都从不例外地要面对活着的魂灵。这正是熊正良把当代小说同自己区分开来的一道最强有力的界线，也是他现在的创作所内藏的艺术能量的源泉。"①的确，在正视和逼近苦难的过程中表现人性的真和灵魂的深，正是熊正良超越当下一般底层写作的意义和策略。

二、李伯勇：重建"幽暗家园"的文学乡土世界

李伯勇是江西乡土小说创作的重要代表人物，向来以其执着的乡土情结著称。在他看来，"乡土永远是人类心灵的最佳栖息地"，"乡土蕴藏着一簇

---

①　于泽俊等：《镌刻当下卑微灵魂　呈示时代精神困境——熊正良作品研讨会实录》，《创作评谭》2005年第3期。

簇精神圣火"。^①李伯勇笔下的乡土世界有其独到的视角和领地。他的"幽暗家园"系列长篇小说深植于故乡赣南边地客家文化和历史的深处，以忧虑而深邃的目光打量这片土地及其乡民在现代历史进程中所呈现出来的全部幽暗与辉煌，在关注边缘乡土底层民众生存状态和赣南客籍家族命运轮回的同时，表现出对社会转型时期乡村道德失范和人性迷失的关切与忧虑。

李伯勇的小说创作始于20世纪70年代末80年代初，几乎与新时期文学和改革开放的时代步伐"同频共振"，代表作品主要有《选模》《村宴》《望户》《瓜地熏风》《遍地霞光》《牧牛情》《旧恋》《嫁妆》《山那边的独姓人家》等中短篇小说。在这些早期作品中，作者以敏锐的触角及时捕捉了改革开放给沉滞乡土带来的冲击和阵痛，尤其关注经济社会转型过程中乡土社会传统伦理道德和价值观念的变化。《望户》叙写了改革开放背景下"望户"张兴桂的家庭矛盾及其大家庭分崩离析的过程。张兴桂虽然在农村新政策的促动下成了"万元户"，但是他的家长式作风和发家致富思想却一直停留在过去时代，于是在新的时代潮流中他的家长地位和传统思想很快显得不合时宜。在张家后辈中，有的老实憨厚、唯命是从，有的则受到新生活诱惑而不安分，有的甚至离开乡村外出闯荡世界。张兴桂的"望户"理想也在父子冲突和家庭离散中破灭了。《瓜地熏风》叙写了有着浓厚传统思想的农民邓昌裕在经济转型时代的失落和迷惘。邓昌裕虽然跟随着改革春风努力走上商品生产之路，由过去的粮食生产转向瓜果副业种植，但是他始终难以冲破传统思想观念的束缚，在媳妇水凤面前总是感到逊色和黯淡，而社会上兴起的不正之风更令他感到理想的失落和前途的迷惘。《遍地霞光》描写了江相林一家在农村变革过程中的矛盾冲突。老中医江相林思想守旧，担心上门女婿袁骏平动摇了他的根基，整日盘算的是这个家到底是姓"江"还是姓"袁"，对女婿的变革创业百般阻挠。袁骏平则坚持要凭借自己的力量，"走出自己的路子"，创办出"乡里最大的柑橘园"。而江枝莲则在父亲江相林和丈夫袁骏平的冲突中陷入了左右失据的矛盾

---

① 李伯勇：《向着乡土——生活掘进》，《创作评谭》2002年第3期。

和痛苦中，"父亲她要，家园她要，老公她要"。尽管李伯勇的早期创作在叙述语言和人物关系处理上难免存在一些朴拙和简单，但是他对经济变革带给乡土社会的变动，尤其是一开始的创作便表现出开掘乡土精神世界的自觉，从而彰显出与众不同的思想深度，而这也正是他此后的创作能够不断走向深入和厚重的昭示。

20世纪90年代后期至新世纪以来，李伯勇以一种坚韧而沉静的姿态不断地向乡土深处掘进，相继出版了《轮回》《寂寞欢爱》《恍惚远行》《旷野黄花》《父兮生我》《抵达昨日之河》等系列长篇小说。不但以独到的视角表达了对赣南乡土底层社会生存现实和精神状态的忧虑与关切，更以"感时忧世的道德热情叙写了人在精神拔根状态下的善与恶、罪与罚，显示出作者高尚的乡愁痛苦和重建理想生活的强烈渴望"，从而在小说创作上标识了新高度。

长篇小说《轮回》以深沉的思考和激越的情感关注着底层乡土的生存现实和家族历史的轮回。全书共四章，分别由地主之子张义林、雇农之子马家荣、知青刘新池和张义林的妻子徐三兰等四个不同身份和经历的主要人物自述，反映了冷水坑村周、张、马、刘四个家族数十年的恩怨纠葛，表现出对赣南乡土社会、家族历史和人情人性的文化省思。周颖珍忍受着个体的不幸，坚韧地承担起家族的责任和使命。马家荣以家族的名义疯狂地实施着自己的欲望和报复，显示出一种偏狭、消极的国民劣根性。周颖珍一生备尝艰辛，无论是失败还是受辱，从不放弃对家庭的责任和做人的尊严。徐三兰为追求幸福和自由同不幸的命运和家族的藩篱进行不屈的抗争，表现出一种来自乡野的刚健清新的生命活力。总之，《轮回》"从家族文化的角度，力图展现近几十年南中国农村的政治风云遽变和农村生活的浮沉史，作者所思甚大，概括力也比较强"[1]，初步显示出李伯勇长篇小说文化思辨的风格特征。

在接下来的几部长篇中，李伯勇继续带着文化反思和人性拷问向"幽暗

---

① 雷达：《南方土地的精灵——序〈轮回〉》，《思潮与文体——20世纪末小说观察》，人民文学出版社2002年版，第325页。

家园"的深广处不断掘进。《寂寞欢爱》把目光投向一个乡土的边缘地带——箬子嶂，展示了许氏家族九代人的生活变迁，描写了几个边缘乡土女性殊异的情感生活。小说是在箬子嶂第七代山主许瑞平的不祥回忆中展开的。许家的衰败一开始便呈现出无可挽回的必然。死亡的恐怖和箬子嶂的神秘自始至终阴影般在作品中游走。在短短的四年中，大哥瑞金、二哥瑞生、弟弟瑞年和妻子乔英相继谢世，随后许瑞平自己也无可逃避地染上了家族遗传的顽疾——风痹。为了挽救许家的颓势，许瑞平为此进行了一场卓绝的悲剧性抗争，然而子嗣兴家和发展纸棚的计划都失败了。许家"苍老而憔悴的老屋"终究抵挡不住政治喧嚣的长驱直入，许瑞平的死象征着箬子嶂自足时代的结束。箬子嶂最终被纳入了浊水村的行政规范。擅长叙写家族故事的李伯勇在此依然表现出对家族文化的依恋，从箬子嶂的开山祖品春公的传奇到第七代山主许瑞平的衰颓一路写来。然而，深深眷恋着乡土世界的作者始终不忍心让箬子嶂在他的视域中彻底消逝，小说的最后又一次让"高高的、沉默的箬子嶂"浮现在水苏的想象中。

淳朴坚韧的女性形象常常是李伯勇表征乡土家园的重要方式。茵苏和水苏身上寄寓了作者对乡土人性的复杂思考。茵苏为了爱情和幸福的无忌和不悔表现出民间女子的纯朴和执着。水苏对性爱的坦然和对生活的承担体现出母性的宽容和伟大。李伯勇没有从传统的道德立场去简单评判茵苏和水苏，而是在这两个边缘乡土女性身上寄寓了更多更复杂的意味。作者几乎是带着审美的愉悦毫无讳饰地描写了茵苏与明健一次又一次两情相悦的场景，让生命的激情得到了最原始的释放。在某种程度上，茵苏的悲剧来自其自身。她总是把希望寄托于不堪托付的男性身上。铲山客陈明健让她失去了双腿，而老红军古忠田则让她失去了生命。虽然她有过短暂的怨恨和自省，但她至死也没彻底醒悟过来，她在死前仍然对古忠田"泛起感激和幸福的红潮"。作者在舒缓的叙述中隐藏着几分对人物的淡淡同情和惋惜。与茵苏相比，水苏身上寄寓了作者对人性更复杂的思考。水苏一开始便陷入了"性与爱"的两难之中。她从心底爱恋着青梅竹马的定海。但是，定海对爱欲的淡漠让她的青春热情受挫，因而在浊水青年洪桥的热烈追求下，她不止一次地放弃了对坚贞的守望。然而，获得了生命自由与欢快的水苏又决不放弃对现实生活的承担，"她比以往任何时候都要爱定海、细伢和许家"，在她身上"滋生出一种从容、宽让、坚韧、承受、怜悯和爱"，这种"大度的生存智慧"在本质上正是中国传统女性中内蕴的母性品质。《寂寞欢爱》把乡土世界的原始纯朴、宁静与艰辛联系在一起，表现出一种追寻乡土原始的诗意和苦难的风采，在展示乡土生活退却时呈现出一种乡土阵痛的美丽。小说中的箬子嶂是一个象征，它是人类生存的栖息地和精神的避难所。箬子嶂的竹林和纸棚让许家繁衍不息，躲过了战火和动乱。然而，充满了无数浪漫和温馨的箬子嶂纸棚最终还是在政治风雨中不得不飘摇逝去。无数男女扛着斧锯不分昼夜地赶赴箬子嶂。作者在乡土文化与现代文明的碰撞中留下了诸多的思考。

　　《恍惚远行》是李伯勇"第一部以现实乡土生活为题材的长篇小说"[1]，"是一部具有一定思想重量的小说"[2]。作者以独到的视角表示了对乡村底层弱势群体艰窘的生存状态和贫弱的精神世界的忧虑与关切。主人公凌世烟在"文革"的环境中和客家文化的濡染下成长，即使"文革"的历史已距他渐行渐远，但是特殊年代的"英雄意识"遗存和"二元对立"的斗争思维模式仍然积淀在他的心灵深处，成为他一切思想、行为的起点。"游荡"是凌世烟的主要行为方式和精神状态，他期望在一次偶然的壮举中完成他的英雄期待，从而实现英雄的价值体认。他的焦灼来自于家运的不济和对英雄的期待。叔叔凌维宏是他心目中崇拜的英雄，但小说中凌维宏的故事是一个关于过去的自我解构的英雄寓言。他的英雄形象是在一次阻止刘、田两姓的家族械斗中偶然树立的，但具有反讽意味的是他的所谓英雄行为的初衷却是为了自己喜欢的女人张吉红。而地主的小老婆张吉红后来不但让他遭到被清退出公安队伍的命运，而且最终抛弃了他，重又回到前夫刘天树身边。"想通过征服女人显示自己力量"的凌维宏最终在一次又一次的溃败中解构了自己的英雄形象，他不但被乡

---

①　李伯勇：《恍惚远行·后记》，山东文艺出版社2005年版。

②　雷达：《〈恍惚远行〉：现代性观照下的乡土之魂》，《中华读书报》2006年8月7日。

邻戏弄和嘲笑，连他聊以自慰的儿子也是别人的种，他最后凄凉地死在老鸦坳山腰上。崇拜叔叔的凌世烟对自我的英雄期待注定要走向虚无，他希望像叔叔那样在一次偶然的壮举中树立自己的英雄形象，为此他始终游荡在"路上"（包括现实世界和精神世界）。姐姐石榴的强奸事件成为他实施英雄壮举的一个契机。凌世烟对强奸姐姐的赖学东锲而不舍地"追击"，不只是为姐姐报仇，更是为了完成他的英雄期待。但是乡里"为了不影响官溪形象干扰招商引资战略，采取低调处理，让这件事自生自灭"。凌世烟在对英雄的幻想和焦虑中变成了精神病患者，最后被人绑在树上打死，从而走向了生命的终结。李伯勇在此超越了"五四"以来乡土小说关于国民性问题探讨的传统主题而另辟蹊径，他以沉静的笔调透过严峻的乡村生存现实，关注到长期以来被遮蔽的乡村底层弱势群体的精神状态，从而表达了对其重新建构的期待。小说中，凌维森和刘天树是"民间草根形态"的两种"英雄"类型。在他们身上体现出传统文化中积淀深厚的"仁义"和民间生存的坚韧。在县城读过小学中学的凌维森不同于一般的乡村知识分子，他把读书的机会让给弟弟凌维宏，自己回到老鸦坳挑起家庭生活的重担。此后，对观音冲伐木事件后果的默默承担、对所谓"反革命分子"朋友梁明渊的保护以及承包荒山养牛等一系列事件，无不体现出凌维森对贫弱和艰窘生存现实的坚韧和超越。显而易见，凌维森身上不但彰显了传统知识分子的牺牲精神和坚韧品质，也体现出西学东渐以来现代知识分子的独立精神和现代意识，这一全新的乡村知识分子形象在当代小说中显然是不多见的。刘天树则是作为江湖义士的形象成为另一类乡村英雄的代表。他闯荡江湖却不迷恋江湖，以家为根，凡上门求他的，即使是杀人犯，他也敢收留。在外的场合，他总要显示自己的豪杰气。林观如的投奔、张吉红的归附以及他对凌维宏夺妻之恨的宽容和洒脱，都无不流露出江湖义士的豪爽和道义。可见，李伯勇在关注乡村弱势群体贫弱的精神世界和艰窘的生存状态的同时，也在思考如何实现对贫弱和艰窘的超越。

《旷野黄花》是李伯勇"幽暗家园"四部曲的压阵之作，既保持了此前向乡土深处掘进的执着姿态，更表现出把握社会变动和历史发展的广阔视野。

小说主要以老中医黄盛萱一家三代人的命运遭际和家族兴衰为主线，以20世纪上半叶赣南客家集镇信泉为中心，描写了不同类型乡村知识分子的悲凉命运，演绎了赣南近半个世纪的历史风云，抒发了民间大地浮沉的叹惋之情。烽火岁月，老中医黄盛萱以高超的医术和高尚的品行垂范乡里。他治病救人，不分高低贵贱，不辨党派纷争，都一视同仁。信泉遇难时，他挺身而出，扶危解困，斥退兵匪。在日常生活中，黄盛萱恬淡自守，静居小洞，嗜爱幽兰，不攀权贵，常怀自罪自省，既受四野乡民爱戴，又获国共高官敬重。黄盛萱身上集中体现了民间的仁义与知识分子持平的德性。第二代黄朝勋既具现代知识理性，又不乏传统文化精神。他曾留学海外，获得医学和法学两个博士学位，为抗议日军侵华提前回国，先寄寓城市，以西医改良中医，用法律为民请命；后退守乡土，子承父业，以医术和医德安身立命，婉拒副议长之职，劝止族人械斗，最终赢得了乡人的敬重。如果说黄盛萱父子在动乱之秋退守民间，体现了传统知识分子"不为良相，宁作良医"的德行操守和人生选择，那么陈学余则更多体现了知识分子积极入世的担当精神。他从小受到儒家文化熏染，国学功底深厚，早年投身革命，后来从政为官，敬业爱民，致力于土地改良，一生为政治理想卓绝努力，属于鲁迅曾经赞美过的"民族脊梁式"的人物。第三代知识分子黄腾放弃了父辈祖业，先在广州投身激进的革命运动，后回乡组织起义迎接解放，最终却死于革命队伍内部的倾轧。与其父辈相比，黄腾身上更多表现出了动荡时代脱离大地的浮躁、自负与浅薄，折射出急功近利社会思潮对青年知识分子的腐蚀和俘获。在对人物性格命运的叙写中，作品揭示了动荡年代把人不断抛向社会运动的强大力量。在落后动荡的时代，信泉三代知识分子犹如"旷野黄花"，最终都未能幸免于难，或受残害，或被吞噬，或遭镇压，他们身上表露出被宏大历史所淹没和遗漏的个体生命的无限孤独与悲凉，这也是乡土中国以它特有的方式步入现代所敞现的孤独与悲凉。从黄盛萱的"有所为有所不为"、黄朝勋的"可为而为之"，到陈学余的"知其不可为而为之"和黄腾的"可为无不为"，显而易见，作者主要是站在民间的立场，以儒家传统文化精神观照不同类型的现代知识分子，思考他们在现代历史进程中所表现出的精神轨迹、自由情怀和命运遭遇，并以此探寻中国乡村现代进程中的辉煌与悲怆，从而建立了"文学与乡土的血肉联系"，蕴藉着"一种逼人思考的力量"①。

三、《抵达昨日之河》：后知青时代的乡村叙事

《抵达昨日之河》主要讲述的是一个20世纪六七十年代知青融入乡村最终失败的故事。"文革"中，知青刘彤被单个儿下放到南方小乡村窑岭。尽管刘彤试图从生活方式和文化心理走向乡村腹地，他不但以一个纯粹的乡村劳动者形象出现在公众视野，熟悉各种农事习俗，积极参与乡村政治生活，而且毅然在窑岭娶妻生子，成家立业。然而，一厢情愿的刘彤却始终无法"融入"政治运动和宗法伦理交织变奏的乡村社会。在窑岭人眼里，他始终是个"外来者"。小说共四卷，各卷题名为"黄叶飘零""落叶在水中飘曳""老树粲然一现""鹅卵石中的绿叶"。显然，作者正是以这些题名来象喻主人公漂泊、零余的生命情状，那种无法融入的困窘和被抛掷的悲怆，也是老知青李伯勇当年感同身受的在场经历和体验，所以漫过几十年的风雨重抵"昨日之河"时，仍然历历在目，情难自已。

事实上，《抵达昨日之河》的叙事是多声部的，并非只是盘桓在知青苦难一个维度上。关于特殊年代乡村底层尤其是基层权力生态的在场呈现应该是这部小说更有意味和深度的一个主题。朱光潜在《克罗齐的历史学》中说："没有一个过去史真正是历史，如果它不引起现实底思索，打动现实底兴趣，和现实底心灵生活打成一片。过去史只有在我们的现时思想活动中才能复苏，才获得它的历史性。所以一切历史都必是现时史。"在想象与现实的并置中，经由现实穿越历史从而重构历史的真实，是李伯勇乡村叙事的一贯策略。在两千多年乡土中国的历史变迁中，以血亲和地缘为经纬交织而成的乡村伦理顽强而稳

---

① 钱理群：《重建文学与乡土的血肉联系》，《旷野黄花·序》，中国文联出版社2010年版，第6页。

固地守护着乡民和族众的"共同体"。即使特殊年代的意识形态和权力结构以无可抗辩的合法性改塑了乡村伦理社会，然而，窑岭人仍然在这样一个传统乡村伦理与现代政治意识形态交织变奏的物质空间和精神领地上劳作生息。从这个角度，我们便不难理解，为什么窑岭是杨（盛铭）书记的窑岭、刘彤等人运筹帷幄的倒杨运动以失败告终。因为坝子杨家是窑岭第一大姓，杨书记的老婆是妇女主任，杨书记的儿子是民兵连长，杨书记的亲家是大队会计，况且，杨书记使窑岭成为全县"学大寨"的典型，所以在大多数窑岭人眼里，"杨书记是党的化身，窑岭的大家长"。小说以相当的篇幅描述了窑岭人在权力周围的依附性生存状态，他们以各种方式（话语、物质，乃至身体）表达了对权力的敬畏和臣服。从弥漫在日常生活中的权力关系揭示传统乡村宗法伦理在现代国家意识形态和基层政治体制中的顽强存在，是李伯勇观照乡土中国的独特视角。

当我们把目光从窑岭人的政治场域转向生活内里时，不难发现，《抵达昨日之河》中蔓延不拘的乡村生活之流与其所呈现的基层权力生态一样，表现了一个长期沉潜乡村社会写作者叙写乡村生活变迁时的特别的质感和温度。一般的乡村叙事中，罕见如李伯勇那样对乡村农事生产和人际纠缠娴熟自如和了然于胸的。小说中关于播种、插禾、育肥、犁田、收割、纳粮、养猪、记工等农事劳作已成为构建文本的叙事主体，正是有了这些田间地头的劳作和嬉戏，"昨日之河"才充盈着原生态的乡土气息和世俗生命的欢乐。众所周知，20世纪六七十年代，以"抓革命，促生产"为主题的集体化生产劳作和政治运动是乡村日常公共生活的主要内容。然而，在新时期以来关于乡村生活的"文革"叙事或知青叙事中，大多单一地凸显政治运动及其对乡村社会的影响，而缺失了对生产劳作这一乡村日常公共生活的本体性呈现，即便如《天云山传奇》《许茂和他的女儿们》《芙蓉镇》《玉米》《兄弟》《蛙》等重要作品，也莫不如此。究其原因，大多数叙述者由于缺乏农事劳作的生活经验和相关知识，通常只能采取一种旁观者或外来人的视角打量乡村社会的一角，而有意或无意地回避了他们的本体性生活。政治喧嚣下窑岭人的内里是困窘和粗鄙的。为了生存，他们不惜大举砍树、卖柴、偷窃，甚至献出身体，贫困、饥饿、污秽充斥着窑岭的每个角落，裸露出乡村的贫瘠和丑陋。然而，乡村的民间世界既藏污纳垢也生气勃勃，这些都可以从专横的盛铭、倔强的福生、野性的莲香、狡黠的盛发、善良的慈英等各类窑岭人身上得到集中体现。盛铭对权力的欲望和挥霍，体现了乡村强人的姿态；福生对屈辱的忍受和报复，代表了底层弱者的形象；莲香对男人的迎合和拒绝，表现了民间女子的朴野和仁义；盛发对人事的算计和利用，体现了乡村能人的智慧和狭隘；慈英对爱情的守望和弃舍，彰显了乡村女性的纯朴和善良。一方水土一方人，正是窑岭和窑岭人的这些"脾性"阻拒了外来者刘彤的"融入"。

从叙事层面上看，《抵达昨日之河》扬弃了一般"文革"叙事的"苦难伤痕"的基调，也超越了诸多知青小说"青春无悔"的主题，而是把视点下沉到乡土的深处，既在历史的回溯中唤醒我们对乡村往事的记忆，更在理性的沉思中考察民族国家的文化心理。如上所述，这部后知青时代乡村叙事的价值主要在于，它给我们敞现了诸多特殊年代乡村日常公共生活场景和世俗生活经验，并因此提供了超越新时期以来知青书写和乡村叙事的新经验。《抵达昨日之河》对知青书写和乡村叙事的扬弃与超越显然与作者的主体身份密不可分。作为一个滞留乡村的"旧知青"，李伯勇对于曾经亲历过的青春岁月和乡村社会有着迥异于一般知青作家的人文关怀和理性沉思。在诸多知青叙事文本中，我们不难发现，那些返城后的知青作家总是端坐在城里的公寓里回望不堪的往事，咀嚼难言的伤痛，那些曾经的"幸与不幸"都已在岁月的风烟里"尘埃落定"。因而此时的"乡村叙事"其实已是鲁迅所指称的"侨寓文学"，这当中自然少了许多"言不及义"的真切和生动。而李伯勇则不然，他在下放地娶妻生子，成家立业，做会计，当队长，本身已是"一个伤痕累累的底层农民"。这种扎根式的生活经历，使得他用文学的方式"抵达昨日之河"时，有了与一般知青文学和乡村叙事不同的"精神底色"。因为他"既是农民中的这一个，又是知青中的这一个"。当然，谈论《抵达昨日之河》的叙事身份和立场时，还有一个重要方面，那便是"90年代精英知识分子的立场"。众所周知，当80

年代的思想解放浪潮逐渐平息之后，许多知识分子在90年代的市场经济体制和消费文化语境中相继退出了精英立场，躲避崇高，放弃理想，"失去轰动效应"之后的文学很快坠入了"庸常"。然而，李伯勇却始终以坚韧的姿态持守知识分子特有的精英立场，"延续着80年代的文学传统"，既从民间大地吸取与现实抗衡的力量，又在历史沉思中重建民族未来的信心，《抵达昨日之河》的历史深度、生活质感和思想力量正源于此。

第五节　胡辛与温燕霞的小说

在江西当代文坛，胡辛和温燕霞的创作可谓是两处独特的风景。胡辛（1945— ），原名胡清，祖籍安徽太平，生于赣州瑞金，五六十年代成长于南昌，曾经在景德镇有过长达十余年的生活工作经历，后来又长期在南昌一边教书育人，一边从事文学创作，因而她的小说大多取材自赣州、南昌和景德镇等地的人物故事和文化风习，代表作品有《四个四十岁的女人》《这里有泉水》《地上有个黑太阳》《粘满红壤的脚印》《我的奶娘》《瓷城一条街》等中短篇小说，《蔷薇雨》、《陶瓷物语》（又名《怀念瓷香》）、《风流怨》、《聚沙》等长篇小说，《蒋经国与章亚若之恋》《最后的贵族——张爱玲》《陈香梅传》《彭友善传》《网络妈妈》等长篇传记文学，散文集《女人的眼睛》，长篇散文《瓷行天下》以及论著《我论女性》《赣地·赣味·赣风——在流变与永恒中的地域文学艺术创作》等，先后获全国优秀短篇小说奖、华东地区优秀畅销图书奖、江西省政府文学艺术大奖、中国女性文学创作奖和中国当代优秀传记文学作家奖等。温燕霞（1963— ），江西安远人，80年代大学毕业后长期在南昌一边从事广播电视工作，一边致力于文学创作，她的小说题材则多来自生于斯长于斯的赣南红土地，主要书写特殊年代的革命历史和客家风习，代表作品主要有长篇小说《此恨无关风和月》、《围屋里的女人》（又名《夜如年》）、《黑色浪漫》、《寂寞红》、《斜阳外》、《红翻天》、

《我的1968》、《半天云》、《磷火》、《珠玑巷》等，中短篇小说集《乡俗画》，长篇报告文学《大山作证》，散文集《越走越远》《客家我家》等，先后获中宣部"五个一工程"奖优秀图书奖、解放军第七届优秀图书奖、江西省"五个一工程"奖优秀图书奖等。虽然胡辛与温燕霞有着不同的成长背景、生活经历和创作风格，但是她们的小说创作都以鲜明的女性意识、人道情怀和地域文化特征而著称。

一、胡辛：女性意识的彰显与文化审美的自觉

自20世纪80年代初，胡辛以《四个四十岁的女人》登上文坛以来，先后发表了一千多万字的小说、散文传记和影视剧本，是江西当代文学中成就卓然的女作家，也是新时期以来中国女性写作的代表作家之一。检视胡辛的小说创作，无论是前期的《四个四十岁的女人》《这里有泉水》《我的奶娘》等中短篇，还是后来的《蔷薇雨》《聚沙》《怀念瓷香》等长篇，都彰显出鲜明的女性意识，既有为女性独立的诘问呼喊，也有对女性价值的自觉重构。这些女性经验和身份意识，既包含了女性作家的切身体验，也来自作为学者型作家的文化反思。

尽管胡辛说，写《四个四十岁的女人》时，并没有自觉的女性意识，甚至连女性主义理论都不知晓，"只是跟着感觉走……完全是感性的认识，是生活教会了我"[1]。然而，作者一开篇在题记中的那个发人深省的诘问——"女人为什么要有自己独立的节日"，却又清晰地彰显了作者的女性意识。这篇一万六千多字的短篇小说之所以斩获当年的全国优秀短篇小说奖，并非偶然。小说中所释放出来的思想能量和审美内涵触动了无数读者的敏感神经，在当时乃至此后较长时期里引起了热议和震动。小说以倒叙的方式讲述了四个阔别多年的女同学，在一次邂逅时，展开了对往昔时光的追忆。柳青在学校时就处处

---

[1] 胡辛、胡颖峰：《等候生命的每一个春天——胡辛访谈录》，《创作评谭》2017年第5期。

表现出不甘示弱的女强人姿态，"我就不信，女的超不过男的"，每次考试都要勇夺第一，她的理想是要成为中国的"乡村女教师瓦尔瓦拉·瓦西里耶夫娜"，而且一直心怀作家梦。然而命运多舛，柳青虽然考取了北师大，但毕业后却被分配到偏远的山村教书，在一个普通乡村小教员的位置上蹉跎岁月，连个大学生都没有培养出来。更令人惋惜的是，她已被检查出患有绝症，所剩的生命不多。想成为"小潘凤霞"的叶芸从文艺学校毕业后，被分到县剧团当演员，虽然靠自己的努力成为剧团的王牌花旦，但后来在经历了结婚、生子、结扎、离婚和诽谤中伤后，在身败名裂中陷入了身心交瘁的边缘。当初要做"小郝建秀"的蔡淑华高中辍学后到抚河棉纺厂做挡车工，后来离开织布机成了一名区妇联干部，虽然自己喜欢这份助人为乐的工作，但是却得不到家里人的理解；要当"第二个林巧稚"的魏玲玲从助产学校毕业后，被分配到县医院做了六年妇产科医生，但后来为了照顾丈夫和儿子，放弃了医生职业，在家庭主妇的生活中充满了落寞幽怨。这些当年意气风发的同窗，如今青春不再，理想未酬，生活大多不尽如人意，令人感慨唏嘘。坚硬的现实生活中充满了各种不确定的变数，不管是在事业还是家庭方面追求独立自强的女性无疑还有漫长的道路。

长篇小说《蔷薇雨》的发表及其后来由作者本人担纲编剧改编成28集同名电视连续剧，再一次为胡辛赢得了巨大声誉。这部40多万字的长篇让胡辛有足够的空间从更深广的社会生活和历史文化层面展示她探寻女性命运的思想睿智和艺术才华。作者在市场经济大潮和红城古巷的书香门第这一具有强烈冲击力的时空背景下，来讲述徐氏七姊妹及其周围人物在剧烈社会变革中的生活变故和情感周折。老三希玮是作者重点刻画的对象，当初遭到初恋凌云离弃，却怀着他的孩子离开家，儿子夭折后又回到家，委身于软弱自私的辜述之，却不料又被欺骗，重蹈覆辙。其他几个姐妹在婚姻爱情上都不尽如人意。大姐希璞的生活虽表面平静如水，但在与凌光明的暗生情愫中流露出对现实婚姻的不满和对理想爱情的期盼；二姐希玫的婚姻里没有爱情，极力挣脱却又陷入另一个旋涡里；四妹希瑶爱上了一个"流浪无产者"，五妹希玓嫁给了垃圾老头的儿子金荀子，六妹希玑看上了个体户，七妹七巧则大胆追求比自己年龄大上许多的浪子凌云。出身书香门第的古巷女子在时代潮流的激荡下，试图超越礼法传统，迸发出对自由爱情的躁动和向往，纷纷逃离家的羁绊，但却最终都归于平庸和失败。当然，胡辛并没有仅仅停留在故事表面来展示雨中蔷薇的不堪和易折，而是进一步追问其深层缘由。小说中，让徐家姐妹心存畏惧的不仅仅是弥漫在周围的世俗眼光，更有来自家族传统的威慑。徐家祖传的"本白布"所隐喻的根深蒂固的贞操观念就像是悬在徐家女人头上的"达摩克利斯之剑"，让她们难越雷池。在小说最后，作者更是借七巧之口吐露了家所施加给她们的难以承受之重：家里太清白了，"清白得容忍不了一点污垢一点尘埃，这种清白便成了一副沉重的十字架，在我们本来就够弯的脊梁上又平添了重量"。在历史传统之外，女性自身难以逾越的局限同样是徐氏姐妹不幸的肇因。小说中，遭受两次打击后希玮躬身自省："为什么青春逝去、历尽磨难之后，她会重蹈覆辙，又一次栽进感情的陷阱，让千疮百孔的身心又一次新添累累伤痕呢？不要去责怪男人，怨恨的只是自身。女人永恒的弱点铸就了她永恒的悲哀。"如果说在《四个四十岁的女人》中，胡辛主要通过自述的方式注重从外部现实世界探讨女性意识觉醒的可能，那么在《蔷薇雨》中，则显然更进一步从历史传统和女性自身两方面来反思女性独立的艰难和局限。

长篇小说《陶瓷物语》是胡辛女性书写的集大成者。在经历了对女性命运、历史传统和自身局限的探寻之后，有了明晰的女性意识和自觉的文化理论支撑的胡辛终于寻找到一种更宏大而丰富的书写方式，在负载深厚历史文化积淀的瓷与女人之间，重构一种更具有文化象征意义的女性叙述空间。胡辛在小说的后记中说："一个女人，对失落了少女的最后的梦、萌动着母亲最初的梦的一方水土，不会不长久地思念。"[1]少女、女人、母亲、水土，这是一组饱含着浓烈情感、具有同构语义的文化符号。胡辛在此明确坦陈了《陶瓷物语》的思想主旨和创作初衷。事实上，现实生活和文学创作中的胡辛都给人以情感

---

① 胡辛：《陶瓷物语》，花城出版社2000年版，第399页。

浓烈的赤诚的印象。喜欢"直抒胸臆"的她对周围的人们、脚下的土地和曾经的人生都有着冷暖自知、黑白分明的情感底色。《陶瓷物语》中既有对爱情的书写，也有对母性的礼赞，更有对文化的寻根。小说以电视台拍摄皇瓷镇的专题片为线索，叙写了一个缠绵悱恻的爱情故事。专题片撰稿人树青在拍摄过程中遇见了二十年前自己爱慕的兄长林陶瓦。然而时过境迁，两人各自已成家，彼此精神上都很难再走进对方的心田，空留怅惘。林陶瓦似乎在汹涌的经济大潮中已然成为矫健的"弄潮儿"而名利双收，虽牵扯到"海关古瓷案"风波里，但后来也已澄清，不过是林陶瓦团队的高仿瓷。可误会虽已解除，但两人永远不可再牵手。而树青还是当初那个曲高和寡、坚定执着的女人。她虽是瓷都的外来者，但却同样有着瓷一样洁白的心性和坚定的品质，正如林陶瓦所说，"她就是那么冰清玉洁、那么纤尘不染、那么崇高无求"。虽然专题片最后没有树青的署名，但她没有计较这些世俗的名利，在她看来，书写本身有着更重要的意义，它是一种命名和呈现，是一种拒绝遗忘。不难发现，本名胡清的作者在树青身上寄寓了理想女性的诸多美好品性。如果说女性与陶瓷有着天然的关联，那么这种精神内蕴更多的是母性。在作者笔下，皇瓷镇这座"母性的城"，白色的陶土实际上就是流淌着的白色乳汁，"从陶土到瓷，女人的卑贱与伟大，脆弱与坚韧，朴拙与华美，大度与小气，都蕴含在个中"，"瓷失落了男子汉的粗犷阳刚之气，而充满了女人气"。小说中，遗腹子树青在母亲和外婆的抚养下长大，通过与瓷的亲近，她深切体会到"苍凉的白色土，赤裸着坦诚，宽容和无私"。从小失去父母的江红莓带着苔丝从国外还乡，与其说是挦清与青花王子毕一鸣的扑朔迷离的情感纠葛，不如说是寻根寻母之旅。她的养母江玉洁是真实的彩绘女工，而那个又老又丑的疯女人骚寡妇，虽然"吃的是山果野菜，饮的是东河溪水，一年四季赤身露体贴着大自然"，但是"她的生命力反而特别强盛"，"她是一尊老而又老的土地婆"。在某种意义上，《陶瓷物语》中的爱情故事更多承担的是叙述的动力，作者实际上是要借那些经历了生命烧炼和阵痛的瓷礼赞母性的伟大，寻找民族传统的文化根性。

值得注意的是，胡辛小说在探索女性命运、追问女性意识的过程中自始至终都有一种文化审美的自觉。如果从题材内容的地域文化特征来看，胡辛的小说创作大致可分为三类：一是反映赣南革命历史文化的小说，譬如《我的奶娘》《粘满红壤的脚印》《情到深处》等；二是书写南昌古城文化的小说，譬如《四个四十岁的女人》《蔷薇雨》《街坊》《情到深处》等；三是描写景德镇陶瓷文化的小说，譬如《陶瓷物语》《瓷城一条街》《昌江情》《禾草老馆》《地上有个黑太阳》《百极碎启示录》《河·江·海》等。

在"红土地"系列小说，胡辛把关切的目光投向那些红军长征后留在红土地上的普通女人们。《情到深处》中的四小姐，虽出身官宦人家，却能千里跋涉，穿越层层封锁，代替意中人完成艰巨的任务，为红军送钱送粮，后来尽管受尽折磨，却终生不悔。《我的奶娘》中的奶娘在丈夫随红军长征走后，毅然挑起了家庭的重担。她虽然只是一个普通农妇，却不分高低贵贱，用宽厚仁慈的爱和乳汁，滋养了烈士的后代、教授的女儿、地主的儿子、三蛮子、石丹、大官、金宝以及痞子阿贵等人。她们虽出身不同，但都具有平凡而伟大、坚韧而善良的慈母情怀，蕴含着深广厚重的革命历史文化内涵。《四个四十岁的女人》在叙述女主人公们的人生故事时，总是不忘打量洪城今昔风貌，被称为"火炉"的省城、闷热烦躁的夏夜、高矗的百货大楼、繁华的大道、热闹的工人文化宫、系马桩、桃花巷、松柏巷、千家巷、甘氏大屋等。而在《蔷薇雨》中，从那些散落在小说各处的三眼井、洗马池、系马桩、干家大屋、徐孺故榻等历史旧识和徐氏姊妹的情感生活来看，作者的着力点似乎不在表现色彩斑斓的现代都市生活状貌，而在于探讨现代文明冲击下，传统女性的心理情感嬗变和对行将远去的古巷风情的追忆和惋惜。当然，胡辛最为钟情的还是有着久远历史和母性品质的景德镇陶瓷文化。胡辛曾多次动情地表白自己与瓷都景德镇的"深情厚谊"："我在景德镇生活工作了整整十三年，也就是说，我人生中的青春季节结结实实地留在了景德镇。从第一眼烙刻进脑海的'烟囱森林的天空'和'昌江东岸浣衣图'，到远山、西郊、东郊等中学的平凡又传奇的生活工作，我几乎走遍了老景德镇的城乡街巷，踏访了每一寸土地。我一次次伫立于罗汉肚古柴窑的窑门前，早早地知晓这就是母性崇拜、生殖崇拜。"①《陶瓷物语》中，作者以人写瓷，以瓷喻人，无论是主要人物林陶瓦、毕一鸣、树青，还是次要人物马禾草、姚火旺、叶丁香、江玉洁、江红莓等，都无不具有瓷的精魂，正如林陶瓦所说："石会崩，木会朽，人会亡，而瓷即使粉身碎骨，千年万载后其质也不变。"不仅如此，作者还借不同人物直接讲述陶瓷历史，呈现陶瓷文化。小说中，林陶瓦向树青讲述了皇瓷和皇瓷镇的历史，毕一鸣向苔丝讲述了渣胎碗和民间青花的历史，古陶瓷博览区的老师傅讲述了皇瓷镇的瓷器工艺，以及郑贵妃与青龙缸、徐皇后与永乐瓷、张太后与蟋蟀瓷罐等各种陶瓷历史和陶瓷故事都在作者笔下徐徐展开。诚然，对景德镇陶瓷文化的倾力书写更表现在后来的长篇历史纪实散文《瓷行天下》中，从汉唐古道丝路与瓷的时空穿越，到宋元天青与青花的海外传奇；从永乐窑器的苍凉背影，到嘉靖景德的一枝独秀；从瓷香万里器成天下，到沉舟侧畔欧瓷逆袭：胡辛以泼墨山水的气势铺展了"瓷行天下"的巨幅画卷。不难发现，在这些富有地域文化特征的作品中，胡辛总是通过独特的人情风物的描写表现出文化审美的自觉意识，从而使得她的小说创作在女性写作之外更彰显出一种学者型作家的学院气质。

二、温燕霞：女性意识、乡土情结和战争美学烛照下的人性书写

温燕霞曾说："从开始写作起，我的笔触始终围绕着女人，写她们的生和死，写她们的爱和恨，而且人物和环境都比较极端，题材也偏冷僻，似乎有些边缘意味。"②如其所言，无论是早期的《阿清》《潮和叫霞的邻家女儿》《秋水伊人》《梦魇》《彩棺》《悬崖上的故事》等中短篇小说，还是后来的《黑色浪漫》《夜如年》《半天云》《我的1968》《红翻天》《磷火》等长篇

---

① 胡辛、胡颖峰：《等候生命的每一个春天——胡辛访谈录》，《创作评谭》2017年第5期。

② 温燕霞：《行走在文学边缘》，《作家通讯》2007年第3期。

小说，大多是在极端边缘的生活环境中，以各类不同的女性为中心，叙述人物的生死、爱恨，并以此烛照出作者对生命人性的感悟和沉思。

温燕霞的小说创作始于20世纪80年代中期。处女作《阿清》讲述的是一个少年的意外死亡事件。十二岁的阿清家境贫穷，交不起学费，于是自己想办法筹集学费，攀援到九层高塔上去掏鸟，不料意外坠塔身亡。作者不但没有借助这个意外事件刻意渲染苦难和死亡，反而对主人公攀塔时静谧的月夜和喜悦的心情进行了细致描写。正处青春花季的作者一开始便在处理沉重主题时所表现出的冷静和轻盈不禁令人称奇。在《潮和叫霞的邻家女儿》中，作者通过一个侏儒的畸形爱情来诠释生命的不堪和人性的丑陋。身高不过桌面的潮虽然没有如他名字那样雄壮的身躯，但却渴望占有如潮般疯狂的爱情。他处心积虑地以引诱和欺骗的方式与霞"约会"，占有她的身心，并最终将其引向死亡之路。《秋水伊人》在抒情感伤的叙述中演绎了一段关于爱情与死亡的故事。小说中男女主人公从小青梅竹马、两小无猜，长大后天各一方、各奔前程。虽然男主人公多年后仍然一往情深，但是女主人公却有了新的生活向往。然而，作者并没有按照言情小说的常见模式叙述他们的阴差阳错和爱恨情仇，而是让狂热甚至有些偏执的男主人公突然溺水而亡，女主人公也由此怅然若失陷入迷惘。同样，早期其他一些小说中也大多描写的是各种凄冷的人生故事，笼罩着一层死亡的阴影。《彩棺》中的肚肚眼阿公一生与棺材相伴，《梦魇》中妈妈的跳楼自杀成为"我"一生的梦魇，《悬崖上的故事》中"她"在儿子车祸丧生后陷入了复仇的迷狂。在这些创作中，温燕霞似乎一开始便有意把生命与死亡的主题、沉重与轻盈的叙事打造成自己卓尔不群的风格。

当然，真正代表温燕霞小说创作成就和风格特征的是90年代后期以来创作的系列长篇小说。在《夜如年》《黑色浪漫》《此恨无关风和月》《半天云》《我的1968》《红翻天》《磷火》等作品中，温燕霞聚焦客家女性命运，抒写赣南乡土情怀，反映革命战争生活，把对生命人性的省思向更深广的领域拓展。《夜如年》讲述了谢家老围"清洁堂"内一群寡妇们的幽闭人生。豆苗一生下来就被遗弃，后被婆婆收养作儿媳，可是体弱多病的丈夫吐血而亡，于是十八岁的豆苗成了"清洁堂"里最年轻、最靓丽又最苦命的"寡妇"。五娘是戏子出身，又给人当过姨太太，她的漂亮、浪漫、招摇、逃跑使她成为围屋里女人们嫉妒、讥讽和鞭笞的对象。老围的管家婆铁板嫂高大健壮，长相丑陋，小时跟着老娘当过乞丐，做过佣工，最后为救人葬身火海。对于老围的堂主阿芸婆而言，"一个女人在世上能够遇到的苦难她都遇到了，一个女人在这世上不能承受的悲伤她竟然也都承受了"，结婚没几年，丈夫和公婆都被山洪夺去生命，后来即便她决定到谢家老围终老此生，可是也不能保全儿子，绝望的阿芸婆在报复仇人之后也悬梁自尽。温燕霞笔下的围屋承载了一群寂寥寡妇的悲戚，她们被遗弃在冰冷的围屋里，没有婚姻爱情，没有物质保障，只有人性倾轧和悲苦命运。《黑色浪漫》则描绘了几个现代都市知识女性在失爱婚姻的黑色旋涡中苦苦挣扎的故事，虞小凡盲目无知地将身体作为筹码，新梅与田力雄只是充满肉欲和利益的情人关系，作者通过对一个个完整而真实的背叛故事来揭示女性主人公的无爱悲剧。女性生存危机的背后潜藏着女性不屈灵魂的挣扎，温燕霞对女性命运的探寻并非只停留在对苦难的描写上，而是更进一步展现女性群体在枷锁囹圄中的人性之光以及她们对自由、对人生的不懈追求。《黑色浪漫》中的女性们在历经婚姻的黑色浪漫后，最终获得凤凰涅槃似的重生，新梅对妹妹新荷的原谅、虞小凡对自我的反省、方玉茗对邢如的接受等，这些曾经失落在童话故事里的女性最终深刻领悟了人生的真谛。《夜如年》中那群幽闭在老围的寡妇们，也有对幸福生活和美好爱情的向往，再坚固的牢笼也阻挡不了她们破茧而出的追求。小说结尾时，一场大雨冲毁了围屋，作者的寓意不言自明。

在传统的文学书写中，两性书写常以一种二元对立的状态出现。女性往往作为证明男性价值的"他者"被主体叙事边缘化，女性书写在男性话语霸权中几乎处于"失语"的窘境。而温燕霞则常常在作品中通过构建"男性缺席"的女性空间来凸显独立的女性意识。《夜如年》主要描写的是一群寡妇形象，那些曾经的"丈夫"早早退场，即便是短暂出现的几个男性，譬如封建守旧的祥琪公、革命烈士金标等，也几乎没有真正在清洁堂内出现过。同样在《黑色浪漫》中，作者也设置了"男性缺席"的情形。成冰一开始就死于车祸，虽然故事因他而起，但他却从未出场；还有碌碌无为的谢龙、多情庸俗的高觉民、自私可笑的田力雄等都是以模糊的负面形象被性格鲜明的女性形象遮蔽。温燕霞正是试图通对男性的缺失或虚化，来凸显对女性的关切。此外，温燕霞还常常通过"双性同体"的构建来消解二元对立中的男权世界，譬如铁板嫂雷厉风行的男式处事风格、阿芸婆对家庭的责任和担当、杨飞燕对革命的仗义和牺牲、五娘对自由的执着和无畏等等。在温燕霞笔下，这些围屋女性都不同程度地表现出"双性同体"的色彩，女性不再是"失语"的边缘者，而是处于中心对男性权威的解构者。

童年记忆与乡土情怀常常是一个作家走向创作人生的缘起和财富，对于温燕霞更是如此。她曾坦言："不幸的童年是人生最大的财富"[1]，"作为一个出生于赣南客家地区的女作家，我的创作总是从源远流长的客家文化和曾经发生在赣南这块红土地上的文明进程中汲取源源不断的灵感"，"我自认为比较成功的作品，大部分都与赣南、与客家相关"。[2]长篇小说《我的1968》是作者对乡土童年的一次深沉回望，小说以六岁小女孩的视角讲述了特殊历史时期老家龙女村的生活故事，揭示了秀丽山水背后的爱情悲剧、权势斗争和贪婪欲望。《半天云》真实描写了南方山区半天云村留守儿童的生存状况，塑造了一群个性鲜明的农村留守儿童形象，如叛逆小男子汉虎军、寄人篱下的少女小满、相依为命姐妹花梦圆梦美、身世坎坷的少年苦娃等。他们是一群"被遗弃"在乡村的留守儿童，因为父母外出务工而不得不选择跟着祖父母在农村生活。他们不仅在物质上缺乏保障，更是精神的匮乏者。短篇小说集《乡俗画》则透过乡土人生和风俗民情来追忆"逝去的生命和情怀"，寻找"曾经而又真实的存在"[3]，譬如六婶的无奈和悲戚、女知青的软弱和无助、麒麟的尴尬和愤怒等等。诚然，温燕霞的乡土情怀更多更直接地敞现在那些客家民俗风情

---

① 温燕霞：《文学之于我》，《创作评谭》2005年第7期。

② 温燕霞：《挖掘文学富矿，创作精品力作》，《创作评谭》2012年第1期。

③ 温燕霞：《乡俗画·后记》，江西美术出版社2011年版。

的描写中，譬如《夜如年》中的谢家老围、《我的1968》中的米升围、《红翻天》中的五堡围等具有典型赣南客家风情的围屋；还有客家人的婚葬习俗、客家女的坚韧不屈、客家方言的活泼率性等。

　　来自赣南红土地的温燕霞当然也有着红色文化的基因。长篇小说《红翻天》聚焦于1933年秋到1937年底的江西赣南革命圣地"红都"瑞金一带。作者用虚实结合的艺术手法，将大家所熟知的那段革命历史转化为叙事背景，而主要通过几个性格迥异的红军战士的革命成长经历折射出那个时代的血火考验。《红翻天》的情节交错复杂，既有明线苏区与白区的革命对抗，也有暗线江采萍、周春霞、马丽、刘观音等人的成长历程，这中间还穿插着亲情、友情与爱情的跌宕起伏。温燕霞正是通过这种明暗交错的艺术手法，将苏区革命历史融入现实生活的喜怒哀乐中，通过这些饱含革命热血女子们的日常叙事，从中截取生活片段以此来展现这段血雨腥风的战争史。在温燕霞笔下"那些大喜大悲大爱大恨，那些金戈铁马缱绻痴情，都被作者以无比细腻的笔触渲染出来，就好像一幅用工笔描绘的波澜汹涌的历史长卷"[1]，由此构建起独具特色的战争美学。温燕霞善于通过小人物的命运浮沉来追忆历史。《红翻天》中关于女性革命者的塑造尤为生动，譬如富家小姐周春霞、知识女性江采萍、混血孤儿马丽、淳朴女仆杨兰英等，在瑞金这片革命热土上，她们"或为崇高的革命理想所激励，或为浪漫的爱情所引导，或为偶然的因素所裹挟和推动"[2]，最后都坚定地走上了革命道路，成为红鹰宣传突击队英勇的战士。如果说《红翻天》是为了拯救被时间的流水冲刷得日渐苍白的一段历史，以此来唤起现代人对红军精神的追忆，那么这种追忆则主要是通过几位女性人物的命运来展现的。比如五堡围周家大小姐周春霞和哥哥周春强的矛盾在红白两大阵营的对立中日益发酵；战地医生马丽与方梦袍、红云夫妇的爱情纠葛折射出革命红区的紧急战况；杨兰英与刘罗仔的为爱退缩也反映了革命者的非彻底性。这些女性虽然在

---

① 温燕霞：《红翻天》，解放军文艺出版社2008年版，第2页。

② 温燕霞：《红翻天》，解放军文艺出版社2008年版，第2页。

革命的洪流中迅速被淹没，但她们如花绽放并很快凋谢的生命也是这场革命战争不可缺少的存在。在叙述主流历史时，《红翻天》"没有回避历史中的缺陷和人性中的矛盾"[①]，作者试图从独特的女性视角来思索历史，借以完成一次涵养女性生命体验的历史与人性的双重书写。小说中，周春霞对叛徒孙力盲目的爱、杨兰英因恋夫情绪的退缩、招弟为了孩子退队、马丽对方梦袍的误解等都是人性本真的体现；她们不再是"完美无瑕"的战士，而是一群有缺点的平凡人，既有投身革命的满腔热血，也有躲避苦难的怯懦。《红翻天》的革命叙事呈现出一种柔美风格，马丽红发妖娆青春貌美，周春霞熨军装、烫头发、修眉毛，刘观音对李凡雅的儿女情思，杨兰英对婚姻的留恋不舍，江采萍对丈夫和孩子的儿女情长，等等，小说以一群青春靓丽的女性群体为描写契机，在扣人心弦的叙事节奏中展示出柔美的审美倾向。

值得注意的是，在《红翻天》的成功之后，温燕霞并没有继续沿着赣南革命历史的"富矿"深入掘进，而是大幅度地转向了另一个战场。长篇小说《磷火》叙写了缅甸战场中国远征军的故事，以丰沛的想象还原了那场残酷的战争，体现了另一种悲壮风格的战争叙事美学。小说一开始便借一个战死他乡的"无家可归的孤魂野鬼"呈现出令人惊悚的场景："一群色彩斑斓的蝴蝶扇动着翅膀，在这片绿得浓稠的树林间翩飞，忽然，从苔痕累累的石头上伸出两根布满铜绿色结晶的手指，轻轻地捏住了那只美得妖异的金翅红纹蝴蝶"，"没错，捏住蝴蝶的正是我的手指，确切地说，是我的尸骨。自从1944年战死在缅北这片密林中、成为无家可归的孤魂野鬼后，70多年来，捉弄蝴蝶、看猴子嬉戏、观毒蛇交尾、听疾风中枝柯相撞的响动和雨珠敲打树枝的沙沙声是我仅有的乐趣"。在接下来的故事中，作者分别叙述了摄影师、女护士、兽医、南阳司机等人，从各地辗转来到缅甸战场，最后都在残酷的战争中牺牲。小说中，两组不同的画面形成强烈的情感冲击，一方面是亡魂追忆过去，摄影师舍己救人，女护士升华爱情，战士们表现出国际友谊，而另一方面则是各种挥之不去

---

① 温燕霞：《红翻天》，解放军文艺出版社2008年版，第3页。

的恐惧、背叛、陷阱和梦魇。虽然着力表现战争对生命人性的摧残和破坏是战争叙事常见的主题，但是一个女作家以此种怪诞而极具冲击力的方式处理战争题材，还是多少让人感到有些讶异的。当然，如果回望温燕霞最初进入小说时的叙述姿态，对于《磷火》的叙述也就不会感到那么突兀了。

第二章　近四十年来的江西小说（下）

新世纪以来，江西小说创作呈现出了"千山竞秀"的繁荣景象。一方面，80年代开始从事创作的作家们仍然不断有新作力作问世，乡土小说和革命历史题材创作，继续向人性深处和底层边缘拓展。另一方面，一批年轻的作家表现出更丰富的创作活力，他们把创作视角投向了更广阔的社会生活领域，在乡土叙事、大学叙事、城镇叙事、历史叙事和底层叙事等方面取得重要收获。

第一节　傅太平与丁伯刚的小说

傅太平与丁伯刚是江西当代小说创作中两位较为独特的作家，虽然他们并非同属一个代际，经历也迥然相异。傅太平（1956—　），江西高安人，曾经当过兵，做过电信报务员，后来长期从事邮电部门的文化宣传工作，先后发表了中短篇小说《出龙》《雨季》《小村》《端阳时节》《春天》《秋日》《归》《方柿》《生产队里的阳光》《幻村》《老村》《热天》《活宝》等，长篇小说《火季》，中短篇小说集《小村》《秋日》等，先后获《十月》文学

奖、谷雨文学奖、庄重文文学奖，作品先后被翻译成英、法等国文字。丁伯刚
（1961—），安徽怀宁人，少年时期随父母移居江西修水，1981年毕业于九江
师专中文系，历任修水县三中教师、《九江日报》文学副刊编辑，1989年开始
发表作品，著有长篇小说《斜岭路三号》，中短篇小说《天杀》《天问》《宝
莲这盏灯》《有人将归》《落日低悬》《唱安魂》《两亩地》《路那头》《那
年的苍穹》《轻声说》《马小康》《每天都是节日》《何物入怀》《我的亲人
知多少》《回天上去》等，出版中短篇小说集《有人将归》《天问》，散文集
《内心的命令》，曾获江西省谷雨文学奖、江西省文学艺术优秀成果奖等。在
创作风格上，傅太平主要以恬淡的笔调描绘乡土世界的田园牧歌，一度为沉闷
的江西文坛吹来了一股清新的风。丁伯刚则主要以沉思者的姿态，表现社会转
型时期城乡各类人物的生存焦虑，向来以叙述的张力和内向度的挖掘而著称。

一、傅太平：乡土世界的轻盈与沉重

傅太平的小说创作是从"小村"开始，也是以"小村"系列著称的。傅
太平曾经如此动情地表达他对"小村"的眷恋："从小在乡土中长大，省城生
活了二十多年，仍摆脱不了乡土的纠缠"，"偶尔站在办公室窗前的瞬间，分
明地看见乡间的人事景物尘雾般从一幢幢的高楼间涌来，心，不由得为之一
颤。有时是梦中，乡村的光阴依然一片片一瓦瓦地顽强扫射着我的灵魂，令人
魂不守舍。每当回到伴我长大的村子里，一棵老树，一幢古屋，都能激起翻腾
的思绪，更莫说面对曾经朝夕相处、皱纹满脸的乡亲了"，"至今写出的百余
万字，几乎全是乡土……我这一辈子是无论如何走不出乡土的包围了"。①在
《出龙》《小村》《热天》《雨季》《春天》《秋日》《月夜》《端阳时节》
《火季》等作品中，傅太平动用了自己丰富的乡村生活积存描绘出古朴的民风
民俗，无论是村前嬉戏的伢子、讲古的老汉，还是渡口艄公的唢呐、池塘边村

---

① 傅太平：《走不出的乡土》，《创作评谭》2002年第2期。

妇们的棒槌以及过年的鞭炮和对联，这一幅幅生活气息浓郁的风俗画卷无不传达出乡土中国自在自为的生存状态。傅太平从地域的、民族的和文化的视角建构了"乡村生命形式的美丽"，并以此来完成他对物欲横流道德沦落的现代商业文明的抵抗。

自"五四"以来，中国现代乡土书写历来有着鲁迅式的现实批判和沈从文式的浪漫诗意两种不同的路向，傅太平显然钟情的是后者。《出龙》中，作者一开篇就写道："赣中的黄土丘陵里有条清亮亮的河，叫做锦河，锦河旁有个小村子，姓王，因挨河便叫做河边王村。"接下去，便荡开笔去写王家屋场那些面朝黄土背朝天的"作田佬"们正月耍龙灯的习俗，而其中三麻子"出龙"后的突然去世和周、王两村"斗龙"的两败俱伤也表露了作者对民间乡土的隐忧。这种在田园风情间表现乡土隐忧的方式，后来逐渐成为傅太平营造"小村"世界的主要方式。最初为他赢得一片喝彩的《小村》，以一种散点透视和淡墨写意的传统绘画手法，匠心独运地描绘了一幅其乐融融的乡土风情画卷。锦河岸边，一群与世无争、重义轻利的小村人，和睦相处，互帮互助，"一家的喜事等于是全村的喜事，一家的哀事等于是全村的哀事"。小村里从来没有出现过偷窃现象，连吵架都显得温文尔雅，"都和声细语说着自己的理由，至多到脸红为止"。村里人祖祖辈辈都遵循着最质朴也最智慧的生活准则，"活在这世上都要吃口饭，何必那么认真，自己碗里吃着肉，别人碗里吃着菜，这是叫人难过的事"。在作者恬淡笔墨中徐徐展开的还有婚丧嫁娶、闲话讲古、时令节日等各类古朴的风物习俗。小村人一辈子只有三个目标：做房子、娶妹子、生儿子。所以通常妹子和伢崽都会早嫁早娶。而妹子和伢崽从小受到的教育就是要"懂事"，也就是要认可和遵循父母长辈的安排。妹子一旦许给别人家，就不能够反悔，否则就会影响自己的名声，甚至就连相亲都要一次便成，不然就很难找到好的对象。小村人办丧事虽然很多陈规陋习，但作者所在意的不是他们的封建落后，也不是悲伤感怀，而是他们对生命的豁达乐观。譬如"去归人"去世后，被小村人热热闹闹地接回属于他的红土地，在他们看来，"人都是世上的客，早晚都要到那个地方去"，因此人的去世其实也是"脱离愁劳苦，返回极乐天"。尽管有人说，"小村"系列"最大的缺陷是时代色彩不鲜明，小村人生生死死、恩恩怨怨都同时代潮汐无关，恍若世外桃源"①，然而，傅太平笔下的小村，并非仅是与世隔绝、超凡脱俗的"桃花源"。寡妇玉莲想要与鳏夫汝生结婚，必须舍下儿子回娘家清清白白地熬上两年；小枝与维强虽然青梅竹马，两心相悦，却还是要遵循父母的意愿，分别与从未谋面的对象成家；而辅天与汝桂为了河边的一块荒地也会争吵以致动起手脚来，长辈用烟筒敲了一下晚辈，晚辈则一拖烟筒让长辈摔了一跤；最后，小枝走了，玉莲走了，连备受礼遇的疯子也走了。可见，傅太平在呈现小村人情人性美好善良的同时，实际上也隐伏着一些淡淡的忧伤，而这也正是傅太平"小村"格外动人之处。在接下去的"小村"系列中，傅太平仍以恬淡的笔调继续描绘锦河两岸的四时风物和人情人性。《热天》描写的是忙碌的夏收季节，平庸繁琐的田间劳作里既有劳苦也有欢乐。在安贫知足的小村人看来，"肚子不怕吃不好，就怕吃不饱"，"田离不得他们，他们也离不得田，田是他们真正的主人，他们只是它的客人"。老瓜的女客春花突然去世，村里的男人女客都为他忙前忙后，甚至连棺材也是村里一个老人原本留给自己用的。《雨季》中，面对雨季可能到来的灾祸，村里人仍然"优哉游哉，无所事事"，无奈中更多的是坦然："担心也枉然，老天要怎样就怎样，这世界的一切不都全在它老人家手里捏着么。"因此，"人要的是自在，顺其自然"，雨季照样有雨季的生活内容，无事时可以大白天去听讲古，发洪水时可以去捞捞浮财，安老大要在雨季嫁女儿，二发照样不慌不忙地与女客做爱，而更多的男人们则享受打狗的热闹。《端阳时节》描绘了一幅诗情画意的乡村节日图景，并通过一个乡村少女的心理波澜展示了变革时代的乡村风貌。江南水乡，端午时节，龙舟竞渡，水上浮桥，围观场景，散点写意和情景交融仍是作者呈现小村风情的主要方式。"如果石桥拆掉了，浮桥没有了，这蜈蚣似的龙船还怎么游呢？即使可以游，游的姿势还是现在这样吗？还有这么多的人看吗？自己还会来看吗？"主人公

---

① 傅太平：《小村·后记》，百花文艺出版社1994年版。

小红的隐忧和出走也反映了作者对时代变动中传统流逝和乡土危机的忧虑。

长篇小说《火季》虽仍是关于"小村"的故事，但是它所呈现的乡土风貌和叙述方式却与此前迥然相异，它呈现的是乡土的暗面，叙述也由紧张沉重替代了舒缓恬淡。对于《火季》的"骤变"，傅太平说："这部作品和我的《小村》系列中篇不同，那是甜的，美的，苦的，涩的，写的是乡村的白天，《火季》则是乡村的夜晚，两者正好构成一个完整的'小村'世界。"①可见，傅太平对于"小村"叙述路向的改变是自觉的，其实这不过是此前长期潜伏着的乡土隐忧浮出地表后的一次集中爆发。《火季》中，小村自在自为的封闭状态被完全打开，时代变革的浪潮不断冲刷着小村的藩篱，唤醒了原本日出而作日落而息的"作田佬"们。明生成为烧砖瓦的个体窑主，得林做起了"膨化材料"，福婶也穿梭于城乡两地做起了"生意"。当然，任何变革都不是一蹴而就的，尤其对于有着几千年传统痼疾的乡土社会。傅太平在描写"小村之变"的同时，更着力于表现新旧交替中的乡土阵痛。明生、得林、福婶等试图挣脱羁绊、寻求新生的小村人，最后都以失败告终。强大的传统痼弊造成了小村人们难以逾越的根性，二道对新屋梦寐以求，不知疲劳，最终倒在了炎热的"火季"；烂脚和梨花为了"传宗接代"，即便生了五个女儿，也要为争取生一个"男崽子"而求神拜佛、驱邪赶鬼，竭尽全力；九公带着全村人救旱求雨，"数百双腿跪在地上，数百个额头虔诚地贴着大地一动不动"。在火热的季节里，不只是旱灾，还有蚊子、飞鼠、蛇等也不断侵袭着小村，而牛、狗、鸡、斑鸠等动物所带来的人与自然的和谐相处则昭示了另一种生存可能。傅太平不仅以忧虑悲悯的眼光注视着时代变动中仍然挣扎在沉滞暗夜中的人们，而且用象征隐喻的方式表现了对乡土历史、现状和未来的思考。

傅太平说，"乡村的土地不仅给我们提供物质的也提供精神的滋养"，"乡间的土地不只是故事发生的场地背景，它本身就是'活'的，有生命的，而且是一切生命的源头，包括艺术生命。人类唯有谦虚地走进乡野，才能检讨

---

① 傅太平：《走不出的乡土》，《创作评谭》2002年第2期。

出自己行径的得失，真正认识自己的过去、现在和未来。如此想开去，乡土作品的前景是无比乐观的，是有它永恒的价值的。写不出好作品不能怪乡土，只能怪自己的悟性不够，当继续努力"。①从恬淡的"小村"到焦灼的"火季"，无论是沈从文式的浪漫轻盈，还是鲁迅式的现实沉重，傅太平的小说创作始终都没有离开他所钟情的乡土田园，他既建构了属于自己的"小村"世界，也在"小村"世界里成就了自己。

二、丁伯刚：异乡的漂泊与底层的焦虑

丁伯刚是近四十年来江西小说创作中的一个"异数"，这不但是因为他一开始便以《天杀》《天问》两部中篇连续登上一般小说写作者梦寐以求的《收获》，而引发持续至今的"艳羡"，更是因为他独异的内向度写作方式在江西当代文学版图中显得卓尔不群。丁伯刚的小说里几乎没有流畅的故事和明亮的色彩，而总是挣扎着一群游走在异乡或边缘的底层人物。他们大多有着敏感而脆弱的神经，在极度自卑又自尊中表现出分裂的人格和扭曲的内心，不断地制造各种让人透不过气来的紧张和压抑。众所周知，20世纪80年代后期至90年代初，注重"以前卫姿态探索存在可能性"②的先锋叙事成为引领一时的创作潮流，尽管当时寄身偏远小城的丁伯刚并没有感应时代潮汐的自觉，但是他这种关注边缘指向内在的写作方式在很大程度上仍然契合了先锋叙事的潮流。从这个角度上看，丁伯刚最初的成功并非偶然。对此，他曾较为自信地说："就它的内容本身、体验本身，我却是较为自信的，我觉得我深入到了人类精神的某种极为独异的角落，至少此种东西在中国文学中是从来没有人接触过的，这便是对苦难、对耻辱、对黑暗的一种极致体验——自虐。"③

在最初获得较大声誉的《天杀》《天问》中，丁伯刚一出手便表现出独特

① 傅太平：《走不出的乡土》，《创作评谭》2002年第2期。
② 陈思和主编：《中国当代文学史教程》，复旦大学出版社2014年版，第291页。
③ 丁伯刚：《致程永新信》，1991年5月22日。

的个性与才华。《天杀》的开篇引用了鲁迅《野草·墓碣文》中的一段作为引言："有一游魂，化为长蛇，口有毒牙，不以啮人，自啮其身，终以殒颠。"这段很少被人注意的引言，在某种意义上可以视为进入丁伯刚小说的一个重要入口，"游魂"的形象特征，"自啮其身"的行为心理，"终以殒颠"的悲剧命运，紧张的叙述语调，等等，无不蕴含了理解丁伯刚创作的诸多丰富语义。《天杀》以第一人称视角和独语体形式，呈现了"我"（主人公郑芜之）的分裂人格、畸形心理及其周围灰暗的生活世界。作为一个未婚的年轻男性，郑芜之一方面对异性有着强烈的冲动和欲望，另一方面又极力地压抑和控制自己的本能。然而，无论"忍过多少次，可是每每到关键时刻，便全线崩溃。事后便是彻底的绝望与痛苦。我彻底地瞧不起我自己"。他明知自己不爱小洪，甚至内心里充满了嫌恶，可是看到小洪的主动和"楚楚可怜"，他又禁不住在她面前"故作亲热"，"要她相信，我爱她爱得不顾一切"。郑芜之始终挣扎在这种由自虐和他虐构成的剧烈冲突旋涡中无力自拔，以至于最后在引诱小洪的妹妹、未成年的学生妹伢时陷入更大的道德谴责和精神恐慌中。从叙述层面来看，《天杀》几乎没有故事情节，譬如郑芜之与小洪的"恋爱"经过；也很少外部描写，譬如郑芜之作为老师的学校活动，主要由碎片式的内心独白和简短的人物对话组成，尤其是主人公贯穿始终的自怨自艾，使作品弥漫着紧张、焦虑、错乱、压抑的氛围。如果说《天杀》是通过紧张的男女关系表现人物的人格分裂，那么《天问》则是通过尖锐的父子冲突表现人物的精神焦虑。尽管小说的叙述视角已换成了第三人称，但是全知全能的叙述者仍然牢牢地把控人物的内心隐秘和叙述的走向。主人公马元舒始终在清醒的自觉和难以承受的痛苦中挣扎。当从几百里路外赶来看望他的父亲突然出现在面前时，马元舒不但没有本应该有的"惊喜"和"亲热"，反而陷入了难以言表的尴尬和痛苦中，"捏了一手的汗湿，浑身发抖，舌头僵直说不成话"。一方面，自卑和自尊使得马元舒害怕农村屠夫出身的父亲被同学们非议和嘲笑；另一方面，孝道和良知又使他极力遮掩对父亲的嫌弃和推诿。他尽量避免白天与父亲一道在校园中出现，带着父亲在大街上漫无目的地闲逛，希望拖延时间和父亲早日离去来解决眼前的紧张和尴尬。然而，父亲开始的茫然无知和后来的过激反应，让潜伏的紧张、尴尬和痛苦以更加极端的方式到来。当然，同样被巨大的心理落差击倒的还有马元舒的父亲。在乡村底层长期受到歧视的父亲，本以为儿子考上大学后，他可以扬眉吐气了，所以他怀着喜悦和骄傲到几百里外的学校，打算以他朴实的方式表达父亲对儿子的关爱，嘘寒问暖、买饭、买衣等。可他万没想到，他所做的一切给儿子带来的，却只能是耻辱，他完全是以一种苦难与耻辱的化身出现在儿子的学校。这个原本满怀热望来看望儿子的乡村屠夫，在儿子的嫌恶和遮掩中深受打击，以致身心崩溃，躲藏、赌博、吵闹、装病、疯狂，等等，以寻找各种自虐的方式消耗自己的尊严和生命。如果进一步深究郑芜之和马元舒人格分裂或精神焦虑的缘由，显然与历史的精神创伤、现实的生活灰暗以及主人公的文化身份都有不同程度的关联。郑芜之的人格分裂既来自本能的冲动和道德的耻感，也来自对爱情的浪漫向往和现实情感关系的失望；马元舒的精神焦虑既来自过去乡村底层生活的精神创伤，也来自周围形形色色的现实刺激。而共同之处，他们都是处于生活边缘的敏感脆弱的小知识分子。

自《天杀》《天问》后，丁伯刚一度沉寂了十多年，直到新世纪初，又再一次喷薄而出，相继发表了《宝莲这盏灯》《落日低悬》《有人将归》《路那头》《唱安魂》《两亩地》等系列中篇。《宝莲这盏灯》在题材的新领域和思想的深广度方面都进行了卓有成效的努力，作者明显已将当初小知识者卑微痛苦的内心拓展到广阔社会生活的各个方面。高考落败的光明上门入赘到大扁屋，令人讶异的是，作者并没有按照结婚生子、当家立业的常规思路来写光明的夫妻关系和婚后生活，而是通过倒插门女婿光明与寡妇岳母陈宝莲之间的紧张关系和矛盾冲突来凸显异乡漂泊的痛苦和人性扭曲的卑微。虽然光明在大扁屋结婚生子，但是他在强悍的陈宝莲面前始终是一个无法"当家立业"的卑微弱者。小说通过一系列日常生活事件和激烈的内心冲突生动表现了小知识分子光明的懦弱、隐忍、通达和乡村农妇的泼辣、强悍、悲哀。光明入赘大扁屋不久，陈宝莲便借机生事，大哭大闹、投水上吊，给他来了个下马威。望来生病了，陈宝莲绵里藏针，以退为进，逼迫光明回老家卖房子借钱送望来去江州治病。望来生命垂危，陈宝莲更是拼死拼活要过继光明的儿子新文，光明虽然据理力争，却还是失去了儿子。作者一开始似乎就暗示了光明"不光明"的命运，落榜后的光明"感觉自己就似钻在一个越来越狭窄的岩洞中，明明知道此路不通，可他已全然没有了回身的余地，不得不稀里糊涂朝前猛钻下去"。尽管怯懦的光明在强悍的陈宝莲面前节节败退，但是"读书人"光明在内心又常常以更高的姿态理解、容忍乃至最终同情强悍外表下内心和他一样脆弱的陈宝莲，"光明想一个人这么在世上活着真的应该依靠点什么的"，"光明似乎也变成了一把什么刀刃，一下贯穿了陈宝莲的内心，贯穿了陈宝莲一生"。异乡人光明最后决定要借钱为去世的陈宝莲办丧事，他想，"老太婆一辈子冷清，一辈子孤单"，应该"热热闹闹送一送她"。不难发现，向来擅长内向度写作的丁伯刚在内外世界的描写上同样有着成功的表现。

丁伯刚曾说："实际上我写作总是有一个主题的。这就是写人的无救与无助，以及对拯救的向往与呼吁。但具体展开的时候又有两个方向，即硬的方面，如恐惧如暴力如危机之类，另一种是软的方向，直接写人的孤单无助及对救助的向往。"[1]同样，在《落日低悬》《有人将归》《路那头》《唱安魂》《两亩地》等作品中，厚积薄发的丁伯刚不断将当初"写人的无救与无助，以及对拯救的向往与呼吁"的主题向更深广处拓展。《落日低悬》中，退休教师李富荣因频频梦见仅有一面之缘的谢学玉而多次生病。为了治疗李老师的心病，大家精心策划了一个与谢玉学的见面事件，然而谢玉学自身也因此陷入无法摆脱的恐惧和尴尬中。《有人将归》中，焦虑不安的主人公孙宇立决定重回当年跟随父亲一同下放的歌珊，以解除噩梦的煎熬，却不料依旧被恐惧所笼罩，心神不宁；而另一位主人公北林的精神焦虑则来自老同学兼上司孙宇立的"大人物心态"和出纳员妻子张海琴的冷嘲热讽。丁伯刚的小说常常在救赎和救赎不得中走向结尾，虽然"有人将归"，可是"归无是处"。小说的最后，孙宇立以为找回了生活的自信，却不料被当地村民当成坏人四处驱赶而最终溺

---

①   甲乙：《印象·丁伯刚小记》，《百花洲》2009年第2期。

水身亡。《唱安魂》中，天峰虽然在深圳已经安居乐业，但却始终难以摆脱异乡人的漂泊感，总是觉得"目前这个城市似乎并不是他们最后落脚的地方"。一块客死他乡者的墓碑更让天峰感到了异乡漂泊的危机，即便最后事情都已安排妥当，天峰仍然感到像"受到什么无形的驱赶一般"没有着落，"唱安魂"实际上是漂泊难安的寓意。《两亩地》中，吴建利用假期到江州两亩地找女朋友刘赛羽，却不料遭遇一连串的意外"事件"。他刚下车不久，便莫名其妙被人踢；在餐厅中遇到殴打事件，心中充满困惑也不敢做出正常反应；好心帮助余细毛，却不断被他诈走钱财。假期结束，吴建本应离开江州回歌珊上班，可是他却发现自己"无法离开两亩地这个地方"，因为他"好像丢了一件极宝贵极重要的东西"，想把它再找回来。"两亩地"既象喻了乡村社会的狭隘和局限，也表现了异乡漂泊的困惑与无奈。

长篇小说《斜岭路三号》为丁伯刚勘察人性、探讨无助与拯救的主题提供了更余裕的叙述空间。小说在社会转型企业改制的大背景下来展开小人物被抛掷到底层边缘的卑微生存和精神痛苦。敏感内向的陈青石在一次婚宴上遇见了一个跟自己一样不善言辞的杨大力。于是，两个境遇相似的卑微者开始比赛诉说各自的无能、猥琐、失败和耻辱，无论话题多么不堪和沉重，可是他们却始终表现出知己相逢般的愉悦和兴奋。作者在此让两个卑微者在相互参照和灵魂撕裂中展示出底层生存的艰难和弱小群体对拯救的期待。主人公杨大力原是柴油机厂的质检员，向来木讷，缺乏自信；下岗后更是被抛掷到社会的边缘，他渴望获得尊重，对任何人总是表现出讨好逢迎的过度礼貌，可结果却适得其反，常常被人戏耍嘲弄。雪上加霜的是，杨大力的婚姻此时也出现了危机。他求证妻子周玉燕出轨的荒唐行径，导致原本就和他没有感情的妻子要跟他离婚。正当陷入困境的杨大力在脆弱不堪中无力挣扎时，陈青石却作为拯救者出现在他的面前。陈青石为了帮助杨大力摆脱困境，帮他出主意，带他去找关系，然而所有的折腾最终都无济于事。尽管陈青石原本同样孤独怯懦，可是杨大力一家人却将他当作"救世主"，大小事情都想着找他商量，求他帮忙。力不足而心有余的陈青石在杨家的尊重和依靠中感到了存在的价值。然而让陈青石感到纠结和痛苦的是，杨大力的两个女儿月季和小月都把他当作情感依托的对象。值得注意的是，小说的结尾，陈青石跟杨小月组建了家庭，离了婚的周玉燕也重新回到杨大力身边，向来让拯救归于失败、叙述走向灰暗的丁伯刚却在《斜岭路三号》中让这群挣扎在底层边缘的卑微者最终迎来了温暖的曙光。这应该是自称为"穴居者"的丁伯刚在长期勘察人性隐忧、找寻精神出路后的一种转变。当然，这仅仅是很小的一步，它并没有对丁伯刚充满焦虑和沉重的整体创作形成根本性改变。

丁伯刚说，他从出生之日起便随做手艺的父母流落于南方诸省，经历了各种"典型中国式的苦难"，而且长期过着相对封闭孤独的所谓"穴居者"的生活①，在他的内心深处，"总有一种极深刻极深刻的惶恐感"，于是他在寻求自我拯救的出路时"退守文学"。长期的生活塑造了敏感的他，他反过来又塑造了孤独的生活，"这种互为因果的东西，又变成写作的主题或内核"。②从最初的《天杀》《天问》，到后来的《斜岭路三号》，丁伯刚的小说创作形成了他极具个性的风格特征。他的小说没有宏大的时代主题和丰富的社会生活，而是集中通过关注底层或边缘小人物的卑微生存和精神痛苦来体现人性的深度和思想的力量。这种朝向深层生活和内在生命的内向度写作方式，正是丁伯刚生活经验和美学选择共同作用的结果。

第二节　阿袁与陈蔚文的小说

阿袁和陈蔚文是近年来江西小说创作的中坚人物。阿袁（1967—　），原名袁萍，江西乐平人，毕业于南开大学，现为南昌大学中文系教授，2001年开始小说创作，处女作《长门赋》一经发表便入选2002年度中国最佳短篇小说、

---

① 丁伯刚：《穴居者自述》，《百花洲》2009年第2期。

② 丁伯刚：《退守文学》，《内心的命令》，人民文学出版社2015年版。

《上海文学》优秀作品和中国最佳文学排行榜。此后便一发而不可收，著有《虞美人》《蝴蝶行》《锦绣》《俞丽的江山》《老孟的暮春》《西货》《小颜的婚姻大事》《看红杏如何出墙》《郑袖的梨园》《汤梨的革命》《左右流之》《婚姻生活》《浮花》《子在川上》《鱼肠剑》《苏黎红小姐》《上邪》《师母》等系列小说，不断引起文坛的瞩目，深受各类选刊和读者的青睐，先后获谷雨文学奖、中华文学奖、百花文学奖、十月文学奖、《北京文学》奖、《长江文艺》奖等。陈蔚文（1974— ），浙江兰溪人，曾供职于《涉世之初》等媒体，现为《创作评谭》杂志社副主编，省政府特殊津贴专家，发表小说、散文、随笔百余万字，著有中短篇小说《卢苊的早春》《梦见》《最后一夜》《悬念》《租房》《这一年》《落在小镇的雨》《锦衣》等，小说集《雨水正白》，散文随笔集《随纸航行》《不止是吸引》《情感素材》《蓝》《叠印》《诚也勿扰》《未有期》《见字如晤》《又得浮生一日凉》《若有光》等，曾获人民文学散文新人奖、林语堂散文奖、丰子恺散文奖、百花文学奖、长安散文奖、十月文学奖、江西谷雨文学奖等。阿袁一边在大学讲坛上传道授业，一边在小说创作中经营"自己的园地"，她擅长以知性风趣的笔调描写知识分子的学院生活和情感纠葛；陈蔚文多以幽默微讽的笔触描写现代城市青年的生活故事和内心世界。二人既是生活中志趣相投的知己好友，又在创作上不乏女性作家敏感多思和婉转细腻的共通之处。

一、阿袁：学院生活的世情书写

长期以来，关于学院生活的"大学叙事"向来有"现实的批判的"和"理想的诗意的"两种不同走向。[①]前者如钱锺书笔下的"三闾大学"、沈从文笔下的"青岛大学"，满是不学无术的儒林丑类；后者如杨沫笔下的"北京大学"、鹿桥笔下的"西南联大"，充满了"恰同学少年"的激情与幻想。阿袁

---

①　陈平原：《文学史视野中的"大学叙事"》，《北京大学学报》（哲学社会科学版）2006年第2期。

小说大多描述的是大学校园里的生活故事，而其本人又置身于学院高墙之中，如此看来，她的小说应该也可以归入到"大学叙事"之列。然而，阿袁的"大学叙事"却显得有些"另类"，她既没正面描写学院里教师们的师道尊严，也没侧面反映校园里学子们的理想追求，偏只把目光投向历来被大家忽视的大学教师尤其是女性教师的日常生活和世俗情感。其中不乏对饮食、服饰等物质生活的倾情关注，更擅长于描叙夫妻间的生活摩擦、朋友间的感情攻防以及同事间的飞短流长，从而拆解了大学外的传统高墙，敞现了学院内的现代生活，把精细典丽的笔触伸向了生活和人性的深处。因而，在某种意义上，称阿袁的小说为学院生活的世情书写或许更为恰切。

　　大学在传统的想象中多是远离世俗的象牙塔或桃花源，既纯粹又有些神秘。然而，高校教师既需守师道尊严，也要食人间烟火，现代大学的背后其实也有一个"活色生香"的生活世界。在阿袁眼里，那些在外人看来温文尔雅、不苟言笑、正襟危坐的大学教师，其实与世俗大众一样也时常耽溺于物质世界，热衷于世俗生活。《蝴蝶行》中的陈小摇"像个家庭妇女似的，只喜欢买菜做饭"，即使"一个人的饭菜她也做得一丝不苟，做得有滋有味"。《虞美人》中离了婚的虞美人对饮食更有一番讲究："排骨墨鱼汤是要文火煨的，不然汁就出不来，百合炒西芹，是要用大火快炒的，不然就破坏了那种色香，这两个菜都滋阴美容，女人要常吃的。"在《郑袖的梨园》中，那"风情万种"的郑袖竟也能用"一双美丽的手侍弄出如此一桌美丽的菜，尤其是那道胭脂羹，简直让沈俞惊艳了"。《汤梨的革命》里的汤梨虽不爱做学问，但爱做饭，红烧鱼，莲藕排骨汤，一桌的锦绣文章便是汤梨的研究成果。《上邪》中的沈一鸣教授虽是清华和麻省理工双料博士出身，但也耽溺于"清蒸鱼，清蒸南瓜，清蒸藕"和老鸭汤。《师母》中的外国文学教授沈岱宗不只是上课"在师大名气大得很"，而且对美食更是情有独钟，"东西南北，古今中外，各种体系各种流派的菜谱，他都研究，不仅做理论研究，还会付诸创造性的实践"。阿袁笔下的学院人物总是在学院与生活之间出入自如，身兼雅俗，尤其是那些知识女性更"习惯以做学问的态度来对待自己的生活。最讲究用典，讲究考据。饮食如此，穿衣亦如此"。博士出身的老姑娘齐鲁，对服饰"要的是神似而不是形似"，约会那天"穿的是《红楼梦》第四十九回薛宝琴那一身。红色的风衣，样子有几分像斗篷的，白色的狐狸毛围领"。教古典文学的汤梨则喜欢一身青衣打扮，"完全是陶渊明王维的路数。表面看来，极其朴素，极其天真，其实呢，却是质而实绮，癯而实腴"（《汤梨的革命》）。

小说只有"从俗世中来的，才能到灵魂里去"①。阿袁正是在大学校园里发现了世俗人生的真实和感动，在对饮食、服饰等物质世界和生活细节不厌其烦的叙述中彰显出她的世俗情怀。物质世界与日常生活不但是阿袁接通学院与世俗之间的通道，也是她体悟人生洞察人性的舞台。阿袁常常从日常世俗的饭桌上烛照出饮食男女的隐秘心理和情感向度。陈果在饭桌上的"潦草"和丈夫老猫洗碗时的"简单"透露出他们在生活上的"苟且和将就"。怀着婚姻之痛的虞美人凭借精细的美食技艺几乎与老猫"暗渡陈仓"（《虞美人》）。陈小摇和吴敏之间的"交情"，既从"吃吃喝喝"开始，也在"吃吃喝喝"中结束。两个女人"靠的就是这零零碎碎的你来我往，时间长了，虚的成了实的，假的成了真的"（《蝴蝶行》）。相貌平平的朱小七正是通过天津美食找到了与俞丽之间的共同话题，两个人"说猫耳朵糕，说十八街冰糖什锦大麻花，说撒了香菜的豆腐脑儿和芝麻小烧饼"，"俞丽说的是过去，朱小七说的是现在，两个女人你一句我一句，关系几乎有些亲密了"（《俞丽的江山》）。如此看来，阿袁笔下世俗的饭桌上其实暗藏着人性的"幽微"和生活的"乾坤"。

阿袁对复杂的东西有着偏执的喜好。她说："我特别喜欢复杂的东西。至少在文学里，我更喜欢复杂的形式。女性比男性更复杂一些，更曲折一些。而高校知识女性又比一般女性更细腻、更文雅、更婉转，更百转千回一些。我喜欢曲折的东西。"②阿袁小说的最动人处正是在其对高校知识女性曲折"心

---

① 谢有顺：《小说的物质外壳：逻辑、情理和说服力——由王安忆的小说观引发的随想》，《当代作家评论》2007年第3期。

② 宛尔、郭晶：《且说阿袁》，《江西画报》2006年第6期。

灵世界"的精细描画和洞烛幽微。《长门赋》通过小米的闺怨和醋意纤毫毕现出一个已婚女性在婚姻情感上敏感多思而又无可奈何的复杂心理。《俞丽的江山》借俞丽的观察、推测和想象等一系列心理反应来铺衍一个知识女性对婚姻的防范与守护。《虞美人》则细腻呈现了陈果对婚姻的觊觎者虞美人从同情到防范再到愤怒的心理过程。《蝴蝶行》描写了陈小摇与吴敏这两个好朋友在婚姻家庭问题上一次又一次的心理"攻防"。《上邪》叙写了茱萸在孟渔的诱惑和追击下一步步沦陷的过程，以及姬元经由小喻的友谊而沉沦到与汤弥生的婚外情欲中。《师母》描写了庄瑾瑜、鄢红、朱周、小北等一系列大学校园中的师母们或为了成为师母或为了守护师母的攻防心机，并通过她们直接或间接地反映当下高校知识分子的情感生活和生存现状。在婚姻的城堡里，小米、陈果、俞丽、陈小摇、茱萸、姬元、庄瑾瑜等人，或者要守住城里的男人，或者要防范城外的女人，或者猝不及防地沦陷。阿袁小说中的知识女性在婚姻情感上的厮杀丝毫不弱于真刀实剑的战场，攻防进退，有的是计谋手腕；腾跳挪移，多的是身形手段。阿袁用她丰富的想象和精细的笔触探询了婚姻生活中女人内心的曲折和隐秘。

　　读阿袁的小说很容易让人回到张爱玲的世界。阿袁毫不避讳地表达过自己对张爱玲的喜爱。她说："我是一个'张迷'。如果说只能选一个自己喜欢的作家，我会毫无保留说是张爱玲。"[①]从最初的中篇《长门赋》到后来的长篇《师母》，阿袁讲述的几乎都是张爱玲式的"饮食男女的忧伤"。这"忧伤"既有来自婚姻情感的惘惘威胁，也有来自年华逝去的无可奈何，还有来自记忆深处的心灵创痛。《长门赋》中最初自觉处于心理优势而一直愤愤不平的小米最终却只得无奈地向丈夫妥协。小说表面上描写的是司空见惯的夫妻生活摩擦，但实际内里所流露出的却是女性无法逃避的悲凉。《老孟的暮春》虽然表面上描写四十二岁其貌不扬的大学教师老孟，在被老婆抛弃之后却迎来了自

---

　　①　新华网江西频道：《专访江西青年女作家阿袁：文学是我永远的恋人》，www.jx.xinhuanet.com，2009-04-15。

己暮春的"灿烂"，获得了诸多女性争宠示爱，但在这个略显喜剧色彩的故事背后透露出的实际上是江小白、陈朵朵、沈单单等单身女性"暮春"的悲凉。这种"暮春"悲凉同样成为阿袁其他作品中众多女性难以逃离的宿命。当年绰约妩媚的姜绯玉"挑挑拣拣"到四十岁之后，便"像件旧绣衣一样"，"想嫁也不能了"（《长门赋》）。韶华已去的陈青总是"努力朝婚姻之门迈进"，然而和那些50多岁的男人"交往着交往着，就不由得心灰意懒起来"（《汤梨的革命》）。满腹诗书的老姑娘齐鲁虽然"眉是眉，眼是眼，身段是身段"，但"整个人就如一篇四平八稳的文章"，失去了活力和精彩。在阿袁的"学院女性"系列中，《郑袖的梨园》有些"剑走偏锋"的意味。作者似乎有意拂去"守城者"的忧伤，而描写了正处芳华的大学女教师郑袖几段颠覆男性婚姻的情感经历。郑袖先后用自己梨园式的"水袖"魅惑了导师苏渔樵和学生家长沈俞，让曾经以第三者身份获取婚姻的朱红果和叶青"城池"不保。郑袖的这种"恶毒"的复仇方式皆来自她那段早年的"心灵之痛"。当年郑袖的语文老师陈乔玲以戏子的"长袖"魅惑了她的父亲，伤害了她的母亲，在她十四岁的心灵深处"嵌进了一根断针"。这根"断针"一直潜伏在郑袖的身体里与日俱长。虽然郑袖先后用"梨园"的手段报复了朱红果和叶青，但于她自身而言，作为一个倦怠了婚姻和爱情的女人，一个孤独的生命，难道不是同样无法逃离女性的悲凉宿命吗？可见，在阿袁的学院里流淌出的多是闺阁里的悲凉。正是经由这些女性宿命般的悲凉，阿袁烛照出了人性和生命深邃处的幽暗。

显然，从人性书写的角度，阿袁小说延宕出张爱玲式的神韵。而在大学叙事的谱系上，我们又不难从她智巧的喻说方式中获得钱锺书学院式的妙趣。自小受到父亲古典文学熏陶的阿袁，擅长用传统的诗歌美学滤去物质表面的粗糙和生活局部的琐屑，让失落已久的古典韵致走进现代世俗生活里，把古今雅俗融为一体，从而构成了一种既深藏意味又妙趣横生的话语方式。虽然阿袁小说在架构上略显局促，没有在纵深的历史天空和深广的生活大地上表现生命的沉重和人生的丰富；但阿袁对学院人物的世俗关注和心灵探访接通了学院与世俗的人性通道，照亮了生活世界的隐微，敞现出真挚的人生情怀，而其婉转细腻、融俗入雅的言说方式已然形成了独出机杼的叙事风格。

二、陈蔚文：都市人生的悄然凝视

若按惯常的代际划分，陈蔚文当属"70后"一代作家，但从创作经历而言，她却以"资历"和"才情"为同辈中人所称道。在专事写作之前，陈蔚文学过绘画，热爱艺术，做过专栏作家，最初给她带来声誉的是那些关于流行歌曲的乐评文字。这种敏感多思的艺术气质和对美好事物的朦胧向往当然深深地影响了陈蔚文日后的文学创作。事实上，她小说中的那些既青春优雅又孤寂落寞的女主人公们都弥漫着这种忧郁的虚幻的艺术气息。陈蔚文向来在散文和小说两个园地播散她积蓄已久的才情，表达她对生活、对城市、对现代年轻男女们的观察和理解。通常来看，陈蔚文在散文中更贴近生活，表现出对世俗生活的积极乐观，以至于身边的朋友都说她在散文里是"一个物质迷恋者"，"比如吃啊，穿啊，游山玩水啊，她都要以一个审美主义者的不厌其烦……——咀嚼，挑挑剔剔"①。然而，在小说的世界里，陈蔚文却遽然转身为一个敏感多思的都市行人，总是站在生活的远处，悄然凝视那些带着迷离目光、充满感伤神情的人们，尤其是那些在情感旋涡中浮沉的年轻女性。

陈蔚文早期的小说大多用略带轻松微讽的笔调描写现代城市青年丰富的情感生活和幽微的内心世界。在她笔下，中学生朦胧的"早春情事"，打工仔蠢蠢欲动的暗恋情怀，小职员对爱情的热切期待，单身女性都市漂泊遭遇的尴尬无奈，等等，这些现代城市青年丰富驳杂的情感心理无不得到真切、细腻的呈现。《早春情事》是一组中学生情窦初开的爱情素描，作者以葫芦串式的结构把罗欢、吕红旗、彦峻、莫云四个女生的爱情故事串联在一起。"夹杂着童贞与媚态"的罗欢，既是男生追慕的对象也是女生心中的偶像。她与江红星之间的爱情就像早春的小雨一样来得自然去得轻松。品学兼优的彦峻在高考前把

---

① 王晓莉：《物质的平地　精神的高山——陈蔚文印象》，《创作评谭》2003年第1期。

爱情掩饰得不露蛛丝马迹，令她的班主任匪夷所思。朴实敦厚的莫云凭着自己的真诚和爱心也能赢得挺直坚毅的刘宇翔的短暂爱情。《民工张小根的爱情》仍然是一段怅惘的爱情经历。初到省城的打工仔张小根憎恶永叔路浓妆艳抹的女人，却对清纯傲慢的主顾杜娅子鼓胀起蠢蠢欲动的暗恋情怀，竟然给她送去了长达八页的内心独白。张小根的结局只能是不可避免的悲剧。他对于杜娅子即将要嫁给高健这个事实懊丧而无奈。《只是如许烟红》中相貌平庸的艾小英对同处一室的夏莉不自主地生出许多嫉妒，对英俊的绍武产生了暗恋，可最终却成就了夏莉。《沉默的花朵》中小职员龚布克被漂亮女同事米迦"似有若无的一眼"掀起了感情的波澜，并自作多情地展开了持久的暗恋和追踪。《在通讯时代失踪》中纪小棠对水波不兴的生活感到了"厌倦"，于是与朝夕相处的妹妹小郁和男友潘启辰不辞而别，然而当她漫游到南方小城镇时，又迷失在茫然无措中。陈蔚文在这些小说中显然无意编织美丽动人的爱情故事，她所倾心的是都市青年男女那份单纯而透明的情感心理。譬如张小根因杜娅子粉红的棉布睡衣而产生的局促和慌乱，艾小英赴约前为了烟红的连衣裙而掀起的无限愁思，罗欢的柔美招致许多男生在走廊或校门痴痴地等待，岑颜的清雅脱俗能让任何一个优秀男人看上一眼便"不由自主"地怦然心动，等等。这些"早春情事"所生发的心理涟漪是陈蔚文早期小说中最为动人的部分。

当然，陈蔚文并没有在轻快单纯的"早春情事"上做过多的周旋。在接下来的创作中，虽然主人公仍大多是在情感生活旋涡中的年轻男女，但是她开始越过日常生存的表象更加关注都市人生中那些沉重的部分。在《卢苊的早春》中，卢苊由于对男性的失望和对女性生育的恐惧，竟然产生了同性恋的心理。她对同处一室的于小芒由爱慕、投合，发展到"生死契阔"般的依恋，以至于当于小芒有了男友之后，卢苊"心中掠过尖锐的痛苦，而后是无限下坠的失落"。《梦见》中，原本对工作和婚姻都更感到十分满足的姚雅云，却因迟迟不能怀孕的阴影打乱了她往日的平静，使她在恐惧和期待中感到了生活的沉重。《回廊》中，苏辛对张潜陷入了一场无望的单恋，她对张潜思慕愈深，就越是感到希望渺茫，他们之间似乎隔着千山万水，彼此永远无法了解对方的心事。《最后一夜》中，在同事眼中气质优雅、生活优渥、前程远大的陶尹，实际上身世堪怜，自小父母离异，表面上"像一条鱼"自如地游弋于银行办公室、美甲中心、股市和超市，暗地里却不由自主地喜好在超市行窃寻求刺激，光彩动人的外表下潜藏着不为人知的不幸和迷狂。

可见，陈蔚文笔下的主人公已然失去了单纯明亮的色彩，而成为逸出正常生活轨道、走入幽闭歧途的都市"零余者"。这些性格和心理的生成显然与他们所处的社会转型时期的都市生活变动不无关联。陈蔚文在表现现代城市青年的情感生活和内心世界方面明显有了进一步拓展，开始与更深广的社会生活和时代精神相衔接，这种叙事努力愈到后来愈加自觉。《悬念》以马韵梅寻找突然失踪的丈夫唐大年为主线，借以勘察现代都市人们平淡生活下面所隐伏的精神危机。图书馆古籍资料员唐大年的突然出走如同一个难解的谜，让所有人感到费解。马韵梅在对丈夫的不断追寻中发现，自己对一起生活多年的丈夫其实很陌生，他们的婚姻其实是"使两人隔得更远"。她想放弃寻找，重归平静。然而，失踪的唐大年却比以往任何时候都更强烈地干预她的生活，"她没有理由和足够的底气拒绝命运的安排"。于是，她除了继续寻找别无他法，"寻找"也成为她确证生活意义的唯一方式。《有朋自远方来》通过俞琴与昔日好友吕小苗的相逢及其对过往生活的检视，对普通人的庸常人生及其生命意义进行了追问。俞琴与吕小苗是多年的知己好友，时间与空间的距离并没使她们的友谊疏淡，反而历久弥新。十五年后的相逢让俞琴一阵激动紧张。然而，俞琴了解了吕小苗事业上的一路发展，而自己却几乎是驻足不前，在嫁人生子、柴米油盐中度过了既安稳却又庸碌的生活。尽管俞琴在相形见绌的人生反思中感到怅然若失，但是她却又无力挣脱庸常生活的迷惘。《租房》描写了漂泊都市的"她"在租房过程中所遭遇的困顿和尴尬，并以此反映了融入都市的艰难和底层生活的无奈。"她"是一个到上海谋生的姑娘，经历了命运赋予的各种困顿，工作认真却被排斥，想要租一个暂时安稳的去处而不得。曾经一起合租过的男人所给予的温暖很快被后来的自私与薄情所消解。难以安生的"她"最后只剩下对生活的最低的要求，"降到她忘了最初找房的条件，降到她以为：生活本该是这个样子"，以至于明知与老蔡不会再有结果，却依然口是心非地回应。作者在一个小人物的无可奈何与委曲求全里淋漓尽致地展示了都市生活的辛酸和沉重。《落在小镇的雨》中，南方小镇姑娘阮秀燕自幼在重组家庭里长大，读书时经历了恋爱的痛苦，毕业后又在社会的泥沼中遭遇了骚扰、诱惑和强暴等种种不幸。作者循着阮秀燕的生活轨迹，一方面在弱小个体的无助和社会生活的灰暗中表现了现实的沉重，另一方面却又通过主人公对美好事物的向往追求呈现出轻盈的诗意。虽然有过种种委屈、不幸和磨难，但阮秀燕却仍然热爱诗歌，追求梦想，就像她对雨和油菜花的钟情，"梦里梦外，你都开了，我与你已隔着一个季节，雨水又把你带到我面前，闪闪光亮……"，充满了美丽的忧伤。《落在小镇的雨》虽然讲述的是小镇女孩在残酷现实中走向溃败和凋谢的故事，但那种美好与丑恶、明亮与灰暗撞击下所产生的震撼和沉重有着更深广的社会内涵和思想力量，无疑让作品生发出更为持久的艺术魅力。

　　从整体上看，陈蔚文的小说虽然大多关注的是现代城市的日常生活经验，但却在日常生活中营造出浓郁的古典诗意。这种古典诗意来自小说中那些弥漫着浪漫艺术气息的人物和清丽隽永的语言。《城市码头》中的岑颜，整日耽溺于《日瓦戈医生》、《烈火激情》、舒曼钢琴曲和庚澄庆流行音乐的艺术氛围里。《死于华年》中的杨江芷，总是在白日梦中臆想"死亡像道美丽的屏风，隔出了一重开满罂粟的境界，其激情、优美与唯一令她沉湎不已"。《最后一夜》中的陶尹，"有一种睥视傲物的神情"，目光"如寒星流转"，总带着"几分茫然与恍惚"。《向往高尚生活》里的苏玉贤，即便是酒厂的女工，有了平庸的婚姻生活，却仍然组织女性沙龙，讨论文学人生，自费去大学中文系旁听，向往高尚的精神生活。这种对文学艺术的眷恋、超越世俗平庸生活的努力，在《落在小镇的雨》《有朋自远方来》《在通讯时代失踪》《回廊》等作品中的女主人公身上都有细腻深婉的表现。陈蔚文的小说虽然大多从日常出发，但却常常在琐细的生活经验中延伸出深层的人生命题，包括人的孤独、疾病、死亡与存在。她总是在不经意间轻轻一笔或几笔便点染出一些耐人寻味的深意。《民工张小根的爱情》中，张小根对杜娅子的追求"就像一阵微风不足以对一个高挂着的甜美果实构成威胁"。《沉默的花朵》中，龚布克在米迦不辞而别后，突然感到"沁骨的凉像蛇一般蔓延到全身"。《最后一夜》中，陶尹看着"焰火像受了潮，零零星星升上空，转瞬融入夜色。小尹想有比烟花更寂寞的吗，灿烂归于灭寂都是独自在黑夜的过程"。《在那遥远的地方》中，失落的男孩感到"夜来香"的味道里只有无聊，"这无聊与云和风、远处的声浪交织在一起。这感觉既陌生又熟悉，他好像在哪里经历过这个时刻——是自己，又不是自己"。陈蔚文说："好小说无关乎长短规模，无关乎'时代关键词'，无关乎'主义'标签。任何文本形式不过是种叙述策略，其表达内容才是核心。策略若没有坚实内在作为凭依，反成乱码；个体与时代，与文学，从非抵牾。'世界自身遍于我之内外，从不沦于片面'，海很大，并非只有一种采样方式，有时一滴很咸的水足以说明大海。真正的好小说只关乎是否质实。即使是只麻雀，但它温热，有颗在小胸脯下跳动的心脏——小说的灵在那里！"①毋庸讳言，陈蔚文在小说中没有刻意去追求宏大的时代主题和遥远的历史回响，然而，习惯站在远处悄然凝视都市人生的陈蔚文，在精神深处的触动和语言诗意的婉转上已然形成了自己的叙述风格。

第三节　杨剑敏与陈离的小说

在江西当下小说创作者中，"60后"的杨剑敏和陈离不但以温文尔雅的气质相近，而且在创作风格上都有着先锋前卫的追求。杨剑敏（1968—　），笔名杨也、杨玄等，祖籍浙江诸暨，生于江西南昌，大学时期便开始从事小说创作，著有中短篇小说集《出使》《刀子的声音》《漏刻：新历史小说集》等，长篇小说《南方以南》，其中《出使》被列入"21世纪文学之星丛书"，小说《突厥》曾入选2002年中国小说排行榜，先后获第一、三、五届江西省谷雨文

---

① 陈蔚文、徯晗：《去表达城市中多元化的生存及具体的人》，《青年文学》2019年第12期。

学奖，《广州文艺》第三届都市小说双年展奖等。陈离（1965— ），原名陈怀琦，祖籍安徽桐城，生于江西彭泽，是典型的学院派作家，北京大学哲学系科学哲学专业硕士，复旦大学比较文学与世界文学专业博士，现任江西师范大学教授，先后发表《午夜的门》《夜行记》《两只老虎》《从前的故事》《进入夏天》《少年事》《夜色朦胧》《城市里的爱情鸟》《马良之死》《普贤寺》《天才少年》《田田上学记》等中短篇小说，出版小说集《惘然记》、散文集《图像与花朵》、长篇散文《没有花园的房子》，近年发表诗作《归来》《树的名字》《白轮船》等。杨剑敏的小说主要以现代眼光观照历史人物及其轶事传说，被誉为"古典精神"系列，作品中的奇诡想象、先锋姿态和古典诗意显露出新历史小说的特殊魅力。陈离的小说大多呈现的是现实生活中失败者的惨淡人生和痛苦灵魂，虽没有天马行空的想象，但凭质朴平静的叙述不动声色地抵达人物的灵魂，流露出一种蓄积在文本深处的"诚实"的力量。

一、杨剑敏："古典精神"的现代表达

杨剑敏的小说创作主要由两部分组成，一是取材历史的"古典精神"系列，譬如《剑客》《说客》《食客》《出使》《远征》《突厥》《戒刀》《广陵散》《陌上桑》《秋后问斩》等，充满了奇诡的想象和古典的诗意，都是熠熠生辉的精彩篇章，具有典型的杨剑敏式独创风格；二是反映当代生活的现实题材小说，譬如《诱惑》《遥远的手》《花朵与时间》《入画》《你好，梦想》《蠹鱼在阳光下》《穿睡衣的女人》等，虽取材现实，但常常以先锋的叙述透过生活的表象，更多探讨深层的本质性问题。

杨剑敏的小说创作有一种早慧早熟感。1989年他还在大学读书期间，便在《人民文学》发表了处女作《诱惑》，这部短篇小说后来不但被收入年度短篇小说选，亦获得江西省首届谷雨文学奖，由此可见杨剑敏创作起点之高。《诱惑》以第一人称"我"的视角讲述了一个"天才悲剧表演艺术家"反抗失败的故事。"我"自出生时起，就因为受到"惊悸"而得了"不会笑"的怪病，经

历了"一个苍白的童年"后，"我"考上了戏剧学院，并且在一位出色的悲剧导演的引导下，成为"天才的悲剧表演艺术家"。为了打破墨守成规的"悲剧"角色，我进行了努力反抗，辞去剧团演职，四处寻找新的出路，在遭遇一连串的失败后，不得不再次回到剧团，喜出望外的导演再次要"我"担当"悲剧"的主角，然而他因为"我"能够微笑而"心神不宁"，最终被送进了精神病院，"我"却成为导演。显然，这是一篇充满了荒诞色彩的先锋小说，杨剑敏从一开始就放下了故事而直奔形而上的意义，人类从出生时起就注定是一个悲剧，既然与周围世界的反抗是徒劳的，唯有选择妥协才能成功，这便是荒诞人生的本质。在这个从叙述到思想都显示出从容老到的短篇里，杨剑敏一开始就显露出非同凡响的创作才华。随后，杨剑敏应和着当年先锋小说的潮汐继续他的叙述实验。《午夜之约》的形式意义大于思想意义。小说的主人公"某个人"在午夜接到一个陌生的电话，来到街心公园赴约，但没有等到约会之人。翌日清晨，公园灌木丛里一具男尸引来了围观的人们和各路记者。一个瘦小的女人和一对年轻的恋人先后主动到警官那儿自首，令人吊诡的是，事实证明都与他们无关。警察对此也无可奈何，他唯一能做的是禁止人们午夜进入公园，限制记者无端炒作案件。小说结尾时，作者似乎揭开了新的谜底，原来这一切都不过是发生在"某个人"的梦中。作者在此着力营造了一种诡异的氛围，讲述了一个荒诞的故事，以此隐喻现代社会和人性的暗面。《遥远的手》同样在叙述形式和精神指向上都进行了一定的探索，作者大胆地以罕见的第二人称"你"为叙述视角，讲述了主人公"你"逃离母亲寻找父亲的故事。虽然母亲对儿子关怀备至，但儿子仍然不辞而别，踏上了对去世父亲的寻访之路。"你"来到父亲遇难的舍身崖，打听到了曾经作为一个优秀滑翔手的过去，明白了"父亲在狂风暴雨中飞翔，其实并非疯狂，而是在寻找一种自由的方式，但那样是显然找不到的"。在理解了父亲之后，"你"追寻着父亲也成为一个滑翔手，不但在飞翔中体验到了自由的快乐，而且还获得了爱情。"遥远的手"实际上是一种精神的召唤，象喻了人对未知领域和自由境界的向往。《穿睡衣的女人》在一个貌似俗套的出轨故事里纳入了关于情爱、欲望、人性等诸多形而上的思考。女主人公因为男人白天长期不在身边而穿着睡衣四处游荡，刚经历了失恋的男主人公则在窗前陷入穿睡衣的女人的诱惑。双方在不断地接近、克制和试探之后，奔向了身体的主题。然而，在压抑的欲望被释放之后，彼此很快失去了最初的美好和吸引，于是又退回到各自的生活常态里。在杨剑敏的这部分小说中，故事的主人公很少有具体的姓名，而是常常被虚化为具有指代性的"我"、"你"、"他"（"她"），或是"男人""女人""某个人"。显然，虽然它们取材于现实生活，但作者只不过是借助一些日常生活的外壳，进行形而上的生命哲学意义的思考。

　　杨剑敏真正具有自觉意识和独创风格的是"古典精神"系列小说。他曾如此表达自己对这类小说的热衷和重视："长期以来，我沉浸于对'古典精神'系列小说的构思当中，满足于它在脑海中的丰富和增长，陶醉于它在想象中的不断变化，而并不急于将它写出来。"[1]在这些作品中，杨剑敏带着现代意识进入历史，对那些来自古代正史典籍、民间传说、文学作品，甚至没有出处子虚乌有的历史人物事件，进行重新演绎和虚构想象，并以此析解出具有超越时空意义的"古典精神"。《出使》通过一群失去方向和目标而仍然凭借意志不断前行的使者，探讨了时间、信念和生存的意义。小说中，汉朝皇帝的使者和他的副使及随从们一直向西行进，已经走了许多年了，却不知道自己的使命，他们之所以向着太阳每日落下的地方永无休止地跋涉，只是想弄清楚，大汉帝国的疆域之外的世界究竟延伸到哪里。他们经历了瘟疫、饥饿、风暴和野蛮人的袭击之后，竟然在浩瀚无垠的沙漠里遇到了一个"依靠幻想而生"的奇怪族群。被热情收留的汉使们渐渐失去了对时间的感觉，开始沉浸于梦幻的生存里，然而他们的灵魂深处始终有一种不安存在着，他们最终选择了离开，继续西行，去寻找天地的尽头。《剑客》通过剑客楚的复仇经历探讨了仇恨之于人性的复杂意义，取血祭妻的风刺瞎了楚的双眼。于是，蒙受耻辱的楚隐居深林，发誓要以血洗耻。经过多年苦练，楚练就了一种神奇的本领，能够凭借想

---

① 杨剑敏：《关于〈漏刻〉的杂谈》，《创作评谭》2019年第6期。

象力御无形之剑。身怀绝技的楚要去报仇时，却发现风早已死了。失去目标的剑客楚在江南大地上孤独地游荡，开始了漫无目标的"收割头颅"。最终，琴师的神秘琴曲感化了剑客楚被仇恨扭曲的内心，楚放下了复仇的剑。《说客》的故事明显具有象征意味，借云从"舌辩时代"到"无舌时代"的经历，探讨了语言权威与历史真实的关系。云出生于平庸低微修史者之家，自幼便满怀敬畏地意识到语言的神秘力量。云从父亲那里获悉了"语言能够改变现实"的秘密，并成长为"舌辩时代"的伟大说客，但后来在出使楚国的途中被蒙面人割去了舌头。云的人生也由辉煌的"舌辩时代"猝然进入了黯淡的"无舌时代"。最后，当孤独无舌的云从越王无伤那里获得了史官的职位时，"又一次带着恶毒的快感无声地笑了"。《远征》描写了一个读书人被无奈地裹挟在蒙古大汗远征的大军中的无奈尴尬，及其对爱情的向往和失望，借此来思考宏大历史和个体存在的意义。当众人在内心为大汗征战感到自豪，并在战场上英勇厮杀时，李蒙却在日夜思念南方的女人和利用所有的智慧躲避强有力的敌人。战争结束后，虽然蒙古人击溃了所有敌人，但是大汗却在遥远的都城驾崩，他们的征战变得不再有意义。而李蒙千辛万苦地回到南方，当他打听到心爱的女人已经结婚生子后，他的寻找也失去了意义。《陌上桑》对一首家喻户晓的汉乐府民歌进行了重新演绎，小说中叙述的重心不再是对罗敷的美丽进行烘云托月的赞美，而是由美丽的罗敷引发吴楚两地不断升级的战争和仇恨。吴国的罗敷因越界到楚国采摘桑叶，让觊觎已久的楚国男子有了侵犯的机会。虽然罗敷拼命得以逃脱，但是她一丝不挂的受辱情状激起了丈夫和村人的复仇的火焰，他们侵袭了楚国人的村子，楚国人又反过来对他们和罗敷进行了更残酷的报复。这场因罗敷引发的争斗最终演变成吴楚两国大规模的争霸，罗敷最终成了众人嫌弃的赤身裸体的疯女人。不难看出，杨剑敏的这些新历史小说，大多忽略甚至有意遮蔽历史的真实场景和具体细节，大多只是凭借一点历史因由重新演绎一些暗藏深意的故事，这些表层的历史叙述常常充满了主观性的虚拟想象，在情节逻辑上往往不无荒诞之处，作者所注重的是那些藏匿在故事之后的关于宏大历史与个体生命、复杂人性与荒诞现实等形而上的哲理性思考。从这个意义上来说，杨剑敏的新历史小说与现实题材小说在精神主旨和表现方式上是殊途同归，或曰异曲同工的。

值得重视的是，无论是演绎历史，还是表现当下，杨剑敏都怀着一种对小说创作近乎苛刻的严谨和认真。在当下泛滥成灾的商业化和庸俗化的写作语境中，这种创作态度无疑是难能可贵的，但它必然会在很大程度上影响到他的创作进程和作品数量。对此，杨剑敏坦诚道："我的作品数量并不多，这并不是因为我不能够快速地写作，而是因为我一直梦想着一种对我来说完美的写作方式：梦，历史，思想，语言的清澈透明，情调的古典庄严，以及笼罩整个作品的一种巨大的同情和悲悯，我渴望自己能将这一切熔于一炉。假如我一生中能够创作出哪怕一篇达到这个要求的作品，我也可以幸福地瞑目了。"①长期以来，大多数人总是站在现代主义的立场来理解和讨论杨剑敏的小说创作，譬如把他小说的主题归为"存在与荒诞"②，称他的小说具有"现代主义风格"③，认为他的小说"勘探了人物命运的多种可能性与人性中的黑暗"④等等。诚然，80年代后期，萨特、尼采等的学说仍是大学校园的流行读物，新历史主义和魔幻现实主义也日益成为创作界新宠，在这种氛围中开始小说创作的杨剑敏当然不可避免地受其影响。然而，需要注意的是，杨剑敏的小说创作并没有在追新逐异中失去方向，他的小说里有着现代主义里所缺乏的理性精神和古典诗意。在那些貌似荒诞和非理性的表面叙述中，有着作者始终如一的追问和思考，譬如时间的意义、存在的价值、人性的真实等等。而其小说中自始至终弥漫着的古典韵致更值得称道。这种古典韵致当然与那些充满古典精神的小说人物不无关联，譬如采桑的罗敷、善辩的说客、执着的汉使、复仇的剑客、高妙的琴师、怯弱的书生等等，但更直接来自作者那些充满诗意的想象和优美典丽的语言。譬如，《剑客》的开篇："又到了收割头颅的季节。头颅和庄稼一样

---

① 杨剑敏：《关于〈漏刻〉的杂谈》，《创作评谭》2019年第6期。

② 秦晋：《幻想的真实——评杨剑敏的〈出使〉》，《创作评谭》2000年第5期。

③ 王娟：《论杨剑敏小说的现代主义风格》，《创作评谭》2004年第1期。

④ 刘伟林：《具象与意象——读杨剑敏〈漏刻〉》，《创作评谭》2019年第6期。

有其成熟的日子。当一个人对你的仇恨到了某种程度时，你的头颅就会有如金
黄的稻穗那样芬芳诱人。"《出使》的开篇："汉朝皇帝的使者和他的副使及
随从们向西方行进。他们一直在走，已经许多年了。不知道自己的使命，只是
向着太阳每日落下的地方永无休止地跋涉。"《突厥》的结尾："音乐声渐渐
小下去了，乐师们身上彩色的线条正在变得越来越淡，终于归于空无。天女们
也向远处飞去，她们越飞越高，身影越来越小，直到蓝天将她们完全隐没。"
显然，杨剑敏在小说里凭借非凡的想象、繁复的修辞，乃至独特的意象与意
境，对古典精神和韵致进行了成功的现代表达。

二、陈离：卑微人生的视景与诚实写作的力量

在一篇《写什么，为什么写》的随笔中，陈离坦言自己是一个不喜欢说话
的人。事实上，在友人眼里，他也是"沉默、低调，说话轻声慢语，他不是那
种不学而假装沉默的人，他对人有着普遍的谦和"[①]。然而，外表有些不善言
辞的陈离，却擅长在写作中敞现内心的幽微。当我们走进陈离的小说世界，总
会被那些惨淡的人生和卑微的灵魂召唤起内心久违的震惊和痛楚，分明感受到
一种蓄积在文本深处的"诚实"的力量。

陈离的"诚实"写作有着两个鲜明的指向：一个指向外部的"真"，叙写
的是那些无助者的卑微人生；一个指向内心的"深"，揭示的是那些失败者的
痛苦灵魂。陈离常常通过那些无力把握现状和改变命运的小人物的生存之痛去
窥探生活的真实本相。《夜行记》呈现的便是这样一个底层失败者的卑微人生
和痛苦灵魂。当了四十多年民办教师的刘家河突然间被辞退了，生计上没了着
落，心理上难以接受，于是走上了艰难的上访之路。刘家河先后找到劳动局长
吴迪庚和教育局长王抗美解决问题。然而，他们都对此爱莫能助，教育局长只
能给他两千元的经济补助以示同情。但让人始料不及的是，两千元经济补助不

---

① 牧斯：《感伤、绝望的人文主义叙述者——读陈离》，《创作评谭》2018年第2期。

但没有改善刘家河的艰难处境，反而成为摧毁他生存信念的肇因。退款无门的刘家河最终无奈地选择了用死亡来结束自己的精神痛苦。陈离小说中的刘家河不禁让我们联想到路遥笔下的高加林，同样是关于乡村民办教师被辞退的窘迫人生。然而不同的是，因权势被下课的高加林有过不屈的奋斗，他的悲剧是一个强者失败的人生，释放出英雄不遇的悲婉；而因体制遭辞退的刘家河背负的是"生命中无法承受之重"。从最初的"忍辱吞声"到后来陷入"无物之阵"的挣扎，他的人生是一个弱者沉沦的悲剧，透露出小人物无可奈何的凄凉。与一般底层叙事不同的是，虽然陈离也在叙述中揭示了底层生活的艰辛和官场社会的荒诞，但显然作品的感人力量不止于此，而更多的是来自作者对底层小人物面对庞然体制和异己力量时遭损害、受侮辱心理的细致呈现。作者的这一叙述主旨在小说开头刘家河被解聘时的惶恐，后来进城找人时的无奈，再到最后退钱无门时的绝望等丰富复杂的内心感受中已然得到敞现。在《两只老虎》中，陈离为我们揭示了另一种人生失败者的内心痛苦。小说由现实与荒诞两个层面构成。现实层面的故事在乡村权力者与外乡人夫妇之间展开。作为外乡人的"我"与妻子美兰为了爱情私奔到钱村。村长对"我们"嘘寒问暖，关怀备至，不但让"我们"住上了大房子，还给"我们"安排了"工作"。然而，现实层面的温情叙事很快发生了逆转，妻子与村长的私通（而且还有了私生子）颠覆了此前的"爱情"想象，消解了乡村伦理的温情。尽管作者一再申明"老虎事件"的真实性，但现实层面的故事显然在"两只老虎"出现后开始衍生出越来越浓郁的象征荒诞意味。"我"从山上捡来两只来历不明的幼虎，它们被村长带走后又去向不明。不久，妻子怀孕生下了与村长的私生子。为了躲避屈辱，"我"在阁楼上住了三年，可村人传起"我"在阁楼上养虎的流言。然而，让人匪夷所思的是，流言竟然变成了现实，老虎与"我"和孩子在阁楼上泰然相处。故事的结局不是"养虎为患"，而是"虎落平阳"。不明就里的村人集体驱虎，可老虎却紧追村长不放，"我"在无意中成了杀虎凶手。从小说中我们隐约知道故事发生在20世纪六七十年代。然而，陈离没有把它处理成一个"伤痕"式的"文革"叙事文本。小说中既没有呈现"文革"习以为常的群众性批斗场景，也没有表现弥漫在乡村日常生活中的权力关系，村长和村人的形象甚至都有些模糊。显然，作者在这里另有所图，在这个颇具意味的寓言性叙事空间里，陈离更在意的是外乡人"我"所感受到的屈辱和无可奈何的痛苦。试想，当一个背井离乡的外乡人清醒地意识到自己置身于乡村权力者处心积虑构陷的罗网中并遭到唯一亲人的背叛时，该是多么令人恐惧和惊颤的体验。多年后，作者重读这篇小说时，仍不禁为作品中的"绝望"情绪所深深打动。①

当然，出身乡土的陈离并未对藏污纳垢的乡土真正"绝望"，在《从前的故事》中，船山村人对外乡人的同情里蓄积了诸多乡村民间社会质朴的"温情与爱意"。郭全福夫妇不但对余小宝关爱有加，甚至还打算把唯一的女儿许配给他。然而，陈离向来不愿意在平铺直叙中和盘托出自己的全部心思。"从前的故事"还是出人意料地发生了逆转，余小宝因与准岳母素云之间私情败露而黯然离开了船山村。郭全福一家此后连遭不测，素云和小宛相继意外死亡。与《夜行记》和《两只老虎》不同的是，作者在结尾处让"温情与爱意"重新回归，愧疚终身的余小宝在离世后通过女儿为自己赎罪，苍老的郭全福面对荒冢和孤女原谅了一切。陈思和先生在谈论陈离小说时说，从民间性立场来看，《从前的故事》写得比《夜行记》和《两只老虎》"都要完美，更好"，但因"限于篇幅"，思和先生并未对《从前的故事》展开分析②。事实上，《从前的故事》的"美"与"好"既体现为娴熟的叙述，也表现在深长的意味。作者不但以平静从容的叙述呈现了人性"善、恶"的复杂微妙，而且在一个外乡人的失败人生中植入了无尽的悲凉。

在陈离的小说创作中，那些城市情爱失败者的人生故事同样具有触动人心的力量。《午夜的门》讲述了省城银行职员苏东与小城女子沈梅失败的爱情经历及其由此产生的焦虑和痛苦。在这个有点俗套的"男高女低"的爱情题材中，陈

---

① 陈离：《图像与花朵》，复旦大学出版社2013年版，第247页。

② 陈思和：《关于阅读陈离〈惘然记〉的几段札记》，《创作评谭》2013年第4期。

离打破了"痴心女子负心汉"的叙事传统，让本应成为许多女人心仪对象的苏东陷入爱情失败的焦虑中。作者的叙事重心不在书写爱情，而在凸显主人公的精神痛苦。生活在现代都市的苏东却有着对纯粹爱情的"古典"想象，每当与沈梅共处一室时，他总是情又自禁，难启"午夜之门"。苏东表面上是由爱情失败导致的焦虑，实际上是来自传统伦理价值观念面对现代生活逻辑时的"不合时宜"。正如沈梅的朋友们所告诫的那样：这样的男人你千万不要嫁，一旦生活中出现了什么事，你怎么能指望他来保护你？诚然，当苏东白白浪费沈梅给他的三次机会时，我们也许会像小说中的叙述者那样对苏东的软弱衍生出"哀其不幸，怒其不争"的复杂感受。然而，正如陈思和先生所指出的那样，在"灵与肉"的冲突中挣扎的苏东始终以"自我反省的形式"来思考两性关系，"以求不断完善自己"。这种在"社会的大变局里以不变应万变的坚守者"由于不甘于现实而表露出的"恍惚、疑虑、追求和失望"，其实并不应该受到过多的批评和嘲讽。陈离对苏东精神痛苦的揭示"无疑具有重大的现实意义"，这是经济社会迅速发展而文化精神相对滞后的产物，是社会转型时期"一种相当普遍的社会心理的艺术概况"[1]。同样是关于失败爱情的主题，但在《英语课》与《夜里发生了地震》中却有着别样的诠释。《英语课》中毕小艳与白黎明的爱情一开始就阴差阳错地在各自不同的轨道上行走。故事的开始有点像张爱玲笔下的"倾城之恋"，女人要的是婚姻的归宿，现世的安稳；男人想的是爱情的游戏，短暂的刺激。所不同的是，毕小艳没有逢着白流苏那样的"乱世"，因而没有"倾城"而来的"婚姻"。尽管《英语课》是无法与《倾城之恋》放在一起"说长道短"的，但是单纯的毕小艳也有着精明的白流苏所不能给人的感动。当我们读到被玩弄遭抛弃的毕小艳不但没有死去活来地找白黎明"讨要说法"，而是为自己的不够"好"或是有些"坏"而自责不已时，一种久违的感动伴随着悲凉不由得触动我们的神经末梢。在《夜里发生了地震》里，这种混杂着感动和悲凉的复杂感受同样也由女主人公传达出来。身患绝症的章晓薇在生命临终前对已经消逝的爱情进行了一次

---

① 　陈思和：《关于阅读陈离〈惘然记〉的几段札记》，《创作评谭》2013年第4期。

"明知不可为而为之"的努力。她本想最后一次以"挽歌"的形式来追悼曾经的爱情，为此她不惜付出自己一生的积蓄和已经衰败的身体。但是，一场地震提前结束了她的"爱情挽歌"。小说中的"地震"当然有着不言而喻的象征意义。这场发生在男女主人公"幽会"时的偶发事件虽然在现实世界还没掀起多大波澜就很快结束了，然而，李丰收的拒绝和逃离却在章晓薇的内心造成了致命的塌陷。小说中作者并没有对李丰收的选择表露出多少鄙夷和指责，甚至还用家庭的责任和美色的诱惑来为李丰收开脱。由此我们不难理解，陈离的叙事指向不在编织一段"痴心女子负心汉"的爱情悲剧，而是要呈现一类身陷绝境痛苦挣扎的灵魂。

从本质上说，陈离的小说是一种知识分子写作。在上述乡村底层叙事和城市爱情故事中，陈离始终都没有放弃知识分子的观察视角和叙事姿态。无论是叙述乡村失败者的苦难人生，还是描写城市寄寓者的情感生活，陈离总是以一个清醒的知识分子身份采取冷静的谛视姿态，越过现实层面的"真"，掘进精神世界的"深"，并在这些"真"与"深"中，毫不犹豫地表现出一个知识分子的道德情怀和精神立场。陈离的这种"情怀"和"立场"在那些以知识分子为主要书写对象的叙事文本中得到更鲜明的彰显。《如梦记》描写了某教育学院中文系内部复杂的人事纠葛，身在高校的陈离对身边的学院人物和校园生态有着切身的体验和更为本色化的书写，诸如文人相轻的传统痼疾、现代知识分子的人性丑陋以及市场经济时代大学体制的种种弊端等等。在小说中，退而不休的老主任庞知非不甘心退出历史舞台，处处搬弄是非。道貌岸然的新主任涂子佩表里不一，为追名逐利步步暗藏玄机。而一向独立自持的肖梓良不但陷入复杂的人事纠葛左右失据，而且在现实名利的催逼下节节败退。由此我们不难看出，陈离的用心主要在于表现知识分子追求独立人格的艰难和身陷世俗"囹圄"的精神痛苦。《惘然记》的主旨仍然揭示的是知识分子群体的精神痛苦。小说开始的场景和氛围很容易让我们想起庐隐的《海滨故人》，一群大学同学在毕业多年后重新聚首，感慨人生。不同的职业，不同的经历，却同样笼罩着人生惘然的虚无。然而，在小说的后半部分陈离却出人意料地把"虚无"引向了"荒诞"，意兴阑珊的同学们并未风流云散，一场嫖娼未果的交通肇事全盘

消解了最初追问人生的严肃主题。显而易见，陈离的这些小说大多具有明显的
"内倾化"走向，他往往并不注重外部现实层面的"轻打细敲"，而常常执着
探寻精神内里的"蛛丝马迹"。这种审视灵魂的"内倾化"写作更能彰显知识
分子敏感而痛苦的精神本色。陈离说，作为一名知识分子的内在矛盾在于，一
方面他是一个自我意识特别强烈的个体，具有超出常人的敏感；另一方面他又
必须作为"社会的良心"立身行事，个人主义和理想主义的两极虽有相通之
处，但更多的时候是让他感到一种分裂的痛苦①。通览陈离小说，不难发现，
这种知识分子特有的敏感和痛苦也常常成为他笔下人物的主要特征，譬如《夜
行记》里的刘家河、《两只老虎》里的"我"、《午夜的门》里的苏东、《如
梦记》里的肖梓良、《惘然记》里的沈一苇等。

　　从创作路向和叙事姿态来看，陈离显然有意回避当代文学中的宏大叙事传
统而试图接续"五四"以来鲁迅、郁达夫等人的底层"被侮辱与被损害者"的
书写传统。这一选择当然与陈离的现代文学学术背景有关（一直游弋在现代文
学领域的陈离不经意间总是流露出对"五四"作家的敬意），但更直接的原因
应该还是来自他的创作观念。陈离说，他所理解的小说只有一种，"那就是呈
现人生失败者的痛苦的灵魂"。在他看来，这种对人生失败者痛苦灵魂的呈现
是一种"诚实"的写作，而诚实是一种比才华更重要的艺术根本和人生境界，
需要一辈子的艰苦追求才能抵达（《困难的写作》）。陈离的小说，既没有繁
花似锦的修辞，也没有天马行空的想象，只凭一种质朴平静的叙述不动声色地
抵达人物的灵魂。虽然陈离的诚实观及其诚实写作在某种程度上不免有所偏执
或狭隘，但显然他以自己特有的姿态远远拉开了与那些假面人生和虚伪写作之
间的距离。

---

　　① 　陈离：《"对灵魂的忧虑"，还是"对世界的忧虑"？——当代知识分子的价值认
同》，《天涯》2004年第3期。

第四节　樊健军与陈然的小说

　　樊健军与陈然是江西当下小说创作中有着扎实实绩和巨大潜能的中坚力量。他们有着大致相似的成长背景和创作经历。樊健军（1970— ），九江修水人，历任修水县文联副主席、江西省作协副主席，90年代开始从事文学创作，先后发表中短篇小说一百余篇，出版小说集《水门世相》《行善记》《空房子》《有花出售》《穿白衬衫的抹香鲸》，长篇小说《桃花痒》《诛金记》等，作品多次被《小说月报》《小说选刊》《中篇小说选刊》《北京文学·中篇小说月报》《中华文学选刊》等转载，曾获江西省优秀长篇小说奖、第二届林语堂文学奖、首届《星火》优秀小说奖、第二届《飞天》十年文学奖、首届汪曾祺华语小说奖、第一届海鸥文学奖短篇小说奖等。陈然（1968— ），九江湖口人，曾任教于湖口马影中学，现供职于江西省文联。90年代初开始发表作品，已发表中短篇小说三百余篇，出版短篇小说集《幸福的轮子》（入选"21世纪文学之星丛书"）、《捕龙让》、《一根刺》、《犹在镜中》等，长篇小说《蝴蝶》《2003年的日常生活》《我没病》《隐隐作痛》等，作品多次被《小说选刊》《小说月报》《中篇小说选刊》《新华文摘》《北京文学·中篇小说月报》《作品与争鸣》等刊物转载。总体上看，樊健军与陈然都出身于赣北乡村，有过长期城镇生活经验，凝视乡土社会，书写底层人物，以此表达对濡养过自己的乡土及生活其中的人们的深情眷恋和悲悯情怀，是他们小说创作的底色。当然，他们的创作还有更开阔的视野，还常常把目光投向他们所置身的充满各种可能和丰富细节的城乡社会，从不同的时代断层和生活折皱处发现生存的艰辛和灵魂的痛楚。

一、樊健军：在城乡世界凝视"低处的温暖"

　　樊健军的小说创作有着底层叙事的自觉和建构城乡的"野心"。他最初从故乡"水门"出发，在"水门世相"里打造了最初的"乡土世界"；然后，跋山涉水，一路走来，从身边的城镇到远方的都市，讲述了一群薄命红颜在"空房子"里徒劳挣扎的生活故事；在经历了这样一番乡土与城市的"锻造"之后，再次重温故土人事，樊健军的小说创作明显有了新的气象和更高的追求，《桃花痒》《诛金记》《罗单的步调》《内流河》《穿白衬衫的抹香鲸》《冯玛丽的玫瑰花园》等便是最好的明证。在这些城乡故事中，樊健军沉浸到生活的底层和内里，在关注社会转型时期乡土沉滞和城市变动的同时，用一种温情和忧伤的目光"去凝视那低处的温暖"①。

　　樊健军说，每个写作者都有一个属于他个人的文学上的村庄，这个村庄是隐晦的，完全隐藏在他的内心里，不为人知。它寄托了他全部的文学乡愁，收留了他到处漂泊的灵魂。②对于樊健军而言，这个"文学上的村庄"便是赣西北幕阜山下的"水门"。樊健军关于乡村的文学想象几乎都与"水门"相关。最初的《水门荤事》讲述了大队长刘长枪与磨盘、水儿、水萝卜、眯眼泡等几个水门女人的风流"荤事"，其间穿插着与之相关的草鞋精陈米、猎八、二瞎子、矮脚瓜冬生等人的故事。虽然作者没有明确地交代时间背景，但从水门人的生活方式和刘长枪的做派来看故事应该发生在六七十年代。很明显，作者在小说中并没有指责或讽刺刘长枪等水门男女们混乱的道德风纪，而是通过那些游走全篇的谐趣而微讽的叙述流露出特殊年代民间生活的艰窘和欢乐，这种轻松戏谑的叙述和自由松散的缀连结构到后来的水门系列小说中逐渐成为樊健军小说具有个性化的特色。在樊健军早期的水门系列中，《阴阳祭》从题材内容到叙述形式都显得有些特别。小说以一个五岁时夭折的女孩的视角来讲述祖父母辈的往事以及她本人生前死后的经历。穿行于阴阳两界的"我"熟知祖父母与阎老三的恩怨往事，亲历了自己的死亡过程，听到了哥哥在遥远城市发出的叹息，看到了祖母压抑的哭泣，遇见了已经亡故的祖父，甚至最后还嫁给

---

①　樊健军：《去一个未知的世界，凝视那低处的温暖》，中国作家网，www.chinawriter. com.cn，2020年1月17日。

②　樊健军：《每个人都有一个村庄》，《水门世相·后记》，台湾秀威资讯科技有限公司2013年版。

了同样夭折的虎虎。虽然小说在叙述方式上似乎受到方方《风景》的影响，但显然比《风景》更为阴冷诡异。真正集中呈现"水门"世界的是《水门世相》系列。这部由四十多个短篇组成的小说集大多以各类人物为题，譬如满地和绣云、石女秀秀、傻子阿三、乞丐水篛、贪嘴的神汉、穴居者、赌徒、酒鬼、比年、树神、水幽、白叶、疤脸、寡嘴、唤驴、学鸟、苍生、草鞋地主、九泉哑巴等；也有以风俗事件或地名为题的，譬如双簧、纸扎、走眼、醉茶、单响、猎鞭、弃物、邪鸟、凸石、无边的浪荡、一棺之地、脚鱼砌塔、菱地的偶像、消解的二胡、红绿桥等。樊健军充分展示了他讲故事的能力，"直接将触角伸向最底层的草根人物和另类生活，这里有身体残缺的：高不过三尺的侏儒，石女罗锅，眼瞎的、腿瘸的、耳背的，长着两颗脑袋的女人。有下三滥的：赌徒酒鬼，骗子无赖，像种猪一样活着的英俊男人，成天追逐男人的花痴。有装神弄鬼的神汉巫婆，也有性格怪异的穴居者，有洁癖的盗贼，也有靠纸扎活着的手艺人……这些人聚居在一个叫水门的特殊村庄，构成了一个独特的世界"[①]。樊健军既展示了乡土底层社会谋求生活的小智慧和玩弄生活的小聪明，也描写了他们在男欢女爱中的纯朴坚贞和在封闭沉滞中的悲怆孤独，勾画出一幅幅既藏污纳垢又生动鲜活的乡土草根世相。

在水门系列之后，樊健军开始把目光投向了更开阔而繁复的现代城市生活，而作者从乡土转场到城市的叙述载体是一群在情感纠葛中挣扎的女性。《仙人球》中，新婚之夜刚过完的姬丽虹就被老公冯乔顺盯上了，于是一场缺乏信任和爱情的婚姻上演着女主人公"节节抵抗、节节退让"的戏码。姬丽红仿佛是悬崖边摇摇欲坠的蝴蝶，被风一吹便要坠入万丈深渊里。丈夫的猜疑让她像只刺猬，可最终她还是选择了婚内出轨来逃离病态的婚姻。而冯乔顺的敏感、多疑、固执不但葬送了自己的婚姻，而且为此付出了生命的代价，最后由于精神失常遭遇车祸。生活在沙漠地带的仙人球养成了抗高热和干燥的刺，这

---

① 樊健军：《每个人都有一个村庄》，《水门世相·后记》，台湾秀威资讯科技有限公司2013年版。

也是姬丽红婚姻情感生活的写照。《夭夭》中，夭夭从小失去父爱，长期生长在母亲谢沁儿的监视和束缚下。母亲与女儿的盯梢与反盯梢、禁锢与反禁锢，导致了青春叛逆的夭夭更加渴望自由。她义无反顾地投入刀鱼的怀抱，并在寻找刀鱼的过程中，委身于一个又一个男人，在肉体的放纵中享受自由和刺激。《假唇》中，苏笑嫣最初面对丈夫姚超的背叛，坚守着传统家庭伦理，甚至曾一度想以氰化钾来结束自己的生命。后来在朋友的劝服和开导下，苏笑嫣走出了原来的生活。然而，当她经过一番挣扎与马文良好上后，却不料又遭遇了第二次背叛。最后，苏笑嫣在万念俱尽中服毒自尽，离开了令她失望的尘世。《温泉蛋》中，原本在娱乐城工作的青子整日"陪男人唱歌跳舞，打情骂俏"，等到从他们身上捞到一笔钱后，就去另一个地方开始新的生活。商人张戈包养青子后，利用她去引诱设计工作室的老板尹先生，以窃取他的客户名单，但后来青子被尹先生对待发妻的真挚情感所打动，改变了初衷，反而用自己在娱乐城的客户名单骗取了张戈的酬金。樊健军在叙写这类女性情感生活故事时，明显放弃了乡土叙事中的温婉和亲近，而多以一种置身事外的距离感叙述现代城市的欲望故事，审视陷入现代城市生活中的人们，并把他们这种失去信任依凭的情感危机和生活困局命名为"空房子"。

事实上，樊健军和他笔下那些漂泊者一样，城市只不过是缺乏经验基础和想象根基的"空房子"，他的这些城市欲望故事都显得那样轻飘和散漫，要想真正构建属于自己的文学世界还是要回到生命的原乡，那里才是蕴藏着无限可能的精神家园。《罗单的步调》围绕罗单重返水门村为当年的"毒鱼"事件复仇而展开。作者在叙事中不断穿插武、罗两家过去的矛盾冲突，并与现在正在发生的恩怨情仇相交织。虽然罗单成功地向武强复仇了，但却得知当年是他二叔去鱼塘里投毒的真相。于是，"罗单的步调彻底乱了"。武家人因与村支书的利益关系而屡屡报复罗家，二叔因辛兰香毁了他的名声而报复投毒，罗单因"投毒事件"而返乡谋划复仇，许春荷在背叛"忠贞"爱恨中苦苦挣扎。在这个短小的篇幅里，作者驾轻就熟地表现了一种显然不同于现代城市的传统乡土社会简单质直的生活逻辑和处世方式。真正标志樊健军重返水门的成熟之作当然是长篇小说《桃花痒》和《诛金记》。作者把目光和触觉伸向了乡土的纵深处，从不同的视角展示了乡土世界所蕴藏的所有光耀和不堪、厚重和轻薄，表达了作者对这片生养之地的难舍和爱恨。《桃花痒》以第一人称"我"的视角，叙写了外乡人哲东在水门的奋斗史和堕落史。哲东最初是怀着朴素真诚的宗亲思想入迁水门的，但因为整个水门村都是樊姓本家，所以水门人便把他当成外乡佬冷眼旁观、百般刁难，甚至栽赃陷害，把他排斥在祭祖、打祭、龙灯等宗族集体活动之外。为了获取认同、追逐权力，哲东进行了难以想象的抗争和努力，他巴结昆生、族长，甚至讨好一般村民以获得身份认同，又通过种桃、养羊赚取物质财富。可一旦成为当权者后，哲东开始为所欲为，变本加厉地进行报复。为了满足淫欲，将村部当成寻欢作乐的宫殿，与水门村的女人们肆意狂欢，全然不顾妻儿和他人的感受，彻底暴露其自私虚伪、狂傲暴戾、无耻下作的一面。如果说《桃花痒》着重表现的是个体在权力和物质追求中的人性异化和扭曲，那么《诛金记》则表现了更为普遍的人性在物质财富追逐中的扭曲和沦陷，小说以第一人称"我"（一个叫朱尾的智障者）为视角叙述了水门人追逐黄金梦的故事。一个乡村哑巴无意中发现了圣土山里的金矿，于是一场淘金大战轮番上演。最初得到秘密的老铁匠朱耷率先带着儿女进驻圣土山，试图独揽金矿。然而，村里人在知道了金矿秘密后，很快都疯狂地卷入了淘金大战里。后来政府开始控制了金矿，但村里人和从四面八方赶来的人们仍然千方百计地走私黄金。由于人们的无序开采，矿脉遭到破坏，黄金被挖空了，黄金梦破灭了的人们陷入恐慌。而更为诡异的是，那些曾经痴狂挖黄金的人后来大多死于非命，家庭败落。虽然作者说《诛金记》的题材来自他本人的亲身经历，但是这个黄金扭曲人性的故事显然具有寓言的性质。

在水门之外，樊健军还有另一处"家园"，这便是他生活了二十多年的修水县城。樊健军曾如此表述自己二十多年的小县城生活经验："小县城的生活是一潭不流动的水……小县城里的人们因为生活的单调、沉闷、枯燥、重复，有时恨不得杀一个人来打破这一潭死水……小县城又是泥淖之地。倘若你不警醒，就会完全陷入到世俗生活之中。"①作者的这些小县城生活经验同样弥漫在他笔下一些主人公的日常生活空间里。如果说水门故事是樊健军的过去记忆，那么县城生活则是他的身边叙事。《内流河》呈现了樊健军关于另一个生命原乡——小县城的叙事魅力。作者在主人公胡细楠琐屑的家庭生活和庸常的个人经历中细腻而深刻地表现了人到中年的生活困局和精神危机。从乡村中学老师到在文化馆当编内刊的干部，胡细楠的中年生活本应闲适自在；然而，年过四十的胡细楠却在婚姻、家庭、工作、人际交往和两性关系上陷入了各种难以言说的困窘、暗伤、暧昧和尴尬。女儿胡小小先天失语，本爱画画却被母亲强拉去学钢琴。妻子蒋文静不甘心灰暗的现实，在经历了各种痛苦挣扎后，一心扑在女儿的教育上，不惜像刺猬一样对待丈夫，并且在工作生活中处处妥协，甚至为了帮助女儿在钢琴比赛中获得名次，不惜宴请、拉票，酬谢社交网络上的支持者。情人马萧萧喜欢把亲近的男人化装成女人，并试图把一个个男友变成前男友，这个如此怪僻的高级化妆师因经历了成长的阴影、精神病母亲的折磨，而以一种另类的方式陷入自恋中来为自己解压。为了挣脱生活的困局，胡细楠与好友许一帆一起开办棋校、寻找奇石。然而，事与愿违，就像他下棋一样，"赢了劫争，却输了棋"，胡细楠的任何努力都无法挽回生活的颓势，他的中年人生就像题目"内流河"所象喻的那样失去了活力和流向，而只是在人生河汉内四处漫溢。樊健军的小说创作越到后面越显成熟老到，开始自觉对生活、人生、生命等作出形而上的哲学思考。《后遗症生活》通过日常的寻犬事件反映出具有普遍性的哲学命题。安吉乐的爱犬帅帅呱失踪了，尽管安一城一家费尽心力四处寻找，但还是没有帅帅呱的下落，最后不得已只好为女儿另买一条贵宾犬小公主来取代帅帅呱。安吉乐虽然表面上接受了小公主，但是内心却充满了对帅帅呱的想念。安家之所以对帅帅呱的失踪反应如此敏感强烈，是因为安吉乐幼时跟外婆一起生活时，曾经有过被拐卖未遂的经历。这种

---

① 樊健军：《〈后遗症生活〉：拿什么来比喻小县城的生活》，中国作家网，www.chinawriter.com.cn，2019年8月11日。

常常被人们所忽视的"后遗症生活"影响其实是一种普遍的社会心理。作者在小说中还特意安排了彩虹婆婆在儿子失踪后的"后遗症"反应来加深小说的主旨，彩虹婆婆始终不放弃儿子回家的信念，这种抵抗苦难的"后遗症生活"方式是值得深思的。此外，樊健军值得提到的关于小城人物或边缘弱者生活的中短篇佳作还有《厚道面馆》《向水生长》《木匠和琴师》《第65条西裤》《有花出售》《半窗红烛》《穿白衬衫的抹香鲸》等。

樊健军说："文学是为弱者说话的……弱者的生命存在不只是为了唤起人们的怜悯，他们是我们的镜子，唤醒我们对人类自身的悲悯。他们的成长史是人类成长史的一部分，他们的情感史和精神史同样是人类情感史和精神史的一部分。我们与他们不可分割，他们总是被藏在无声深处，而我要让他们的故事被世人听到。"①无论是乡土底层的"水门世相"，还是漂浮城市的"空房子"，抑或是庸常繁琐的"小城人生"，樊健军都把目光投注在坚实的生活大地中，关注弱小的芸芸众生，以悲悯的情怀凝视"低处的温暖"，唤醒"沉默的大多数"。

二、陈然：底层叙事的多种可能与突破

在江西当下小说创作中，陈然向来以勤奋和多产而著称。自20世纪90年代初以来，笔耕不辍的陈然已发表各类小说近三百万字。最初为陈然带来声誉的是那些表现城乡弱势群体的底层叙事。陈然常常把目光投向那些在社会底层，过着平凡生活的人们，他们虽然身份卑微，无所作为，生活艰辛，甚至命运不济，但却以各自的方式抵御苦难，守护尊严，这些在小说集《幸福的轮子》中得到充分体现。同名短篇小说《幸福的轮子》通过一对忠厚、勤劳、善良的农村夫妇进城务工的经历和相濡以沫的夫妻生活表现了改革开放初期城乡生活变化。为了"要让后代过上体面而幸福的生活"，丈夫带着妻子从乡间来到城里

---

① 樊健军：《去一个未知的世界，凝视那低处的温暖》，中国作家网，www.chinawriter.com.cn，2020年1月17日。

务工。丈夫干的是拉板车的苦活，妻子替人缝补衣服补贴家用。虽然他们每天
为了生计忙碌，赚钱不多，有时还要遭受城里人的歧视，但是却没有怨天尤
人。路边的一碗绿豆汤、餐桌上爱吃的猪口条、偶尔多赚了一点收入，夫妻俩
在勤劳辛苦的背后的那份简单满足和幸福感，让人动容。小说结尾，妻子坐在
丈夫的板车上向远方驶去，留给了读者无限温馨的想象。陈然早期小说大多是
这类带有温暖明亮色彩的底层叙事，主人公虽然生活"并不如意"，但却仍然
"乐观向上"。《握手》中，二十四岁的郑四每天最期盼的事情就是下班后赶
回家看他的黑白电视；面对爱情，郑四缺乏勇气而一味地逃避，甚至把相亲的
对象拱手"送"给路边素不相识的男人；在"大人物"面前，郑四也总是感到
害怕和无边无际的孤独。然而，懒惰、散漫、怯懦的郑四却心地善良，遇到乡
下女孩被欺负时，他挺身而出，代女孩写检讨并替她说情。《恋爱中的王经
理》以幽默俏皮的笔调描写了王伯当的婚恋生活。王伯当在遇上冯可娜之前，
"因为生命寂寞而结过一次婚"，"生命不寂寞了，便妥善地和老婆离了婚，
把她放到前妻的位置上去"。然而，远看近看都像"熊"一样的王经理，却为
了追求冯可娜魂牵梦绕，并且还制定了"缜密的部署和周密的计划"。最后，
冯可娜之所以接受王伯当作她的英语辅导老师，是因为她觉得"趣味对于生活
来说是多么重要"，而王经理身上正有着与众不同的风趣。此外，《亲人在半
空飘荡》中的轿夫，虽然干着最苦最累的活计，但因妻子的爱而感动，妻子仙
娇也为丈夫的健壮而骄傲。《我们村里的小贵》中的砖匠小贵凭借出色的手艺
在城里打工，虽然遭遇事故后被截去了一条腿，但仍然自强不息，学会了编织
毛衣，重新找到自信赢得尊严，并获得了城里女人的欢心。《张拳的光辉历
程》中的张拳，因为与王海燕之间"不合适"的爱情，而付出了沉重的代价。
在张拳失去了大拇指从而丧失谋生的骄傲的时候，经济上的困难也接踵而来，
但他和王海燕却在困苦中扶持相依。《少年与狗》中的少年，虽然"毒倒"了
一只小狗，但小狗的死亡却让他萌生出悔恨和恐惧，"原来一条狗的死去竟是
这么可怜"。不难发现，陈然早期的底层书写具有鲜明的平民意识和人道情
怀，虽然描写了各类底层人物的艰辛和屈辱，但却对他们的现实境遇充满了同

情和理解，对他们的未来人生寄寓了积极乐观的期许。

随着改革开放进程的不断深入，经济体制转型和城市化进程加快，各类社会问题尤其是城乡底层的矛盾冲突逐渐聚集显现。从村镇到小城再到省城，陈然的生活变动显然不只是空间的转换，更是阅历的丰富。面对越来越复杂多变的社会现实，陈然的叙事风格发生了显著的转变，直面现实的讽刺批判取代了此前的脉脉温情。正如有评论者指出，早期小说中，"那些渐行渐远渐淡未置可否的尾巴被陈然干脆利索地一刀斩断，他宁可牺牲作品的诗意，也要将残酷的现实甩在人物面前"①。小说《手》通过一个乡镇企业工人经历伤残和失业后的沉沦表现了社会转型过程中乡镇底层社会的阵痛和创伤。主人公在工作中被轧去了一只手，后来又遭遇企业转制下岗。在对现实和未来失去依托和信心后，主人公陷入自甘沉沦和消极颓废的旋涡里。陈然不再像早期那样对底层不幸抱有温情和期许，在小葛、林霞、红红、厂长等周围人们身上，同样交织着善良与卑鄙、同情与私心、高尚与堕落，暴露出人性的自私和阴暗。《我们小区的保安》借一位小区保安的心理折射出城乡底层民众对权力和尊严的向往。老何想当保安，是缘于他长期以来的警察情结。在老何看来，"一穿上警服，立刻就威风凛凛了"，"别说警服，就是其他制服，比如工商、税务、海关、交通、军队，甚至那些年流行的中山装，等等，作用也是一样的"，而保安工作让老何获得了当警察的心理补偿。对于普通百姓而言，警察不只是一种职业，更是一个象征着权威和尊严的社会符号。《我是许仙》通过黑豆虚幻的"许仙"心理与姐妹俩现实的"白蛇"经历形成了一个充满象征意义的叙事空间。黑豆长期处于一种贫乏、单调、无助的现实境遇中，于是他把希望转移到虚幻的想象。黑豆四处寻找白蛇，虚幻地以《白蛇传》中的人物与剧情来看待现实生活。在小说的另一条线索中，一对姐妹从农村到城市打工，遭遇坎坷，最后走上犯罪道路的经历，同样反映了城乡社会转型中普通民众的心理畸变和精神危机。

---

① 晓华：《底层如何呈现——陈然小说论》，《文学报》2007年6月4日。

　　不难发现，陈然的底层叙事已经全然没有了早期的温暖和诗意，而是直面惨淡甚至荒诞的现实人生。当陈然把目光投向更广泛的社会层面时，他不再是停留在叙述表面就事论事，而常常是借助一些具体的生活故事反映更具普遍性的社会问题和人性心理。为了实现这种具有生命本质意义的形而上的哲理叙事探索，陈然进一步把叙述文本推向了荒诞象征的层面，小说集《一根刺》和《窒息》充分体现了陈然的这种叙事努力。《一根刺》收录了14篇中短篇小说，它们既是微观的生活截面，也是个体的生存寓言。作者常常从极平常琐细的事件着笔，融入夸张、反讽、荒诞的喜剧元素，通过亦庄亦谐或悲喜交融的叙述方式暴露生活的真相。《考试记》讲述了一个类似于契诃夫笔下小公务员切尔维亚科夫式的故事，只是结局不同。主人公宁可是体制内的一个小科员，对单位上的各种虚浮工作有一种本能的反抗，于是在股长面前很随意地说了一句不做单位组织的"考试卷子"。然而接下来，小人物宁可却陷入因这件事所引发的各种惶恐不安中，他既担心周围同事的嘲讽，又害怕上司的惩罚。小说的结尾，对此事一无所知的局长不但没有责罚提心吊胆的宁可，反而派他去北京学习，而办公室主任也轻描淡写地告诉他已经让人代抄了。作者在此通过一个小人物的"有限"反抗和挣扎，揭示了现代社会底层生存的荒诞和卑微。《电动车》的叙述充满了荒诞意味。一个青年买了辆有问题的电动车，可是当他找卖家、维修点和厂家的时候，却被鬼推磨似的互相推诿，没有谁愿意负责。于是，他便陷到坏车、维修，最终无功而返的怪圈当中。小说结尾，青年竟仍然向熟人推荐买和他一样牌子的电动车。作者在青年买车修车的执着和无奈中表现了现实的荒诞和人性的异化。《一根刺》的叙述更是具有寓言色彩。一对年轻夫妇为了一根刺一样的小事苦恼着、奔波着，他们虽卑微如蚂蚁，却又顽强如草根。他们总是在充满鸡毛蒜皮的日常生活矛盾中无事生非，互相隐忍。显然，小说通过这对夫妻的日常生活暗示了"一根刺"的社会常态。

　　《窒息》中的三十多篇具有黑色幽默特征的微型小说，更是充满了各种现代社会的焦虑、恐惧、孤独、荒谬和危机。陈然用冷酷犀利的笔触描写了各色市井人物的荒诞际遇，集中展示了现代人的生存困境和精神症候，从而揭示出社会转型期具有广泛意义的"时代病"。《入侵者》借"男主人"荒诞的想象表现了现代人缺乏安全感的精神恐惧。一群突然闯入的强盗抢劫、强奸，为所欲为，完全破坏了家庭曾经的安全和温馨。《报复》通过一个卑怯者荒诞的报复故事揭示了现代社会人性的丑陋。主人公"他"为了报复与老婆通奸的上司，设计了诸多复仇计划，但自惭形秽的"他"却每次都临阵放弃。后来"他"因嫖娼得了性病而通过交叉感染的方式意外地实现了报复的目的，"甚至还赚了一笔"。《消费时代》通过一对青年男女的死亡事件讽刺了人情冷漠和利益至上的"消费时代"。一位姑娘的男友在建筑工地上意外坠亡，随后姑娘也在同一处殉情自杀。然而，新闻报道却由最初批评安全监管的时弊，转向了更能引起读者兴趣的"殉情"故事。为了商业利益，媒体大肆宣扬报道，完全不顾当事人家庭丧失亲人的痛苦。《窒息》的故事更具有荒诞象征意味。患有异食癖的"我"因长期食用油漆而导致身亡。"我"即便清楚地知道吞食油漆的后果，却依然义无反顾地走上死路。显然，作者通过"我"的怪癖和选择揭示了现代社会的人情冷漠、现实荒诞和精神危机。

20世纪末以来，随着商品经济时代的到来和大众消费文化的兴起，传统伦理道德和价值观念在新的时代语境中遭遇了难以回避的尴尬和崩解。在长篇小说《蛹蝶》《我没病》和《隐隐作痛》中，陈然通过对现实弊端的讽刺批判和对时代病的诊断更进一步地表现了作为现代知识分子的道德良知和人文情怀。《蛹蝶》是一曲关于传统爱情和理想的挽歌，带有某些作者自叙的色彩。主人公有乔是个深受古典情怀浸染的小镇医生，先后经历了结婚、生子、离异等人生"大事"。在小镇烦闷窒息的氛围里，有乔爱上了优雅的小学老师杜若。然而他们的恋情不久被杜若势利庸俗的丈夫徐思无发现。杜若的软弱和世俗的压力使有乔离开了小镇，应聘到省城一家青年杂志社。为了办成像五四时期《新青年》那样影响广大青年的杂志，有乔付出了全部热情和努力。然而事与愿违，保守的政客式主编、小人得志的编辑部主任和善于投怀送抱的女编辑等等，周围复杂压抑的人事很快让他的理想显得幼稚可笑。受到冷落和排挤的有乔转而通过异性和幻想来排解孤独和压抑。他开始同时与晚报女编辑艾琳和乡下打工女孩交往。前者的放荡让他感受到现代城市的魅惑，后者的温厚寄托了他的田园乡愁。尽管有乔知道自己爱的是田园，但是最终选择的却是城市。就像破蛹成蝶那样，他既然把自己放逐了，就应该无家可归。《我没病》是一部关于现代社会的寓言，小说由病人的经历和医生的故事两条线索交叉进行。小公务员禹漱敏怀疑自己患有精神病，并多次到精神病院看病，但医生梁康蒙却告诉他没有病。禹漱敏在单位的授意下被精神病院抓走，医生涂荣广主动对禹漱敏进行强制诊治。禹漱敏的妻子谭霞为了让丈夫回家四处奔走，甚至向法院诉讼，法官在庭审过程中接到一个神秘电话，最终裁决精神病院放人，于是真正患上了精神病的禹漱敏回到了家里。而在医生的故事中，梁康蒙在学校读书时，因为和导师闹翻，失去了留校的机会，不得已成为了精神病医生。工作后，梁康蒙对精神病院的商业化感到失望，后来爱上了有严重心理疾病的艾约，并产生了强烈的拯救欲望。然而，他最后发现自己却只能跟着艾约一同下滑坠落。不难发现，作者通过禹漱敏的"疾病"和梁康蒙的"坠落"隐喻了现代社会的病变。《隐隐作痛》通过马光的读书、教书和情感经历表现了个体理想追求在现代世俗社会的失败和痛楚。学生时代的马光经常以逃学的方式反抗传统教育体制的约束。做老师后，马光从不按程式化的方式教学。马光崇拜卢梭，信奉人的解放和自由，并像卢梭一样追寻生命中的"华伦夫人"。然而，在现实面前，马光不得不放弃自己的理想，向世俗低头，变成自己曾经不齿的那类人。即便是在与白修洁、罗彩霞、王颖等女性交往中，马光也难以实现"华伦夫人"的理想，只好在欲望的满足中缓解内心的"隐隐作痛"。

　　总体而言，60年代末出生于赣北乡村的陈然，有过由乡入城的丰富生活经验，目睹了改革开放以来社会转型过程中的各种复杂人事和生活变迁。因而，他的小说创作有着更为宽广的幅度，既有农民、工人、车夫、保安以及家庭主妇和村姑弱女等庞杂的社会底层群体，也不乏职场社会、知识群体和普通的市民人物；在叙述方式上也更趋灵活多样，既有平静沉稳的叙述，也不乏夸张反讽的笔调。陈然小说题材内容的多样和叙事方式的变化，常常让人产生"一种不知所措的感觉"，以至于有评论者说，难以将其简单归类为"底层写作""先锋写作"或者"知识分子写作"，"他的小说没有大悲，也无大喜，无论哪一种理论的阐释，都可能半途而废。因此，他是一个无法用当代文学思潮来将其归类的作家，却又真实地刺痛当今社会的现实，呈现属于个体世界的'不可告人'之处"①。诚然，陈然的小说创作正是在这种不附庸不随流的多样和变化中显示其难能可贵的。

第五节　王芸与杨帆的小说

王芸和杨帆是近年来由南昌市文学艺术院引进的专业作家，虽然在小说创作风格上各走一路，但都是实力强劲的"70后"女作家。王芸（1972—　），湖北沙市人，20世纪90年代开始从事创作，已发表二百余万字小说、散文，出版有长篇小说《对花》《江风烈》，小说集《与孔雀说话》《羽毛》，散文集《此生》《穿越历史的楚风》《接近风的深情表达》等，作品多次被《新华文摘》《小说选刊》《中华文学选刊》等选载，曾获第三届湖北文学奖、第二届林语堂文学（小说）奖大奖、第二届全国冰心散文奖、长江文艺奖等。杨帆（1975—　），江西都昌人，新世纪初开始发表小说，出版长篇小说《锦绣的城》，小说集《瞿紫的阳台》（入选"21世纪文学之星丛书"）、《黄金屋》、《天鹅》等。王芸来自荆楚大地，曾经有过报社记者和副刊编辑的经历，又兼长小说与散文，她的小说创作有着细腻的生活质感和温厚的人文情怀，常常在日常叙事和历史想象中表现出一种沉静内敛的气质。杨帆来自鄱湖水乡，曾经专修绘画艺术，她的小说创作在表现各类生活人事和情感心理时有着独到的敏感和深度。

---

① 江腊生：《透过现实逻辑的人性光束——陈然小说阅读》，《创作评谭》2019年第4期。

一、王芸：穿越日常生活与历史记忆的"审美凝视"

在同辈创作者中，王芸既以笔耕不辍闻名，更以写作自觉著称。她总是在各种不同的场合和大量的创作谈中，对自己的创作得失和未来路向及时做出总结和规划。从散文到小说，从感性的细腻到理性的从容，她把写作看作"上天赐予的一件铠甲"，让敏感有了安放之所，把脆弱转化为坚强，既触及辽阔的人间世相，又映现复杂的世道人心。她说："每一个写作者都想找到一条属于自己、适合自己的独特的创作路径。但经过了那么漫长的书写史，有那么多人前赴后继在写，要找到真正新异的路径很难很难，因而这条路走起来并不是那么笃定，需要外在与内在力量的支撑。"①事实上，王芸在小说创作中已经找到了一条"属于自己、适合自己"的路径。她一方面通过现实人生故事"写出生活和人性的复杂向度"，另一方面则越过日常人生，对已经或正在流逝的历史传统进行"审美凝视"，并以此探寻"隐存着我们从远古来到此处的根脉，隐存着我们不自知的精神与生活形态的依据"。②

王芸的小说创作最初是从身边叙事开始的，大多取材于都市日常生活，以写实的手法，讲述普通人物的人生故事。《日近黄昏》是在一个侦探小说的叙述框架里表现了一个老公安的悲婉人生。作者一方面描写了老全在警察人生中的丰富阅历和工作热情，譬如老全审讯犯人时的自信娴熟，破案时"拼命三郎"的作风；另一方面又极力渲染了老全"日近黄昏"的尴尬和悲凉，譬如他在年轻同事面前的力不从心，在孙教导通知他退休谈话时的失态表现。最后，这个有着"三十年的风风雨雨披肝沥胆鞠躬尽瘁呕心沥血"的老公安牺牲在了办案现场。《黑色的蚯蚓》叙写了一个中年女性遭遇的人生重创和面对危机时的努力。人到中年的女出租车司机樊松子与丈夫老宋感情不和，准备离婚，却不料又遭遇儿子车祸身亡的致命打击。思子心切的樊松子后来通过人工授精，再次成为母亲，却不料又遭打击，房子被丈夫老宋的情人纵火，老宋也在火灾

---

① 王芸：《写作是上天赐予的铠甲》，《文艺报》2018年5月11日。

② 王芸：《隐喻，或者疑难》，《文艺报》2016年1月11日。

中丧生。作者一方面通过大量场景和细节描写展示了樊松子的丧子之痛和母性之爱，另一方面又以细腻的笔触表现了她在不幸面前的坚韧和抗争。《虞兮虞兮》仍然讲述的是充满人生况味的中年女性的生活故事。下岗女工余熙人到中年，丈夫去世，带着十岁的儿子小树和年老的婆婆独立面对生活。余熙不但承受着物质生活的重压，要为一家三口的生计奔波，而且还要面对精神的困境，缺失父爱的儿子逃学上网，甚至离家出走。为了儿子，余熙勉强接受了好友朱贝丽介绍的李兴泉，却不料遭遇了情感和友谊的背叛，李兴泉原本就与朱贝丽"暗度陈仓"。小说的动人之处在于，作者并未渲染女主人公的人生苦难及其在生活挤压下的沉沦，而是让余熙以女性特有的方式默然隐忍地承受着一切生活的疼痛，并"依靠自身的生命力，从命运的笼罩之中伸出一根哪怕是十分细弱的枝芽"[①]。《羽毛》是王芸继续向生活和人性复杂向度开掘的代表，作者把目光投向了一个特殊的社会群落——一群抱团取暖的单身女性。"幸存者联合会"里的四个单身女性朱春花、关一芹、陈小凤、宋羽，虽然经历不同，性情各异，但是"却像随着时光机不断扭绞的几股绳"，每月固定两天聚集在一起，上治愈课，开闲聊会，"共享彼此的伤痛"，分享彼此的快乐，把"看似漫长得没有尽头的时间"分隔成更容易度过的片段。然而，在她们积极乐观、坚韧顽强的背后都有各自的不幸：承受着丧夫失子之痛的朱春花长期失眠，丈夫离家出走的关一芹独自承担起抚养教育弱智儿子的生活重担，早年丧夫的陈小凤不得不在离开女儿后陷入孤独的晚境，独自坚强守望的宋羽始终不愿接受恋人去世的事实。作者一方面以轻松的笔调描写单身女性们"携手同行"的欢乐，另一方面又在明快的叙述背后透露出各自生活的沉重和往昔的不幸。小说的题目"羽毛"有着深刻的象征寓意，正如关一芹的平衡表演所喻示的那样，一片轻微的羽毛实际上暗藏着打破一切平衡的力量。此外还有，《T字路口》描写了派出所副所长赵仁成在工作、生活遭遇危机后的人生转向和人性变异。

---

① 王芸、甘应鑫：《〈虞兮虞兮〉：平凡生活的悲凉坚守》，《语文教学与研究》2007年35期。

《第六指》叙写了法医关宇因多余的手指所引发的各种人生遭遇。《控》通过寡居的房东苏的视角，描写了苏不幸和孤独的过往，以及快递哥小霍、小商贩老Q、经纪人孟师傅夫妇、官员杜、抑郁女子湫等各色人物的生活状态和隐秘心理。《我们去跳和合吧》讲述了两个从乡村走出来的青年王士茔和王士土，虽然在各自的努力拼搏中风生水起，却因利益和猜忌渐行渐远，直到春节回乡，儿时一起"跳和合"的温暖才又唤回彼此的友情。不难发现，王芸的这类小说大多关注的是社会转型时期普通小人物的命运遭际，着重表现他们在生活与精神重压下的生存状态和情感心理。

　　也许是因为新闻媒体工作生活经历的影响，王芸的上述小说在题材内容上贴近日常生活，在表现手法上有些纪实报道的特点，结构上多采取片段和穿插的方式，叙事简洁明快，在一定程度上有着类似80年代中后期新写实小说一路的生活质感和悲婉风格。对此，王芸有着清醒的警觉，她说："我曾是一个媒体人，做过报社副刊编辑和新闻编辑，这让我的写作或多或少带有媒体人的特点，也正因此，我时常提醒自己保持警惕。"[1]正因如此，王芸小说一开始便有着朝向深广生活和复杂人性的自觉。无论是英雄迟暮的悲凉，还是人到中年的痛楚，抑或是"T字路口"的人生转向，王芸都试图"写出生活和人性的复杂向度，尽量让笔尖戳破表象，触及到心灵的深处，生活的深邃处，捕捉幽微的、真实的却不乏温情的细部，展现一个普通生命内在的柔软与坚硬、紧张与松弛、平和与挣扎、痛楚与欢欣、无奈与想望、绝望与执拗"，并以此来表现"生命的斑斓底色"[2]。

　　事实上，王芸并未单纯地在现代城市人生故事中过多停留。向来对写作有着充分自觉的王芸"敏锐捕捉了传统文化在当下语境、时代变迁中的断裂与疑难"，"以审视的眼光，悲悯的情怀，书写了社会转型期世人的微妙心态与精神处境"，"以凝练精妙的文字，一次次完成对中国传统文化的审美凝

①　王芸：《写作是上天赐予的铠甲》，《文艺报》2018年5月11日。

②　王芸：《疼痛是生命的常态》，《中篇小说选刊》2007年第1期。

视"。①王芸成长于荆楚文化的腹地，现定居赣鄱文化的中心，她的创作中常常有着浓郁的楚风赣韵。在给她带来盛誉的散文集《穿越历史的楚风》中，王芸循着历史的足迹找寻逝去的生命，与楚庄王、屈原、陆羽、米芾、张居正、公安三袁等荆楚历史人物展开着超越古今的精神对话，以生动的叙事和简约的诗意呈现了古城荆州的历史变迁和文化韵致。长篇小说《江风烈》以一场战争为缘起，以一个誓言为线索，以一座古城为依托，以宏阔的气势书写了一段家、城、国六十年的变迁史。解放战争中的一场关键战役，鲜东来不幸牺牲。苏北放托付护士柳如真将战友埋葬在长江边的这座小城。他发誓，等战争一结束，就回来将战友的遗骸带回家乡安葬。抗美援朝战争结束后，苏北放退伍，回到了小城。经历了磨难和挫折，他和柳如真走到了一起。几十年来，苏北放一直没有放弃当初的承诺，在女儿们成家立业后，他终于带着鲜东来回到了老家。王芸把宏大历史与日常叙述交织在一起，将六十年的历史沧桑潜伏于苏北放、柳真如一家三代人的日常生活历程中。在小说集《与孔雀说话》中，王芸改变了进入历史的方式，通过叙写现实生活中的普通人物故事，寻访散落在日常生活中的传统遗存。《木沉香》通过谭木匠的精湛技艺和生活变动，表现了传统工艺在现代机械文明和市场经济冲击下的衰变。《芈家冢》以芈家冢的考古发现为线索，把瑰奇浪漫的荆楚历史文化和现代商品经济时代链接在一起。《龙头龙尾》通过陈家庄年节时日的板凳龙活动，表现了传统文化习俗在现代生活和俗世心理里的积淀。《红袍甲》通过刘玉声父子两代戏曲人因红袍甲而引起的冲突及其最终的和解，表现了传统文化艺术的承继兴衰；《年祭》通过孟余借女友还乡参加"年祭"的荒唐经历，反映了传统文化习俗与现代社会生活的纠葛。此外，《大戏》《墨间白》《铸剑》《空中俏》《护城河边的旋转木马》等作品中的人物、情节、场域无不浸润着浓郁的传统文化元素。作者通过栾其凤、田飞白、孟辉光、空中俏等身怀传统技艺人物的生活故事和情感心理，表现了汉剧、书法、铸剑、高跷等传统文化技艺在现代生活中的留存和兴

---

① 王芸：《与孔雀说话》编辑推荐语，中国书籍出版社2015年版。

衰，又在传统文化技艺的兴衰流变中表现不同人物的艺术人生和人性嬗变。

当王芸从荆楚迁居赣鄱之后，她的古典情怀也从瑰奇的楚风转向绵长的赣韵。长篇小说《对花》代表了王芸借小说探讨传统文化和书写世相人生的新高度。作者将目光投向采茶戏这一江西地方戏曲的艺术场域，通过苏媛芬、陈小娣悲欢离合的艺术人生，讲述了半个多世纪两代采茶戏人跌宕起伏的人生故事，呈现了采茶戏剧团从兴盛衰变到改制重生六十年间的跌宕沉浮，展现了采茶戏独有的艺术魅力，反映了时代变革中的人生世相和人性幽微。戏演人生，人生如戏。舞台上，苏媛芬、陈小娣们浓抹淡妆，水袖曼舞，绽放出人生的精彩。生活中，她们却在时代浪潮裹挟下身不由己，悲喜交织，演绎了俗世人生的冷暖故事。篇名"对花"既取自赣南采茶戏《睄妹子》中的一支路腔曲牌名，也喻指作品中两位与戏相伴的女主人公。作者挪用了传统小说"花开两朵"的双线复式叙述方式讲述了两位女主人公的戏剧人生。苏媛芬当年因为爱情从上海来到内地，由京剧转投采茶戏，虽然经历了爱人去世等生活变故，但对采茶戏不离不弃。陈小娣从小被送给了养父母，在贫困中度过了童年。在养父和姑姑的帮助和鼓励下，爱上了戏剧。养父亡故后，陷入困境的陈小娣在村小徐老师的帮助下走上了戏曲之路。经历了生活变故的苏媛芬和陈小娣汇聚在采茶剧团开始了她们的戏剧人生，并由此成长为南城采茶戏舞台上的"对花"。然而，在时代浪潮的冲击下，苏媛芬的戏剧生涯戛然而止，陈小娣则在风雨磨砺中成长起来，最终在新的时代与戏剧一起重新焕发出生机。小说结尾，已是"非物质文化遗产"赣南采茶戏传承人的陈小娣开始思考传统采茶戏的现代转型："在高科技手段日新月异的今天，采茶戏有没有改良创新的空间，形式上的创新会不会改变它的质地，破坏它独特的韵味和美感？"而她们的女儿栾小凤、陈子媚也都继承了母亲的衣钵成为新时期戏剧舞台上的"对花"。

王芸曾在一篇创作谈中说："我们的生活一直处在流变中，有时迅疾得让人感觉难以把握，感觉一种万般喧嚣中的虚空与不安。我们像陀螺一样旋转着，身不由己。而一些老旧的事物也像我们一样，被流变的力量裹挟、掩埋，正走在消失的路途上。当我写作系列荆楚历史文化散文时，当我俯下头仔仔细细打量那些一度被我视为老朽不堪的事物时，我才意识到这些被我淡忘和轻视的事物，有着漫长的时光所赋予的不可复制的魅力。它们之中，隐存着我们从远古来到此处的根脉，隐存着我们不自知的精神与生活形态的依据。于是，我继续在一篇篇小说中，完成对它们的审美凝视。"①在这里，王芸表达了关于她小说创作的诸多丰富信息。她清醒地意识到，生活的流变不但有裹挟着现实的惯性，更有着掩埋历史的力量。那些"正走在消失的路途上"的现实和历史不容淡忘和轻视，她的小说创作正是一种穿越日常生活与历史记忆的自觉努力和"审美凝视"。

二、杨帆：城市与人性深处的隐秘书写

在江西当下小说创作中，杨帆的小说因其对城市和人性的深切表现而显得卓尔不群。从题材内容来看，杨帆的小说虽然含涉了心理医生、大学教授、流动商贩、乞讨者、大学生、妓女、小偷等，各类奔走在城市中的芸芸众生；但与一般城市写作不同的是，杨帆总是掠过城市表面的浮华，深入到生活深处的皱褶处，集中关注城市灰暗地带的生存景观和隐秘的情感心理，在喧闹而繁杂的都市背景下反映现代社会的生活危机，探寻深层的人性问题。她一方面对人生或人性的看法似乎有着深刻的悲观，因为在她的小说中总是充斥着家庭的破碎、婚姻的离弃和爱情的背叛；而另一方面又总是试图表现自己并非彻底的绝望，而在一定程度上进行着救赎和改变的努力。

杨帆对城市和人性的打量最初是从婚姻家庭开始的，主要通过伦理情感视角叙写一些城市灰暗地带的生存景观，探讨各种受到创伤的情感心理。《瞿紫的阳台》既是杨帆的第一部小说集，也是她最初的成名作和代表作，小说描写了心理医生瞿紫的非常态生活和心理暗疾。身为心理医生的瞿紫内心有着难

---

① 王芸：《隐喻，或者疑难》，《文艺报》2016年1月11日。

以愈合的创伤，这导致了她在工作、家庭、恋爱等生活各个方面的紧张、焦虑和失望。瞿紫的心理创伤来自不幸的童年。表面上"波澜不惊"的家庭实际上潜藏着致命的危机。母亲罗淑芬常年在外，"生意被闯荡得风生水起，有关她的绯闻同样此起彼伏"。善良温厚的父亲在撞破罗淑芬的奸情后，从阳台坠楼身亡，十三岁的瞿紫不但目睹了这一幕，而且还无意中成为父亲坠亡的诱因，她为自己将母亲的奸情透露给父亲而深深自责。这一切成为瞿紫日后难以摆脱的梦魇，横亘在每一个生活的路口。小说中，内疚和怨恨的瞿紫一直"在自身的病态及反抗病态中艰难喘息，怀着对世界的决绝又犹疑的矛盾态度努力寻找自救的可能"[1]。小说的结尾，尖锐紧张的母女关系终于在母亲的离世中得以纾解，一个同样因缺失母爱而产生心理疾患的男孩——小节，唤醒了瞿紫长期被遮蔽的母爱。《妈妈的男人》同样通过情感伦理视角反映深层人性问题，主要由白丁的故事和妈妈的故事交织叙述而成。主人公白丁的出生源于父亲当初对母亲的强暴事件。这种先天的耻辱感成为白丁灰暗人生的源头。她先是"沮丧地度过若干年"不愿谈婚论嫁，后来又很快结束了短暂的婚姻，并陷入与好友费丽的丈夫轩骁的纠葛中。虽然母亲当年在知青岁月有过甜蜜的爱情，但是后来却在漫长的岁月里把所有的陈年旧事都收藏于心底，甘愿成为"安详、泰然"的妻子和母亲。然而，白丁还是从母亲对待女婿小陈非同寻常的关爱中读解了她被压抑的内心。于是，白丁尽管对自己的婚姻情感"漫不经心"，却为帮妈妈寻找初恋而"处心积虑"，终于为母亲找到当年的恋人刘红宾，但这一切都无法让母亲重拾旧爱，母亲最终在淡然的失意中去世。小说的结尾，白丁带着母亲的骨灰踏上火车，去向未知的远方。《毒药》仍是一篇讲述家庭生活伤痛的小说。主人公朱军和青瓶同在建设局上班，原本家庭和睦、夫妻感情甜蜜，但临时工身份的朱军很可能在即将展开的清编工作中失业，成为夫妻俩的心病。为了帮助在背后唉声叹气的朱军，青瓶暗地里献身于领导，为丈夫换来转正升职的机会。然而，青瓶的"牺牲"不但没有换来家庭的幸福，反而事

---

[1]　江子：《彼此镜鉴，彼此依偎》，《文艺报》2014年1月13日。

与愿违，成为破坏家庭的"毒药"。朱军发现妻子出轨后，变得暴戾起来，无节制地折磨、伤害青瓶。而自责内疚的青瓶为了维系婚姻家庭，委曲求全，甚至答应朱军的要求，说自己是"婊子"。小说结尾，朱军被确诊为鼻癌，夫妻二人在病房里相互忏悔，祈求原谅，然而破碎后的婚姻家庭再也难以"重温旧梦"。这种因信任危机导致由爱生恨的婚姻生活故事同样也发生在《双人床》中。女主人公窦桃婚前曾经以卖身为生，弃娼从良后嫁给了警察国强，两人婚后的生活温馨平静。然而，国强一次无意间从窦桃的一本日记里，发现了她曾经在烟花巷中的不堪过往。从此，平静的婚姻生活掀起了惊涛骇浪。失去理智的国强以各种残忍的方式惩罚报复窦桃，不但在窦桃母亲和邻居面前朗读她日记中记载的细节，甚至安排别的男人来强奸自己的妻子，然后再把强奸者打伤致残。最后，心理扭曲的国强因伤害事件被单位开除，而精神分裂的窦桃则被送进了精神病院。

不难发现，杨帆的这类关于婚姻家庭的伦理生活故事，充满了紧张尖锐的关系和扭曲撕裂的痛楚，这些紧张和痛楚不是因为物质的匮乏而是来自精神的伤害。作者在此无意通过它们讲述曲折的人生故事，而是着力营构各种人物关系探究人性心理，譬如瞿紫对母亲无法释怀的怨恨及母亲去世后的失落、白丁母亲遭受屈辱后的无奈和淡然、朱军和国强对妻子由爱而恨的人格分裂等等，这些复杂幽微的人性心理是小说中最为动人的部分。在后来的小说创作中，杨帆不断拓展探究人性的叙述视野，把局促的婚姻情感故事与更广阔的城市空间和时代生活联系在一起，从而进一步显示出她在表现城市现代生活和复杂人性心理方面的叙事魅力。

小说集《黄金屋》《天鹅》《后情书》的出版在很大程度上显示出杨帆的小说创作进一步走向开阔和深刻。在这些作品中，杨帆把目光投向了广阔的城市腹地，甚至是一些城市的暗陬角落，立体多维地书写各种城市生活面相，真实深入地记录社会转型时期各类人物的不安和迷乱。中篇小说《黄金屋》的题目和故事很容易让人联想到张爱玲的《金锁记》。在柳树堰住了大半辈子的王金枝为了梦寐以求的房子，处处刁蛮撒泼，不但强迫丈夫陈东国起早贪黑跟她一起卖烧烤，甚至不顾亲情，将年老多病的母亲送到冰冷的广场上乞讨，即使女儿锦绣以退学相要挟也未能阻止她追逐金钱的"野心"。尽管王金枝最后实现了自己的新房梦，但却失去了亲情、尊严和幸福，婆婆去世，丈夫和女儿都离她而去。虽然被"黄金屋"异化的王金枝与套上黄金枷锁的曹七巧有着近乎一致的"疯狂"，然而《黄金屋》在反映金钱物质扭曲人性的主旨之外，还有更为宽泛的叙事意旨。小说不但叙写了上层知识分子家庭出身的画家春上与底层工人家庭出身的卫校学生锦绣之间门不当户不对的爱情故事，及其所引发的一系列矛盾冲突，而且还广泛触及了老城拆迁、工人下岗、维权纠纷、楼市现状、媒体炒作等当下各种社会现象。显然，杨帆小说在关注城市生活和探究人性心理方面有了更开阔的视野。《暗物质》借患有抑郁症的电视节目主持人蒋小花忙乱的工作生活，反映了迅速旋转的现代城市生活及其芜杂的人事往来给人们造成的紧张和焦虑。小说中，作者以第三人称和第一人称交错变换的视角呈现了主人公蒋小花繁忙的工作、混乱的生活和芜杂的人事往来。蒋小花表面上风光无限，有着体面的职业、漂亮的外表、时尚的生活，但私下里却过得一塌糊涂，抑郁、失眠、眼疾、掉头发、食欲不振等等，各种现代城市病苦苦纠缠着她。蒋小花在电视里口若悬河，实际上却非常厌烦同人讲话，工作之余，她总是避免外出、聚会和说话，但在激烈的职场竞争中，蒋小花却只能违心地与领导多毛、同事兰裘和陌生的观众周旋应付。生活中，蒋小花虽然有左奴、色拉等同学闺密，也曾交往过男友秦守，但"同他们交锋的每个回合都以失败告终"。即使遭遇飞车党抢劫，蒋小花仍强装镇静，与抢劫者讨价还价，留下了自己的手机卡，以便领导有事能找到她而不被炒鱿鱼。忙乱的生活让蒋小花在稀有的睡梦中也充满了紧张和恐惧，即使遍体鳞伤也要拼死守护自己的包，因为里面有她要上报的工作计划和备好的房租。高度紧张的职场竞争和生活节奏让蒋小花在现代城市社会的旋涡中疲于奔命，难以自拔，在她看来，"这样的舞台，闪光灯，各种滑步和光影，容不得一场小憩。你不靠近，你也在旋涡之中。你不登台，你永在旋涡之中"。小说结尾，身心疲惫的蒋小花最后辞职了，告别了像陀螺一样快速旋转的生活，而她周围的人们仍然散发着她当初一样的"气味"，"他们苍白而馥郁，散发出死亡和希望交会的光芒"。正如小说标题"暗物质"所象喻的那样，作者以看似轻松活泼的语调叙述着沉重压抑的现代命题。杨帆的小说通常充斥着猜忌、伤害、紧张和冷漠，但《空房间》却表现出难得的信任、扶持、舒缓和温暖。打工妹耐荷从工地脚手架上跌下来，摔坏腰椎，失去了高强度工作的能力。出院后，瘸着腿的耐荷独自走向了美朵，一个在地图上没有立足之地的小镇。接下去，作者不但通过耐荷的视角描绘了美朵云淡风轻的静默与美好，而且还让耐荷遇上了善良的午老头、热情的阿太、浪漫的书店老板、多情的外省人。杨帆曾在创作谈中说："城市是欲望集中暗疾丛生的地方，人们飞速地实现自己的目标，而按下内心的吁求不表……那前进的足音中，必定挟裹着那些灵魂的呻吟与辗转……直面不同的、共同的困境，有一天我们必将推开城堡的门墙。"①有些让人诧异的是，杨帆让耐荷走出欲望丛生的城堡之后，不是回归诗情画意的田园，而是走向城乡交叉地带的小镇。小说的结尾，房东午老头去世了，木屋被转卖，耐荷和阿太再次失去了居所，她们的身影一起消失在春天的早晨里。显然，"空房间"早已流露了作者的寓意，向来对城市和人性失望的杨帆并不能为她笔下的人物指明"走出城堡的必由之路"。在《天鹅》中，杨帆试图进一步为挣扎在现代城市生活中的人们探讨弥合伤痛的路径。主人公明芳曾经是一个有着大好前程的律师，但一心扑在事业上，忽略了夫妻间的情感。丈夫钟夫的突然离世击碎了她的平静和美好。她在伤痛之余发现了丈夫出轨的事实，这无疑是钟夫去世之外对她的又一沉重打击。然而，杨帆并未像此前大多数小说那样，让主人公一味怀着怨恨和伤痛走向消极的人生，而是让明芳在自我反思的同时释放伤痛。明芳一边反思自己这些年对钟夫的忽略与冷落，一边向儿时的玩伴叽叽倾诉自己的伤痛。叽叽搬来与明芳同住，这位曾经让明芳避之不及的交际花叽叽实际上勇敢、善良、热情和天真，她让自己重新认识了爱情、婚姻和女人，也慢慢照亮了这段灰暗的日子。但接下去，杨帆并没有让故事平铺直叙地进入美好，而

---

① 杨帆：《走出城堡的必由之路》，《都市》2014年第6期。

是又一次掀起新的波澜。明芳在叽叽的身份证上发现，改名换姓的叽叽竟然是那个第三者，她一直深爱着钟夫，并且还怀了他的孩子。虽然明芳一时难以接受，但始终没有在天真的叽叽面前捅破真相，而是经过一番思想斗争，决定邀请叽叽共同生活，一起抚养孩子。尽管《天鹅》的情节安排在一定程度上缺少生活依据和叙事逻辑，但体现了杨帆对人性和叙事进行改变的努力。

长篇小说《锦绣的城》以更开阔的视角和多维的空间标识了杨帆反映城市和人性的高度与深度，通过锦绣、春上、牛丽、油条、东巴子等身份、经历和性格完全迥异的人物的生活遭遇和情感心理，呈现了现代城市生活和人性心理的广阔幅度。"锦绣"是杨帆经常在小说中给女性人物的命名，譬如《黄金屋》《柳树堰》等，她们虽然有不同的年龄、身份和遭遇，但她们都来自一个叫柳树堰的城市边缘地，且都拥有大致相同的淳朴善良和柔弱隐忍的品质，"听起来很乡气，一琢磨又大气"[①]，这寄寓了作者和笔下人物对"幸福美好"的向往。在《锦绣的城》中，幼时遭遇性侵的锦绣虽然身处污秽险恶的都市，但内心依然纯净美好，像一道光一样照亮自己和周围的世界。面对半路打劫的油条，她不但没有意识到对方的图谋不轨，反而将其视为可以保护自己回家的大哥哥，而正是这样的单纯既使自己脱离了险境，也救赎了油条。对于萍水相逢的老妇人，锦绣同样信任，并因此接触了基督教，渴望"十字架"能给她带来内心的安宁。表面柔弱的锦绣内心充满了正义和坚强，幼时的不幸经历让她义无反顾地加入游行队伍，为遭遇强暴而失手杀人的女同学请愿，即便受到学校处分、被派出所拘留也在所不惜。当然，锦绣更是春上精神的救赎者。大学音乐教师杨春上从小在破裂的家庭环境下成长，母亲的严苛使他长期以来形成了坚忍沉默、刚愎自用的性格，他一方面以父亲和兄长般的姿态对待女友锦绣，对于他们水到渠成的未来无比自信，其实却并没有真正了解锦绣；而另一方面，他渴望释放压抑的欲望，性生活随意混乱，先后跟二十多个女人发生关系，并且以斩钉截铁的方式脱身，以免对自己的生活造成影响。他把人生过

---

① 杨帆：《黄金屋》，长江文艺出版社2016年版，第225页。

得像剧本，自以为像导演一样安排好了人物与情节，却不知自己也是剧中人。牛丽是作者在小说中精心塑造的另一位女性，充分体现了人性的复杂多面。她既有着窃贼的狡诈泼辣，又有着女性的善良正义；既向往美好爱情，又为之不择手段。初到城市的牛丽摆过小摊，做过保洁，想凭借自己的双手在城市立足，然而，牛丽的人生却被初恋医生引向了邪路。牛丽为此被骗打胎，无意中成为第三者，并被医生的老婆赶出了她搭进全部积蓄装修的新房，而流落街头。牛丽不但自此爱上了以扒手的方式营生，而且对人生爱情产生了怀疑，成为欲望巴士上的"大众情人"。牛丽的"失足"既为生活所迫，也因情所伤。然而，杨帆并未让牛丽彻底沦陷在邪恶的泥潭里。大学老师杨春上重新唤起了她对美好生活的向往。牛丽不但决定弃恶从善，而且试图以自己执着的方式打动春上。然而，牛丽与命运的又一次抗争注定要以失败告终，放情纵欲的春上并不能给她改变的希望。小说的最后，杨帆再次让人物回归正途，以爱释怨，试图描绘出救赎的可能和"锦绣"的可期。锦绣得知牛丽怀上未婚夫春上的孩子后，不但没有丝毫的怨恨，反而竭力劝她留住无辜的孩子，自己则选择了悄然离开，去追寻她向往的圣洁雪山。春上则醒悟过来，到西藏去寻找锦绣，并与锦绣达成了身心的结合。正如此前《黄金屋》《空房间》《暗物质》《天鹅》等小说一样，《锦绣的城》这个似乎"光明的尾巴"让小说的生活依据和叙事逻辑受到了挑战，如何克服主观理性僭越审美感性，"能够在一个考虑更加周全的文学结构里面让自己的感性得以充分发挥"[1]，从而实现更具艺术感染力的审美追求，这应该是杨帆要引起注意的方面。

---

① 贺绍俊：《论杨帆的无逻辑叙述》，《创作评谭》2018年第1期。

第三章　近四十年来的江西散文

　　近四十年来江西散文写作取得了令人瞩目的繁荣与发展，涌现出一批风格各异、成绩斐然的散文作家。他们在对历史文化和日常生活的审美观照中，呈现了赣鄱大地的丰饶与瑰丽，以一种整体崛起的姿态，接续了古代江西散文的辉煌传统。江西当代散文写作繁荣的背后有着多方面的原因，一是传承了自宋明以来悠远的江西散文传统，二是受到丰富的历史文化濡染，三是与秀美的自然山水密切关联。当然，更直接的内在动力来自一支致力于散文艺术追求的作家队伍和相互激励的创作氛围。

第一节　历史文化与日常生活的审美观照

　　打量江西当代散文写作行旅，我们不难发现，江西散文作家队伍已经形成了两大方阵，一是以刘上洋、陈世旭、刘华、郑云云、梁琴、熊述隆、朱法元、李伯勇等为代表的前辈作家群，二是由王晓莉、江子、范晓波、李晓君、陈蔚文、傅菲、简心、洪忠佩、杨振雩、彭文斌、朱强等组成的青年作家群。

前辈作家群多关注历史文化和社会人生等宏大主旨，以沉稳的写作姿态为江西散文立住阵脚；青年作家群则更多把目光投向日常生活和情感世界，以新锐的探索精神为江西散文推波助澜，表现出更为开放多元的个性化追求。

作为"文章节义之邦"和中国革命"摇篮"的江西，既拥有丰富的传统历史文化，更具有得天独厚的革命历史文化资源，这使得江西历史文化散文写作有着先天的优势。早在20世纪五六十年代，杨尚奎、邵式平、刘俊秀、罗孟文、邓洪等老一辈革命家以亲身经历创作了《红色赣粤边》《两条半枪闹革命》《生死斗争三个月》《战斗在湘赣红区和白区》《潘虎》等具有广泛影响的革命历史回忆录，掀起了江西革命历史散文写作的第一波浪潮。初期的江西革命历史散文写作在主流话语规范内应和着时代的脉搏，主要遵循社会主义现实主义的创作原则，大多以单纯明朗的笔调描写革命历史斗争，反映社会生活风貌，在很大程度上洋溢着社会主义建设初期的乐观主义精神，在思想和艺术层面表现出那个时代普遍存在的局限。90年代以来，以余秋雨为代表的文化散文和以梁衡为代表的革命历史散文创作为散文写作提供了新的视角和路径。前者在《文化苦旅》《文明的碎片》等散文中以鲜明的当代意识，在历史的回溯中感叹文化和山水的兴衰，具有特别的思想深度和情感厚度；后者在《觅渡，觅渡，渡何处》《假如毛泽东去骑马》等作品中，以想象的方式重回革命历史现场，倡导"写大事、大情、大理"，追求一种"大气、大美、大境界"的"大散文"。受此影响，江西散文创作在革命书写和文化反思方面呈现出新的审美图景，代表作家作品主要有刘上洋的散文集《高路入云端》，陈世旭的散文集《海的寻觅》《都市牧歌》《天南地北》《风花雪月》，刘华的散文集《乡村的表情》《百姓的祠堂》《亲切的神灵》《灵魂的居所》，熊述隆的散文集《雨窗集》《心潭莲影》，郑云云的散文集《千年窑火》《云水之境》《作瓷手记》，梁琴的散文集《叶影》《难以诉说》《回眸》，李伯勇的散文集《瞬间苍茫》《昨天的地平线》《九十九曲长河》，江子的散文集《苍山如海——井冈山往事》《青花帝国》，温燕霞的《我的客家》，杨振雩的散文集《庐山往事》，邓涛的散文集《山河扣问》，简心的散文集《被绑架的河流》

等。这些散文关注历史、文化、社会、人生等宏大主旨，常常把深邃的思想、丰富的阅历和敏感的内心融入文化的沉思、人生的感悟和历史的钩沉中，表现出特别的思想深度和情感厚度，彰显出大境界和真情怀。

刘上洋的散文常常站在民族国家或人类命运的高度上进行历史想象和文化反思，既有对革命斗争岁月的生动想象，如《高路入云端》《一张小桌和一首名词》；也有对地域文化性格的深入剖析，如《江西老表》；更有关于异域文明的凝神聚思，如《寻找柏林墙》《废墟的辉煌》：表现出神思飞翔、情智融合的文化散文境界和品质。陈世旭虽以小说著称，但其散文创作在数量和品质上都不输小说，单从《陈世旭散文选集》中便不难看出，陈世旭散文的写作景观十分丰富而辽阔，既有森林、草原、河谷、湖泊等自然山水，也有陶潜、李白、苏轼、岳飞、刘基、严嵩、曾国藩等历史名人，还有书院、陶片、石雕、绘画、音乐等人文艺术，笔涉山水，指点江山，纵论古今，臧否人物，既反思文化传统，也躬省自身人性，文字沉静洗练，风格刚健清新，已达到随心所欲、无所不谈的境界，俨然大家气象。刘华的散文既有关于革命圣地的精神探访和诗意想象，如《井冈杜鹃红》，也有走向田野大地的风俗文化书写，如"村庄"系列。在《乡村的表情》《百姓的祠堂》《灵魂的居所》等作品中，刘华试图从各个角度挖掘出寄寓在传统村落中的情感和思想，引领读者去品味建筑、想象历史，彰显出重构"乡土中国"的文化自觉和审美匠心。熊述隆的早期散文《雨窗集》分为生活片羽、岁月回声、跳荡的音符、萍踪掠影四辑，既有儿时的回忆，也有成人的感悟；既怀念亲朋故旧，也记述行旅见闻，擅于从日常生活和身边事物入手，捕捉一些细节和场景，然后延伸至具有深远意义的思想层面，从而达到情景理交融互渗的境界；后期的《心潭莲影》则深入到禅宗文化的深处，分为直心是道、治心返本、观心见性、不立文字、自家宝藏、自渡渡人、冷暖自知、大道无门、十牛图等九部分，通过一些哲理故事介绍禅宗思想，感悟人生哲理。

郑云云身兼作家和陶艺家的双重身份，常常远离世俗喧嚣，沉浸到历史文化和陶瓷艺术世界，以古典诗意的文字述说历史、绘制陶瓷、描摹山水，譬如《寻访书院街》从明朝豫章书院到清代"章水文渊"，再到现代平民百姓的书院街，寻绎出不同时空下书院街的历史变迁；《作瓷手记》以精细典雅的文笔，述说陶瓷的历史、制瓷的工艺以及一切与瓷器和窑业相关的人事；《富春山水行》以恬淡雅致的笔调，描述富春江一带的严子陵钓台、曹氏祠堂、孙权故里和诸葛八卦村等历史文化旧迹。郑云云的散文创作已然达到了一种自足、自律和自由的状态。梁琴的散文一如其人，有着爽直和真诚的品格，无论是童年趣事、手足亲情，还是南昌记忆、文化行旅，常常以朴实真诚的内心去触摸和感悟生命中真实饱满的记忆，从平常生活和身边故旧中发掘出美好的情致。名篇《古驿道上》通过"千壑生烟""大树如碑""雨丝风片""山长水远""千树清香"等梅关古道的不同段落，抒发了绵延不绝的千古情思；《书院三章》流连徜徉于鹅湖书院、象山书院和白鹿洞书院，在书院兴废间，谈古论今，追慕先贤，探寻和解读悠远深厚的中国文化传统。向来以长篇小说著称的李伯勇在散文创作方面也有突出的表现。在《昨天的地平线》《九十九曲长河》等散文集中，李伯勇执着地持守着一份文学的宁静，在苍茫大地间，回顾历史，感悟人生。无论是与亲朋故旧相聚，还是风雨之夜"感受孤独"；无论是重返下放地时升腾起的"瞬间苍茫"，还是置身俄罗斯时体味到的异域风情，作者都在"诗与思"的叙说中透露出情感与灵魂的"真与深"。四万字的长篇散文《瞬间苍茫——重返下放地》以低沉而感伤的笔调，叙述二十年前的人生往事，对生命的脆弱和人生的无常发出了悲天悯人的喟叹，同时注重民间历史经验和日常生活资源的累积和描述，融个人叙述与历史语境于一体，充溢着理性与激情相交织的审美力量，彰显出"思想与美文并重的文体风格"。

江子的"井冈山往事""青花帝国"等系列散文显示出关于革命历史和传统文化书写的新向度，无论是《藏身记》中无处藏身的革命遗孀，还是《离散记》中与队伍失散的女战士，或是《蒙冤记》中蒙冤受屈的红军将领，作者在对革命往事和历史传统的回溯中，选取一些典型的人物、事件、细节和场景，在历史的粗粝处触摸生命的疼痛，以悲悯的情怀谱写人性的悲歌，在坚韧而沉静的叙述中重构革命历史、传统文化与乡土大众的血肉联系和精神纽带。

简心的散文主要是对赣南乡土和客家风习的审美凝视，《赣南血型》《孤郁的楼台》《木柴上的花朵》等在描写赣南风情、客家习俗、时令节气、地理物候时，感叹文化兴衰，探寻历史幽微，在强烈的文化反思中彰显出知识分子的使命与担当。

可见，新时期江西历史文化散文写作站在新的时代起点，重述革命，重回历史，既是时代文化语境使然，也是作家写作策略的自觉选择。历史既是文明的进步史，也是人类的生活史，其间既有伟大人物的英雄业绩，更有普通民众的生存焦虑。通常而言，以英雄为主体的革命历史散文在进行宏大叙事的过程中也许会遮蔽诸多丰富的生活细节和复杂的情感内涵，以民间为场域的历史文化散文在想象日常生存图景时可能会陷入历史迷雾的纠缠与戏说里。因而，如何在历史文化散文写作中既彰显人文关怀，又不迷失历史理性；既追求情感厚度，又不放弃思想高度：这些应该是新时代江西历史文化散文写作寻求突破的新路径。

如果说丰饶深厚的历史文化为江西散文创作提供了丰富的地域文化资源，那么急遽转型的时代语境和日新月异的现实生活则进一步成就了江西散文创作的开放多元和丰富精彩。2009年11月，一场以"江西散文现象"为主题的研讨会在南昌举行，李存葆、张守仁、阎晶明、何向阳、古耜等一批全国知名作家和评论家对江西散文现象进行了广泛而深入的研讨。大家一致认为，江西散文创作的崛起，是江西在现时代对古代辉煌散文写作传统的重续与对接。先辈的散文创作和文化探索精神，在这块土地上留下了深厚的散文传统，而为这一传统所浸润的江西作家，以散文来书写心灵，是一种血脉的牵引，一种文化的本能。[1]近年来，"江西散文现象"的出现或曰江西散文创作的崛起，从某种意义上说，更直接地来自一批在散文领域孜孜以求的青年作家的努力，他们把笔触伸向了更辽阔的生活大地和更幽深的心灵世界，代表作家作品主要有王晓莉的散文集《双鱼》《笨拙的土豆》，江子的散文集《入世者手记》《在谶语中

---

① 　《江西散文现象研讨会在南昌举行》，《散文（海外版）》2010年第1期。

练习击球》，范晓波的散文集《正版的春天》《夜晚的微光》，李晓君的散文集《江南未雪》《后革命年代的童年》，陈蔚文的散文集《随纸航行》《蓝》《叠印》，傅菲的散文集《屋顶上的河流》《故物永生》，彭文斌的散文集《江右故园》《储蓄阳光》，朱强的《秋水长天》《墟土》等。

王晓莉的散文追求一种恬淡而隽永的简约之美，常常以简练朴素的语言描写日常生活中一些司空见惯或习焉不察的物件、场景或人事，但却凭借不同寻常的敏感、细腻和智慧发现并提取出令人惊喜的趣味、情致和感悟。她常常在收音机、棉丝被、会议桌、手套、拖鞋、烟、伞等一类寻常小物件身上，传达出一种生活的温暖与爱意，譬如《黑暗中的收音机》《凤鸣的被子》《拖鞋上的旅行》《打开你的伞》《铺深墨绿色丝绒布的会议桌》等；也会在街头、湖边、菜场或者牌桌旁，关注那些平凡得有些卑微甚至被世界遗忘的人们的生活方式和精神状态，譬如《怀揣植物的人》《手牵猴子的人》《卖麦芽糖的人》《高度近视的人》《象湖边的钓鱼客》《假装打电话的人》等。江子的散文创作有着较为广阔的视野，在革命历史和传统文化之外，更有对乡土田园和人生经验的忧虑和反思。"田园将芜"系列散文既是江子对故土田园的一次精神还乡，更是一次关于乡土中国的灵魂叩问，无论是"歧路彷徨的孩子""孤独无依的老人""暗疾缠身的相邻"，还是"散落乡间的旧文字"和"无处安放的老照片"，江子以纯净而沉稳的笔调不动声色地铺展了当下乡村令人触目惊心的衰退和嬗变，试图揭示市场经济和城市化进程挤压下田园荒芜的真相。范晓波的散文总是选择一些具有生命刻度的人生片段、场景和事件，用充满个人化的体验、感觉和情绪肆意放飞自己的青春激情和诗意想象，譬如童年对糖的渴望（《向上生长的糖》），瓦片和木地板之间默默长大的感觉（《瓦片下的家》），遗失在油墩街泥泞里的青春时光（《像石头一样飞》），医院草坪上的阳光和复苏的记忆（《冷冷的照耀》），新区夜晚的菜地和蛙声（《夜晚的微光》）等，范晓波的散文正是在飞翔的想象和生命的诗意中显示出卓尔不群的才华和魅力。

李晓君的散文散发出敏感忧郁的气质，他常常从个人的成长历程和独特的生活经验入手，以成年人的后视视角，追忆童年、青春和故乡，并尝试把琐碎具象的生活经验上升为形而上的生存感悟。散文集《江南未雪》主要是对20世纪90年代作者乡村中学教书岁月的追忆，无论是公路边的小店、马路上的中巴车、理发店里的异乡女子、火电厂的工人，还是街头怒汉、乡村医生、煤矿工人、算命先生等等，这些灰暗、单调、沉滞的乡村景观和生活人事，既不是"具有抒情诗意义上的'心灵家园''最后故土'，也不是城市学者所间接发现的'被侮辱和被损害者'"，但却在李晓君的生命记忆中留下了"非常丰富、细腻的层次"①，是作者对于90年代以来中国社会转型时期乡村伦理道德和风俗人情的真实记录和深刻体察。陈蔚文的散文创作有着十分丰富而庞杂的世界，在《随纸航行》《不止是吸引》《情感素材》《蓝》《诚也勿扰》《未有期》《叠印》《见字如晤》《又得浮生一日凉》等散文集中，她以自我内心为基座而几乎辐射到整个生活视域，诸如成长记忆、生活伦常、四季晨昏、行旅观感、饮食男女、读书听歌、母爱亲情等等，作者无不随性而至，娓娓道来，表现出对生活世界和世道人心超乎寻常的感悟和表达能力。

　　傅菲的散文有着浓烈的乡土人文情怀和强大的生命磁场效应，在《星空肖像》《屋顶上的河流》《河边生起炊烟》《木与刀》《我们忧伤的身体》《故物永生》等散文集中，他主要集中书写家乡饶北河一带的日常生活、河流山川和人情人性，譬如他把日常的米饭与人生的幸福与否联系在一起（《米语》），由普通的碗筷联系到生活的全部内容（《碗啊碗》），将沉默的泥土上升到父母、家园和生活史（《泥：另一种形式的生活史》）；他在一条没有归宿的河流上发现"枯黄色的草，孱弱的饶北河，蹲在断墙上晒太阳的老人"（《一条没有归宿的河流》），在秋阳下的草甸寻找当代青年在物欲横流中迷失的精神家园（《秋阳下的草甸》）。傅菲在散文写作中动用了诗歌和小说的经验，一方面通过一些日常平凡的生存物象传达出深刻普遍的哲理感悟，另一方面在对故土风物人情的书写中充盈着强烈的生命意识和悲悯情怀。彭文斌对

_____

①　李晓君：《江南未雪·自序》，人民文学出版社2015年版。

散文写作有着不同寻常的执着和热情，他把散文视为"心灵栖息的家园"，总是工作之余忙里偷闲地用文字"建造美的心世界"。在《一个叫彭家园的村庄》《储蓄阳光》《岁月之刀原来如此锋利》《赣地妖娆》《江右故园》等散文集中，他从故乡彭家园出发，进而走向赣都腹地，举凡山水草木、人物典故、诗文地理、史志建筑，都在他的性情挥洒和诗意想象中得到生动呈现。他既钟情在黑夜里裸露心事，"做着最纯粹的猜想、怀念或者神思，可以看见来自哲学的光芒正如同稻穗摇曳于田野"（《让宁静的日子散发清香》），也向往在明媚的春光里或者暖暖的冬阳下，"慢慢享受阳光的爱抚"，"偶尔展颜一笑，豁然间山高水长、天地辽阔"（《储蓄阳光》）。动与静、刚与柔、诗与思，这些矛盾对立的元素集结一起不着痕迹地成就了彭文斌散文写作的底色。朱强是江西散文创作方阵中的新生力量，自小在赣州古城墙根生活，长期受到宋城文化的熏染，他的散文也因此大多穿越在赣州老城的古今时空。在散文集《墟土》中，朱强有时跟随一块刻有铭文的城砖在漫长的时间中旅行，梳理古城的来龙去脉（《行砖小史》）；有时则登上八境台，回溯传统知识分子的命运与古代楼阁之间的神秘关联（《登八境台》）；有时则借一场约会和等待，串联起不同时空中的人事，顿悟出古今恒常的人生真谛（《有无帖》）。朱强虽正值年轻气盛，可散文却别具一种古风和雅趣，一块墙砖、一堆墟土、一座楼阁、一张纸片都可以成为他展开古今对话的灵媒和载体。

　　显然，与前辈作家相比，新锐的青年作家对散文艺术有着更本体化的认知和多元化的追求，在他们看来，散文不只是存在方式的艺术表达，更是生命世界的个性言说。他们更注重每一个意味深长的生活细节，主张通过对日常生活的陌生化打量去把握生存的欢愉、困惑和痛楚，把写作看作心灵与现实之间的巷战与肉搏，强调散文要体现作家的境界、血性和元气，把每篇散文的呈现和来临都看作是内心冲动的产物，希望所有的散文都能成为构建灵魂的元素永久流传。在社会转型文化多元的当下，新锐作家们的散文写作与社会宗旨、时代旋律、道德说教无关，他们指向的是"精神诗性""生命感悟""人格智慧"和"审美愉悦"等艺术的多维向度，唯其如此，才使江西散文拥有了生命的活力，洋溢青春的激情。总之，近年来江西散文创作无论是作家队伍还是创作实绩，都呈现出蓬勃发展的态势。

第二节　刘华的创作

刘华（1954—　），山东无棣人，历任《创作评谭》主编、《星火》主编、江西省作家协会主席、江西省文联主席、中国民间文艺家协会副主席、中国作家协会全委。著有散文集《灵魂的居所》《百姓的祠堂》《亲切的神灵》《风水的村庄》《我们的假面》《一杯饮尽千年》《乡村的表情》《与克拉玛依分居的美人》《田野》《大地脸谱》《刘华写江西》《中国祠堂的故事》《江西庙会》，长篇小说《车头爹　车厢娘》《红罪》《大地耳目》，小说集《老爱临窗看风景的猫》，诗集《我朗诵 祖国听》，评论集《一栋心房能容多少收藏》《有了生命的豹还需要什么》，摄影画册《村庄》等。回望稳健前行的江西当代文学行旅，无论从哪个方面讲，刘华都应该是一个无法绕行的存在，这不单是指自20世纪80年代以来，他四十年如一日地为江西文学事业奉献自己的赤子之心，更是指他在创作中始终以执着而谦卑的姿态不断朝向田野大地的深处，躬身践行自己矢志不渝的文学初心，在散文、小说、诗歌、评论以及民俗文化等各个领域耕作不辍，以丰硕的成果成为江西当代文学乃至文化发展进程中不可忽视的重镇。

一、大地深处的律动

在当下消费主义高涨的商品经济时代，沉湎于世俗生活的人们常常在对现代物质的认同和迷恋中坠入庸常。在无数钢筋水泥浇筑而成的现代丛林世界里，诗意的栖居已然零落成一个无奈而苍凉的手势，理想主义的人文情怀如同现代建筑后面的古旧村落般常常受到嘲弄、遮蔽甚至拆解。然而，"我们从古以来，就有埋头苦干的人，有拼命硬干的人，有为民请命的人，有舍身求法的人"①，他们从未放弃理想的坚守和诗意的寻找，刘华便是这样一位令人钦敬的寻访者和写作者。从赣北的风水村庄到赣南的客家围屋，从大山深处的古窑遗址到江河之滨的豫章故郡，从人头攒动的民间戏台到香火缭绕的百姓祠堂，刘华始终以执着而谦卑的姿态寻访散落在赣鄱大地的古村旧俗，书写来自大地深处的生命律动。

从《乡村的表情》《百姓的祠堂》《大地脸谱》，到《亲切的神灵》《灵魂的居所》《我们的假面》，刘华书写乡土中国的系列散文真实记录了他一次次走向赣鄱腹地、走向灵魂居所的文化行旅和生命密约。《乡村的表情》借宁都节日、鄱阳渔鼓、修水山歌、广昌梦戏、乐平高腔、南丰傩舞、清溪烛龙、龙南围屋，绘声绘色地描摹出那些几乎被现代社会遗忘在大地深处的乡村表情。《百姓的祠堂》呈现了庄严肃穆的祠堂、香火缭绕的宗庙、等级森严的灵位、沉默坚毅的牌坊、暗藏玄机的墓穴，这些由砖木结构而成的宗祠建筑和乡村旧识横亘着苍茫的历史时空，传递出乡土中国悠远浩渺的宗族情感。《亲切的神灵》通过各类福主崇拜、英雄传说和祭祀仪式，复活了香火大地诸神狂欢的盛况，探访了隐匿在宗教习俗背后的民族文化心理。《灵魂的居所》描写了古村的成长与颓败、宗祠的建筑外观与精神内里、围屋的风水走向和心灵图谱，对"曾经的家园，灵魂的居所"再一次进行了纵深探访和整体省思。在刘华眼里，这些蛰伏乡间的村落、祠堂、古井、戏台都是有生命的。它们历尽沧桑，可以颓败，却不凋亡，在它们的文化血脉和精神褶皱里有着坚硬或柔软的生命律动。

刘华曾如此描写一座古村令人震撼的生成：村庄最初向自然索取一块领地，作为人类安居的寓所。它用宅院，用山墙，用屋顶，用沟壕，与风雨雷电对抗，与蛇虫猛兽对抗，与一切可知或不可知的危害对抗。它用门窗迎迓着自

---

① 鲁迅：《且介亭杂文·中国人失掉自信力了吗》，《鲁迅全集》第6卷，人民文学出版社2005年版，第122页。

然，用天井和院落呼吸着自然，在与自然不断协调、相互授受契合、逐渐融为一体中成长为古村。在刘华看来，具有了山水精神和田园魂魄的古村不再是僵卧大地的建筑，而是充满活力的生命：它会在溪水中洗濯自己的倒影，借晨岚擦拭自己的羞笑；它会一直钻进山的深处、路的尽头，然后藏在某棵古樟的暗面，宁静生活的背面，警惕地打量着远道而来的不速之客。那些凹凸不平的石路，蛮横斜插的房屋，不规则的门框，不对称的窗户，处处表现出反叛与对抗的性格。在古村的生长中，令人炫目的生活图景扑面而来，耐人寻味的精神历程依稀可见。由此不难看出，刘华对古村的审美不仅仅是拟人式的修辞，更是人格化的亲近，他注重的是古村内在的精神风骨、思想质地和生命气象。

走进"风水的村庄"，穿越"百姓的祠堂"，依偎"亲切的神灵"，抵达"灵魂的居所"，显然，刘华对乡土大地的探访不是一次单纯的审美冲动，而是一种清醒的文化自觉。走进深山，面对云缠雾绕的"大地美人"，刘华在意的不是妩媚动人的"名山秀水"，而是山水之间宗族的"来龙去脉"。在"风水的村庄"里，刘华从水口的位置、村巷的走向和院落的布局去寻觅宗族绵延千年的文化符码和生存秘密，诸如泰和古坪的匡山之势、贵溪曾家的泸溪之脉、吉安钓源的"八卦形局"、金溪竹桥的"七星伴月"之象等等，不论是依山傍水的造势，还是移形换位的布局，古老风水堪舆所遵循的"天人合一""道法自然"的生命要义与现代建筑科学的美学法则不谋而合。在刘华看来，古村的建筑仿佛就是一种述说，一种饱含沧桑感的历史叙事。从祠堂牌坊到普通民居，从建筑构成到空间陈设，从屋脊到柱础，从门楼到床花，都无不蕴含着民间信仰、生活理想、人生境界、宗教观念和生命意识。古村的浑身上下、里里外外都充满了表达的欲望，优雅而郑重，从容而深沉。在"百姓的祠堂"里，刘华不仅仅对祠堂和戏台的飞阁流丹与雕栏画栋流连忘返，更对那些流传在历史深处的古老仪式和民间传说念念不忘。缄口不语的璜源朱氏宗祠"一派王者的孤高和冷峻"，当年守墓陪陵的家奴越过历史的烽烟已然繁衍成人丁兴旺的村庄；飞檐翘角的会昌文氏古祠深藏着感人至深的秘密，当初追随文天祥的将士后裔以自己独有的方式表达对先祖的仰慕和忠诚；巍然坚实的赣南客籍祠堂见证了历代客家先民的坚忍不拔和宗族尊严，一句流传民间的谚语"草鞋脚上，灵牌背上"，不禁让人联想到遥远的过去：因战乱告别中原的客家人，脚穿草鞋，背负祖先灵牌艰难迁徙，于跋山涉水、辗转千里的迁徙途中，随时长跪在马蹄溅起的滚滚烟尘之中，为先人叩拜，与灵魂对话。刘华说，"结识一方土地，需要抵达它的节日，抵达它的内心，抵达乡村每个盛大典仪的现场"①。在宁都禳神活动现场，人们在"跳傩""道情""割鸡""杠灯""装古史"等绚丽多彩的民俗活动中尽情地享受节日的狂欢。在广昌孟戏演出之前，村民摆好香案、供品，插上线香、路烛，点燃火纸、鞭炮，迎候诸神的到来。神话里的各路神仙、传说中的民间义士、历史上的英雄人物和族谱里的列祖列宗都成为乡村膜拜的福主神灵。乡民庞杂的福主崇拜中透露出人们面对种种无从把握的生命之谜、生活之惑，及其在生存苦难面前的丰富复杂的心理现实。信仰的力量激发了民间丰富的想象力和浪漫精神，创造出众多鲜活的神灵。这些"亲切的神灵"既代表着令人敬畏的天地，充满了神性，给精神以支撑；又体现了人的意志，充满了人性，给心灵以爱抚。刘华透过俗世百姓祈福纳吉的狂欢和诸神和谐共处同享俗世香火的盛典，解读乡土社会的文化心理，反思民间信仰的历史缘由。

毋庸讳言，在传统文化日益遭受现代文明蚕食的当下，古村无疑是传统文化原生形态的重要表征，收藏着乡土中国的丰富表情和中华民族的心灵密码，延续着我们国家和民族的精神血脉，既需要薪火相传、代代守护，也需要与时俱进、推陈出新。刘华对古村的"寻访"和"记录"无疑彰显了高度的文化自觉。当他一次次走向古村的腹地，贴近大地的鼻息，谛听生命的呢喃时，一种"敬畏""保护"和"记住"的文化自觉和责任担当油然而生。他常常在风雨侵蚀的祠堂、残垣断壁的牌坊、朱漆斑驳的戏台、老态龙钟的家庙和记忆尘封的族谱面前驻足，忧思，喟叹，"我得赶快记住它们。记住，这是我所能做的

---

① 刘华：《亲切的神灵》，商务印书馆2014年版，第23页。

事情"①。

　　自20世纪90年代以来，当代散文写作表面繁荣的背后遭遇了"大小"失据的尴尬。一些写作者一味追求"大题材""大境界"，言必"历史兴衰"，满纸"文化山水"；而另一些写作者则过于偏爱"小摆设""小情调"，迷恋"私人生活"，只写"风月文章"。其结果，前者在"大制作"中凌空蹈虚，后者在"小悲欢"里矫揉造作。事实上，散文说到底是一种朝向心灵、毗连大地的写作，作品获得成功的关键不在于取材的大小和抒情的高低，而在于写作者是否具有真诚的心灵和高尚的人格，所谓心诚则灵，有境界自成高格。显然，从更开阔的层面上看，刘华那些融感性表达和理性思考于一体的"乡土中国"书写对当下散文写作有着重要启示。细究刘华探访田野的路向和书写大地的纹理，他的"乡土中国"书写既超越了格局促狭的"个人悲欢"，也远离了意义浮泛的"文化山水"。刘华对古村、大地、传统总是充满了一种谦卑和敬畏。他说，古村粗粝的生活形态里蕴藏着世代仰慕的民间艺术和历史文化。前往古村，就是前往我们曾经的家园，找寻我们曾经的生活。正是这种谦卑与敬畏，使得刘华的"乡土中国"书写避免了一般写作者抒情时的"做作"和反思时的"傲然"，而具有了一种知识分子难得的真诚和宽广。阅读刘华的"古村"系列散文，从"村庄"到"大地"，从"百姓"到"神灵"，我们不难看出作者重构"乡土中国"的文化自觉和审美匠心，正如刘华自己所坦陈："我试图从各个角度挖掘出寄寓在绚丽多彩的民间古建筑中的情感和思想，引领读者去品味建筑、想象历史，启发读者欣赏古村建筑中的审美主动性，反观一个地域乃至我们民族的文化风度、精神气质和心灵历史。"②由此，我们可以说，刘华的"古村"系列散文是一种朝向心灵、走向大地的写作，不仅具有独特的审美意义，而且具有重要的文化价值。

---

① 刘华：《灵魂的居所》，商务印书馆2014年版，第307页。

② 刘华：《百姓的祠堂》，商务印书馆2014年版，第276页。

二、叙事空间的开拓

刘华是一个既对历史记忆保持高度警觉，又对生命个体具有强烈悲悯情怀的作家。他对田野大地和芸芸众生始终充满了一种基于深刻理解的忧郁和同情，这不仅表现在那些贮满历史沧桑的散文中，同样也从那些镂刻生命记忆的小说中流露出来。无论是叙写"铁路传奇"的《车头爹　车厢娘》，还是演绎"红军秘史"的《红罪》，抑或是重构"乡愁记忆"的《大地耳目》，刘华总是以清醒的文化自觉、深挚的情感体验和非凡的诗意想象为我们呈现历史深处的生存状貌，召唤久被遮蔽的精神领地，拓展生活世界的叙事空间。

刘华的小说与散文一样，一开始便朝向沉重和广阔的方向。《车头爹　车厢娘》是一部具有史诗品格的长篇小说，反映了自20世纪40年代蒸汽机车时代至90年代电力机车时代中国铁路工业的历史进程，在跨越半个多世纪的时空背景下叙写了三代铁路人的成长历程和生活变迁。第一代铁路人孙大车、张大车为了谋生投身于日本人奴役下的铁路，由小烧（司炉）到大烧（副司机）再升为大车（司机），后来孙大车丧生于游击队埋伏的地雷，而逃过一劫的张大车则成为新中国的第一代铁路人。如果说抗日时期第一代铁路人孙大车、张大车等是为了谋生不自觉地投身于铁路，那么对于那些自觉选择铁路的后辈们来说，则完全是一种家族遗传、与生俱来的诱惑与自觉。小说中，孙安路、张卫国、孙枣、孙庄、杭州、金华、孙鹰、孙厦等一代又一代铁路人前赴后继，自觉地投身于铁路，并为之奉献出青春、梦想甚至生命。作为铁路人的"后裔"，刘华始终无法稀释那浸透在血液中的对于父兄辈铁路人生和青春往事的怀想与敬畏。对于铁路人而言，他们"一年到头的生活，就是出库入库、到站发车，家好像是另一处行车公寓"，"在家里同床共枕的机会还不如在行车公寓邂逅的次数多"。在高速飞驰的列车上，他们有时眯下眼或打个盹都会招致车毁人亡的重大事故，"在鹰厦线上，平均每公里就倒下了一个建设者，每块里程碑简直就是一座墓碑"。《车头爹　车厢娘》正是在几代铁路人直面离散人生和淋漓鲜血的自觉选择与默默坚守中释放出震撼人心的力量与感动。

　　美国著名小说理论家亨利·詹姆斯认为，小说的最高德性是现实气息，小说的一切其他优点都不能不俯首帖耳地依存于这一个优点[①]。要了解历史，了解人类社会的文明进程，既要关注公共舞台和"大写的历史"，也要通过私人空间和"小写的历史"去追寻那些"动荡的历史脚步下深深埋藏的生命痕迹"[②]，历史真实往往更多储存在芸芸众生日复一日的点滴生活中。虽然《车头爹　车厢娘》反映了中国铁路工业半个多世纪的历史进程，小说中也不乏抗日时期的岁月烽烟和特殊年代的社会面影，但很显然，向来擅长以舒缓笔致捡拾民间文化遗存的刘华既无意在高远的历史天空中着力谱写中国铁路工业进程的宏大主题，也没有一味停留在诸多火车伤亡事件中咏叹平凡生命个体的悲婉人生，而是进一步把巡睒的目光投向站台后面一群来自五湖四海的铁路工人及其家属们的日常生活和情感世界里。小说中的枣庄奶奶如同马尔克斯笔下的乌苏娜祖母一样，既是家族生存繁衍的承担者，又是铁路历史变迁的见证人，在她漫长的人生历程中充分彰显出母性的坚韧与孤独、智慧与善良。丈夫孙大车去世后，奶奶凭借着娴熟的针线手艺养家糊口，坚韧地度过漫长的寡居岁月。不管是战乱岁月还是和平年代，无论是在山东老家，还是迁居南方，奶奶都用她手中的鞋楦"赋予艰辛生活以平整端庄的形态"，"男人们以穿上她做的鞋为荣耀，他们的媳妇闺女喜欢她的大襟褂子和棉袄，婴儿穿上她做的衣裳则安静得多"。针线手艺不但成为乱离时代奶奶养家糊口的技艺，更是漫长岁月中奶奶母性精神的象征，她以非凡的坚韧与善良为自己赢得了尊严，成为整个临管处人的"奶奶"。奶奶身上不但承载了厚重的历史沧桑，而且彰显出传统民间的伦理内涵。由奶奶所昭示的前工业时代的乡土中国的伦理传统同样也在铁路新村其他人的日常生活中得以敞现。当我们为奶奶"偏执的爱"与"执拗的恨"寻找传统伦理的支撑时，也会对张大车夫妇潜藏内心多年的自责内疚、孙安路与秀平凡夫妻的相濡以沫、安芯在杭州患难时的执子之手以及于金水对安

---

① 亨利·詹姆斯：《小说的艺术》，朱雯等译，上海译文出版社2001年版，第15页。

② 许钧：《关注公共舞台后的私人空间》，《文汇报》2005年6月6日。

芯不离不弃的相望守候等人性的温暖与诗意的感动产生了然于心的会意。

在某种意义上，刘华笔下的铁路、火车、新村是一种疆域更广阔的田野大地，融汇了来自五湖四海不同地域的文化风俗，那些操着南腔北调的人们以钢铁动脉为纽带集结在"新村"，成为新的邻里。他们一方面保持着各自故土的风俗人情，譬如奶奶对山东老家煎饼大葱的怀想，杭州妈妈对绍兴老调的痴迷，颜铁嘴对山东童谣的留恋，以及他们在婚丧嫁娶中固守的不同风俗。另一方面，他们又在日常生活的磨合中构建新的伦理。新村人习惯以地域作为彼此的称谓，诸如枣庄奶奶、杭州妈妈、上海阿姨、南京外婆、广州叔叔等。铁路人多以各地的站名为自己的孩子命名，诸如枣、庄、鹰、厦、嘉兴、杭州、金华等。"合欢"，这个被火车拉来的城市，这个充满诗意想象的地名，被刘华赋予了特有的浪漫温馨和文化内涵。"新村"既是铁路人生存的"家园"，也是他们流动的"故乡"。正如绍兴之于鲁迅，湘西之于沈从文，北京之于老舍，高密之于莫言，只有原乡才是安放心灵的诗意栖居之所，尤其是"在省略了身份，省略了祖籍，省略了故乡的今天，在身心日渐凋落的时候，在你无法把身体安放在哪里时，回到出生地，寻找适合自己进入和表达的地方，寻找更自由的呼吸和从容，肯定是写作上的一次再启程"[①]。对于出身于铁路世家的刘华而言，《车头爹 车厢娘》让他真正回到了精神的原乡，找到了栖居之所。在这部蕴藉着生活力量和人性温暖的作品中，作者撇开浮嚣的当下越过岁月的风烟，沉静地走向又一片田野大地，一座被他命名为"合欢"的铁路新村，着力营构了几代铁路人的生活地图和精神谱系。奶奶一家三代以及颜大嘴、于金水、陈连根、张段长、范站长、杭州等一系列普通铁路人物形象所表现出来的生活理想、牺牲精神、英雄气质和传统美德，既折射出过去那个特定时代的生活意义，也烛照出当下社会缺失的时代精神。

工业题材书写向来是当代文学中的薄弱一环，而铁路工人生活更少见当代文学的想象空间。从这个角度上来说，反映半个世纪中国铁路历史进程和生

---

① 谢有顺：《写作是朝向故乡的一次精神扎根》，《扬子江评论》2008年第5期。

活纹理的《车头爹　车厢娘》无疑具有十分重要的文学价值。然而，《车头爹　车厢娘》的意义显然不止于此，"如何写"与"写得怎样"是比"写什么"更重要的文学维度。80年代初，作为新时期工业书写的开拓者蒋子龙曾在关于《乔厂长上任记》的创作谈中说，工业叙事不能"像写农村一样，把一家人放在一个工厂里，在家族中间展开矛盾，实际是不可能的"①。蒋子龙的这番创作体会代表了建国以来一个时代写作者对工业书写的认识囿限。在当代工业书写中，"现代工业机器生产完全切断了这种家与国之间的关联，也就切断了历史主体的成长之路"②，日常生活所携带的伦理传统无法经由现代民族国家的乌托邦构建生长出来。然而，通过《车头爹　车厢娘》所讲述的三代铁路人的生活故事和一系列"个体生命破碎的呢喃"，我们不难发现，刘华分明是在试图把乡土叙事的经验融入工业题材的书写中，以传统的乡土文化理路建构当代铁路人的新村伦理，从而拓展了工业叙事的空间，昭示了工业书写的新的可能。

　　《红罪》是刘华继《车头爹　车厢娘》之后，继续向历史深处拓展的一部厚重之作。与那些大量正面反映波澜壮阔的苏区革命历史风云不同的是，刘华在《红罪》中另辟蹊径，他把巡睃的目光投向宏大历史的背面，贴近赣南土地上最广大最默默无闻的一群人，真实记述了峥嵘岁月里一群特殊人物渐被尘封的往事。小说主要通过钟长水、赖全福、李双凤等背负"红罪"的革命者在历史悖谬中的革命追求和灵魂挣扎，演绎了一段"从未揭示却真实发生在红土地上的红军秘史"③。作者以沉重的笔触在历史的粗粝处触摸生命的疼痛，以悲悯的情怀在命运的无常中谱写人性的悲歌，在坚韧而沉静的叙述中敞现风尘仆仆的历史沧桑，重构革命历史与乡土大众的血肉联系和精神纽带。

　　《红罪》中，主人公钟长水无论是从参加革命的动机还是革命过程中的

---

① 蒋子龙：《大地和天空》，《北京师院学报》1981年第3期。

② 李杨：《工业题材、工业主义与"社会主义现代性"——〈乘风破浪〉再解读》，《文学评论》2010年第6期。

③ 刘华：《红罪》封底，中国华侨出版社2012年版。

表现来看，也许都算不上一个"典型"的革命英雄。他是在父亲钟龙兴和恋人九皇女的身心"夹击"下走入革命队伍的。身为乡苏主席的钟龙兴为了尊严和荣誉，把长水、长根、长发捆绑到三营当红军，而"扩红"模范九皇女却利用自己的身体和情感，让钟家的三位后生矢志革命。对于熟悉历史教科书的读者来说，也许从逻辑上难以理解《红罪》的这一革命叙事指向。然而，历史不仅是英雄豪杰博弈的舞台，更是平凡人们生活的空间。当我们从民间的立场走进历史的后台时，不难发现，其实正是这些既藏污纳垢又生气淋漓的生活细节和情感故事更接近历史的本相。正如波普尔所指出："那些被遗忘的无数的个人生活，他们的哀乐，他们的苦难和死亡，这些才是历代人类经验的真正内容。"①《红罪》在对革命先辈满怀敬畏的叙述中始终没有放弃对于每一个生命个体的悲悯和咏叹。为了兑现爱情诺言，钟长水甘愿背负"红罪"受屈终身。为了守护红军宝藏，赖全福甘愿引爆矿山牺牲生命。为了保卫红色政权，九皇女甘愿放弃爱情献出身体。毋庸讳言，一方面，当我们为钟长水们缺乏庄严神圣的革命动机和行为感到"不合常理"时；另一方面，却又不得不为他们誓死不渝的忠诚和坚韧感到"不可思议"。毫无疑问，《红罪》是沉重而悲怆的。刘华对革命、历史、生命有着自己独到的思考和体察。他以沉静的笔墨和丰沛的想象打捞并黏合那些散落在民间的历史碎片，用一组组既模糊又清晰的历史影像和生命群雕为赣南的红色记忆作出最质朴、最真诚的注脚：历史并非都是运筹帷幄或大义凛然，并非都是慷慨悲歌或泣血咏叹，在严酷的历史长河中也同样流淌着让人苦涩难言和隐痛难忍的平凡的真实。刘华既不回避苦难，也不渲染苦难。他尽量放低自己的叙事姿态，尽可能贴近大地的鼻息，满怀敬畏地触摸粗粝的历史河床和温软的情感记忆。

　　向来在散文和小说两个园地默默耕耘的刘华不但在《红罪》中保持少有的叙述耐心，表达对历史和传统的敬意，在革命历史的大背景下展现小人物的

---

① 卡尔·波普尔：《历史决定论的贫困》，杜汝楫、邱仁宗译，上海人民出版社2009年版，第125页。

日常生活伦理，让读者在生气淋漓的细节中触摸历史的真实，而且具有清醒的文化自觉意识，在革命历史的叙述中努力开拓地域文化空间，在对英雄人物的塑造时执着探寻深层精神支撑，让高远的历史天空与丰富的民间大地相融合。在刘华看来，历史同样"有血肉有肌肤有气息有表情"。文化风习既是各种人物的"精神家园"，也是一方水土的"精神履历"。面对国民党军队的十倍兵力、五次"围剿"，红色政权之所以能屹立赣南五年之久，在诸多原因之外，应该与客家人血脉相袭的性格基因密切关联。千百年来，客家人在寻找家园，开辟和保卫家园的生生不息的抗争中，铸就了顽强坚韧、重情重义、乐观豁达等诸多优良品格。正是这些品格，成为赣南人民在血雨腥风中的强大精神支撑。几乎对于每个赣南客家人而言，革命历史就是自己的家史，述说红色故事就像随时端出待客的擂茶和米酒。由此我们不难理解，为什么钟龙兴绑子参军，九皇女舍身"扩红"，钟长水忍辱护矿。当然，更值得重视的是，文化风习在《红罪》中已不再单单是作为故事发生的背景和人物活动的场域存在，更是作为独立的审美对象参与到小说的叙事中来。《红罪》的叙事构架主要由革命历史与文化风习两个方面支撑，革命历史的主体红军战士与文化风习的载体赣南后生合而为一。在小说中，抢打轿、喜帖子、添丁炮、祭野鬼、夜啼郎、上梁赞、长命锁、献花形、拣金等赣南客家风习和方言口语与"扩红"、参军、战斗、挖矿、护矿等苏区革命历史互为表里，相得益彰。这些具有浓郁地方色彩的赣南客家风习大大拓展了作品的叙事空间，增强了丰盈的生活诗意，使得充满了血与泪、纠缠着罪与罚的革命历史叙事，在沉重的苦难与丰盈的诗意之间形成了某种特殊的张力。这种融文化风习于革命历史的叙事策略，正是刘华开拓革命历史叙事空间的自觉努力。

如果说《车头爹 车厢娘》是对工业叙事的拓展，《红罪》是对革命叙事的深入，那么《大地耳目》则是对乡土叙事的一次新的尝试和开拓，刘华以一种全新的叙述方式再一次呈现了他走向田野大地的执着。从小说的题目"大地耳目"，不难明了作者的创作初衷和叙事野心。从20世纪80年代初接近锦江开始，到2019年底《大地耳目》的正式出版，刘华以近四十年的时间巨幅，进行了大量的田野调查，把触觉不断伸向田野大地的深处。在国家出版资助基金、中作协定点深入生活项目和无数热心人物的支持帮助下，最终完成了这部"向田野致敬"的长篇乡土叙事，用文字重构了一直让他魂牵梦绕的锦江镇。

《大地耳目》里蒸腾着一股原生田野的气息和民间生命的欢悦。作者以田野调查的口述形式，让各类不同的"大地耳目"现身说法，讲述锦江的人生百态和风俗民情。这里既有江湖郎中朴实动人的爱情故事，也有工匠世家代代相传的绝艺密约；既有文化名家献身桑梓的拳拳之心，也有民间丹青矢志不渝的艺术信仰；既有基层干部光明磊落的胸襟，也有乡镇文人斯文扫地的尴尬；既有"化吉""晒红""唱船"等驱邪祈福的旧习俗，也有"逍遥""教戏""和合"等弘扬传统的新故事……四十多位不同身份和阅历的讲述者，四十多种不同内容和风格的叙述声音，形成了众声喧哗的"复调"，立体地、原生态地呈现了锦江生气淋漓的民间乡土社会和"才艺满江歌满湖"的风俗民情。而作品中，那个被锦江"诱惑"而走遍每个文化角落的"我"，显然来自现实生活中的作者本人。在那群原本默默无闻的"大地耳目"面前，虽然"我"总是被他们称为"老师"，但从对待村庄大地和芸芸众生的谦卑姿态来看，"我"实际上是一个村落文化的倾听者、记录者，当然也是"大地耳目"的一员。

然而，无论是从小说作为叙事艺术的传统定义，还是从大众文化语境下的审美取向来看，刘华所采取的叙事策略和表现方式无疑是一次大胆的"冒险"叙事，《大地耳目》竟然没有作为叙事核心的主要人物和故事情节，而且还对那群充满了田野气息的"大地耳目"们随意播撒的口语和方言也丝毫不加约束。显然，我们在此不能用传统的小说观念和叙事方式来要求《大地耳目》了。正如前面所述，刘华小说一开始便表现出与大众消费时代世俗审美趣味和叙事姿态的背道而驰。无论是《车头爹　车厢娘》以温暖的乡土伦理融入坚硬的工业叙事中，还是《红罪》在历史的粗粝处触摸生命的疼痛，甚至《老爱临窗看风景的猫》（小说集）对意识流和荒诞叙事的最初尝试，刘华一直都没停歇对小说叙事艺术的新探索。他义无反顾地拒绝了那种认为小说的职责只是讲述故事并根据一套现实主义的叙述陈规来安排人物的小说观念，他绝不接受精神旨趣方面的胸无大志和对"更低状态命运"的寻找，他甚至做好了接受那些只对"私人生活"和"故事趣味"感兴趣而缺乏辨识力的读者的冷漠和诋毁。

"去探索人的具体生活，保护它，抵抗'存在的被遗忘'；把'生活的世界'置于永恒的光芒下"，"发现只有小说才能发现的东西，乃是小说唯一的存在理由。一部小说，若不发现一点在它当时还未知的存在，那它就是一部不道德的小说"。[1]米兰·昆德拉关于小说的这段名言也许可以帮助我们采取合适的方式进入刘华的《大地耳目》。那些隐现在田野村庄的芸芸众生，"是大地的耳朵和眼睛，收藏着太多的秘密和心事，然而，像封存有神像和面具的神箱，不得轻易开启"。为了让他们说出那些"牵系着内心的疼、眼角的泪和脸上的愁眉"而原本"不能说不愿说不敢说的故事"，田野调查的口述形式也许是讲述"锦江故事"，以"恢复和重建乡愁记忆"的最佳路径。当然，刘华在重构锦江的文化自觉中并没有放弃文学想象的努力，他尝试"用地缘纽带亲缘纽带尤其是地域色彩鲜明的文化血脉，来贯穿乡村日常生活、节日现场和众多心灵"，努力用民俗文化为文学想象提供可靠的路径和搭建足够的空间，刻画了一批呈现在民俗事象中的人物形象，书写他们的命运遭际和性格心理，从而反映当下乡村的精神现实，并表达对"田园将芜"、信仰崩塌、人心已荒的担忧和抵御这种现实的呼唤。[2]从这个意义上说，《大地耳目》可以称得上是一部真正朝向田野大地的文化风俗小说。

三、文化自觉的忧思

当我们追随刘华走向田野大地的脚步，从《乡村的表情》《百姓的祠堂》《亲切的神灵》《灵魂的居所》等系列散文，到《车头爹　车厢娘》《红罪》《大地耳目》等长篇小说，总是感到一种让人无法释怀的急迫和焦灼萦绕在心

---

[1]　米兰·昆德拉：《小说的艺术》，董强译，上海译文出版社2004年版，第6页。

[2]　刘华：《大地耳目》，长江文艺出版社2019年版，第341页。

间，催逼在眼前。这种无时不在的急迫和焦灼既隐伏在那些古村的一砖一瓦间，也直接来自作者内心深处由乡土家园引发的忧思和呐喊。显然，刘华走向田野大地的执拗和对乡土田园的忧思不是一时的感性冲动，而是一以贯之的文化自觉。由此，我们需要暂时搁置关于田野大地的文学审美，而以另一种更理性的方式去接近和理解在文学意义之外的刘华。在那些关于田野大地的审美世界之外，刘华还有另一片蔚为壮观的学术天地。

作为中国民协副主席的刘华在民俗研究领域卓尔不群的成就和独到见解同样让人愕然。刘华的民俗研究成果大致可以分为三类：一是学理性的论文，譬如《江西古村落的文化价值》《传统节日民俗事象的当代价值》《古村落是珍藏中华美学精神的富矿》《保护，应尊重传统的民间观念》等；二是情理交融的文化散文，譬如《风水的村庄》《百姓的祠堂》《亲切的神灵》《灵魂的居所》等；三是图文并茂的画册，譬如《村庄》。这些关于古村民俗的著述，虽然体例不同，形神各异，但无一不出于刘华在田野大地躬身践行的第一手材料，无一不来自刘华关于古村民俗的长期思考。刘华对民俗的关注有其明确的初衷和使命。首先，他要做一个古村民俗的发现者和记录者。他说，长期以来，每有古村的线索，他必趋之，恨不能将其搜罗净尽。他之所以要频频造访那些幸存于乡间的古村，是因为"那些砖木有血肉有神经，维系着家族的死生祸福、兴衰荣辱，牵连着人们内心的幸福和疼痛。令我神往的，正是存储在建筑中的大量文化信息，正是寄寓在建筑及装饰中的丰富而微妙的思想情感"，"我想做的事，只是勾勒它的笑纹，录取它的笑音，探究被那神秘的微笑掩藏着的内心"，"力求客观地记下我的所见所闻所感"。[1]然后，他要为保护和传承古村民俗竭尽所能。他说，各种自然的和人为的因素都在导致古村不可逆转的"老去"甚至消逝，他发现和记录古村的速度，"不及古村被破坏的速度"，"我听见它们在大声疾呼。我看见那声声呼唤震得金粉朱漆、朽木墙土飘落一地。是的，古村在迅速老去，它老去的速度超出了我们的

---

① 刘华：《风水的村庄》，商务印书馆2014年版，第273—274页。

想象"。① "许多至今仍让村人自豪的古祠堂，早已迁址于人们的记忆深处，连废墟也找不到了；许多风雨飘摇中的古祠堂，估计要不了多久，就会成为一片片废墟，不仅是民间古建筑的废墟，也将是农耕文明所孕育的精神的废墟"②。因此，对于刘华而言，抢救和保护那些寄寓着丰富历史文化信息和民族优秀精神传统的古村民俗，即使"心有余而力不足"，也要"知其不可为而为之"。

刘华的民俗研究有其独到的思路和方法。作为一个长期奔走在田野大地的写作者，刘华深知，民俗是民间文化，是一个民族或一个群落在长期生产实践和日常生活中逐渐形成并世代相传的风尚习俗，真正的民俗研究不能囿限于封闭的学院书斋里，而应该把文章写在广阔的田野大地上。因而，他总是用最质朴也最直接有效的田野调查方式，用坚实的脚步去丈量那些横亘在田野大地的传统村落，用真诚的心灵去叩问那些"收藏着太多的秘密和心事，然而，像封存有神像和面具的神箱，不得轻易开启"③的民间人物。他对传统村落的田野调查，几乎覆盖了江西全境，还频频考察了南方诸省乡村，六百多座古村落留有他的足迹，他甚至成了不少村庄的熟客。尽管语言是记录历史的重要载体，刘华也有用文字建构古村的自觉和"野心"；然而，面对星罗棋布的传统村落和纷繁芜杂的民俗事象，刘华清醒地意识到他所驱使的文字常常有"力不能逮"的时候。于是，他端起相机，"让图片现身说法"。鲁迅曾说，图像的"原意是在装饰书籍，增加读者的兴趣的，但那力量，能补助文字之所不及，所以也是一种宣传画"④。从传统的傻瓜相机到现代的数码相机，从黑白胶片到彩色影像，刘华在无数次寻找和重访中用大量图片和影像记录下了更客观更生动的古村民俗。在那部堪称"皇皇巨制"的摄影图片集《村庄》的"后记"中，刘华坦陈道："我把多年积累、采自各地的图片堆砌在这里。我把此书想

---

① 刘华：《灵魂的居所》，商务印书馆2014年版，第307页。

② 刘华：《百姓的祠堂》，商务印书馆2014年版，第276页。

③ 刘华：《大地耳目》，长江文艺出版社2019年版，第341页。

④ 鲁迅：《"连环图画"辩护》，《文学月报》1932年11月。

象为一座巨大的古旧材料市场。听说，有人从废旧木材市场上淘到了煌煌气派的古宅，淘出了被解构的古村。而我则希望读者凭着其中的图片，可以想象拼贴出这样的村庄——它是儒雅的，也是凡俗的；它是神圣的，也是神秘的；它是宁馨的，也是浪漫的；它是精美的，也是朴素的；它是古老的，也是新奇的……"①可见，刘华的民俗研究不仅有田野调查的文化自觉，也有"以图证史"的方法路径。

刘华对民俗的认识有其独到的视角和深度。他既不是谨小慎微地在文献卷宗里"按图索骥"，也不是漫无目标地在田野大地上"信手拈来"，而是选择传统村落作为他不断深入发掘民俗文化的基石和矿藏。刘华对民俗文化的探究大致在三个层面上展开：一是从民间建筑入手，探究其蕴含的民俗文化价值。他认为，古村落的整体布局、建筑造型、雕刻装饰等，不但体现了人类基于生存需要重视建舍的传统习俗，也蕴涵着反映民族文化信仰的中华美学精神。（《古村落是珍藏中华美学精神的富矿》）古村落作为乡村社会的生活空间，存储着大量的历史文化信息。通过一座座古村落所包含的环境文化、祠堂文化、屋宇文化、家居文化等等，可以反观一个地域乃至我们民族的文化风度、精神气质和心灵历史。（《保护，应尊重传统的民间观念》）二是从民间艺术入手，探究其寄寓的民俗文化意义。在实地考察瑞昌剪纸、鄱阳渔鼓、广昌孟戏、乐平高腔、修水山歌等各地民间艺术后，刘华认为，这些延续数百年的民间艺术和传统习俗堆砌着驳杂的民间信仰和崇拜，铺筑着传统文化孕育出来的精神追求和人格理想，是一个民族思想道德的生动表达，是一方土地文化精神的鲜明反映，是当下实现乡村振兴的宝贵资源。（《传统节日民俗事象的当代价值》）三是从民间信仰入手，探究其反映的民俗文化精神。民间文化形态"既保存了相对自由活泼的形式，能够比较真实地表达出民间社会生活的面貌和下层人民的情绪世界"，但也"拥有民间宗教、哲学、文学艺术的传统背景，民主性的精华和封建性的糟粕交杂在一起，构成了独特的藏污纳垢的形

---

① 刘华：《村庄》，江西人民出版社2018年版，第512页。

态"①。刘华对民间大地的香火神灵、宗教仪式、风水观念等民间信仰既有着浓厚的兴致，重视它们存在的文化意义，又对它们包含的封建糟粕保持着审慎的警惕。他认为，民俗大地就是信仰的大地，这些民间信仰既反映了传统社会人们对自然现象蒙昧无知的迷信心理，也反映了避凶趋吉、驱邪祈福的生命意识，更深刻的原因还在于，中国老百姓对于宗教信仰所采取的实用主义态度。（《亲切的神灵》）神灵崇拜不仅催生了绚丽多彩的民间艺术和民俗事象，还融入了民俗生活的方方面面，深刻影响着甚至酿成了一方土地上年节时令、婚丧嫁娶、祝寿贺喜时特有的风俗习惯。深入了解扎根在农耕文明原野上的民间神灵崇拜，有助于我们深刻认识民族的心灵世界，有助于我们全面认识民族的传统文化。（《保护，应尊重传统的民间观念》）

其实，刘华的学术园地并非民俗研究一处风景独好，他的文学评论同样精彩。80年代江西文学评论开始在全国声名鹊起，吴海、陈公重、周劭馨、吴松亭等被称誉为"十八棵青松"的评论家群体崛起，而彼时的刘华则是受到他们关注的崭露头角的青年评论家。此后刘华虽然把主要阵地转至创作，但是文学评论一直没有搁下，评论集《一栋心房能容多少收藏》《有了生命的豹还需要什么》的出版便是见证，及至后来担任江西省文艺评论家协会主席和文联主席时，刘华仍然"为了扶持新人，每年大概都要写七八篇鼓励的文字"（刘华致笔者信）。如此说来，刘华的文学研究经历了从新时期到新时代的"跨越式"发展。刘华的文学研究大致可以分为三个方面：一是关于批评理论的探讨，譬如《文艺要为人民大众服务》《探险的评论》等；二是关于创作现象的分析，譬如《抖擞精神写鸿篇》《跃上葱茏四百旋》等；三是关于作家作品的阐释，譬如《情智交融，神思飞越——读刘上洋的散文》《掘进在历史的深处——读长篇小说〈安源往事〉》等。

刘华探讨批评理论的重要收获体现在他独到的批评观上。在《探险的评

---

① 陈思和：《民间的浮沉：对抗战到文革文学史的一个尝试性解释》，《上海文学》1994年第1期。

论》一文中，刘华提出了"探险的评论"观。首先，他认为，评论应该具有探险的精神，需要在语言的大林莽中披荆斩棘，在意绪的大峡谷间艰苦漂流，在想象辽阔舒展的大沙漠里骆驼般跋涉，探险的评论不仅"险"在过程，而且还在于它是与功利目的无涉的结果。然后，他从三个维度对"探险的评论"展开了阐释。他说，探险的评论需要个性，不甘于对景致捉襟见肘地扫描，而执意追寻山水之精神，应该具有选择和拒绝的自主权，既可以理直气壮地"发现"，也可以理直气壮地"无话可说"；探险的评论需要激情，在认识的好奇、发现的快意鼓舞下步步进逼层层深入，它不是用堆积如山的概念材料忙于测量忙于铺路，而应是诗意地提示着一个方向，为阅读留有兴致勃勃攀援的足够空间；探险的评论需要勇气，要能果断地摆脱诸如创作谈一类的藤蔓的掣肘，要在坚执的探究中有勇气坚定地道出真相，保持评论的自我品格。在文艺逐渐滑向市场、批评日益失去品格的今天，重温刘华多年前发出的呼吁，至今仍足以让每个评论者警醒而显得弥足珍贵。

刘华在长期的评论实践中形成了自己的个性和风格。首先，刘华的评论善于理论联系实际，具有真正的"批评"精神，敢于揭示和鞭挞文艺创作的不良倾向。在《文艺要为人民大众服务》中，刘华重温毛泽东同志的《在延安文艺座谈会上的讲话》，联系当代中国和江西的文艺创作实践，大胆提出：当前的文艺创作中存在着过于娱乐、过于安逸、过于浮躁、过于功利以及远离生活、胡编乱造、流水生产，甚至戏说历史、恶搞英雄、恶俗炒作等不良现象。这些现象在一定程度上反映了创作思想的迷乱，也反映了文艺批评的缺失和整体水平的下降。向低俗、庸俗、媚俗的文艺产品说"不"，既是文艺理论评论工作者的基本职业道德要求，也是广大文艺工作者维护人民的基本文化权利的题中之义。其次，刘华的评论是知性与感性交融的典范，既具有理性的思考、睿智的发现，又不乏审美的激情、诗意的表达。譬如，他用"跃上葱茏四百旋"来形容江西当代文学"绿意蔓延的精神气质"和"五彩斑斓的艺术追求"（《跃上葱茏四百旋——江西文学五十年巡礼》）；他用"真情为水笔作舟"来概括谢亦森的散文创作特色（《真情为水笔作舟——读谢亦森的〈隔岸山色〉》）；他用"数点梅花天地心"来表达自己阅读练炼散文时的感受（《数点梅花天地心——评练炼散文集〈人生若只如初见〉》）。显然，刘华这种充满审美激情和诗意表达的评论风格正是他的"探险的评论"观的生动实践，与那些满纸名词术语枯燥呆板的学院派和八股腔迥然相异。

鲁迅曾说："倘要论文，最好是顾及全篇，并且顾及作者的全人，以及他所处的社会状态，这才较为确凿。要不然，是很近乎说梦的。"①鲁迅这番关于评论文章要知人论世的提醒，当然至今仍不容置疑。然而，要立体全面地认识刘华及其写作的意义是不容易的，譬如最初给他带来声誉的诗歌创作和他付出了大量心血的文艺组织工作。刘华的创作是从诗歌起步的，早在大学期间创作的《我拾到一双眼睛》便被诗评家称作"江西第一首朦胧诗"而备受瞩目，后来更有引起广泛影响的组诗《赣南母亲的群雕》和诗集《我朗诵 祖国听》。当然，尤其值得特别重视的是，刘华在为江西文艺事业奔忙近40年的履历中那些无数让人感动的时光和细节。譬如他在《创作评谭》《星火》杂志默默耕耘的岁月，譬如他在省文联、省作协领导岗位上擘画江西文艺蓝图的时候，譬如他在谷雨诗会、傩文化节和大量文艺活动中忙碌的身影，等等。刘华这些令人钦敬的奉献和成就虽也属文学之事，但在创作之外。因而，在此不作过多盘桓，而只是对其走向田野的写作姿态做一浮光掠影的呈现。

第三节　江子与傅菲的散文

江子与傅菲是近年来江西散文创作的中坚力量和领军人物。江子（1971—　），原名曾清生，江西吉水人，历任江西省文艺评论家协会副主席、《创作评谭》杂志社主编、《星火》杂志社主编、江西省作协副主席，早年写诗，后致力于散文二十余年，主要作品有散文集《入世者手记》《在谶语中练习击球》《田

---

①　鲁迅：《"题未定"草》，《鲁迅全集》第6卷，人民文学出版社1985年版，第344—345页。

园将芜》《苍山如海——井冈山往事》《青花帝国》《去林芝看桃花》《回乡记》等，曾获江西省谷雨文学奖、北京文学优秀作品奖、老舍散文奖、孙犁散文奖、第三届江西文学艺术奖、第七届鲁迅文学奖提名、第八届鲁迅文学奖等文学奖项。傅菲（1970— ），原名傅斐，江西上饶人，曾以笔名傅旭华写诗多年，2002年起主要从事散文创作，先后出版散文集《星空肖像》《屋顶上的河流》《河边生起炊烟》《南方的忧郁》《饥饿的身体》《走读大地 大地理想》《木与刀》《我们忧伤的身体》《故物永生》等二十余部，2006年散文集《屋顶上的河流》入选"21世纪文学之星丛书"，2019年散文集《故物永生》获第二届三毛散文奖、散文《每一种植物都有神的面孔》获第十八届"百花文学奖"。江子的散文创作有着较为广阔的视野，既有关于革命历史和传统文化的回溯与想象，更有对乡土田园和人生经验的忧虑与反思，善于选取一些典型的人物、事件、细节和场景，在历史的粗粝处触摸生命的疼痛，以悲悯的情怀谱写人性的悲歌，在坚韧而沉静的叙述中重构革命历史、传统文化与乡土大众的生活世界和精神联系。傅菲的散文主要集中书写以饶北河和枫林村为代表的南方乡村人物及其日常生活，一方面通过日常平凡的生存物象传达出深刻普遍的哲理感悟，另一方面在对故土风物人情的书写中充盈着强烈的生命意识和人文情怀。

一、江子：历史深处的厚重与丰盈

江子曾经蛰居乡村多年，这位如今被誉为"散文骑士"的江西散文领军人物，最初却在他乡村教师的职业生涯中显露出"惊鸿一瞥"的诗人天赋。现在隔着二十年的时空回首那段青涩的年少时光，徜徉在江子文字里的自然大多是诗意的，那种领着乡野村童大声朗诵"把书打开，把你们纯净的目光中/知了和蝴蝶的翅膀释放出来"时的摇头晃脑，是多少有些让人"神往"的。但是，我们仍能从他有些自得的诗句里读出诗人当时的孤独，"我是深夜一根燃过千年的瘦烛/在一杯清茶旁边/用音乐和文字的光芒/永不熄灭地照耀着星星的梦幻/

和种子在暗处的微笑和哭泣"。当然，江子并没有坐等"岁月沿着脊梁缓缓上爬，在头顶开出白花"，这个怀着无数梦想的乡村教师很快告别了他的乡村，把曾经闪现过无数次的出走冲动付诸现实。在近作《不知所终的旅行》中，江子用略带忧伤又近乎自恋的浪漫方式回忆了"最初的那一次远行"：他乘坐京广线上的某列火车抵达北京，然后转行北戴河，沿着一条对他而言完全陌生的线路去和另一群陌生的少年约会。至今他依然会认为那是一场恍惚的梦境：阳光下碎金摇荡的大海。倾盆大雨下的山海关。以及一群和他一样耽于做梦的男女少年。正是这次最初的出走，让一个羞涩的乡村少年从此与"远方"结下了不解之缘。那些曾经装饰在梦中的江河、湖泊、大城、小站，后来逐一在漫游的途中成为他的文字和句点。

由诗入文，应该是江子写作的必然。外表如北方男儿高大粗放的江子，其实掩藏着南方女子敏感细腻的内心，在他奔腾不息的热情背后却也有着苍山如海式的沉默。江子说，二十岁时，爱凌空蹈虚的修辞和抒情，总是把乡村当作一个乌托邦一样的存在，努力写作乡村的美；而后来，追求独异和深刻，常常努力去探索改革开放的渐次推进中乡村心灵的奥秘。江子之所以不甘心做一个画梦的诗人，是因为他对生于斯长于斯的乡土田园和身边的生活世界怀有更深沉的情感和更庄严的使命。他曾如此表达通过写作获取力量和释放焦虑的初衷："我为什么写作？也许我想借助写作来劝阻内心的坍塌和死神的莅临，稀释感伤和恐惧。就像借助爱给原本沧桑的生命增添一份美丽，借助美给往世留下一点念记。"[1]

像大多数文学书写者一样，江子最初的散文也主要是对故土人事和身边生活的追忆和咏叹。《入世者手记》叙写了为养家糊口而行走乡间的货郎、歌者、篾匠、艄公、二胡艺人和爆米花父子，这些如今都消逝在童年记忆中的乡村人事显然引发了作者内心的隐痛，以至于使得正处青春旺季的作者的叙述是如此低沉和忧伤。《在谶语中练习击球》在继续描写故土风物人事之外，更多

———————————

[1]　江子：《入世者手记》，中国文联出版社2003年版，第3页。

了自我成长的经验和感悟。譬如第一次离开乡村乘火车到陌生的城市和一群陌生的少年约会（《漫游者之歌》），最初告别妻子女儿子身一人到省城南昌工作时的迷茫和忧心忡忡（《从八一大道371号出发》），还有冬天雨夜搭乘大货车千里涉险到广东探望弟弟的卑微旅行（《卑微的旅行》）。这些初期的散文虽然没有像后来那样自觉的写作旨归和自信的叙述艺术，题材内容有些漫漶，叙述方式也无章法，但那种开掘生活的能力和张弛有度的表达却显露了作者今后致力于散文的写作才华。在接下去的《田园将芜》《苍山如海——井冈山往事》《青花帝国》中，江子显然进入到一种自觉的写作状态，有意识地朝向大地、历史和传统的深广处进发。

　　"田园将芜"系列散文既是江子对故土田园的一次精神还乡，更是一次关于乡土中国的灵魂叩问。内心充满痛楚的江子没有展开他曾经引以为傲的翅膀"凌空虚蹈"，而是用他"残损的手掌"抚摸"田园将芜"的吉泰盆地。这片曾经哺育过欧阳修、刘辰翁、文天祥、解缙等文学巨匠，创造过一门三进士、九子十知州等人文奇迹的"江南望郡"，如今却只剩下"歧路彷徨的孩子""孤独无依的老人""暗疾缠身的相邻""散落乡间的旧文字"和"无处安放的老照片"。在《田园将芜》中，江子以纯净而沉稳的笔调不动声色地铺展了当下乡村令人触目惊心的衰退和嬗变。当江子试图揭示市场经济和城市化进程挤压下田园荒芜的真相，追问那些消失的诗意和逃离的乡党时，他突然发现，"故乡已被押解上路"，"有一种不可知的力量妄图把乡村变成一座废墟"。痛苦的作者清醒地意识到，"自己是多么的力不从心"，"窗外是我的故乡，而我却永远不再属于它了"。当我们展开《田园将芜》，阅读"消失的村庄""粗重的奔跑""疾病档案"和"绝版的抒情"时，一种"战栗"和"担心"油然而生。毋庸讳言，《田园将芜》中那些毗连大地、力透纸背的沉默与呐喊、悲鸣与叹息，所混凝成的一波波撼人心魄的力量，足以穿透任何现代文明的壁垒，触痛每位读者的神经。然而，作者在"不能承受之重"的痛苦和焦灼里对写作才华的透支不禁让人担心。所幸的是，随着"井冈山往事"和"青花帝国"系列散文的发表，江子最终摆脱了故乡的"梦魇"。

　　与其说江子与井冈山的"遇合"多少有些偶然（据他自己说是因为一位肖姓朋友的"引领"），倒不如说其中似乎更有冥冥之中的"宿命"。曾经在怀乡与出走之间愁肠百结的江子终于在"大山"深处找到了驰骋的"疆场"。他以飞翔的想象和漫游的沉思打捞并黏合那些散落在民间的历史碎片，用一幅幅既模糊又清晰的历史影像为井冈山的红色记忆做出最质朴和最真诚的注脚。在笼盖四野的暗夜，文弱书生欧阳洛手执信念之"火"四处播撒他的理想之光；在颠沛流离的征途，铁血男儿陈毅安用一封封炽热的书信给爱人传递他的似水柔情；在烽火连天的岁月，红军战士张子清以伤残之躯守护着战时稀缺的生命之"盐"；在生命弥留的时刻，老红军谭家述倾囊捐赠无字之"碑"以了平生之愿；在荆棘密布的丛林，袁文才的遗孀谢梅香领着一家老小胆战心惊无处躲藏……。历史的汤汤长河常常抚平沧桑岁月的疼痛记忆，平凡世界的人们总在流年碎影中坠入庸常。作为这片红土地的后裔，江子拒绝遗忘，他试图从小人物入手，提炼出具有井冈山精神内核的审美意象，原生态地表现那段历史的艰难、慷慨与悲壮。从"火""信""盐""碑"等特殊岁月寻常巷陌的生活物件，到"藏身""拾镯""失路""归来"等革命年代平凡人物的命运遭际，我们不难看出，江子接近历史的蹊径和重叙革命的脉络。他对波澜壮阔的革命风云没有宏观把握的企图，而是把巡睃的目光投向宏大历史的背面，贴近大山的气息和纹理，打捞峥嵘岁月渐被尘封的故人往事，在坚韧沉静的叙述中敞现风尘仆仆的历史沧桑。由此不难看出，江子既对历史记忆保持高度的警觉，又对生命个体有着强烈的悲悯情怀。

　　《青花帝国》标志着江子散文创作的新高度，这不只是表现在作者把写作的疆域拓展到更遥远更丰富的历史时代，更重要的是以独特的想象方式进入陶瓷腹地，建构了与众不同的"青花帝国"，实现了作者的写作野心。这不单单是一本文化之书，一本唯美之书，更是一本有江子个人气息和气质的大书。《青花帝国》彰显了深厚的文化底蕴。作者从各种典籍、史册、轶闻中，复活了大量关于瓷的历史、知识和掌故。他从《明神宗实录》《浮梁志》《里村童氏宗谱》和《火神童公传》中还原火神童宾的前世今生。这个原本普通而年轻的把桩师傅，因为景德镇历代工匠的精神维系和官方的统治需要，被合谋造就为护佑一方的神灵。他根据《郑和出使水程》《星槎胜览》《前闻记》和《三宝太监西洋记通俗演义》追忆当年跟随郑和船队七下西洋的青花往事，在异国的王宫里，青花的灼灼光焰让无数王公贵族为之倾倒，由此青花成为举国上下风靡的奢侈品。他找来《元史》《高安县志》《瑞州府志》和《江西通志》摸索窖藏青花主人的蛛丝马迹，探寻到乱世危局中进退维谷的伍良臣最终在典籍和青花的庇护下回到遥远的故乡。作为一个文学写作者，江子关于古今中外、水陆朝野、典章制度的知识和见闻，的确让人惊叹。《青花帝国》敞现了独特的审美魅力。江子让瓷、与瓷有关的人、与瓷相濡以沫的历史，在《青花帝国》里演绎着不同的色彩、性格和命运。进入《青花帝国》，我们不禁为充盈其中的生动细节和丰富想象所"倾倒"，譬如龙缸烧制失败的阴霾在景德镇所制造的惊恐和不安、郑和载着青花的浩荡船队和他大海一样无边的孤独、督陶官唐英不断走向陶瓷腹地的执着和艰辛、青花在异国市场静静绽放时的高雅与圣洁等等。《青花帝国》的视野和格局无疑是辽阔的，从神到人，从天到地，从宇内到海外，从庙堂到江湖，从生生不息的窑火到无边无涯的海浪，从高高在上的皇帝到默默无闻的窑工，江子不断地变换身形和手法，尽量贴着地面飞行，时而在官家正史里跳荡腾挪，时而在民间轶闻里捕风捉影，时而冷静考据，时而严密推理，时而飞翔想象，使冷寂的器物充满了生命的温度，让呆板的历史饱含着丰富的表情。

《青花帝国》散发着一种属于江子的个人气息和气质。如果说此前的《田园将芜》和《井冈山往事》，我们还能不经意间捕捉到江子的焦灼和沉重，并由此产生的叙述的沉滞，但在《青花帝国》里，江子分明找到了一种属于自己的独有的言说方式，"一种低温的、舒缓的表达"[①]，一种尽量隐藏了"我"的自由而轻盈的叙述。显然，这种具有温度、质感和机趣的叙述是自信和成熟的表现，这正如青花的素与雅、柔与硬，刚柔并济，相辅相成。在《青花帝

---

① 江子：《跟着青花回家》，《青花帝国》，广西师范大学出版社2017年版，第5页。

国》里，江子找到了最美的容器盛放了最好的内容。江子曾反复告诫自己，面对丰饶的生活和厚重的历史，他不可以要得太多。他要做的，是尽量写得小一些，小到能感知那个时代的生活伦理，小到能听到几乎被人遗忘的心跳和脉管里的轰鸣。[1]江子的这些表白没有丝毫矫情的意味。从《入世者手记》到《田园将芜》，从《井冈山往事》到《青花帝国》，江子终于明白：只有先轻轻放下，才能再高高举起。当江子把触角伸向生活、历史和传统的现场和细节时，他的散文境界豁然开朗，飞翔的诗人与漫游的思想者并肩携手，他已自如地把丰富的想象、理性的沉思和敏感的内心融入历史的钩沉和人生的感悟中。于是，散文可以是节制的诗，诗也可以是深刻的散文。

二、傅菲：民间历史的记录与生活大地的诗意

傅菲曾以笔名傅旭华写诗多年，新世纪以来当他把来自南方乡土大地的忧郁和诗情投向散文时，便一发不可收拾，创作出版了《屋顶上的河流》《星空肖像》《河边生起炊烟》《南方的忧郁》《饥饿的身体》《大地理想》《炭灰里的镇》《生活简史》《亲爱的人间》《木与刀》《我们忧伤的身体》《故物永生》等十余部散文集，这种密度和强度在新世纪江西乃至全国的散文创作中都是较为罕见的。由于此前有过七年的诗歌写作史、七年的小说阅读史和十六年的新闻从业史经历，傅菲的散文写作不但有着丰富的生活、阅读和写作经验带来的高起点，更重要的是他对自己的散文写作一开始便有充分的自觉和庞大的野心，他要建构属于自己的散文世界，"尽可能地让自己的散文，散发自己的气息"，书写"自己的心灵史或精神史"。为此，他一方面在对故土风物人情的书写中充盈着强烈的生命意识和人文情怀，另一方面通过日常平凡的生存物象传达出深刻普遍的哲理感悟。

傅菲散文最初集中书写家乡饶北河、枫林村一带的河流山川、日常生活

---

① 江子：《镌刻一座山的历史表情》，《苍山如海——井冈山往事》，江西高校出版社2012年版，第4页。

和人情人性。在他笔下，饶北河虽然没有奔腾的气势和汹涌的力量，甚至是"衰老"的、"孱弱"的、"没有归宿"的，但它却贮藏着时间和生命，"从童年开始就构筑了我内心荒凉淡漠的气质"，"让我看见静止的流动和荒蛮的时间"，人们"彼此的声音会在饶北河静静的流淌中，交融，形成强大的时间洪流"（《务虚者的饶北河》《一条没有归宿的河流》）。枫林村不过是一个普通的南方村庄，甚至流露出衰颓破败的气息，它像"遗弃在大地的一只布鞋，浑身灰尘，沾满牛屎，布面溃烂，露出黄土墙一样的破棉絮。又像陈年的码头，破旧的淘沙船是房屋，粗粗的棕绳是巷道，沉重的铁碇是山冈，不知出发的方向"（《纸上的故乡》），"更像邻居杨四老汉的脸，沧桑，苦涩，没有一丝笑容"（《露水里的村庄》）。然而，对于傅菲而言，"这个巴掌大的小村"记录了"另一种形式的生活史"（《泥：另一种形式的生活史》），它是"大地的坐标"，"是生活的躯体"，"它包裹着旷古的过去，也预示着茫然的未知"（《烈焰的遗迹》），它"容纳时间，容纳身躯，那么无边无际"（《胎记和釉色》），在这里他"能倾听到那片土地的呼吸和喘息"（《胎记和釉色》），"看见了时间的颜色和内质，看见了生命的面容和境地"（《露水里的村庄》）。

从2002年开始，傅菲便致力于故土风物人情的勘探，他为此倾注了大量心血，他"像一个找矿的地质队员，扛着测量仪，打眼钻探，取土样，分析水文，观云识天气"，对诊所、理发店、旧小学、古树、老屋，都做过详细的记录，去多个残疾人和各种手艺人的家里闲聊，甚至和赌徒一起生活半个月，和猎人一起在崇山峻岭间行走，他要"从他们每一个人身上，看到生活战车碾过的痕迹"[1]。傅菲的饶北河和枫林村系列主要以人物为谱系，以乡村普通事物为视点，写乡村的生存状态、内心的挣扎，以及人性，重新梳理乡村的伦理、思想脉络，力图写出乡村的肌理与血缘，以及生活的原生态。[2]他有时在忧伤

---

① 傅菲：《南方的忧郁·自序》，花城出版社2014年版。

② 傅菲：《南方的忧郁·自序》，花城出版社2014年版。

低沉的叙述中追忆祖父祖母、父亲母亲、妻子女儿、知己朋友们苦难萧瑟的生活片段，譬如《深埋》《纸上的故乡》《歌声》《一条没有归宿的河流》《秋阳下的草甸》等；有时用深情而眷恋的语调讲述染布师、做纸师、串堂班主、箍桶匠、篾匠、木雕匠、唢呐手、弹花匠、泥瓦匠等一些民间艺人和卑微人物的人生岁月，譬如《墨离师傅》《大悲旦》《八季锦》《焚泥结庐》《竹溪，竹溪》《木与刀》《烈焰的遗迹》《棉花，棉花》《胎记和釉色》等。傅菲着力表现这些乡村人物身上的生活痕迹和时代烙印，以此反映我们时代的阵痛，他试图"以社会学的角度，以散文的形式，以解剖学的方法，以批判实现主义的态度，以纪录片的写实精神，去解构一个从农业社会向工业社会过渡中真实的乡村"①。

里尔克曾说："如果你在人我之间没有谐和，你就试着与物接近，它们不会遗弃你；还有夜，还有风——那吹过树林、掠过田野的风；在物中间和动物那里，一切都充满了你可以分担的事。"②傅菲深知，生命万物始终都与外部世界处于紧密的关联之中，正是那些潜藏于背后的秘密才使万物获得了无限广阔的生命和意义，因而他对乡村故物有着近似病态的迷恋。一条躺椅，一块埠头洗衣石板，一个石臼，一扇木门，一朵棉花，一块瓦，都会让他感怀万分，在他看来，"故物以消亡的方式，和我们这一代人作别。这不仅仅是时代变迁产生的痛，也是时间带给我们的痛。时间将我们每一个人带向衰老和死亡"③。散文集《故物永生》描写了傅菲早年乡居生活日常习见的故物旧什，如床、摇篮、灯光、木箱、白蓝衫、粥、铁、八仙桌、米、瓦、糖、渡口、棉花、碗、泥、火炉、屋舍、土墙、灰炉、炊烟、瓦屋顶、门、水井、院子、鞋、木棺等，由物及人，因人生事，以事抒情，讲述附着其间的生活记忆和人事变迁，追寻"故物永生"的生活哲理和存在意义。开篇的《床》追忆了傅家

① 傅菲：《南方的忧郁·自序》，花城出版社2014年版。
② 里尔克：《给一个青年诗人的十封信》，冯至译，生活·读书·新知三联书店1994年版。
③ 傅菲：《故物永生·后记》，广西师范大学出版社2017年版。

的往昔时光，对故去的亲人表达了深深的眷恋，"床，是梦开始的地方，也是梦结束的地方"，"母亲在这张床上生了九个孩子"，"祖父祖母的床，孕育了傅家的子子孙孙，最终消逝在时间的洪流之中"。《灯光》描写了温馨的家居场景，吃过晚饭后，"我"和妹妹会在一张小圆桌上面写字，母亲搬来一个小凳子坐在旁边，有时候纳鞋底，有时候缝补衣服。暗暗的灯光照在我们脸上，有种淡淡的温情。《木箱》叙写了从樟树到木箱的经过，以及木箱对于"我"的意义。祖父年轻时在院子里种下三棵樟树，它们曾经是"我"回家的指引。祖父去世后，樟树被做成了木箱，"我"带着箱子走南闯北，箱子里装满了我对知识的渴望和对家乡亲人的回忆。尽管在现代科技已完全取代传统工艺的现代社会里，这些乡村故物已经渐渐消逝在了历史的风尘中，但是在作者笔下，每一件故物都留存了亲人的体温，都住着一个故人，都凝固了逝去的光阴，都有一个浓缩的故乡，都陈放着我们的过去、现在和未来，因而它们获得了"永生"的意义。傅菲正是循着故物的纹理，重返生命的原乡。正是在这个意义上说，《故物永生》是一部贮满乡村情感的书，一部让人返乡和溯源的书，既是书写作者个人的心灵史，也是记录乡村生活的变迁史。

　　长期以来，人类在不断探索文明的过程中总是避开或绕过本原的身体，从而使得人类在很大程度上对外部世界的认知远远超过了自身，这种对身体的遮蔽在中西文学书写传统中也不例外。事实上，正如梅洛-庞蒂所指出："身体是这种奇特的物体，它把自己的各部分当作世界的一般象征来使用，我们就是以这种方式得以'经常接触'这个世界，'理解'这个世界，发现这个世界的一种意义"，身体本质上是一个表达空间，"认识就是从我们的身体出发去达到事物本身。然而，这种从身体出发的认识为什么最后反过来导致了身体本身的遗忘呢？"[①]傅菲在观察和书写外部世界的同时，并没有遗忘身体本身。在散文集《饥饿的身体》中，傅菲从脸、手、脚、眼睛、耳朵、乳房、唇、头发、鼻子等身体器官入手，用细腻而深刻的笔触揭示人类习以为常的身体器官

---

① 　莫里斯·梅洛-庞蒂：《知觉现象学》，商务印书馆2001年版，第302页。

所表征或储纳的隐秘体验和物象。与此前不同的是，傅菲收回了投向外部世界的目光而反观己身，采取一种内窥视角，"通过写人的器官、情感、疾病、生死，抵达自己内心"。在他看来，"身体既是外世界也是内世界，因此需要我们外观和内省"，"这是认识世界的重要途径"。在他笔下，"眼睛不仅仅是识别色彩还要明辨是非，手不仅仅是用以劳动还要施以抚慰，心脏不仅仅给血液循环提供动力还要予人温暖"，他的身体书写，不是从卫生医学的角度简单地写物，写器官的生理功能，而是赋予它们以生命和灵魂。《饥饿的身体》也因此被誉为"中国第一本描写人体器官的散文"，"爱的经文，生命的祈祷词"①。

傅菲的散文写作有着非常自觉的文体意识和美学追求。他信奉"真实"的力量，排斥缺乏真实情感、思想和趣味的散文，主张把日常生活作为文本的主体力量，以日常生活勘探的深度来体现作家的精神深度，讲究语言的个人气质，以诗性气质走近万物。有过多年写诗经历的傅菲，经常以诗歌的方式经营散文，譬如他写乡村的灯光，夜幕降临，屋子里的灯一盏接着一盏地亮了起来。忙碌了一天的人在灯下安歇，昏黄的灯光映照在她们脸上，那是生活的曙光；相爱的人在灯下窃窃私语，灯光一跳一跳地扑腾着，那是两颗相依的心在舞动（《灯光》）；他说童年的瓦窑，"是人从洞穴迁往旷野的第一个母体"，做瓦垒窑的师傅必须是性格温和的人，除去繁杂与浮华，寂寞地等待着人们将充满烈焰的瓦带回家中，筑起一个个温馨的家园，瓦的光辉和使命才更加耀眼；即使对于脸、脚这些最寻常的身体部位，他也诗意盎然地写道，"我要在树下打盹，独自度过一个黄昏，等月亮慢慢升上来，从水井里爬到树梢，摇摇晃晃，那样，我可以看见一张脸，月亮一样圆润，葡萄一样多汁"（《脸》），"那个下午，把你的脚抱在我腿上，我细致地抚摸。贝壳一样的脚踝，暖玉一样的脚背，藕芽一样的脚趾。我小心地褪下你袜子，又小心地

---

① 傅菲：《爱的经文，生命的祈祷词——我为什么写〈饥饿的身体〉》，《创作评谭》2015年第5期。

穿上"（《脚》）。傅菲以丰盈的生命体验、富有生活质感的语言在这些日常生活和普通事物中积蓄起动人的诗歌力量。毛姆在阅读惠特曼的诗时说："诗不一定要从月光、废墟以及患相思病的少女的悲吟中才能找得到。诗一样存在于街头巷尾、火车站、汽车上，也存在于工匠劳动、农妇们单调无趣的工作里，存在于工作以及休闲的任何时刻。一言蔽之，整个生活，以及所有的生活方式都可以找到诗。"①显然，傅菲正如惠特曼那样从普通的日常生活里找到了诗。

从追忆故土的《屋顶上的河流》《星空肖像》《南方的忧郁》，到书写万物的《饥饿的身体》《木与刀》《故物永生》，傅菲的散文在不同的时空经纬建构自己的坐标。当他重返生命原乡时，并不只是为了纾解个人的乡愁，而更多的是要从这里出发，"眺望或审视这个世俗世界"；当他打量山川万物时，显然没有寄兴山水托物言志的冲动，而是要由此探寻万物永生的意义，他的散文呈现出不断增长的拓展性和开放性，他把大地的气息、历史的刻度、思想的力量和生命的血气融于笔端，从而形成了强大的"磁场"效应和极具标识性的个性特征。

第四节　李晓君与范晓波的散文

在江西文坛向来有散文"三骑士"之誉，李晓君与范晓波便是其中二位（另一位江子已在前文有过论述），他们同为才华横溢的"70后"散文"新生代"代表人物。李晓君（1972—　），原名李小军，江西莲花人，先后在莲花县南岭中学、莲花县委办公室、江西省文联工作，历任江西省民间文艺协会主席、江西省作家协会主席、江西省文联副主席，先写诗歌，后来主攻散文。上世纪90年代初开始发表作品，在《人民文学》《诗刊》《钟山》《山

---

①　毛姆：《书与你》，花城出版社1981年版，第83页。

花》《十月》《天涯》等刊物发表散文近二百万字，出版散文集《时光镜像》
《昼与夜的边缘》《江南未雪：1990年代一个南方乡镇的日常生活》《后革命
年代的童年》《梅花南北路》《暮色春秋》《暂居漫记》等，先后获江西省第
五届谷雨文学奖、第三届"观音山杯"美丽中国游记征文二等奖项。范晓波
（1970—），江西鄱阳人，先后任职于江西鄱阳县油墩街中学、鄱阳中学、鄱
阳报社、上饶晚报社、《涉世之初》杂志社、广东美的集团、江西省文联，
历任滕王阁文学院院长、江西省作协副主席、《星火》杂志主编，在《人民文
学》《十月》《诗刊》等处发表散文、小说、诗歌一百多万字，出版长篇小说
《出走》，散文集《夜晚的微笑》、《带你去故乡》、《田野的深度》《正版
的春天》（"21世纪文学之星丛书"2006年卷）、《带你去故乡》、《内地以
内》、《夜晚的微光》等，曾获江西省第五届谷雨文学奖、第二届冰心散文
奖、首届林语堂散文奖等。李晓君的散文散发出敏感忧郁的气质，常常从个人
的成长历程和独特的生活经验入手，追忆童年、青春和故乡，并尝试把琐碎具
象的生活经验上升为形而上的生存感悟。范晓波的散文总是选择一些具有生命
刻度的人生片段、场景或事件，表达个人化的生命感觉和人生体验，在飞翔的
想象和生命的诗意中显示出卓尔不群的才华和魅力。

一、李晓君：社会转型时期个体经验的诗意表达

20世纪70年代末以来，中国社会经历了经济制度和思想文化的重要转型，
经济制度层面由计划经济逐渐过渡到市场经济，思想文化形态由一元转向多
元，土地责任承包、企业制度改革、个体工商业兴起、城镇化进程加快等等。
改革开放的时代语境在释放出巨大的生机和力量的同时，也带来了转型时期城
乡社会各领域的诸多变动及其所引起的普遍躁动和焦虑。李晓君置身于如此
"百年未有之大变局"的时代变革过程中，由乡镇走向城市，亲历了各种城乡
社会的变动，感染了转型时期的浪漫忧郁情绪，一路从诗歌走向散文。

李晓君的散文主要来自他的个人成长经历，来自生活现场的亲历感受，

充盈着丰富的生活细节和真切的生命体验。故乡和童年时代生活记忆是大多数写作者的精神原乡，对于多愁善感的李晓君而言，更是如此，正如他所说："当我深入到更幼年的一些事件的回忆中，我的表情已经具有了今天一个中年人的暮气和宁静。"①散文集《后革命年代的童年》②是关于故乡和童年时代生活的记忆，采取的仍是成年人的身份和后视角。作者在正文前引用了白居易《池上》中的诗句"不解藏踪迹，浮萍一道开"作为题解，以此表白他重访童年和故乡的初衷。他试图经由一个乡村孩童成长为作家的人生经历，记录所亲历的时代生活痕迹。李晓君说，他在《后革命年代的童年》中"书写的童年充满着忧伤的情调"（《词语和证据》）。这种忧郁和感伤来自家族的遗传和衰颓的往事。祖父家里潦倒破落，他是奶奶家的上门女婿，但出人头地的梦想始终让他内心充满了焦灼（《出生地》）。家族的基因"遗传到爸爸身上，是一种固执和坚持；在叔叔身上，则是一种鸷烈与儒雅相混合的气质"。自小怯弱的父亲不被祖父喜爱，而崇尚暴力的叔叔却让他感到称心（《马厩以南》）。而"我"的深沉和文弱不仅承袭自父亲，更主要来自外祖父和母亲家族的遗传。读书人出身的外祖父曾经做过国民党军官，解放后成为一个谨小慎微的养蜂人，"暴力和痛楚在他身心里烙下巨大印痕"（《阁塘冲、破落的军官和养蜂人》）。祖父的焦灼与外祖父的痛楚所汇聚的忧伤，都在"我"的身上有了隔代的回音。在某种意义上，家族血脉中的忧伤气质，只是一个遥远的眺望和溯源，作者的忧郁和感伤还与他所生活的环境和成长的时代相毗连。在中国传统家庭环境中，通常"孩子们在自我塑造中孤独成长"（《陀螺的舞蹈》），家长们很少把孩子当作一个独立的个体来看待，更别说进一步的交流。在父母眼里孩子是属于自己的，不会轻易表达爱意，这种隔膜常常造成父子之间的紧张关系，"所有人的童年都是相似的。意识到这点，已经是很晚的时候了。人们习惯犯的错误之一，就是早早地给人定性，迫不及待地给他戴上优或劣的帽

---

① 冯仰操：《命运·时代·文体——评李晓君〈镜中童年〉》，《小说评论》2013年第5期。

② 最初以《镜中童年》为题，在《钟山》2013年第5期《长篇散文》栏目重点推出。

子——二者对于孩子来说都是一种压力"（《所有人的童年都是相似的》）。诚然，李晓君在以忧郁的目光打量童年往事时，总是或隐或现地与他成长的时代产生精神的毗连，譬如充满节日气氛的露天电影、寄托民间想象的蚌壳精戏、口耳相传的鬼故事以及鬼压床、鬼撞墙等种种灵异事件。然而在这些轻盈的日常生活习俗之外更有沉重的年代风云，那些动乱年代的残留物仍然以各种物质的或精神的形态存续在"后革命时代"，譬如放电影的戏台上留下的斑驳的血迹与批斗的大字报、八一电影制片厂的电影片头、人们手中瓷缸上的图案等等。作者深入20世纪80年代，在对童年记忆的深入挖掘中，展示了一个江南城镇的历史风貌和风俗人情，以及人们的生存状态与精神图景，探询了一代人成长的隐蔽命运以及时代变化的显性与隐性特征。作家以诗性和细腻的笔触，书写了60年代人、70年代人的共同记忆，对传统文化、后革命记忆、亲情伦理、小镇生活，有着锐利而精准的表达，其深挚的笔调、简约的叙述和富有质感和现场感的追述，为当代人的精神蜕变留下了一个生动的"侧影"。[①]

　　散文集《江南未雪》的副标题是"1990年代一个南方乡镇的日常生活"。在"自序"中，作者坦言，虽然作品里面不乏"大胆的虚构和臆想"，但它从本质上来说是一本"纪实的作品"[②]。在那个1990年代的南方乡镇，作为一名"涉世未深"的乡村青年教师，"我"度过了一段难忘的略带迷茫的青涩岁月，既有日复一日单调的上课、备课和写作等工作，也有饮食男女等各类人物开展的乡村爱情、春酒喜宴、闲坐群聊、户外骑行等各类交谊活动。作者是以一个成年人（而不是带着童年成长的印记）的身份进入乡村的，有些像当年的"知青"一样，对乡村的观察和参与保持着一定的距离，既有外来者的陌生感，也有局中人的真实感。因而，《江南未雪》中的乡村并不完全是具有抒情诗意义上的"心灵家园""最后故土"，也不是城市学者所间接发现的"被侮辱者和被损害者"。每个乡村的活物（包括人本身），其细微的感知，有着非

---

　　① 李晓君：《后革命年代的童年·内容简介》，百花洲文艺出版社2015年版。
　　② 李晓君：《江南未雪·自序》，人民文学出版社2015年版。

常丰富、细腻的层次。一个乡村教师在黑夜中的感受，一个在田野里躬耕劳作的农民的内心想法，一个理发店里的小姑娘茫然的目光，一个火力发电厂的工人灰蓝的工装，一个乡村收税人骑着摩托一驰而过的背影；甚至一片山冈，一条村道，一片田野，一条乡村公路……作者都以亲历者、目击者和见证人的身份，触摸了它们的物质外壳和精神内里，感知到它们的存在。尽管作者说《江南未雪》是"对1990年代中国南方某个乡镇进行一次私人意义上的重返"，但是这种"重返"显然具有超越私人经验的普遍意义，他虽然写的是"1990年代一个南方乡镇的日常生活"，但事实上它的精神幅度已蔓延至乡镇以外的更辽阔的中国大地。经历1980年代社会的释放和狂欢后，1990年代另一种喧嚣和沸腾的生活开始渐渐迎面扑来，那就是城镇化、工业化、市场化的氛围逐渐浓厚起来。尽管作者当时侧身于一个僻远的乡村中学，但仍然感受到这种时代的气息。因而，在某种意义上，李晓君在《江南未雪》所书写和表达的是"普遍的'70后'都对逝去的1990年代葆有深刻的记忆"[1]，这也是他回望1990年代的真实理由。

在"回望"过往年代的同时，李晓君还常常以"行走"的姿态出现在他的散文中。在《时光镜像》《暮色春秋》《梅花南北路》等散文集中，作者以"行走"的姿态丈量脚下的土地，探寻本土历史文化。作者的身影主要在他曾经生活过的城镇迁移，有时"沿着河流往回走"，"去往一个无名小镇"，或在"墓园之侧"，或在"外面下着雨的小酒馆"，寻找逝去的"时光镜像"（《时光镜像》）；有时穿行在曾经负笈就学的小城吉安，寻访文天祥、王阳明等庐陵先贤旧迹，或者到大庾梅关古道，重温"梅花南北路，风雨湿征衣"的历史感伤，或者经由"从南溪流去的长河"，打捞杨诚斋暮年的隐逸生活，或者到青原山净居寺，借古刹墙倾阁废感悟中国佛教的兴衰替变，或者去白鹭洲，拜访鹭院山长，探寻古代书院文脉的来龙去脉（《梅花南北路》）；有时在"香樟树影下的城市"，行走在"从状元桥到佑民寺之间的路"或"苏圃

---

[1] 李晓君：《江南未雪·自序》，人民文学出版社2015年版。

路"，凝视"路上的人群"，或是"远眺冬天的赣江"（《纸上豫章》）。李晓君散文中的"行走"，一方面与"回望"一样，把自己丰富的情感体验和独到的生活感悟充盈在字里行间，面对山川草木时，发出"美景之美，在其忧伤"的感慨（《美的最初体验》），重温历史旧识时，"感悟在往事中越走越远"（《沿着河流往回走》），邂逅陌生人事时，"对近在咫尺却遥不可及的美好事物想入非非"（《四重奏：一次游历的记录》）；另一方面他在不同的地域空间发掘蕴含其中的历史、风俗、文化，由此重构本土地域文化形象和城市性格，探寻传统和现代之间的文化来路和现实走向。李晓君纸上的豫章是北方之南，又是南方中的北方，种种交汇的方言、文化、习俗，形成了一种混血的气质。他对豫章有着明显的疏离感，因为"它还没出现那种很明亮、很打动人的东西。它的舒缓的节奏，和略显陈旧、世俗的气息，使它很难获得某种现代化的大都会的感觉"（《黄色吉他》），"这城市，因为它身上的陌生感，使我每次出门与它的相遇，都会激起内心某种在旅途中的情感——一座旅途中的城市，总是充满着危险性和可能性"（《杏花楼及其他》）。赣江流经南昌的时候，就像一个逆臣的野心一样膨胀开来，从高处俯瞰它，会感到它是雄性和粗野的，而由赣江孕育的南昌也呈现出这种气质。他感慨城市在纸醉金迷中坍塌，霓虹灯彻夜不息，城市喧嚣已模糊了它最初的田园风味。这种对现代城市物质化、庸俗化的厌倦，正衬托了他对这个城市丰厚的历史、文化遗迹的无限向往。他幻想古人的生活，幻想着这城市故去的风俗、丽人市井生活的艺术。他写青云谱、杏花楼、状元桥、佑民寺、滕王阁、朱权墓……正是为了去探索豫章故郡的文化底蕴，以此来抗拒现代生活的浮躁空虚。李晓君一次次写到赣江，他在赣江边长大，他的气息里有水的灵动和潮湿，多变、敏捷和聪慧，赣江书写着他的青春、悲欢。"是它，使我的文字找到了光源：在汉文化源远流长的风俗、伦理、宗教和哲学中，内心被照亮。"（《一个人的赣江》）每当经过赣江，他都感到一种战栗，潜流暗涌的赣江仿佛预示着生命、时间的流逝。这是《滕王阁序》的赣江，《过零丁洋》的赣江，这条江水日夜不息地流淌着，见证着这无尽的岁月。赣水不仅深深影响着作者，同时也是它所流经的城市的文化血脉，它滋润着一个城市的民风和气质。

在散文集《暂居漫记》中，曾经长时间在故乡和郊野盘桓的李晓君，终于收回了遥望往事的目光，而开始关注起身边喧闹沸腾的城市生活。他从一个曾经暂居的城市社区——贤士花园入手，经由那些储存了历史记忆和生命讯息的老旧建筑、公交站台、医院、菜场、店铺、街巷，以及藏身其间的房东、租客、门卫、病患、护士、商贩等各色人等，在"人与事、空间与想象，目击之物与虚幻镜像"[①]之间，去触摸我们早已司空见惯却又熟视无睹的日常生活和城市肌理。在改革开放的社会转型时期，有着由乡入城经验，又亲历了各种人事变动的李晓君，对于身边城市的书写，难免感染上一种时代性的紧张和焦虑。打开《暂居漫记》，那些灰暗的建筑、喧闹的街巷、拥挤的站台、嘈杂的医院、冰冷的器械、混乱的菜场等城市日常生活景观，以及那些漠然的租客、苛刻的房东、颟顸的门卫和孤独的老人等人物形象，这是无论如何也不能让人安之若素、泰然处之的。更何况，向来"渴望稳定"的作者竟然在"人到中年之后，突然又成为一个租客"[②]。然而，值得注意的是，《暂居漫记》的作者并未陷入"焦灼"的城市泥沼中难以自拔，而是仍然在进行一种寻找"诗性"的努力。他常常撇开城市的喧嚣，越过人群的冷漠，深入到城市的背面，去寻找一种"被遗忘的存在"。譬如在某个冬日上午，造访一座"闲置"的粮油加工厂、一段"废弃"的铁轨，在漫不经心中重回旧日时光（《一个冬日上午：陌生的自我》《存在与消逝》）；或是在冰冷的建筑、喧闹的街头和拥挤的人群中，去努力寻觅来自遥远的乡土的气息（《站台》《疼痛的风景》）。当然，自命为"生命的史官"的李晓君清醒地意识到，"没有人能回到过去的生活，回到历史中去"[③]，古典乡土的远去与现代城市的到来一样不可避免。正

---

① 李晓君：《暂居漫记》，百花文艺出版社2021年版，第2页。
② 李晓君：《暂居笔记》，百花文艺出版社2021年版，第37页。
③ 李晓君：《暂居笔记》，百花文艺出版社2021年版，第78页。

如鲁迅所说，"一切都是中间物"①。"贤士花园"也终将"坍塌"在历史的尘埃中。因而，从这个意义上看，《暂居漫记》不是一般意义上的城市生活记录，而是一种生命和灵魂层面的"人""城"对话。

　　散文是一种具有开放性和包容性的文体，唯其如此，20世纪末以来，散文的边界被不断突破，一种粗粝的宽泛化散文创作潮流造成了泥沙俱下的当代散文景观。李晓君由诗入文，对散文有着自己独特的审美追求。他追求一种来自心灵的，融汇学识、修养和趣味的，具有个性、含蓄和精粹表达的艺术散文。他说，"散文的自尊建立在它的艺术性上，我个人喜欢艺术散文。这就决定了散文具有一定的技术含量，同时它也是一个人学识、修养、趣味的自然流露，一个人的散文写作的高度取决于他储备的厚度。散文的真实在于他情感的真实，在于他对心灵的负责"②。李晓君的散文创作充分彰显了他对散文艺术的审美追求，具有鲜明的个性和独特的气质。

　　李晓君的散文追求一种含蓄和隐晦的表达。他总是避免直白和过分"真实"，而喜欢含蓄地、隐晦地表达自己对生活的理解和看法。在他的散文里，"影子"是个出现频率很高的词。由这个词衍生出的还有"影像、虚影、暗影、投影、阴影、影迹、幻影……"等系列词汇。对影子的描述和迷恋，几乎构成了他散文写作美学趣味的核心部分③。譬如，在《观察：十个断片》中，作者如此打量幻影一般的过去生活："过去的生活，对于他是一个幻影"，"像行走在平原上倒伏过来的群山，丝毫没有留给他以喘息"。在《影像，或独白》里，作者如此描绘寂寞少年的影像："坐在故乡的一条细流边"，"我深深地陷入秋天的寂寞中"，"我看见自身脸上写就的人世的哀伤、命运无常的鞭打留下的印痕，被爱折磨得疲惫的唇角、脸颊，眸子里深藏的灰蓝的悒

---

　　①　《鲁迅文集全编》编委会编：《鲁迅文集全编》，国际文化出版公司1995年版，第370页。

　　②　李晓君、王芸：《散文应当偿还生活克制的热情》，《文学界（专辑版）》2010年第11期。

　　③　李晓君、王芸：《散文应当偿还生活克制的热情》，《文学界（专辑版）》2010年第11期。

郁——它们是另一张健康、红润、值得信赖的脸的影子，还是它与生俱来的影像"。在《杏花疏影里的春天》里，作者如此描绘春天动人的侧影："春天里不适合违逆一个小女孩天然的兴趣。我在杏花疏影里，看着她在春光中成长，带着一位父亲欣喜和歉疚的复杂心情。"

李晓君的散文散发出浓郁的诗人气质，常常带着淡淡的忧郁情调，讲述个人性的成长经历和情感体验。从题材内容上看，李晓君散文描写的大多是波澜不惊甚至有些琐屑的日常生活和世俗场景，譬如乡村教师的日常生活，理发店小姑娘的茫然目光，发电厂工人的灰蓝工装，乡村收税人一驰而过的背影，列车上与长发女孩的短暂邂逅，甚至山冈、田野、公路、街道、酒馆、阳台、车站、广场等场所。然而，李晓君却用绵密的叙述和优雅的修辞过滤甚至清洗一切浮现在生活表面的琐屑残留，"在其中找到被生活的污垢掩盖的鲜润和清新"，"唤醒被公共语言、公共图景遮蔽的事物沉睡的个性化的、独异的、自我的音腔"[①]。李晓君的散文有意追求一种隐喻的和朦胧的、感觉式的言说方式，常常让各种意象成为情感和思想的容器。他常常用新奇的譬喻，把原本毫无关联的具体意象搭配在一起，制造出一种陌生化的诗意表达效果，譬如"月亮是大地的一颗心脏，它的重量，使倾斜的天空获得平稳"（《乡间笔记》）；"如果窗户是建筑物的眼睛的话，阳台，就是它伸出的舌头"（《阳台》）；"如果阳台是建筑物伸出的舌头，那么，楼梯就是它的肠道"（《楼梯》）；"他像一个被空虚填满的气球，在这个城市的上空飘荡"（《忧郁》）；"城市的马厩豢养着物质的人"（《日常生活的悲歌》）。虽然实际上生活面目本身总是粗陋、庸常和扁平的，而"诗意往往来自于匮乏的内心对于僵硬的现实的抵触"[②]。从小细腻敏感的李晓君，对于消逝的美好的事物总是有着特别的伤怀，更何况还有一段习画写诗的经历。因而，于他而言，诗意

---

①　李晓君、王芸：《散文应当偿还生活克制的热情》，《文学界（专辑版）》2010年第11期。

②　李晓君、王芸：《散文应当偿还生活克制的热情》，《文学界（专辑版）》2010年第11期。

与其说是一种语言特征，不如说是一种内心需要，是一种超越日常生活经验之上更复杂更深远的精神需要。如果说散文写作者的最大贡献主要体现在文体的创造和成熟，那么李晓君的散文创作无疑呈现了一种具有独创性的成熟的散文文体的魅力。

二、范晓波：在生活与生命同构中自我抒写

范晓波素来以散文见长，但被誉为"江西散文三骑士"之一的他并不高产，这与他执着于"高能耗低产出"的散文写作理念有关。在范晓波的阅读和写作体会中，他认为，最具肌理质感和精神光照度的散文是那些从生活经验中提炼出来的作品。这样的作品是融入了创作者的自我生命体验的，是离人心最近的有温度、有思想的文字，而要创作出这样的散文"不仅大量消耗生活积累（如同用粮食酿酒，基本是一百比一，一千比一的产出率），还会大量消耗荷尔蒙和思想资源"[①]。可见，生活并不是时刻能提供给写作以激情和养分的，作为一个始终将散文视为内心的表白，立志维护散文"本真"品质的散文骑士宁愿被"淹没"，也不愿意违背自己的本心。

范晓波的散文在很大程度上可以视为一种生活与生命同构的自我抒写。他的散文写作基本上记录的是他自身的生活经历和生命轨迹。他总是以低声自语的方式引导读者跟随他一起走进童年、故乡、春天和田野，深入他的内心，甚至梦境，去领会他对生活、人生、生命的感悟。范晓波对童年和故乡有着难以割舍的情结和独到的感悟。他说，作为时间概念的童年是单行道，无法逆行抵达，但总有蛛丝马迹遗留在对应的空间里，那个空间就是某个叫作"故乡"的城市或乡村。他把故乡喻作存放童年的"源头"，人生之河的流向虽然相同，但长度、宽度、深度、速度各不相同，有的狭窄，有的壮阔；有的幽深，有的清浅；有的迂回，有的汹涌……这种种差异形成的缘由，在下游和中游不

---

① 范晓波：《自序：我执迷于高能耗低产出的散文写作》，《夜晚的微光》，百花洲文艺出版社2019年版。

易探测，必须带着仪器去遥远的上游。从范晓波的文字里，外地的读者总是能洞悉他对故乡的缠绵，于是来江西后先不去那些著名的山岚和湖泊，而是一见面就表达想去他的发源地看看。即便那个"祥环"村落如今只剩下空无一人的老屋场、废弃的旧水井、死了半边的老樟树和外公外婆坟冢，但范晓波每次来到生命的"源头"总能触发不同的回想，每次都有暗流在眼底波动（《带你去故乡》）。

范晓波具有敏感细腻、浪漫多情的江南气质，常常与春天、田野有着难解的缠绵。虽然"县城附近的春天被一种生机盎然的落寞笼罩着"，但他喜欢"听见初春雨洒在无边的鄱阳湖草洲上"，"想象迷迷蒙蒙的雨阵在夜湖和草洲之间来回走动的情景"，或者到离城十里许的风雨山"探入春天的深度"，他酷爱着小城的春色，又对县城之外的城市的春天想入非非（《县城附近的春天》）。范晓波对春天的情谊有着某种玄秘的原因。他把春天看作是第一个故乡（《还乡》）。也许是因为他生于春天，也许是因为母亲和外婆都在春天离去。生于春天使他对春天天生抱有好感，而亲人的离去又不免让这个季节变得有些伤感和遗憾。范晓波不厌其烦地描写春天，述说着关于春天的故事，不断地在现实和过去来回游走（《本命季》）。在范晓波的记忆中，那个让他有着初恋的窒息的春天才是"正版的春天"，"在春天热烘烘的气息熏染下，我经历了许多人直到十七八岁才体味到的对爱情的幻想性焦灼"（《正版的春天》）。童年关于春天的美好，得益于田园牧歌式的生活，在市场经济还没有给农村改头换面之前，农村的一切事物都是美好的，那个时代是充满希望的。在离开故乡这些年的现实生活中，作者时不时地想起故乡，怀念故乡的春天。对于油菜花的迷恋，每年托好友盯着花期，不允许错过，自己不惜耗费时间和精力跋山涉水地寻找最纯正的春色。他总觉得时间在冲刷着什么，这些被冲刷了的在城市里无法找到。与其说作者在怀念春天，不如说他在怀念一个时代。出生于20世纪70年代的范晓波，他的生活里充斥的是田野、花香和蛙鸣。那时人们物质上十分贫乏，但精神上却很充盈，"自然生态好，道德生态好，这些肯定是我看重的，当然也是表面的。我尤其怀念的是，一代人在经历了十年禁锢后对开放自由生活的热烈向往状态"（《还乡》）。而现如今，人们虽然在物质上得到了满足，道德却日渐败坏，在精神上也空虚，青年们像没有灵魂的躯壳一般行走在都市的繁华街道中，出没在酒池肉林中。称范晓波为理想主义者一点都不为过，在他的"理想国"里，处处表现出他对现代化的"不满"。"菜地和蛙声成为新区夜晚最柔和的光亮。但是我知道，和超市、新马路不同的是，这是一种很快就会熄灭的光，今年或顶多明年，它们就会变成楼盘或新马路。而超市和新马路，也注定好景不太长，在入住人口多起来以后，在新区变成老区后，这些在2006年春天抚慰过我的夜晚的事物，最后都会在城市的夜晚变得黯淡无光。"（《夜晚的微光》）对于故乡和春天的热爱让范晓波一直保持着田野户外行走的习惯。他不断增加田野漫步的频率，由一个月一次，到半个月一次，有时达到一周一次，"只要有时间，就往城外的高速公路和国道、省道跑"。范晓波的田野户外活动没有时下流行的"征服欲"，既不攀岩，也不探洞，而是一种真正达到田野深度的方式，"面对田野，我的心态不过是浪子还乡，并不想惊扰任何东西，很随意走走、看看、听听、嗅嗅，天气宜人就躺在草坡上让心跳舒缓入定，进入一种假想的同昆虫、草木共呼吸的状态"（《田野的深度》）。

范晓波丰富细腻的内心充满了孤独，他总是处在孤独或者与孤独的对抗中。他把给了自己生命的父母描绘成"上帝"，"上帝给了我漫长的青春期，给了我绵延至今的对抗孤独的骄傲，给了我对美与爱的强烈感知与渴望"（《描绘上帝》）；在瓦片下的家中，"我的藤椅上总垫着厚厚的毯子，这使我的无聊和孤独都具有了舒适的韧性"（《瓦片下的家》）；对文学和绘画的热爱足以填满每一个孤独的时刻，他总是一个人在乡间、在河边游走，哪里僻静就往哪里走，漫无目的地走。尽可能不被人世的繁杂侵扰，于是有了更多时间和空间思考。范晓波在亲历了外公、外婆和母亲等至亲离世后，"死亡"成为他反复思考的一个命题。"假如生命有多个时空的存在形式，那么，作客回家后，就可能和另一些亲人团聚，爷爷奶奶、外公外婆之类，他们同样是你至亲至爱的人，他们已经等你很久了。这样一想，两种牵挂的痛苦是否可以相互抵消呢？"（《无涯》）除了哀痛，我们大可以祝福也不必感到害怕和担忧，"另一个隐含的信念是，假如有一天轮到自己，我们也会去到那样的好地方，并和先到的亲人相会。"（《他们去了比巴黎更好的地方》）。范晓波对人生和生命的深刻体悟同样来自他本人的成长经历。他自小在外公、外婆的爱护下成长起来，身上有着他们的骨血和品性，而外公、外婆的离世，意味着他童年时代的结束。外婆在油菜花开满田野的季节里离开了，"我习以为常深深眷恋的那个时代，静静躺在祥环那个我小时候常陪外婆去的菜园里"（《一个时代的背影》）。母亲在经历几年病痛折磨后也在被作者视为本命季的季节里离去了。如果说外婆的离开让范晓波告别了童年，那么母亲的离去则让他觉得生命的脆弱和面对死亡时人类的卑微渺小和无奈。父母是我们和死亡之间的一道屏障，这道屏障已经失去了一半，而留下的另一半的爱情也比平常时日表现得更明显些。父与子的关系在这样的境况下得以缓解，不知是喜是忧，"在菜桌上发愣的瞬间，我看见父亲拎水去菜地的孤单身影，也看见了母亲在一片葱茏间与邻居谈笑劳作的情景。在我的幻觉里，她还是二〇〇八年之前的样子，丰满、健康，身体的线条沾满了金色的霞光"（《绿意葱茏》）。

范晓波对城市似乎有着天然的拒斥。在他看来，"一个人对一座城市的情感和认知，也许要到了七年之痒的程度才会积淀到一定的宽度和厚度"。每每初到一座城市，"胸腔里翻涌着的那些东西，该飞扬的飞扬，该消遁的消遁，该沉潜的沉潜。一个人钟摆似的出没在失去了象征和隐喻意味的街道上，他的表情时而麻木，时而爱恨交织。不断延长的高楼的阴影，时而吞没他，时而把他交还给阳光"。在城市里，他总是觉得自己是一个过客，他甚至"拒绝为了日常生活的便利学习这座城市的方言"，"我的爱情和其他许多东西都隐居在老家的方言里。我愿意做这座城市文化上的异乡人"，"活在南昌的，只是躯壳，我用一次一次出行忽略了这个城市最市民化的性格"（《南昌的孤独与爱》）。他和城市的关系总是处于若即若离的状态，一方面不认同城市的生活方式，另一方面又因为工作原因而不得不居住在城市。于是，"逃离"与"归来"成为他笔下高频率出现的词汇。范晓波不厌其烦地写到自己的逃离，从故乡逃到异乡，从沿海逃到内地。在沿海城市，他发现"到处是工厂，没有油菜花"，而文字又始终无法释怀他对家乡"最销魂的相思"，于是"逃离"无可避免："我带着爱人、刚学会走路的小女儿坐上北上的火车时，脑袋里浮现一些二战电影里的镜头：犹太人在德占区经历九死一生的逃亡后，终于踏上了开往中立国瑞士的火车。没有被硝烟熏黑的绿色山川从窗外波浪似的滑过，刺激着他脆弱的视网膜，他努力控制着内心翻涌的幸福，眼泪终于没立即滑落下来"（《南昌的孤独与爱》）。当他回到内地时仍然感觉到"这个社会太疯狂了，从病态地尊崇精神，突然变为病态地尊崇物质"，范晓波只好回到"内地以内"，回到他的内心。对此，他坦言道："我追求过高薪，是因为我曾以为成功人士都是幸福的人；我之所以最终选择内心，是因为我发现成功改变的往往是生活质量而不是所谓的生命质量"，"生命质量，一个比内心还虚幻的词，它却实实在在地干扰着我对人生的取舍"（《内地以内·自序》）；"青春的历史就是逃亡的历史，从大众的命运模式里逃亡，从缺少期待感的复写材料般的单调中逃亡，从不被自己满意的自我里逃亡"《逃亡与回归》）。

范晓波的散文是绝对真诚的，他在文字里毫无保留地剖析自己，把自己为人知和不为人知的都告诉读者，甚至大胆直言自己人性上的"恶"："如果有人觉得我貌似谦逊温和，那一定是在公共场所，走进过我的私人空间的人都知道，这厮自负得粗暴，缺少倾听的热情，缺少对不完美的包容和耐心，并因此喜怒无常，常因小小的不悦破罐子破摔毁掉一些大好局面，负面情绪总是比正面情绪多一秒钟。"（《描绘上帝》）范晓波具有深刻的自省意识，通过周围人对自己躲过了中年发福魔咒的羡慕这件小事联系到父母的遗传基因，引申出"父母即上帝"这一深刻主题。话锋一转，告诫在现实生活中对自己并没有清醒认知的人："这说明，读懂上帝的编码，仍是大多数人需要认真面对的课题。"（《描绘上帝》）由于年龄、社会阅历的增长，想法得以改变，对自己年轻时期的不当行为进行反省并以此劝告他人："行文至此，总算想明白了写这篇文字的潜在意图，那就是，借给世俗心正名的机会，劝告像自己那样一贯以诗心自居并自傲的人：缺少基本的世俗心做底子，你的诗心就是一株没有生命的塑料花，没有香味。如有香味，多半有毒。"（《诗心与世俗》）范晓波散文中不乏以小见大、由浅入深的人生感悟。他的这些充满哲理性的篇幅中，处处有一个真实心情的"自我"，而述说的方式总是一种亲切自然的循循善诱，丝毫没有像好为人师的说教。

虽然范晓波的散文大多是关乎自我的书写，但他并没有放弃作为一个作家、一个知识分子所需承担的社会责任。在《终结者》中，他借朝代更迭带来的杀戮和血腥的史实，谈文明进步，反对暴力："这样的故事绝对是凤毛麟角，但它提示了一个命题：暴力并不是解决政权更迭的唯一办法。"在《进食的尊严》中，他从自己对食物的看法过渡到中国人的酒桌文化，并表达出自己的疑惑和不满，以及对这种奢靡不正之风的批判。在他看来，只有当一个人被当作"一个人"的时候，不再为了生计被迫做违背自己意愿的事时才是真正有尊严的人。"以前，我总觉得在快餐店里对付一日三餐的年轻人是最可怜的，但经历了一些'人为刀俎我为鱼肉'的饭局后，就觉得那些无奈的局中人其实更无尊严"。在《我闻不到苹果的香》一文中，由"闻不到苹果的香"带出食品安全问题，然后进一步引申到民族文化基因，"从苹果到猪肉，我们的不满似乎奔跑得有点远了"，"在食品安全方面，中国确实还有很长的路要走"，"自古至今，汉族人文化基因的演变，是否和粮食基因的改写有着某种神秘的关联呢？"

范晓波的散文看似有些自由散漫，实际上蕴藏着锤炼的匠心。他常常通过主观情绪的融入，把不同性质的意象进行嫁接，从而制造出陌生化的审美体验。譬如，他描写自己在河边赏春的情景："我被河面的银光晃花了眼时，野花在我的阴影里悄悄地开了一片，几只叫天子的轻啼和远处一艘运沙船的马达把春野的安静抬到了半空。"（《县城的春天》）他描写桃花的美丽和繁茂："桃花是花卉中的民间秀女，不名贵，却平易近人，在早些年的江南乡村，许多人家的房前屋后都能见到。桃花的粉嫩花瓣是春天的重要信物之一，如此大片的桃林却从未见过。无法言说突然直面这一大片开得正闹的桃花时心里的震撼。"（《还乡》）"我闻到了'南方'这个词在炎炎赤日下蒸发出的阵阵绿色植物的腥气，它和'水塘'这两个字所包裹的水汽交融在一起，顺着记忆蔓延到我的肌肤上。"（《南方水塘》）范晓波常常运用比喻、拟人和通感的手法，突破日常语言的规范，把细腻的感觉和深刻的哲悟织进意味深长的表达里。范晓波的这些文字正是他所追求的"那种有体温、有呼吸的起伏感和思想的锐叫声"的、"离人心最近的文字"，我们"阅读这样的散文时是幸福的"，而作者"写作这样的散文时是痛苦的"。[1]

第五节　王晓莉与陈蔚文的散文

王晓莉与陈蔚文是江西散文创作中的代表人物。王晓莉（1968—　），江西奉新人，生于南昌，90年代开始从事散文创作，著有散文集《双鱼》《红尘笔记》《笨拙的土豆》，曾两次获江西省谷雨文学奖。陈蔚文（1974—　　），浙江兰溪人，90年代中期开始发表作品，发表小说、散文、随笔百余万字，出版散文随笔集《随纸航行》《不止是吸引》《情感素材》《蓝》《叠印》《诚也勿扰》《未有期》《又得浮生一日凉》《见字如晤》《若有光》等，曾获人民文学散文新人奖、林语堂散文奖、丰子恺散文奖、百花文学奖、长安散文奖、十月文学奖、江西谷雨文学奖等。王晓莉的散文追求一种恬淡而隽永的简约之美，常常以简练朴素的语言描写日常生活中一些司空见惯或习焉不察的物件、场景或人事，但却凭借不同寻常的敏感、细腻和智慧发现并提取出令人惊喜的趣味、情致和感悟。陈蔚文的散文创作有着十分丰富而庞杂的世界，她以自我内心为基座而几乎辐射到整个生活视域，诸如成长记忆、生活伦常、四季晨昏、行旅观感、饮食男女、读书听歌、母爱亲情等等，作者无不随性而至，娓娓道来，表现出对生活世界和世道人心超乎寻常的感悟和表达能力。

---

[1]　范晓波：《自序：我执迷于高能耗低产出的散文写作》，《夜晚的微光》，百花洲文艺出版社2019年版。

一、王晓莉：在寻觅生活诗意中言说生命的感悟

在当代江西乃至全国散文写作中，王晓莉的散文都有其独特的价值和意义，她总是以简练朴素的语言从日常生活中提炼出动人的诗意和哲悟，从最初的散文集《红尘笔记》，到后来的《双鱼》和《笨拙的土豆》。王晓莉的散文虽在数量上并不丰富，但却以其特有的品质达到了散文创作的较高境界，成为江西散文写作的一个刻度和标尺，她不仅以"江西散文三秀"之一的美誉被载入《江西文学史》，而且还入选至"中国十大先锋散文"之列。

王晓莉的散文写作是从日常生活和身边物事开始的。散文集《红尘笔记》记录了早年青春时代的生活片段和人生感悟，譬如《水仙与一只碗》《夏天的笔记》《秋日小品》《有鸟飞过的冬天》《本命》《心境》等，这些最初的创作虽免不了触景生情式的青春感怀，但却丝毫没有一般习作者的矜持和做作，而表现出一种同龄人少有的平实从容。在她看来，珞珈山上的樱花"仿佛它不是从沉滞的泥土里往上长，而是从天上的云锦里往下伸一段路才来到人间的"（《不孤》），而赏花的游人"以为自己看到了美，其实看到的只是樱花的名声罢了"（《名声与美》）。但作者并没有就此止步，而是由赏花、游览进一步延展至社会生活的诸多方面，揭示出浮在生活表象下的深层心理。人们常常看的只是名声、头衔，这与观察的方式、情境、观察者的综合心智等有关，真与美总是在隐匿状态中。与樱花不同，乡野随处可见的桃花更具有大地之气和健康活力，"它们大红着高高挂在绿色的田地上空，一股健康、厚实的土地之气也许凝聚已久，三四月时释放出来便几乎是喷薄着了。它还将挂果结实呢"。而平凡的一只碗和水仙，则有着另一种生命的征候，"有时就觉得许多人都像这只经历过水仙的碗。盛着平凡如水的生命时光，偶尔去做一回清澈而脆弱的梦……而后梦灭花幻。而后就还是一只最朴素的碗，默默忠诚地履行人生原本的使命或非使命"（《水仙与一只碗》）。老诗人李耕说："初读晓莉，印象淡淡。清淡、素淡、恬淡，一种略含冷秀的淡甚至平淡都有。读《水墨之魅》后，忽感有灵慧毓秀之气在其血肉，又读《秋吟》《人淡如菊》《寂

寞的缘》《初秋》《水仙与一只碗》及《静界》《水命》等等，又觉晓莉的魂
灵充盈着秋与水的情怀。一组'淡淡一抹秋水'的意象镌刻于感觉之壁。"①
可见，王晓莉的散文一开始便显示出与众不同的淡雅隽永风格。

　　随着阅历、学识和思想的丰富，王晓莉的散文创作愈加走向成熟的境界，
语言文字的平实简约与思想情感的丰赡深透在散文集《双鱼》和《笨拙的土
豆》里。王晓莉的散文里充溢着生活的气息，字里行间都浸润着她对生活的温
情。她常常从普通生活和寻常物件那里寻觅生活的诗意和人生的感悟。《双
鱼》由非常日常和世俗的一幕开始，菜市场的一角，生意接近尾声，一片狼
藉，"我"被水池里两条瘦弱的鲫鱼在生命垂危时刻"相濡以沫"的场景深深
打动。然后，再联想到"我"从工艺品店买回的"蓝白双鱼"，"在这两条鱼
组成的一个蓝白色的朴素之家里，你很难窥到它们的幸福或悲哀。但透过这红
的鳍，你能感到相依的两个生命所潜藏的激情"。由"双鱼"，作者进一步联
想到日常生活中的夫妻，联想到日本作家夏目漱石的长篇小说《门》中的男女
主人公，在贫穷、疾病和舆论谴责笼罩下"相依为命，相濡以沫"。最后，作
者把"双鱼"的感慨扩展至所有的人们，"在人广阔的生活中，在人美好的爱
情里，这样温暖而悲哀的词汇，这样一种类似劫后余生而依然无法摆脱劫数的
感觉"，"但愿不要再有人遇上这样的一幅叫作《双鱼》的画，更不要成为其
中的一个角色"。《黑暗中的收音机》也由普通的家居场景开始，一个停电的
晚上，书与电视都看不成了，"一向正常过着的生活被临时中断了下来"。于
是，"我"到商场买来一只收音机用以"度过一个黑暗的无聊的夜晚"。接下
来，作者由此联想到一部欧洲电影里的女主人公临睡前通过收音机打发"贫
乏、沉默的生活"，再联想到麦卡勒斯的小说《心是孤独的猎手》里孤独的小
女孩米克通过收音机等待贝多芬的交响乐的成长故事，约翰·契弗小说《巨型
收音机》里主人公韦斯科特夫妇通过收音机发现公寓住户们"琐细、庸俗、自
我封闭与虚伪"的特征。最后，作者借由收音机的经历和故事期待生活里"传

---

　　① 　王晓莉：《红尘笔记·跋》，百花洲文艺出版社1997年版。

出更多的友善和爱意"，"那样的话，人人都会梦想有只收音机，能在黑暗中打开"。此外，王晓莉笔下还有各类日常生活中的"物件"，譬如各种不同颜色和质地而又充满安全感的被子（《凤鸣的被子》），给人带来某种流浪或者出走的勇气的拖鞋（《拖鞋上的旅行》），与"我"生活贴切相依的皮手套（《"手套丢失恐惧症"》），唤起回忆与联想的烟（《烟》），与伞有关的漫画书（《打开你的伞》），铺深墨绿色丝绒布的会议桌（《铺深墨绿色丝绒布的会议桌》），等等。王晓莉总是体人及物，由物入理，从这些普通生活中的寻常物件身上发现"生之细微以及丰富，感到陷于更深的生之缄默时的欣喜"①。

王晓莉散文中最动人的篇章应该还是关于那些日常生活中平凡人物的体察和书写。《怀揣植物的人》由一位怀揣植物的精神失常者着笔，通过他对植物的珍惜爱护，想象他背后隐藏的人生故事和生活哲理。这个衣衫褴褛、眼神涣散的流浪汉一望便知是个"精神有问题的人"。他可以对眼前的车流和人群都视而不见，却对怀中的树苗不离不弃，即便这植物实际上已死了，但于他却虽死犹生。一个终日在大街上流浪的人，却这样爱着一棵植物？他和这棵植物之间，有着怎样铭心的故事？也许他在植物身上寄托了他的爱情，或者把它当作"死去或远走高飞的某个孩子"。当然，作者并不止于把目光停驻在这个怀揣植物的人及其背后的故事，而是很快荡开笔墨，由眼前的情景延展至植物在人类生存和情感世界中的重要意义，谈及了一位退休老同事对植物狂热的爱好，郊外老槐树受伤后的顽强生命力，以及电影《杀手莱昂》中杀手与植物绿萝、小女孩玛蒂之间"互为映照"的感人故事。最后作者又重新返回到眼前的情景，这个怀揣植物的人"就像一本启示录"："当世界都遗弃他的时候，还有一株树苗陪伴着他；或者说，当他连这世界也遗弃的时候，他却不忍遗弃一棵植物"，"我对他怀中，乃至整个世上的植物，充满了感激与温情"，"一朵比小指甲盖还小的花，一茎比针还要细的春草里面，你照旧能发现生命的美

---

①　胡颖峰：《王晓莉新世纪以来散文创作论》，《创作评谭》2017年第6期。

与秩序。你看见它们为生命的努力，比你在一个人身上看见的还要多"，"如果连植物也不爱，也许这世上真就没有什么好爱的了"。在《切割玻璃的人》中，一家寻常的玻璃店及切割玻璃的人，引发了作者关于人性的深入思考。在玻璃店里，"我"目睹了切割玻璃的全过程，玻璃的碎裂声让人惊惧，而两个切割玻璃的女店员相貌丑陋得让"我"无法对视。"无疑，长年地切割玻璃，这带有暴力性质的行当改变了她们的容颜"，同样在"我"看来，"把情感切割、裁碎的时候，人也是丑陋的"。继而，作者通过自己亲历的一段"被切割"的情感进一步引申出关于人性的思考，"那样一场相爱，令我明白我和我所爱的那个人的性情里，都有着玻璃的成分：切割人，或被人切割，都是要见血的"，"每一个人的人性深处，都有着这两种可能性：他既是玻璃——为他人映照自我，抵挡风尘；又是切割玻璃的人——用以自毁，或毁人"。可见，王晓莉写人并不像一般写作者那样主要通过叙事来完成，也很少借用抒情的方式，而常常是通过一些场景和片段，进而引申出一般意义上的人生感悟和哲理思考。因而，她笔下的人物有着十分宽泛的出处，既可以是身边近旁的熟悉者，也可以是匆匆而过的陌生人。《弟弟的树》借弟弟当年种植的树以及母亲对树的牵挂，一方面伤怀弟弟的离去，表达对亲人的思念；另一方面也进一步在更深广层面上昭示人们如何面对伤痛，走出阴影。"我"住进弟弟的屋子，每整理一次家，就会清理掉一些属于弟弟的痕迹，但生命中总有一些痕迹无法清理、无法忘怀。母亲经常念叨弟弟生前留下的树，既是一种刻骨的想念，也是走出伤痛的表现。即便是面对如此感伤的人事，王晓莉仍然采取的是隐忍平实的叙述姿态。此外，在她笔下还有各类远近不一的人们，譬如高度近视的邻居老钟伯伯（《高度近视的人》），默默坚守素食的大舅母（《素食者》），挑簸箩筐卖麦芽糖的人（《卖麦芽糖的人》），雨中戴手套假装打电话的女人（《假装打电话的人》），散步时遇见的素不相识的爱说话的女人（《话多的女人》），大街上手牵猴子的人（《手牵猴子的人》），象湖边身有残疾的钓鱼客（《象湖边的钓鱼客》），公交车上邂逅的陌生老太太（《再见，陌生人》），每天在大街上辛苦工作的清洁工（《弯人》），等等。显然，王晓莉笔下描写的人物也大多是日常生活中的"小人物"，甚至常常卑微到我们虽耳闻目睹，却总是习焉不察，她注重的不是芸芸众生的感人故事，而是关于生活和人性的一般哲思。

在王晓莉的散文世界里，没有飞扬激烈的人生，多的是普通平凡的生活；没有浓墨重彩的抒情，多的是平易感人的智慧；没有虚张声势的做作，多的是朴实动人的真诚。王晓莉的散文在很大程度上是以知性取胜，但是又与20世纪90年代以来盛行至今的学者散文或曰文化散文有着显著的区别。她绝不追求"大题材""大境界"，而只是关注日常生活中的物件和人事；但也绝不迷恋"小摆设""小情调"，而是从小处着笔，用知识和学理抵达人生和生活的高深处。譬如，她由一张铺着深墨绿色丝绒布的会议桌，联想到桌子也可能是人精神世界的一个组成部分，"与自己相配相衬的桌子，这世上，每个人都有一张"（《铺深墨绿色丝绒布的会议桌》）；她从站台上两个女人之间"一桩紧张的、几乎捏得出汗"的交易，联想到站台的衰老和它储存的秘密，"站台，老起来竟这样快，是它知道、储存、承载了太多的人间秘密吧"（《老站台》）；她由外表粗糙、内心扎实的土豆，联想到漫长黑暗里沉默与积蓄的生活（《笨拙的土豆》）；她发现碎花真正的美在于"隐"（《碎花隐》）。无论是在小街巷、菜市场、牌桌旁，还是在老站台、公交车、玻璃店，王晓莉总是放低自己的姿态，细致地观察那些细小的物件和卑微的人们，真诚地感受他们的内心和身后的人生，打捞庸常生活里的诗意，寻觅世俗人生的真谛。从这个意义上说，王晓莉散文具有一种朴实纯粹、简约淡雅的品质。

二、陈蔚文：生命清幽地绽放与世俗生活的诗意

被誉为"左手小说，右手散文"的陈蔚文在散文和小说两个领域都有着非凡的表现。与小说相较而言，陈蔚文的散文创作有着更为丰富而深远的世界。在百余万字的散文随笔中，陈蔚文以自我内心为基座而几乎辐射到整个生活视域，诸如成长记忆、生活伦常、四季晨昏、行旅观感、饮食男女、母爱亲情、

艺术人生等等，无不随性而至，娓娓道来，让生命在世俗生活的诗意中清幽绽放，处处流露出一种江南知性女子特有的蕙质兰心。

陈蔚文素以"才情"著称，二十出头便开始在各类报刊开设音乐专栏、美食专栏、情感专栏、美术阅读与书碟评介专栏等。因而，陈蔚文的早期散文创作多属一种"自我抒发"阶段，带有时尚书写的特征。最初的散文集《随纸航行》是《新新女性情调散文书系》的一种，全书由"醒时做梦""在人群中认出你""在边缘倾听""钟情的表达"等四辑组成，无论是《醒时做梦》《幸福的声音》《像这样一个女子》《清欢》《想念依旧》，还是《飞翔的质地与代价》《气息之城》《春天的夭亡》《羁旅》《危年爱情》《共一把伞》《与城市有关的情绪》《不眠之夜》等，都以细腻敏感的笔调书写日常生活中的感悟和愁绪，散发出一种清幽温婉的女性气息。散文集《不止是吸引》堪称时尚生活的读本，全书分"此岸花""双行轨""彼间春色""城市和声"与"陶醉下午茶"等五辑，并配有情趣盎然的手工插画，表现了作者对时下都市、情感、衣饰、美食、音乐等现代生活情致的感悟和解读，是陈蔚文各类专栏随笔的精彩呈现。本书编辑在推荐语中称，《不止是吸引》"犹如一场声色情调的动人聚会，既有独思静美，亦有摇摆动感"，并从书中摘选了如下封底语："红的是胭脂绿的是环佩，长的是日子短的是流金，快的是RAP慢的是平仄，浅的是表情深的是心情……城市烟波里，和一个内心充满情调颂歌的女人一块穿行……路过琳琅店铺，路过多情男女，路过奇诡夜晚。她的手有露水的微凉。行至亮光处，忽然发觉双肩不觉沾上绯色印痕，那原是城市微醺，趁人不备留下的唇印。"由此不难发现，陈蔚文对现代世俗生活诗意的发现和淬炼是何等娴熟和自如。

陈蔚文坦言，现实生活中的自己是个物质爱好者与迷恋者，喜欢逛街，喜欢漂亮时装，喜欢美食，喜欢浪漫的音乐和电影。因而，虽然陈蔚文外表温文内心娴静，但文字却四处奔流，充满现代时尚和生活温度。散文集《情感素材》仍是专栏随笔和时尚生活的风格路线，被收录为"她时代丛书"之一。该丛书的编者在出版前言中如此推介："'她时代丛书'由女声提供，女性视角。作者都是比较特别的女性。有想法而不设置障碍，也让人停顿。这时阅读变成了凝视，对美的流连。她们的文字触摸生活的角角落落，沾满了红尘……少妇作为女性最为迷人的地方，在于她们未曾失去青春而又成熟起来，那种在情感上甚至体态上的风姿，是任何时期的女性都无法比拟的……这四位作者，平均年龄30左右，少妇视点。"尽管书名"情感素材"和编者关于"她时代丛书"的这番"明目张胆"的推销给人造成了消费时代"时尚读物"的印象，但事实上，陈蔚文在《情感素材》中已开始极力用自己的方式淬炼生活的诗意，还原文学的尊严。譬如她虽然大量地写情爱，但绝不向下迎合世俗，而是给人向上的启悟。她说，如果世界只剩下两天，那么一天用来爱，一天用来被爱——这是上天造我们的理由（《一天用来爱，一天用来被爱》）；她推崇精神愉悦的灵魂之爱，"这爱，不全是男欢女爱，它是种更广大的，人性与灵魂相通的美好情感，像山谷回声"（《回声》）。她把姐弟恋喻为"恋上龙舌兰"，是一种"背朝岁月面朝青春"的爱情，男人"正从青春涉水而来"，女人从中"照见自己往昔的青春"。虽然这种爱情也有世俗的障碍和现实的担忧，但"年龄对以灵魂名义相爱的人们，是灭失了意义的"（《恋上龙舌兰》）。在她看来，世俗生活中的男女是不平等的，"女人一聪明，男人的深沉与自信便要受到打击"，"太剔透的女人多半不幸福，自古如是，看得太清楚没法不悲哀"（《女人味》）。可见，陈蔚文虽然不回避时尚，但绝不迎合世俗，她把自己的才情转换成人生的智慧，对生活和人性有着特别的洞察，从而与一般意义上的时尚书写拉开了距离。

陈蔚文在散文集《蓝》的"后记"中说："美好事物都是慢慢开始的，顾左右而言他，不可能一开始，就是蓝。"蓝是一种走向深远、高渺、沉静的境界和颜色，是人生历练后的收获。陈蔚文以此为题，其用意不证自明。与此前的散文随笔相比，散文集《蓝》分"有声""清欢""行涉""解意""关情"五辑，收入作品六十篇，在题材内容上虽仍是"碎语茶""落汤青""枣泥蛋糕""妃子笑，杨梅烧""一蔬一饭"之类的日常生活；"乡间""寂寞公路""小城之春""6号发廊""龙华寺的一个上午"之类的行旅见闻；

"画布上的远眺""诗经天青·元曲桃红""茯苓在古代的生活"之类的艺术行止，但在思想意识、情感方式和风格基调上有了明显变化，感悟更为深透，基调渐趋平缓。在对都市男女日常生活的打量之外，也有对底层生活的关注，对边缘小人物的把握，还有亲情、死亡一类较为沉重的话题。在察人阅世方面有了向下俯视的力量，文字也趋向朴实厚重。譬如，她写乡间，"路边山坡的这些坟，它们热闹地挨挤着，户户庭阶明亮，令人觉得死，或者真是另场安喜"；写良辰，"春节像只徐徐走近的兽，已经闻得到它愈来愈浓的体味了"。陈蔚文说，"尘世间的事物，有一些蓝的成分，就有了让人停驻一会的耐心"。《蓝》的日常书写和人生感悟，不再是单纯的风和日丽和桃红柳绿，而间或平添一抹沉重的暗紫或黑色，从而呈现出一种高邈而沉郁的蓝。这使得她笔下的人生画面有了不同的质感。无论从哪个角度来看，《叠印》都应该是陈蔚文创作人生中非常重要的一本散文随笔。全书以乎乎的成长为线索，分为"即见""新啼""初履""拔节""苗茂""夏至"六辑，真实记录了儿子乎乎的成长历程和作者本人的育儿体验，充满了幼儿的天真感，浸润了作者的母爱和家人的亲情。《有光》描写了怀孕的惊喜，体检时护士轻描淡写的一声"你怀孕了"，这对于期待已久的作者而言犹如"漫卷惊雷"，惊叹生命来临的奇迹，是"睁着眼睛也看不到的现实"，但"神的灵运在水面上，神说'要有光'就有了光"，生命便是这样不期然地衍生着。从《显影》到《面世》，记录了孕育、生产的心路历程，其间既有强烈的妊娠反应，也有生产时席卷而来的阵痛，让作者感悟了为母者的辛苦与伟大，"这个夏天是许多夏天中的一个，滴水见海的寻常，充塞噪音和尾气，但只有我和我的家人明白，这个夏天，它有多么深刻与缱绻的不同"。"新啼"后，在伴随乎乎的成长中充满了儿子的天真和母亲的欢欣。"乎乎三岁后，语言日益丰富、新奇，在他的那些'混乱文法'里常有天籁之声，遂起念作更细致的记录"。当乎乎说，"你孤单吗"，"妈妈，我爱你，我感动得脚都心跳了"，"天鹅！看！天鹅！你兴奋地喊道。天气热起来，家里最近有些小飞蛾"，"宝，那不是天鹅，但你是天使。乎爸如是说道"，"晚上洗澡，沐浴液被水冲到地上，泛起一个个小泡泡，你说：珍珠在流浪"。陈蔚文辑录的稚子天籁之音充盈着生命的欢悦。"叠印"里，在孩子成长的脚印中交叠着母亲成长的印迹，"原来，我在自我的小格局中度着一己的生活，乎，你来了，引我走得更深、更远。我曾以为我不具备的性情，因你具备了，我曾以为我到达不了的腹地，因你到达了"。一个新生命的到来，丰富了另一个生命的意义，伟大的母爱也自然产生。作者在"后记"里说，天下没有比"父母"更顺理成章的职业，无需执业资格，免检，终身制。通常情况下，无人可罢黜。但并不因为如此，这职业就是轻快的，无需技术含量。相反，它意味着神圣职责与终身学习。这种为人父母的神圣职责既来自家族传统，更是作者本人的真切感悟。

《诚也勿扰》《未有期》《见字如晤》《又得浮生一日凉》等散文集有了更多知性女性的从容。《诚也勿扰》属于"知性女人"丛书之一，40篇随笔分为三章，既有"诗酒趁年华"的谈文论艺，也有"所思在远道"的生命感悟，还有"只道是寻常"的生活杂谈。《未有期》属于"女性私房书系列"之一，虽仍是一部颇具现代时尚感的美文随笔集，但作者已明显有了对自我、生命、人生、人性等更深彻的省思和感悟。全书共三辑42篇随笔，各辑的命名"乃发生""若比邻""未有期"，表面上似有深意，但不过是作者有意为之，实际上各辑之间及其内部篇章之间并无逻辑关联，仍是一些随性所至的日常生活感悟。"乃发生"既有《尘埃》《地下河》一类指向自我与人性深处的感悟，也有《车厢》《比铁轨更长》《流动的味蕾》等写行旅和美食的经历。"若比邻"中多以人物为中心，如《她们》《当你十八》《低处的光》《路经者》《八大美人》等，对人生尤其是女性人生有着各种感伤和怅惘。"未有期"主要是《恰许同学年少》《幻象》《瑜伽与写作》《焰》《开白花的"蒂阿瑞"》《论LOGO的具象化》等各类文艺随笔，既有写作、瑜伽、舞蹈等文艺生活，也有关于小说、电影、绘画等的文艺评论。随笔散文集《见字如晤》分"此在""彼处""之味""如斯"四辑42篇散文随笔，虽仍是一如既往地对人生、美食、文艺、行旅随性而谈，有感而发，但其中最感人的篇章是"此在""彼处"中关于老人和疾病的书写。作者已然越过生活的表象，而探查到人心人性深处的幽微，有着关于生命人生更深彻的感悟。在《说》《朝内》《"异人"老陈》《寄居》等作品中，作者把目光投向身边近旁老人的生活状貌和精神心理，通过日常的"说话"反映了老人晚境的孤独。随着年龄的增长，人们的话"越来越稠"。惯来勤俭的母亲，打起电话来却不管不顾地"挥霍"；婆婆在世时每回与"我"母亲"一相逢便胜却无数"；公园或菜场的老妪凑在一块有着"说不完的体己话"；一人独饮的父亲也进入了"多话行列"；只要"有人说话，再远我也不嫌远"的孙爷爷从城西到城东，穿越半个城，带着种种吃食，只为了聊天。在作者看来，"说"的本质是为确认自我的存在，对于老人而言，"说"是对孤独的排遣，"再糟糕的人生在这些诉说中也获得了一些安慰"。在《孤岛》《阴性之痛》《天书》《归去来》等作品中，"疾病"成为陈蔚文察人阅世的"窗口"。作者既描写了医院的特殊场景及其身份关系，也反映了经历病痛危机的自己和亲人。在如同孤岛的医院，只有医生、病人与家属三种身份，原有的职务和身份全都隐退在床号背后，一同抛锚在孤岛上的病友在"共苦"中"肝胆相照"。女性与生俱来就要承担更多的"阴性之痛"，"她""我"和L，或要切除卵巢，或要切除乳房，或要进行剖腹手术，"被侮辱与被损害的记忆、残缺的子宫、蜈蚣般扭曲的刀口、更年期的黄褐斑与紊乱的例假、无意摸到的乳房肿块……"，贯穿在女性生理命运中的"阴性之痛"总是让女性宿命地承受着身体和精神的双重折磨，她们也许只有走到暮年，方能"迎来一生中最为安详的时光"。相较而言"之味""如斯"中关于美食、阅读和行旅的篇章则充满了世俗生活的欢乐和美好。譬如《坐标》中，"老地方"餐馆以不变应万变，散漫随意的环境和粉蒸肉、啤酒鸭等招牌菜使客人和餐馆间建立了长期有效的信赖关系。《雾的旅行》中，一个"非专业的酒爱好者"描写了酒与人类内在精神的呼应，酒有难度的入口味"显得更像一场华丽的冒险"。《至味》中，"至味"因人因地而异，山东喜欢乌冬面，金华盛行癞蛤蟆煲，而外婆临终时仍念念不忘河蚌汤，"吃什么，怎么吃"中透露出一个人和他身后的地域习俗。陈蔚文的散文随笔愈到后来愈娴熟自如、平淡老到。《又得浮生一日凉》仍是关于日常生活、人生世相和文学艺术等的体察和感悟，有着一贯的"闲适"作风，随性中见真诚，平淡里有雅趣。开篇《愿你隧道都光明》记述了一次"我"乘坐公交车的邂逅。在拥挤杂乱的公交车上，帮"我"挤占座位的陌生人向"我"讲述了他的灰暗过往。结尾时，"我真想以一个同龄人的孤独内心祝福他"，让作者的真实意旨在不同境遇者彼此潜伏着的"惺惺相惜"中得以彰显。《一入小区深似海》描写了曾经沧桑的厂区、宿舍和邻里，反映了传统生活伦理在现代城市化进程中的无奈和悲怆。建筑和居住形态的改变使"邻居"渐成为人际谱系中的不相干者，"邻居文化"在不断扩张的楼盘中，也像其他传统文化般将要失传了。它的保存之地退守到一些老街巷道，还有这类老厂区内。厂区虽然仍保持着蓝粗布般的旧风气，却也笼着一层"夕照深秋雨"的气息。《在低音部的人世老去》由自己因高音上不去而一直偏好中低音发散开去，其间谈及了低音的由来和审美，譬如传统中国审美偏向高音、歌剧中的低音、制造低音的乐器大提琴，于是有感于泥土是低的，河床是低的，尘世是低的，有重量的爱是低的，"我愿在一个低音部的人世老去"，有着深厚艺术素养的作者在艺术与人生之间穿行自如，言近旨远。

陈蔚文在一次访谈中说："我更愿关注那些幽微的、普通的世情，我希望成为那种可以小中见大的作家。"从早期的《随纸航行》《情感素材》，到后来的《见字如晤》《又得浮生一日凉》，陈蔚文的散文随笔有着十分广阔的生活疆域，可谓是"宇宙之大，苍蝇之微"，无所不谈。然而，陈蔚文对幽微、对世情的关注不只是"以自我为中心，以闲适为格调"，随性而谈，而是以她特有的敏感细腻去感悟寻常生活背后的深意。她既不回避生老病死的沉重话题，也对饮食男女津津乐道，更在琴棋书画中流连忘返，她对世俗的爱好与她对诗意的追求没有丝毫的抵牾，静与动、雅与俗、古典与现代等竟都在她的文字世界里相得益彰。这显然得益于她的诗性感觉和文学才情。正如著名散文家韩小蕙所说："读陈蔚文的散文，感觉无处不在：病房、菜场、商店、车站、小街、家，乃至歌曲里、电影里、书里、家具里、镜子里，时时，处处，在在，仿佛只要陈蔚文一低眉、一喟叹、一动了心，就能手到笔到，将一篇活色生香的散文擒来！她的文学感觉太好了，似乎一条普普通通的手绢也能描写成辉煌灿烂的织锦。"①陈蔚文在谈及创作不足时，曾说自己作品的思想性不够，显然这是自谦之词。她的那些充满人生感悟和知性话语的散文随笔，缺的不是思想，而让人有些担心的是市场和世俗力量的侵袭。

第六节　梁琴与郑云云的散文

梁琴与郑云云曾被誉为江西散文创作的"二秀"，是江西当代女性散文写作风格各具特色的代表人物。梁琴（1954—），回族，安徽怀宁人，1990年毕业于江西师范大学作家班。1969年参加工作，曾任江西生产建设兵团三十团检验员、南昌无线电厂检验员、共青团南昌市委宣传部长、《星火》杂志编辑、江西省文联办公室副主任、《创作评谭》主编等。1976年开始发表作品，著有散文集《叶影》《回眸》《难以诉说》《闲敲棋子落灯花》《永远的雨》等，长篇报告文学《馨香》等。作品曾获江西省谷雨文学奖、《民族文学》杂志奖、第五届全国少数民族文学骏马奖等。郑云云（1953—），浙江慈溪人，1968年下乡插队，当过工人、教师，1990年毕业于江西师范大学作家班，主要从事报社记者和编辑工作，曾任江西日报首席记者、高级编辑，自小随名师学习中国书画，在文学、书画、陶瓷等多方面都有突出的成就，著有散文集《金色的骆驼毛》《云水之境》《兰舍泥痕》《千年窑火》《作瓷手记》《一世朗润——明瓷》《手指上的中国——瓷客江湖》等，报告文学集《城外世界》、《邱娥国》（合著）等，曾获中国首届冰心散文奖、江西省首届优秀文艺奖等。梁琴的散文一如其人，有着爽直和真诚的品格，无论是童年趣事、手足亲情，还是南昌记忆、文化行旅，常常以朴实真诚的内心去触摸和感悟生命中真实饱满的记忆，从平常生活和身边故旧中发掘出美好的情致。郑云云身兼作家

---

① 韩小蕙：《"碧波荡漾"与"惊涛骇浪"——说散文集〈见字如晤〉》，《博览群书》2015年第9期。

和陶艺家的双重身份，常常远离世俗喧嚣，沉浸到历史文化和陶瓷艺术世界，以古典诗意的文字述说历史、绘制陶瓷、描摹山水，她的散文创作已然达到了一种自足、自律和自由的状态。

一、梁琴：从平常生活中发掘美好的情致

在江西当代散文创作中，梁琴的散文素来以简练精致、爽直真诚著称。无论是《叶影》《回眸》，还是《难以诉说》《永远的雨》，梁琴的散文虽大多篇幅短小，但取材广泛，举凡童年旧事、手足亲情、市井生活、名人雅士等，都成为她的书写对象。然而，梁琴对日常生活和人生往事的书写，绝不是信手拈来，泥沙俱下，随性而谈，而是以真诚的内心去触摸生活，感悟人生，以简练优美、亲切自然的笔调从平常生活中发掘美好的情致。

出生于50年代初的梁琴，与新生的共和国一起成长，记忆中充满了快乐而难忘的童年旧事。最初的散文集《叶影》《回眸》便以抒情的笔调追忆早年岁月，既有难以排遣的童年的梦和少女时代的憧憬，也有五味俱全的涉世感遇和人生路上的颠沛。这些童年岁月"笑是美，泪也是美"，如同生命的绿叶，"一片，一片，洒下斑斓的投影"。《捕蝉》《采桑》《雨中》《苦夏》《痛星》等在捕蝉、养蚕、采桑、游戏的童年趣事中寄寓了作者的一片童心和本真。这些往事在作者的心中留下了难以磨灭的印迹，即便现代社会商品琳琅满目、美不胜收，雪糕、冰淇淋、可乐等都已成为夏日里的消暑美食，而作者却只想在街头巷里买上一株莲蓬，如若没有莲蓬，"我总觉得夏天还缺了点什么"。在作者笔下，童年的梦不管是苦涩还是欢愉，都永远储存于内心深处，"在你心灵的一角，有个地方，尘世是无法闯进去的……倘若你进去了，你就知道。那个地方叫童年"。梁琴早期的散文也常常通过回忆的视角流露出寻常生活的温情。《街角》描写了秋冬寒夜街头温情感人的一幕。卖烤红薯的年轻夫妇"似两片深秋的叶子"在寒风中簌簌发抖，炉边箩筐里裹着的细伢崽在"风头上吹得没有热气"，"我"赶紧上前买了烤红薯，"夜寒，吃沸滚的烤

红薯，好甜，好香。香甜里，糅合着一种哇不清的味道"。《三姐》追忆了"我"与三姐之间的生活往事和手足情深，既回忆了小儿女之间的打架嬉戏，也描写了三姐出嫁时的依依不舍，而"我们"每次"打完架，又一道玩，彼此并不记恨什么，就这么一块长大了"，更流露出日常生活的美好情致。《炒面》则描写了与大哥之间的兄妹情谊。大哥自己忍受饥饿，却把一碗面让给"我"，这种兄妹深情让作者至今刻骨铭心。《永远的雨》是对母亲的怀念和追忆。母亲从一个富家小姐，到为了爱情入回籍与清苦的父亲结合，成为一位饱经磨难的农村妇女。母亲用她的知识、坚韧和慈爱为八个孩子提供了人生长途跋涉的精神食粮，作者既"写出了作者母亲的一生，也写出自己性格与感情的一方基石"①。

南昌是江南历史文化名城，有着两千多年的城市年轮。梁琴虽祖籍安徽怀宁，但却是土生土长的南昌人，对南昌的大街小巷、风俗民情、方言俚语和自然物候等都十分熟稔。在她那些关于南昌的书写中总是敞现出蓬勃的生活气息，流露出浓浓的故乡情怀，《西大街的女孩》《记忆中的街道》《南方的女人 南方的雨》《南昌的路名》《南昌的夏天》等作品都莫不如此。《西大街的女孩》带着深深的眷恋叙写了自己在西大街的成长经验，以及在西大街里的大小店铺和街坊邻居，"西大街有烧饼铺、茶铺、烟铺、铁铺、酱园、米粉店、杂货店"，那些淳朴善良的街坊邻居"不知不觉教会我一些书本以外的东西"，"这条街上的声音、气味，我无一不吸纳。怀念西大街人天然淡薄的生存方式"。《南方的女人 南方的雨》以幽默诙谐的笔调描写了南方女人因多雨而承受的"辛苦"，"南方女人养成一个习惯，一见晴天就赶早，赶早起床，赶早拆洗被褥，赶早换洗衣服。尽管忙得脚不沾地，还是追不上日头，你刚刚把几绳子衣服洗出来，老天却说变就变，先阴后雨，让你面对几盆湿衣服束手无措"，"多雨多水的南方，让南方女人浸泡在水里的时间太长了，长久的浸泡，让很多南方女人得了关节炎、类风湿，一到阴雨天，浑身酸痛"。尽

---

① 梁琴：《回眸》，百花文艺出版社1994年版，第4页。

管南方女人因雨承受了更多的辛苦，然而，一旦来到北方，她们又怀想起南方的雨，"雨是一种回忆的音乐"，"细雨霏霏，下在一个初到北方的南方女人的梦里"。《南昌的路名》通过南昌大街小巷的路名回溯这座江南名城的历史变迁和文化底蕴。作者从西汉车骑大将军灌英在筑城豫章开始，然后"推开2200年的古城门"，在斑驳的旧城墙、迷宫一般的老街巷，以及穿城而过的赣江和凌空而起的古阁中寻绎南昌的历史脉络和文化渊源，行走在"渊明路""永叔路""象山路""叠山路""船山路""子固路"，这些以本乡本土的历史文化名人命名的乡贤路更彰显了"豫章故郡"的文化形象。《南昌的夏天》描写了南昌老百姓在炎炎夏日的消暑方式，"家家户户忙着搬竹板床，泡竹床，补凉垫"。即使天气炎热，南昌人仍然吃辣椒、打籽瓜、嗍螺蛳、喝解暑汤，在自然放松的心态和悠闲的生活方式中体现出特有的生活智慧。

梁琴并非只是一味地在怀旧和抒情里做文章。她的散文亦如她的为人，既重情重义，也是非分明，虽不好匡时济世的高谈阔论，但却处处见知人论世的人文情怀。《鸡冠》通过毛头和冬生小兄弟的日常生活经历，讽喻了现实生活中的不正之风，表达了对美好淳朴人性的张扬。冬生将阉割的公鸡剪掉鸡冠，涂上红药水，冒充母鸡卖掉，买回红花被面和雪花豆。天真的毛头对这种弄虚作假难以释怀，"快快回家"后，感觉到"雪花豆一点都不香"，在他看来，"被面上大朵的红花，活像血淋淋的鸡冠子"。《挤车》通过今昔对比，怀想了当初在工厂上班挤车时相互扶持的温暖，讽喻了现代社会物质金钱对人们灵魂的挤压。作者对此感慨道："在物的挤压下，倏忽想起当年挤厂车的那一幕，心中怦然一动。即使是普通人，困顿中仍然保持那一份良知与尊严，宁可忍受肉体的痛苦，也要静静地守护自己的灵魂。"《走不进的图书馆》表现了在金钱和欲望的世俗浪潮中，知识分子在"四面楚歌"中"负隅顽抗"的尴尬。"我"谈书、买书、寻书，可是省图书馆进不去，市图书馆不见了踪影。作者因此感慨，"面对赤裸裸的金钱交易世界，你却在苦苦寻求生命的家园"，"五千年灿烂文化的文明古国，竟然容不下一个图书馆"。

潘旭澜在为梁琴的《回眸》作序时说，"她坚执的志向很是难得"，"她并非不能找个好挣钱的事干，或者用大量粗制滥造的文字多换稿费。可是偏要坚持自己的价值观，我行我素"。①梁琴自己也说，走在文学道路上就是在走格子，"走过一个一个的格子，也就走过我们一寸一寸的人生"，"我不会因为活得艰难就丢弃了信仰，我要守住一种源于清洁的精神"。在文学创作道路上，梁琴始终坚守内心的纯粹，通过阅读和写作充盈自己的人生，展开精神的漫游。《精神的漫游》记录了她的阅读轨迹——从鲁迅到外国文学再到中国古典文学。少年时代，"恰逢'读书无用'的年代，我却大量阅读，得到精神的抚慰与滋养"。书像"沉默的老友"，陪伴"我"经历了苦涩的童年，下乡接受再教育，成家教子，一直"陪跑"后依然保持一颗赤诚之心，"她既不刻意回避也不过于沾滞以往的艰难，而是企望透过苦难生活，打捞凝聚着坚韧生命、温暖人性和执着理想的人生碎片"②，从而为浮躁的时代提供精神的处所。散文集《难以诉说》是梁琴书写个体生命，探求精神"原乡"的新拓展。散文集《永远的雨》是"鲁迅文学院精品文丛·恰同学芳华"的一种，分为"古驿道上""母亲的白条""在你心灵的一角""精神的漫游"等四辑，大多是梁琴此前散文名作的选集。《难以诉说》中的大多数篇章虽主要是由一些个体生命的经验片断连缀而成，但作者却力图透过个体生存的表象，发掘与当下生存状态相关联的人生真谛和生命意义。正如回族诗人高深所说："南方的回族后裔身份只是梁琴走进回族聚居地的西部黄土高原认祖归宗的现实理由，更深层次的驱动是她在现代文明困厄下寻求灵魂救赎的强烈渴望。"③在《排队挑水的日子》《一帧半寸的小照》《把名字印到书上去》《在心灵的一角》等作品中，梁琴追忆旧时岁月，重温童心和母爱，呈现了那个特定历史年代弥足珍贵的平淡、坚韧和温情，以此烛照当下现实生活中失落的人生意蕴，表达的虽是个体体验，延展的却是普遍意义的人类情怀。梁琴的后期散文中，常常

---

① 梁琴：《回眸》，百花文艺出版社1994年版，第1页。

② 颜敏：《生命守望与精神原乡》，《创作评谭》2002年第2期。

③ 高深：《无措的怀乡之旅——读梁琴的散文集〈难以诉说〉》，《文艺报》2002年第30期。

表现出一种阅历人生后的淡泊和坦然，尤其体现在那些关于先贤名士的书写中。在《故里三章》中，作者越过喧嚣浮躁的现实，退居一隅执守一份宁静和自由，追慕古今中外的先贤名士，到渊明故里寻访"满手把菊抚琴仰酒"的陶渊明，到青云谱拜谒"满腹隐痛狂啸当歌"的朱耷，到滕王阁怀想"一纸传书说尽盛唐风流"的王勃。在《书院三章》中，作者走进鹅湖书院、象山书院和白鹿洞书院，"翻检出许多读书人的故事"，然后谈及从书院里走出的古代江西名家，"从书院出来的江西人，素以文章节义而名世"，既有"临川才子金溪书"的美誉，更有"翰林多吉水，朝士半江西"的赞叹，欧阳修、杨万里、江万里、胡铨、文天祥、解缙等一代骄子都从庐陵走出。文章最精彩处，当是"鹅湖之会"、象山讲学和朱子讲会等影响中国古代学人精神走向的重要章节。《大师的名士风度》用一种生动简洁的笔调叙说二三十年代的文坛往事，勾勒名家大师的性情，譬如讲真话的巴金、漂泊的艾芜、俨然之外的茅盾、沾染了才子气的林默涵、嗜书如命的钱歌川、朴实平和的赵景深、个性张扬的白薇、正直善良的沈从文等等，"他们身上有着名士的风度，他们的文章有着名士的风骨"，大师们独立的思想个性和不羁的文人情怀，让"我仿佛觉得自己也置身于那些最真诚的人中间了"。显然，作者追慕古今中外的名士高格，既是以他们的精神品格作为人生的砥砺，更是召唤抵御世俗的精神力量。

文如其人，梁琴的散文品质首先是真诚。不管是童年往事，还是当下生活，无论是亲朋故旧，还是名士先贤，她都不隐恶，不美饰，而是坦诚相见，直抒胸臆，如《西大街的女孩》《记忆中的街道》《南方的女人　南方的雨》《大师的名士风度》等。其次，梁琴最初是以写诗开始的，因而她的散文无论是结构形式还是遣词造句都体现了以诗入文的特点。不管是写景，还是写人，梁琴都喜欢以分行的短句，形成诗的结构，也常常运用各种修辞，使得文辞优美而富有诗意。如《曹溪》中写曹溪美景："秋天的曹溪像涂抹在画里。满山满谷，尽是些染了色的树，染了色的叶子。踩着沙沙的落叶，走进画里。"《书院三章》写鹅湖书院之美："鹅湖书院轻烟笼罩，走过雨的屋瓦上起了雾。古老的庭院，无言地坐落在赣东的铅山县鹅湖山北麓。"《古驿道上》则分别以"千壑生烟""大树如碑""雨丝风片""山长水远""千树清香"为题，富有古典诗词的气象。再次，梁琴的散文以才学为底蕴，富有知性和趣味。梁琴除了写作，便是嗜书，古今中外名著典籍无不喜爱。她的散文不仅直接取材名士先贤、文风古韵，譬如《故里三章》《弹起生命的竖琴》《书院三章》等，而且还在叙述中表现出一种含而不露的幽默趣味。譬如《张寡妇轶事》，写作家班一位来自乡土的鲁姓同学，原本其貌不扬、郁郁不得志，后因作品《张寡妇卖汤圆》被《小说月报》转载而志得意满，作者以微讽的笔调写道，当别人在他身后指指点点时，他"微笑着，佯装没听见，心里着实得意得很呐"，那张本来就"皱得猜不出年龄的脸"，"折皱似乎更深了。因为他笑的次数委实太多了"。《北瓜》以诙谐的语言写北瓜的"惬意"，"隔壁人家用心搭了一架棚，北瓜坐在棚上惬意得很。金黄的喇叭花，朝天尽吹些人听不见的曲子"。总之，梁琴的散文善于从平常生活中发掘美好的情致，以真诚观照生活，感悟人生，形成了活泼俊朗、简洁优美的风格。

二、郑云云：在"云水之境"与"兰舍泥痕"间寻觅诗意

在江西当代文坛，郑云云以才情独具而又淡泊名利著称，在文学、书画、陶艺等多方面成就斐然的她，为人平和、从容，著文素朴、温婉，不愿意在纷扰的世俗中追名逐利，2007年更是毅然辞去省报首席记者的职位，到瓷都景德镇潜心陶艺书画，而她的散文也从书写世情山水的"云水之境"转向了描摹文化陶艺的"兰舍泥痕"。对此，著名散文评论家王兆胜说："郑云云已完全摆脱了时代与文坛的惯性，而进入散文写作的自足、自律、自由状态。"[①]

散文创作贵在真诚与自由。自20世纪80年代初，郑云云便开始在散文园地耕耘一方水土，她以笔"签约"，始终把精神家园的追求作为自己散文创作的主旨，把散文创作作为倾注"生命热情"和拯救自己的一种方式。对此，郑云

---

① 王兆胜：《边缘人生的边缘书写——郑云云散文的独特魅力》，《南方文坛》2009年第6期。

云说："散文写作对我而言，就像在精神的草原上放马独行的牧人，面对浩浩夜空下无处不在的神秘和深邃，无依无傍，因而也自由自在的你，终于能将自己的感动忘情地大声抛洒出来，一吐心中的悲欢。"（《云水之境·自序》）郑云云的散文创作也是从关注身边生活开始的。在早期散文创作中，作者经常把目光投向身边人物和日常生活，并从中发现令人感动的诗意和平凡生活的美，譬如在《一桩小事》中，写温柔的洒水车，对"我"表达歉意，为路边的小孩撑起了保护伞；在《车间、青蛇与花鹿》中，对"我"照顾有加的车间师傅，"我"对那条小蛇也充满了柔情，而花鹿也带有车间内的温暖。"地上没有不朽的岁月，爱意染绿了生命的荒凉"，无论是动乱岁月，还是寻常时期，郑云云总是用柔婉细腻的笔调从往事中挖掘闪光难忘的记忆。《日子的剪影》《那时我们是孩子》《父母"出山"记》《病中记事》《一个男人和女人新裰子的故事》《铅铅堂记》《流动的井》《小巷人家》《母与子》《金色的骆驼毛》等作品，既有对往昔岁月的回忆，对已逝青春的感伤，也有关于母女之爱、兄妹之情和邻里之谊的温馨书写。

身边生活只是郑云云散文创作的最初试炼，向往精神自由的她很快从世态人情转向了自然山水。从厚朴的古村、魁伟的古阁，到浩瀚的大漠、广阔的高原；从巍峨的峻山、秀美的小溪，到清闲的小城、繁忙的都市，郑云云履痕处处，把身心融入广袤的山川大地。郑云云说，"我们在城市里沉沦太久，陷落太深。我们早已丢失了自我的宗教，家园也迷失日久"，她要寻找"一种和我的灵魂贴近的东西"，寻找一种"远离卑琐远离尘嚣的山水意境"（《关于山水》）。《走九寨》与其说是记游，不如说是朝圣。"岷江、雪山、藏寨，还有村寨边飒飒飘卷的永远的经幡"，"身着彩虹般藏袍的女子背着水罐从暝色蒙蒙的草坡上走过"，"魁梧剽悍的藏族汉子佩着藏刀在肃穆圣洁的寺庙前喃喃默诵"，"成片成片的云从经幡上空流逝"，作者以一种朝拜的心情走进九寨，心底充满了虔诚和敬畏，并从中获取生命的感悟，"即使前方的路依旧艰难，即使风霜雨雪照旧在四季轮回，也要让心底的温情永存"。《在庐山的九月》虽然有行旅记游的结构和表达，但作者并未在山水名胜间驻留，而是把目光投向庐山深处一角无名山地上和山地上的草籽生命。虽然庐山的四季里有李白的"日照香炉生紫烟"，有白居易的"人间四月芳菲尽"，有陶渊明的"采菊东篱下"，但作者却独为"那一角无名野地"陶醉。山地上的草籽生命被山风吹落，藏进土中，在土中默默地冥想一季，来年却又新鲜美丽地破土而出。作者不禁感叹："人啊人，也是宇宙间无数的草籽"，"若想生命的文字斑斓如锦，除了学会在深土中冥思，在孤独而温暖的黑暗中吐纳自如，生命之叶如何钻出泥土？"。《浪游西北》中，尽管戈壁荒漠、冰川雪莲、黑土白日等"一路奇险瑰丽的风光，肯定会眩晕我今生今世"，然而真正让"我"魂牵梦绕的是横卧在历史深处的敦煌莫高窟，"从古至今，它所引发的人类智慧璀璨而深邃"，"它像一根魔链般系结着我的过去和未来"。无论是走九寨、过三峡、访敦煌，还是登香山、上庐山、赴青海，寻找精神居所的郑云云并没有驻足在山川大地和亭阁楼台的风情韵致中，而是把精神的触角伸向人文山水和历史旧识的纵深处，去领悟生命的真谛，体察万物的因果。

郑云云出身于书香门第艺术世家，自小便酷爱文学、音乐和书画艺术，对艺术人生的向往和追求是贯穿郑云云散文创作的重要精神旨趣。《印石》中，尽管云在天上，水在地下，但"云是水作成"，"水与石，原本就难分难解"，"人与石，也是相通的"。因而，印石让自己的生命"同时拥有水的灵动石的凝重"，印石上刻录着"波唱大风"与"云逸三山"，这种雄浑与飘逸正是自己追求艺术人生的"云水之境"。《爵士乐手》中，作者在描绘乐手青春、狂野、绝无虚饰的生命本色的同时，也抒写了自己对"响遏行云"的尘世音乐的激动。《现代寓言·江雪》由唐诗延展开来，先用淡笔描绘出"白雪盈盈""瘦水孤舟""渔夫独坐"的画面，然后赞美江雪中青鸟"孤单而高傲，清洁无尘地飞翔"。《雨打芭蕉》在"雨打芭蕉"的意境中，想象伫立君山的湘女、水袖宽舒的婵娟、悲愤行吟的屈原，还有长安的箜篌、塞上的铁骑、大漠的胡笳、关西大汉的铜琶、江南女子的红牙板。郑云云精神追求和审美触角一端伸向艺术人生，一端融入自然万物。在《香山红叶》中，作者身在香山，心瞩"红叶染山，那份生命的高贵"："站在幽静的山谷里，握着你的手仰头望树"，"自知我在看叶，叶亦在看我，举手投足之间，都仿佛在叶无言的包围中"，"唯有在静默中的彼此凝望，你我才能互相明察各自的蜕变"，"历经沧桑的香山之枫，该是经历了多少次生命的大恸，却依然维护住青翠年轻热烈的心"。在《石头记》中，作者通过石头体悟天地道心："水中日月小，石里乾坤大"，"丢失了石子，就是丢失了天地苍穹日月风云所孕育的钟灵毓秀的精华"，"石以俯仰天地的胸怀，地老天荒的情意，矫正着我们的狂妄自大、矫情做作；石以浑然天成的智慧，质朴无华的本色，警策着我们不要误入媚俗误入奢华之途。小小一片石所释放出的天地灵气，如月之恒，如日之升，如宇宙间的星光永恒"。在《说竹》中，作者对竹的"君子之风"和"浩然之气"充满了赞美之情："竹，便是集山川岩骨精英秀气于一身"，"待到秋至，群芳落尽，而竹青碧依然。摇风弄雨，铿然有声。无论低矮数寸，高直数丈，或零落数枝，或赫然巨簇，皆不媚不俗，不卑不亢，浑身劲节，凌凌然有君子之风"，"竹，非花非草非木。实在是造物主的一件绝活儿。可如天然去雕饰的素妆少女婀娜娉婷；可如浩浩然有英雄气的须眉男子枝横云梦，叶拍苍天"。在《关于花》中，作者如此赞美花魂的"孤独而高贵"：那是开放在西北大漠里的一簇簇干枝梅，在夕阳的大火下焚烧成一片明丽的金黄。那有形的生命如无数明黄的蝴蝶飞起，坠落，但花魂无所不在，"它造成宇宙间孤独而高贵的所有"。可见，在郑云云笔下，山、水、云、石、花、草、树、叶等自然万物都与人相通，融入了自我生命，是作者诗意理想、生命象征和精神家园的载体，"她在感悟自然万物的同时也被自然万物同化，她赋予自然万物灵性无疑又融入自己的生命体验与人格追求"[1]。

真正代表了郑云云创作高度和生命理想的是散文集《作瓷手记》。2004年至2009年间，郑云云到景德镇民窑画瓷，开设工作室，与窑工师傅们一起拉坯烧窑，沉浸在博大精深的陶瓷艺术中。《作瓷手记》便是她这段陶艺生活的体验和记录，全书共三辑四十三篇，前两辑"作瓷手记""在官庄的日子"

---

①　胡颖峰：《郑云云散文创作简论》，《江西社会科学》2001年第12期。

以作者的行踪轨迹为经纬，记录了她在景德镇作瓷生活期间的见闻感受，第三辑"岁月之流"追溯了史前至20世纪初叶景德镇陶瓷的发展历史。在这些作品中，郑云云把艺术和人生融为一体，把身心托付给她钟情一生的绘画和陶瓷艺术，真正实现了她所追求的"云水之境"。作品虽云"手记"，但作者却以淡雅空灵的诗情画意，把生活艺术化，让艺术生活化。《和老汉在窑场小院》写的虽是一幕极为寻常的生活场景，却处处充盈着生活的诗意和艺术的情趣：静谧的窑场小院，"门外的黄瓜藤爬到门楣上"，"我"在给陶坯作画，老汉（作者对丈夫的昵称）坐在门口，"一边哼歌一边看着黄瓜长"。虽然"要画的坯摆在那里，我却总也画不成"，因为老汉总是"扭过头来光看他的婆姨"，婆姨也"总是用眼睛斜看着老汉悄悄笑"。"老汉一走，我就画得顺了。画一只鸟，立在青花树藤上，立在红果树枝上，立在秋夏间弯曲的荷梗上，从这只瓶跳到那只瓶，翘着尾巴，睁着圆圆的小眼睛，看世界。我想那可能会是我吧，是我的前生后世，被我画在瓷上了，要叫老汉捧在手里放在心上，可别再摔了"。《作瓷手记》里不但充盈着生活的诗意和艺术的情趣，还有作者惯常对于人生和艺术的哲思感悟。《端午节纪事》从端午节秦家伯母插艾叶驱邪着笔，回忆起儿时祖母在端午为"我们"抹雄黄避邪的往事，并由此叹息"如今的我糊里糊涂地走在人世上，却不知世代相传的种种禁忌，是如何点点滴滴地失落民间"。再由院子里的葫芦和艾丛里的瓷片衍生出关于田园和人生的哲思，"其实，我也知道，哪里还有什么真正的田园。苦守土地的农人和他们辛苦无功的劳作，早已失去田园的意义，只剩下被无端剥夺了牧歌的苦役。而躲避尘嚣的净土，如今哪里去寻？就是这窑场，也不过是我暂时歇息的地儿"。《作瓷手记》既然描写的是制作陶瓷的艺术和生活，当然少不了那些藏身于陶瓷身后的人们。在《二妹满窑》和《作瓷手记补遗：秦家二妹》里，作者以生动活泼的笔调描写了一位"女中豪杰，满窑高手"秦二妹的行状。大眉大眼男儿一样的秦二妹，"将灵气都洒在烧窑的男人行当上"，平日里"叼着烟"，带着"一大帮男女朋友呼啸而来，又呼啸而去"的秦二妹，一旦"满窑"时，便是"一脸的虔诚"，"像旧戏文里帷幄已定，将士们都已披挂上阵的诸葛军师，一脸的无谓淡泊了，好像胜负在她心中，早已有了定局"。此外，《作瓷手记》里还有大量关于陶瓷绘制的工艺流程和历史衍变的书写同样生动精彩。在景德镇，"你会发现几乎每个家庭都有与瓷器和窑业相关的人"，"人类走出丛林后就面临美善和丑恶，面临洁净与污秽，这是我们无法逃脱的宿命。而瓷，是我们民族奉献给世界的最洁净的宝藏"[①]。在《远古的回音》《关于洪州青瓷的想象》《景德元年里的人和事》《八大山人与民间青花》等作品中，郑云云从史前开始追溯瓷的历史，远古陶器的质朴，唐洪州窑青瓷的朴素光洁，宋吉州窑青白瓷的莹润如玉，元青花瓷的盛名海外，明彩瓷的鲜丽清雅，八大山人、珠山八友等文人绘瓷等等，瓷的历史也是承载中国社会进程的文明史。

从世情到纪游，从写人状物到绘瓷叙史，郑云云的散文创作既在不同的题材领域以不同的表达方式创新求变，也在长期的精神追求和艺术探索中形成了自己的创作风格。首先，郑云云的散文创作具有动人的诗意。这种诗意主要来自作者对生活艺术的诗意发现与提炼。即使生活世界"一点点被泥化、木化、石化"，但她却始终追求诗意人生。无论是山水云石、花草树木等自然万物，还是琴棋书画、亭台楼阁等艺术世界，郑云云都赋予它们以生命和诗意。"一蓑烟雨过前溪""青山无处不藏云""梅花天地心""清明是一树绿叶纷披的柳""泥是另一类女子的命"，单单是这些充满诗情画意的题目就足以让人称羡不已，更别说作品中那些信手拈来的诗词典章和意象意境的营构。其次，郑云云的散文创作具有知性的魅力。这种知性主要来自作者对天地万物的敬畏和感悟。她写竹，因为它"不媚不俗，不卑不亢，浑身劲节，凌凌然有君子之风"（《说竹》）；她赞梅，因为它在西北浑黄的大漠中，"焚烧成一片明丽的金黄"，"造成宇宙间孤独而高贵的所有"（《关于花》）；她看枫，因为它以树的年轮和沧桑"感知人心的柔软和脆弱"（《香山看叶》）；她记石，因为它"以浑然天成的智慧，质朴无华的本色，警策着我们不要误入媚俗误入

---

① 郑云云：《作瓷手记》，百花洲文艺出版社2010年版，第153页。

奢华之途"（《石头记》）。正如有学者所说，郑云云散文的价值和魅力在于边缘人生的边缘书写，她是生活的潜隐者，是人生的清醒者，如荒山大漠和大海深处的探索者，郑云云主要不是将精力放在日益变化的时代和潮流中，而是从天地自然中汲取营养，并努力探入天地自然的奥秘，尤其深入天地自然的道心里。[①]最后，郑云云的散文创作既有柔婉、细腻、清丽的婉约，又不乏沉静、深刻、壮阔的豪放。在她的散文世界里，既有江南山水，也有大漠孤烟；既有儿女情长，也有洒脱不羁；既有诗意人生，也有世相百态。郑云云在作画手记中说："静与动，柔与刚，纤小与博大；恬淡、清丽乃至飘逸，深邃、豪迈以至雄浑，都是令我痴迷的境界。"这和而不同、刚柔并济的境界不仅是郑云云的绘画风格，也是她的散文追求。

---

① 王兆胜：《边缘人生的边缘书写——郑云云散文的独特魅力》，《南方文坛》2009年第6期。

第四章　近四十年来的江西诗歌

　　近四十年来，江西诗歌创作在不同时代文化语境中经历了不同的发展阶段，呈现出不同的创作面貌。70年代末至80年代，在改革开放和思想解放的时代潮流中，江西诗歌创作焕发出蓬勃的生机，一批中青年诗人感应着时代的脉搏和涌动的"新诗潮"，在诗歌题材内容和艺术形式上都进行了新的探索；90年代至新世纪以来，随着市场经济的到来和大众文化语境的形成，全国性的诗歌潮流已经"退却"，江西诗歌创作却"逆势"而上，在整体上形成了"江西诗群崛起"的态势，不同地域、不同年龄和不同风格的诗人在熔铸古典与现代的基础上，取得了诗歌创作的繁荣发展。

第一节　崛起的江西诗群与拓展的审美空间

一、"崛起"的江西诗群

　　十一届三中全会以后，在改革开放和思想解放的时代语境中，新时期诗坛涌动着各种创作的潮流，以艾青、邵燕祥、流沙河、公刘等为代表的"归来"诗人，以北岛、舒婷、顾城、欧阳江河等为代表的"朦胧"诗人，以韩东、于坚、李亚伟等为代表的"第三代"诗人，以及海子、西川、翟永明、王家新等诗人，以各自的创作姿态，在反思历史，叛逆传统，呼唤人性和人道主义，重建价值理想等诸多方面，呈现了新诗繁荣发展的面貌。这一时期，江西诗人以全新的姿态应和着时代的潮流，汇入了新时期中国新诗的合唱。

80年代的江西诗人队伍主要由两方面构成：一是五六十年代便开始发表诗作的中年诗人，如李耕、郭蔚球、李音湘、吕云松、朱昌勤、陈良运、徐万明、帅珠扬、苏辑黎、杨学贵、陈运和、刘国藏、吴林抒、胡一笙、刘国治等；二是80年代涌现出来的青年诗人，如李春林、朱光甫、熊光炯、胡平、程维、刘华、刘立云、王治川、安安、汪峰、吴国平、陈政、冷克明、渭波、颜溶等。新时期之初，江西诗歌创作感应着时代的脉搏，经历了从历史反思到个性抒发的恢复和发展。"文革"结束后，歌颂老一辈革命家、控诉"四人帮"倒行逆施，对人性、人道的呼唤成为江西诗歌创作的主题。代表作品如熊光炯的《枪口，对准了中国的良心》、胡平的《请您欣慰地闭上眼睛》、郭蔚球的《假如生活抛弃了你》、李音湘的《春天的歌怎么唱》、陈良运的《生命的密码》、洪亮的《太蝴蝶》、杨学贵的《铁窗情歌》、李春林的《盈盈的爱》等。

随着思想解放和改革开放的深入，江西诗人很快将笔触转向了现实生活和历史深处，追求诗歌艺术的新突破。李耕的《不眠的雨》《梦的旅行》等散文诗集，通过对小路、荆棘、窗、风筝、秋叶、石榴、蜘蛛、古井等身边事物的观照和透视，对人生和命运进行积极深入的思考，富于想象和哲理，风格冷峻凝重。郭蔚球的《美的追求》《爱的长河》等诗集，在对自然、生命、人生和爱情的热情关注中充满了"永远的激情"。刘华的《我拾到一双眼睛》运用写实、象征、隐喻相结合的方式，呼吁人们找回曾经丢失的眼睛和心灵。胡平的诗集《当代人》敏锐地捕捉了改革开放初期日常生活中的新变化，《来自鞋摊的诗报告》《养蜂人》《存车处，一个中国姑娘》等展现了普通百姓平凡而又美丽的精神世界，洋溢着生活的激情，具有鲜明的时代感。吴林抒的《我是抚河水》《海洋之歌》等诗集拓展了江西新诗的创作领域，前者描写了抚河两岸的乡土风情，后者开辟了海洋科学诗歌的新领域。此外，还有徐万明的《梅雨集》、苏辑黎的《飘香的土地》、刘国藏的《春花秋月》、胡一笙的《五月的芬芳》、刘国治的《求索集》、冷克明的《血色乡土》、陈政与吴国平的《山海交响曲》等诗集。

在市场经济和大众文化兴起的消费文化语境中，尽管寻找渐行渐远的诗意多少有些让人既显尴尬又感艰辛，但"谷雨"之后的赣鄱大地，不经意间竟已育成一片葱茏的诗意。有人说，"江西诗群"早在80年代就已经是一种事实性的存在[①]。在80年代诗潮澎湃的背景下作出这一判断，显然让人觉得有些牵强。诗人兼评论家陈良运就曾坦言："由于地理形势的闭塞，江西老表生性的沉实，我们没有赶上那场在全国影响很大的被人目之为'朦胧'的新诗潮。"[②]然而，在诗意萧条的90年代至新世纪初，"江西诗群的崛起"是多少让人觉得有些敬佩和感动的。自1982年江西诗坛恢复"谷雨诗会"[③]开始，江西诗人的"群体"意识开始萌动，但在国内诗坛较长时间仍处于"沉寂"与"落后"状态。直至90年代至新世纪初，江西诗坛才出现较明显的"群体"意识和"崛起"态势：一是从代际上看，老中青诗人队伍整体"浮出地表"；二是从地域上看，初步形成了南昌、赣南、上饶、吉安和萍乡等五大诗人群体。

自90年代以来，江西诗歌创作中，老一辈诗人李耕、郭蔚球、陈运和、吴有生等犹发新意外；中青年诗人成为江西诗坛主导，程维、刘立云、李春林、褚兢、冷克明、王治川、渭波、汪峰、杨晓茅、胡刚毅、凌云、紫薇、老德、马策、凌翼、颜溶、江子、李晓君、圻子、布衣、三子、林莉、邓诗鸿、

---

①　谭五昌：《崛起的江西诗群》，《创作评谭》2002年第3期。

②　陈良运：《论诗与品诗》，百花洲文艺出版社1997年版。

③　"谷雨诗会"是中国诗坛独特而持久的文学景观。1960年4月，由时任江西省省长邵式平倡导，其后每年谷雨时节，江西各地召开诗会，以诗歌的激情歌颂春天，歌颂生活。"文革"时期，诗会一度中断，直到1982年重启开幕至今，已成为江西诗歌的盛会。

牧斯、林珊、王彦山、周簌、漆宇勤、吴素珍、丁薇、邓小川等在诗坛迅速崛起，并逐渐打造出自己的个性空间。他们的诗歌创作呈现出乡土吟唱、都市独白和历史沉思三种取向，在商品化、大众化和世俗化的时代氛围中既不愿放弃古典韵致的守望，又试图进行现代性的努力，从而表现出古典韵致与现代焦虑双重变奏的特征。

二、乡土吟唱与古典韵致

鲁迅在评判20年代的小说时曾指出，凡是侨居在城里的人们无论是主观还是客观地写出自己的胸臆的都是乡土文学。这一判断同样也适用于诗歌。90年代以来，随着经济实力的显著增强，地处中部的江西城市化程度不断提升。寓居在城市中的人们一方面感受着现代物质生活的繁华，另一方面又生发出对日益遭受挤压的乡土中国温馨往事的怀想与惆怅。这种难以释怀的焦虑在多愁善感的诗人身上表现得更为突出。作为江西诗歌新生代的代表，林莉在诗歌中盘桓着对故土最浓烈的爱，"这爱，有一颗婴孩般的心，倔强的心"，那枝头跳跃的雀鸟是"不懂得这沉默着的歌唱"的（《春日之歌》）。诗人常常以虔诚而谦卑的姿态敞开了蕴藏已久的秘密，她一直暗恋着故乡的一切，无论是"无名山冈""篱笆小院"，还是"泥土、石块、蜗牛、一片苹果林"（《如果这就是命运》），甚至"一粒葵花籽"（《一粒葵花籽》）。当诗人回到"灵魂的故地"，在故乡的深冬之夜寄出"一封已泛黄的书简"时，她那"暗暗战栗过的心"才渐渐"趋于平缓"（《南方以南》）。林莉并不只是一个单纯的乡土守望者，在林莉大量的关于春天、故乡和大地的诗歌中，我们随处都能感受到一种蓬勃的力量。这种力量显然与她诗歌中那些蕴含着勃勃生机的自然生态有关，譬如暗自滋长的青草、等待怒放的木棉、萌发新芽的灌木，还有竞相开放的桂花、合欢、蔷薇、菊花、梨花、桐花、葵花、梅花、昙花、豌豆花、油菜花等等。林莉在"自然的王国"里，喜欢把自己藏在草木物象中，试图构建一个人群之外的生态世界，诗人始终像孩子一般惊奇地分享自然万物的秘密，既天真单纯又睿智从容。

在90年代以来的江西诗歌创作中，渭波和汪峰对乡土的吟唱有着特别的张力和沉重。渭波的诗歌一直保持着与外部世界的尖锐对立，充满了一种深沉的思考的力量。在《风吹》中，诗人借风吹乡土思考生命隐忍或暗伤的真实情状，"风又一次吹到乡下/吹动那些不安的门闩"，"在背光的枯叶间/撕开无处不在的黑"，"我常常被风吹进梦里/吹进与梦有关的墓地"。《锄头》则通过乡间最为常见的农具锄头，表达对传统农耕文化的切割与反思，"在乡下，总有一些锄头/闪亮在篱墙、柴门、畦埂"，"这铁打的农具/不仅仅是农耕文化符号/它铲除了稗草/它填平了坑洼/它剁下了毒蛇的七寸/它的平直和锋利掀开了/暗夜的烈火，于无声处的/破晓惊雷"（《锄头》）。《一丝鲜血纠缠了刀口》借刀割杂草的寻常农事，对传统和自我进行了深刻的反思，"刀子沿着田埂/割除了一些杂草后/便剁下了自己的薄影/这是否暗示——太久的道路/需要重新清理/就像刀口 / 我们常见的轻伤/带出内心的痛"。渭波认为，诗到诗心为止，诗人要有一颗纯净而博大的诗心，这"诗心"是人格的修为，是文化学识的长期积累，更是对生命、生活、事物的独到感悟。因而，渭波诗歌的乡土书写不作浅表的乡土吟唱，而是上升到文化心理层面，表达诗人在一个不断错位的时代对传统和自我的反思，并进而呈现出诗意的锋芒。汪峰常常把生活的沉重负荷表现在乡土无可挽救的颓败中。在《村庄》一诗中，诗人以农人的视角描写了现代文明对乡土的侵袭："火车每一次经过/瓦片都在折折响/瓦片一折折响/我总担心它砸下来/于是，火车每一次经过/我都带着惊恐/有一次，火车经过/瓦片不再折折响了/因为我在火车上/没有看见瓦片。"现代工业文明的"火车"无情地碾压着农业文明的"瓦片"，"我"在惊恐中见证"村庄"的消失。在《甘蔗》一诗中，汪峰借乡下少女甘蔗被城市吞噬的遭遇，揭示了城市对乡土的蚕食。甘蔗在乡下时"娉娉婷婷""无忧无虑"，嫁到城市之后，"一节一节/像以后一段又一段好日子/被城市人嚼烂/吐出一地的渣"。汪峰说，"诗歌已向后现代挺进"，"后现代诗歌尽量剔除修辞，让诗保持某种质朴和率真"①。虽然汪峰这一后现代诗观仍有值得商榷之处，但是诗人"剔除修辞，让诗保持某种质朴和率真"的努力是显而易见的。在此，我们不得不佩服汪峰深邃的洞察力和丰富的想象力，瓦片、火车、甘蔗这些极其普通的意象不经意间已被诗人点铁成金，化腐为奇。

　　故土的风物人情永远是三子的精神缠绕，诗集《松山下》中蕴藏着对村庄、土地、山川、草木、亲人、乡邻最深挚的情怀。村庄是三子诗歌中最重要的意象，它负载着诗人对故土风物的生命记忆。三十年来，"松山下"的村庄虽然"像父亲蜷缩着的身躯"，"在我的笔下越来越小"（《村庄》），但"我从来没有离开这里，但是今天/我却是再回来"（《再写松山下村》）。"即使是白天，也要将脚步/放轻，不要惊动一块石头、一棵树下/安睡的灵魂"（《灯盏下的村庄》），丘陵、山岗、树丛、秧田、芒草、油菜花、石阶路等等，村庄里的一草一木都静卧在诗人的记忆中。三子这些咏叹故乡的诗歌在平淡质朴和深沉感动之间充盈着巨大的张力。寓居城市多年的江子最初以一组《我在乡下教书》吟唱出难以抹去的怀乡忧愁。诗人以教书先生的身份引领着孩子们用纯净的目光去发现乡土田园四季的宁静、美丽、辛劳和伟大。"把你们纯净的目光中/知了和蝴蝶的从翅膀释放出来/去注视书中的每一个词/播种持锄 挥镰/我如泣如诉的声音就要升起"，"首先让你们面对的是春天/房屋旁边/家狗唱着你们熟悉的歌谣/不远处劳作的亲人弯腰又直起/石头隐没在水中，燕子轻擦水面"，"让夏季里的你们和庄稼/火一般茂盛起来"，"收割后的秋天依然遍地金黄"，"举至课文的末尾和一望无际的天地间/静待一场蓄谋已久的雪来临"。江子说，众声喧哗，而他宁愿退守安静②。这是他对乡土的精神独白。江子的诗语言清新素朴，但内蕴丰赡而深沉，散发着淡淡的泥土气息，集结着浓浓的思乡情结。

　　圻子的诗善于从日常的生活中发掘诗意，从平凡的物象中提炼出哲理。诗

---

①　李贤平主编：《诗江西·作品卷》，中国广播电视出版社2004年版，第177页。

②　李贤平主编：《诗江西·作品卷》，中国广播电视出版社2004年版，第311页。

人有时赋予静止的物以人的生命与智慧，把思想由"一棵树"弥散到"整个冬天"，"一棵树站得很久了/多像一个沉默的人"，"一棵树丢弃了叶子/整个冬天陷入了等待"（《一棵树丢弃了叶子》）；有时把抽象的感觉附着于具体的形象上，"十个孩子在奔跑/我相信那是风给与的快乐/山冈就是这样/一群野花带来了全部的想象"（《奔跑》），"孤傲的山峰/我的梦里常有白雪的意境/它给我带来隐秘的冲动"（《山峰》）。布衣的诗也大多取材于故乡的记忆。丘陵、斜坡、墓地、鸟迹都是他灵感栖居的诗地。诗人把"月光下撞见"的"故乡的丘陵"认为是"在静默中/奔跑的人群"（《丘陵》）；"在山地的斜坡上/我依然能找到"三十年前"乌鸦或鸲鸟栖息的痕迹"（《鸟迹》）。圻子和布衣的诗，意象指向明确而寓意深沉，语言质朴、凝练而包含张力。

诚然，在90年代的江西诗坛，为故乡浅吟默唱的诗人远不止上述几位，譬如冷克明、傅旭华、赖绍辉、川梅、牧斯、龙天等，他们或不忘"血色乡土"，或倾听"茅檐滴下的民歌"，或追忆"活在乡下"，或重走"故乡的小巷"，或又见家乡"栀子花开"。千百年来，无论身蛰何方，"故乡"永远是游子的精神家园，诗人笔下的诗歌意象。90年代以来的江西诗歌在书写乡土回归田园的时候，主要采取的是慢乐章的吟唱方式，那些故乡的旧识弥漫着淡淡的感伤色彩，集结着浓浓的赤子情怀，有意无意间流露出古典的韵致。

三、都市书写与现代焦虑

在中国文学史上都市文学向来不够发达。当年鲁迅曾不无遗憾地说："我们有馆阁诗人，山林诗人，花月诗人……；没有都会诗人。"[1]这一倾向一直持续到20世纪90年代，其缘由是多方面的。一方面，因为古典的中国本质是乡土的中国，地缘和血缘是维系中国人五千年文化薪火传承的纽带；另一方面，在道德善恶上，城市向来被作为道德的沦丧地存在于国人的文化记忆和想象

---

[1] 鲁迅：《〈十二个〉后记》，《集外集拾遗》，《鲁迅全集》第7卷，人民文学出版社2005年版，第311页。

中。90年代以后，伴随着经济体制的转型和城市化进程的加快，城市日益成为书写的主要对象。江西诗歌创作在错过80年代朦胧诗潮之后，在90年代的城市书写中不再沉寂。颜溶、杨瑾、马策、程维、紫薇、老德、杨晓茅、吴有生、王彦山等，或向城市呼唤"早安"，或者在城市的夜晚独白，广场、酒吧、街道、公交车、霓虹灯、广告栏、咖啡店等城市风景都成为他们经验的诗歌意象。综观90年代江西都市诗歌写作，主要表现出以下特质：一是善于从城市日常生活中发掘诗意；二是对城市现代生活节奏和压力表露出焦虑；三是体味出城市生活中的内心孤独。

颜溶的组诗《早安，我的城市》满怀着一种兴奋和喜悦来对城市日常生活细节直接触摸："当睡梦被一颗晶莹的露沾湿/我和我的城市/将一同跨上阳光的马匹"，诗人不但热爱城市的高楼、汽车、电波、洒水车和晨练的老人，还把热爱"具体落实到周围的空气"（《热爱》）。诗人在赞美城市活力的同时，也对城市的"速"与"力"表现出焦虑和无奈："拧满发条的工作钟/预备伸一伸懒腰/又被另一只手拧紧"，"我和机器/是一个细胞作用于另一个细胞的关系"，铃声"像一位严厉的将军发出命令"，"粗重的喘息里/我最后一粒饭/芬芳地立于喉门"（《时钟敲响12下》）。杨晓茅的《南方晚灯下的酒吧》《咖啡夜》描写了城市夜晚繁闹一隅里城市人的身心疲惫。在晚灯下的酒吧里，"邀自己闲适心情"小酌，浓妆艳抹的劝酒女孩、旧梦重温的孤独者和划拳吆喝的醉酒者，"端坐于无言酒杯前/卸下面具/袒露真实"。刘立云的《在广场上小坐片刻》真实地描述了最具城市文化特征的广场："广场上有无数条腿在移动"，"在我的左边/站着一面肃穆的纪念碑/在我的右边立着一根高高的旗杆"，"几代人走过的广场/现在是人们散步的地方/倾吐的地方/又是老人们怀旧和放风筝的地方"，"在广场上坐着/我感到我太普通了/甚至有一种被淹没、被埋葬的快感"。诗人从广场过去的政治意义写到今天的生活意义，再上升到哲理层面的思考，赋予了广场意象以多层复杂的意蕴。

快节奏和碎片化的城市生活表面披着繁华喧嚣的外衣，内里却充盈着生命个体的寂寞孤独。杨瑾的《雨中的城市》截取了雨中城市的一些断面，下水道的不畅、报纸的渲染、行人的狼狈，诗人从日常的生活事件着笔，揭示了城市繁华生活背面的烦乱和无奈，"一切就是这个样子/一座城市经受不住一场大雨"。李凌云说，在物欲至上的滚滚红尘中，他宁愿做一名孤独的"麦田守望者"，坚守文人的操守和理想主义的情怀①。在《陌生的人》《梦呓》等诗作中，凌云对商品社会中城市人的功利、虚伪、冷漠、异化和内心的孤独与焦虑进行了沉思和呼救。银行的员工、歌厅的小姐、商业上的伙伴，"我是多么的熟悉/有这么多熟悉的面孔/我的生活格外踏实"，然而，"偶尔对镜小坐/镜中人是谁呢"，在卸下白天的面具之后，"我"不但没有了朋友，而且迷失了"自我"（《陌生的人》）。在城市物欲生活的追逐中，"钞票、啤酒、大屏幕彩电、漂亮女子、汽车、房子"追逼着"我"，淹没了"我"，而代表了理想、童真的"诗笺"和"蓝色童话"不知落在了世界的哪个角落，"身心俱乏"的"我"只得向妈妈呼救（《梦呓》）。对于那些来自乡村的城市人而言，早期的乡村经验是他们永远的乡愁。敖勇珠的《下午茶》通过城市日常生活的一幕，表达了洗净"铅华"后的从容淡泊，流露出淡淡的寂寞感伤。"淡淡的叙述茶/在一只杯里轻轻走动/茶的容颜，被风雨/一次次洗尽铅华/下午茶/已是黑陶背面的阴影/在水里瞳孔渐散/什么摁住了茶一生中最后的时光/我知道城市的灯火/就睡在茶梦幻般的花骨里/还有乡村以及/当年那只玉白的少女的手/这些一下午/一路伴我走过下午茶成熟的年龄"。

在互联网和新媒体成为时尚的大众消费文化语境中，人们的生活方式和审美趣味都发生了显著的变化，诗歌写作也背道而驰，一是以媚俗的姿态迎合大众，无所顾忌地把粗俗的口水和直裸的欲望塞进诗行；二是对现代日常生活怀着"古老的敌意"，拒绝坚硬的物质和世俗的生活走进诗歌的殿堂。然而，吴有生虽已桑榆，但其诗歌却仍然表现对现代生活怀有持久的热情。在那些大量描写关于日常生活的诗歌中，诗人的身影穿行在各种不同的生活场景里，有时在喧嚣的公馆享受佳肴、对弈和歌舞的欢愉（《大千壹号公馆散记》）；有

---

① 李贤平主编：《诗江西·作品卷》，中国广播电视出版社2004年版，第139页。

时在静谧的茶楼煮一壶碧螺春，"对酌人生的雅趣"（《静心出尘》）；有时飞出"冷酷的城堡"，让蕉雨"湿了新的乡愁"，让椰风"删了旧的记忆"（《夜读》）；有时独处一室，用"穿越时空的叶笛抒怀/坚守邂逅相遇的惊喜"（《红袖添香》）；而《桥头遐想——致甘肃网友艾女士》更是在现代网络生活中营构出古典的诗意："愿叶片化为诗页/遥寄塞外的西窗/长歌当笑短吟为乐/能否唱醒多年的涟漪。"诗歌既来自日常生活，也是对日常生活的提炼和发现。在世俗化和碎片化的大众文化时代，耄耋之年的诗人从日常生活中提炼出动人的诗意，在网络微信的现代生活里敞现出"红袖添香"的古典情怀。

王彦山的诗集《大河书》中有着大量关于都市日常生活和现代情绪的书写。诗人像当年波德莱尔笔下的巴黎闲逛者一样游弋在都市的大街小巷，咖啡馆少年、广场舞大妈、公交车过客、站街小姐、卖菜老农、进城农民工……纷纷来到诗人笔下。在2014的咖啡馆里，"殖民主义的饮料"成为抒情年代"诗人的穷亲戚"（《咖啡馆2014》）；在城市的一角，"进城务工的农民/在薄暮时分，结伴而来"，站街小姐"蘸着唾沫数钱的动作/和卖菜的老农，没什么区别"（《你们》）；在周末的大街上，"有人在广场上跳起骑马舞"（《生日随笔》）；从贤士二路到红谷新城，245路公交"秋风扫落叶般/把站台上的人扫进车里/又沿途吐出他们"（《等245路公交车不至》）。从抱朴夜读到穿街走巷，从携风吟啸的高蹈诗人到灯红酒绿的芸芸众生，《大河书》中虽然还有秋风、冬雪、夜雨，也写晚读、夜饮、忆旧，然而，此番物象人事已非昔日面目："晚读"时，"一个城市的肺呼出更多的/风轻和天高/那电路板样运行的城市/越是繁忙，越是荒凉"（《晚读》）；"夜饮"时，"泡沫升腾如白昼/两瓶南昌啤酒就让你深刻起来"，"饮者的鱼眼里/雪花一样的回响，爆裂在盛世之秋"（《夜饮记》）。无论是诗歌中的人事还是文本外的诗人，喧嚣取代了虚静，世俗消解了古典，王彦山的诗歌已然进入了嘈杂的现代。

八十多年前，《现代》杂志的主编施蛰存在阐释现代派的都市诗歌时说："《现代》中的诗是诗，而且是纯然的现代的诗，是现代人在现代生活中所感受的现代的情绪，用现代的辞藻排列成的现代的诗形。"①施蛰存的这一阐释用在90年代以来江西都市诗歌创作也同样切中肯綮。现代的城市人在广场、酒吧、舞厅、咖啡店和摩天大楼等现代城市空间里一方面消费着城市的物质与繁华，另一方面却又真切感受到内心的孤独和焦虑。

四、历史咏怀与审美变奏

在我国古代悠远的诗歌长河中不乏咏史的传统，究其旨趣，或是咏史明志，或是借古抒怀。检阅90年代以来的江西诗歌创作，咏史之作似乎大多只走借古述怀一路，而少咏史明志一脉，取现代视角回望历史烟云，是这类诗歌的共同取向。程维的《唐朝》和万箭飞的《话说宋朝》分别以唐诗和宋词为脉络，试图把握唐宋两朝的文化气象。在《唐朝》中，以"梦为马"进入"诗歌盛世"的诗人，用体态丰盈的女王、喷薄欲出的太阳、对酒当歌的李白、牧野流星的骏马等一个个恢宏的意象，重现了一个令人心仪的盛唐气象，结尾处，诗人不禁发出由衷的赞叹："五千年的历史才真正风流了这么一次。"在《话说宋朝》中，诗人把宋朝比作"一首词"，分为"上阕和下阕"，皇帝和大臣们"每天泡在词里"，于是，"汹涌的黄河"变成了"一个温柔的句式"，"大散关"成为"一个孱弱的韵脚"，北国的风暴、蛮夷的马蹄"践踏着辽阔的中原/亵渎着华夏玉洁冰心般的土地"。诗人借用宋朝的文化名片——"词"的形式解剖宋朝的肌理，书写宋朝孱弱的精神气韵，把抽象的历史之思具象化为今日之叹。施浩的《敦煌》和刘国藏的《圆明园废墟随想》则分别以中华民族的两大文化遗迹作为历史沉思的对象。在"敦煌"，虽然飞天壁画和洞藏佛经叙说着曾有的辉煌，然而，诗人透过历史的烟尘，看到的却是"春天。十个美丽的男子一齐睡去"，大漠、落日、烟台等暮日意象无不流露出历史的沧桑和悲凉。在"圆明园废墟"，诗人面对"荒草、瓦砾、断壁、颓垣"，咀嚼近

---

① 施蛰存：《又关于本刊中的诗》，《现代》1933年第1期。

代史的"苦辣酸甜"："列强张牙舞爪，帝王将相鼠窜，百姓血流成河尸堆如山，宝库珍园火海一片"。

在90年代以来江西的咏史诗作中，不止有着眼于朝代兴亡和文化盛衰等宏大主题的诗作，也不乏一些关注名人轶事和寻常生活的结构。吴金亮的《司马迁》以流动的诗句追忆了汉代伟大史学家司马迁忍辱负重秉笔直书的生活方式和写作精神，"你在尘世的旅行是必要的/像掷出的骰子一样左右着赌局/比火焰更能鉴别真伪的时光/确保你，最终不会被出卖/那些应你的号召/怀着各自的火与冰，分别/来自天堂和地狱的英雄豪杰/帝王将相，还有仅仅作为配角/存心捣乱的流氓恶棍们/将护送你走向日子的尽头"。在另一首《竹林七贤》中，诗人把晋代竹林七贤率真、洒脱的生命状态比作"野生状态"和"风的形状"，赞美他们"直接踏在裸露的大地上/时刻活在生命的最前线"的真实人生和"一张琴，一壶酒，一首歌/一束宁折不弯的阳光"的高洁品性。黄建华的《端阳·屈原》以时空跳跃的手法，站在今日端午龙舟竞发的汨罗江畔，追忆两千年前峨冠博带的三闾大夫，赞美了屈原用"九歌问天的浪花/塑造成国粹、传统和风范"，是非功过自有后人评说，"历史标上了句号但民间不标/民间把苦艾和菖蒲悬成乡俗"。诗人把理性的历史判读融入生动的民间乡俗的描写，在想象中完成了知性和诗意的交融。谢轮的《项羽·剑缨·乌骓马》以简练而饱含张力的诗行再现了楚霸王英雄末路时的慷慨与悲凉："他/最后倒下/捂住插在胸脯上的剑缨"，"剑缨/在斜风细雨中/如乌骓马鬃"，"无颜见江东父老/又怎有颜去见期待他已久的/钟情他已久的爱姬"。诗人选取了剑缨、乌骓马和虞姬等最能体现项羽英雄气概和侠骨柔情的意象完成了一段英雄悲歌的历史剪影，而诗的结尾两句"这汉子/这汉子"，既有对项羽"力拔山兮气盖世"的赞美，更蕴含着对末路英雄的无尽惋叹，余味绵绵。

站在现代视角回望历史，在古典和现代之间建构起跨越时空的密约通道，是现代咏史诗的惯常方式。王彦山的诗集《一江水》深蕴着古典情，常常以"夜读"的方式，与那些在精神深处与自己共鸣的古典诗宗展开心灵的对话，"凉风乍起""满月一轮"的秋夜，失眠的诗人与子建清谈（《夜读子建》）；"大雪纷纷扬扬"的静夜，诗人与五柳先生对饮（《与五柳先生对饮》）；"淫雨霏霏"的春天，诗人愿意成为谢灵运诗中"一枝清瘦的芙蓉"（《白云屯，祭于谢灵运墓前》）；"惊涛拍岸"的九月，诗人期待东坡"吟啸着翩然而至"（《夜读东坡》）。失意的子建、寂寞的王维、沉郁的杜甫、隐逸的陶渊明、清拔的谢灵运、洒脱的苏东坡，一个个怀才难遇而又矢志不渝的古典诗宗从历史的烟尘中走来。在喧嚣的时代，任时光荏苒，寒暑轮替，诗人内心深处，总是独守一份深厚的古典情怀。王治川的《念奴娇》从深秋滕王阁登高望远着笔，"孤鹜披烟越飞越小/望赣江北去长天迷漫处/隐约见早生华发的眉山老伯/站在宋朝岸上，多情慨叹/壮哉！浪淘尽，千古风流人物"。诗人在此化用王勃《滕王阁序》和苏轼《念奴娇·赤壁怀古》的意境，抒发了登阁怀古的幽情和恍然梦醒的胸臆。褚兢的《满江红》从岳飞的词《满江红》生发开去，"从历史的深处/传来一声/仰天的长啸"，"残阳如金瓯一片片/碎裂 赵家天子已羸弱得/血性苍白/大江东去 卷起千军泪/气吞万里 空望贺兰山月"，"一江火 一江血/从古至今长呜咽"。诗人站在今天的视角，感叹历史，意境苍远，基调悲壮，在古今之间形成互文对照。邓诗鸿的《边塞曲》带着现代意识进入古代边塞情境，想象边塞的烽烟、瘦骨和乡愁："风吹衣单，一根遗落千年的瘦骨/于万里烽烟的断章处，在乡愁的怀抱里还魂"，"擦拭着征尘和铠甲，一行孤雁/潦草而苍凉"，"我知道，每个人的血液和骨骼里/都浇筑着心中的边塞和长城，无论是古人和今人"。

90年代以来江西诗歌创作中的咏史佳作举不胜举，譬如王治川的《苏武牧羊》、叶明新的《刺客荆轲》、滕云的《玄歌》、林翼的《古窑之瓷》、练蒙蒙的《江东父老》等无不是取现代视角回望古典中国，在想象中营构出历史、文化和诗性的空间，既有现代的意识又不失古典的韵致，仍然是现代与古典的双重审美变奏。

第二节　李耕的散文诗

　　李耕（1928—2018），原名罗的，江西南昌人，当代著名散文诗人，1948年参加革命工作，历任《民锋日报》副刊主编、《星火》杂志编辑、江西省作家协会副主席。李耕长期专注于散文创作，取得了十分突出的成就，2007年获"中国散文诗终生艺术成就奖"。李耕的散文诗创作大致可以分为前后两个时期。40年代末至50年代初为创作初期，解放前主要创作了《我是来自严冬的》《溪》《路·桥》《黑公的笑》《沉默》《罪恶的脚迹》《诗人，你变节了》《夜，阴森森的夜》等一批"战歌"式作品，诗人一方面揭示鞭挞了旧社会的黑暗，另一方面又表达了在严冬与黑暗中对春天和黎明的寻找。50年代初期，年轻的诗人与全国人民一道怀着喜悦和激动的心情汇入到歌唱新中国的"大合唱"中，乐观向上的情绪取代了此前沉郁激愤的基调，诗人在《跑步》中如此描述当时的心境："谁愿意停滞不前呢？除非你是个瘫痪的人。谁愿意在固有的脚印上跳跃？除非你已酩酊大醉，或，甘愿在羞愧的岁月中讨日子；不然，你是会跑步的。"50年代后期至"文革"时期，遭遇政治严冬的李耕失去了创作的权利，处于创作的蛰伏期。"文革"结束后，"归来"的诗人重拾创作的激情，先后出版了《不眠的雨》《梦的旅行》《没有帆的船》《粗弦上的颤音》《爝火之音》《暮雨之泗》《无声的萤光》《疲倦的风》《篝火的告别》等散文诗集，进入到创作的成熟期，形成了情理交织、冷热兼容、刚柔相济的散文诗风格。

一、忧愤的底色

　　李耕在谈及自己的散文诗时说："忧郁大概是我的表现于生活的一种色彩，说重一点，它的底色也许是忧愤。"[①]李耕散文诗的忧愤最初来自早期的苦难经历。在动荡不安的1920年代末，李耕出生于一个贫病交加的底层平民之

---

　　①　耿林莽：《序二：燃烧的李耕》，《创作评谭》2001年第1期。

家，父母病重，双双失业，"饥饿有如撒旦纠缠着五口之家"，小小年纪的李耕不得不弃学务工补贴家用，先做报童，继而入车队当钳工，被裁员失业后，考入公费职工学校，不久又因参加学潮被勒令退学，战乱时期随着贫苦的家四处流亡，甚至一度在贡江一带漂泊拉纤，在崆峒山中艰难跋涉。这段艰难的人生岁月激发了诗人对黑暗旧社会的忧愤："我是来自严冬的"，"我挨过了冬天，又是冬天，过了冬天，还是冬天哟"，"在这没有春天的国土上，我受尽了严冬的挫折"（《我是来自严冬的》）。当然，诗人在表达对"严冬"的忧愤的同时，也在努力寻找春天，即便牺牲生命也在所不惜："如今，我被剥削重压的脊背，再负不起沉重的时间，我的生命，再不能在别人的手掌中凋瘦，我要以自己的生命作赌注"，"带着我那苦难的诗篇向春天登记"（《我是来自严冬的》）；"我的生命，春天给的；我的生命，也给春天"（《溪》）。

如果说少年时代的苦难生活是李耕诗歌忧愤的起点，那么，青年时代所遭遇的政治寒冬则进一步升华了诗人对于人生、生命的忧愤体验。1958年，李耕被错划为"右派"，受到不公正的对待，"监督劳动，下放血吸虫疫区，三十元生活费。老父病危，爱人受牵连。两个孩子嗷嗷待哺。最为痛心的是作为生命一部分的文学生涯被迫中断"（《沉浮在命运之河上的小舢板》）。十年的苦力生涯，数次死里逃生，几遇"灭顶之灾"。然而，十年"文革"浩劫中，再度身陷囹圄。在政治的寒冬里，诗人虽然目睹了世态炎凉，亲历了"炼狱"般的人生，但他并没有屈服和沉沦，虽然"被惊起的砂石和惊断的枯枝，压伤了我有志于高翔的翅翼"（《猎》），然而，"我，清醒地困惑在暗滩上，/我忧怨，但不沮丧/我寂苦，但不沉沦"（《搁浅之后》）。

1978年李耕平反复出文坛，归来的诗人重新拾起被迫中断了二十二年的笔，再次放声歌唱。在受难中经历了身心淬炼的李耕，思想情感得到沉淀和升华，进入到创作的成熟期，诗歌由个体生命的感悟上升到对民族、人类命运的思考，忧愤的基调在表达个人心理情绪的同时更具有了以"历史反思"为核心的理性思辨色彩。诗人一边欢呼"春天，真的来了"，一边借牢狱之"花"表达对政治寒冬的激愤："沉默的诗人唱出他第一支沉默后不再沉默的战歌"，

"牢狱，是你愤怒的沃土；镣铐，赋予你正义的音符"，"浇灌它的，是仇恨的眼泪；耕耘它的，是剑，是笔，是弓和弩。最早怒放在将死者的胸脯，不死的光华，才在人世常住"（《春笛九章》）。然而，归来的诗人更多表达的是"醒来"后对一代人命运的思考，对历史的反思，对未来的信念和希望。从噩梦中醒来，诗人"得到了一双清醒的眼睛"（《醒来的时候》），生活给他们的"是苦，愈觉甜"（《酒》），"加上一个思考的起点"（《留给他们……》），"背，朝着已死去的时刻；前方，跃动着太阳举起的黎明。坚韧地走着！走向雨天与晴天的边界线。这时，若在泥泞的窘困中停下步子，就会在雷雨中消失自己"（《这雷雨中的夏季》）。诗人赋予了经历磨难的一代人以"伤痕的浅草"和"未死的树"的精神象征："微露伤痕"的浅草，"绿得执着，不愧从严寒走来"（《给浅草》）；"未死的树"，"严冬时，它残叶萧萧凋尽，肩胛袒袒裸露，头颅疏疏光秃。它赤贫，赤贫得不屑害怕霜欺雪压，风敛雨夺，雷袭电击。它赤贫，赤贫得直面僵冷的朔风而扬声大笑"，"规劝它回避严冬的冰冻。它说，我坚信春会降临"（《未死的树》）。"浅草"和"树"虽经历严冬、雷电和赤贫，伤痕累累，但仍然坚韧执着，对未来充满信心，象征了如诗人一样历经政治磨难的一代人"虽九死犹未悔"的精神品格。

二、燃烧的激情

李耕的诗作虽然大多有着忧愤的底色，但他始终充满了激情与真诚，是一个"激情燃烧的诗人"[1]。坎坷的人生和政治的磨难不但没有使李耕屈服和消沉，反而磨砺和造就了他顽强不屈、嫉恶如仇、正直刚毅的品格，对黑暗、虚伪、邪恶的愤怒，对光明、理想、信念的追求，使得李耕的散文诗"燃烧"着激情。散文诗《火之帆》中，李耕创造了"火之帆"这一独特的意象来象喻自

---

[1]　耿林莽：《序二：燃烧的李耕》，《创作评谭》2001年第1期。

己的生命人格和信念追求："火，在树的脉流中燃烧。燃烧着用它的全生命全气力全魂魄，冲出冰雪的缰羁并沿着耸起的枝叶升起了火的帆。"从"未死的树"到"火之帆"，李耕的人格和诗风既保持着一贯的激愤，又燃烧着新的激情，"这是理解诗人李耕的关键，也是读懂李耕散文诗的关键"[①]。

"对于生活的爱情和信念，是李耕散文诗的两个基本成分，它们是作者从漫长生活的欢乐和痛苦中获得的。"[②]尽管诗人长期被命运抛掷到生活的底层，但是"我的命运和一片干涸的愁闷的土地粘合在一起，由于爱的灌溉，开出了欣慰的花"（《飘飞的心愿》）；"我的爱，全给了土地，给了耕耘的人们，给了我们共有的春天"（《未死的树》）。曾经被放逐的李耕在故乡山野度过了艰难岁月，对山村大地的爱是诗人感情燃烧的源泉。《啊！山村》《唱给黎明的山村》《故乡绿叶》《故乡的山》《故乡二月》《故乡云》《彩云，飘过山野》《云》《燃烧》等散文诗表达了诗人对山村大地的眷恋和赞美。山村只是慷慨地奉献给人们金的谷、银的棉、红的果和无私的爱情，而不要任何回报和馈赠。诗人有时把山村比作"一位用半爿岩壁掩着自己半露着笑脸娴静而羞涩的村姑"，而要"招来云朵为它遮阴"，"撕来雾巾为它擦汗"，"携来星斗为它作伴"（《啊！山村》）；有时借"飘飞的云"表达对山乡深沉的爱，"爱上了飘飞的彩云，对山乡，就会爱得更深沉"（《云》），"多想将天边彩云撷来赠给故乡"（《故乡云》）；有时把对山村的爱比作"燃烧的火焰"，"燃烧的火焰是飘动着的蓝的云"，"母亲河的涌动的浪，故乡山的曾遭受过劫难的森林"，"鹧鸪的恋歌，山村的不再饥渴的小路和窗口"，"不能成为炽热的太阳就作草间游弋的萤"，"不能是一支交响曲就成为山间阡陌上的童谣"，"让生命投入火炉，让这蓝天飞翔的精灵，凝成一颗不死的星"（《燃烧》）。

李耕由爱而生发的激情并不仅限于收留和接纳了自己的故乡山野，而是进一步延展至更广阔更丰富的海洋星辰和自然万物。在《海之波》《海涛上的

---

① 耿林莽：《序二：燃烧的李耕》，《创作评谭》2001年第1期。

② 王光明：《浓缩着生命和春色的绿叶——李耕和他的散文诗》，《新时期江西作家作品论集》，百花洲文艺出版社1994年版，第35页。

梦》《我们是海》《海的黎明》《海上落日》《海波上的星》《海·勇者》
《海的启示》《我，在寻觅海》《海的旅者》《海的路》《海的赠与》《愤怒
的海》《海，在与风暴搏击》《海的浪花》等诗作中，诗人以澎湃的激情和丰
富的想象，表达了对壮丽广阔的海的向往和赞美。在诗人笔下，大海不但有着
"壮阔的胸襟和气势，粗犷的涛声和剽悍的力"（《海滩上的贝壳》），而且
还是富有智慧和个性的"哲人"与"诗人"，"它自由地，按照自己的心愿，
却又有约束地荡漾起它的绚丽多姿思绪"，"它用自己蔚蓝色的声音，不断
地谱写着不凋谢的青春之歌"（《海之波》）。诗人不仅赞美大海浩瀚的风
姿和仪表，还从"智慧的海之波"中获取人生的启示。海不拒细流故能成其
大，"海的浩渺和非凡的力来自涓涓细流"，从"飞跃而跌的瀑""潺潺小
溪""淙淙小河""茫茫湖泊"，到"浩浩荡荡"的长江和黄河，"它们最后
都以同样的蔚蓝色的强音高喊着：我们，是海"（《我们是海》）；沧海横流
方显英雄本色，"海的广阔的爱，只给勇者"，"愤怒时也在狂澜中让给勇者
以帆的路"（《海·勇者》），"当风暴疯狂地鞭笞海"，"海，用怒涛抗击
着，借波浪咆哮着"，"海是斗士，却不是暴徒"（《愤怒的海》）；海有容
纳万物的胸襟，它"容下过虹的丰姿，也容下乌云的骚扰"，"淘尽污垢，却
又收纳泥尘"，"托起风帆漂泊，又为风帆的憩息安顿平静的港湾"。因而，
"我寻觅着海"，"也是寻觅我自己"（《我，在寻觅海》）。

　　李耕的散文诗始终表现了对真善美的追求和热爱。他在《猎》中写道："在
生命的弓弦上，我有三支箭"，"狂热的青春期，为猎取爱的星辰"；中年时期
想收获树梢上的"金果"，却压伤了"有志于高翔的翅翼"；年暮时期，"不能
虚掷这最后一箭"，即使生命落地也"必须射下金果"。诗人从他生命弓弦上发
射的"三支箭"，要猎取的正是真善美的"金果"。他赞美在雪中受着寒苦的
枫、自由的没有羁绊的云雀、匍匐于潮湿的泥床等待壮烈牺牲的紫云英、跋涉风
雨绿向荒漠的野草、经受风霜雷击仍然甜果满枝的石榴树、飞在各种颜色里却仍
保持洁白个性的白蝴蝶、朴实而宽厚仁慈而慷慨的棕榈树、坚守自己卑微岗位的
三叶草，诗人热情讴歌一切具有真善美的精神品质的事物。

三、思辨的力量

李耕是一位既有强烈爱憎感情，又具丰富理性思维的诗人。耿林莽在评价李耕的散文诗时说，"你的叶子是一些思想"，"这株挺然而立的大树上萌生的每一片叶子，都闪现着理性的光辉"[①]。作为从"严冬"中"归来"的诗人，在风暴中被折断翅膀的"幸存者"，李耕对人生坎坷和生活磨难更多进行的是"冷处理"，他追求的是"冷韧的冷静的'燃烧'，是一种无有太多烈焰的'爝火'式的冷燃烧"[②]。李耕在直面悖谬和苦难的同时，努力将生命体验融入理性反思，从而产生一种冷峻而深沉的思辨力量。

李耕散文诗的思辨力量首先来自诗人对苦难的沉思。虽然李耕的散文诗创作经历了三个阶段，但是大多作品创作于第三个时期。在思想解放和改革开放的新时期，"归来"的诗人重新审视自己所经历的苦难。在散文诗集《爝火之音》的后记中，李耕说："遭遇到种种并非是自己愿选择的一些遭遇，便构成了自己一生中颇为艰难的人生境况。追求、幻灭、取得或失落，终又纠缠若干忧患、若干瞬间的失望与遗憾，且又在一再的陷落之中一再升起追求或拓展的火焰。郁结于数十寒暑的'燃烧'（巴尔干半岛十九世纪诗人耶夫诺夫有一句名诗：我不是活着，是在燃烧），当不同程度地融入若干人生的壮阔、时代的悲壮与生命的颠簸之苦，并凝为自己散文诗的某种并非唯唯诺诺或可言之谓奴性的底蕴。"[③]作为政治灾难的"幸存者"，诗人不回避自己所经历的磨难，"我，不是一阵骚乱从丛林里惊飞的鸟。不要给我戴上自由飞翔者的桂冠，因为我是个被击者。我的喙淌着由于呼喊而淌着的血。我的羽翎染着由于被抨击而被涂染的硝烟。我的翅被折断，为了自由的飞翔而不能飞翔"（《幸存者》）。

---

① 耿林莽：《序二：燃烧的李耕》，《创作评谭》2001年第1期。

② 熊述隆：《鸣响不绝的缪斯之箭——李耕散文诗创作鸟瞰》，《创作评谭》1999年第5期。

③ 李耕：《爝火之音·后记》，百花洲文艺出版社2001年版。

"国家不幸诗家幸，赋到沧桑句便工"，苦难对于国家和个人而言固然不幸，但诗人却从中获得了人生的启示和作诗的素材。当"归来"的诗人回望二十余年的苦难历程，并不只是停留在咀嚼苦难的表面，而是将自己的苦难经历和体验提炼成各种象征性的意象，诸如"折叠的夜""弯曲的山道""海边崖上的榕树""坠落的风筝"，等等，表现出对历史、人生、命运更深广的沉思。对于曾经的"黑色的灾难"，诗人不是"抛回给那些曾企图用黑色的手扼死光明并曾将黑暗撒播给大地的人"，而是要"将黑夜折叠着并隐藏了起来"，"用自己的良知和智慧铸就的力，将那些黑暗的宠儿化为光的粒子照亮黑夜"（《折叠的夜》）；"弯曲的山道"里即使有"奇异的花卉，瑰异的崖石，诡谲的雾和变幻无穷的云"，也要将生命的脚步"融进这弯曲的山道"，"去开拓广阔的道路"（《弯曲的山道》）；立在海边崖上的"榕树"，"有如岩石所雕刻"，"浪要劫走它，它宁死也不低下屈辱的头"（《榕·海边的崖》）；在风中"坠落的风筝"没有屈服命运的安排，而是"蕴含着对蓝天的梦境般的遐想与展现自己青春的力的追求和期望"（《一只坠落的风筝》）。

李耕说，过去的记忆太苦，"缀满坎坷的皱纹"，要让它"沉没在岁月的潭底"（《不让浮起的记忆》），"作家就是作家，需取的是人类与历史这一高度"[1]。李耕散文诗的思辨力量不只是来自对苦难的感悟，还来自关于对人类命运和历史人生的哲思。历经人生磨难的诗人希望"拆毁所有的墙，拆毁心中的墙"，崇尚返璞归真的生活，尊奉"完全奉献""大道至简"的境界。在诗人看来，"眼前的飘在天空的云朵是美丽的"，但它"终将随风飘逝"，"永远不飘逝的，是大地，是大地上的高山与河流"（《终将消逝的云》）；睿智慷慨的古井"化污浊为纯净"，"化苦涩为甘甜"，"它从不要你酬答，却馈赠你许多"，"欢乐地为这个世界奉献"，"从未考虑自己终有一天会坍塌"（《一口古井的启示》）；老树"曾经有过繁茂的枝叶"，尽管遭受雷殛，也甘愿奉献一切，"让鸟筑巢，不是为了听鸟的歌；让蝉栖宿，不是因蝉

---

[1]　耿林莽：《序二：燃烧的李耕》，《创作评谭》2001年第1期。

天生有透明的翼；让蜂蝶繁衍，不是为占有蜂蝶的蜜"（《老树》）。

波德莱尔在《巴黎的忧郁·献辞》中说，散文诗这种形式"足以适应灵魂的抒情性的动荡、梦幻的波动和意识的惊跳"[①]。作为散文与诗"嫁接"而生的新文体，散文诗既有利于抒写心灵或主观情绪，也有其独特的审视人生方式。20世纪中国新文学史上，自鲁迅《野草》开辟散文诗写作路径以来，中国散文诗创作并没有得到成功实践和充分展开。著名散文诗作家郭风认为："散文诗是最难把握的一种文体。这种文体对于作家有严格而又崇高的要求和约束，譬如，散文诗要求作家对于自己置身其间的外部世界和个人的内心世界所产生的动态极为敏感，要求作家具有独特的洞察力、思维方式和表达方式，要求对于语言的运用格外朴素，要求作品表达的思想格外深刻、明晰，等等。"[②]自20世纪40年代以来，无论世事如何更迭，人生多少磨难，李耕始终在散文诗园地辛勤耕耘，以忧愤的基调、燃烧的情感和思辨的力量在广阔的生活和丰富的内心之间构建了自己的散文诗世界，他"和当代从事散文诗创作的有数的几位先行者一起，为我国散文诗的继续发展而开拓道路"，"他的奉献精神使他的作品无负于时代对于一位散文诗作家的期望"[③]。总之，李耕的散文诗创作在中国当代文学史上留下了浓墨重彩的一笔。

第三节 郭蔚球与程维的诗

郭蔚球与程维是江西当代诗歌创作中各走一路的重要诗人。郭蔚球（1931— ），江西新建人，1964年毕业于中国人民大学中文系文学进修班，历任江西八一革命大学文艺部创作员、江西画报社创作组组长、《江西文艺》编辑、江西作家协会秘书长、《星火》杂志编辑部负责人、《摇篮》儿童文学

① 波德莱尔：《巴黎的忧郁·献辞》，亚丁译，生活·读书·新知三联书店2004年版。

② 郭风：《散文诗这种文体——〈李耕散文诗选〉序一》，《创作评谭》2001年第1期。

③ 郭风：《散文诗这种文体——〈李耕散文诗选〉序一》，《创作评谭》2001年第1期。

报主编、江西省文联副主席等。1956年开始发表作品，著有诗集《美的追求》
《爱的长河》《冬恋》《心海漂流》等。长诗《青春与理想》获1984年江西省
人民政府文艺创作一等奖，诗集《爱的长河》《冬恋》分别获江西省谷雨文
学奖、江西省文学艺术优秀成果奖。程维（1962—　），江西南昌人，1991年
毕业于江西师范大学中文系，1981年参加工作，曾任南昌市作家协会副主席、
江西省作家协会诗歌创作委员会主任、江西省作家协会副主席。1983年开始发
表作品，著有长篇小说《浮灯》《皇帝不在的秋天》《海昏：王的自述》《双
皇》，散文集《画个人》《南昌人》《南昌慢》《南昌记》《独自凭栏》《沉
重的逍遥》《书院春秋》《豫章遗韵》，诗集《古典中国》《纸上美人》《他
风景》《妖娆罪》等，长诗《唐朝》《汉字·中国方块》《喜马拉雅山上的
雪》《商》《一日百年》在海内外产生广泛影响，曾获首届滕王阁文学奖、第
八届庄重文文学奖、首届天问诗歌奖、首届中国长诗奖、江西省首届优秀文艺
成果奖、江西省谷雨文学奖、中华好图书奖等，入选"中国新诗百年百位最有
影响诗人"。郭蔚球的诗洋溢着爱的激情，实践着美的追求，他把对生活、祖
国、人民、自然和人类的爱汇成"爱的长河"，善于从革命历史、时代生活和
日常情感中发现诗意，开掘美，从而形成了真诚、明快、绚丽、激越的诗歌风
格。程维的诗在现代与古典之间建立起独特的审美空间，常常把现代意识融入
古典意象中，在现代诗歌中植入传统人文关怀，赋予现代诗歌语言以古典的美
感，开拓了新古典主义现代诗歌的新境界。

一、郭蔚球：爱的激情与美的追求

　　郭蔚球是一位充满着爱的激情，不断从历史和现实开掘诗意的诗人。郭
蔚球说，他是"凭自己的激情写诗，用自己的激情去引起人们共鸣的"[1]。自
1956年发表第一首长诗《鲁迅，一颗永不陨落的巨星》开始，到新世纪诗集

---

　　[1]　周劭馨：《郭蔚球的诗和他的诗学》，《文艺理论家》1987年第4期。

《心海漂流》的出版，半个多世纪以来，郭蔚球始终以饱满的热情和昂扬的姿态致敬历史，拥抱时代，"以激奋的情感，以昂扬的声调，明快的节拍，唱出了一首首爱与美的颂歌"①。从题材来看，郭蔚球的诗歌创作大致可以分为三个系列：一是对革命红土地的礼赞；二是对时代生活的赞美；三是对自然山水的歌吟。

江西是孕育中国革命的红色摇篮，无数革命先辈用鲜血濡染的红土地历来是江西作家取之不尽的创作源泉，也是郭蔚球诗歌创作最初的精神滋养。诗人曾如此饱含深情地表白："我生命的细胞中/有革命先辈的遗传因子和血素/就连他们的思维、气质和情感/也都深深渗透我的骨髓。"（《井冈山情思》）无论是早期诗集《美的追求》《爱的长河》，还是后来的《冬恋》《心海漂流》，红土地的一草一木、一灯一塔、一山一水，都熔铸于诗人的笔端，对革命岁月的缅怀，对革命领袖的赞美，成为郭蔚球诗歌最重要的主题。早在60年代初，郭蔚球便集中创作了《美丽的井冈山，你早！》《茅坪八角楼》《井冈山人》《烈士塔前抒怀》《漫步红松林》《盐罐的启示》《红井歌》《砚》《朱老总的战马》等一批歌咏红土地的激情诗篇。在这些诗作中，诗人有时登上黄洋界，激情放歌，"美丽的井冈山，你早/我们是多么爱你呵/爱你的山山水水/爱你的一花一草"（《美丽的井冈山，你早！》）；有时走进八角楼，重温革命领袖的战斗岁月，"就在这间简陋的小屋里，/一位巨人曾把中国革命安排"，"有多少个不眠的夜晚，/他挑灯疾书，感情澎湃！/他告诉那些迷茫在十字路口的同志，/小块的红色政权为什么能够存在"（《茅坪八角楼》）；有时站在烈士塔前，缅怀革命先烈，"我轻轻地踏上石阶，/手抚塔身默悼红军——/黄金世界的铸造者呵，/你们可听得见我的声音"（《烈士塔前抒怀》）。郭蔚球对革命红土地的礼赞并不止步于赣鄱山水。80年代初，诗人曾随闽赣作家访问团，从瑞金出发，沿着长征路线，途经湘、黔、滇、川、宁、陕、甘等省，行程二万余里，到达革命圣地延安。大渡河、泸定桥、杨家岭、

---

① 熊光炯：《爱和美的旋律——郭蔚球诗歌创作简论》，《创作评谭》1992年第2期。

枣园以及南泥湾等革命圣地无不牵动着诗人的情怀。《大渡河之恋》中，诗人"乘万里长风/越重重山岭"，目睹了大渡河"一江鳞甲/一江繁星/一江史诗/一江雷霆"的壮丽画卷，礼赞了大渡河"粗犷、憨厚、倔强、钟情"的性格，更表达了对大渡河赤子般的思念和爱恋；《呵，泸定桥》中，激情满怀的诗人"踏着呼啸的激浪/乘长风，去追寻/五十年前的烽火"，"对岸，枪声紧密/桥头，弹雨滂沱"，英勇无畏的红军"从天而降/强攀泸定桥铁索"；《饥饿的草地》中，诗人以丰富的想象，再现了红军长征的艰难险阻，礼赞革命先辈的革命豪情，"血红的夕阳 栖落在/茫茫草地的马蹄上"，"在广阔无边的泽国里/红军队伍在风雨中集结"，"每一步 都踩着沉重的历史 节节路程 都足以构筑一部史诗"；《枣园·纺车》中，诗人"穿云破雾二万里"，重访枣园周恩来旧居，再现了总理"当年挑灯纺线线/灯盏熬干夜不眠"的动人场景，"炯炯双目布血丝/湿透衣衫一件件/风啸雪飘窑洞冷/心中一片艳阳天"。显然，这些新时期的革命赞歌比此前具有了更开阔的视野和更激越的情思。

　　文章合为时而著，歌诗合为事而作。郭蔚球不仅对革命红土地满怀赤诚，同时也以满腔的热情拥抱时代生活。诗人有着极为敏感的神经，总是与时代潮流同脉共振，几乎每一次重大事件或时代浪花都能在他的诗作中涌现，引起广泛的共鸣和反响，这些感应时代脉搏的作品主要收录在诗集《冬恋》和《心海漂流》中。在《火山颂》中，诗人把"天安门诗歌运动"比作"火山"的爆发，"火山——力的化身，刀的性格/那排山倒海的气势，仿佛要把整个地球涤荡"，"血像火焰在心中燃烧，诗像雪片般漫天飞扬"，广大民众长期压抑的心理，在悼念总理的诗歌运动中火山般喷发出来，引起许多读者的强烈共鸣；《春歌》中，诗人在十一届三中全会后的早春呼唤祖国春天的到来，"哦，我爱恋祖国的早春/她是饱经沧桑的历史见证，/每一朵鲜花，每一片绿叶，/都闪现出昨日的泪痕"；《香港，你听我说》中，诗人抒发了对香港回归祖国的激动与喜悦，"我轻轻地推开南国深圳的门窗/深情地凝望香港的灯光"，"香港，你听我说/天安门广场的倒计时牌/在十二亿同胞心中跳动"；《为中国喝彩》中，诗人为北京成功申办奥运激情"喝彩"，"纵有一个吨精彩的诗句/

也无法啊表达中国人的豪情与渴望/纵有一万条奔腾的江河/也容纳不下13亿人的欢乐与舒畅"，"喜看21世纪的东方古国/成为奥运圣火中的金色凤凰"。此外，《情系大京九》礼赞了"京九大动脉"建设送来的"蓬勃生机"，《最后的搏击》抒写了人民子弟兵不屈不挠、无私无畏的"九八"抗洪精神，《记住这一天》表达了对美国袭击我国驻南联盟大使馆的愤怒。时代浪潮里既有挺立潮头的"英雄伟人"，更不乏无私奉献的"平凡人物"。郭蔚球既歌颂"改写历史的巨人"，也赞美默默奉献的普通人物。《改写历史的巨人》歌赞了时代巨人邓小平的丰功伟绩，"是他，用真理的铁铲/挖掉了'两个凡是'的祸根/于是，一场思想解放的风暴/像核子爆炸/炸开了僵死的钢铁闸门/融化了沉睡千年的坚冰"，"他终于/找到了一个支点/撬动了地球，使中国焕发了青春"，"他是中国人民的儿子/一位改写历史的巨人"；《一颗耀眼的新星》书写了公安刑警潘堃为保卫人民与持枪歹徒英勇搏斗壮烈牺牲的故事，"一个高尚的灵魂/横眉怒怼枪口/一颗罪恶的子弹/夺走了他美丽的青春"，"倒在血泊中的人/是一位普通民警，然而/他的脊梁顶天立地/他的故事震撼人心"；《铁人张健》表达了对中国运动员张健成功横渡英吉利海峡的自豪和敬意，"他用矫健的身姿和深长的呼吸/在异国的大海中写下了中国的骄傲"，"铁人张健是威武不屈的化身/是一个新兴国家的强大象征/21世纪五彩斑斓的世界舞台/无处不闪现中国的身影"，这种对国家和民族的自信与自豪，正是我们这个时代所需要的一种精神力量。

　　郭蔚球对爱的激情和美的追求同样也表现在那些描写祖国山河大地的诗作中。他说："我这一生，好山水，爱远游。祖国的山川风物，常让我如醉如痴，有时，真是到了'放情丘壑，往辙忘返'的境地。"[①]在那些大量描写山川风物的诗作中，郭蔚球总是"怀着一种贪婪的、如饥似渴的心态，扑向大自然，走进那如梦如幻、如诗如画的、孕育着生命的山川湖泊。"[②]从神秘雄起

---

①　郭蔚球：《心海漂流》，百花洲文艺出版社2005年版，第412页。

②　郭蔚球：《心海漂流》，百花洲文艺出版社2005年版，第412页。

的西藏高原，到辽远壮阔的西沙群岛，从牛羊肥壮的内蒙古草原，到美丽多姿的新疆、青海，奔腾不息的长江、黄河……，诗人的足迹几乎遍布祖国的大江南北，他向这片养育了自己的土地敞开了火热的心扉。诗集《爱的长河》中收录了一组描写"西藏风情"的诗歌，月光、雪山、羊群、牦牛、喇嘛、经幡等青藏高原的迷人风情激发了诗人的诗情：拉萨月"似梦非梦"，"在神秘的宇宙，/唯独你最柔美、安详"（《拉萨月》）；"沉思的雪山/迷雾茫茫/一半插入地层/一半钻进云端"（《雪山吟》）；雪莲花"从不向蓝天谄媚，/也从不嫉妒花神的娇艳，/独有一颗清白高尚的心，/一副皎洁无瑕的肝胆"（《雪莲花》）；"牦牛/驮着夕阳/缓步在雪野上/蹄印，叠着蹄印/一群无声无息的生命/在没有尽头的岩壁间蠕动/沉重的脚步/敲打着寂静与荒凉"（《牦牛，在雪野上》）。在诗集《冬恋》中，诗人抒发了博大辽远的"西沙情思"，描绘了神奇美丽的"南国风景线"，呈现了如花似锦的"新疆剪影"："我的梦，搁浅在/西沙的礁盘上/每一朵浪花/都溅起（《南海梦》）；"南国深圳 像少女/一年四季/充溢着鲜嫩与芳菲/每根枝丫/都藏有一个绿色的梦"（《南国风景线》）；"葡萄架下结满爱情的故事/清溪中流淌着青春的憧憬"，"情歌唱醉了热瓦甫和弹拨尔/舞会累坏了冬不拉与卡龙琴"（《南疆剪影》）。在诗集《心海漂流》中，诗人更是把激越的情思撒向"多情的土地"："桀骜不驯的滔滔黄河/匆匆穿过沉重的岁月/流淌在炎黄子孙的血脉中/蜿蜒在海外赤子的情怀里"（《黄河》）；"雅鲁藏布江是一条天上的河流/流来了世代盼望的幸福与吉祥/清清的江水从藏胞梦里流过/翻身农奴的笑声在水中荡漾"（《雅鲁藏布江》）；"神奇的纳木错/恰似悬在天上的一座湖泊/浩瀚、深沉、博大/怎能描画出你的壮美/湛蓝、晶莹、妩媚/不足以形容你的秀色"（《纳木错》）；"星星点点的蒙古包/是钉在蒙袍花边上的纽扣/洁白可爱的羊群/是挂在阿妈胸前的项链"（《蒙古印象》）。

郭蔚球说，"我们这个时代，应当有更多壮怀激烈、充满阳刚之气、催人奋进的交响诗。亢奋、激越的时代精神，应当是诗歌的主旋律"，"对人民深沉的挚爱，对祖国前途命运的强烈关注，是我们这一代诗人的历史责任"。[1]
从当初的《美的追求》《爱的长河》，到后来的《冬恋》《心海漂流》，郭
蔚球的诗歌更多的是感应时代脉搏的"主旋律"和"交响乐"，它们虽然有着
"亢奋、激越的时代精神"，充盈着真挚深沉的情感，但也明显有着激情有余
而蕴藉不足，"多与政治生活、革命历史有密切的联系，且对时代精神的理解
亦往往执着于正面的单向思维"，因而"缺少一点有棱有角的东西，缺少一点
必要的锋芒"[2]。对于诗作多与时代"共鸣"，而缺少自身"个性"，郭蔚球
有着清醒的自觉和反思，他曾坦诚地说，虽然自己的"每一首诗都是真情实感
的流露，绝无故作深奥、无病呻吟之作"，但"我知道，这些诗作，也明显暴
露了我创作上的弊端，诸如因循守旧的惯性，表现手法的直白、浅露，语言不
够精炼、含蓄，等等，都不同程度地损害了作品的艺术质量"[3]。

　　然而，值得注意的是，郭蔚球的诗歌并非都是壮怀激烈的"主旋律"，
诗人在各个时期都有意识地在进行另一种审美向度的思考和探索，譬如《美的
追求》中的《面对未来，你在想些什么》，《冬恋》中的《人生滋味》《七色
脸谱》，《心海漂流》中的《感悟生命》《生活哈哈镜》等系列诗作对生命人
生的感悟，对假丑恶现象的讽刺批判。"一场浩劫"之后，诗人反躬自省，向
"年轻的朋友们"发出该"想些什么""做些什么""留下些什么"的诘问
（《面对未来，你在想些什么》）。在"岁月"之河中，诗人常常反刍"人生
滋味"，探寻生命的奥秘和价值："岁月 是一把无形的剪刀/剪碎青春的绿叶
花苞/从此 生命之树悄悄枯萎"（《岁月》）；"寂寞是漫长漫长的 它是/人
生之旅的一个个驿站"（《寂寞》）；"无声的墓地/以阴森严酷的语言/告诫
生者……飘散山坳一缕缕青烟 幻化成/淡泊人生的思考"（《墓地》）；"每
一个人 都必须坦然地/面对死亡"（《人生滋味》）。面对生活的阴暗和人性

---

　　① 郭蔚球：《诗人的情操与历史责任》，《心海漂流》，百花洲文艺出版社2005年版，第
337页。

　　② 陈良运：《爱与憎的真实心态——读郭蔚球〈冬季〉感言》，《诗刊》1995年第12期。

　　③ 郭蔚球：《心海漂流》，百花洲文艺出版社2005年版，第413页。

的丑陋，诗人毫不掩饰自己的好恶，以形象生动的方式进行讽刺和批判："市侩的眼睛/饱含伪善与欺骗/覆盖着可怕的阴影"（《眼睛的素描》）；"贪婪/是美丽的诱惑/是一切丑行的渊薮"（《贪婪》）；"说谎者 是人群中的幽灵/最终将自我毁灭"（《谎言》）；"流言，像一阵风/总爱钻进不设防的耳朵"（《流言》）；"卑鄙像无形的风/钻进每一条缝隙/吹捧 谄媚 诱骗 拍马/让你钻进魔鬼的藩篱/讹诈 圈套 陷阱 诱骗 嫉妒/把你拖入黑暗的地狱"（《卑鄙》）。显然，这些人生感悟和现实批判的诗作凝聚了作者的人生经验和生存智慧，比起那些壮怀激烈的颂歌更具有思想的深度和审美的个性。郭蔚球说，诗是现实生活在诗人心中的折射，是人民大众的思想情感在诗人心中的凝聚。诗必须深深扎根在生活泥土中。[①]这既是郭蔚球的诗学思想和创作追求，也是郭蔚球诗歌对于当下诗歌创作的启示。

二、程维：古典中国的重构与现代人生的表达

程维是江西当代诗坛屈指可数的具有全国影响力的诗人。自20世纪80年代以来，程维便以他独树一帜的"新咏史诗"引起广泛关注，不断地进行诗歌思想艺术的实验，力图挖掘诗歌创作的更多可能性，探索新的诗歌美学和诗歌传统的变革。当然，程维对新时期诗歌乃至文学的贡献绝不只是深入古典中国腹地的"新咏史诗"，事实上，他的诗歌有着广阔的生活疆域和丰富的情感经纬，那些关于故乡风物、山河大地、日常生活和灵魂世界的书写同样精彩纷呈。程维曾把自己的诗歌创作历程分为三个阶段，80年代至21世纪初，为"新古典主义"写作时期，倡导"难度写作"与"经典写作"，代表作为诗集《古典中国》《纸上美人》《他风景》；2010年至2014年为"本土写作，小说诗写作阶段"，"强调诗的元气，构建本土写作的世俗性与精神谱系"，"将小说式叙事性元素引入诗歌"，代表作为二百首系列作品《江右书》；2015年至今

---

① 郭蔚球：《心海漂流》，百花洲文艺出版社2005年版，第413页。

为"重归抒情"时期，提出"词语为我所用，让语言绽放与炸裂"，"诗为美刺之物"，重提"诗人风骨"①，代表作为诗集《妖娆罪》《信使》。

被称誉为"中国新古典主义诗歌开创者"的程维最初是因"新咏史诗"而声名鹊起的。在诗集《古典中国》《纸上美人》《他风景》中，程维将审美的触角伸向古典中国的辽远腹地，从汉字唐韵，到江山美人；从帝王将相，到文人墨客；从金戈铁马，到筝曲琴音，在无数次时空穿越中触摸历史的各个断面、褶皱和细节，并以其丰富奇特的想象、大胆夸张的修辞和极富表现力的诗歌语言，重构了绚丽多姿的"古典中国"，让日渐黯淡的古典重放诗意的光芒。汉字是中华文明的物质符号和精神载体，是进入古典中国讲述中国故事的基础门径，程维最初便是经由汉字来建构古典中国的精神气韵。在诗人笔下，"汉字充满了浓厚的哲学气息"，"一笔一画之中，包括所有的为人处世"，"用方块字写诗。状如宝塔和亭子/耸立于汉语言环境中。显示出塔的古朴/亭的风仪"，"用方块字写散文。状如楼阁大宇/在中国文学史上吞吐风景的/往往是这类名胜古迹"。从先秦大哲到汉赋名家，从唐诗宋词到明清小说，诗人不但用建筑修辞呈现了方块汉字的神奇魅力，而且借汉字穿越时空勾连起古典中国的精彩段落（《汉字·中国方块》）。如果说汉字是进入古典中国的门径，那么那些散落在历史深处的帝王将相、英雄侠士、文人墨客则是建构古典中国的内容和细节。诗人有时回到金戈铁马的古战场，想象帝王豪杰的"文治武功"和"英雄气短"。"在忽明忽暗的烽火中弹拨世界"的始皇帝，"以一曲悲壮的长城/化作尾声：定/天下"（《遥远的光与影：秦·始皇帝》）；而曾经用长剑"勾划了秦时残月"的西楚霸王，最终只得"用一只/充满百分之七十豪气和百分之/三十羞愧的手拒绝江东/如一片水上的叶子 渐渐远去"（《西楚霸王》）；"年年挡住关外马蹄"的飞将军李广，"到头来。一管箫声/将冷冷的银霜/吹得将军满头满身都是"（《飞将军李广》）；"马踏飞燕"的吕布，"去向不明/绣榻上仅见/不堪画戟之戳的/丝绸之薄"（《纸上

---

① 程维：《写作，就是寻找神话与诗歌的故乡》，《南昌晚报》2018年8月9日。

吕布》）。

　　更多的时候，程维走进文化典籍，重拾文人墨客的生活细节，再现古典中国的辉煌。在汉代的"书叶"里，"惊飞的汉字/被伺伏在旁边的阅读/所目击"，司马迁用"燃烧的笔。凿开黑暗的墙壁"，"统治者镀金的骨骼/在苍穹中显示思想的形体"（《司马迁》）；在唐朝的"浔阳江畔"，白居易将"小舟系在江头/像一桩牵肠挂肚的心事/琵琶声里/乌纱帽于瘦苦笔杆的身子上端/旋转着磨盘般的压力"（《江州司马白居易》）；在宋朝的"东篱畔"，李清照和她的词友们"对着黄花饮酒/他们填的词也主要是讨论/自己和黄花相比/究竟谁胖谁瘦"（《李清照与黄花及宋朝词友》）；在清朝"线装的往事里"，"孤独的圣者"金圣叹，"怀抱笔砚与宿疾"，"剖析比刀刃更薄的书页/批阅：艰难时世"（《金圣叹·生命的眉批》）。对于古典中国的历史段落，程维尤其向往气质恢宏的"大唐"。在诗人看来，大唐"光阴浩大/山河壮丽"，不仅有"恢弘的大城/金色的长安/千宫之宫 万殿之殿"（《大明宫》），而且"拥有中国最伟大的诗人和最美丽的女子"，"五千年的历史才真正风流了这么一次"，唐朝是"一个麦穗般成熟的女子/像女王一样/体态丰盈 品貌高洁"，诗人不仅反复高呼"我要到唐朝去。今夜就出发"，"去接受诗歌的桂冠和祭酒之司"，甚至高喊"到唐朝去死"（《我要到唐朝去》）。在《杜甫》《话说李白》《杜牧》《花间词人·温庭筠》《贾岛的手势》《唐：山居的王维与辋川画意》等一系列诗作中，诗人一次次描述了他所敬仰的诗人和他们的诗歌生活，不断重回梦中的大唐。此外，在《听琵琶古曲〈十面埋伏〉》《听古琴曲〈高山流水〉》《听古琴曲〈阳关三叠〉》《听古筝曲〈梅花三弄〉》等诗作中，爱好音乐的程维还常常借古代乐曲重温古典中国的韵致和意境。

　　程维的这些"新古典主义"诗歌主要创作于20世纪80年代后期至90年代，这时具有精英意识的人文主义已经走向边缘，以消费主义为主要特征的大众文化日渐兴起，曾经领一时风骚的"朦胧诗"也逐渐被更为叛逆的"第三代诗歌"所取代。在此语境下，程维的"新古典主义"诗歌一方面在思想艺术探索中，表现出特殊的文化美学价值；另一方面又难免受到时代潮流的裹挟，明显有着大众文化消费时代的"后现代"特征。首先，诗人总是以第一人称的身份介入古典中国的建构，既表现出强烈的现代主体意识和文化审美自觉，又以现代意识拆解或重构了传统的古典精神。譬如《商》中，诗人首先从商朝的"商"着笔，"我看见的是一个朝代。许多鱼/在海中：钟鼎文和青铜器"；接着写商品社会的"商"，"商。万花齐放的福音"，"货币和人民/握手。经济在大街上疾走"，"我写过诗之后。感受/商品的赐予。在物质中安居"；最后落脚在古典音域中的"商"，"商/我所触及之外的/古典音乐中一个陌生音域/悲情的弦或丝"。在此，诗人以第一人称"我"的视角，把三个不同范畴和维度的"商"混搭嫁接在一起，在建构古典中国的同时也以离散反讽的方式解构了古典精神。其次，程维总是用一种漫不经心或诙谐幽默的现代话语方式表现具有深度意味的古典精神。譬如《汉字·中国方块》："孔子老子庄子这些夫子们。从很早开始/便向方块状汉字的房子里浩浩荡荡地/迁居。他们隐身其中/或乘一领汉字小轿。被前呼后拥的动词/抬着走出成语"。诗人在此以幽默诙谐的语言和日常生活化的场景表现了大哲硕儒用汉字静思默想、著书立说的生活方式和精神境界。最后，程维善于化用各种古代诗歌意象、意境或典故重塑古典中国人物。譬如《李煜的白发与南唐的雨》化用《虞美人·春花秋月何时了》的意象和意境，再现了南唐后主李煜生命绝境中的感伤和悲凉："打开窗帘/斜斜的雨。下成了一阕/李煜的词"，"一滴雨在窗外/敲打着另一滴雨。你的叹息/使一江春水落满花朵"，"夜深人静时。黑暗/露出寂寞的牙齿。李家的月亮？依旧挂在小楼的屋檐上/空照：一庭往事"。《杜甫》化用杜甫"三吏""三别"的意象和意境，表现了一代"诗圣"坚毅不屈、忧国忧民的形象："他的身子骨挺瘦/他的腰杆子挺直/他在精装的中国文学史上/站着/像一支很瘦很直的/笔"，"当车辚辚马萧萧和行人的弓箭/沉重地碾过他的稿纸/留下很深很深的痕迹"。程维说："即使写古典，也是转述一种现代体验和精神指向。"①尽管程维不断探寻各种艺术方式重回历史现场，复活古典精神，但又绝不盲目迷恋和崇拜古典传统，而是以丰富的诗歌想象、鲜明的现代意识和主观体验重构古典中国。

程维并不只是耽溺于古典精神的追寻，他的诗歌中同样也有时代的温度和生活的气息，这不仅体现在他常常携带现代气息进入古典中国，而且还在诗歌中直接表达对时代生活的思考和大地山川的情感。诗集《他风景》中的部分诗作和《妖娆罪》中的诗歌，是诗人新世纪以来感悟身边生活和行走山川大地的结晶，这些作品"既根植于地气、直面现实，又超越地域经验而予读者以更丰富的启示与想象"，"即便精短，亦内容开阔而深邃，拥有寻常诗歌少有的细节元素与色彩驳杂的奇妙画面感，包含了诸多意味"②。早在20世纪30年代刘呐鸥在给戴望舒的信中说："因航空思想的普及，也产生许多关于飞行的诗，我很想你能对于这新的领域注意，新的空间及新的角度都能给我们以新的幻想意识情感。"③由于传统的诗歌审美与现代的机械文明之间有着"古老的敌意"，因而新感觉派开拓者对现代派诗人的这番提醒并没有带来"飞行的诗"。然而，程维却化解了"古老的敌意"，创作了一系列"飞行的诗"。在《天神醉了》中，诗人在飞翔的空中"看见西边彩霞满天"时，竟然产生神出物外的想象，"一定是天神醉了/要倒在西山酣睡"；在《上帝的旅行箱》中，诗人把一架经过屋顶的波音飞机想象成"上帝的旅行箱"；在《航班误点》中，诗人如此调侃候机的焦灼，"等飞机的时候，一般不能读诗/如果读到沉重的诗，飞机就超重了"；《在飞机上写诗》中，诗人如此表达"李青莲，普希金，惠特曼/不曾有过的体验"，"看看舷窗外裸游的神仙/随手脱下的白袍，就是人间一头祥云"。在这些关于"飞行的诗"中，曾经向往古典中国的诗人以丰富奇特的想象表达了各种现代飞行体验和候机感受。

---

① 吕晶、程维：《声震文坛的"豫章玉麒麟"》，http://m.zgshige.com/c/2016-03-01/941520.

② 程维：《妖娆罪》，百花洲文艺出版社2017年版，封底。

③ 刘呐鸥：《致戴望舒》，孔另境编《现代作家书简》，花城出版社1982年版，第186页。

　　走出"古典"，进入"现代"，程维对消费时代的物质生活和精神虚伪有着自己深刻的理解和独到的表达。在诗人笔下，"购物中心"是"使各种物欲获得满足的商品圣殿"，"五光十色的物质世界/布满一个现代人的感官"，"人类才智在自欺中发挥得淋漓尽致"，"唯有钱才能确认：谁是上帝"（《购物中心》）；"银行"是一座"巨大的银器：收集所有光芒/天下财富/为它的机构所收藏"，"这工商时代的庞然大物。巨口吞吐着：/金融资本和投资意向"（《银行》）；"电影院"在人去楼空后"只剩下幽灵"，"对于灾难和爱情，人们很快遗忘/只带走明星的脸蛋在梦里浮沉"（《电影院》）；"机关"是"带电的房子"，"人际关系的网络/使一幢大楼线路复杂/稍不留意，便会被电击中"，"言谈举止，皆在小心之列"（《机关》）。在"古典中国"，程维虽然也会以幽默诙谐的方式嘲弄那些英雄侠士和文人墨客，但总是充满一种同情的理解；然而在"现代社会"，诗人总是在冷嘲热讽里处处与这个世界保持着一种紧张的敌意，哪怕是回到故乡，也失去了"古老的敬意"。在《乡土书》中，虽然"我的故乡近在咫尺，我却找不到山头/我的宗谱散漫于人世，我却不能认祖归宗/我是无主的浪子，废黜的王孙，漂泊在乡土的/陌客"；在《山河故人》里，"那些少年时代的朋友，已很少往来/在微信中相遇，也互不点赞/仿佛擦肩而过的路人，有着说不出的陌生"；在《锦衣夜行》中，"还乡是个伤感的活"，虽然"起了叶落归根念头"，却难以找到"合适时候"，"所谓故乡，也没一个破角落会买你的账"，"发小、老街坊，是日渐凋零"，"锦衣夜行的人是眼里带泪的/他既不能向明月缴了宝刀，又不能用宝刀割了乡愁/只能由着肠子，一节节断了"。在《故乡之敌》中，虽然诗人反复强调"你不能与故乡为敌"，"故乡是血脉的谱系，以及一个人永远的根据地"，然而却无法改变离乡的宿命和归乡的悖谬。

　　随着阅历的增长，越到后来，诗人越是发现，"大地在我已不再虚妄，正如天空是我必须面对的检视我良知与灵魂的大神"，一旦"与喧嚣的生活发生了抽离——从此岸到彼岸，变得意味深长"，"我是将内心当作白纸写下每

一行诗"，"我知道这是一种告别，也是一种更新"①，程维的诗歌创作由此
进入到更自由更深刻的成熟时期。在《我亲爱的灵魂》和《恍若无名》的系列
诗作中，程维试图让诗"从内心生长而出"，不断展开对生命人生的反思与叩
问。面对即将到来的衰老，诗人在乎的不是"肉身"，而是"雕像般的尊严"
（《老去》）；对于无法回避的死亡，诗人坦然以对，"无论活多久/即使一
大把年纪了，还是得走/不用谁来驱赶，离开是一种自然/我只是顺应万物的本
能"（《墓志铭》）；在这个世俗的物质世界里，诗人感到了"倦怠"，他不
愿"借助金属的翅膀"，更不愿"待在一个物体的肚子里/像一个鸟蛋"，而要
"摆脱了肉身"，"与亲爱的灵魂一同飞行"（《我亲爱的灵魂》）；对于过
往人生，诗人在反思中变得达观，"年少时也想做陈胜，吴广，郭沫若，鲁迅/
后来发现很难"，"只有俯首甘当一俗人"，"一个一事无成的人，等于就是
给人生放假"，"活了大半生，有时想到自己一事无成/内心反而平静"（《一
事无成》），"在后生面前，我想让自己尽快老去/老得一副德高望重的样子/
我不想接受他们的敬意，只希望他们/把我当作一个老人"（《无用的人》）。

程维说，"写作，就是寻找神话与诗歌的故乡"，"诗是美刺之物，美是
外在形式，刺是内在支撑"，"无刺的内核，就是空洞的造句或词语空壳，没
有元气与内在精神支撑，更无哲学和思想深度可言，这种写作近乎无效"②。
从"古典"到"现代"，再到反观诸己的"内心"，发誓要"跟诗没完"的程
维一直坚持用"诗"的方式探寻存在的可能，试炼诗歌的各种艺术表达，尤其
是后期，诗人更是"不计口语、意象、雕饰，尽量返璞归真，凡词语皆为我
用，'大开户牖，放山河入我襟怀'，泥沙俱下，便见黄河雄浑，不故作高
深，就直见性情"③。虽然程维认为自己后期"仿佛与过去对着干"的诗歌创
作路向是对的，但事实上，对于江西乃至中国当代诗坛而言，程维的贡献还应
该是他的"古典中国"。

---

① 程维：《妖娆罪》，百花洲文艺出版社2017年版，第252—253页。

② 程维：《写作，就是寻找神话与诗歌的故乡》，《南昌晚报》2018年8月9日。

③ 程维：《写作，就是寻找神话与诗歌的故乡》，《南昌晚报》2018年8月9日。

第四节　三子与林莉的诗

三子和林莉是江西诗坛卓有成就的中坚力量。三子（1972— ），本名钟义山，江西瑞金人，1989年于江西瑞金师范学校毕业，先后在赣州、吉安、南昌等地工作，1999年开始发表诗歌，2003年参加诗刊社第19届青春诗会，出版诗集《松山下》《镜中记》，发表长诗《堪舆师之诗》等，其中诗集《松山下》入选"21世纪文学之星丛书"2008卷，组诗《春天和十首短歌》获江西省谷雨文学奖诗歌一等奖，在《诗刊》《诗神》《诗歌月刊》等举办的全国性诗歌大赛中获奖十余次。林莉（1973— ），江西上饶人，供职于上饶市广信区交通运输局，兼任江西省作协副主席，2004年开始发表诗歌，2008年参加诗刊社第24届青春诗会，出版诗集《在尘埃之上》（入选"21世纪文学之星丛书"2010卷）、《孤独在唱歌》，先后获2010年度华文青年诗人奖、2014江西年度诗人奖、第九届"诗探索·中国红高粱诗歌奖"、第七届扬子江诗学奖等。三子的诗负载着诗人对故土风物的生命记忆和隐秘的古典情怀，蕴含着对村庄、土地、山川、草木、亲人、乡邻最深挚的情感，在平淡质朴和深沉感动之间充盈着感人的力量。林莉的诗歌盘桓着对故土浓烈的爱，在那些关于春天、故乡和大地的诗歌中，诗人天真单纯又睿智从容地分享自然万物的秘密，把日常的瞬间与深长的意味、单纯的外表与丰富的内心浑然交融于朴实而节制的表达，是林莉诗歌的一贯书写方式。

一、三子：在故乡和春天的吟唱中敞现古典情怀

在江西当代诗坛，三子的诗歌创作具有独到的价值和意义。这位出身于赣南乡村又长期奔忙于机关政务工作的诗人，一直穿行在两个迥然相异的领域，为自己的内心和未来耗费心力。虽然我们很难想象作为诗人的三子和作为政务人员的钟义山是如何消弭身份的距离而达到内心的平衡的，但是他的那些关于故乡和春天的吟唱及其所敞现的古典情怀有着深挚动人的力量。

　　"故乡"是三子诗歌写作的源头和归宿。"松山下"是诗人虚拟的生命原乡，这是一块深植其血液和灵魂的土地，即便诗人的身体在不断地"背井离乡"，可是他的内心却"从来没有离开这里"（《再写松山下村》）。在《松山下纪事》中，诗人反复书写了他对村庄、土地、山川、草木、亲人和乡邻最朴实也最真挚的情感。三子总是在不同的时间以不同的姿态重回他的"村庄"。在《灯盏下的村庄》中，诗人如此表露了近乡情更怯的隐秘内心，"不要随便/在村庄走动——即使是白天，也要将脚步/放轻，不要惊动一块石头、一棵树下/安睡的灵魂"；在万物生长的季节，诗人如此痴迷于乡间各种熟悉的植物，"一见到它们攀长的青藤/你就能叫出一个个名字：这是五月的黄瓜/这是七月的刀豆，九月的红薯"（《青藤》）；而每个清明时节，诗人"都要回到这个叫做'松山下'的村庄，在朝北的山坡上"，和父亲、儿子一起，"焚香、叩拜"，或者"保持对时光的最后沉默"（《村庄》）；即便是在寒冷的冬天，"一场雨会让地面打滑，甚至结冰"，诗人也"把雨的到来当作一场馈赠"，"如果它冷，那就索性让它/再冷些，让它一直冷下去/这样，我就能摸到一根冬天的肋骨"（《冬雨》）。

　　在三子笔下，"村庄"既是一个储存着时光和物象的地理空间，更是一个由丰富的人物和细节组成的精神世界。"父辈中年纪最大的老人"二伯，"读过私塾，熟知姜子牙和薛仁贵的故事，一场病要去了他的左腿，十八年来/他习惯在墙边的竹椅上，等待冬日的太阳出来"（《人物记》）；"从前的县剧团琴师"连生，"回乡后忘记了田地里的劳作/十多年来，每天专心练习带回来的那把二胡"（《人物记》）；"独爱着走村串户"的木匠，"用锯，用斧/用凿用锉，用墨斗"细工慢活，做出婚床、寿材、橱柜和桌椅（《我的木匠生涯》）；在意外事故中罹难的村人曾经，被生活催逼"离开了这块土地"，三年后"带着一脸煤灰，沿着夜色/回来了。他的身子无限轻/他再也不能离开这一个村庄"了（《叙述》）。

　　在这个不断物质化的喧嚣时代，三子对待村庄的心情充满了"现代性"的悖论，他一面向往村庄的古朴宁静，一面又在村庄无可避免的衰老蜕变中黯然伤怀。"三十年了，这个村庄在我的笔下越来越小/像父亲卷缩着的身躯"，"在鼾声中睡着"（《村庄》），"小村是静止的。时光缝隙中/它容许穿行，却不露出一些痕迹"（《怀疑》）；"回到村子，没看见几个人/也不见几条摇尾的狗了"（《村庄小记》）；那些曾经生长在村庄的人们，一个个都"洗净手和锄头"，"绕过那一块田地"走向了远方（《去远方》）。故乡就如"一截小小的芒刺，顺着丘陵苍茫的方向/将我血管猛然刺穿"（《再写松山下村》）。当诗人回到故乡，在物是人非中衰变了的村庄已离他远去，"土丘，杂乱的松树、桉树/和低矮灌木"，"我喜欢那些一成不变的事物"已成为"我所深深恐惧的"，"松山下村隐去了它的踪迹"（《夜晚一种》）；"在松山下村，属于我的一亩地/二十年前收归了集体"，在故乡失去了"身份"的诗人"有一种熟悉的/冷寂"，"我常常急欲回到这个村子，看一看它/有时，我又是如此慌张和不安"（《询问》）。事实上，作为一个清醒的恋乡者，故乡只能在想象中无限美好，那是一个回不去的心灵栖居地，正因如此，"离去—归来—再离去"已成为每一个思乡游子难以摆脱的精神困扰。

在三子的诗歌中，与"故乡"毗连的是"春天"，这不仅仅是从空间到时间的切换，更昭示了一种新的写作姿态。《春天之书》是对春天的宣言，诗人以丰富的想象和夸张的语词，无所顾忌地表达了拥抱春天的野心："请把春天，把桃花、李花、菜花收藏殆尽/把大地的梦想和隐秘抱在怀中/春天，请把蛉虫、蚂蚁、蚯蚓的眼睛打开/被南风所引领，把匆忙的踪迹指向苍穹/春天，请把远方的马车、汽车、火车一并驱赶/沿着四个方向，轰隆的雷声疾驰而来疾驰而去/春天，请把山川、河流、田野的布匹铺展/无边的布匹铺展，生长和消亡同样从容"。三子是春天来到人间的，他是春天的使者，他为春天代言，他的诗歌中有着各种"春天的声音"，譬如昆虫在黑暗中战栗的"喘息"（《我知道那些昆虫的喘息》）；蝴蝶在露水上展示"匆忙之美"（《蝴蝶和匆忙之美》）；新芽在暮色中"长成春的枝条"（《二月》）；拖拉机在山岗上"发出大地的轰鸣"（《春天的拖拉机》）。与阴暗、潮湿、冷寂的故乡迥然不同，三子笔下的春天有着万物生长的蓬勃生机和山川河流的绚丽色彩。

　　春天是生长和复活的季节，春天也是易逝和感伤的季节。三子的《春天之书》中既有万物生长的生机，也不乏匆匆易逝的感伤。当孤单的诗人游走"在黄昏的故乡"，"阳光/在另一面投下阴影"，"青草和蹄声在后退。此刻，又一个春天/在你我未知的路口消失"（《少年游》）；当"四月的惊雷碾过/谁怀抱竖琴却回不到他的宿地"，"谁把一只蝌蚪偷偷放进了我的内心/又是谁，违背了春天的意愿让闪电回到天庭"（《谁把一只蝌蚪放进我的内心》）；在春宵"慵懒的夜色下"，"一个满怀忧郁的未亡人"，"爱情的坟墓上长出了青葱的枝条"，"脚下的泥土始而润湿，而终于糜烂"（《春宵》）。而《油菜花》是一首关于春天的寓言，诗人以蒙太奇的手法和隐喻的方式，反复咏叹了油菜花的绚丽和柔弱："故乡三月涌出的绸布的彩霞：油菜花/丘陵和山岗藏起的迷茫的人家：油菜花/目光在泥土里栽种，在时令里施肥/这一个豆蔻的姐姐挨过了寒冬，在午暖的/正午出嫁。一颗心在扑扑地跳：/油菜花；一嗓子哭声撕破童年和/田埂上萦绕的唢呐：油菜花/日子在手心攥出了水，父亲的脊背向着我/弯下——故乡的三月，绸布展开岁月的枝节/那个赤足的孩子在田野里喃念：油菜花/那条通往故乡的路途撒下：油菜花/又一年，雨水浇注的泥地在渐渐腐软/又一年，骨头的夹缝里开出了大地惊惶的花"。与《松山下》相比，《镜中记》中关于春天的书写更多了各种人生的况味："恍惚之间，春日将至"，"我的体内有车马在动"（《春日记》）；"春风中有陌路"，"春风中有慈悲"，"春风中有微寒"，"春风中，有恍惚的余欢"（《春风中》）；"春天，我想做的事越来越多/狭路相逢，我能做的事/越来越少"（《春天：日记》）；"我走过的丘陵和田野/在午暖犹寒的风中，已然又是青葱一片"（《春风引》）；"是时候了/丘陵于黑暗中缓缓隆起"（《节气：立春》）。时过境迁，物是人非，曾经生机勃勃、绚丽多彩的春天，竟已悄然而逝，敏感多思的诗人时而在春日里恍惚，时而在春风中冥想，一种低沉萧瑟之意笼罩了春天的想象。

　　无论是对"故乡"的重回，还是对"春天"的拥抱，三子的诗歌写作明显有着一种"古典主义"的倾向，"他在纸上与李商隐、王维、李清照等秘密会合。雪、蝴蝶、月亮、马、桃花、梨花、霜、星辰、河流等等中国文化中的经典意象，成为三子诗歌的中心词汇"①。《等待雪》中，诗人等待的是"一场前世的，无边无际的/快意的雪"，"等待着披一身雪花/和她/在驿路上轻轻走过"；《鸩》中，古代传说中的毒鸟竟也在诗人笔下复活了古典的魅力，"望见你时，你在水边濯洗/柔软的羽毛"，"一道影子在水中一闪——/一粒尘埃画出一条弧线，尘埃/我要陷进那没的绝望里了"；《焦桐》中，诗人以丰富的想象重现了古代焦尾琴的传奇工艺，"雷电落于此木，重一分，为炭，/轻一分，可以为琴。/俯仰之时，有手指在焦尾划过，为擘，/为抹，为勾。眼前为奔马，为流水，为浮云"；《山居》中，王维的山水意境被诗人重新激活，"到河里打鱼，树下捕鸟。春天，下过蒙蒙的雨，挎一只竹篮，到山上/采薇"；《春衫薄》中，李清照的孤寂悲凉让人动容，"薄的不是春衫，是/春衫里的人。饮的不是酒，是杯子里的影子"，"坐在自己的空里。/拢一拢春衫，他觉到了凉"。《锦瑟》中，李商隐的无端愁绪随风而起，"我在岸边居住"，"一生都爱着一具锦瑟。春风/吹过苏圃路，阳明路，一经路/吹到了江边，又逐水而去"。显然，三子正是通过这些充满古典韵致的语词、意象和意境表明了自己的诗歌立场和审美趣味。

越到后来，三子的诗歌越以一种缓慢沉静的方式走向内心，走向传统，诗集《镜中记》中的作品虽然大多有着现代城市生活的背影隐现其中，但诗人却明显放慢自己的节奏，不断朝向生活和历史的深远处，获取"更深的思想和更广大的空间"②。《镜中记》中，那个"赤着脚，穿着拖鞋"曾经在乡间小路上出没的乡民，"过若干年，在阳明路、一经路上重逢/我几乎认不出他，只闻到/仿佛人间的气息"，"该不该问，十年，二十年/你到哪里去了"，"剩下的光阴，他的肉身能否找到更好的/安放之所"。在这里，"看着我的人"是个具有多重意义的能指，"我"与"看着我的人"彼此互为镜像，烛照出彼此的

---

① 江子：《一个返乡者的旅途——读三子的诗》，《创作评谭》2006年第6期。
② 汪峰：《春天的手风琴——写在三子诗歌的边上》，《创作评谭》2003年第7期。

来路和去向，对过去与未来的追问，其实是所有"肉身"的困惑。《幽篁记》中，"幽篁里有月光/月光下，/有未曾打扫过的竹叶/竹叶下，有几只虫子的叫声/梦中见过的那人/轻飘飘，越过溪桥/忽然之间，就站在月光的影子里/梦中/看不清那人的面容，猜不到/他有怎样的身世/多想问/看到我也在此处，你会不会/也感到几分惊异"。诗人一方面通过幽篁、月光、竹叶、虫鸣、影、梦等意象极力渲染出如梦似幻的古典意境，另一方面则试图在"我"与"梦中见过的那人"之间建构起虚实相间的镜像世界。《美人记》中，诗人更是在虚构的"美人"和现实的抒情主人公之间彰显了古典的审美趣味及其对生命镜像的沉思，"你在花园里玩耍，追一只蝴蝶/白裙被风吹起/露出油画里的光滑足踝，一截小腿/那时/我躲在灌木丛边，你知不知道/你在阁楼里看书/雕空的窗格半开，秋天的光线/落到你青花般的颈/那时，我隐在光线的背后/你知不知道"，"这些不详的年月，破碎的镜像/都被我翻见——不在捧着的书卷中/就在刚刚逝去的梦里"。同样，《重逢记》《修真记》《夜梦记》《观影记》《春日记》《雨水记》等诗作，也大多在低缓平静的抒情叙述中表现了诗人对于古典韵致的追寻，寄寓了关于人生、时间和生命等的形而上思考。

长诗《堪舆师之诗》是三子诗歌向传统致敬，思考人生奥义的集大成者，也是三子诗歌美学成熟的表征。在传统文化中，"堪舆"源于《易经》，堪为天道，舆乃地道，《史记》将堪舆家与五行家并行，有仰观天象，俯察地理之意，堪舆师俗称"风水师"。三子在诗歌中一方面呈现了堪舆师的行状事迹，另一方面则分明是借堪舆之道述说哲理人生。诗人首先借"古籍"向我们展示了堪舆师的神秘面容："在古籍里，他是一个泛黄的/词汇，夜静处/却映出月亮的微光/微光中，他的行迹/隐于山川。衣衫模糊/而面目/尤不可知。"然后把我们所不知的堪舆世界与生命奥秘以互文的形式呈现："须知山河多崎岖/万物的秩序间/自有秘数"，"每个人的心里，都坐着/一个堪舆师/作为一个神秘主义者/他身体的罗盘里/藏着隐约的星辰/藏着山脉、河流的走向/藏着子丑寅卯，甲乙丙丁/藏着金木水火土和伏羲八卦/作为一个完美主义者/他的一生/都在路上"。在中国古代传统文化观念中，宇宙中的一切，天地人三界和金木水火土五行相生相克，都有着复杂的因果和普遍的联系，传统的思想认识中既有对未知世界的神秘感知，也包含着朴素的人生哲学。当然，三子并非一个真正的"神秘主义者"，诗人笔下的堪舆师既有一脉相承的渊源，也有现实生活的依据："少年时光，我/曾在村头的大樟树下/见过他/一群人围着/在村子前后转悠。他说：/坐北朝南/他说：前朱雀后玄武/他是我的一个远房堂叔/不爱农事，好远游。"结尾时，诗人化具象为抽象，把有形的堪舆抽象为普遍的哲理，"在风和水的/流动中，他是变幻的山川/沟壑/是城池，屋宇，门户/是某个/不可求证的谶语/是某个/徒劳的愿望"，"所谓堪高舆低/不过是/风水轮流转/万千星宿，在头顶高悬/长江以南的丘陵间/自有灯火闪烁对应/未知近/焉知远/也许，正如是"。

三子说，他所理解的诗歌写作，是一种低语，是心灵通过文字在纸上说话。[①]从《松山下》，到《镜中记》，再到《堪舆师之诗》，近二十年来，三子一直在通过诗歌的形式追问内心，"反复将自己卑弱的灵魂拷打，等待找到最适合自己进入的话语形式"[②]。三子的诗歌有自己的节奏。在这个快餐式的物质消费时代，他有意与时代旋律和世俗激情保持距离，他说，"节奏是诗歌中的舞蹈，它不仅靠词语、句子、段落来推动，更靠灵魂深处浑然一体的隐秘流动来形成。它顺应着写作者以及自然、时光的呼吸，继而在静听中产生一瞬而恒久的回声"[③]，"我的诗歌的节奏明显地慢了下来，我似乎已经习惯了用一种低缓、平抑的笔调，用一种无声来说出我所感受到的那些真实，这集中体现在我写下的那些关于春天、关于乡村和父亲的乡土诗歌中"[④]。三子的诗歌虽然也有叙事和哲思，但在本质上是抒情的，对故乡、对春天、对传统表达自己的眷恋和热情，他的抒情方式总是在节制和简约中抵达人的内心。三子的诗歌有着明显的古典审美倾向，他在中华古典文化的血液里，在诗经、楚辞和唐

---

① 三子：《诗歌与说话》，《体现》2013年第2期。
② 李贤平主编：《诗江西·作品卷》，中国广播电视出版社2004年版，第329页。
③ 三子：《诗歌与说话》，《体现》2013年第2期。
④ 汪峰：《春天的手风琴——写在三子诗歌的边上》，《创作评谭》2003年第7期。

宋诗词之中，在诸子百家之中寻找"话语"的源头，秉承了东方中国的个性"口音"，且与时代共生，形成了富有自己个性的"发声"方式，这是三子诗歌不断生发出创造力和生命力之所在。

二、林莉：在故土大地建构丰沛和阔达的精神领地

林莉诗歌创作起步虽不算早，但却取得了较高的成就，已然成为当下江西诗歌的"名片"。2005年的秋天对于蛰居赣北小城的林莉而言有着非凡的意义。三秋时节，面露羞怯的林莉竟然带着她的组诗《一个人的行程》十六首步入了《人民文学》的诗歌方阵。"这对于一个从来没有在正式刊物发表过诗歌的写作者来说，它的意义是无法言说的"，五年以后，林莉在华文青年诗人领奖台上仍然抑制不住当年的那份激动。

林莉说，她是在2004年的春天与她的诗歌"猝然相遇"的。那是"四月之末"的一个短暂黄昏，垂手可触的夜色"擦过茫茫的芦苇"，诗人站在故乡的田垄上打量"春天的山坳"：当豌豆花上的白蝴蝶"颤动羽翼"，当暮色中的紫云英举起"雷霆般的美"，当遍地的油菜花吐出"金色的狂澜"，怀乡的诗人终于迎来了"一场暴雨的狂乱"（《春日之歌》）；"在春天"，"遍野的油菜花开"，"成群的蜜蜂在嗡嗡歌唱"，诗人像"年少时梦见的养蜂人"一样，有着"做蜂箱的愿望"（《春天手记》）。林莉在诗歌中盘桓着对故土最浓烈的爱，"这爱，有一颗婴孩般的心，倔强的心"，那枝头跳跃的雀鸟是"不懂得这沉默着的歌唱"的（《春日之歌》）。诗人以虔诚而谦卑的姿态敞开了蕴藏已久的秘密，她一直暗恋着故乡的一切，无论是"无名山冈""篱笆小院"，还是"泥土、石块、蜗牛、一片苹果林"（《如果这就是命运》），甚至"一粒葵花籽"（《一粒葵花籽》）。当诗人再一次回到"灵魂的故地"，在故乡的深冬之夜寄出"一封已泛黄的书简"时，她那"暗暗战栗过的心"才渐渐"趋于平缓"（《南方以南》）。

然而，让诗人始料未及的是，当她从故乡出发开始"一个人的行程"的

时候，无穷的远方却成为她心灵的召唤。故乡虽然是诗人生命的起点，然而，故乡业已成为游子永远无法重回的家园。虽然故乡"秘密的花蕾被打开，大地如此温良"，然而诗人的"疼痛如此纯粹"（《最美的时刻》）。在诗人的诗歌行旅中，与故乡比邻而居的是"小镇"。当故乡已无法慰藉一颗"日渐潦草的心"时，诗人并没有仿效她所崇仰的前辈，满面秋霜，彳亍江畔，怅望余生，而是以她独有的方式选择远行，走向了"虚拟之镇"。这座位于想象腹地的小镇，"前有良田千亩后有青山延绵，东有远亲，南有近邻"（《小镇之爱》）。显然，诗人所营构的小镇分明只是一个"乌有之乡"，即便它不会"唾弃一个含泪背井离乡的人"，甚至还会"用一条河留下她孤身只影"（《小镇之爱》），然而，这个叫"朱家角"的地方，同样无法接纳诗人"隔世的乡愁"。于是，怀乡的诗人不得不再次踏上归乡的"行程"。告别小镇时，"我把流水还给流水"，"把爱还给爱，把我还给我"，"我知道离开就是返回，我正远去和高飞"（《晚安，小镇》）。

故乡常常是诗人们的精神园地和写作土壤。林莉出生在叶坞村，又在旭日镇生活。当她回到叶坞村，它是陌生的，和那里有关的记忆片段很少，偶尔闪现，但又是顽固的。而当她身处旭日镇时，也常常陷于一种隔离感。她的身体和思想时常在这个城乡接合部徘徊，既黏合又游离。她会迷茫，不知道自己属于叶坞村还是旭日镇，仿佛自己也是它们的异乡人。其中地理上的故乡和精神上的故乡界限模糊，这种"我在""我不在"的冲突和矛盾所形成的淡淡乡愁和漫长孤独，正是林莉诗歌写作的源泉。多年以后，在组诗《你有没有看见过一只斑鸠》《旭日镇》里，林莉仍然"带着泥土与心窝的苍凉与温暖"，在村镇之间呈现了"一幅孤独而阔达的现代田园生活图景"[1]，"在无人的山野/碎米荠菜到山鸡椒花之间/我要把它画成一阵吹拂的模样/翠绿的呼吸和咚咚心跳/我要用空空的篮子/把它带回家"（《画春风》）；"这里地广人稀/每家都有

---

① 林莉：《诗探索·中国红高粱诗歌奖获奖感言》，https://www.sohu.com/a/346468483_701642，2019年10月12日。

院子，菜地，果园/空气很好，晚上星星很亮/小镇上，每一个人都度过了美妙的一生/一切，似乎没有缺陷、阴影"（《在旭日镇》）。林莉说，诗歌于她是一种追寻和回归，追寻就是不停地远走和高飞，回归就是生命和灵魂的还乡。当远行的诗人再次踏上还乡之旅，故乡"并没有因为一次任性的远游而将我遗弃"，大地"引领我抵达生命和灵魂的自由之境"。归来的诗人早已不见了昔日离乡时的感伤，她在远行的孤独中成长了坚强：虽然蒙霜的大地"扩大了寂寞的版图"（《秋雨敲窗》），但"我将不与谁为敌"，"我"已拥有"一个省份五条河流那么辽阔的孤独和爱"（《孤独与爱》）。

　　林莉并不只是一个单纯的乡土守望者，在林莉大量的关于春天、故乡和大地的诗歌中，我们随处都能感受到一种蓬勃的力量。这种力量显然与她诗歌中那些蕴含着勃勃生机的自然生态有关，譬如暗自滋长的青草、等待怒放的木棉、萌发新芽的灌木，还有竞相开放的桂花、合欢、蔷薇、菊花、梨花、桐花、葵花、梅花、昙花、豌豆花、油菜花等等。无论是"春天抵临"，还是"秋日黄昏"，林莉总是这样等待"最美的时刻"：要慢一点，放轻脚步，等到风从背后涌来/天色暗下来，那星星都亮了，在这寂寥的途中/我开始想你，沿着满坡的灌木、乔木、藤木/慢慢地我就会开紫色的、白色的、蓝色的花/细碎的、美的、惊惶的，散发甜蜜和忧伤/风细细地吹，它们最终替我说出沉醉、汹涌和狂妄/最美的时刻我不比任何一朵花藏得更深/秘密的花蕾被打开，大地如此温良，疼痛如此纯粹（《最美的时刻》）。里尔克曾经这样告诫一个初涉写作而又充满困惑的青年："如果你在人我之间没有谐和，你就试着与物接近，它们不会遗弃你；还有夜，还有风；在物中间和动物那里，一切都充满了你可以分担的事。"（《给一个青年诗人的十封信》）在里尔克看来，生命万物始终都与外部世界处于紧密的关联之中，正是那些潜藏于自然生态背后的秘密才使万物获得了无限广阔的生命和意义。林莉毫不讳言她正是从里尔克那里获得了神祇一般的启示，她在"自然的王国"里，喜欢把自己藏在草木物象中，试图构建一个人群之外的生态世界。

　　林莉说，在诗歌写作上她一直力求自己从内心出发到广袤的自然到善和美，对于题材可以小一些，再小一些，如沙粒如麦芒如针尖，但是它们必须具有浓郁的生命气场和温度。林莉诗歌中不仅覆盖着茂密的自然植被，而且呈现出广袤的大地轮廓，譬如，《孤独与爱》中奔流着赣江、抚河、信江、鄱江和修河；《秋天明亮的原野》上起伏着树木、山冈、河流和村庄；《高原一日》里游荡着逡巡之豹和古铜落日。在诗歌中，林莉不但为这些江河、山峦、高原、大漠标注了特有的经纬和脉络，而且还把内心的温暖浸润于每一寸土地以及土地上的万物生灵。对于林莉而言，诗绝不只是情感，更是经验，是个体对于世界的独特的生命感悟。经验常常意味着一个人的内心深度，而深度才是理解万物的前提，才能与生命达成和谐与默契。林莉诗歌中的感染力正是来自她对过去记忆和对将来期望融合而成的生命经验。当"一只白蝴蝶停在豌豆花上"，"颤动羽翼"，诗人发现"快乐"竟然如此"简单"（《一只白蝴蝶停在豌豆花上》）；当油菜花"从大地的肺腑吐出金色的狂澜"，诗人从中"窥见"一种"疯长之美"（《油菜花开满大地》）；当"满身披着露水的山羊，从午夜的树丛里悄悄地出来"，诗人想象那是"白玉兰在黑夜开放"（《白玉兰在黑夜开放》）。在诗歌中，林莉总是怀着一种谦卑的态度对待生命万物，既表现了万物对人的召唤，又流露出人对万物的顺应，诗人始终像孩子一般惊奇地分享自然万物的秘密，既天真单纯又睿智从容。

　　有人说，林莉的诗歌没有介入现实的决心，她只是以一个女性的视觉打量那些被遮蔽的事物，目的是向这个世界硕果仅存的暗处之美奉献出最为纯粹的爱意。[①]毋庸讳言，我们的确难以从林莉的诗歌中直接捕捉对抗世俗的身影，她的诗中没有强烈的社会批判色彩，甚至连一些怨天尤人也难以找到；但是，我们从林莉的写作中不难发现拒绝庸常的姿态，她总是把日常的生活审美化，把平凡的物象陌生化，她诗歌的纯粹映射出现代社会的浮躁和肤浅。林莉的诗歌中没有坚硬的物质和裸露的欲望，只有宽厚的大地和温暖的内心，那些日常的生存物象常常带给人们意想不到的感动，譬如：我第一次写出火车/并不意味

---

① 江子：《暗处之美——读林莉的诗》，《创作评谭》2008年第4期。

着我从未遇见过它/我没有轻易地提起过火车/是因为它总是离开得快而抵达得/慢，此时我趴在六楼的窗台/夜色已经够沉默的了/我还听见它擦着一团黑在铁轨上/任性地跑/从不顾虑我的情绪/也就是不让我有理由哀伤（《火车》）。这首题为《火车》的诗最集中地释放出林莉的诗歌才华，日常的瞬间与深长的意味、外表的柔弱与内心的坚强浑然交融在朴实而节制的表达中。不止是火车，还有邮筒、挖沙船和拖拉机这些坚硬的物质，林莉也都用温暖的内心写出他们的哀怨、孤独和沉重：那早在大清朝就已备好的邮筒"怒放我前世的愁怨"（《信筒》）；那孤独地搁浅在河岸的挖沙船是一首长诗的"标点"和动荡生活"仓促的一顿"（《一只挖沙船搁浅在河岸》）；那一辆停止了奔跑的拖拉机在废弃的晒谷场"和一个老拖拉机手、旧家什、柴火构成了暮晚最沉重的场景"（《一辆拖拉机停止了奔跑》）。虽然情感是诗歌的主要经纬，但是节制却是诗歌的最高美学，把最浓烈的情感交付于最俭省的言辞，保持欲说还休的节制与隐忍，这是林莉诗歌的一贯书写方式。

爱德华·杨格说，有独创性的作家的笔就像阿尔米达的魔杖从不毛的荒野中唤出鲜花盛开的春天[①]。真正的好诗，是在穿越人类的经验、情感、记忆以及想象和梦境，而一路向我们走来的，它最终抵达的是灵魂。当庸常的俗世生活麻木了我们的神经末梢时，林莉却在那些平凡的生活场景中，发现了新的秘密，并把它们从蛰伏中唤醒和照亮。当她拾捡起过去久已消沉了的动人的往事，用深幽、寂静和谦卑描写这一切时，她的诗歌已渐渐固定成"一所朦胧的住室"，世俗的喧扰只能远远地从旁走过。

第五节　林珊与王彦山的诗

林珊与王彦山是近年来江西诗坛崛起的新生代诗人代表。林珊（1982—　），

---

①　爱德华·杨格：《论独创性的写作》，见《文艺美学辞典》，辽宁大学出版社1987年版。

江西全南人，2013年开始诗歌创作，诗歌见于《人民文学》《诗刊》《诗选刊》《青年作家》《青春》等，曾参加第四届《人民文学》"新浪潮"诗会，出版散文集《那年杏花微雨凉》，诗集《小悲欢》、组诗《好久不见》，曾获江西谷雨诗会2016年度诗人奖、第二届"诗探索·中国诗歌发现奖"等。王彦山（1983— ），山东邹城人，现居江西南昌，诗歌发表于《诗刊》《中国作家》《钟山》《天涯》等刊物，入选《2009：文学中国》等选本几十种，曾参加诗刊社第30届青春诗会，出版诗集《一江水》《大河书》，获"三月三诗歌奖"、中国新锐诗人奖等。林珊善于用朴素而灵动的语言去呈现自然和生活的诗意，她常常在自然万物、田园季候和日常人事之间建立起隐秘的联系，通过异质性的意象和语词嫁接，制造出陌生化和延宕性的审美体验。王彦山有着自觉的探索意识和潜在的诗歌野心，早期诗作表现出见素抱朴、虚静不争的古典精神，情感节制内敛，语言简约疏旷，后来则多以一种并置、拼贴的方式呈现庸常化和碎片化的现代大众生活场景，并试图建构一种后现代的诗歌美学。

一、林珊：在自然万物和日常悲欢里呈现生活的诗意

作为"80后"的新生代诗人，林珊诗歌创作的时间虽然并不长，直到2013年前后才由散文转入诗歌，但却很快在诗歌写作中寻找到适合自己的表达方式，"精心于用朴素而灵动的语言去呈现自然和生活的诗意"[①]，她的诗歌中没有世俗的生活喧嚣，没有强健的时代音符，而总是弥漫着一种悲伤虚无的情绪和氛围，并由此表现出与代际不相称的距离和深度。

林珊的诗歌创作一开始便朝向旷野大地，落日、繁星、弦月、乌桕、百合、棕榈、芙蓉、香樟、蔷薇、松果、玉兰等等自然物象成为她笔下常见的意象。《旷野》中，"每天都有落日从大地上走失/每天都有草木在废墟里荒芜"，"小路在黄昏越陷越深"，"牵牛花攀满篱笆"；《繁星》中，"繁星

---

① 林珊：《小悲欢里的大情怀》，《井冈山报》2017年6月2日。

开始融化/星光漏进屋顶"，"落日依旧走失在街头某个黄昏"，"枯草簇拥荒野，雏菊颓败于枝头/山顶开始积攒白雪"；《弦月》中，"从月圆到月缺，从来都只需要一个轮回"，"飞鸟陷入草丛，树影沉默不语/漫天星斗如灯盏般破碎"；《乌桕》中，"一排乌桕，正站在路口掉落猩红的叶子/风把皴裂的嘴唇，凑近河水"，"树篱下，金色的琥珀唤醒我"；《百合》中，"百合花开了。我站在旷野里/望向它。洁白的花瓣，亘古的外衣"，"一天的开始总是这样的：一群云雀在芦苇丛中喧嚣无比/空寂的湖面没有泛起一丝涟漪"；《路遇繁花》中，"最初是栀子、蔷薇、萱草、泡桐/然后是孔雀草、百合、令箭荷花……/它们都开得很好/我的白裙子，为它们守住了/整个夏天的秘密"；《草色》中，"我沉醉于那广袤的草色。我越靠近/它们就越发葱茏/我们不动声色地，回忆着过去，在风中保持适当的距离/我希望此时保持适当的距离"。显然，林珊对旷野大地和自然万物的书写，不是表象的照拂，而是灵魂的亲近，她总是走向旷野的深处，触摸草木的根系，在对自然万物的亲近中建立起"诗与自然的隐秘联系"①，她的诗歌也因此超越了一般意义上的"托物言志"，而具有了更为深远绵邈的意蕴。

审美取向和性格形成一样，与写作者的童年经验密不可分。林珊说，在她的成长过程中，最美好的童年回忆，应该是来自村庄。年少时，她曾有6年的乡村生活经历，之后虽然举家搬迁到了城镇，但是她和弟弟在上学期间的每个寒暑假几乎都是在外婆家度过的。外婆家所在的村庄临近一条小河，河边种植了许许多多的果树，每到果子成熟的时候，也就是她最快乐的时候。可见，林珊对自然万物的"亲和"有其成长的渊源。当然，早期生活经历并不只是让林珊爱上自然，亲近万物，"转眼时间到了很多年以后"，当"无数的波光漫过岸边的垂柳/明亮的事物汇集了/沉默的寓意，乌有的想象"（《转眼时间到了很多年以后》），"我爱过的事物远不止于此"，"小巷里的春风啊，怎么吹/也吹不散，唇边呼之欲出的姓氏"（《我爱过的事物远不止于此》）。在自然

---

① 林珊：《小悲欢里的大情怀》，《井冈山报》2017年6月2日。

万物之外，林珊诗歌里还有那些"念念不忘"的人们。

　　林珊说，最令她缅怀和内心充满疼痛的一个人，是她的外婆。虽然外婆已去世多年，但林珊仍然无数次写到她，写到她的辛劳、纯朴，以及对自己无尽的疼爱，以至于"后来的很多年/我把所有遇见过的老人/都在心里喊了一遍：——外婆"（《外婆》）。童年时候，"我的外祖母，犹如村庄里的先知"告诫年幼的"我"，"当你看见了乌鸦，记住千万不要惊动它"（《乌鸦》）；"我八岁，后背被一枚/突然从树梢掉落的板栗壳所砸伤/我只记得，我的外婆一袭蓝衫/手持绣花针站在床前垂泪"（《那些夜晚所不能带走的》）；有时"在寂寥的人群中/在徐徐下降的电梯里"的一个偶遇，也会让"我"热泪盈眶地想起外婆（《偶遇》）；当"寡居多年的邻居在楼下烧纸钱"时，"我"也担心起"我的外婆/在天堂，是否会有丰盛的晚餐/干净的手帕，温暖的衣裳"（《中元节所见》）；更多的时候，诗人还是在梦中与外婆相遇，"我们远远地坐着，都不说话/窗外有风声，有蝉鸣/有炊烟摇摇晃晃的背影"，"外婆，这些年来/我总是反复梦见你/这些年来，我总是忍不住/在梦里哭出声音"（《为什么我梦见你的时候，只剩下悲伤》）。"外婆"之外，"母亲"的身影也常常出现在林珊的笔下："即使有那么多人说/我长得越来越像她/可是我依然没有秉承/她的好脾气/没有像她那样——/一生只爱一个人"（《母亲》）；"母亲，如今繁花不断落空/而你华发滋生，身体臃肿/这实在是一件令人沮丧的事"（《新年书信：在梅园，给母亲》）；"五十岁以后/她越来越虔诚/'逢庙必进，见菩萨必拜'/这是她越来越信奉的真理/三十岁以后/我不再反驳她/凡事都遵从她的意愿/我越来越明了——她是我的母亲"（《祈祷辞》）；"我终于渐渐相信，所有事物都是轮回，哦，妈妈，请不要担心"（《所有的事物都是轮回》）。诗人对母亲的书写没有停留在俗套的母爱上，而是在日常生活化的描写中表现了对母亲的爱和理解。此外，还有《往事》中"衣衫单薄的外祖父"，《1987年的雪》中穿着"红嫁衣""泪眼婆娑"的姑姑，《给素儿》中远嫁东北、"泪流满面"的儿时玩伴素素，《黑池塘》中被丈夫遗弃而抱着孩子投水自尽的哑巴，《我曾坐在岁月的门槛上号啕大哭》中喜欢责骂孩子的父亲，等等。林珊常常通过怀旧的方式重回过往岁月，在抒情中植入叙事的场景和细节，以此表达对故土亲情的守望和思念。在她看来，这便是诗歌创作的源泉，一个人若是内心没有爱，又怎么会有令人欢喜或是悲伤的文字呢？①

　　林珊对爱的书写并不总是驻留在故土亲情，《小悲欢》中有大量关于爱情的诗歌，既有对爱的呼唤，也有对爱的感伤。《给你——》中，"我"直接发出爱的呼唤："我需要一场大雨，为春天的欢愉而喊叫/我需要一盏明灯，为失去的一切而忏悔/我需要一个人，为人世的温良而饱含热泪/我需要你的手，为我摇落——/枯黄的叶子，潮湿的花朵。"《我们的爱》中，"我"为逝去的爱暗自感伤："木芙蓉在开，香樟叶在落/云朵在空中飘浮，并缓缓破碎/我发了一整天的呆/我知道：我们的爱，永远不会再回来。"《所见》中，"我"在梦中遇见了深爱着的"他"："在昨夜，我梦见一个男人/他穿着一袭青衣。沉默/撑着伞，穿过一大片树林"，"我爱着，他孤独的背影/修长的手指"。《时间的缝隙》里，"我"在片刻的恍惚中追忆"旧日情景"："酒过三巡，有人开始唱歌/嘹亮的歌声里/我有了片刻的恍惚/我多想告诉你/今日情景和旧年有多么相似"，"消逝的年岁/在寒山瘦水中疾驰/你拥着我。湮没的愿望/在时间的缝隙里奔突"。《我有一颗孤独之心——兼致少年》中，"我"在孤独中虚构"他"的爱："他开始主动拥抱我/并在每晚临睡前，索要一个吻/他的脸颊光滑而俊美"，"我承认，我有一颗孤独之心/我承认，我写下的/往往都是虚构中的事物"。与那些关于故土亲情的诗歌一样，林珊对爱情的书写也主要是通过叙事性的场景和细节来实现的。然而，值得注意的是，在某种意义上，林珊的这些关于爱情的书写似乎包含了更丰富的指向，正如屈原的《离骚》和李商隐的《无题》那样，诗人笔下虚构的"我"与"他"也可以是对于人生、事业、理想的另一番曲折隐晦的表达。

　　林珊的诗歌中既充盈着大地万物的生命气息，也贯穿着寒暑晨昏和四时

----

① 　林珊：《小悲欢里的大情怀》，《井冈山报》2017年6月2日。

节令的书写。《春天十四行》中，"当我们盯着大雨过后的香樟树/谈论春天的沼泽和天气时"，"树荫撑起一片湿漉漉的荒凉"；《夏天》中，"我在黑暗中独自站了很久"，"衰老的蟋蟀仍然在废墟里缄默无声"；《立秋》中，"枫叶未红，白霜未降/她站在阳光倾斜的人行道上/有巨大而空旷的孤独在"；《黄昏》中，"寂静的黄昏"，诗人"独自坐在岸边出神"，"需要一截流水"，"需要几声鸟鸣"；《若你有一颗怜悯之心》中，"在没有月亮的夜晚，我就是那个最惆怅的人/困扰我的，是昏暗中的虚无，是喝咖啡的苦涩/是从风中纷纷掉落的树叶"；《她总是梦见雪》中，"十月应是最令人沮丧的月份/她总是梦见雪，梦见白茫茫的屋顶"，"秋风吹了一夜。她走动，满眼尽是枯叶"；《一场雪》中，"黄昏的屋顶。在梦里"，"雪覆盖了山川、河流、松枝"，"所有的颜色都在废墟里变得一致"；《草木一生》中，"更迭的四季，总是一边默默施舍/一边匆忙攫取/于是。每一场雨，都像一封绝笔情书"。四时节令相异，万物应时而生，晨昏寒暑各有各的温度，春夏秋冬各有各的色彩。虽然林珊笔下也有春天的"香樟"和夏天的"蟋蟀"，然而，让人诧异的是，年轻的诗人更青睐的却是黄昏、黑夜、秋雨、冬雪、白露、霜降、寒风、枯叶一类黯淡的色彩和凄冷的色调。

"深情总是令人沮丧"，"到最后，爱与恨的交付只剩下虚妄"（《深情总是令人沮丧》）。林珊说，一直以来，她内心向往的是一种朴实、纯粹、宁静的生活。可是理想与现实往往存在着差距，诗歌便成了精神上的安慰和依托。[1]林珊诗歌里虽然有着旷野大地的经纬和自然万物的气息，然而，年轻的诗人并没有像有的人所说的那样，"使人与自然的对峙和紧张关系得以舒展和消解"[2]。在那些关于自然的诗歌中，尽管诗人试图走向旷野大地，但却无法嫁接起与万物沟通的桥梁。白露时节，"我独自走在旷野/紧跟在我身后的，是小狗、夕阳/和马尾松的枯枝/我们眼神黯淡，互不言语/我们肩披暮色，互不打

---

① 林珊：《小悲欢里的大情怀》，《井冈山报》2017年6月2日。

② 林珊：《小悲欢里的大情怀》，《井冈山报》2017年6月2日。

探彼此的身世"（《白露》）；在山中，虽然"我还是愿意写一写/山门前的石狮子，佛堂前的诵经声"，"还是愿意一次次/在黑夜里触摸满天繁星/在秋风中与受伤的麋鹿交换眼神"，但是"落花还是落花/鸟鸣还是鸟鸣"（《哦，在山中》）；"寒风中，我读不出那些深藏的哑语"，"树篱下，金色的琥珀唤醒我/时间的手，又一次从记忆里抽走"（《乌桕》）。不难发现，无论是走向旷野大地，还是亲近自然万物，抑或是追忆旧日时光，林珊的诗歌中总是游走着一个孤独惆怅的主人公，在"永恒的虚无"中留下无限的怅惘。这种怅惘既源于无法达成和谐的外部世界，也来自诗人自觉的审美追求。生活在赣南小城的林珊"偏爱轻淡宁静的辋川传统"[1]，"她的小悲欢里是对万物的怜惜与珍存"[2]，在诗人眼里，"万物都有欲言又止的悲伤"（《白露》）。

作为一名"80后"的年轻女诗人，林珊笔下没有"情感的泥潭特殊的缠绵"，而是凭着"对生命熟稔的深度，以炫目的独创意识写出最令人心碎的诗歌"[3]。林珊诗歌艺术上的最大特色主要表现在两个方面：一是常常在抒情中植入叙事性的场景和细节，譬如"从一场梦里醒来，她黯然神伤/露水变成一朵紫色的蔷薇/在枕边，摇摇晃晃"（《小悲欢》），"夕光下/最后一声鸟鸣/像陈旧的书信/紧贴着蓝色的屋檐落下来"（《静谧陌生如此悲伤》），"年轻的邮差突然出现在雨后的路口/用修长的手臂，递来一枚湿漉漉的住址"（《我爱过的事物远不止于此》）；二是擅长进行意象的异质性嫁接和语词的陌生化处理，譬如"潮湿的冥想"，"山水的缝隙"，"空白的寂静"，"衰老的虫鸣"等等。叙事对抒情的植入，从日常中提炼出诗意；抽象与具象的嫁接，促成了语义的漂移和扩张，达到审美的延宕，林珊的诗歌正是如此。在自然万物和日常悲欢里呈现出别样的生活诗意，并以此成就了自己诗歌的个性，拉开了与同时代诗人的距离。

---

① 范剑鸣：《我们如何保留对时代的矜持——林珊组诗〈小悲伤〉阅读札记》，《创作评谭》2016年第6期。

② 纳兰：《小悲欢，大慈悲——评林珊诗集〈小悲欢〉》，《创作评谭》2018年第4期。

③ 陆忆敏：《谁能理解弗吉尼亚·伍尔芙》，《诗刊》1989年第6期。

二、王彦山：在古典情怀与现代焦虑中抵达生命的深处

2014年，而立之年的王彦山携带着他的那些有着"自己的音色和音量"的诗作走入了中国青年诗人的"第一方阵"，参加了第三十届青春诗会。稍后，他的第一部诗集《一江水》作为"第30届青春诗会诗丛"之一，由诗刊社编辑出版。著名诗人商震在《青春的聚会——"第三十届青春诗会诗丛"序》中说，"从这十五本诗集中，我看到了他们对诗歌的挚爱与忠诚，看到了他们蓬勃向上的力量，看到了他们创作的潜质"，"他们每个人有自己的音色和音量"，"他们是生力军，他们都有走向未来诗坛木秀于林的可能"。①除去一个诗坛前辈对后进惯常的奖掖和期许，商震特别强调了这些优秀青年诗人的"创作潜质"和他们每个人的"音色和音量"，这也是王彦山入选"青春诗会"的前提和原因。

大凡读过《一江水》的人，几乎很难不为诗人的古典情怀所动容的。无论是"虚构的词牌"，还是"铜镜上的锈"，王彦山执笔好古风，信手遣旧辞。在喧嚣的时代，任时光荏苒，寒暑轮替，其内心深处，总是独守一份深厚的古典情怀。自20世纪初以来，曾经放弃古典传统的新诗一度如脱缰的野马在"话怎么说，就怎么写"的白话道路上狂奔，但很快便被后来者"改弦更张"。从20年代新月派的"三美"主张，到40年代九叶派的"新诗现代化"追求；从50年代的新民歌运动，到80年代的朦胧诗崛起：新诗总是借古融今，重铸新词，"古典"在现代新诗发展进程中赓续至今。诚然，王彦山的古典情怀也许没有太多的宏大背景和使命担当，无论是借古人杯酒浇胸中块垒，还是用现代意识重造古典趣味，大多乃性情使然。在《一江水》的开篇，诗人如此表白："多年以后，我终于/安静下来，忘路之远近/不关心时事，每日饮菊花/用泉水浣衣，诗歌越写越短/终至无辞，其中凉意/用尽半生"（《抱朴》）；"一切美好在凉风中/天高云淡，我拥被夜读/不争朝夕"（《月明》）；"我

---

① 商震：《青春的聚会——"第三十届青春诗会诗丛"序》，引自王彦山《一江水》，漓江出版社2014年版，第1—3页。

独自走在河边/我独自把上个世纪/的一个夏天怀念"（《阳关》）；"在通往故乡的原野上/我是一棵被鲁西南大地拒绝的/芨芨草"，"在通往人心的桥上/我是一头误闯入人间的狼"（《孤鸿》）；"向晚枯坐，我无力再说什么/此生艰难，我们要一天天过"，"让我再待一会儿/直到夜色从大地升起"（《箫咽》）……。读彦山的诗，越近越生凉意，越深越觉诧异：如此繁华时代，如此青春岁月，诗人何来如此超乎年龄的"凉意"？

尽管新时期以来的中国诗歌是在西方现代派诗歌的滋养下不断发展嬗变的，然而，王彦山诗歌中那种有些"不合时宜"的"凉意"不是来自西方的现代情绪，而是源于东方的文化传统，在诗人的背后既站立着虚静无为的道家，又始终无法放弃内省入世的儒学。在以《铜镜上的锈》为题的一组辑诗中，王彦山常常以"夜读"的方式，与那些在精神深处与自己共鸣的古典诗宗展开心灵的对话。失意的子建、寂寞的王维、沉郁的杜甫、隐逸的陶渊明、清拔的谢灵运、洒脱的苏东坡，一个个怀才难遇而又矢志不渝的古典诗宗从历史的烟尘中走来。"凉风乍起""满月一轮"的秋夜，失眠的诗人与子建清谈（《夜读子建》）；"大雪纷纷扬扬"的静夜，诗人与五柳先生对饮（《与五柳先生对饮》）；"淫雨霏霏"的春天，诗人愿意成为谢灵运诗中"一枝清瘦的芙蓉"（《白云屯，祭于谢灵运墓前》）；"惊涛拍岸"的九月，诗人期待东坡"吟啸着翩然而至"（《夜读东坡》）。古人云："登山则情满于山，观海则意溢于海。"（刘勰《文心雕龙·梁·神思》）可见，对于王彦山诗歌中的"凉意"而言，不是风雨眷故园，而是诗人好霜雪。

诚然，年轻的诗人在那些源于古典而又出于现代的对话中有意无意地透露了诸多内心的隐秘。在曹植、王维、陶渊明、杜甫、谢灵运、苏东坡等古典诗宗的生命深处，都若隐若现地横亘着一条传统士人赓续至今的精神脉流，入世则以儒家"有为""济天下"，出世则守道释"虚静""善其身"。然而事实上，这些情感丰沛的高洁之士在现实生活中很难在入世出世之间走出一条泾渭分明的坦途，于是真正的"虚静"并不可得。这些古典诗宗们的隐秘情怀，即便是隔了"八千里路云和月"，王彦山也能如临其境，感同身受。《夜读子建》中，在凉风、满月、夜读、清谈之后，诗人笔锋一转："我居八楼，不胜/晚风来疾。太和二年/一生转蓬，一阵回飙，你狂吐不止/那些白花花的诗句/隔着太白隔着渭水/隔着共和国/星耀今晚/辕车解轮/委实无此必要/且让我们斟满月光/各尽杯觞。"在此，年轻的诗人竟跨越一千七百多年的时空劝慰子建，那些"星耀今晚"的诗句足慰平生"转蓬"，与其"常自愤怨"，不如"辕车解轮"，"斟满月光/各尽杯觞"。《秋夜书，致王维》中，辋川虽有"白鹭飞出""轻舸飘过"，然而，摩诘先生的内心寂寞却难被外人理解，"天宝末年，你秋夜独坐/他们不明白你/玩的不是寂寞/你用诗歌的烛火照亮过的/山果——坠落"。《与五柳先生对饮》中，陶渊明归田园居，纵有"辚辚的马车驶过一直/碾过你越捻越细的长须/却不曾惊起你高卧时的喃喃"，然而，雪中饮酒时，浮蚁往事连同"这虚无主义的静"，竟也"在小小的酒杯，卷起更大的波澜"。《夜读东坡》中，诗人笔下的东坡先生一方面洒脱不羁，醉卧月下，吟啸而归；另一方面，又难以放下"雪堂不雪，九月既望"的顾虑。显然，无论是"情兼雅怨"的曹植，还是"独坐辋川"的王维；无论是"归园田居"的陶渊明，还是"绘雪明志"的苏东坡：这些学优难仕的古代知识分子的内心深处始终难以放弃"善其身"的等待和"济天下"的理想。可见，无论是"抱朴"中的"凉意"，还是"夜读"时的"寂寞"，王彦山诗歌的古典情怀并非只是在文本表面制造一些似是而非的古典趣味，而是在深耕典籍的基础上，携带现代意识，深入古典生活，遇合古典精神，从而以古典情怀抵达古典生命的深处。

　　大约在一个世纪前，奥地利诗人里尔克说："生活和伟大的作品之间／总存在某种古老的敌意。"一个世纪后，对此引为同调的北岛解释说，所谓"古老的敌意"，从字面上来看，"古老的"指的是原初的，带有某种宿命色彩，可追溯到文字与书写的源头；"敌意"则是一种诗意的说法，指的是某种内在的紧张与悖论。[①]在娱乐化和世俗化日益盛行的当下，一个追求高蹈的诗人如

------

① 北岛：《古老的敌意》，生活·读书·新知三联书店2015年版，第3页。

果不能与所处时代保持紧张的关系，必然会滑向浅薄和平庸。从不讳言受到北岛"启蒙与滋养"的王彦山显然是不甘于这种平庸的。如果说，王彦山诗歌最初是以古典情怀赢得了诸多赞誉，那么在向诗歌腹地进一步延伸的时候，年轻的诗人显然已不再满足这种带有孤芳自赏式危险倾向的古典趣味。于是，身边那些既藏污纳垢又生气淋漓的现实生活大量走进了他的诗歌世界。然而，当王彦山一旦放下古典情怀，触摸现代生活，这位曾经甘愿成为永嘉太守诗中一枝清瘦"芙蓉"的年轻诗人完全陷入了一种难以自拔的现代焦虑和古老敌意。

　　王彦山新近出版的诗集《大河书》分十四辑收录了近年来创作的一百余首诗歌，是诗人由古典走向现代的见证，在这些大量关于日常生活和现代情绪的书写中，"春天的河流"和"夏天的季风"开始取代原先的"秋雨"和"冬雪"，放弃了"夜读"的诗人像当年波德莱尔笔下的巴黎闲逛者一样游弋在南昌的大街小巷，甚至"人在南昌，心在突尼斯"（《雨下着，别兰子》）。于是，咖啡馆少年、广场舞大妈、公交车过客、站街小姐、卖菜老农、进城农民工……纷纷走进了王彦山的诗歌。在2014的咖啡馆里，"殖民主义的饮料"成为抒情年代"诗人的穷亲戚"（《咖啡馆2014》）；在城市的一角，"进城务工的农民/在薄暮时分，结伴而来"，站街小姐"蘸着唾沫数钱的动作/和卖菜的老农，没什么区别"（《你们》）；在周末的大街上，"有人在广场上跳起骑马舞"（《生日随笔》）；从贤士二路到红谷新城，245路公交"秋风扫落叶般/把站台上的人扫进车里/又沿途吐出他们"（《等245路公交车不至》）。

　　从抱朴夜读到穿街走巷，从携风吟啸的高蹈诗人到灯红酒绿的芸芸众生，王彦山诗歌的"转身"虽不能称之"华丽"，但却不能不令人惊诧。《大河书》中虽然还有秋风、冬雪、夜雨，也写晚读、夜饮、忆旧，然而，此番物象人事已非昔日面目："秋风起了"，"因承受不住自身的轻，碎银子般/流泻了一地"（《秋风再起》）；"融雪时刻"，"经过霜的白菜，被准时运到菜市场/吐出热气，一个活腻歪的人/爬到高处，又爬了下来"（《融雪时刻》）；"晚读"时，"一个城市的肺呼出更多的/风轻和天高/那电路板样运行的城市/越是繁忙，越是荒凉"（《晚读》）；"夜饮"时，"泡沫升腾如白昼/两瓶南昌啤酒就让你深刻起来"，"饮者的鱼眼里/雪花一样的回响，爆裂在盛世之秋"（《夜饮记》）；"访陶渊明不遇"时，"后学们拨通东晋吏部的电话/打听你的近况，答曰：此人/已移民俄罗斯，正与一只/叫阿赫玛托娃的西伯利亚鹤/对饮"（《访陶渊明不遇》）。无论是诗歌中的人事还是文本外的诗人，喧嚣取代了虚静，世俗消解了古典，王彦山的诗歌已然进入了嘈杂的现代。

　　然而，曾经"拥被夜读/不争朝夕"的王彦山果真能够在"众人喧哗的甲板"上安之若素吗？答案当然是否定的。在那些大量关于日常生活和现代物象的碎片化书写中，表面的喧嚣和内心的挣扎相互撕扯，一种焦虑不安的情绪布满了《大河书》的每个角落。《酒歌》中，"当人们在月下偷欢/只有我还在给明月写信"；《晚读》中，在"那电路板样运行的城市"，"一只倦极了的鸟飞过/又遁入苍茫"。《夜归》中，"梦到海，醒来，只有一条江/哐哐地轧过河床的铁轨/惊起众鱼的山河旧梦"；《孤闷乡》里，"在不知道该叫作单位/还是公司的小院子里/被绑架的一具中年肉身正沉入幽闭之乡"；《江右夜》里，"雷电让一个内陆省陷入谵妄的期待/我在纸上弓起了背，坐骨神经隐隐在疼"；《暮春记》里，"我每天准时刷牙/和沸腾的生活保持着/礼貌的距离，一种力量/在暗中，慢慢磨损着我"。

　　不难发现，王彦山似乎在固执地以现代焦虑呈现"古老的敌意"。这些"焦虑"和"敌意"显然来自他与周围时代难以谐和与缓解的紧张，或者说他与现实生活的"距离"和"磨损"。在《人到三十》《三十三岁，小记》《与先生书》《中年之痒》等诸多作品中，诗人不断地躬身自省：而立之年后，"还没有学会取悦自己/还没有学会无所事事地活着"；"要放下的/尚未放下，该承受的，一个也没有少"；"大梦不觉/好梦又难做"；"古人之忧和今人之痛，在我身上/拧紧同一颗螺丝"。在《歧路别》《病中》《病》《醒来》等一组作品中，王彦山反复地书写由现代生活所导致的各种疾病体验："将别未别之时，突如其来的一场流感/像潜伏在体内的鬣狗/突袭了每一个人"；"我把一生的咳都咳完了/也唾不出一个外星空和远大前程/肺用旧了，就用胃痉挛来吐"；"一场病刚刚结束，另一场刚刚开始/我的病的尽头，是你，你的病/肇始于漆园小吏豢养的蝶"；"我想我的病，奇崛，飘零得/空无一用"，"再无药可医"。显而易见，王彦山对于自己诗歌的"焦虑""敌意"及其深层缘由有着清醒的自觉，它们源自古典情怀在现代境遇中不可回避的尴尬，它们是诗歌精神与世俗生活之间宿命式的内在紧张与悖论。

众所周知，中国新诗发展的百年历程始终在西方"横的移植"和传统"纵的继承"之间龃龉与平衡。20世纪80年代后期至新世纪以来，两岸三地的中国诗界在经历了各自对"现代派"的反刍之后，几乎殊途同归地来到了一个共同的新的起点——新古典主义。曾经的先锋派代表诗人于坚毫不隐讳地宣称，"我终于把'先锋'这顶欧洲礼帽从我头上甩掉了"，"如今，我只是一个汉语诗人而已"①，并告诫曾经的同伴，"八十年代的前卫的诗歌革命者，今天应该成为写作活动中的保守派。保守并不是复古，而是坚持那些在革命中被意识到的真正有价值的东西"②。台湾著名诗人杨牧指出："经过三十年的淘汰修正，诗人对横的移植、纵的继承已不再持排斥性看法，西洋的和中国传统文学的方法，以及早期台湾的历史风貌，均同时为人们所采纳运用，这是文学史上健康正确的发展方向。"③而香港的蓝海文则更是鲜明提出："中国的现代诗，无论什么主义，终归要脚踏实地地走向以诗为本位、以民族为本位的'新古典主义'。愈是民族的，愈能走向世界，愈具艺术的价值，愈是屹立不倒。"④作为"80后"的王彦山，正是在世纪之交中国诗歌"出于现代，回归传统"的新古典主义氛围中开始成长和写作的。

《一江水》无论是在艺术形式还是在精神质地上都表现出自觉的新古典主义取向。在《虚构的词牌》中，诗人有意让"抱朴""月明""阳关""宿鸟""回风""若水""孤鸿""萧咽"一类在物质外壳和精神内涵都散逸着

---

① 于坚：《长安行》，《作家》2002年第10期。

② 于坚：《棕皮手记》，东方出版中心1997年版，第243页。

③ 杨牧：《谈台湾现代诗三十年》，原载《创世纪》第65期，转引自朱双一：《80年代以来台湾诗坛的三大流脉及其艺术视角》，《厦门大学学报》（哲学社会科学版）1997年第2期。

④ 蓝海文：《新古典主义诗观》，《中国新时期诗歌研究资料》，山东文艺出版社2006版，第153页。

浓郁古典意味的"词牌"充当诗歌的题目。在这些诗作中，王彦山处处小心经营他的古典才华，巧妙运用借词、化句、用典等艺术手法，努力表现见素抱朴、虚静不争的古典精神，情感节制内敛，语言简约疏旷。《抱朴》中，"我终于/安静下来，忘路之远近"，"每日饮菊花"，"用泉水浣衣"；《月明》中，"我渴望和颜如玉擦肩/和莺莺相遇"，"一切美好在凉风中/天高云淡，我拥被夜读/不争朝夕"；《宿鸟》中，"天转凉"，"江南可采菱，一叶蚱蜢载不动/你三万吨的悚惧与不安"；《惊蛰》中，"隐者不遇，松枝无语/我还在尘世的灯光中走着"；《回风》中，"我在魏晋/一阵回飙中，把自己/仓皇得像杜甫走在/乾元元年的路上"。在王彦山的这些早期诗作中，秋风、明月、淡云、清泉、菊花、松枝等清冷孤傲的自然物候和诗歌意象，释放出浓郁的古典主义美学趣味。

有学者指出，新古典主义的"古典"指向的是一种艺术观念与美学风范，它提倡典雅、明晰、严肃、规范，富于稳定感和规则性，力求在一种节制、均衡、和谐的情致中保持雅致、适度的格调，新古典主义的"新"在于它"背靠历史、融合中西"的理性精神以及在这一理性精神下坚守文学相对独立的、自由的美学理想。[①]虽然这里所论及的对象涵括了整个20世纪中国文学中的"新古典主义"，当然也同样适用于王彦山诗歌。正是在这个意义上，我们说，王彦山诗歌不是简单地回归古典，而是以现代意识对传统的重新审视，是在继承优秀传统文化精神和古典美学精神基础上的"新古典主义"。

值得注意的是，作为一个有着自觉探索意识和潜在诗歌野心的年轻诗人，王彦山并没有在"新古典主义"的怀抱中等待下一个"光环"的到来，从《一江水》到《大河书》，王彦山的诗歌创作进行了一场从新古典主义到后现代美学的转变。这种转变其实在《一江水》的第三辑"陶罐里的盐"中就已经在开始酝酿。虽然"陶罐"仍然是一个充满了古典意味的容器，但是当它盛放的不是让人充满无限遐想的柳枝或者蜡梅一类，而是日常生活中不可或缺的"盐"

---

① 杨经建：《新古典主义与二十世纪中国文学》，《文艺研究》2006年第4期。

时，诗人已经明确地传递出由古典走向现代的讯号。在这些诗作中，父亲、母亲、姐姐、祖母、女儿、自行车、马桶、防疫站、磷肥钾肥、京九铁路、公交车、菜市场、巧克力、奶茶铺等身边人物和日常物象已经成为诗人不断咏唱和反复咀嚼的对象。

事实上，《大河书》是沿着"陶罐里的盐"向现代日常生活腹地进一步蔓延的产物，流浪汉、站街女、农民工、广场舞大妈、咖啡馆少年、蛤蟆街、出租房、普洱茶、瓦罐汤、红谷中大道、地铁十号线等更为庸常琐屑的人事物象进入了诗人的视野。在一组仍以古典"词牌"为题的诗歌中，王彦山已然把自己打造成一个古典的悖逆者，那些充斥在诗歌中的消费时代的生活喧嚣、杂乱无章的世俗场景、支离破碎的语义片段，彻底破坏了诗人曾经苦心经营的抱朴之道和虚静之美。《子非鱼》中，小白领在地铁上"被挤成夹心饼干"；老教授在课堂上"被庄子的子非鱼附体"；清蒸鳜鱼"在灯光下变成遗世独立的古典美人"；《纸上云》中，"陶潜先生只想到21世纪做今人"，"美国人把玛丽莲·梦露印到美元上"；"古汉语落在撒哈拉沙漠上"。《问茶记》中，"屈原的九问，问到了第十次"，"城市的伪资产阶级们，围成一圈蜻蜓的样子"，"一朵泛货币化的云/洒在市场经济的茶盘上"；《声声慢》中，"声声慢的车辖辘上坐的/已不是诸子，老子挎着庄子的大鸟/坐进一架飞机"。在这些大量古典与现代并置、世俗消解高雅的诗作中，失去平衡的各种力量在诗歌中相互撕扯、纠缠、撞击，从而呈现出一种琐屑的、破碎的、分裂的日常审美形态。面对一个缺乏中心、谐和，失去典雅、庄严的大众文化时代，王彦山不再用一种古典的、素朴的、平和的方式来展开物质消费时代的矛盾和困惑，而是以一种多元并置、切割拼贴的方式呈现庸常化、碎片化的大众生活场景，并试图建构一种后现代的诗歌美学。当然，从王彦山目前所发表的诗作来看，尽管从新古典主义到后现代美学的诗歌转向清楚地标识了诗人的努力方向，但显然，这一转变仍在未完成的探索中，我们有理由期待王彦山诗歌的"音色和音量"更加鲜明、更加成熟。

第五章　近四十年的江西纪实文学与儿童文学

　　20世纪80年代以来，江西纪实文学和儿童文学创作取得了前所未有的繁荣发展。首先，本时期江西纪实文学和儿童文学创作涌现出一批具有全国影响力的代表作家及其创作。胡平、卜谷的报告文学创作，胡辛、聂冷的传记文学创作，彭学军、郑允钦、孙海浪、曲一日的儿童文学创作等，都成为江西文学走向全国的重要标志。其次，本时期江西纪实文学和儿童文学的创作队伍老中青结合，题材内容更加丰富，艺术风格日渐成熟。以胡平、姜惠林、朱昌勤、匡建二、刘红梅、卜谷、蒋泽先、凌翼和詹文格等为代表的报告文学作家，或紧跟时代步伐关注转型时期的社会生活问题，或将目光投注到历史时代彰显文化反思精神；胡辛、聂冷、李国强、黄仲芳、胡志亮、邹华义、童翊汉、朱家琦、罗聪明等传记文学作家或致敬革命历史，或书写文化名家；以彭学军、郑允钦、孙海浪、曲一日、曾小春、傅汉清、严霞峰、萧道美、闵小伶、喻虹、丁之琳等为代表的儿童文学作家以小说、童话、寓言、诗歌、散文等各种不同的文体形式，发表了一系列具有较大影响的儿童文学作品。诚然，近四十年来，江西纪实文学和儿童文学的繁荣发展既以改革开放的时代语境和丰富驳杂的社会生活为前提，也与得天独厚的革命历史文化和丰富多彩的地域文化传统相关联，更与作家主体意识的彰显和多元审美的自觉分不开。

第一节　主体意识的彰显与多元审美的自觉

一、报告文学：在现实观照与历史反思中彰显主体意识

纪实文学通常是指借助个人体验方式（亲历、采访等）或使用历史文献（日记、书信、档案、新闻报道等），以非虚构方式反映现实生活或历史中的真实人物与真实事件的文学作品，其中包括报告文学、传记文学、历史纪实和回忆录等多种文体。较长一段时间以来，报告文学、回忆录、传记文学等纪实文学在文学史著述中常常被纳入散文文体，直到20世纪90年代以后，由于篇幅的不断增容和体例的显著变化，它们慢慢从散文文体中独立出来，而至新世纪纪实文学的大量兴起，又通常被归类到"非虚构写作"的阵营。报告文学在中国作为一种正式文体兴起于20世纪30年代的左翼文艺运动，并在三四十年代因宣传抗战救亡的需要而得到迅速发展，建国后五六十年代当代报告文学主要继承了根据地和解放区时期颂歌式书写传统，以表现英雄人物和革命领袖为主的人物报告文学和反映工农兵群众生产斗争的社会报告文学成为这一时期报告文学的主要样式，80年代以后随着社会问题报告文学的兴起，作为报告文学品格内核的批判精神才得到真正体现。尽管报告文学在中国经历了半个多世纪的发展嬗变，但江西报告文学创作则是在80年代以后随着新时期报告文学复兴而发展起来的。

近四十年来江西报告文学创作大致可以90年代为界分为前后两个时期，前期创作大多紧跟时代步伐，及时反映改革开放过程中出现的各种社会问题或典型人物，可称之为"社会问题报告文学"和"人物报告文学"，代表作家作品主要有胡平的《世界大串联——中国出国潮纪实》《神州大"拼搏"——专业技术职称评聘印象录》《东方大爆炸——中国人口问题面面观》《秋天的变

奏——八十年代中年男女的情感世界》《在人的另一片世界——中国残疾人福利基金会纪事》《子午线上的大鸟——中美合作生产的麦道MD-82飞机之随想》，姜惠林的《七色人间》《阵痛岁月》《张果喜旋风》《大写邱娥国》，朱昌勤的《强者们》《不安的强者》，彭春兰的《走过千年》，刘红梅的《天地有大音》，傅汉清、庄家新的《来自红土地的报告》，吴林抒等的《热土乡魂》，熊相仔的《走出"土围子"》，吴清江的《搏击人生》，郭传义的《华夏笔都》，邹华义的《跨越死亡地带》，陈安安的《中国的黑马》《刀刃上的钢》等；90年代后期至新世纪以来，江西报告文学创作更加走向多元，既有对社会生活现实及时追踪的综合性报告文学和人物报告文学，也有重新审视和反思历史的史志性报告文学，代表作家作品主要有胡平的《千年沉重》《禅机：1957》《战争状态》，卜谷的《红军留下的女人们》《从赤脚医生到医学院院长》《抗冰万里》，蒋泽先的《中国农民生与死的报告》《医与患——中国医患关系报告》《秋杰老师》，肖麦青的《诺言沉重》，刘勇的《通往南丁格尔领奖台的道路》，邹华义的长篇报告文学《夯实共和国基石》，匡建二、郑鸣的《雪碑》，凌翼的《井冈山的答卷》《让候鸟飞吧》，詹文格《中医，一个跨越世纪的争论》，徐春林《平语札记——修水移民故事》等。

　　胡平是新时期江西报告文学的标志性人物，正如有学者指出，"江西报告文学在新时期以前几乎默默无闻，直到80年代中期胡平的出现，江西的报告文学创作横空一跃而达到全国的高度"①。胡平的报告文学最初主要描写改革开放初期社会生活中的一些新人新事，表现人们精神世界的新变化，如《中国母子》《国徽闪闪》《摇撼中国之窗的飓风》《月食呵月食》《在人的另一片世界》等，其中以获得全国第四届优秀报告文学奖的《在人的另一片世界》为代表，叙写了邓朴方等人组织发展中国残疾人福利事业的各种努力，表现了他们在褪去特殊光环后，虽经历普通残疾人的痛苦，但仍为残疾人福利事业不屈不挠的开拓精神和崇高境界，并同时对中国残疾福利工作中存在的问题进行了

---

① 吴海：《半个多世纪的江西当代文学》，《当代江西史研究》2003年第2期。

反思。80年代后期至90年代初，胡平的报告文学明显转向对当前社会问题的关注和思考，他也成为这一时期社会问题报告文学的代表作家。在《世界大串联——中国出国潮纪实》《神州大"拼搏"——专业技术职称评聘印象录》《东方大爆炸——中国人口问题面面观》《秋天的变奏——八十年代中年男女的情感世界》《你的秘密并不秘密》《夏季的证明》《摇撼中国之窗的飓风》《子午线上的大鸟——中美合作生产的麦道MD-82飞机之随想》等作品中，胡平及时关注和反思了出国留学、职称评定、人口增长、情爱观念、股票市场、合资企业等转型时期的各类社会热点问题。早在80年代末，胡平在关注社会现实问题的同时，就开始对"文革"历史进行反思，《历史沉思录》《中国的眸子》对当年轰轰烈烈的红卫兵运动及其所酿成的历史悲剧进行了重新审视，并通过特殊年代两位无辜女性所遭受的惨绝人寰的悲剧，对国民的劣根性、人性的丑恶和政治的荒谬作出深刻的反思，从而揭示出时代悲剧的深层文化根源。90年代后期至新世纪以来，胡平先后创作了《禅机：1957》《战争状态》《千年沉重》《海角旗影》《一百个理由——中日关系沉思录》《情报日本》《时间的磨子下——戴笠、军统与抗战》《瓷上中国》等一批史志性报告文学作品，把笔触延伸至更深远的历史，重新审视和反思"反右"、江西地域历史、台湾50年代红色革命和白色恐怖、日本历史文化与中日关系、国民党历史人物与抗战等中国近现代以来及其更悠远的历史文化进程。无论是对转型时期各类社会问题的跟踪关注，还是对历史深处文化事件的深刻反思，胡平的报告文学都彰显出介入现实和反思历史的主体意识，从而形成了一种深沉、内敛、厚重的美学风格，在新时期以来的报告文学创作领域产生了广泛而深远的影响。

　　兼具新闻性和文学性的报告文学向来与报刊媒体有着先天的"亲缘"关系。新时期以来，江西报告文学创作队伍中活跃着一批原本在报刊媒体从事新闻传播工作的记者和编辑，姜惠林、朱昌勤、彭春兰、匡建二、刘红梅等是其中的佼佼者。姜惠林的《张果喜旋风》聚焦改革开放初期的开拓者，将主人公放置于国内外市场竞争的大背景下，在纷繁复杂的商业竞争、人际纠葛和舆论旋涡中，展现改革者的处世之累、创业之难和竞争之苦，多角度、多层次塑造了具有开拓创新胆识和丰富复杂性格的改革英雄张喜果形象。《人间有一怨》围绕厕所问题以及由此生发的种种社会问题，对诸多生活领域展开思考和评述。作者通过对一百多个厕所的实地调查和有关部门的人物采访，切实地感到虽然厕所问题事关人民健康、城市文明，但却又时常被人忽视，是市政工程建设中常常被遗忘的角落。此外，作品还真实呈现了环卫工人在住房条件、工资待遇、婚姻爱情、社会地位等方面的失衡状态和尴尬处境。朱昌勤的《强者们》和《不安的强者》采访记录了新时期不同行业涌现出来的时代强者，既有"飞将军"邹保生、"烹饪状元"张德生、"鸭司令"王三水等从寻常百姓中走出来的演艺人和个体户，也有萧克、王光美、秦怡、姚雪垠、汤晓丹、谷霁光、刘勃舒、张贤亮、蒋大为、张明敏、王洁实、苏小明、孙晋芳等政要名流和文化精英。朱昌勤以新闻工作者的职业敏感和道德良知记录笔下人物坎坷曲折的成长道路和坚韧不拔的开拓精神，为刚从艰难曲折中踏入改革开放新征程的人们传递积极向上的精神能量。彭春兰的《走过千年》集中叙写了40多位各色人物的生活故事和工作业绩，既有省长、市长、县委书记、镇长、农场场长、街道居委会等政府官员，也有科学家、设计师、教授、作家、记者、导演、演员、企业家、个体户等普通人物，作者通过选择这些不同阶层、职业和年龄的人们的工作生活片段，折射出改革开放时代的壮丽画卷。刘红梅的《天地有大音》以新闻纪实的笔法及时记录了改革开放初期我国科技、教育、文化、卫生、体育等不同领域的发展状况、生存现实和热点问题等，譬如火箭导弹的设计制造、中小学危房改造、高校贫困生帮扶、知识分子的生存状况、专业技术人员职称评审、大学文凭热、体育赛事引发的民族情绪等。不难看出，由于新闻记者的职业敏感，这些记者型作家积极关注改革开放浪潮中涌现出来的典型人物、新闻事件和社会问题，他们的报告文学作品也因此彰显出创作者介入现实的主体意识，具有鲜明的时代感和强烈的责任感，与新时期的社会问题报告文学同步共振。

　　新世纪以来，江西报告文学一方面仍然与时代同行，对一些重大社会事件和时代命题进行及时关注和深入思考；另一方面则把目光投向历史，在历史事件的重组与反思中表达对现实的关切。除胡平及其创作外，本时期江西报告文学的代表作家作品主要有卜谷的《红军留下的女人们》《抗冰万里》，蒋泽先的《中国农民生死报告》《秋杰老师》，匡建二的《赣南的脊梁》，徐春林《平语札记——修水移民故事》，刘勇的《通往南丁格尔领奖台的道路》，邹华义的《夯实共和国基石》，凌翼的《井冈山的答卷》，詹文格的《中医，一个跨越世纪的争论》，周鸿《毛泽东和他的寻乌调查》，罗张琴《春风又绿江岸》等。卜谷的《红军留下的女人们》把巡睃的目光投注到宏大历史的背面，真实记述了池煜华、赖月明、贺怡、曾子贞、华可英、肖久久等一群"红军留下的女人们"的尘封往事。她们或在枪林弹雨中浴血奋斗，或在深山丛林中卓绝坚守，或冒着生命危险寻找革命组织，或忍受骨肉分离马前托孤，或身陷囹圄坚贞不屈，或隐姓埋名清贫自守，或被误解含冤受屈，甚至被发卖、被奸污、被屠戮。战争并未让女人走开，而是让她们承担了更多的不幸和苦难。作者不仅以沉重的笔触在历史的粗粝处触摸生命的疼痛，而且以悲悯的情怀在命运的无常中谱写人性的悲歌。蒋泽先的《中国农民生死报告》以一个从医近四十年的医生身份，走进一家家因疾病而处在风雨飘摇中的不幸家庭，去记录农民在"生"与"死"关口徘徊的困境。这里有处于人生花季的年轻女人因医疗条件差、卫生知识少和经济贫困而死于难产；有大量病不起、医不起的农民，他们一年的收入还不够一次阑尾炎手术费用；有许多北方农村老人在寒冷冬天，因躲不过一场寒冷和一次小病而离开人世。作者既以一些令人震撼的事例和数据向国人报告中国农民的健康保障问题，也以职业医生和知识分子的道德良知深刻反思了当下亟须健全完善的健康医疗保障体系。《秋杰老师》则以真挚的情感、朴实的语言和动人的细节呈现了石秋杰老师在教书育人的平凡岗位上"埋头苦干，拼命硬干"的感人事迹，彰显出新世纪感动中国的人格魅力和精神力量。在学生面前，石秋杰既是诲人不倦的老师，更是爱生如子的母亲。在医生眼里，石秋杰既是坚强不屈的病人，更是乐观向上的朋友。在亲友心中，石秋杰既是贤妻良母，更是良师益友。她用生命诠释了何为人师的真正内涵，更用坚强彰显了知识女性的人格魅力。作者巧运匠心，以春、夏、秋、冬四季来构建石秋杰的生命乐章，以春苗吐绿、夏花绚丽、秋叶静美、冬草作兰等意象来象喻石秋杰不同生命里程中的精神特质。凌翼的《井冈山的答卷》被认为"是一部坚持与时代同步伐的、有'眼力'的作品"[①]。作者通过深入井冈山市各乡村，走访二十多个乡镇场、一百二十余个村组，访问人物三百余人，全方位叙写革命老区井冈山率先脱贫摘帽奔小康的壮丽画卷。在脱贫攻坚这场没有硝烟的战斗中，从省委书记挂点，到市委书记亲临一线指导，井冈山市委、市政府的领导和乡镇村党员干部率先垂范，与人民群众一道同心同德，共同谱写了一曲脱贫攻坚的奋斗之歌。作品通过老区贫困历史与新时代幸福现实的对比，以及捕捉一个个在精准扶贫事业中涌现的鲜活人物，如脱贫群众、驻村第一书记、党员干部、扶贫企业家等，将井冈山精神、红色基因有机融合在各个篇章中，形成历史与现实交融、井冈山精神与扶贫攻坚交融，使作品具有厚重感与可读性。詹文格的《中医，一个跨越世纪的争论》在一个多世纪中西医学史的背景上梳理关于中医的各种辩论及其命运。中医原本是东方数千年来的主流医学，不但有着丰富的哲学内涵、完整的医疗体系，更有着辉煌的过往和医学成就，然而在近百年间却遭受到了史无前例的磨难。作者结合近现代历史语境，以大量翔实的史料和案例既展示了中医如何在西医大举进入本土后不断遭受质疑和沦落的过程，也叙写了来自政府官员和中医名家支持保荐中医的努力。在梳理和反思中医论辩的基础上，作者指出，百年之争，焦点所系，科学成为中医走向世界的拦路虎。为了解决分歧，平息中西医之间的纷争，国家采取了中西医结合的方法。作者始终以"一个文字记录者"的身份力求真实客观地记录来自各方的声音，把这一跨越世纪难有定论的问题交给时间，让读者自己去分析评判。可见，本时期江西报告文学无论是关注时代的社会问题报告文学，还是反思历史的史志性报告文学，都在思想艺术上更为成熟，充分彰显出新时代江西作家的主体精神和责任担当。

---

① 左志红：《〈井冈山的答卷〉："四力"写就脱贫故事》，《中国新闻出版广电报》2019年5月27日。

二、传记文学：人生纪实与文学想象的艺术呈现

通常而言，传记文学是指主要运用纪实的方式，叙写人物生平经历和事迹，展现人物精神风貌，刻画鲜明形象和生动个性的一种文学体裁。然而在古典文体中，"传记"一直被置于历史叙事的范畴。清代《四库全书总目提要》仍把"传记类"放在史部，且分开称："叙一人之始末者为传之属，叙一事之始末者为记之属。"20世纪初梁启超在《新史学》虽明确提出"传记"概念，但仍认为传记属于史学范畴①。直到五四前夕，胡适首先提出并阐释了"传记文学"的概念，30年代初郁达夫和茅盾都专门撰文讨论"传记文学"，此后传记文学的概念才被广泛应用。可见，传记文学既是"历史"，又是"文学"，是历史真实性与文学审美性的融合。②江西当代传记文学创作始于20世纪五六十年代的革命回忆录，如邓洪的《潘虎》、缪敏的《方志敏战斗的一生》，八九十年代江西传记文学创作在思想解放和改革开放的时代背景下出现了繁荣兴盛的局面，革命英雄和文化名人成为这一时期江西传记文学的主要表现对象，代表作家作品有石凌鹤等的《方志敏传》，李国强的《邵式平传》，危仁晟等的《刘俊秀传》，黄仲芳等的《王佐将军传》《袁文才传》，邹华义的《以笔代剑的英雄邹韬奋》《爱国律师吴迈》，胡辛的《生命的舞蹈——蒋经国与章亚若之恋》《陈香梅传》《最后的贵族——张爱玲》，周葱秀的《叶紫评传》，胡志亮的《傅抱石传》《文天祥传》，庄家新的《水电将军》，傅汉清的《杨杏佛传》，聂冷的《辫子大帅张勋》《吴有训传》，童翊汉等的《石凌鹤传》，舒龙的《毛泽民》，朱家琦、高宗鲁的《詹天佑传》，吴凤雏的《汤显祖传》等。新世纪以来江西传记文学创作虽不如90年代那样繁荣，但在题材内容和艺术风格上向多元化方向发展，代表作家作品有杨佩瑾的《杨尚奎传》，聂冷的《绿色王国的亿万富翁——杂交水稻之父袁隆平传》《花红

---

① 梁启超：《饮冰室专集》之九，中华书局1989年版，第2页。

② 杜书瀛：《传记文学之我见》，《江西师范大学学报》（哲学社会科学版）2018年第1期。

别样：杨万里传》，胡辛的《彭友善传》《网络妈妈》，叶绍荣的《陈寅恪家世》，邱恒聪的《鹃花缘——宋应星之路》，余伯流等的《毛泽东与井冈山》《毛泽东与瑞金》，卜谷的《良心树：戴煌其人其事》，荒坪的《我的外公陆定一》，肖麦青的《晚清悲风文廷式传》，祝春亭等的《邵逸夫传》《郑裕彤传》、揭光保的《揭傒斯传》，陈世旭的《孤独的绝唱——八大山人传》，孙海浪的《王勃》《八大山人》，罗聪明的《红军将领萧克》等。

　　胡辛与聂冷是江西传记文学创作的代表人物。胡辛的传记文学与其小说创作一样，有着鲜明的女性主体意识，这不仅表现在她主要以女性为传主，书写她们绚丽的人生、倔强的个性，更重要的是，她常常选取独特的视角，以主体融入的方式，进入传主的生活世界和情感心理，复活出入情入理的传主人生故事。《蒋经国与章亚若之恋》在20世纪三四十年代战火烽烟的时代背景下，叙写了蒋经国与章亚若之间一场"惊世骇俗"的爱情传奇和一段"讳莫如深"的尘封往事。此外，作者还将他们各自的家族渊源和"死别"后的故事也收纳其中，再加上烽火岁月的家国春秋，使得作品具有了更为丰富的思想意蕴和历史厚重感。这种"生死别恋"与"家国春秋"的小说笔法同样使《陈香梅传》获得成功，陈香梅与陈纳德的人生故事在战火烽烟的历史背景和中美关系的国际格局中被铺展得"山河浩荡"。《最后的贵族——张爱玲》既运用小说笔法叙述了张爱玲的婚恋人生，也以学者理性对张爱玲的作品与人生进行了互文解读。在《彭友善传》中，胡辛进一步沿着"虚构在纪实中穿行"的创作路向，用史传笔法叙述传主生命历程及其相关人物事件，以艺术想象进入和解析传主的艺术世界。以小说家身份进入传记文学创作的胡辛在倡导"虚构在纪实中穿行"的创作主体意识的同时，明显在传记文学创作中融入了更多的文学想象和小说笔法。聂冷的传记文学创作有着鲜明的本土意识和独到的人文情怀，他笔下的传主大多是江西本土的历史文化名人或现代科技大家。《辫子大帅张勋》既真实呈现了张勋违逆历史潮流的种种顽固保守的思想观念和行为举止，又生动描写了张勋坦白直率的性情和慷慨忠诚的品行，把"一个简单的、僵死的反革命政治化身，复活成了人世上一个有血有肉有灵魂有复杂人性的行路者"①。《花红别样——杨万里传》既描写了杨万里师法自然、追求神韵的诗歌创作，及其与朋友们诗文交往的文学生活，还深入展现了他壮志报国、研习科考、指斥时弊、惩治贪腐、谋福百姓等政治上的志向、操守和才能。聂冷的传记文学创作在处理"纪实"与"文学"的过程中，常常将人物命运和历史进程交织推进，在历史和人生的双重透视中，塑造栩栩如生的传主形象。《吴有训传》把吴有训的成长历程、科教救国纳入到晚清以来民族国家动荡不安、救亡图强的历史进程中，《袁隆平传》把袁隆平的个人生活、科学探索与时代进程相交织。无论是对"臭名昭著"的反面人物辫子大帅张勋，还是对家喻户晓的水稻之父袁隆平，抑或是没有受到足够重视的诗人杨万里、科教大家吴有训、抗倭名将邓子龙等，聂冷都怀着一种"同情的理解"，拨开世俗的迷雾，重返历史现场，重新走进传主的生命历程和情感世界，在经纬交织的时代背景和家族源流中，以丰富的细节和真实的场景，多角度、多侧面地呈现传主的历史人生和情感生活，从而尽可能复活真实、立体的传主形象。

　　为乡土先贤立传，重塑地域文化性格，彰显优秀传统文化精神，同样也体现在其他大多数江西传记文学作家的笔下。石凌鹤等的《方志敏传》主要以现实主义的史传笔法真实反映了无产阶级革命家方志敏从青少年时代反帝反封建的民主斗争，到土地革命时期领导农民运动、创建闽浙赣革命根据地和中国工农红军第十军、反抗国民党反动派，艰苦卓绝、英勇不屈的战斗历程和革命精神。胡志亮的《傅抱石传》以丰富翔实的资料，在民族危亡、风云变幻的时代背景下，真实生动地再现了国画大师傅抱石艰辛曲折而又成就卓著的艺术人生。作品既讲究情节结构，又注重细节描写，譬如傅抱石与黄牧父印谱事件的处理安排波澜起伏，而傅抱石创作微雕艺术杰作《离骚》的细节描写更是详尽生动。《傅抱石传》也因思想艺术上的成功而获得首届（1990—1994）"中国优秀传记文学奖"。叶绍荣的《陈寅恪家世》全面生动地描绘了近现代学术大

①　朱向前：《从"张勋"到"吴有训"的文学跨度——读聂冷的两部长篇传记文学》，《创作评谭》1999年第1期。

师陈寅恪及其祖父陈宝箴、父亲陈三立、长兄陈衡恪等家族成员悲壮而又色彩斑斓的人生传奇。作者透过一些鲜为人知的志书、宗谱残本、碑记、手札、书稿、墓志以及实物，解读了这个文化大家族的家世家风、家学渊源、家族流变、家族荣耀，用当代意识审视了近百年中国历史波谲云诡的时代风云，从家族文化视角诠释了孕育大师的文化基因密码，将陈氏家族的文化奇迹归因于"以诗书立门户，以孝悌为根本"的精神传承。陈世旭的《孤独的绝唱——八大山人传》在关于八大山人（朱耷）现存不多的史料记载基础上，通过自己的文学想象和大量相关历史资料，生动描绘了八大山人跌宕起伏的人生命运，将八大山人跌宕起伏的人生历程分为四个时段，生长学养期：从"金枝玉叶"到"丧家之狗"；流亡遁世期：从"窜伏山林"到"走还会城"；疯癫还俗期：从"个山驴"到"八大山人"；艺术成熟期：从"烛见跋不倦"到"开馆天天山"，展现了一代艺术大师的气质风骨、节操品格，并结合八大山人孤僻的性格特征和奇特的人生经历，对其画作、诗词、书法进行了艺术解读。作为小说名家，陈世旭以小说笔法融入史传写作，章法老练、笔致细腻、叙事娴熟，"在写作中秉持一种对话的精神，跨越时空与传主进行精神层面的对视，从近乎支离破碎的资料中烛幽发微，力求还原八大山人所具有的闪烁着精神裂变之光的文化、艺术热力和辉煌"[①]。

　　早在20世纪60年代，朱东润便在《陆游传》的《自序》中说："传记文学是史，同时也是文学；因为是史，所以必须注意到史料的运用；因为是文学，所以也必须注意人物形象的塑造。"[②]作为历史与文学的融合体，传记文学既应该遵循传主的生平史实，也要尊重作家的主体精神，人生纪实与文学想象的艺术呈现无疑是新时期以来江西传记文学创作繁荣发展的前提保证和经验总结。20世纪末，有学者提出，"处在世纪之交的江西传记文学正方兴未艾，经过了五十年的探索与积累，江西当代传记文学可望在新世纪迎来一个佳作迭

---

　　① 党圣元：《文史兼备 刻形绘神——〈孤独的绝唱——八大山人传〉读后》，中国作家网2015年3月2日。

　　② 朱东润：《朱东润传记作品全集》第一卷，东方出版中心1999年版，第7页。

出、争奇斗妍的黄金时代”①，这一论断看来并非妄言。

三、儿童文学：在丰富多彩的审美想象中观照生命成长

儿童文学是指专为少年儿童创作的文学作品，通常要求通俗易懂、生动活泼。不但要求作品的主题明确突出、形象具体鲜明、结构单纯、语言浅显精练、情节有趣、想象丰富，还要使其内容、形式及表现手法都尽可能适合少年儿童的生理心理特点，为他们所喜闻乐见，主要有儿歌、儿童诗、童话、寓言、儿童故事、儿童小说、儿童散文、儿童曲艺、儿童戏剧等。江西当代儿童文学创作可以“文革”为界分为前后两个时期。五六十年代为草创发展时期，由于各级文化宣传部门倡导“大量创作、出版、发行少年儿童读物”②，江西儿童文学创作在革命历史小说和少年儿童成长小说方面取得了较突出的成绩，代表作家作品有罗旋的《来红放鹅》、杨佩瑾的《雁红岭下》、时佑平的《龙崽和虎崽》、李拱贵的《红旗满山摇》、万长枌的《从今天起》、喻惠兰的《少年先锋号》、徐蕃秀的《湖滨的孩子》等。毋庸讳言，由于建国初期政治文化语境的影响，五六十年代的儿童文学创作过于强调政治教化功能，题材内容、叙述视角和艺术手法都显得单一化，在一定程度上忽略了儿童文学本应具备的趣味性和艺术性。“文革”结束后，儿童文学创作在思想解放和改革开放的新时期获得了繁荣发展。1978年10月，在江西庐山召开了“全国少年儿童读物出版工作座谈会”，随后《人民日报》发表了社论《努力做好少年儿童读物的创作和出版工作》。1981年元月，全国第一张儿童文学报《摇篮》在南昌诞生，江西儿童文学作家有了自己的创作园地。这一时期，江西儿童文学创作得到了长足进步和繁荣发展，形成了老中青三代儿童文学创作队伍，涌现出一批在全国产生广泛影响的精品力作，在题材内容、文体形式和艺术手法方面都更为丰富多元。这一时期，“文革”前的儿童文学作家继续推出新作，如罗旋的

---

① 吴海、曾子鲁主编：《江西文学史》，江西人民出版社2005年版，第1011页。

② 社论：《大量创作、出版、发行少年儿童读物》，《人民日报》1955年9月16日。

《七叶一枝花》《我是谁》，邱恒聪的《少年军需队》，严霞峰的《小白兔智斗大灰狼》《和时间公公赛跑》《神秘的湖》，万长枌的《弟弟》《大棒槌和小钉头的故事》《月夜》等；一批中青年作家成为新时期江西儿童文学的中坚，代表作家有郑允钦、孙海浪、曲一日、萧道美、闵小伶、严霞峰、彭学军、曾小春等。

彭学军是近四十年来江西儿童文学创作的领军人物和全国著名儿童文学作家，自20世纪80年代末以来一直在儿童文学园地耕作不辍，多次荣获全国优秀儿童文学奖、宋庆龄儿童文学奖、陈伯吹儿童文学奖、冰心儿童文学奖、"五个一工程"奖、中国出版政府奖等。"动荡"和"不快乐"的童年经验让彭学军在书写少儿生命成长时更多关注了那些忧郁孤独的女孩群体，譬如《蓝森林陶吧》里的森森、《午夜列车》中的白璐、《同窗的妩媚时光》中的褚竞、《三三、阿泉和小伯伯》中的三三、《腰门》中的沙吉等。这些女孩的成长困境和孤独心理既有外来的伤害，也有内心的暗疾，而更多的还是由各种家庭变故而起。然而，无论是在现实生活中，还是在文学想象里，彭学军总是带着一种温和优雅的"善意"和"诗意"去看待人生，理解生活。在叙写各类生命成长故事时，彭学军常常让那些遭遇挫折或陷入困境的孩童，在人性的美和善中获取超越生命成长的力量。新世纪以来，彭学军有意尝试突破身份和题材的囿限，先后推出《浮桥边的汤木》《戴面具的海》《森林里的小火车》《黑指——建一座窑送给你》等"男孩不哭"系列作品，观照不同生活背景下的男孩的生命成长历程和情感心理状态，塑造了汤木、罗恩、海、黑指等一系列性格各异的男孩形象。无论是女孩成长叙事还是"男孩不哭"组合，出生于湘西的彭学军都以独特的视角和温婉的诗意，描写风物人情，关注儿童成长，构筑起一个色彩斑斓的少儿生活世界，以其温婉纯净的诗意风格和丰硕的创作成就，成为中国"第五代"儿童文学代表作家之一。

郑允钦、孙海浪和曲一日是新时期江西儿童文学创作的中坚力量。郑允钦的童话常常以奇特的想象编织离奇的情节，营构奇幻的环境，塑造具有独特个性和能力的人物，如《奇特的药水》《反光镜里的世界》《他消逝在外星球》《陶陶奇游记》《碰碰岛奇遇》《怪屋》等作品都充满了奇人奇事奇境。郑允钦的童话有着鲜明的善恶褒贬倾向和二元对立的叙事结构，如《镜子里的怪脸》《西瓜王后和豆角公主》《吃耳朵的妖精》《怪孩子树米》《树怪巴克夏》等作品中美丑善恶的对立冲突。郑允钦童话的语言大多轻松活泼，俏皮幽默，生动有趣。总之，郑允钦的童话创作以"童心"看世界，寓褒贬于奇幻，在丰富的实践和自觉的追求中实现"童心中流出清泉"的艺术理想。孙海浪的儿童文学创作大致以80年代中期为界，前期作品如《井冈小山鹰》《带火的银剑》《魔盆》《逃离孤儿院》《乞丐王》等主要书写革命战争年代的儿童斗争故事，富有传奇色彩和教育意义；后期作品如《中国小太阳沉浮录》《倾斜的童工世界》《离异家庭子女的自白》《大漠上的脚印》《跨越的瞬间》《春风翻开的书页》《花蕾上的蜜》《回归森林的小鸟》等多关注少年儿童的现实生活，揭示转型期少儿社会问题，启迪人生智慧。曲一日（原名曹克华）以寓言创作为主，代表作品有寓言集《狐狸艾克》《谎话学校》《老虎抬狐狸》《艾克餐厅》《狐狸探长艾克》《大灰狼开饭店》等，其中《狐狸艾克》获1980—1985年全国首届优秀儿童文学奖。曲一日的寓言故事篇幅短小、构思精巧、形象生动、诙谐幽默、寓意深远，深受各类读者的欢迎。"狐狸艾克"系列寓言故事是曲一日为中国当代儿童文学奉献的重要成果，主要由二百多个寓意故事组成。《狐假虎威》中，艾克利用录音机上演了一出新"狐假虎威"的闹剧；《哈哈镜》中，照哈哈镜的艾克自以为高大威猛，直到被熊掌打醒才恍然大悟；《双头老虎》中，识破老虎险恶用心的艾克让它们遭到应有的惩罚；《狐狸哭鸡》中，艾克竟然抱怨死去的鸡奶奶，与其埋在凄凉的山包不如葬身在它暖和的肚腹里。这些让人忍俊不禁的寓意故事，让一个精灵古怪、聪明活泼，既充满狐性又不乏人性的狐狸艾克形象跃然纸上。

萧道美、闵小伶、严霞峰、曾小春是新时期江西儿童文学创作的代表人物。萧道美长期在教学部门工作，校园少儿成长故事是其创作的中心。《莘莘学子谣》以学生傅宏的视角对照式叙写了高、史两位老师不同的教育方式及其所取得的不同成果，尤其通过高老师对学生的不信任和冷焰死亡事件反映了成人与儿童之间的隔阂，以及不当教育方式对学生成长的伤害。《老憨，你好》同样借校园儿童老憨的视角来表述成人世界的复杂现象，作品中作为礼品的瓷瓶在不同场合的赠送流转，是对现实世界生存法则的隐晦表达。《乙班人物志》以戎国林、黄秋艳、朱娟娟、傅剑等的"人物志"为主体，表现了校园内各类学生的学习生活和成长历程。《耳朵》通过从农村小学转到城市重点小学的李沙沙被同学以"耳朵"外号取笑，而对其身心成长造成的消极影响，反映了学校教育中的不合理现象。可见，萧道美的儿童小说大多聚焦于儿童自身成长的实现以及内在精神的唤醒，这一逻辑背后蕴含着儿童心灵世界构建的重要性以及精神成长的必要性。闵小伶的儿童文学极具问题意识，叙事主题大多以儿童成长为中心，并围绕这一核心引入勇气、智慧、独立、互助等品质内涵，用以培养少年儿童正确的人生观和价值观。《小青虫和它的花》通过小青虫不断遭到花儿拒绝仍坚持不懈最终化茧成蝶的经历，揭示了儿童成长遭遇挫折和克服困难的心路历程。《调皮捣蛋细腭龙》通过小猫花朵丧失抓老鼠的本能、竹子姑妈对气球先生的溺爱、牛老师"暴力"式的教学管理等的叙述，隐喻了现实生活中儿童成长所遭遇的难题；《"臭美公子"的秘密》通过龚智博与蔡博文两位"小侦探"的冒险行动为我们揭示了弱势儿童的生存状况；《大甲虫机器人》通过纸机器人的两面性反映出儿童过分依赖他者保护以及与他人相处不洽的现实问题。严霞峰的儿童文学创作以童话为主，兼及小说和侦探故事，著有童话集《和时间公公赛跑》《巧克力王国奇遇记》《小马虎学科学》等，儿童小说《铁牛》《井冈小子》等，儿童侦探小说《大侦探鼻特灵》《没有春天的噩梦》等。童话集《和时间公公赛跑》收集了十篇童话，以拟人的方式描写了一系列人们熟悉的动物或生活用品的故事，给孩子们以真、善、美的思想启迪。《和时间公公赛跑》通过初中生白飞和时间公公赛跑的故事，告诉人们要珍惜并正确使用时间。《多快乐和天不怕》通过小江闹牙疼，借小江妈妈之口告诉小朋友应该如何正确地刷牙。《闹钟响了》通过冬冬闹钟罢工的小故事，让小朋友们懂得要谦虚，不能骄傲的道理。《小仙人》借冰冰得了沙眼的经历，告诉小朋友们防护眼睛的生活常识。《糊涂的审判官》通过狗熊断案的故事，普及狐与狸的区别。《选国王》借螳螂大嫂之口向小朋友们传递了蝉用腹部"唱歌"、蚊子吸血、蝗虫吃粮食等知识。严霞峰的作品虽不以激烈尖锐的矛盾冲突取胜，但故事情节仍然曲折有致，语言朴实自然，充满童真童趣。曾小春的儿童小说大多立足乡土，以乡村儿童的困境与成长为主题，笔墨间倾注了对乡村生命的关怀，展示了乡土人物的人性魅力，呼唤诗意田园与淳朴童真。他用清新质朴的文字构建了一个独特的乡土理想精神家园，同时抒发了浓浓的怀乡意识，代表作品有长篇小说《蓝色故乡》《手掌阳光》，小说集《父亲的城》《不想长高的男孩》《送你一匹手影马》《公元前的桃花》等，其中《父亲的城》获陈伯吹儿童文学奖，入选"21世纪文学之星丛书"，《公元前的桃花》获第八届全国优秀儿童文学奖和冰心儿童文学奖。小说集《父亲的城》收录了曾小春早年创作的十三篇小说集，《空屋》《父亲的城》《母亲的村》《下雪》《丑姆妈，丑姆妈》等是其中的名篇。这些作品大多以作者儿时的农村生活经验为基础，其中有重男轻女的偏见和伤害，有城乡生活的差异和歧视，有少年儿童间弥足珍贵的友谊，充满了作者对童年、故乡的温情和眷恋。《父亲的城》细腻动人地描述了儿时"我"对父亲及其工作的"城"的期待和向往，以及随着时光流逝，"我"成年后对父亲的衰老和回乡的伤感，作品的结尾令人感动至深："我就坐在深夜的灯下回想着当年神往父亲的城的情景，觉得是那样遥远和亲近，但我怎么也想不起当年父亲的模样来了。时光的流逝，总是模糊着许多值得珍重的记忆。我想，什么时候有空回去看看我那日渐衰老的父亲呢，哦，还有母亲！在许多的傍晚，他们会倚着家门遥望那条发白的小路，期盼我的归来吗？"曾小春的作品正是如此温情、清新、简洁，根植于故土，又直面现实，字里行间蕴藉着对故土和亲人的真挚情感。

　　值得注意的是，近年来，喻虹、周博文、刘柳、丁之琳等一批更年轻的江西儿童文学作家引人注目。喻虹1976年生于湖南浏阳，现居江西宜春，2007年开始发表作品，2010年转入儿童文学创作，代表作品有《收藏勇气的盒子》《天使的翅膀》《一朵花开的时间》《向左走，向右转》《古井》《风往哪里吹》《木耳的秋天》《时光邮局》等儿童文学作品十五部，短篇小说《远去的珠音》获冰心儿童文学奖。周博文1988年生于江西宜春，曾获2010年第21届冰心儿童文学奖，2015年"大白鲸"原创幻想儿童文学奖等，代表作品有《达尔的奇幻旅行》《妈妈，我们去追太阳吧》《远山的红蜻蜓》等。刘柳1983年生于江西临川，2000年开始小说创作，先后在《儿童文学》《少年文艺》《天津文学》《时代文学》《青春》等发表小说一百多篇，2003年获江西省第五届谷雨文学奖，代表作有《豆豆树呀快快长》。丁之琳1999年生于江西赣州，十五岁起陆续在《儿童文学》《故事大王》《读友》《少年文艺》《小星星》等刊物发表童话十六万余字，2018年入选《意林》"年度最受欢迎的儿童文学作家"，代表作品有童话集《雪小子》。

第二节　胡平的报告文学

在江西文学界乃至当代中国文坛，胡平都是一个独特的存在。自20世纪80年代以来，他总是一方面以卓然独立的姿态与喧嚣的文坛保持一定距离，另一方面又持续不断地以其稳健厚重的创作引起人们的关注。胡平（1947—　　），江西南昌人，1981年复旦大学中文系毕业，现为南昌大学研究员。1980年代起开始创作，已出版报告文学、历史与文化批评类作品600余万字，主要著作有《世界大串联——中国出国潮纪实》《历史沉思录——井冈山红卫兵大串联二十周年祭》《中国的眸子》《在人的另一片世界——中国残疾人福利基金会纪事》《子午线上的大鸟——中美合作生产的麦道MD-82飞机之随想》《千年沉重》《禅机：1957》《战争状态》《国家的事》《海角旗影：台湾五十年代的红色革命与白色恐怖》《一百个理由——中日关系沉思录》《情报日本》《心月何处：欧阳自远与中国嫦娥工程》《瓷上中国》《时间的磨子下——戴笠、军统与抗战》《森林纪：我的树　你的国》等①，曾获全国优秀报告文学

---

① 　胡平早期的报告文学常常与大学同学张胜友合著，譬如《世界大串联》《历史沉思录》《东方大爆炸》《神州大"拼搏"》等。

奖、人民文学出版社《当代》文学奖、台湾《中国时报》文学奖、徐迟报告文学奖、"五个一工程"优秀作品奖等。无论是对转型时期各类社会问题的跟踪关注，还是对历史深处文化事件的深刻反思，胡平的报告文学都彰显出知识分子强烈的社会责任感和历史使命感，从而形成了一种深沉、内敛、厚重的美学风格，在新时期以来的报告文学创作领域产生了广泛而深远的影响。

一、转型社会的现实追踪

20世纪80年代以来，在思想解放和改革开放潮流的推动下，中国社会进入了思想文化和经济体制的转型时期。在社会转型的时代语境中，人们的思想观念和生活方式都发生着显著的变化，向来以追踪时代介入现实著称的报告文学焕发出前所未有的生机和活力，"进入全盛发展的时期，呈现出全方位跃动的态势"①。胡平最初以诗歌尝试创作，诗集《当代人》中收录了《来自鞋摊的诗报告》《养蜂人》《存车处，一个中国姑娘》等系列作品，反映了改革开放初期生活中的一些新生事物，表现了人们精神世界的新变化。而真正给他带来广泛声誉的是《世界大串联——中国出国潮纪实》《神州大"拼搏"——专业技术职称评聘印象录》《东方大爆炸——中国人口问题面面观》《秋天的变奏——八十年代中年男女的情感世界》《你的秘密并不秘密》《在人的另一片世界——中国残疾人福利基金会纪事》《夏季的证明——一篇关于股票和非股票的放眼录》《摇撼中国之窗的飓风》《子午线上的大鸟——中美合作生产的麦道MD-82飞机之随想》等报告文学。

《世界大串联——中国出国潮纪实》真实反映了20世纪80年代汹涌而至的出国"留学热"和"移民潮"，对改革开放初期出国者尤其是留学人员的生存状态和心路历程进行了深入考察，对我国滞后的教育现状及其相关政策进行了深刻反思。作者在描绘出国潮中各色人物众生相和复杂心理的同时，还站在

---

① 王庆生主编：《中国当代文学史》，高等教育出版社2003年版，第562页。

历史的新视角，对20世纪以来五代留学生的生存境遇和历史影响进行了纵深观照，并试图在此基础上对当下出国潮进行客观、公正的思考和分析。作品中所表现出来的民族忧患意识让人警醒：在出国大潮的背后，整整一代人的社会心理、价值观念和思维方式发生了显著变化。在自然和心理空间不断缩小的当下，世界日益成为相通的"地球村"，对于国人而言，出国既是一种充满希望的选择，但同时也必须承受选择后的痛苦。出国潮的出现，是新旧交替时代的阵痛，是"曙光漫上天际时大地的骚动"，作者正是对这一社会转型时期广为关注的社会热点问题进行及时反映和深入思考，而在全国引起了不小的轰动效应。《东方大爆炸——中国人口问题面面观》关注的是长期困扰中国社会发展的人口问题，作者从社会学和生理学，从历史与现实等多层次、全方位地反映了我国人口数量、质量、结构和心态等诸多敏感问题。正如作者在文中所提出，"如果说旧的经济机制岌岌可危的高楼基础是人口数量的话，那么新的经济机制上崛起的大厦的坚实基础便是人口质量"。作者不但直面现实问题，对我国人口数量急剧增长感到不安，而且更深入地表达了对社会转型时期人口结构和质量的忧虑。

在《秋天的变奏——八十年代中年男女的情感世界》和《你的秘密并不秘密》中，胡平将关注目光投向中年男女的婚姻情感问题，文中列出了1983年至1990年全国离婚的数据，让各种不同职业身份的主人公以第一人称的方式来讲述各自婚姻变故的原因。特殊年代的婚姻有些是由父母安排，有些是因为需要解决户口或工作问题，有些则是因为政治环境所造成，只有很少一部分人是因为爱情而走在一起的。随着改革开放的到来，不少人开始有了自主意识，婚姻家庭开始出现了各种裂痕和危机。作者在书中借用一位社会工作者的口吻提出："五十年代的离婚，多属反封建婚姻；六十年代的离婚，多属妇女争取地位、权力平等；七十年代的婚姻，多属政治运动带来的不幸；八十年代嘛，情况就复杂了，形形色色，五花八门。"此外，《神州大"拼搏"——专业技术职称评聘印象录》中聚焦的是知识分子的职称评定，揭示了当代知识分子在素质、心理、道德等诸多方面的问题，并以此剖析古老文化传统的因袭。《在人的另一片世界——中国残疾人福利基金会纪事》呈现了邓朴方等人组织发展中国残疾人福利事业的各种努力，表现了他们在褪去特殊光环后，虽经历普通残疾人的痛苦，仍为残疾人福利事业不屈不挠的开拓精神和崇高境界，并同时对中国残疾福利工作中存在的问题进行了反思。《子午线上的大鸟——中美合作生产的麦道MD-82飞机之随想》把目光投向了环太平洋国家经济体，在更为阔大的时空背景下，考察中国改革之路的艰难曲折，赞美了那些不畏艰难执着推进改革的人们。

胡平在谈及1980年代和他的创作时说："在1980年代，中国国门大开，社会充满巨大的能量，人的思想、社会生活发生巨大变化，像飓风一样，让人目不暇接。中国被'文革'打断的社会进程中所积压的各种问题、矛盾——深层的、浅层的全部爆发出来；而当时的新闻又还没有改革、没有充分解放，这个时候的报告文学恰好起到了新闻的作用，填补了这个空白，起到了代言的作用。过去的时代被埋没的人与事，所有题材的集中、能量的巨大，必然以问题报告文学的方式呈现出来。"[①]不难发现，胡平的早期报告文学与时代脉动相契合，及时关注出国留学、职称评定、人口增长、福利工作、情爱观念、股票市场、合资企业等转型时期的各类社会热点问题，它们不再是以单一人物事件为中心的微观纪实，而是从宏观视角关注社会问题的"全景式报告文学"。挺立时代潮头的胡平，不仅以敏锐的目光关注现实，而且以深刻的思考洞察社会，讴歌光明，针砭时弊，表现出现代知识分子对时代、社会、生活的拥抱热情和介入精神。

二、历史褶皱的理性审视

1980年代后期以来，随着改革开放的深入和社会转型的深化，报告文学出现了转向，一批反思历史的"史志式"报告文学更多取代了原来的关注现实的

---

①　胡平、张国功：《把读者放到一个有良知的、理性的层面上来看——胡平访谈录》，《创作评谭》2019年第5期。

社会问题报告文学，报告文学作家们开始"从宏大的社会问题回归到对人生价值和生命意识的探求，从现象透视转为历史考察，从二元判断改为多元思考，从强化主体意识变为强调客观实在，从煽情激越改为冷峻平静的叙述"①。正是在上述时代语境和创作转型背景下，作为80年代社会问题报告文学的代表人物，胡平的报告文学也开始转向了历史题材，理性反思逐渐取代了前期的问题关注，《历史沉思录——井冈山红卫兵大串联二十周年祭》《中国的眸子》《禅机：1957》《战争状态》《千年沉重》《海角旗影：台湾五十年代的红色革命与白色恐怖》《一百个理由——中日关系沉思录》《情报日本》《时间的磨子下——戴笠、军统与抗战》等一批报告文学作品相继发表，"文革"、"反右"、江西地域历史、台湾50年代红色革命和白色恐怖、日本历史文化与中日关系、国民党历史人物与抗战等中国近现代以来及其更悠远历史文化进程成为作者探索和反思的对象。

胡平说，"我对历史，尤其是那些与我们——俗称的'老三届'这代人的命运十指连心的历史，总是沦肌浃髓，难以释怀"，"必须敢于正视，这才可望敢想、敢说、敢做、敢当，倘若并正视而不敢，此外还能成什么气候。然而，不幸这一种勇气，是我们中国人所最缺乏的"。②《历史沉思录——井冈山红卫兵大串联二十周年祭》由"历史的大深奥""历史的大悲剧""历史的大思考"三部分组成，以吉安桥头的沉思开始，以井冈山凭吊红卫兵墓结束。作者以历史参与者和见证人责无旁贷的责任感和敢于担当的勇气，对当年轰轰烈烈的红卫兵运动所酿成的历史悲剧进行了审视和反思。昔日"博大深沉""清丽文静""恬淡悠远"的革命圣地井冈山，一夜之间被狂热、浮躁的激情所笼罩，红卫兵们不远万里从四面八方奔来，有的冻累而死，有的染病而亡，有的甚至在盲目崇拜的冲动下死于直升机的螺旋桨下。作者在文中指出，革命导师的鼓舞、青少年的理想主义和现代迷信，以及形成这些心理的传统文

---

① 杨颖、秦晋：《不倦地探索与创造——报告文学面面观》，《光明日报》1996年12月19日。

② 胡平：《中国的眸子·自序》，二十一世纪出版社2011年版，第2页。

化都是这场运动的合力，"红卫兵为了那些云里雾里的东西，毁了别人的生活，也毁了自己的生活"，"不管后来者将以怎样的目光和心情阅读我们祖国历史上的这一页，最重要的是——他们决不会像我们曾经生活过的那样去生活。他们将探索、将创造一种全新的人的生活。而这种生活，正是有着狮鬣般大胡子的卡尔·马克思所倡导的——'任何一种解放都是把人的世界和人的关系还给人自己'"。作者没有让目光搁浅在悲剧的表面，而是从政治、文化、人性等更深层去反思红卫兵运动的历史成因。在《中国的眸子》中，胡平更以悲愤的笔触揭示了"文革"时期惨绝人寰的悲剧及其深层原因。情窦初开的少女李九莲，因在给男友的信中剖露心迹、探求真理而招致杀身大祸，尸陈荒野。惨无人性的恶棍竟割去她的乳房和阴部，浸泡在盐水中。另一位女性钟海源因为伸张正义也惨遭枪杀。临死前，她的肾脏竟被换给一个干部子弟。悲剧不止如此，六百多名同情她们的人全都受到株连。而那位出卖李九莲的男友、在钟海源被捕后离她而去的丈夫，以及行刑时围观的群众，这一切无不让人感到沉痛和悲哀。结尾时作者指出，"中国太需要明亮的眸子，去审视过去，去观照现在，去面向未来"，"人的全面解放的首要前提，是思想层面的解放"，"法治是唯一忠实的，是人民权利的基本原则"。显然，作者并没有停留在灾难的表面，而是通过特殊年代的两幕悲剧，以及在此过程中显露的群众的麻木和告密者的卑劣等时代现象，对国民的劣根性、人性的丑恶和政治的荒谬作出深刻的反思，从而揭示出悲剧的文化根源。

　　《禅机：1957》《战争状态》等作品的思维触角由"文革"而延伸至"反右"、土改，甚至历史深处的封建地主经济，深刻反思"小农意识"、民粹主义、"痞子文化"与"斗争哲学"等种种民族传统畸形文化根性在近现代社会的遗存。在《战争状态》中，作者以四川大地主刘文彩为主要对象，引用了大量文献、史书、考证等史料，对我国有着两千多年历史的地主制经济作出新的审视，对人们长期以来阶级对立的战争思维方式进行了反思，并进而揭示了大地主刘文彩作为个体的"人"的复杂的一面。作者不无感慨地写道："很长的时期里，人们总是站在阶级与阶级斗争的框架内评说地主制经济与中国地主。

当这个始终要靠鲜血与活肉去填空、恍若一部绞肉机的框架，在20世纪70年代的中国走入死胡同后，人们才有可能思索：以土地的多寡，或者有无土地，来评判一个人、一个阶层或阶级，在道德上的高尚与无耻，在政治上的进步与反动，最后又分别归类于中国社会发展的动力与阻力，这是否有些牵强？"诚然，作者在此无意为地主和地主经济翻案，而是从一个新角度提出新的命题。刘文彩倾其所有，花费3.5亿多元国币，创建私立文彩中学的"豪举"，显然有着超越阶级范畴的更深内涵。这对于当下那些不愿抛弃"战争思维"的人们来说，无疑是一个深刻的警示。

三、民族文化心理的深入反思

20世纪90年代以来，中国社会进入到后转型时期，经济社会由"计划"转入"市场"，文化形态由"整一"走向"多元"，"这种转型对于知识与社会的关系、知识与权力的关系、知识的内部结构以及知识分子的精英结构（中心-边缘关系）都发生了深远的影响，导致了一系列的相应变化"①。随着市场经济主体地位的确立和大众文化的兴起，80年代精英知识分子一度高涨的人文精神遭遇了"危机"，曾经挺立时代潮头的报告文学作家也开始出现了分化，相当一部分作家主动迎合市场大众，"走向失衡、含糊不清、鱼龙混杂的'迷途'"②，"还有的作家在文化边缘的生存环境中用个人话语来表达自己的感受"，"高擎起纯粹的精神的旗帜，尝试着知识分子精神上自我救赎的努力"③。显然，胡平属于后者。

有人说，胡平后期具有史志式和学术化特点的报告文学创作，是在一种

---

①　陶东风：《社会转型与当代知识分子》，上海三联书店1999年版，第303页。

②　吴亚顺：《中国报告文学三十年：从黄金年代到文学边缘》，《新京报》2013年8月23日。

③　陈思和、张新颖、王光东：《知识分子精神的自我救赎》，《文艺争鸣》1999年第5期。

"游走"状态中"守望并解读沉重"①，对此胡平是赞同的。他说："一个时代，哪怕有99%的人拒绝沉重，可总得要有1%的人守望并解读沉重。否则，社会便会是一只轻飘飘的舢板，极易在风浪中倾覆。"②在商业化和世俗化甚嚣尘上的时代语境下，胡平主动游离"中心"，"自觉地将自己的生存方式与写作方式，定位于一种渐行渐远于文坛江湖的'游走'状态——在中国近代以来的历史与时下鲜活的社会现实间游走；在人文学科诸多领域的前沿学理与本人的历史经验、现实感受间游走；在公共知识分子的先知先觉与芸芸众生的悲欢哀乐间游走。企图以可感可触的文字，让一些可能仍在中国社会进程中表现复杂、微妙、敏感和不容置疑的问题，有更多的人知晓它，思索它。"③"游走"也好，"守望"也罢，都是胡平以独特的话语方式与世俗抗争的一种努力。在《千年沉重》中，胡平把目光投向脚下的土地，从文化角度探讨江西经济社会发展的历史变迁，对江西一千多年来跌宕沉浮的原因进行了深切的思考，并对知识分子的命运和诸多社会现象进行了深刻的剖析。作品中既有关于江西历史文化事件的解读，譬如从王勃的《滕王阁序》中获悉阎都督尊重知识分子的强烈意识；也有关于江西社会现实困窘的剖析，譬如分析了历史上人杰地灵的内陆大省江西是如何逐渐脱去一层层光环而沦为一个闭塞沉默的江西的；还有关于江西地域文化心理的阐释，譬如科举文化和理学文化塑造着江西文人士子的人生观，指导着江西文人的行为规范，给江西人民注入了执拗保守固守传统的血液，造就了江西普遍的保守不开化的性格内涵。胡平把江西历史衍变放置在中国文化的坐标系上考察，在很大程度上就是考察传统中国、乡村中国、内陆中国如何向现代中国、城市中国和沿海中国的嬗变，对此他在文中深刻指出："无论是对于江西的未来，还是对于中国的未来，我们的态度都不能过于乐观。在这接近世纪之交的时候，其实忧患远大于欢乐。"

①　张国功：《思想者的自由游走与沉重守望——胡平报告文学创作述评》，《创作评谭》2019年第5期。

②　胡平：《千年沉重》，东方出版中心2003年版，第350页。

③　胡平：《胡平文集·自序》，二十一世纪出版社2011年版，第2页。

胡平的创作有着明显的本土意识，他说虽然自己与江西的文学界联系不多，但写了江西的很多重大事件，无论是历史题材的《千年沉重》，还是现实题材的《江铃新观察》《瓷上中国》等，都表达了自己对这片土地的态度，"自认为对这片土地是问心无愧的"①。当然，胡平对民族心理的反思并不止局限于江西本土，而是有着十分广阔的文化空间幅度。在《东瀛沉思录》《情报日本》《一百个理由——中日关系沉思录》等作品中，胡平通过大量材料和具体事件既对日本二战后经济和国家建设的快速发展进行了追踪和分析，更以冷静严谨的学术思维，在中日两国差异的比较中全面深入地剖析了日本民族文化心理。《情报日本》中，作者分析了日本的文化传承、国民教育、人文关怀、情报意识，并对中国的现代化进程和社会现实深怀忧虑："无论100多年前，还是100多年后的今天，日本对于西部大陆的认识，远远甚于我们对这个蕞尔小国的了解。"《一百个理由——中日关系沉思录》中，胡平重新追索当年的历史细节，并从文化和民族性格的角度对日本进行分析。他希望借着历史的通道，深入到日本民族性及中日两国文化关系等深层结构中，以此对中日关系做出诠释。作品较少描写战争本身，而是以大量笔触刻画日本民众对待战争的心态。胡平既从宏观的历史角度梳理了日本的起源和近代以来的文明变革，剖析了大和民族隐秘的扩张心理和忧患意识，又从共性和差异上分析了中日之间的复杂关系和民族心理。在作者看来，"中国能找到100个理由谴责日本，中国更能找到100个理由与日本和平相处……中国欲一扫近代以来的耻辱与颓唐，走向民族的全面复兴，非得通过日本这道心理门槛；日本要洗去孤独与暧昧，成长为世界性大国，更是绕不过中国这道道义门槛"。胡平认为，只有从文化的根基、从民族性着手，我们才能理清日本为人处世的哲学，才能对当下的中日关系做出很好的反思。②

在艺术上，胡平的报告文学大多结构宏大、视野广阔、思辨深刻。无论是

---

① 胡平、张国功：《把读者放到一个有良知的、理性的层面上来看——胡平访谈录》，《创作评谭》2019年第5期。

② 胡平、李健亚：《胡平：从民族性反思中日关系》，《新京报》2005年11月30日。

《世界大串联——中国出国潮纪实》《东方大爆炸——中国人口问题面面观》《神州大"拼搏"——专业技术职称评聘印象录》《子午线上的大鸟——中美合作生产的麦道MD-82飞机之随想》等对社会现实问题的关注，还是《历史沉思录——井冈山红卫兵大串联二十周年祭》《战争状态》《禅机：1957》《千年沉重》《情报日本》《一百个理由——中日关系沉思录》等关于历史文化心理的反思，"对国家、民族的'沉重'思考与对历史现实的文化批判，贯穿于胡平报告文学创作的始终"[①]。现实批判和历史反思既是胡平报告文学的思想内涵和精神内核，也是其社会责任感和历史使命感的彰显。在人文精神失落和消费文化兴起的后转型时期，胡平报告文学的创作姿态和精神坚守尤为可贵。

第三节　胡辛与聂冷的传记文学

胡辛与聂冷是江西传记文学创作的代表人物。胡辛（1945— ），原名胡清，生于南昌，祖籍安徽黄山太平，1967年毕业于江西师范大学中文系，历任景德镇兴田中学、第一中学教师，江西省商业学校高级讲师，江西大学（现为南昌大学）中文系教授，南昌大学文化艺术教学部主任，江西省政府参事等。自1992年起享受江西省政府特殊津贴，1994年起享受国务院政府特殊津贴，出版长篇传记文学作品《蒋经国与章亚若之恋》《最后的贵族——张爱玲》《陈香梅传》《彭友善传》《网络妈妈》等，另有中短篇小说《四个四十岁的女人》《这里有泉水》《地上有个黑太阳》等，长篇小说《蔷薇雨》、《陶瓷物语》（又名《怀念瓷香》）、《风流怨》、《聚沙》等，散文集《女人的眼睛》，长篇散文《瓷行天下》，以及论著《我论女性》《赣地·赣味·赣风——在流变与永恒中的地域文学艺术创作》等，先后获全国优秀短篇小说奖、华东地区优秀畅销图书奖、江西省政府文学艺术奖、中国女性文学创作奖

[①]　章罗生：《中国报告文学新论——从新时期到新世纪》，湖南大学出版社2012年版，第278页。

和中国当代优秀传记文学作家奖等。聂冷（1952— ），原名聂洪才，江西宜春人，1969年毕业于萍乡师范学校，1970年入伍，1975年退伍后历任中学教师、校长，《宜春日报》记者、副社长，1978年开始发表作品，著有长篇传记文学《辫子大帅张勋》《吴有训传》《绿色王国里的亿万富翁——杂交水稻之父袁隆平传》《花红别样：杨万里传》，中篇传记文学《人世楷模蔡元培》《地学宗师竺可桢》，长篇小说《宋应星》等，散文集《赣西纪事》，地方史专著《宜春禅林漫话》等，曾获江西谷雨文学奖、江西新闻奖、江西社科优秀成果奖等。胡辛的传记文学与其小说创作一样，有着鲜明的女性视角、主体意识和本土立场，在纪实与虚构中对历史语境进行还原和超越。聂冷的传记文学具有鲜明的本土意识和独特的人文情怀，在遵循历史真实的基础上，注重生活细节的捕捉和人物精神世界的开掘，将文学性与纪实性较好地融汇于传记文学的创作中。

一、胡辛：在纪实与虚构中穿行

在江西当代作家中，胡辛向来以小说和传记文学创作著称。尽管胡辛本人曾多次强调"我钟爱的是小说，而不是传记"[1]，但是她在传记文学创作领域所取得的成就和影响并不逊色于小说。20世纪80年代末至90年代中期胡辛的三部长篇传记文学作品《蒋经国与章亚若之恋》《最后的贵族——张爱玲》《陈香梅传》在海峡两岸出版，在世界华人区产生较大影响，1995年《最后的贵族——张爱玲》获华东地区优秀畅销图书一等奖，2004年推出的《网络妈妈》获华东地区优秀教育图书一等奖，2005年更是获得中国十大当代优秀传记文学作家奖。胡辛的传记文学与其小说创作一样，有着鲜明的女性视点和强烈的主体意识，这不仅表现在她主要以女性为传主，书写她们绚丽的人生、倔强的个性，更重要的是，她常常选取独特的视角，以主体融入的方式，进入传主的生

---

[1]　胡辛：《虚构在纪实中穿行——传记作者主体性不容忽视》，《九江师专学报》2000年第1期。

活世界和情感心理，复活出入情入理的传主人生故事。

1993年，原本耕耘于小说园地的胡辛赫然捧出了令人"惊艳"的长篇传记文学《蒋经国与章亚若之恋》，作品的成功和影响在其后"几乎有华人的地方皆有此书"①的畅销和长销程度上可以得到见证。这是当时中国大陆第一部写蒋经国与章亚若的传记作品，一段"讳莫如深"的尘封往事，一场"惊世骇俗"的爱情传奇，在家国情仇和战火烽烟的大幕下徐徐展开，跌宕起伏。20世纪三十四年代，出身于书香世家的知识女性章亚若带着她的迷惘和追求，从南昌到赣州，因缘际遇中与蒋经国产生了一段虽"惊鸿一瞥"却"刻骨铭心"的生死恋情。从1939年蒋经国与章亚若"初识"，到1942年章亚若"暴毙"，蒋、章之恋不过短暂的三年时间，但作者却以丰富的想象和小说笔法在有限的材料中，极力铺展了蒋、章二人从初识的"倾心"，到相知的"意合"，再到生离死别的"刻骨铭心"。当然，作品的叙述跨度并不局限于蒋、章"生恋"的三年，而是把他们各自的家族渊源和"死别"后的故事也都收纳其中，再加上烽火岁月的家国春秋，使得作品具有了更为丰富的主题意蕴和历史厚重。这种"生死别恋"与"家国春秋"的写作方式同样使《陈香梅传》获得成功，陈香梅与陈纳德的人生故事在战火烽烟的历史背景和中美关系的国际格局中被铺展得"山河浩荡"。第一部"生于昨日"分叙了陈香梅、陈纳德的成长历程，叙写了战火中的"倾城之恋"；第二部"春残梦断"描写了陈香梅与陈纳德的生死离别，插叙了甜蜜的往日时光；第三部"梅香四海"记述了陈香梅在美国的奋斗历程及其为中美关系的奔走。与曾经讳莫如深的"蒋、章之恋"不同的是，陈香梅与陈纳德的婚恋故事却是中美关系史上众所周知的一段"佳话"，不似章、蒋的一隐一显，二陈则都是"家国春秋"中的显耀人物，正如作者在《陈香梅传奇》"后记"中所言，"这个不同凡响的女人，前半生与中国近代史纠纠葛葛，后半生与美国当代史起起伏伏，背景太广阔深邃，与历史人物的

―――――――――――――――――

① 胡辛：《胡辛文集·后记》，《生命的舞蹈——蒋经国与章亚若之恋》，江西教育出版社2012年版，第407页。

关系太盘根错节"①。因而，较之《蒋经国与章亚若之恋》，虽然都弥漫着抗战时代的烽烟，但由于传主的不同身份、作者所掌握材料的多寡，尤其是作者与传主之间的不同关系，《陈香梅传》中"家国春秋"的比重要远超"生死别恋"，史传笔法也明显多于文学叙事。

1995年，一代"传奇"张爱玲在大洋彼岸黯然去世，《最后的贵族——张爱玲》在海峡两岸的出版可谓"恰逢其时"，在读者当中引起较大反响。全书主要由三部分组成，第一部分"觅"，从张爱玲因文而名开始，然后是与胡兰成因文而生的"懂得"和"恋情"，还有张爱玲的家族故事、香港经历及其与苏青、炎樱等人的交谊；第二部分"惑"，从张爱玲的创作影响开始，然后讲述了乱离时代张、胡二人的情变；第三部分"漂"，从张爱玲短暂出走香港后的赴美，与赖雅"彼此依偎"的婚姻，及至生命晚年的凄凉。作品虽然仍以张爱玲的婚恋生活和写作人生为主体内容，其间也有四五十年代的战乱面影和政治局势，但是表现方式已不再是"家国春秋"背景下的"生死别恋"，甚至几乎没有史传笔法的踪迹，作者一方面主要运用小说笔法叙述张爱玲的婚恋与人生，另一方面则是在学者理性支配下关于张爱玲作品与人生的互文解读。《彭友善传》是胡辛传记文学的又一成功尝试，作者进一步沿着"虚构在纪实中穿行"的创作路向，用史传笔法叙述传主生命历程及其相关人物事件，以艺术想象进入和解析传主的艺术世界。作品一开始简单交代了鸦片战争、"公车上书"、辛亥革命等诸多重大历史事件，用简笔勾勒出动荡时代"热血家族"的历史远景，然后按照时间顺序叙述了彭友善的人生经历和家族往事，从彭友善写到彭友善的祖父恭宾、曾祖父彭拣，甚至继续向前追溯到彭氏家族远祖钱座，在此基础上来展开传主的生命历程和艺术人生。值得注意的是，像《最后的贵族——张爱玲》那样，作者也在对彭友善绘画艺术的描叙和解读中充分展现了学者理性和艺术想象的魅力。作者对彭友善彩墨国画的描述可谓独具匠心，尤其重点描述了彭友善杰作《同舟共济图》创作前后的种种遭遇及其重要

---

① 胡辛：《陈香梅传奇——她在东西方的奋斗》，江西教育出版社2012年版，第407页。

价值。当初彭友善用近八个月的时间制作完成，又恰逢蒋介石五十大寿，熊式辉向他要了这幅画作为江西送给蒋介石的寿礼。三十年后，彭友善又因这幅画遭到批判。在五十年后，从友人来信中，得知该画一直由蒋经国先生长期收藏。作家以"画"为载体，既是叙"画"之遭遇，也是写人之曲折。在《网络妈妈》中，一向书写历史人物的胡辛转而直面当下现实。作品讲述了"网络妈妈"刘焕荣的感人事迹。刘焕荣是江西弋阳社会福利厂的会计，十四岁时因火灾致残，十指被毁，但她身残志坚，克服种种困难，凭借坚强的毅力重新走向生活，并自学电脑操作，通过网络向那些沉迷于"网游"，误入网络陷阱的青少年伸出援助之手，在网上撒播她真挚的母爱。刘焕荣虽然"没有亲生子女，却被许多孩子称为'网络妈妈'；没有健全的双手，却谱写出了比许多正常人更华美的人生乐章"①。

　　胡辛的传记文学具有自觉的女性意识。如果说，胡辛的小说是典型的"女人写，写女人"，那么她的传记文学同样也是如此，不仅传主多为女性，而且以女性视角关注笔下人物的命运，塑造人物的性格和心理。在《蒋经国与章亚若之恋》中，作者以女性视角来解读大时代浪潮中一个普通女性的"幸与不幸"。最初触动作者的不是民族大义和经国伟业，而是一个"29岁就打上了生命句号的女子"，因为"人们总爱以情妇的粗糙框架去禁锢一个活生生的女性，以俯视和暧昧去淹没或扭曲这一首长恨歌"，在作者看来"这是怎样的傲慢与偏见"，因而她要"调整视角，另辟蹊径，回归这位南昌女子本来的面目本来的情感"。②同样，无论是对于"传奇且悲怆"的张爱玲，还是奔走在东西政治文化版图的陈香梅，抑或是身残志坚的"网络妈妈"刘焕荣，胡辛总是带着鲜明的女性意识走进女性传主的生活世界和情感历程，"从女性理想对外

---

① 胡辛：《网络妈妈》，江西教育出版社2004年版，封底。
② 胡辛：《虚构在纪实中穿行——传记作者主体性不容忽视》，《九江师专学报》2000年第1期。

部世界的探索演进到呼唤女性的内在自觉"①。

　　胡辛的传记文学彰显出鲜明的主体意识。虽然传记文学创作强调传主本事的真实客观，所谓"对于所叙述的史迹纯采客观的态度，不丝毫参以自己意见"②，但是"传记文学是史，同时也是文学"，"传记文学中的传主，正和一般文学中的主人公一样，是作者创造的成果"③。作为一名长期在大学从事教学研究的学者型作家，胡辛的文学感性常常与学者理性相互哺育。她认为，虽然传记文学是纪实的，不同于以虚构为生命的小说。然而，传记又往往是传记作家用文学手笔去还原且凸现传主的历史，因而，"虚构是传记的灵性所在"④。在《蒋经国与章亚若之恋》《最后的贵族——张爱玲》《陈香梅传奇》《彭友善传》《网络妈妈》等作品中，在寻觅显现这些传主的踪迹时，胡辛总是运用"自己的认知和感知"，"在资料的框架中丰满传主的血肉"，"用自己的生命去'复活'他（她）"⑤。譬如，关于章亚若的生平材料，在民间"逸闻"中，"可是连只言片语都未留得"，在官方正史上，更是"连身影也了无痕迹"。于是胡辛调整视角，另辟蹊径，在"大事不虚，小事不拘"的前提下，"遥体人情，悬想事势"，"以揣以摩"⑥，尤其是章亚若与蒋经国从初识到相恋的那些细节和心理，无不倾注了创作主体的情感和想象，以至于胡辛说，"我的传记，其实也应该称为传记小说"⑦。在创作《最后的

---

①　胡辛、胡颖峰：《等候生命的每一个春天——胡辛访谈录》，《创作评谭》2017年第5期。

②　梁启超：《中国历史研究法补编》，《中国历史研究法》，上海古籍出版社1987年版，第157页。

③　朱东润：《陆游传·自序》，《朱东润传记作品全集》（第一卷），东方出版中心1999年版，第47页。

④　胡辛：《虚构在纪实中穿行——传记作者主体性不容忽视》，《九江师专学报》2000年第1期。

⑤　胡辛：《虚构在纪实中穿行——传记作者主体性不容忽视》，《九江师专学报》2000年第1期。

⑥　钱锺书：《管锥编》第一册，中华书局1979年版。

⑦　胡辛：《胡辛文集·总序》，《生命的舞蹈——蒋经国与章亚若之恋》，江西教育出版社2012年版，第5页。

贵族——张爱玲》时，胡辛充分发挥同为女作家的主体性，通过张爱玲的作品去体察传主的情感心理，并融入自己的主观想象和体验，试图还原一个有着"苍凉"生命底色的张爱玲。当然，胡辛传记文学的主体性还直接地体现在那些充满了作者情感思想的抒情和议论中。譬如《陈香梅传奇》中，作者如此描述陈香梅的丧母之痛："这不是一个15岁的女孩娇柔的啼哭，这是初涉人间的沧桑、烙刻下心的创伤的女人的悲号。是的，这一刹那间，她明白她已真正成长为一个女人。……15岁的陈香梅，眼睁睁看着最亲的亲人一寸一寸地死去，留下的是一寸相思一寸灰！十八年后，陈香梅竟又一次经历了同样的煎熬和折磨，又一次眼睁睁看着最亲的亲人一寸一寸离开了她！"①

　　胡辛的传记文学具有突出的本土意识。胡辛出生于赣州，成长于南昌，对于脚下的这片土地始终怀着炽热的情感，这使得她在传主的选择和题材的处理上有着明确的本土地域意识。在她所有的传记文学作品中，除了《最后的贵族——张爱玲》和"遵嘱"而作的《陈香梅传奇》外②，其他几部作品无不彰显了作者为本土人物树碑立传的"初心"。《蒋经国与章亚若之恋》其实是一个南昌女子在赣州的"悲欢离合"。胡辛说："作为一个女作家，尤其作为一个南昌籍的女作家，我以为怎么也应该为传奇且悲怆的南昌女子章亚若写下点文字，……我甚至是这样解释她的悲剧：一方水土养一方人。南昌的女子，或扩充为江西的女子，似乎也有其性格和气质的共性。这方地理封闭严实，却也受兵家必争的撞击和南北东西的交融，这方女子的身与心似乎也融汇着北国的豪放与南方的婉丽，矛盾着温柔妩媚与倔强耿直，于是，不只是一个女子在爱的祭坛上留下了亦缠绵亦刚烈的传奇故事，我想，这是江西女子的不幸与幸之所在。"③在《彭友善传》中，作者怀着追慕的心绪走进"乡贤"彭友善的精

---

①　胡辛：《陈香梅传奇》，二十一世纪出版社2005年版，第79页。

②　《陈香梅传奇》的创作其实也有着本土的渊源，其创作动因是陈香梅来南昌访问而起，详见作者后记。

③　胡辛：《虚构在纪实中穿行——传记作者主体性不容忽视》，《九江师专学报》2000年第1期。

神世界与艺术人生。传主彭友善既是在国内外画坛享有盛誉的著名画家，也是与作者父亲有着莫逆之交的"彭伯"，更是具有赣地知识分子风骨的典型代表，因而作者在叙写彭友善艺术人生时，着重把传主还原到特定的地域文化和历史语境中，把对个体生命的考察上升到对老一辈知识分子尤其是赣地知识分子精神世界和人格魅力的探询。在《瓷行天下》的后记中，胡辛历数了赣鄱大地的历史文化遗珍后说，"这么伟大的一块土地没有江西自己人写出两三部江西题材的伟大作品，是不好给历史交代的"，作为江西作家，"这是我们的使命，更是宿命"①，其对这片生养她的土地的拳拳情怀可谓溢于言表。

总之，以小说家身份进入传记文学创作的胡辛，在她的传记文学中表现出鲜明的女性意识、主体意识和本土意识。正如著名学者黄会林所说，采用女性视点是胡辛创作的一种守望与超越姿态，根系乡土是胡辛永恒的守望，而在纪实与虚构中对历史语境进行还原和超越则是她的小说和传记创作的理智与机智。②这一关于胡辛创作特质的概论无疑是切中肯綮的。

二、聂冷：别具人文情怀的历史书写与现实呈现

在江西当代作家中，像聂冷那样具有丰富人生阅历者是较为罕见的，他出身于赣西普通农户，先后当过农民、学生、教师、军人、汽车司机、中学校长和新闻记者，其中记者生涯长达二十多年，正是这种丰富的人生阅历和长期从事新闻工作累积而成的责任意识和职业素养成就了聂冷别具人文情怀的传记文学创作。从《辫子大帅张勋》、《花红别样：杨万里传》（下称《杨万里传》）、《宋应星》③，到《吴有训传》、《绿色王国里的亿万富翁——杂交水稻之父袁隆平传》（下称《袁隆平传》）、《人世楷模蔡元培》、《地学宗

---

① 胡辛：《瓷行天下·后记》，江西美术出版社2018年版。

② 黄会林、沈鲁：《在传统与现代之间的守望与超越——论胡辛创作20年》，《南昌大学学报》（人文社会科学版）2005年第1期。

③ 《宋应星》虽为长篇历史小说，但从另一个角度亦可视为传记文学。

师竺可桢》，不难发现，聂冷的传记文学创作有着鲜明的本土意识、显著的历史跨度和独到的人文情怀。

传记文学的立传对象在很大程度上反映了作家的写作视域和审美眼光。聂冷传记文学创作对传主的选择充分体现了他的本土意识。无论是近代史上家喻户晓的"负面"人物张勋，还是抗倭名将民族英雄邓子龙，古代文化名人杨万里、宋应星，抑或是现代科技大家吴有训、袁隆平，这些传主虽然处在不同的时代，有着迥异的身份，但却都与聂冷有着或近或远的地缘亲邻关联。张勋、宋应星为江西奉新人，杨万里为江西吉水人，邓子龙为江西丰城人，吴有训为江西高安人，袁隆平为江西德安人。作家对传主的选择既出自个人的兴趣和喜好，更受历史和地域的制约。聂冷传记文学的本土意识当然不仅仅体现在人物的出身和籍贯，还表现在地域文化风习方面。尽管他笔下的传主都是志在千里、行走四方的历史文化名人，或当代大家，但是他们大多出生在江西，更多的是赣西，他们的成长离不开这片乡土，作者在叙写传主的家族历史和成长过程时，总是满怀深情地呈现赣鄱大地的山川风貌和风土人情。譬如，《辫子大帅张勋》开篇对赣西地貌和奉新人情的描写，"赣西的地貌，以罗霄山脉的隆起为主要特征"，"奉新地当九岭东侧，它那半封闭式的幽深环境，很早就成了文明世界获罪者藏身避难的良好处所"；《邓子龙传》中关于赣江源流和丰城民居的描写，"赣江发源于石城，逶迤北流一千六百里，在离鄱阳湖三百里处结出了一个以物华天宝、人杰地灵而声名卓著的大县，这就是丰城"，"丰城位居吴头楚尾，民居样式受到两古国建筑风格的影响。因此汪员外家的主宅也是吴风楚韵兼而有之，为四进三天井两层楼的深宅大院，青砖为墙，灰瓦盖顶，石板铺地，杉木为楼，雕梁画栋，富丽堂皇"；《杨万里传》中关于吉水涴塘杨氏家族来龙去脉的溯源，"吉水县的涴塘杨氏本是一个仕宦迭出的名门望族。据族谱记载，吉水杨氏的先祖为春秋时晋武公的儿子伯侨。伯侨的第四世孙号羊舌氏，食采于杨。故羊舌氏的儿子伯石（字食我），遂以邑为氏。这就是吉水杨姓的来历"，"后代杨辂在南唐累官为门下侍郎，出守吉州，下乡巡视时发现位于吉泰盆地北部边缘赣江西岸的吉水涴塘这个地方山清水秀，田庐丰美，是个休养生息的好地方；于是便卜居此地，这就成了吉水杨氏的始迁祖"。一方水土一方人，人物的性格心理既独具个性特征，也是地域文化心理的积淀，聂冷笔下传主的性格心理和言行方式也体现出鲜明的本土意识。譬如张勋虽保守顽固，但却忠诚慷慨，而杨万里、吴有训、邓子龙等人的文治武功和爱国情怀，显然在一定程度上与"文章节义之邦"的江西地域文化的濡养是分不开的。聂冷在《杨万里传》后记中说："杨万里是我们江西的乡贤，笔者作为一名江西籍作家，为这位曾一度被论者'看扁'了的伟大诗人正名更是一份义不容辞的天职。"①为乡土先贤立传，重塑地域文化性格，彰显优秀传统文化精神，正是聂冷传记文学创作的初衷。

传记文学创作尤其是跨度较大的历史人物传记，"一般来说有三大难点：一是资料的采集和史实的考证；二是对人物的公正评价；三是史学与文学的结合交融"②。然而，综观聂冷的传记文学创作，从古代到当代，从反派人物到民族英雄，从驰骋疆场的将帅武夫到孜孜以求的文人墨客和科学巨匠，聂冷以令人叹服的历史跨度和文学幅度对传记文学创作进行了卓有成效的探索实践。韦勒克、沃伦认为："一个传记家遇到的问题，简直就是一个历史家所遇到的问题。传记家不仅要解读诗人的文献、书信、见证人的叙述、回忆录和自传性的文字，而且还要解决材料的真伪和见证人的可靠性等的问题。"③传记文学是对传主的现实人生历程的记述，要求书写者在征用传主相关文献资料时要有事实依据，经得起时间的检验。为了最大程度地获取有关传主的生平材料，聂冷付出了大量辛勤的劳作。在创作《辫子大帅张勋》《吴有训传》《邓子龙传》《袁隆平传》等作品时，广泛收集关于传主生平活动的各种文字资料，如书信、日记、札记等，并通过追溯传主的人生足迹，拜访询问传主的亲朋故

---

① 聂冷：《花红别样——杨万里传》，作家出版社2014年版。

② 朱向前：《从"张勋"到"吴有训"的文学跨度——读聂冷的两部长篇传记文学》，《创作评谭》1999年第1期。

③ 韦勒克、沃伦：《文学理论》，刘象愚等译，生活·读书·新知三联书店1984年版，第69页。

旧、门生后人等，采集了大量鲜为人知的第一手资料。譬如，对于张勋这个正史已经盖棺定论的反派人物，过去人们大多集中在复辟问题上，而对于人物背后的身世和人生故事，知之甚少。为了创作《辫子大帅张勋》，聂冷"历经了四年之久的酝酿，断断续续地翻阅了重达数十公斤的图书资料，考察了奉新、南昌、北京、天津的张勋故居和南京、广西等张勋活动过的地方，采访了数十位历史见证人"[1]，在对人物的家庭、社会、时代有了更全面的了解，对人物的功过是非、成就缺点有了较为准确的把握之后，才把他作为一个通常意义上的人来构建他的形象，赋予他丰满的血肉和灵魂，使读者在了解史实的同时，更品尝出一番浓厚的人生况味。而撰写《杨万里传》过程中，主要的难度是需要研读大量的诗文史料，仅杨万里自己创作的诗文便多达133卷220多万字，还有与杨万里相关人物的浩繁诗文。此外，杨万里还是一位在南宋政治上非常有作为的理论家和实干家，所以要全面准确地摸清他的政治理念和作为，还必须遍读《宋史》及前人的有关评述和野史笔记等等，聂冷为此先后花费了两年多的时间，研读了近千万字的文献史料，"字字句句深究细审，包括对其写作背景以及言外之意，都须务求清明透彻"[2]，在基本把握杨万里的性格特点和思想脉络后，才开始正式进入写作。在博考文献和深究细审的基础上，聂冷努力使他的传记文学成为朱东润所说的那种"中国所需要的传记文学"，"一种有来历、有证据，不忌繁琐、不事颂扬的作品"。[3]

诚然，作为传主个人历史的传记，"最重要的条件是纪实传真"，但是传记文学毕竟不是"史记"，而是关于传主生命历程和生活内容的"文学"叙事，它又需要"能写出他的实在身份，实在神情，实在口吻，要使读者如见其人，要使读者感觉真可以尚友其人"[4]。因而，如何把"呆板"的材料，写成

---

①　聂冷：《辫子大帅张勋·后记》，中国青年出版社1994年版。

②　聂冷：《我为什么钟情杨万里》，《花红别样——杨万里传》，作家出版社2014年版。

③　朱东润：《朱东润传记作品全集》第一卷，东方出版中心1999年版，第7页。

④　胡适：《南通〈张季直先生传记〉序》，《胡适文存》第8卷，首都经济贸易大学出版社2013年版，第1088页。

"生动"的文学，更是传记文学作家不容回避的现实处境和创作使命。聂冷的传记文学创作在"纪实传真"和"文学叙事"之间充分体现了他的创作才华。在《辫子大帅张勋》中，尽管张勋已是一个盖棺定论的历史反派人物，但作者仍愿平心静气地重回历史，"既不因其政治立场的反动而肆意给他泼污水，也不因其确有某些优良表现而着意为之作粉饰"①，一方面真实呈现了张勋违逆历史潮流的种种顽固保守的思想观念和行为举止，譬如，在政治上，只要是涉及与皇家有关的事务，张勋必定竭尽全力，只要发现有人对朝廷不忠，他便可以舍弃一切利益与其抗争到底；另一方面又以大量史实和生活细节，描写了张勋坦白直率的性情和慷慨忠诚的品行，譬如，在情感上，张勋始终不忘发妻曹琴，即便成名后也时刻带在身边，为其提供优裕的生活环境，但他也抵挡不住女色诱惑，多次纳妾，让发妻常年空守寂寞，作者把"一个简单的、僵死的反革命政治化身，复活成了人世上一个有血有肉有灵魂有复杂人性的行路者"②。在《花红别样——杨万里传》中，作者不仅描写了杨万里师法自然、追求神韵的诗歌创作，与王庭珪、张栻、范成大、尤袤、周必大、陆游、姜夔等人诗文交往的文学生活，还深入展现了他壮志报国、研习科考、指斥时弊、惩治贪腐、谋福百姓等政治上的志向、操守和才能。聂冷的传记文学创作在处理"纪实"与"文学"的过程中，常常将人物命运和历史进程交织推进，在历史和人生的双重透视中，塑造栩栩如生的传主形象。《吴有训传》中，作者把吴有训的成长历程、科教救国纳入到晚清以来民族国家动荡不安、救亡图强的历史进程中，在第一章"听话的孩子"中，吴有训的家族往事、儿时生活、旧式婚姻，与民族危亡、革命风潮和新旧冲突相交织；第二章"海外扬名"，既描写了吴有训在美国留学期间刻苦钻研、积极乐观的研究精神，也呈现了国家动荡、国力衰微导致留学生在国外所遭遇的歧视。在《袁隆平传》中，聂冷把袁隆平的个人生活、科学探索与时代进程相交织，不但描写了袁隆平的情感、

---

① 聂冷：《辫子大帅张勋·后记》，中国青年出版社1994年版。

② 朱向前：《从"张勋"到"吴有训"的文学跨度——读聂冷的两部长篇传记文学》，《创作评谭》1999年第1期。

爱情、婚姻、信仰，以及最能体现传主性格心理特征的一些生活细节，譬如袁隆平早年恋爱过程中的那些笑话，他在与同事交往过程中的那些非常个性化的言谈举止，他对父母妻子儿女的情趣盎然的示爱方式等等，生动描述了传主作为普通人的生活情趣，准确传达了其内心的矛盾苦闷和艰难抉择，真实反映了他在人生挫折和厄运面前的自我超越。传记还叙写了一些反映时代进程和传主人生历程的重大事件，譬如袁隆平的科学实验遭受"四人帮"极左路线的破坏干扰、某些学院派"权威"的反对、"863"计划攻坚、两系法成功、超级稻问世等，由此反映了建国后三十多年来的时代巨变和中国知识分子命运的起伏变幻。郁达夫认为，新的传记文学是"在记述一个活泼泼的人的一生，记述他的思想与言行，记述他与时代的关系。他的美点，自然应当写出，但他的缺点和特点，因为要传述一个活泼泼而且整个的人，尤其不可不书。所以若要写新的有文学价值的传记，我们应当将他外面的起伏事实与内心的变革过程同时抒写出来，长处短处，公生活与私生活，一颦一笑，一死一生，择其要者，尽量来写，才可以见得真，说得像"①。无论是对臭名昭著的反面人物辫子大帅张勋，还是对家喻户晓的水稻之父袁隆平，抑或是没有受到足够重视的诗人杨万里、科教大家吴有训、抗倭名将邓子龙等，聂冷都怀着一种"同情的理解"，拨开世俗的迷雾，重返历史现场，重新走进传主的生命历程和情感世界，在经纬交织的时代背景和家族源流中，以丰富的细节和真实的场景，多角度、多侧面地呈现传主的历史人生和情感生活，从而尽可能复活真实、立体的传主形象。从这个意义上来讲，聂冷的传记文学创作无疑有其重要的价值。

第四节　彭学军的儿童文学

彭学军是江西当代儿童文学创作的领军人物和全国著名儿童文学作家。彭

---

①　郁达夫：《什么是传记文学》，《传记文学研究》，湖南文艺出版社1997年版，第50页。

学军（1963—），湖南吉首人，童年随父母下放至湘西凤凰古城的一个苗寨，
1981年举家迁到赣州，1985年毕业于江西赣南师院中文系，历任江西赣州一中
教师、赣州电视台编辑、江西二十一世纪出版社编辑。1989年开始发表作品，
代表作品有《油纸伞》《你是我的妹》《腰门》《黄昏的桥》《听风的女孩》
《丁香木马》《浮桥边的汤木》《森林里的小火车》等，曾获第六届宋庆龄儿
童文学奖，陈伯吹国际儿童文学奖，第七届、第八届、第十届全国优秀儿童文
学奖，新闻出版总署2009年向全国青少年推荐优秀图书奖，第二届"周庄杯"
全国儿童文学短篇小说大赛特等奖，中宣部第十一届精神文明建设"五个一工
程"奖，冰心儿童文学奖，中国出版政府奖等。在三十年的文学写作中，彭学
军不断地扩充自己的文学版图，从虚幻想象到现实生活，从"女孩成长"叙事
到"男孩不哭"组合，从自然风物到人情人性，她都以独特的视角、温婉的诗
意和理性的思考，打量芸芸众生，关注儿童成长，构筑起一个色彩斑斓的童年
生活世界，以其独特的创作风格和丰硕的创作成就，成为中国"第五代"儿童
文学代表作家之一①。

一、生命成长的独特观照

自20世纪初鲁迅在小说中发出"救救孩子"的呼喊以来，少年儿童的生
命成长一直是中国现代文学的重要主题。与早期新文学拓荒者反对扼杀儿童独
立人格的启蒙立场不同，彭学军的小说创作对少年儿童生命成长有着独特的表
达。彭学军的早期小说创作大多从女性视角观照少儿生命成长历程。《蓝森林
陶吧》中，森森生性柔弱敏感，在夜晚遭遇蒙面人袭击，尽管用尽力气拼命反
抗，避免了强暴者对自己的身体侵害，然而外部的威胁侵害仍然让她坠入了恐
怖与绝望的深渊，花季少女自此如同那碎了一地的瓷器一样，身心健康被残忍
地践踏。《午夜列车》中，腿部残疾的白璐把来自外部的同情、冷漠和嘲讽默

---

① 王泉根：《中国儿童文学五代人》，《中华读书报》2003年7月16日。

默地深藏心中，有意回避与同学接触，屏蔽与自己无关的运动会，然而她渴望拥有健全的身体，与同学们融为一体。她常常在潜意识中让自己化身成一只四肢健壮的白鹿，在草原上优雅地纵情奔跑。《今天要写的作业》中，因为最好的朋友冬瓜煤气中毒离开了人世，施诗一直难以走出阴影，在幻想中度过了自己的高中。在她的世界里，冬瓜还是每天给她分巧克力吃，每天为她抄写作业题目，直到高中结束，施诗才摆脱幻想，与冬瓜道别，重新踏上人生的旅途。此外，《我是你的好朋友》中，相貌平平的李肖在美若天仙的同桌的映衬下越发自卑起来，经过几次尴尬的事件，不知不觉处在了班级被孤立的边缘；《树仙》中，梅姿因过于肥胖而失去了快乐，整日被自卑、烦恼包围着；《白沙滩》中，小曼在瞬间失去了三位好友，遭遇打击的她不再说话，"一切在她眼里都失去了鲜活的色彩，一切美好的东西都与她无关"。

不难发现，彭学军对不同成长困境中女孩的孤独与感伤有着更多的观照。这些女孩的成长困境和孤独心理既有外来的伤害，也有内心的暗疾，而更多的还是由各种家庭变故而起。彭学军说，她的"童年没有安全感，不断地搬家，不断地面对陌生人、陌生的环境。动荡容易让一个孩子缺乏安全感，变得羞怯、敏感"①。这种童年经验常常在彭学军的作品中得到真切反映。《同窗的妩媚时光》中，褚竞原本有着幸福温馨的家庭生活，然而因为父母事业出现了变故，便剩下他一个人在空荡荡的房里生活。自从父母离开后，他对什么事情都提不起兴趣，只能回家一个人吃泡面，他原有的坚强突然间轰塌，家里的无声无息越来越让他觉得沮丧与孤寂，"他第一次觉得安静是一个很大很深的洞，掉进去了，连自己都会找不到"②。《三三、阿泉和小伯伯》中，三三十个月大就被父母送到小伯伯家寄养。庆幸的是，尽管小伯伯家常常伴随着贫穷与饥饿，但善良的小伯伯像疼爱儿子阿泉一样，把三三视为己出。然而，当三三适应了寄养生活后，又被父母强行接走，即使哭喊大闹也无济于事，最后

---

① 彭学军：《成长是一生的事》，《文艺报》2011年12月19日。

② 彭学军：《蓝森林陶吧》，江苏少年儿童出版社2010年版，第156页。

只得心里蓄满了对阿泉和小伯伯的思念离开。父母亲情的缺失显然对三三的健康成长造成了很大影响，使得她在很长的一段时间里憎恨自己的父母，甚至导致了孤僻的心理。《油纸伞》里远离父母的"我"想念在偏远山沟里的他们，几年回来一次的频率让"我"觉得很是漫长，"我觉得他们有点像冬天的雪，好久好久才来一次，又薄薄的一层，不等享尽它的美妙就化了"①。《蓝色滑板鞋上的小妖精》中，诸楚三岁时爸爸离开她去美国工作，三年后爸爸的"突然出现"让她感到惊奇而陌生。当她渴望爸爸的宠爱时，他却因为工作压力日益严肃，整天板着脸，经常在家中大声宣泄自己的愤懑情绪，妈妈则每天回家一言不发，年幼的诸楚内心充满了无奈和苦恼。《腰门》中，沙吉的父母在铁路部门工作，经常奔波在外，只得把她寄养在乡下。沙吉不停地做着与铁路有关的梦，沙吉不停地追问爸爸妈妈什么时候修完铁路来接她，但等到的都是一封封迟到的信件和说不清的归期。于是，沙吉形成了与普通孩子不一样的内向隐忍、孤独寂寞和多愁善感的性格。当然，彭学军对自己钟情于女孩生命成长的写作偏执有着充分的自觉，近年来她有意尝试突破身份和题材的囿限，先后推出《浮桥边的汤木》《戴面具的海》《森林里的小火车》《黑指——建一座窑送给你》等"男孩不哭"系列作品，观照不同生活背景下的男孩的生命成长历程和情感心理状态，塑造了汤木、罗恩、海、黑指等一系列性格各异的男孩形象，受到普遍关注。

著名文艺理论家童庆炳在论及作家童年经验对其创作的影响时说："就作家而言，他童年的种种遭遇，他自己无法选择的出生环境，包括他的家庭，他的父母，以及其后他的必然和偶然的不幸、痛苦、幸福、欢乐，他的缺失，他的丰溢，他的创伤，他的幸运，社会的、时代的、民族的、地域的、自然的条件对他的幼小生命的折射，这一切以整合的方式，在作家的心灵里，形成了最初的却又是最深刻的先在意向结构的核心。"②彭学军对女孩生命成长的书

---

① 彭学军：《油纸伞》，二十一世纪出版社1996年版，第1页。
② 童庆炳：《作家的童年经验及其对创作的影响》，《文学评论》1993年第4期。

写显然与她的童年经验有着直接的关联。她对此坦言道："因为自己曾是个不快乐的女孩，所以我更多地关注她们——我的文字有很多是写女孩和写给女孩的。少女时代就像花儿一样美好短暂，花儿谢了之后不会再开，我希望她们能够快乐地、无憾地盛开自己。"①

二、超越生命成长的人性力量

"动荡"和"不快乐"的童年经验让彭学军在书写少儿生命成长时更多关注了那些忧郁孤独的女孩群体，但彭学军绝不是一个悲观主义者。她说："对人生、对生活，我尽量善意地去看待，这个世界无论有多少负面的、丑陋的东西，美好始终是包蕴其中的，也许不是太多，但永远不会消失。善意去看待了，才能诗意地理解，也才有寻找快乐、感受幸福的能力。我觉得，无论是成人还是孩子，这种能力很重要，它能让你活得平和而又大气。"②事实上，无论是在现实生活中，还是在文学想象里，彭学军总是带着一种温和优雅的"善意"和"诗意"去看待人生，理解生活。因而，在叙写各类生命成长故事时，彭学军常常让那些遭遇挫折或陷入困境的孩童，在人性的美和善中获取超越生命成长的力量。

任何生命的成长都可能会遭遇各种挫折和困境，关键在于如何面对和超越挫折困境。在彭学军看来，"人生不确定的因素很多，如果身边有一个温和的、睿智的指引者，会让人走得无惊无险一些"③。彭学军小说中不乏这样充满温暖爱意的"指引者"。《蓝森林陶吧》中，当森森遭遇暴力侵袭，身心受到极大伤害时，变得郁郁寡欢、敏感多虑、一蹶不振。这时，蓝森林陶吧接纳了痛苦迷茫的森森，"指引者"方老师帮助她走出了困境，森森重新扬起了生活的风帆。为了开导森森，方老师把自己珍爱的花瓶猛地摔在地上，以此告诉

① 彭学军：《假装在长大》，二十一世纪出版社2012年版，第118页。

② 刘秀娟、彭学军：《彭学军：成长是一生的事》，《文艺报》2011年12月19日。

③ 刘秀娟、彭学军：《彭学军：成长是一生的事》，《文艺报》2011年12月19日。

森淼："有些东西损坏了是可以重新建立和获得的，而有些东西就无法挽回了，比方说我的腿。"方老师的开导让森淼顿时豁然开朗，一切并没有想象得这么糟糕，生活可以重新开始。《你是我的妹》中，阿桃在艰难窘境中，毅然承担起家庭的重担，很早就辍学回家照顾接连降生的妹妹，即使到了婚嫁年龄，为了照顾最小的妹妹，主动放弃了与龙老师的婚事。在姐姐的影响下，原本矛盾重重的三桃和四桃也在经历了意外事故后尽弃前嫌，学会了退让与包容。而阿桃姐妹融洽的关系也促进"我"与妹妹老扁的姐妹情谊。为了帮妹妹买回心爱的粉红色凉鞋，"我"每天去锤石子，即便满手起血泡长着老茧，也要凑够两元八角钱。《奔跑的女孩》中，"我"在全校学生的众目睽睽之下，没有勇气站出来承认自己浪费馒头的行为。这时，做饭的李师傅主动站出来，说是因为自己没有做好馒头才会出现这种行为，闷头吃了被扔掉的馒头，接着校长也抢着吃馒头，替学生受过。在他们的感染下，"我"在底下啜泣成声、羞愧不已。《油纸伞》中，油纸伞成为爷爷奶奶精神力量的载体感染着后辈。当初，爷爷用伞为奶奶和他的子孙们遮风挡雨，无论走多远的路，"他的伞柄相连，他不会让奶奶淋着一星半点儿的雨，一辈子都这样，为她为子孙后代遮风挡雨"[①]。抗战时期，当受到鬼子袭击时，奶奶撑开"如盾牌般坚不可摧"的油纸伞，救了爸爸一命。而在百年难遇的特大洪水面前，奶奶将油纸伞塞在"我"的手里，在房子倒塌之前拯救了"我"。尽管后来油纸伞随奶奶而去，但无论"我们"一家走到哪里，那把骄阳似火的油纸伞永远成为"我"的精神支柱。可见，在彭学军的笔下，那些给困境中的儿童带来温暖的"指引者"既可以是具体的人，也可以是承载着精神指向的物；"指引者"对被"指引者"的影响既可以是直接的以身示范，也可以是间接的潜移默化。

　　来自湘西的彭学军和她的前辈作家沈从文一样，内心深处向往着一种不被现代城市文明所侵蚀的淳朴人性，在对生命成长的书写中常常彰显出人性的美和善。《山洪》中的阿眉如同沈从文《边城》里的翠翠一样，自小在乡野里

---

① 彭学军：《油纸伞》，二十一世纪出版社1996年版，第3页。

长大，养成了优美、健康的自然人性。然而，山洪暴发导致父母双亡，她不得不寄寓于城里的姨妈家，并被送到城里的中学读书。在喧嚣的城市里阿眉既无法与姨妈沟通，又不能适应学校的各种竞争。最后，阿眉放弃了可以留在城里工作的机会，毅然决然选择回归乡村。《红背带》中福生婆身上充盈着善良的人性之美。小时候，为了救不慎掉到枯井里的小狗灰灰，水莲（福生婆）把自己当成沙袋一样滚进了井壁很高很陡的枯井里，流露出帮助弱小的纯真美好天性；出嫁后，福生婆一个人守着福生的约定，怀着美好的憧憬度过无尽岁月，表现出对爱的坚守；年迈时，福生婆捡回弃婴精心呵护，充分显示出慈爱之心。《腰门》中的云婆婆和沙吉同样是美好善良人性的典型。沙吉虽然被父母寄养在乡下，但云婆婆和周围的朋友让她获得了温暖的爱和友谊。善良的云婆婆在女儿边边意外死亡和丈夫出走后，不但坚强地承受着生活的磨难，而且对周围的孩子充满了慈母般的爱，经常买水接济贫苦的哑巴"水"，对寄养的沙吉视如己出，给予温暖的爱与呵护。这种爱和宽容在沙吉七年的寄养生活中潜移默化地滋养着她的成长，让她也同样用爱和宽容去帮助青榴。青榴在沙吉的鼓励下克服了自卑，展示了自我，感受到温暖与善意的青榴，从此学会了以同样的方式回报他人，自信而从容地面对生活。尽管沙吉经历了太多的人生挫折，朋友的离去，父母的伤残，但她依然乐观坚强。

三、生命成长书写的艺术个性

曹文轩说，彭学军是一个具有很高辨识度的作家，她创造了一种叙事腔调，这种腔调是温柔的、温暖的、清纯的、富有诗意的、有点哀伤的女性味很浓的一种腔调。[①]这里所说的叙事腔调，其实是指一种富有个性的艺术风格。总体上看，彭学军温暖清纯、略带淡淡哀伤而又富有诗意的艺术风格主要来自她独特的叙述视角、题材处理和话语方式。

---

① 曹文轩：《从〈黑指〉论彭学军》，《中华读书报》2019年9月11日。

通常而言，视角其实不仅仅是一个单纯的观察事物的角度问题，实际上它还常常涵涉立场观点、情感态度、措辞用语和结构安排等诸多重要方面。彭学军的生命成长书写让成年的作者退居文本之后，广泛地运用儿童视角，借助儿童的眼光或口吻来观察和感知世界，讲述故事，"小说的叙述调子、姿态、结构以及心理意识因素都受制于作者所选定的儿童的叙述角度"[①]，显现出单纯天真的一面。譬如《腰门》，全篇以沙吉的视角讲述了她从六岁至十三岁的成长过程和生活见闻，其中以沙吉的视角描述棺材："棺材是木头做的，再涂上乌黑的油漆，木头有什么好怕的呢？油漆有什么好怕的呢？……我小心地钻了进去。里面很宽敞，有一股淡淡的霉味和木香味，我想象着死人的样子，笔直笔直地躺好。"在这里，儿童视角消解了"棺材"原本在成人世界里与"死亡"毗连的森严肃穆，表现出孩童的天真稚气。叙事作品中的视角并不是单一的，彭学军在讲述少儿生命成长故事的时候，常常以作者自身的视角，即成年女性视角来描述或评介公共叙述部分。譬如《你是我的妹》中，叙述者越过时间规约，以成年人的身份回望苗寨，评介阿桃："苗寨傍晚的这份水墨画安谧、平和、温馨的意境让我终身难忘，许多年后，我常在喧嚣浮华的都市深情地怀想它、品味它"，"成年后，每每想起这些，就惊诧于阿桃对于苦难的耐受力，阿桃内心的坚韧为她平添了许多魅力"。不难发现，当作者以成年女性视角进入叙述时，一种温柔而又有点哀伤的女性味油然而生，"就如同她平时说话一样平和、优雅"[②]。

作家早年的生活环境和成长经历"可能对他的一生都起着这样和那样的引导、制约作用。我们甚至可以这样说，作家后来创作的成败，作品的基调、情趣、风格等，起源于他的先在结构的最初的因子"[③]。彭学军说："每每忆起童年的岁月，那记忆往往脱不了黛青的底子，那是山野的颜色。我在那里捡

---

① 吴晓东：《记忆的神话》，新世界出版社2001年版，第81页。

② 曹文轩：《从〈黑指〉论彭学军》，《中华读书报》2019年9月11日。

③ 童庆炳：《作家的童年经验及其对创作的影响》，《文学评论》1993年第4期。

蘑菇、摘茶泡、挑胡葱，掬一捧山泉洗脸，揽一把清风梳头，若是爬上学校后面的那道山梁放眼望去，就能看见一树灼艳繁茂的桃花。"①湘西优美的自然环境和淳朴的生活习俗对于彭学军儿童文学创作的影响既表现为显在的题材内容，也体现在潜在的叙事和修辞方面。在彭学军笔下，自然界的花草树木、山川河流、鸟语虫鸣无不充满了诗意和灵性，譬如《你是我的妹》中关于酉水河的一段描写："悠悠的河水托着小船缓缓地行着。这条河叫酉水河，河水十分清澈，能看见河底袅袅娜娜的水草和灵动的小鱼。河水不徐不急，在阳光下闪动着碎金细银一般的光。那是三月里一个阳光很好的日子，沿岸是望不尽的葱绿苍莽的大山，缤纷的野花点缀其间，脆生生的鸟鸣声和旋律优美的山歌远远近近错落地传过来。"正是这样的灵山秀水才孕育了淳朴灵性的苗家姑娘阿桃姐妹。在彭学军的大多数湘西题材作品中，丰富多彩的民俗文化事象不但是湘西文化习俗的载体，而且是推动情节发展的叙事核心。《腰门》中的"腰门"，原本是湘西民居中的一种常见建筑形式，只有大门一半高度，位于双开木门前面，是一种十分人性化的设计，既保证了留守家中孩童的安全，也使得孩子的活动空间与腰门外的世界相连，但在作品中腰门被作者赋予了更多的能指，成为沙吉七年寄养时光的见证，是推动叙事，结构全篇的中心意象。《油纸伞》中湘西常见的日用物品"油纸伞"，也被作者赋予了丰富的精神内涵，成为联系人物，勾连事件，推动叙事的核心。它替爷爷保护了"我"的奶奶，又替奶奶保护了"我"。它给予了"我"成长的温暖。撑起油纸伞，便撑起了童年成长的天空。《你是我的妹》中，作者赋予了"桃树"以神秘的灵性，使之成为人物塑造和情节结构的重要物象。妹的出生迎来了灿烂的一树桃花；妹死后，在腊月万木凋零的季节，妹坟头的桃树竟然长出了新芽。而对于成长中的"我们"而言，"桃树"像一个成长仪式的行使者，引领和见证"我们"的成长。可见，彭学军作品中的这些蕴含丰富的民俗物象，"不只是一个生活意象，也可以成为小说串连人物和故事、结构情节和叙事的一个重要文学手

---

①　彭学军：《你是我的妹》，四川少年儿童出版社1999年版，第1页。

段"①。

　　文学是语言的艺术，彭学军的艺术个性当然最终还要通过她独特的话语方式来实现。小说的语言一般由人物的话语和叙述者的话语共同组成。彭学军小说讲述的大多是儿童生命成长的故事，而且主人公大多是有些忧郁的女孩，再加上她自身温和优雅的女性气质，这些都决定了她"温柔的、温暖的、清纯的、富有诗意的、有点哀伤"的话语腔调。首先，彭学军的话语方式流露出孩童的天真和稚趣。《黑指》中，黑指对太爷爷充满幻想的描述："那个时候，太爷爷的魂儿已经从观火孔飞到窑膛里去了。太爷爷这么神，就是因为他能让自己的魂儿飞到窑里去，和窑火融为一体。"《油纸伞》中，"我"对奶奶的描述充满天真的口吻："她从橱子里拿出一把油纸伞，缓缓地撑开。我眼前陡地一亮，天，是爷爷的油纸伞！这把伞奶奶只有去给爷爷上坟才撑着，她现在拿出来……是给我？不，怎么会呢！那是奶奶的宝贝，奶奶的依托，奶奶的命。"其次，彭学军的话语方式充满女性的温暖和柔情。《初一的冬季》中，初一一个人感到无聊时，喜欢去看那幢红尖顶的楼房，无论外面的天气如何阴冷，初一感到"那幢楼房似乎是笼罩在一抹阳光中，绚丽而又温暖"；《约会校长的女孩》里，赵天韵鼓起勇气"约会"校长，建议校长将学校图书馆的书分到每个班，这样大家就可以节约时间，阅读更多的书籍了，女孩子"整个人都像是一株植物，长在这个南国的春天里的一棵小树，有着鲜嫩的新绿和青涩的气息"。再次，彭学军的话语方式具有湘西的淳朴和诗意。《油纸伞》中，作者如此描述湘西自然淳朴的生活风习画面："我们来到一道山梁上。我看见下面的山场里零乱地散布着些牛屎堆一般的茅草房，是黄昏的时候，屋顶上洇出一层灰黑色的炊烟。有狗吠和牛叫声隐隐传来，还有一股烧黄茅草的辛辣味掺杂在风中。"即便是死亡，彭学军也从不渲染它的"恐怖与狰狞"，而是"很努力地把它处理得恬静而又美好"②。《玉镯儿》中，阿娇奶奶的遗容是

---

① 方卫平：《寻回心灵的诗意：方卫平儿童文学论集》，明天出版社2012年版，第193页。

② 班马、彭学军：《作家的"关切"自由谈》，《儿童文学选刊》1997年第3期。

那样安静和祥和，仿佛她只是刚刚睡着了一样，"人们围着奶奶，用十分崇敬的目光阅读着她的遗容，不时低声地交换几句阅读的心得"。《红背带》中，作者写福生婆的死，只是一句"她心满意足地重新躺回床上，不一会儿就酣酣地睡去了"。

方卫平认为，在当代儿童文学界，彭学军的名字代表了一种童年写作的姿态和风格。她从不流于粗疏的文字质感，而是以自己的方式，坚持并传达着对于儿童文学纯艺术创造的某种坚守。[1]的确如此，彭学军以其富有个性魅力的儿童文学创作成为江西乃至中国当代文学创作中的独特存在。

第五节　郑允钦与孙海浪的儿童文学

郑允钦与孙海浪是江西儿童文学创作的前辈作家。郑允钦（1948—　），江西浮梁人，1984年毕业于江西财经学院函授专修科工业会计专业，先后在国营南昌梅岭垦殖场、江西宁岗县造纸厂、吉安江西电缆厂、南昌齿轮厂、南昌柴油机厂工作，曾为《妇女之声报》文艺副刊编辑、《微型小说选刊》主编，1984年转向儿童文学创作，迄今已在全国省级以上刊物发表童话二百余万字，出版有童话集《吃耳朵的妖精》《玛卡星球的秘密》，长篇童话《奇奇怪博士》《怪屋》等，《好蛇索索米》《镜子里的脸》等曾获第二届全国优秀儿童文学作品奖，江西省第二届文学艺术优秀成果特等奖，第四届宋庆龄儿童文学奖，第一、二届谷雨文学奖，全国童话名家邀请赛金冠奖等。孙海浪（1942—　），江西南昌人，1962年毕业于南昌师范学院，历任教师，《南昌晚报》记者，《摇篮》《微型小说选刊》《槟榔花》主编，《星火》副主编。1960年开始发表作品，著有长篇小说《带火的银剑》《逃离孤儿院》《乞丐王》《漂浮的神灯》《钟声》《八大山人》《王勃》《皇帝刘贺——惊心动魄的二十七

---

[1]　方卫平：《当代原创儿童文学中的童年美学思考——以三部获奖长篇儿童小说为例》，《当代作家评论》2015年第3期。

天》，诗集《金色小铜号》《彩色的星》，长篇叙事诗《井冈山小鹰》，长篇纪实文学三部曲《中国小太阳沉浮录》《倾斜的童工世界》《离异家庭子女的自白》，中篇小说集《代号"红蝙蝠"》，散文随笔集《四季风帆》《跨越的瞬间》《爬上屋顶看风景》《花蕾上的蜜》《大漠上的脚印》《春风翻开的书页》《回归森林的小鸟》等。郑允钦的童话作品既以儿童的眼光去寻找和发现世界的美和趣，也常常发现和抨击世界的丑和恶，新奇大胆的幻想故事虽然突破了现实生活世界的常规逻辑，但却符合孩童奇思妙想的心理特征和审美需要。孙海浪的儿童文学创作前期主要书写革命战争年代的儿童斗争故事，富于传奇色彩和教育意义；后期作品多关注少年儿童的现实生活，揭示转型期少儿社会问题，启迪人生智慧。

一、郑允钦：以"童心"看世界，寓褒贬于奇幻

童话作为儿童文学的一种，通常是用浅显生动的语言，富于幻想和夸张的手法，通过拟人化描写，以适合儿童心理的方式反映自然和人生，从而达到教育的目的。自20世纪80年代以来，郑允钦在经历小说、诗歌、歌词等不同文体的创作尝试后，开始把童话作为"自己的园地"。在他看来，"童话，是童心中流出的清泉，它是最纯净最美丽的"[①]，他"要写一种儿童喜欢读，成人也爱不释手的童话"[②]。

童话原本是写给少年儿童看的故事。儿童最显著的思维特征就是对未知世界充满了新奇大胆的幻想。郑允钦总是以儿童的眼光去审视世界，用奇思妙想构筑出一些具有奇幻色彩的故事。在《树怪巴克夏》中，小男孩米京在生物学家如意博士的帮助下，竟然在树上种出了一个怪兽——巴克夏。巴克夏不仅具有犀牛的庞大、狮子的威武，还具有小狗和山羊的温顺，而且还具有鱼和鸟

---

① 柳易江：《在云霄之上看世界——访著名童话作家郑允钦》，《江西日报》2007年5月23日。

② 杨晓茅：《"童话国手"郑允钦　写当代中国最好童话》，《大江周刊》2007年第1期。

的基因，能够飞翔和游泳，更神奇的是，巴克夏不吃肉、蔬菜等任何事物，只吃蚱蜢、飞蛾、蝗虫一类的害虫，因此帮助好几个地方击退了蝗灾。但是因为多种物种基因的结合，巴克夏的样貌也非常丑陋、吓人，"脑袋有点像犀牛，但脖颈上却不可思议地长着一圈狮子的鬃毛，皱皱巴巴的皮肤呈现淡青色，像鳄鱼的皮肤那样粗糙，四肢如穿山甲的腿那样覆盖着坚硬的鳞片，脚爪异常锐利……"，完全就是一个怪物，因此，最初人们对它是极为排斥的。坏人们得知巴克夏的存在就费尽心思抢夺它，米京就带着巴克夏出外冒险了，一路惩恶扬善，和匪徒们较量，对付狮子和蝗虫，大战章鱼人，等等，最后巴克夏得到了所有人和动物们的赞美和认可。《幸运儿亚陶》中，总是倒霉的亚陶意外地在海滩上得到了一枚蓝色的而且可以让他交上好运的戒指，从此他的人生便是一片坦途，无论做什么事情他都可以得到最好的结果，不用认真学习，也不用努力工作，却能意外地收获钱财，和公主结婚，继承王位，等等。《巨人托托米》中，巨人托托米因为迷路而被常人国的国王带回了自己的国家，虽然身形巨大超过成人，却依然任性、顽皮，因为不喜欢国王派来的卫兵，把他们像扔胡萝卜般从巨大的帐篷中一个个扔出去；因为喜欢听故事，他把国王派来的保姆放在枕头边上给他讲故事，因为不喜欢保姆的管教就把保姆装在自己像麻袋般的袜子里；托托米的一泡尿淹了好几条街，他把行驶在河里的船拿起来放到陡峭的山坡上当作"跷跷板"。在《过往的吼声》中，国王米陶大吼一声就把天上的星星震落了，把太阳也震掉了，没有星星的天空"像一块乌黑的抹布"，没有太阳的白天变成了"伸手不见五指的黑夜"，小男孩陶米还把掉落的星星做成了闪亮的棋子，更符合孩子的天性。而最后在国家陷入黑暗的时刻，还是陶米想出了办法，让星星回到了夜幕，让太阳回到了空中。这就是孩子眼中的世界啊，因为对世界的未知，他们可以依照自己的心情和经验进行天马行空的想象。此外，《跨越五百年》中，克西不仅整整睡了五百年，而且还生活在未来遥远的公元2490年；《怪孩子树米》中，外星人的孩子在奇特S城堡奇想不断，奇招迭出，引起一场场轩然大波；《歧途》中，公鹿朵朵和它的爱侣菲菲冒着生命危险、克服重重险阻，在一块神秘而又开阔的盆地找到了丰茂的水草，从而改变了自己的生存境况。这些新奇、大胆、独特的幻想故事，显然突破了现实生活世界的常规逻辑，但却符合孩童奇思妙想的心理特征和审美需要。

郑允钦的童话作品不仅以儿童的眼光去寻找和发现世界的美和趣，而且还常常发现和抨击世界的丑和恶。《西瓜王后和豆角公主》中，西瓜王后因为自己长得胖，竟然命令全国所有人都必须是胖子，所有的物体都必须是圆的，而豆角公主则因为自己长得瘦，于是命令豆角王国的人和物都必须是瘦长的。这充分揭示了人性的自私和丑陋。《谎话国奇遇》中，苦苦国王从来不笑，再好吃的东西到了他嘴里都是苦的，因此他也不准别人高兴。然而，苦苦国王却生了个甜甜蜜公主，她经常笑很少哭，于是，两人在苦与甜之间生发出各种啼笑皆非的矛盾。《吃耳朵的妖精》中，号称"无敌大将军"的国王只是热衷于听奉承话，对不同意见充耳不闻，那些阿谀奉承之人都被委以重任，那些坚持说实话的大臣则被贬官撤职。于是，妖精们乘虚而入，他们先用甜言蜜语把国王和官员们吹捧得晕头转向，然后在他们睡熟时把他们的耳朵咬下来吃掉。国王和他的臣子们没有了耳朵，从此只能听见骗人的假话和奉承话了。《镜子里的怪脸》中，作者借奇奇怪博士发明的奇特镜子照见各种虚假和模仿者的真实面目。市长没有别的本领，但模仿能力特强，从小学、中学到大学，年年都是学校里的"背书大奖赛"冠军，模仿美术老师画画，模仿体育老师打篮球，当市长则模仿总督画圈圈和作报告。他丝毫没有自己独立的个性和思想，甚至不知道怎么穿衣和走路。《竖着爬的螃蟹和飞上天空的鱼群》中，作者借绳子校长和市长的荒唐行为讽刺了弄虚作假、压制个性的不良现象。外国科学家代表团要到远而安市参观，于是绳子校长遵照市长指示把那些淘气的、会惹祸的孩子赶到乡下去。然而，满脑子怪念头的淘气鬼小马克却留下来，在校办养殖场把螃蟹训练得能竖着爬行，把鱼群训练得能飞上天。市长和绳子校长都被小马克吓得目瞪口呆，但外国科学家却盛赞了小马克的创造精神。安徒生说："我用我的一切感情和思想来写童话，但是同时我也没有忘记成年人。当我在为孩子们写每一篇故事的时候，我永远记住他们的父亲和母亲也会在旁边听。因此我也得给他们写点东西，让他们想想。"①郑允钦在创作童话作品的同时，既以"童心"看世界，也时刻没有忘记写作者的身份和使命，其作品揭示的这些行为和现象虽然表面上有些荒诞，但在情理和本质上却是现实生活中习焉不察的真实，经由作者以想象和夸张的方式呈现出来，既让人忍俊不禁，更让人深思忧虑。郑允钦的那些穿着神奇魔幻外衣的童话从表象看是为了满足好奇心的少儿读物，但它所揭示的真理性本质仍然可以通向成人世界。从这个意义上说，郑允钦的童话作品里不仅充满了奇幻色彩，也具有责任担当的现实精神。

郑允钦虽然在童话作品中揭示了各种不公平甚至荒诞不经的现象，并以此来影射现实生活，但是他对儿童对世界的看法仍然是积极向上、乐观的。在郑允钦看来，儿童的天性是近于自然的，是真的善的美的，儿童是没有金钱欲、权势欲、迷信、兽性等人性劣根性的"出色的人"，比成年人更接近真理。当然，儿童也是天真不成熟的，有着各种各样的问题和缺点，因而重要的是如何看待、理解和呵护"童心"，因为"童心就是脆嫩的菜心菜芽，是草叶上的露珠，一不小心就会被碰掉，消失掉"。②郑允钦在作品中塑造了一系列既天真活泼又"离经叛道"的少年儿童形象。《怪孩子树米》中被称为"怪孩子"的树米，因为不会造"有意义的句子"而被送到了MS城接受模式化教育。然而，"离经叛道"的树米却带领孩子们一起反抗严厉的训导和体罚，并且凭借自己的聪明才智创造了吃老鼠的面包、圆豆角、蓝辣椒、红苦瓜、方形马铃薯等等，拯救了深陷火海的孩子们，揪出了机器人伪装的标准市长，也终于使循规蹈矩的市民们幡然醒悟。《树怪巴克夏》中充斥着各种奇怪想法的米京，向来与"现实的头脑格格不入"，但他却凭借自己的奇思妙想在树上种出了本领超群的树怪巴克夏，并与他一起战胜了凶狠残暴的匪徒，解救了为蝗灾所困的城堡和动物，打败了外星球的侵略者章鱼人，最终获得了人们的赞赏和表扬。《怪物》中被香喷喷镇上人们称为"傻瓜"的吉米，实际是镇上唯一一个善良

---

① 安徒生：《安徒生童话》，甘肃文化出版社2006年版，第1页。

② 柳易江：《在云霄之上看世界——访著名童话作家郑允钦》，《江西日报》2007年5月23日。

正直的人，他替舅舅采购货物而拒绝别人主动送来的"回扣"，他同情关心孤苦的穷酸老头蚊子腿先生。为了帮助蚊子腿先生找到刻下地球五千年文明史的头发，救出被坏人陷害的脚指头公爵，揭发镇上首富牛肚非法敛财的恶劣行径，勇敢善良的吉米踏上了寻找"怪屋"的旅途。原本对尔虞我诈的地球人感到失望的怪屋主人外星人，被吉米的真诚和善良所感动，最终帮助他实现了自己的愿望，而那些妄图到吉尔吉斯山谷发财的利欲熏心者一个个遭遇了可悲的下场。虽然在世俗常人的眼里，这些"问题少年"不爱读书，不服管教，离经叛道。然而，正是在这些"有缺点"的"怪孩子"身上，我们看到了真善美的自然人性，看到了难能可贵的好奇心和创造力。

早在20世纪初，鲁迅就曾发出"救救孩子"的呼声。他说，童年的情形，便是将来的命运。然而，中国的家庭，教孩子大抵只有两种方法。其一，是任其跋扈，一点也不管，骂人固可，打人亦无不可，在门内或门前是暴主，是霸王，但到外面，便如失了网的蜘蛛一般，立刻毫无能力。其二，是终日给予冷遇或呵斥，甚而至于打扑，使他畏葸退缩，仿佛一个奴才，一个傀儡，然而父母却美其名曰"听话"，自以为是教育的成功，待到放他到外面来，则如暂出樊笼的小禽，他决不会飞鸣，也不会跳跃。这样教育出来的孩子或是顽劣，或是钝滞，"都足以使人没落，灭亡"[1]。因此，用正确的方式教育孩子，让少儿对世界保持纯真好奇健康的心理，成为一代代儿童文学作家坚持不懈的追求。50年代，著名儿童文学作家陈伯吹先生提出"童心论"，主张要写出儿童看得懂并喜欢看的儿童文学作品，要和儿童站在一起，从儿童的角度出发，用儿童的耳朵去听，用儿童的眼睛去看，特别是要能够以儿童的心灵去体会。[2]对此，郑允钦结合自己的创作实践提出："童话艺术必须根植于儿童的心理情感底层，必须是儿童天性的艺术显现。"[3]在他看来，童话作家要在准确把握

---

① 鲁迅：《上海的儿童》，《申报月刊》1933年9月15日。

② 陈伯吹：《儿童文学简论》，长江文艺出版社1959年版。

③ 柳易江：《在云霄之上看世界——访著名童话作家郑允钦》，《江西日报》2007年5月23日。

孩子的思维方式和心理特点的基础上，带着一颗"童心"观察和理解世界，并以儿童喜闻乐见的艺术形式表达生活。在艺术上，郑允钦童话作品首先以奇幻著称。他说："如果你写的是童话，你就不要害怕离奇，相反，愈离奇效果愈好，童话味儿愈浓。"[1]他常常以奇特的想象编织离奇的情节，营构奇幻的环境，塑造具有独特个性和能力的人物。如《奇特的药水》《反光镜里的世界》《他消逝在外星球》《变色猫》《蓝西瓜》《奇奇在玩具国》《奇奇怪博士破案》《陶陶奇游记》《碰碰岛奇遇》《怪屋》等作品中的奇人奇事奇境。其次，郑允钦童话作品有着鲜明的善恶褒贬倾向和二元对立的叙事结构。如《镜子里的怪脸》《西瓜王后和豆角公主》《吃耳朵的妖精》《怪孩子树米》《树怪巴克夏》等作品中美丑善恶的对立冲突。最后，郑允钦童话作品的语言大多轻松活泼，俏皮幽默，生动有趣。这是他在把握儿童审美心理和趣味基础上的自觉追求。他向来反对板着面孔以训导和图解的方式叙述故事，教育孩子。他说，"童话是一种能够启迪创造性思维、净化心灵的有趣故事"[2]，"作品中总在重复老师、家长说过的话，孩子就会觉得索然无味"，"以最浅显的语言表达最深邃的思想，就是我追求的目标"[3]。总之，郑允钦的童话创作以"童心"看世界，寓褒贬于奇幻，在丰富的实践和自觉的追求中实现"童心中流出清泉"的艺术理想。

二、孙海浪：在革命历史和社会现实观照中启迪儿童心灵

孙海浪是一位丰富多产的儿童文学作家，早在20世纪60年代便开始发表作品。从最初的诗集《金色小铜号》到最近的长篇历史小说《皇帝刘贺——惊心动魄的二十七天》，孙海浪在小说、散文、诗歌、剧本等各个领域多有突出

① 陈金泉：《童心中流出的清泉郑允钦童话艺术探微》，《江西社会科学》1994年第2期。

② 柳易江：《在云霄之上看世界——访著名童话作家郑允钦》，《江西日报》2007年5月23日。

③ 杨晓茅：《"童话国手"郑允钦　写当代中国最好童话》，《大江周刊》2007年第8期。

的表现，尤其以儿童文学见长。孙海浪的儿童文学创作大致可以80年代中期为界，分为前后两个时期，前期作品如《井冈小山鹰》《带火的银剑》《魔盆》《逃离孤儿院》《乞丐王》等主要书写革命战争年代的儿童斗争故事，富有传奇色彩和教育意义；后期作品如《中国小太阳沉浮录》《倾斜的童工世界》《离异家庭子女的自白》《大漠上的脚印》《跨越的瞬间》《春风翻开的书页》《花蕾上的蜜》《回归森林的小鸟》等多关注少年儿童的现实生活，具有哲理思考和艺术感染力。

与彭学军的地域书写、郑允钦的童话书写不同，孙海浪前期大多数作品虽也以少年儿童为主体，但常常取材革命历史，书写战争年代少年儿童的战斗、生活和情感。《井冈山下种南瓜》是孙海浪的成名作，以生动活泼、朗朗上口的儿歌形式，反映了老区少年儿童继承革命传统的理想志向，譬如"南瓜花，像喇叭，吹吹打打种南瓜"等歌词寓教于乐，极具儿童情趣，被录制成唱片后，传唱大江南北，影响深远。叙事长诗《井冈小山鹰》是孙海浪真正意义上的儿童文学创作。作品以叙事和抒情相结合的方式生动形象地呈现了苏区小英雄王虎生的革命成长历程。王虎生自小在井冈山度过了苦难的童年。在血雨腥风的战争年代，王虎生的母亲被地主老财残酷地杀害，父亲参加红军后英勇牺牲。王虎生怀着血海深仇加入了革命队伍，但最初总是因复仇急切而盲目冲动，甚至违反纪律，譬如虎口夺枪，耽误了取盐任务。后来在党的教育下，王虎生明白了为天下穷人翻身得解放的革命道理，出色地完成了各种艰难任务，成长为一名具有远大革命志向的红军战士。全诗注意借鉴吸收民歌手法和语言，朴实清新，生动活泼，适合儿童阅读和理解。

长篇小说《带火的银剑》的出版，标志着孙海浪革命历史题材儿童文学创作的成熟。小说生动讲述了苏区儿童小豹子为完成革命嘱托而与敌人展开特殊战斗的故事。红军北上抗日后，根据地枫树坪笼罩在白色恐怖中。老交通员龙春山在掩护红军伤员转移的路上遭遇敌人拦截，不幸牺牲。龙春山在牺牲前将一份藏有重要情报的银剑交给儿子龙小豹，嘱咐他要去寻找游击队的地下交通员钟表匠接头，保护红军伤员安全转移。然而，这时敌人派代号"猫头鹰"

的叛徒，也即小豹子的舅舅，秘密跟踪。经过与敌人和叛徒的一次次殊死斗争，小豹子逐渐成熟起来，识破了叛徒舅舅的嘴脸，找到了失散八年的妹妹，兄妹俩深入虎穴，历经艰险，最终将藏有密件的祖传银剑送到游击队，使红军伤员安全转移。小说富有传奇色彩，情节惊险曲折，矛盾冲突紧张。作者在作品中设置了一系列紧张的冲突，从开始的"血溅刀刃""还我爸爸"，到中间的"接头""自投罗网""暗设诡计""巧遇钟表匠"，到最后的"冤家路窄""无声的炸弹""戏台后面的'戏'"等。与此同时作者还穿插了一些赣南民间传说和风物人情，渲染了神秘的山野氛围和乡土色彩，如"难解的秘""恐怖的森林之夜"中的森林奇景、九龙祥云、神奇金银岩等。作品塑造了各类个性鲜明、形象生动的人物，重点塑造了少年英雄小豹子机智勇敢、天真活泼的形象，此外还有十妹、胡子叔叔、洪婆婆、田老道、舅舅、黄天碌、石柳明等人物。对于这些正反面人物，作者都从真实、人性的角度，注重描写出符合各自身份的性格特征。正如著名儿童文学作家陈伯吹在该书的序言中所说，这是一部与《鸡毛信》《小兵张嘎》等一样优秀的革命斗争题材的儿童文学作品。

中篇小说《魔盆》以金豆、石滚和细妹子寻找遗失的国宝孔明锅为主线，反映了解放初期复杂的敌我矛盾，赞美了金豆等少年英雄不畏艰险保护国宝文物的优秀品质。幸福孤儿院的金豆、石滚和细妹子失踪了，他们带着猎狗黑箭搭乘运输卡车，翻山涉水到双剑峰密林寻找魔盆。当年，为救济难民，金义忠带着儿子金豆和魔盆四处义演，借住佑民寺时被古董店保镖黄金标等毒害，临终前父亲把魔盆托付给一位老道，并将钥匙交给金豆，嘱咐他日后来寻找。金豆等在寻宝过程中，遭遇了当年的强盗黄金标、隐藏在孤儿院的特务陈山和美国珠宝商史密特的阻挠。与此同时，孤儿院院长杨英、文物馆干部赵明等也在紧张寻找失踪的孩子。经过紧张激烈的斗争，土匪和特务们被解放军一网打尽，金豆等英勇保护了国宝文物。传奇的故事情节、神秘的环境氛围、生动的人物形象，使得《魔盆》同样成为融传奇色彩和革命教育意义为一体的出色儿童文学作品。长篇小说《逃离孤儿院》是在《魔盆》基础上的再创作。解放前夕，一群流浪儿童金豆和小伙伴荒妹、哑巴牛崽逃离圣母孤儿院寻找国宝魔盆，遭遇到匪徒鳄鱼头、黑老K、院长姆姆、神父伯多禄、隐藏特务钟苦丁等各类敌人的阻挠、算计和抢夺，在军管会代表杨英、赵明和人民军队的关怀帮助下，他们与敌人展开英勇斗争，最终取得胜利保护了国宝，小说表现了这群流浪儿童的正义、勇敢和爱国精神。作品虽然不是正面描写革命斗争，但在革命斗争的时代大背景下呈现了历史生活的侧面。这些作品大多将小主人公置于革命斗争的险恶环境，经过多方努力拼搏，最终战胜困难和邪恶，从中表现出他们不屈不挠、奋力拼搏的人生观和对美好理想的追求向往，从而赋予作品以传奇色彩的可读性和启迪儿童身心的教育意义。

孙海浪说：当改革开放意识与封闭意识激烈交锋突破之后，中国儿童文学才真正走出了家庭和学校的狭小天地，把儿童的视野扩大到社会的各个领域去。他为此呼吁，让儿童文学走向成熟、走向社会，让小读者在儿童文学的阅读和欣赏中自我发现、自我超越。[①]80年代后期至90年代，随着改革开放的进一步深入，孙海浪的儿童文学创作开始转向了社会转型时期缤纷驳杂的现实生活。长篇报告文学"钟声"三部曲《中国小太阳沉浮录》《倾斜的童工世界》《离异家庭子女的自白》等，在经过大量社会调查的基础上，以丰富翔实的材料，向人们提出了少年犯罪、使用童工、离异家庭子女等一系列亟须正视和警醒的少年儿童社会问题，譬如犯罪低龄化的严峻性，某犯罪团伙中最大的十三岁，最小的七岁；一位失足青年在北京流落街头，给家人的信中声泪俱下地诉说了自己的不幸遭遇；一群失学儿童，在某建筑工地打工，七八岁的童工要和成人一样工作十几个小时。作者既以触目惊心的数据、案例和事实揭示了问题的严峻性，也通过理性的分析揭示了问题背后的社会心理原因。在七岁"铁钩子"的经历和四女跳江的谜团背后，作者深入思考了造成社会悲剧的"赶时髦"新潮与猎奇少男少女心理。在"刻在刀尖上的怨恨""监狱'变形人'速写""丢失纯真的少女""孤独的宠儿""石狮和雕塑家的悲剧""溅满血泪

---

① 孙海浪：《东西方儿童文学真实论初探》，《创作评谭》1997年第6期。

的100分"中，作者既呈现了在"危险的年龄"成长过程中各类偏离正常人生轨道的现象，也分析了导致这些成长问题背后的家庭、社会和教育等的深层原因。可见，作者以敏锐的触觉和自觉的责任意识及时捕捉并揭示了转型时期的社会热点和人生痛点，因为文学不仅要表现那些"代表着历史进程的典型事件、典型人物和新的社会风气、新的人与人之间的关系"，也应该"从不同角度引导人们总结教训，不断前进，揭出创伤，指明病苦"①。

　　新世纪之初，孙海浪继"钟声"三部曲之后，又推出"生存智慧"丛书，包括《大漠上的脚印》《跨越的瞬间》《春风翻开的书页》《花蕾上的蜜》《回归森林的小鸟》五部，分别对应"走出孤独""超越自我""生活艺术""爱的教育""人与自然"五个方面的主题。通常而言，青少年身体发育尚未成熟，心理状态不稳定，认知结构也不完善，在生理和心理上都处于重要转变期，有些容易与社会、家庭产生冲突和叛逆，有些对父母过于依赖，这些问题交替出现，使得青少年容易产生身心健康方面的问题。如何引导青少年在心理、品质、意志、人格、修养、情趣和体魄等方面健康发展，成为学校、家庭及全社会关注的热点。"生存智慧"丛书主要以散文和随笔的形式对青少年面临的现实问题进行分析和思考，鼓励青少年"扬起理想的风帆，追寻人生意义和自我价值"。"生存智慧"丛书正是从现实出发，针对当代青少年普遍存在的身心问题，与小读者进行心灵上的沟通，像一把开启心门的钥匙，为少年儿童打开生存智慧的大门。在人生道路上，孤独是无法回避的，青少年尤其容易陷入孤独的困境，我们究竟应该如何看待和面对孤独？在《大漠上的脚印》中，作者告诉广大青少年：陷入孤独其实并不可怕，孤独是一个人走向成熟的标志，"一个人从小就拥有了孤独，他的头脑就会变得清醒，就有勇气和毅力跨越时代，超越自我"，我们要学会与孤独共处。21世纪是一个充满挑战和机遇的时代，我们应该争取面对挑战，抓住机遇、把握命运、超越自我。在《跨

①　孙海浪：《时代感、真实感、社会责任感——长篇少年报告文学"钟声"三部曲创作心得》，转引自吴海、曾子鲁主编：《江西文学史》，江西人民出版社2005年版，第1021页。

越的瞬间》中，作者鼓励青少年树立远大理想，怀抱必胜信念，努力追求胜利，拥抱未来。在《春风翻开的书页》中，作者进一步提出：青少年要学会在逆境中超越、创造，并磨炼自己的意志。年纪渐长，心智渐全，青少年对于"爱"的感知也越来越深刻。《花蕾上的蜜》则教导青少年如何在生活中感受爱、接受爱、获取爱，在宇宙与众生和谐之爱中进取，从而认识人生的真谛。前四部书主要展开的是人与自我、与他人、与社会的关系，《回归森林的小鸟》则为小读者们阐析人与自然的关系。在作者看来，生态环境问题已经成为全人类共同面临的严峻挑战，青少年作为国家的未来，应该肩负起这一责任和使命，保护环境，营造良好生态。"生存智慧"丛书各有侧重，不但提出了青少年面临的现实问题，而且针对这些问题给出具体而诚恳的建议，每册书还设有一些独特的互动栏目。譬如，《心灵信箱》摘录来自各地青少年的信件，真实呈现他们内心的困惑和对生命的思考，从而与年轻读者产生共鸣。《哲理聚焦》集中阐述了自己对一些具体问题的观点和看法，以便引导青少年克服各种心理上的问题，更全面健康地发展。孙海浪说，儿童文学创作应该贴近时代，"尽量挖掘和表现这个时代的孩子的真实形象，并不只是停留在一般的表面、图解式的说教，而是要通过现象，抓住本质，把他们内心世界里的欢乐和痛苦反映出来"[1]。显然，与此前的小说不同，"生存智慧"丛书不以奇幻和浪漫的故事情节取胜，而是以真诚和亲切走进孩子的心灵和视野。丛书中有不少篇目的人物和事件，带有作者童年生活的影子。譬如，《池塘拾趣》深情追忆了和小伙伴们在池塘玩耍，跟随外公一起在池塘打鱼的快乐时光。《读织布机》中"我"从外婆深夜劳作的织布机声中读出了富有深意的话语："不管办什么事，心里都要有一个清清爽爽的头绪。"《柚子树下》"我"通过柚子树下的游戏明白了这样的道理："身处逆境并不一定是一件坏事，它能培养一个人勇敢的精神。"在这些作品中，孙海浪回首少年时代，书写亲身感受，其中真挚坦诚的心灵、轻松幽默的笔调，让人倍感亲切。

---

[1] 孙海浪：《东西方儿童文学真实论初探》，《创作评谭》1997年第6期。

　　总之，无论是以小说和叙事诗讲述充满奇幻色彩的革命少年故事，还是以报告文学表达对青少年社会问题的关切，或者是以散文随笔呈现青少年身心健康的生存智慧，孙海浪的儿童文学创作始终都以少年儿童为本位，充分尊重他们独立的人格主体和审美需求，深入他们的内心世界，尝试各种不同的文体形式和表达方式，形成了既真诚质朴又生动活泼、既启迪心灵又趣味盎然的风格特点。

第六章　新世纪以来的江西网络文学

第一节　异军突起的网络文学

网络文学是随着网络新媒体发展而兴起的，1998年痞子蔡的《第一次亲密接触》问世标志着我国网络文学的产生（也有学者认为是1997年罗森《风姿物语》的上线[①]）。新世纪以来，网络文学在经历了短暂的沉寂之后，很快获得了迅猛发展，2003年起点中文网"VIP付费阅读模式"成功实践；2008年7月盛大文学引发资本市场进军网络文学；2011年后智能手机和"4G"商用逐渐普及；2015年阅文集团诞生。这一系列重要事件引爆网络文学的大幅增长，一个读者付费阅读、写手与网站共享收益的数字阅读时代已然来临。据第三届"网络文学+"大会发布的《2018中国网络文学发展报告》显示，国内网络文学创

[①]　欧阳友权：《新世纪网络文学创作的四大走向》，《学习与探索》2020年第8期。

作者已达1755万，其中签约作者61万。①在网络文学迅猛发展的浪潮中，江西网络文学异军突起，作家队伍实力强劲，创作成绩斐然，据初步统计，江西较活跃的网络作家有300余人，在全国各大文学网站重点签约作家200余人，仅南昌登记在册的网络作家近300位，人数较20年前至少翻了30倍。②根据业内人士判断，江西网络文学实力在全国各省市排名约在前三至前五左右。③

一、从PC互联网到移动互联网时期的江西网络文学

网络文学是以互联网为展示平台和传播媒介，借助超文本链接和多媒体演绎等手段来表现的文学作品、类文学文本及含有一部分文学成分的网络艺术品。学界通常根据传播媒介，把我国网络文学发展分为三个时期，即PC互联网时期、移动互联网时期和IP时期。网络文学最初是在个人电脑上开始起步的，我们称之为PC时代。自2003年网络文学建立VIP付费阅读机制后，网络原创性机制成为可能，大量网络文学作品寻求线下出版，网络文学开始以独立自主的方式发展起来。在PC时代，电脑的使用通常是小范围的，使用者学历层次和经济收入一般较高。2008年以后，由于智能手机和移动互联网的推广，网络文学也由PC时代进入到移动互联网时代，网络文学的创作者和消费者迅速扩张，所谓的"三低人群"即低学历、低年龄、低收入群体，开始通过智能手机成为网络文学的主要接受群体。传播媒介和消费群体的变化很快带来了网络文学生产和经营方式的变化。网络文学越来越趋向于工业化、模式化生产，类型文与套路文相生相随，作家越来越像一个大工业生产流水线上的操作工，读者也日益成为随时可以购买阅读产品的消费者。在PC互联网和移动互联网时期，江西网络作家便开始崭露头角，呈现出良好的发展态势。

---

① 《〈2018中国网络文学发展报告〉发布》，http://cul-ture. people. com. cn/n1/2019/0810/c429145－31287235. html
② 魏莹：《江西省南昌网络作家20年翻30倍》，《南昌晚报》2018年10月30日。
③ 江西省作家协会：《江西网络作家情况报告》，《创作通讯》2019年第2期。

2000年，南昌的今何在（本名曾雨）在新浪网发表长篇小说《悟空传》，引起广泛关注，被誉为"网络第一书"，其后通过新浪博客等网络媒介相继推出《新大陆狂想曲》《中国式青春》《海国异志》《十亿光年》等多部作品，被纵横中文网、起点中文网等国内大型文学网站收录，在"2008年原创网络文学大奖评选"活动中，今何在被评为十年来引领并促进网络文学发展，为繁荣网络文学事业作出贡献的"十大杰出人物"之一。新世纪初，高安作家撒冷（原名付强）凭借都市小说《龙》一举成名，是阅文网站最早期的一批白金大神和网络文学远古大神之一，代表作有《天擎》《苍老的少年》《诸神的黄昏》等。自2001年起，南昌作家夏言冰（原名任振华）在天涯论坛和榕树下开始创作网络小说，因为当时还没有阅读收费制度，所以开始只创作了三四万字就停顿了下来。起点中文网建立网络小说VIP收费阅读模式后，夏言冰重新燃起了网络创作的兴趣，2005年开始在起点中文网创作了第一部网络小说《寒蝉变》，大获成功，点击量350万，此后又陆续创作了《大宋之天子门生》《宦海无涯》《升迁之路》和《一路青云》等多部网络小说，累计两千多万字。九江作家方想（原名陈艾阳）大学时期便沉迷玄幻小说，2006年毕业后开始从事网络小说创作，先后推出了《星风》《卡徒》《师士传说》等，借助精神幻想突破现实拘囿，在新奇有趣、波澜横生的虚拟世界书写了一系列底层少年的成长传奇。南昌作家浪漫烟灰（本名吴书剑）2006年涉足网络小说创作，2007年开始全职进行网络文学写作，主要利用想象虚拟现实之外第二空间，为个体的权力欲望与情爱欲望的尽情释放谋得可能，通过标榜少年个体另类成长体验的合理化，给予各类欲望象征性满足与实现，代表作有《全职业天才》《少年枭雄》《桃花宝典》《近身武王》《终极全才》，其中《少年枭雄》等蝉联其网站月票榜冠军，进入百度风云榜前十，获逐浪网最佳人气奖。赣州作家天堂羽（原名赖长义）2004年加入起点，后为创世中文网专栏作家，早期作品有《艳遇传说》《春光乍泄》《紫龙风暴》《貌似纯洁》等。草玄（原名何闯）2003年创作玄幻小说《神魔蚩尤》，后又推出新历史小说《狂狷上不了天堂》等。永修作家圣者晨雷（本名淦清）1999年开始从事网络文学创作至今，最早的网络写手之一，坚持创作二十年，于各类平台上发表小说、剧本超过一千万字，与起点中文网、创世中文网先后签约了《神洲狂澜》《剑道》《挽天倾》《大宋金手指》《明末风暴》《盛唐夜唱》《大宋风华》等。宜春作家为何有雨，从2003年开始手写网络小说，先后签约逐浪、阿里文学和掌阅文学，总体创作字数接近两千万，代表作《网游之生死》《超级医圣》《都市风流神相》等。宜春作家泥男2002年开始在网络发表小说，2004年成为起点第一批驻站作者，至今创作逾六百万字，代表作品有《大学之道》《赤子无敌》《移魂别恋》《同居博客》《修仙归来》《天地杀》《现代情侠录》等。

　　早期的网络文学多聚集于榕树下、天涯论坛、西祠胡同、西陆、晋江等网站，受传统文学影响较大，主要还是一种"文青式"写作，大多是现实题材和历史题材小说。在这期间，一批江西女频作家引人注目。宜春作家欧阳娟的青春小说《深红粉红》在"天涯社区"一面世，很快被出版人发掘，其后陆续推出职场小说《交易》《手腕》等，引起各方热议。南昌作家安以陌被誉为"疗伤治愈系言情小天后"，2005年开始在晋江文学城连载小说，至今已完成数百万字的小说连载，早期网文创作以古代言情小说为主，故事的基本模式是宏大主题下的爱情叙事，代表作有《陌上云暮迟迟归》《神偷俏王妃》《香薰时光之恋》等。萍乡作家池灵筠曾先后就职于韩企、IT公司，自2007年开始从事网络小说创作，擅长写古代架空社会的爱情故事，笔下的痴男怨女往往因某种不可抗拒的力量而无法"终成眷属"，爱恨交织的矛盾冲突形成了其小说阅读张力，代表作品有《惑世姣莲》《桃妆》《桂宫》《云仙血》《画瓷》《宫砂泪》等。萍乡作家野玉丫头曾从事过医药代表、房地产销售、报社记者、图书编辑、企业经理等各类工作，她的小说也多以自身经历为题材，反映青年男女踏入社会职场的艰辛和成长，代表作品有《女医药代表》《耳后刺青》《下一个城市，爱》《貂蝉泪》等。与男作家不同，江西早期女频作家主要以现实人生和历史想象为基础，致力言情类型小说创作，或讲述青年男女的职场人生和情感经历，或叙写古代架空社会的宫廷斗争和爱情故事，笔调细腻婉转，常常在网络连载后很快得到纸媒出版，或回归传统创作，或成为影视编剧，而江西网络女频作家的大规模涌现则是在2014年以后跨界多元的IP时期。

二、IP时期的江西网络文学

与传统文学分期不同，网络文学发展与媒介技术密切关联，每一次新的媒介技术革命都会带来网络文学的跃升和变革。通常学界认为，2014年后中国网络文学生产已经从原来的手工业时代、工业时代，进入了后工业时代，进入了一个IP（知识产权）时代，"它带来的最大变化是打破了原来的收费模式、打破了所谓的次元之壁"[1]。2003年以来网络收费的追更、订阅、打赏机制既支撑和促进了网络文学的繁荣发展，又在很大程度上窄化和限制了曾经自由多元的网络文学，使其越来越成为一种工业生产的类型，而IP时代的商业模式则打破了原来网络小说收费制度的单一模式。IP商购买网络文学作品，然后进行影视、动漫、电子游戏等跨界开发和销售，IP在本质上是跨界，在IP的导向下网络文学出现生态多元化。IP时代的网络文学创作者不必再拼单一的字数了，而"要拼文章、拼世界观、拼人设、拼故事、拼文笔、拼神格"，他们可以写得慢一点、短一点，关键是要有一个好作品。[2]可见，IP时代的网络文学生产出现了显著的变化。

本时期，江西网络文学进入了一个前所未有的发展时期，PC时代和移动互联网时期的江西网络作家都在更丰富多元的IP时代打造出新的繁荣景观。2017年，胡润公布了原创文学IP价值榜，江西作家今何在、方想、慕容湮儿、贼道三痴等人的作品均在榜上。今何在一直都有明确的IP意识，除了运作《悟空传》系列产品外，还与人合作运营"九州幻想"品牌，力图打造一个全新的、系统的东方奇幻世界。方想的《不败王座》手游改编权的授权拍出810万元，《修真世界》改编的同名2D回合制云端网页游戏，为玩家展现了一个雄伟壮丽、异彩纷呈的仙侠世界。撒冷是国内最早转型的作家之一，也是转型最

---

① 邵燕君：《IP时代的网络文学》，《现代视听》2017年第12期。

② 邵燕君：《IP时代的网络文学》，《现代视听》2017年第12期。

成功的网络作家之一，泛娱乐化的主要推动者之一，代表作品《诸神的黄昏》《YY之王》是网络文学IP化的成功案例。犁天在2015年度福布斯原创风云榜高居前十，是国内玄幻网络文学代表性人物，《三界独尊》曾长期占领QQ书城销售榜首，至今在书城销售总榜排名前三，玄幻类别第一。番茄为阅文集团大神作家，曾蝉联QQ书城点击榜、畅销榜冠军半年之久，荣获2012年腾讯最受欢迎作家、2012年腾讯销售冠军称号，2016年《暗兵》创下阅文集团男频销售纪录，新书《都市圣医》在起点中文网火爆连载。

值得重视的是，阿彩、90后村长、上山打老虎额、纯情犀利哥、净无痕、慕容湮儿、太一生水、天崖明月等一批年轻网络作家的影视、游戏等的IP也倍受追捧。南昌作家阿彩（原名徐彩霞）2009年开始网文创作，中国移动"咪咕阅读"明星作家、新锐文学顶级大神作家，2018年凭作品《盛世天骄》获得第三届橙瓜网络文学奖年度十大作品奖，本人也被评为"百强大神"之一。长篇小说《凤凰错：替嫁弃妃》无线点击量达1.5亿，后来陆续推出的作品《神医凤轻尘》《医妃权倾天下》网络总点击量均超过20亿。上饶作家90后村长（本名张炉）为阿里巴巴签约作家，创作字数过两千万，著有《戒中山河》《绝世武圣》《焚天大帝》《绝世丹神》《三界主宰》《焚天魔帝》等多部大型长篇玄幻小说，曾获第三届橙瓜网络文学奖"网文之王全国百强大神"称号，被团中央录取为旗下青社学堂成员，另出品有五十多部优质有声剧和广播剧，网络总播放量过20亿，其中十八人精品配音的《一纸宠婚》广播剧在掌阅书城拥有53万付费用户，改编成同名漫画，销售火爆，《天才道士》《诡物商人》为腾讯旗下电台畅销榜前十的超人气作品。高安作家上山打老虎额（本名邓健），签约起点大神作家，从2011年开始从事网络写作，累计创作2258万多字，主要为历史小说，著有《荣华富贵》《明朝大官人》《娇妻如云》《明朝败家子》等，获艺恩影视作品IP奖、中国原创文学风云榜最佳改编奖，作品曾入选上海国际电影节中法文化读书活动。新余作家纯情犀利哥（原名吴珍明）2011年开始从事网络文学创作，曾在第二届网文之王评选中位列"百强大神"、第三届橙瓜网络文学奖评选中位列百强大神，代表作品有《异界魅影逍遥》《诸天至尊》《邪御天娇》《一等家丁》《独步逍遥》等，其中《独步逍遥》名列2019年度最具潜力十大动漫IP。南昌作家净无痕（原名李涛）2010年底开始从事网络创作，2017年在第二届网文之王评选中位列百强大神，2018年入选第三届橙瓜网络文学奖百强大神，代表作品《绝世武神》《太古神王》《伏天氏》，其中《伏天氏》名列2019年度最具潜力十大游戏IP。东乡作家慕容湮儿（原名吴静玉）为2017年胡润公布的原创文学IP价值榜单上最年轻的作家，2008年起开始发表作品，著有长篇小说《倾世皇妃》《睥倾天下》《三生三世，桃花依旧》《嫁入豪门》《帝业如画》《江山依旧》等。上高作家太一生水（原名黄煌）2013年在创世中文网发布个人首部玄幻小说《万古至尊》，日销过万，凭借此书一举封神，2018年在第三届橙瓜网络文学奖评选中位列百强"大神"，《天神诀》荣获年度百强作品奖。

此外，上饶作家云中创作的《武侠之神级帝王》《玄幻神级挂逼》《大秦天子嬴扶苏》《天下第一刀》等，多次盘踞飞卢天榜、销售榜位置，2018年至2019年注册上饶市腾云文化传媒有限公司；鄱阳作家残殇（本名徐耿）擅长玄幻和都市小说，曾获第二和第三届橙瓜网文之王全国百强大神称号，作品《绝世神通》常年位居逐浪中文网销售前五，已改编有声在喜马拉雅等平台上线，拥有七百万粉丝数，位列全站玄幻类第一；婺源作家慕如风（本名李秀兰）擅长玄幻、古风题材，创作有《邪王嗜宠：废材二小姐》《邪神狂女：天才弃妃》等，新书《天才丹药师：鬼王毒妃》位列云起签约新书人气榜前三，曾长期占据古言人气周榜；南昌作家纯风一度2012年开始网文创作，笔下IP全面开花，改编的网剧《奈何boss要娶我》在芒果TV和搜狐视频首播，被翻译成26国语言，登上Netflix世界剧集平台热播；赣州作家鸟云，起点中文网长约作者，所作《如来必须败》上架十天内均订破万，首月冲入阅文全平台的Top50，长居仙侠榜单前列，荣获阅文集团2018年仙侠征文亚军，并凭借这部作品成为新一届阅文集团"十二大天王"中的"2018年度仙侠最强新人王"；上饶作家九灯和善为阅文集团大神作家，凭借《超品相师》《超品巫师》二书封神，在起点中文网获得了50万以上的收藏量，并且多次进入月票榜前十，位列2015福布斯中国原创文学风云榜前十代表作；上饶作家天崖明月，创作总字数超一千五百万字，代表作《天才狂医》2013—2015年一直位列QQ书城热销前列，书城销售过百万，全网总点击量过亿，完本时位列创书全平台总销售榜前四十，新书《都市无敌医仙》登录酷匠网后同样火爆。

　　江西虽然是一个经济欠发达的中部省份，但有着悠久的传统文脉和丰厚的地域文化，在新的时代发展机遇下，网络文学发展势头强劲，形成了"70后""80后""90后"甚至"00后""四代同频"的繁荣局面，网络小说类型较为齐全，其中玄幻、仙侠、历史、架空、都市言情等娱乐性质的网文，已经成为网文主流。2019年6月，在新余江西网络文学基地举行的网络文学创作培训研讨班上，有资深网文从业者提出，江西网络文学整体水平已经跻身全国三甲，有评论家更是提出"江西网络文学现象"。随着消费市场的变化和技术传媒的升级换代，我们有理由相信，江西网络文学的未来发展前景更加令人期待。

第二节　方想、安以陌与浪漫烟灰的创作

　　方想、安以陌与浪漫烟灰是江西网络文学创作初期的代表人物。方想（1984— ），原名陈艾阳，江西九江人，2006年毕业于中国民航大学材料化学专业，原起点中文网白金作家，后为纵横中文网专栏作家，代表作有《星风》《卡徒》《师士传说》《修真世界》《不败战神》等，作品以庞大丰富的想象和干净简洁的文笔为人称道，受到千万粉丝的狂热喜爱，2015年2月在中国移动和阅读主办的首届中国"网文之王"评选中，入选最终的网文之王十二"主神"。安以陌（1985— ），原名黄芳，江西南昌人，国际经济与贸易和应用心理学专业出身，2005年开始在网上发表作品，2014年辞去记者工作专职从事创作。她的作品属于治愈型疗伤类，用温暖的笔触书写残忍，为绝望中的人点燃希望，代表作品有《香薰时光之恋》《神偷俏王妃》《陌上云暮迟迟归》等，

已创作《新白娘子传奇》《玉昭令》《星汉灿烂》《月升沧海》等多部电视剧作品，擅长都市爱情、偶像、古风、青春等题材。浪漫烟灰（1984—），原名吴书剑，江西南昌人，酷匠签约作者，2006年开始涉足网络小说创作，2007年开始全职进行网络文学写作，代表作《全职业天才》《少年枭雄》《桃花宝典》《近身武王》《终极全才》《重生之校园威龙》等，曾获看书网最佳人气奖和最佳创意奖。

一、方想：恢宏想象的网络玄幻

方想是网文界备受瞩目的"大神"，凭借恢宏壮阔的想象世界和跌宕起伏的故事情节受到了数千万网络读者的喜爱和追捧。方想借助精神幻想突破现实拘囿，在新奇有趣、波澜横生的虚拟世界书写了一系列底层少年的成长传奇。方想在大学时期就开启了网络玄幻小说写作，最初的《星风》虽然作者本人认为写得不好，但这本书在鲜网人气榜的榜首却待了两个月，这给了他很大的信心，真正为他赢得声誉的是《师士传说》，此后便一发不可收拾，先后创作出《卡徒》《修真世界》《不败战神》《五行天》等网文作品，获得超高的网络点击量，备受网络读者推崇。纵观方想的小说创作，从《师士传说》《卡徒》的科幻类型，到《修真世界》的修真类型，再到《不败战神》《五行天》的玄幻类型。方想不断地开拓着自己的创作领域，对玄幻小说的各种类型与题材进行大胆的尝试，均取得不错的成绩。然而，在各色想象外衣下是恒定不变的叙事主题与投射焦点，方想始终关注底层少年的成长体验，借成长之线有机地串联起架空世界中的各种元素，构建起逻辑整体，与之相匹配的升级体系是其成长蜕变的重要表征。同时，剔除一切繁琐的表达与修辞，利用简洁直白的语言对其进行直白有力的呈现。

虚拟世界的建构是方想玄幻小说最突出的标识，方想凭借恣意纵横的想象力跳脱出现实世界，构建了一个个完全架空的虚拟世界。其内含的运行规则、逻辑体系、思维方式都与现实世界相去甚远。同时，方想并未完全丢弃现实世界，其虚拟世界中人物呈现出的情感与欲望恰恰是现实世界的变相位移。在小说中，方想对现实世界进行架空，凭借想象构筑一个个全新的世界。《卡徒》中的联邦社会是以"卡片"为核心的世界，整个世界的规则与活动均围绕"卡片"展开，薄薄的"卡片"是整个社会运转的依托。人们日常生活中的制热、发光、切割、探测、通信、建设、攻击通过卡片来获得实现。卡片级别的高低和力量的大小象征着一个人的地位、财富和荣誉。那里存在着一群"制卡师"和"卡修"，他们通过"制卡""售卡"获得生存资源，以获得更高的制卡技术为终生追求。根据"制卡水准"的差异，卡修和制卡师分帮建派，因此他们为获得更多的制卡资源、更高的制卡技术而纷争不休。《师士传说》所呈现的是充满未来感与科技感的机甲世界，核能、离子、电磁、超导……所有代表当前人类空间和军事领域的尖端技术都被应用其中，凝聚着尖端技术的机甲与驾驭操作光甲的师士成为星河战场的主角，共同进行着探索星际的冒险活动。《修真世界》中作者借玄幻元素搭建修真体系，各种虚构元素打造了华美瑰奇的修真世界。这些新颖神奇、各具特色的虚拟世界构成了方想小说创作中的独特景观。

　　方想小说中架构的虚拟世界并未完全与现实世界绝缘，现实世界的常规与理性被保留移植到想象架构的虚拟世界里。《卡徒》中，作者刻意避免过分的"金手指"，为人物注入沉着冷静、认真专注、积极向上等优秀品质，为其强者之路加码。维阿与陈暮一路患难与共、肝胆相照的情谊也为冰冷的卡片世界增添了些许人间温情。《修真世界》的主角左莫是被改容抹识的低阶修，贪财怕死是左莫最突出的形象特征。《五行天》中来自旧土的卑微少年艾辉一心渴望通过自身努力成为掌握自己命运的强者。作者对虚拟世界人物的刻画并未远离现实世界，人物身上表现出的世俗欲望与情感恰植根现实世界，是作者对现实世界的选择性截取。精神想象是玄幻小说创作的内在驱动力，方想将自身天马行空的的想象力融于小说中，为读者呈现了一个个新奇有趣、波澜纵横的虚拟时空。另一方面，方想笔下的虚拟人物又深深扎根于现实生活，传递世俗人物的情感与欲望。虚拟世界与现实世界构成玄幻想象的两极，在玄幻小说内部形成了巨大张力。

　　成长叙事是方想小说创作的核心主题与投射焦点。小说中作者常常把主人公设置为不甘平庸的底层少年，某种因缘际会下开启不平凡的人生，凭借超凡的意志与能力实现强者的梦想，完成成长蜕变。在小说中，方想通常运用超长的篇幅和先抑后扬的叙述，完整细致地呈现主人公的成长轨迹。《卡徒》中，陈暮原本只是联邦世界里的无名小卒，居住在联邦政府救济房中，以制作和售卖一星卡为生。陈暮在与一张神秘卡片邂逅后，开始不断历险与逃亡，惊心动魄的逃亡之路为其提供了绝佳的研修机会，随着自身卡修能量不断积累，制卡水平也飞速提高。最终，陈暮成为联邦社会的第一大卡修，改写了联邦社会的历史。《五行天》中，艾辉是来自旧土的卑微少年，走投无路后进入到蛮荒当苦力，成为两千人中幸存的两个人之一，获得破格进入五行天感应场修炼的机会。机缘巧合下，艾辉获得剑胎，后破格入感应场松间派修炼，在经历危机后迅速成长，和昔日队友一起创立了松间派，成为五行天第一剑修，首位雷霆大师。《师士传说》同样讲述了神秘少年的传奇奋斗故事。从小在垃圾星长大的叶重，在一个智能残破光甲的帮助下逃离了垃圾山，进入人类社会。面对着自己一无所知的社会，叶重开始如饥似渴地学习各种知识，经历重重考验后，最终成长为顶级师士。可见，方想笔下的主人公的成长之路充满着青春热血与传奇色彩。

　　作为网络玄幻小说创作者，方想并未一味地迎合读者的快感需求，而是将自己对人生的诸多思考融入主人公的成长叙事中。方想笔下的主人公大多具有鲜明的草根性与平凡性，显赫的出身、强大的财力、过人的天赋等成功的辅助条件均不具备。他们常常在风起云涌、险象迭生的环境中化险为夷、过关斩将，最终成为强者，"勤奋"是其笔下人物成长道路上不可或缺的因素，譬如陈暮、艾辉、叶重等，无不具备专注与刻苦的品质。叶重进入新社会后，像海绵一样疯狂汲取知识，陈暮即便沦为囚徒也悉心进行着技术的钻研，艾辉对来之不易的修炼机会倍加珍惜，刻苦修炼。叶重们即便对成功有着极强的渴慕，但没有急于求成，而是厚积薄发，追求能力与实力的稳步提升。这些主人公的成功道路无一不印证了"天道酬勤，大道至简"的儒家传统思想。作者笔下的虚拟世界往往纷争不朽，危险重重。弱肉强食、适者生存是唯一的生存之道。少年成长道路上的坎坷与挫折在这里得到了夸张式的呈现。小说中的主人公往往凭借超强的务实精神与学习能力在九死一生的险境中发现机遇，化险为夷的同时汲取经验教训，完成自身实力的递增，有效地避免成长之殇。作者将自身生命的体味浸润在主人公的成长叙事中，借主人公的成长体验与成功之路传达自己对人生的思考。

方想在小说中将成长叙事置于虚拟的异域时空背景下，少年的个体能力、青春的无限可能、成长的曲折艰辛、梦想的执着追寻在小说中得到无限放大，构成小说的叙事魅力。他通过理想色彩浓厚又不乏逻辑合理性的成长轨迹讲述少年个体的不屈奋斗与成长蜕变。升级体系是网络玄幻小说最重要的架构，如同职场小说中的科层体制。升级体系通常由指向人物能力的具有吸引力的玄幻元素构成，等级设定与成长主题紧密勾连，共同推动小说叙事的展开。方想小说中的升级体系各具特色。在《五行天》中，等级有五府八宫、内元、外元、准大师、大师、宗师。在《修真世界》中，等级体系较为复杂，修者、妖、魔三者均有各自的境界等级，并且三者等级体系之间又互有对应。《卡徒》中，卡片也有清晰的等级设定：一星、二星、三星、四星、五星、六星、七星。在小说中，升级体系与主人公的成长蜕变相伴而行，是由始到终贯穿全文的存在。主人公在等级体系上攀升是其成长的外在表征。通常主人公出场时大多无法进入升级体系，或是位居升级体系末端，如《卡徒》中的陈暮最初只能制作一星卡，《五行天》中的艾辉也仅仅是刚获得进入五行天修炼的资格。走出原初，开启逆袭，随着升级体系的展开，主人公的能力及其在升级体系中的位置不断攀升。当主角在体系中升至最高级时，其成长便告完成。升级体系是玄幻小说中虚拟世界架构的关键所在，是整个虚构世界中运行规则和主要活动的基础，是小说人物的日常生活和精神世界的追求所在，等级体系也是文章隐形主线，与主人公的成长蜕变相伴而行。

方想小说中干净简洁的语言风格一直为网络读者所称道。欧阳友权曾说网络小说"弃雅随俗、屈尊随众，用大众化、生活化、平庸化的姿态和语言，展示普通人最原始、最本色的生活感受，显示出平民的亲和力和平凡的亲切感"①。在网络世界深耕多年的方想当然深谙这一网络叙事之道。方想在其创作中尽量避免深奥繁复的长句，多用通俗易懂又简单明了的短句。《卡徒》多次出现的对联邦政府相关机构的介绍中，没有任何修饰性的词语，简单直白地对天攸联邦的六大学府进行介绍，短短几十字，简明扼要地将信息呈现给读者。《五行天》的开头，三言两语将艾阳在蛮荒的勤奋修炼传达出来。方想在网络叙事中摒弃了传统文学对语言"陌生化"的追求，人物对白多由直白清晰的口语与人们熟知的一些俗语构成。方想在大量的描述性话语中刻意减少修辞的使用频率，利用直白的语言直接对事物的外形或状态进行直观呈现。显然，作者在语言方面更多的是功利性的追求，在快节奏和碎片化的现代生活中，直白浅显的叙事话语更能促使读者建立与文本的直接联系，无须花费耐心与精力去揣摩语言的深层内涵，从而最大程度地为读者输送更多的阅读快感。综上所述，极具张力的幻想世界、不屈少年的成长叙事、严谨完整的升级体系、干净简洁的叙述语言构成了方想小说的艺术特质。

二、安以陌：历史与爱情的穿越想象

安以陌被誉为"疗伤治愈系言情小天后"，2005年开始在晋江文学城连载小说，至今已完成数百万字的小说连载，出版多部网文作品。安以陌的早期网文创作以古代言情小说为主，故事的基本模式是宏大主题下的爱情叙事。作者借助穿越叙事与历史想象，让女性走进历史中心地带，实现对男权历史的解构，为女性历史书写助推和参与历史提供可能性与合理性。2004—2005年，金子的《梦回大清》、桐华的《步步惊心》、晚晴风景的《瑶华》三部穿越小说先后在晋江文学城发表，凭借新颖有趣的情节和丰满立体的人物受到广大粉

---

① 欧阳友权：《论网络文学的平民化叙事》，《中南大学学报》（社会科学版）2004年第2期。

丝读者的喜爱和追捧。这三部作品的迅速走红也引发了"穿越小说的创作狂潮"，一时间，网络上出现了大量的穿越小说。安以陌的《清梦奇缘》《时空错之锦凤成凰》《神偷俏王妃》《香薰时光之恋》等也因势而生。

安以陌在其古代言情创作中通常采用女性穿越叙事。现代社会的女主人在机缘巧合之下实现时空转换，回到古代社会，故事情节随之展开。现代社会的女主人公在时空转换中实现"身体位移"或"灵魂位移"，进入古代社会，获得新身份与新生活，开启一段异时空之旅。穿越后的女主人公往往身份高贵、面容姣好，凭借现代社会的智识轻而易举赢得智慧的美名。甚为出众的才貌加之特立独行的性格为其获得多位翩翩公子的爱慕与垂青，女主角往往会选择同样出色的男子开启一段爱情历险。女主角凭借过人的智慧与胆识，在重重险境中披荆斩棘、勇往直前，助力男主角成就一番伟业。自身也在一波三折的经历中收获成长，完成逆袭。长久以来，中国社会以男权为主导，中国女性一直被压抑在历史地表之下，作为男权话语体系下的附属品而存在。在安以陌的网文创作中，作者借助想象对中国古代社会进行理想化改造，满足女性要求进入历史、参与历史的诉求，在历史与爱情的双重想象中赋予女性浮出历史地表的权利，打破传统历史中女性的失语状态，对传统的男权历史进行颠覆与解构，实现两性对历史共同的参与与建构，并以感性化的女性视角对庄重严肃的历史进行另一番言说与演绎，完成女性对历史的书写。

中国传统历史长期被男权所侵占，被压抑的女性无从获得历史的言说与参与。在安以陌的古代言情小说中，作者别出心裁安排女主人公在机缘巧合下进行时空转换，通过"穿越"的叙事策略，将想象植入历史之中，为历史的解构与虚构提供了可能性与合理性。安以陌在小说中自觉摒弃了传统历史书写中的男性视角，借助穿越叙事策略让现代女性走进第一历史现场，实现历史的助推与参与。《清梦奇缘》中，作者利用想象让康熙的皇后赫舍里"浮出历史的地表"，对其音容相貌与生活细节进行了历史再现与重塑，并彰显了其对康熙稳固朝局的助力作用。电影学院表演系一年级的芳儿在孤儿院长大，为人善良，却做事迷糊。为了筹集学费她到处跑龙套，却意外撞破了国宝失窃案。因为追逐小偷，遭遇车祸，直接由21世纪穿越到三百年前清康熙时期，成为满清第一美人，索额图的侄女赫舍里·芳儿，并由太皇太后赐婚，嫁入宫中，成为康熙的皇后。拥有现代智识的芳儿在皇宫特立独行，得到康熙的欣赏与爱慕，并亲自见证和参与了康熙时期的一些重大政治事件，凭借自身拥有的现代思维以及对历史的掌握为康熙稳固朝局，做出了重要贡献。《时空错之锦凤成凰》中，作者则将一个国家的兴衰直接与一位女性联系起来，让女性成为历史的中心人物。故事一开始便赋予女主角神秘的身世，通过一个赖头和尚点破女主角与国运之间的关系。而后，女主角小锦实现时空穿越，成为祁朝首富独孤家的三公子独孤锦凰，肩负起帮独孤老爷洗刷冤屈的重任，在搜集证据的过程中，卷入皇权斗争，真正成为影响历史的关键人物。作者在天马行空的历史想象下，推翻了千百年来横亘在女性与历史之间的大山，在女性与历史之间建构起密不可分的关联，刻意突出女性在历史形成与发展中的重要作用，与传统男权历史中对女性的压制与否定形成冲击，直接扭转了女性在中国历史上的失语状态。安以陌在其创作中借助穿越的叙事策略与天马行空的想象对传统男性历史书写进行了大胆的颠覆与解构。作者突破现实的拘囿，对传统历史书写进行改写，寻求女性诉说和参与历史的可能性，有力地冲击与讽刺对传统男性历史书写的固化模式，表达女性群体对长久以来女性在历史书写中的空白状态的不满。

在安以陌的小说中，女主人公以女性视角对历史讲述也呈现出与男性历史书写截然不同的起点。情爱书写成为小说表达的核心内容。借助想象从女性视角出发对男女两性关系进行了重新设定，对古代社会的情爱故事进行了重新编排与演绎。小说中作者自觉摒弃了传统男性历史书写民族国家等宏大主题，将主要目光投射于传奇的历史爱情。安以陌古代言情小说的实质是宏大的历史叙事外衣下的个体情爱狂欢化叙事。在《清梦奇缘》中，作者设定了宏大的叙事框架，引入真实的清康熙时期的历史作为故事发展的背景，赫舍里皇后、纳兰容若、康熙皇帝、孝庄太后、鳌拜等这些历史上真实存在的人物也均在其中。作者对于真实历史的重要节点与走向也秉持基本的遵循。在宏大的历史叙事之下，演绎的并非朝堂风云，也非盛世景象，而是康熙皇帝与皇后赫舍里·芳儿

的爱情故事。作者通过虚构，付诸大量笔墨对赫舍里·芳儿与康熙的爱情故事
进行了想象填充，完整且细致地演绎了两人的情感纠葛。小说较少涉及正史上
关于康熙年间发生的重大历史事件。即便提及，也是为男女主人公的感情发展
推波助澜，满足故事情节发展的需要。《清梦奇缘》中鳌拜和苏克萨哈的斗争
沦为康熙皇帝与赫舍里·芳儿的谈资，仅仅几句话就将这一历史事件带出场，
皇后赫舍里·芳儿仅以一则现代社会的小故事就为康熙指点了朝堂上的迷津，
平复了这番庙堂风云，康熙对赫舍里·芳儿进一步倾心。作者极力突出的是此
事件对康熙与赫舍里·芳儿感情所造成的影响。真实的历史事件被边缘化为小
说中的叙事幕景，成为爱情故事的陪衬。《时空错之锦凤成凰》的故事背景是
架空历史，内容涵盖性更为广泛，集国仇家恨、官场权斗和宫闱秘事于一体，
但男女主人公的爱情仍是小说中不容忽略的核心内容。与《清梦奇缘》不同，
《时空错之锦凤成凰》中还融入了武侠、血腥等元素，进一步将历史推向虚
无。在小说中，历史失去了本身的庄严与宏大，作者显然刻意将历史事件进行
削弱，将其置于叙事的边缘地带，留足空间让女主角的爱恨纠葛被推置舞台
中心尽情地演绎。作者在女性对历史的感性体验中瓦解了传统历史的神圣与
庄严。

　　在中国古代男尊女卑的社会中，男性可拥有三妻四妾，女子则被要求从
一而终。两性关系严重不对等。安以陌在小说中利用虚构打破了传统历史中男
尊女卑的性别秩序，对于古代社会的两性关系进行了理想化的建构，演绎了相
互奉献、彼此扶持、激情饱满的理想情爱书写。安以陌小说中的情爱书写往往
采用"一女+多男"的模式。女主人公通过时空穿越由原本平凡柔弱的小女子
变为出自名门、才貌双绝的古代女性。甚为出众的才貌加之特立独行的性格为
其获得多位翩翩公子的爱慕与垂青。《时空错之锦凤成凰》中穿越后的小锦得
到祭祀碧落、将军谨风、皇子珏的倾心与爱慕。女主角会秉持独立精神与现代
意识大胆追求与选择恋爱对象。其他爱慕者仍然一腔痴情，做其守护者，为其
提供无微不至的帮助。而男主人公与女主人公在确定恋爱关系后，将"一生一
世一双人"作为终生的爱情信条，绝不违背。在安以陌的小说中，女性成为两

性关系中的主导者，对两性关系的建立掌握着主动权，男性渴望得到女性的认可与挑选，甚至甘心将自己的生活置于女主角的生活的附属地位。另外，在男女两性的情爱中，女性往往拥有巾帼不让须眉的胆量与气魄，凭借着智慧与谋略成为男性成功之路上的得力助手，助其成就一番伟业。"挂科皇后"小锦穿越后凭借专业知识入主太医院，凭借智慧屡破奇案，成为万民爱戴的提点刑狱司，并出色完成为独孤老爷洗刷冤屈的任务。《清梦奇缘》中赫舍里·芳儿则凭借自己的先知和智慧，为康熙化解朝政难题，助其成就伟业。女性凭借自身的才干对历史进行介入，与男性实现对历史的共同参与，构成了对男尊女卑的大胆挑战与反叛，表达了女性内心对传统社会性别秩序的不满。作者通过爱情想象对女性历史进行了虚构书写。作者刻意抛弃对传统历史书写的主题，将女性视角下历史感性体验作为历史书写的主角，突破了传统历史书写的认知。同时，在情爱叙事中，颠覆了传统男尊女卑的性别秩序，将女性作为情爱中的核心位置，改写了女性的附属身份与卑微地位，消解了男性在两性关系中的权威感，为女性在历史中寻求了合理的身份与位置，在爱情想象中完成女性历史的虚构书写。

安以陌的历史与爱情想象并不只是上述穿越类型。《神偷俏王妃》以第一人称视角讲述了既是小偷又是王妃的主人公在皇宫里斗智斗勇的故事。"我"虽然胆小怕事，但却为了心爱的人远去沙漠，用整个生命去爱一个人。"我"表面上有些傻头傻脑，总是把"吃"和"偷"奉为人生最高追求，但实际上机智伶俐，第一次见皇帝，趴在地上结结巴巴地说："我、我、我给皇帝大老爷磕个响头……"用诙谐方式一下把严厉的皇帝逗乐了，化险为夷。作者以轻松俏皮的语言刻画了一个令人捧腹不已的"神偷俏王妃"的形象。《陌上云暮迟迟归》则属于都市言情类型，讲述了年轻女记者安以陌与云暮寒、陆韶迟等之间纷扰不断的情感故事。初入职场的安以陌发誓要调查出当红天后金恩彩的神秘男朋友，然后离开报社。不料在调查中，安以陌却发现天后的神秘男朋友竟然是自己六年前不告而别的初恋情人云暮寒。她不知是该出卖前男友发布这条新闻，还是装成不知道躲得他远远的。当安以陌陷入纠结中时，云暮寒却不愿善罢甘休，一步步逼近安以陌，决定好好教训这个六年前背叛自己的女人，于是又引入了另一位男主陆韶迟。安以陌的都市言情小说同样也是以轻松幽默的语言，细腻完整的故事，配合积极向上的寓意，演绎一段时光赋予的青春传奇。《香薰时光之恋》则主要讲述了一位身世神秘的少女浅草薰，为了实现在普罗旺斯有一座属于自己的薰衣草花田的梦想，十八岁离开修道院，只身来到欧洲，机缘巧合下，应聘到一家时光旅行馆，为解救一个被天神诅咒的灵魂，拾起被时空遗忘的真爱。她带着时光石，穿越不同的时间、不同的国度，直到那片枯萎的薰衣草花田盛开，拾回遗失的真爱，身世之谜才最终解开。一幢坐落在伦敦唐人街的神秘古堡，一片枯萎的薰衣草，一位身世神秘的少女，随时光穿越旅行，从古到今、从中到外地经历奇遇，展开了一段段荡气回肠、缠绵悱恻的爱情。"这里的繁华超越了上海的十里洋场，淡出一种时光的味道。看着舞池里翩翩的男男女女，如同看着一场旖旎的老电影。音乐声起伏，那些画面由黑白转入彩色，就仿佛拉开的记忆般，清晰光耀。"安以陌说，"形容词与华丽并不能证明写作的功力"，她"开始迷恋凝练的文字"，这种对语言和审美的要求已远远超越了向来随意枝蔓的网络写作。

三、浪漫烟灰：虚拟想象中的权力与情爱世界

在网络类型小说中，玄幻、奇幻、仙侠、修真等幻想类题材一方面"不受物理时空的制约，少有人间烟火的生活逻辑掣肘，对创作者的生活阅历和社会评判力的要求相对较低"，另一方面受到"内容至上、故事压阵、长篇续更的'爽文'导向"等网络文学规制的激励，因而一度形成"玄幻满屏，一家独大"的境况。①作为酷匠签约作者，浪漫烟灰的《全职业天才》《少年枭雄》《桃花宝典》《近身武王》《超级基因》《终极全才》系列作品，主要利用想象虚拟现实之外第二空间，为个体的权力欲望与情爱欲望的尽情释放谋得可

---

① 欧阳友权：《新世纪网络文学创作的四大走向》，《学习与探索》2020年第8期。

能，通过标榜少年个体另类成长体验的合理化，给予各类欲望象征性满足与实现。浪漫烟灰的《重生之校园威龙》《少年枭雄》属于玄幻小说中的黑道小说。作者将男性的权势欲望、情爱欲望注入到虚拟世界的主人公身上，且对欲望进行集中性夸张性的呈现。文本中的世界是作者想象虚构的，作者根据创作需要对这个世界的规则进行了设定。简单粗暴的"弱肉强食、强者为王"的丛林法则被人们不约而同地信奉遵循，对社会与个体行为起到约束与管制作用的法律和道德完全处于缺失状态。法律所禁止的打架斗殴、杀人越货行为变得理直气壮。显然，传统的正义与美德已经不是小说作者所要表达传扬的，欲望的肆意宣泄与满足才是作者和读者所需要的。

浪漫烟灰将少年对权力的追求与少年的成长体验并置，在主人公成长叙事中体现权势对男性的强大诱惑力。浪漫烟灰笔下的主人公大多是十七八岁的青春少年。从《少年枭雄》中的王萧，到《重生之校园威龙》中的陆云青，他们无一例外都拥有着超强的学习天赋，是老师眼中的天才学生。《重生之校园威龙》中，铁血特工苍龙在执行任务中死亡，后重生为陆云青。陆云青凭借前世特工的知识储备在新学校的首次考试中，获得了全校第一名。《少年枭雄》中的王萧是老师眼中的尖子生。除此之外，这些少年身上还有着超出同龄人的野心与欲求，他们要建立自己的权势范围。十七岁的陆云青在出场之初，为了讨母亲开心，就许诺明年将天南市黑道的半壁江山收入囊中，作为母亲的生日礼物。而王萧则凭着自己的年少轻狂，以及沸腾的热血、单薄的身影在血雨腥风的黑道里轻狂地摇曳这些少年这些"超级学霸"并未按部就班进入大学深造。而是毅然决然地离开学校，放弃传统的成功模式，开启另类的成长之路。主人公离开校园进入社会后，便开始权势范围的扩张与征服，这个过程中主人公往往攻无不克战无不胜，最终战胜所有对手，成为具有世界影响力的人物。主人公对权力的追求在长时间内获得不断地满足。《重生之校园威龙》中十七岁的陆云青在学校创建苍龙帮。进入社会后，带着苍龙帮在黑道打拼，不断战胜所有对手，最终成为世界级的帮派。而这个帮派的缔造者，陆云青也成为各国政要的座上宾，一举一动都能够影响世界格局的人物。《少年枭雄》的王萧也是将自己的帮派从毫不起眼，发展到具有世界影响力的帮派。自己也成为具有世界影响力的人物。为了彰显权势的强烈追求，实现欲望的高度满足，作者甚至违背现实科学与常识夸张地虚构情节。比如，陆云青带着一帮学生，在短短两个小时之内，冲下了云县十七个厂子。这种情节夸张而荒谬，超出本身的逻辑真实性，而读者却能在"意淫"中获得欲望满足的快感。

浪漫烟灰笔下的男主人公在实现权欲追求的过程中同时完成对美色的征服。作者往往赋予主人公强大的个性魅力，然后身边有无数美女，这些身边的美女都会被主人公所征服，死心塌地地爱着主人公。《重生之校园威龙》中的陆云青身边的林小艺、李乙菲等女性都对其有爱慕之心；《少年枭雄》中的王萧亦是如此，他同时娶了一路追随自己的校花黄佳和爱慕自己的教师林雨薇，还受到多名女性的爱慕。《至尊少年》中的秦辰因一次偶然奇遇而有了过目不忘的本领，青春可爱的钟羽馨、性感妖媚的林彤萱、端庄贤惠的丁梦芸都爱上了他，秦辰甚至当着她们的面得意地说道："从现在开始，这三个姐都归我，一个老婆，一个情人，一个二奶。"浪漫烟灰从男性角度对这些女性进行了塑造，对男性表现出高度的奉献与包容精神。她们往往长久地保持着对男主人公一心一意的钟情与爱慕，全无任何私心与杂念。男主人公是她们生活的方向与动力，她们将其作为自己生活的重心。而这些女性也全无普通女子之间的彼此嫉妒与厌恶的心理，即便与其他女性共同分享男主人公的爱，也心甘情愿。甚至在关键时刻，这些女主人公会通力合作，同心辅佐男主人公成就辉煌事业，分享他的荣耀。在危难之际，愿意放弃生命成全男主人公的大业。同时，这些女人也非常识趣，总在该出现的时候出现，从不对男人的事业造成困扰，男主人公也无需花费过多的脑筋和精力来处理这些关系。

对于玄幻小说而言，只要能设置"打怪升级换地图，废柴逆袭金手指"的曲折故事，就可以让开心解颐的玄幻情节无限延伸下去，写手沿着"套路"续更，读者循着"爽点"跟读，读与写相互依存又互为制约，便成为玄幻类小说大行其道的基本生态。①《至尊少年》中，一次偶然奇遇，秦辰获得了过目不忘的本领，他的人生也随之发生翻天覆地的变化，开始酣畅淋漓地逆袭人生，从此吊打高富帅，迎娶白富美，漂亮美丽的校花、成熟妩媚的美女老师、冷酷的黑社会大姐大、调皮活泼的小魔女、酷酷的美女警花、刚刚出道两三年的大明星等，都成为他的"囊中之物"。《重生之校园威龙》中，陆云青带着一干热血少年，从校园开始，卷起一路风云，傲视群雄，纵横天下。在此期间，单纯小学妹、温柔女教师、暴力霸王花、懵懂小萝莉、冰霜女杀手等等各式各样的美女接踵而至，让他的铁血生涯平添了无数的柔情岁月和暧昧风光。《少年枭雄》中，王萧表面上是美女导师杨雨微眼中的好学生和好男友，但背后的身份却是一呼百应、只手遮天、令天下众生闻之动容的一世枭雄。没有任何家世的王萧，凭借着年少的轻狂，以及沸腾的热血、单薄的身影在血雨腥风的黑道里轻狂地摇曳，终于，有一天，他蓦然回首之时，发现自己所站的高度，足够俯瞰天地。《终极全才》中，三流中医大学学生林天成和手机合体之后，一个手电筒应用，便能让林天成拥有夜视透视能力，从此成为所向披靡、无所不能的"终极全才"。《最强全才》中，林北凡记忆丢失，在酒吧里面浑浑噩噩度日，却得到一块来自未来的手表，手表里面囊括了整个地球位面的一切文明，只需要林北凡一个意愿，他就可以随时召唤出一种他想要的技能。只需要有这块全技能召唤手表，林北凡可以成为任何一个职业的巅峰级大师。

浪漫烟灰的网络玄幻小说，集都市生活、恩怨情仇、青春校园、异术超能和都市重生于一体，通过虚拟想象所构建的权力与情爱，和读者的心理需求相对接，使读者在阅读过程中产生强烈的代入欲望，通过文本阅读，读者在现实生活中压抑的无法实现的欲望获得精神层面的放纵与满足，体验到突破一切禁忌的快感。浪漫烟灰网文写作的纵欲化倾向显然与传统文学的创作追求背道而驰，但这并未阻碍其所创作的玄幻小说在新世纪的流行，究其背后原因是多方面的。网文写作是一种商业化的文学形式，玄幻小说创作在商业化模式的推

---

① 欧阳友权：《新世纪网络文学创作的四大走向》，《学习与探索》2020年第8期。

动下有着直言不讳的功利化写作趋向，极力迎合读者的审美情趣，最大化满足读者的阅读期待。尽管网络文学创作旨在为现代消费读者提供一个暂时逃离现实世界、寻求欲望释放、缓解精神压力的心灵驿站，而非承载深刻社会功能和导向作用，但作为网络作家应该要有一定的自觉意识，不能完全沦落为市场的"奴隶"，既要创作出精彩的故事，吸引读者，也要承担文艺传递真善美的责任，在使读者产生审美愉悦的同时也能带来思想启迪。

第三节　阿彩、池灵筠与纯情犀利哥的创作

阿彩、池灵筠与纯情犀利哥是江西网络文学创作的后起之秀。阿彩（1987— ），原名徐彩霞，江西南昌人，2009年开始网文创作，中国作协网络文学委员会委员，中国作协会员，中国青年联盟委员会委员、江西省青年联盟委员会委员，江西省网络作家协会副主席，南昌市作协副主席，南昌市网络作家协会主席，中国移动"咪咕阅读"她力量明星作家、新锐文学顶级大神作家。在2018年凭作品《盛世天骄》获得"橙瓜网络文学奖"年度十大作品奖，她本人也被评为"百强大神"之一，代表作有《九杀》《弧凰》《盛世天骄》《凤凰错》《神医凤轻尘》《帝医风华》等。池灵筠（1986— ），原名贺璞，笔名贺贞喜，江西萍乡人，毕业于南昌航空大学，曾先后就职于韩企、IT公司，从2007年开始创作长篇小说，已出版《惑世姣莲》《桃妆》《桂宫》《云仙血》《画瓷》《宫砂泪》等多部言情作品。2013年后转型现实主义题材创作，已出版长篇小说《双栖蝶》《鸳鸯茶》，发表短篇小说多篇。纯情犀利哥（1989— ），原名吴珍明，江西新余人，中国作协会员，江西省网络作家协会副主席，江西省青联委员，新余市网络文学委员会主任，曾在第二届网文之王评选中位列"百强大神"、第三届橙瓜网络文学奖评选中位列百强大神，小说总点击量超过20亿，代表作品有《魅影逍遥》《诸天至尊》《武映三千道》《一等家丁》《独步逍遥》等。

一、阿彩：网络时代女性视角下的爱情乌托邦

早期网络言情小说受传统审美标准的影响，总是喜欢塑造柔弱善良、温柔纯洁的"白莲花"，她们往往有着得天独厚的优势，如若不是高贵无尊的公主，那也是倾国倾城的"灰姑娘"，都等待着王子的到来。这实际上满足了男性对异性的幻想，也体现出早期女性的自恋情结。早期的网络言情小说虽然以女性为目标阅读群体，但实际上在人设方面仍将女主角置于"被看"的地位，女性读者在一定程度上也甘之如饴。然而，一旦柔弱可欺的"灰姑娘"已然无法使女性读者产生代入感，大多网络言情小说作家便及时跳脱出风格雷同的模式化写作，将"被看"地位中的女性角色转换成"我看"，阿彩就是其中的一位。她曾在一次访谈中明确表示："我的小说是写给女性读者看的，这是我对自己作品的定位。"①她基于女性的审美经验赋予女性角色独立、聪慧、坚韧、强大等优点，并细致刻画女性角色的内心情感世界，体现了当代女性主体意识的觉醒。

阿彩笔下的女主角虽然设置了较高社会地位与较强身份背景，但几乎都是开篇就经历别人的设计与陷害，遭受众人的羞辱与嘲讽，一朝跌入万劫不复的境地。《下堂王妃》中的秦知心穿越不久便惨遭未婚夫退婚，接着便被推给了那因意外而终日躺在床上的三皇子，在新婚之夜独守空房。《替身王妃》中的小七是冷宫弃妃的女儿，比奴仆还不如的她因公主身份，被指派代替高贵倾城的姐姐嫁给传闻中冷酷的陌生王爷，此后更是悲惨，她连公主的身份也失去了，真正变成了一个任人奚落、践踏的侍女。《帝凰之神医弃妃》中的凤轻尘本为当朝七皇子的未婚妻，因被爱慕七皇子的敌国公主设计陷害，在大婚当天衣着不整地流落城外，全城人都以为她已经失去贞洁，一时间背上了刻骨的耻辱。《凤凰错：替嫁弃妃》中的东方宁心本是先帝钦点的皇后，却在容颜半毁时被一纸圣旨由后变妃，远嫁给冷酷残暴的雪亲王，新婚之夜便被赶入马厩。

---

① 周志雄、阿彩等：《我的小说是写给女性读者看的——网络作家阿彩访谈录》，《网络文学评论》2018年第1期。

《帝医风华》中的顾千城本是尊贵的顾国公府的嫡长女，却在成亲当天被未婚夫赵王世子拒娶，赵王世子当场要求更换新娘，并对顾千城百般羞辱。被抛弃、被唾骂、被羞辱，向前没有出路，向后没有退路，她们都面临着漫天恶意，却只能孤独一人应对。

女主们如此悲惨的遭遇让人不禁责怪阿彩的冷酷，可随后"触底反弹"的诸多情节却彰显了阿彩的良苦用心。秦知心虽被嫁与身中寒毒的晗王，可是却没如奸人所愿，她替他逼出了寒毒，在全家发配边疆仅她一人逃脱的情况下，她也能积极谋生，独立生存；小七在历经千难万险后，成为武林中人人追捧的神医，洗刷了自己的刻骨耻辱；凤轻尘逃离皇宫后，利用自己的医学知识悬壶济世，也凭借着自己的能力和"智能医疗包"破解谜案，令他人刮目相看；东方宁心揭开身份之谜，她的聪慧与机智令人忘却容貌上的缺憾，待重生后更是惊才绝艳、傲视天下；顾千城在七夕宴绽放无双风华，得知被男主利用后她便起兵造反，毁了他的帝王之路。比起早期言情小说里柔弱善良的"灰姑娘"，她们没有等待那虚无缥缈的王子的拯救，反而有仇必报、恩威并施，靠自己的智慧与人格魅力让人赞服，展现出了女子的独立性和主体意识，"置之死地而后生"的情节设置使读者在获得阅读快感的同时感受到阿彩小说的叙事张力。

阿彩曾说："看我的作品就知道，我更擅长写古代小说。"[1]她的古代题材小说基本上带有三个标签——言情、穿越、宫斗，其中言情是小说的主线，穿越情节又使爱情桥段在古今对比中碰撞出耀眼的火花，作者的爱情观念在强烈的矛盾中得到清晰彰显。言情作为小说的叙述内核，渗透着阿彩理智健康的爱情观，为青年女性读者提供了正确的价值观导向。首先，古今爱情观念的最大冲突在婚恋观方面。现代人倡导"一生一世一双人"的婚恋观念，若是有一方移情别恋或者出轨，那么将为世人所不齿，而古代却只对女性讲究"忠贞"二字，地位较高的男性无不拥有三妻四妾。穿越至古代的现代女主不可避免地遭遇到传统婚恋观

---

① 周志雄、阿彩等：《我的小说是写给女性读者看的——网络作家阿彩访谈录》，《网络文学评论》2018年第1期。

的打击，她们是顺应时代的观念做出妥协还是坚持自己的态度？阿彩通常选择的是后者。《下堂王妃》中，男主角轩辕晗娶女主角秦知心之后，又迎娶娇美可人的郑怜心做侧妃，并且故作恩爱之态，企图引起秦知心的醋意，来明确她对自己的爱情，而秦知心的表现却令他们大失所望。"看着眼前旁若无人的二人，秦知心连看都不看一眼，只是静静地喝着自己的茶，吃着盘中的点心"，并看着哭哭啼啼的郑怜心说："郑国公的家教不过如此，晗王的侧妃，也不过尔尔。"说完便转身离去。鉴于古代传统男权统治的强大，她并没有能力阻止丈夫纳侧妃，但她既没有做出小女儿姿态来恳求丈夫，也没有卑微接受这份爱情的耻辱，无论内心多痛苦，她始终没有丧失女性的自尊自爱，保持着身为现代女性的独立精神和主体意识。其次，阿彩笔下的小说虽以爱情作为叙事主线，但在男女主人公心中爱情却不是排在第一位的。阿彩曾这样评价过她笔下的男主人公："他们为爱情付出，却不会为爱情折去羽翼。就如同我笔下的女主人公一样，爱情是人生的一部分，不是全部。"①《下堂王妃》中，轩辕晗为了政治利益在秦知心母丧期间迎娶其他女人；《帝凰之神医弃妃》中，九皇子为了争夺皇权而算计与利用凤轻尘；《凤凰错：替嫁弃妃》中，雪天傲最初也只是利用东方宁心达到自己的目标。可以说，阿彩持着客观理智的态度来描写爱情的发生及发展，她没有将爱情理想化，反而书写了男性以事业为重的现实与爱情的脆弱易折。当然，阿彩笔下的女主角也不是爱情的傀儡，她们有勇有谋、多才多艺，还有一技之长如医术，当她们坚信的爱情变成一场闹剧时，她们也能干脆利落地转身离开，利用自己的学识与智慧闯出属于自己的一片天地。因此，也难怪会有读者疑惑自己看的小说是"假言情，真宫斗"。阿彩将成熟理智的爱情观投射进小说里面，展现了现代女性抛却爱情附庸的身份，转而为事业奋斗的自强精神。商业化写作并没有改变阿彩小说设置的爱情初衷，作者并没有顺应女性普遍的自恋幻想而设置男主人公死缠烂打的情节，而是让男女主角在相处中，甚至针锋相对的过程中慢慢彼此吸

---

① 周志雄、阿彩等：《我的小说是写给女性读者看的——网络作家阿彩访谈录》，《网络文学评论》2018年第1期。

引。她说："爱情本来就不是一个人的事，两人互相有好感才会走到一起。"①
因此，在阿彩小说中我们鲜少发现女主角被男主角感动而在一起的情节，她们往
往是被男主角身上的夺目光彩所吸引而接受追求或者主动追求。这种健康的爱情
观尊重了男性和女性同样作为爱情主体的尊严，展现了爱情中平等积极的两性
关系。

　　"真实可感"与"乌托邦"本是两个互相矛盾的概念，但是阿彩的小说
却将它们完美地融合在一起。一方面穿越题材的小说是不可能实现的幻想，而
另一方面阿彩坚持不懈地从现实中取材又增加了文中情节的可信性，于是爱情
"乌托邦"便蒙上了一层现实面纱，变得"真实可感"起来。小说完结后，许
多读者坚信书中的男女主角在那个虚幻的世界里幸福快乐地生活在一起，阿彩
的"造物"能力可见一斑。弗洛伊德认为："一个幸福的人从来不会幻想，幻
想只发生在愿望得不到满足的人身上。幻想的动力是未被满足的愿望，每一个
幻想都是一个愿望的满足，都是一次对令人不能满足的现实的校正。"②女性
进入社会工作是主体意识觉醒的重要表征，可同时也会带来职场和家庭的双重
压力，现实生活的焦虑使女性作者通过描写另一个时空以实现梦想，女性读者
也通过另一个时空故事的圆满而获得精神上的释放与满足。阿彩在谈及走上网
络文学创作道路的原因时说："那时候刚工作……工作压力大，每天都觉得好
辛苦，很想要逃离。那时候过得十分压抑，找不到排解的渠道……看各种小
说，从小说中找乐趣，释解工作带给我的压力。"③写完第一部美好结局的网
络小说后，她表示"圆满"了。因此，她笔下穿越到古代的女主人公拥有一切
美好的特质，譬如有勇有谋、坚韧独立、才貌双全等，这实际上也是现代女性
在现实生活中面对压力时所需要的性格因素。当现代女性读者将自己代入到阿

---

① 　周志雄、阿彩等：《我的小说是写给女性读者看的——网络作家阿彩访谈录》，《网络
文学评论》2018年第1期。

② 　弗洛伊德：《精神分析引论》，高觉敷译，商务印书馆1986版，第252页。

③ 　周志雄、阿彩等：《我的小说是写给女性读者看的——网络作家阿彩访谈录》，《网络
文学评论》2018年第1期。

彩笔下的世界时，她们暂时摆脱了现实身份的限制与道德伦理的束缚，在虚幻的爱情世界畅游中获得愉悦快感与代偿性心理满足。

小说的"真实可感"主要得益于充足的前期准备工作与"不干涉"的创作思想。阿彩大部分小说的女主角都掌握着出神入化的医术，文中涉及施展医术的情节都描写得特别专业，甚至让人怀疑阿彩是医生，对此阿彩解释道："我没事就往医院跑，熟悉各科室，找学医的同学问医院运转流程，同时也买大量的书籍学习。我不是医生，我不需要懂怎么救人，我只需要知道他们是怎么救人的就行了。"①正是这种严谨的创作态度使得阿彩笔下的虚幻世界具备了现实的因素。同时，阿彩对于笔下人物的悲欢离合与行动轨迹采取一种"不干涉"的创作态度，即基本人设确定后，便不靠灵感写作。她认为："人物出现后，他们是鲜活的，他们的命运、他们的未来是由他们自己决定的，旁人无权干涉，包括我自己。"就是这样一种全身心的信任，赋予了笔下人物以鲜活的生命，使得人物的思想走向、重要选择等显得那么的自然真实。作为在消费时代成长起来的网络小说作家，阿彩的作品不免沾染上快餐化、模式化、娱乐化倾向，也不像传统文学名著那样通过爱情来思考人性，反映社会。她的小说创作更像是率性而为的结果。出于对美好生活、美好人物、美好情感的向往，她挥毫创造出一个具备现实色彩的爱情"乌托邦"世界。女性读者乘兴而来，尽兴而归，作者与读者皆在这一虚幻世界中洗刷尽了现实生活中的焦灼与压抑。网络文学的诞生本就得益于网络的无界别，网络文学最初的目标也是释放海外游子思乡的愁绪。在这个浮躁、喧嚣的社会背景下，人们的情绪必须通过非严肃文学得到释放与宣泄，而阿彩的小说不但为女性提供了一个"真实可感"的"乌托邦"世界以缓解焦虑，还引导着女性树立理智健康的爱情观，实属不易。

---

① 周志雄、阿彩等：《我的小说是写给女性读者看的——网络作家阿彩访谈录》，《网络文学评论》2018年第1期。

二、池灵筠：深宫别苑的"虐恋"叙事

池灵筠擅长写古代架空社会的爱情故事，笔下的痴男怨女往往因某种不可抗拒的力量而无法"终成眷属"，爱恨交织的矛盾冲突形成了其小说阅读张力，带给读者尤其是女性读者一种"痛并快乐"的心理体验。在网络文学与传统文学对立且割裂的背景下，她回归传统文化资源并将传统文化因素运用到笔下的小说中，不但为其增添了古典韵味，也为网络小说的发展提供了新的可能性。与其他网络文学的"模式化""套路化"的快餐式写作不同，池灵筠的文学世界里填充了细致的情节架构与唯美的意境营造，丰润了被网络文学界反复套用的"虐恋"模式，情节与细节相生，悲剧与意境并举，达到了"悲"与"美"两个元素的完美融合，使读者流连忘返，感慨不已。网络时代，"娱乐至上"的呼声越来越高，在全民浮躁的思想背景下，网络文学为博人眼球、增加收益，通常在一种书写创意取得成功之后，千万种相同模式的小说竞相上台，就如当年痞子蔡《第一次的亲密接触》在网络上衍生出的数个"第一次"系列小说一样。文学创作愈加肤浅和流于表面，用大量情感、欲望的书写来代替理性思考，从而使读者直接获得激烈的情感体验。"虐恋"模式便在这种情感书写的趋势下产生并沿袭至今，用"虐"的方式表达两性之间的爱情，赚足了读者的眼泪与点击量。

池灵筠的小说基本是以"虐恋"为主题的，但不同于其他跟风小说，她并非"为了虐而虐"，而是在深刻认识到世间情感的悲苦后才有感而创作。在作品《画瓷》的后记中，她引用了佛家观点："人生七苦，生、老、病、死、怨憎会、爱别离、求不得。"正是基于这个观念，她创作了"爱别离"《宫砂泪》、"求不得"《画瓷》等"王朝逝梦"系列小说，淋漓尽致地展示了相爱之人生离死别之苦、心有所爱求而不得之苦。纵向比较来看，她的虐恋模式基本有以下两个特点。

第一，深宫别院既是"虐恋"发展的场地，又是"虐恋"产生的条件。池灵筠文中的古代社会虽是架空的，但基本沿用了古代的朝纲设置与价值观念，

在那个婚姻听从"父母之命，媒妁之言"的不自由时代，产生美好爱情的可能性很低，并且自古有"一入侯门深似海"的说法，皇宫王府更是成为"虐恋"的多发地。究其原因，无外乎权力联姻的婚姻模式和一夫多妻的婚姻观念。在《宫砂泪》一书中，女主上官嫇的悲剧产生于保护家族利益，六岁的她被送入皇宫为皇上冲喜，而皇上司马棣不得不为了权力制衡而深藏对上官嫇的爱意，并对她的情意视而不见，两人压抑了十多年，最终只换来了阴阳两隔；与她一起长大的玩伴查元赫也爱着她，可是她已是自己的舅母，自己也为了家族联姻而娶了一个不爱的女子，最终导致了两个女子的悲剧；深恋于她的新皇司马轶被家族左右，篡夺了皇位，被她骂为"乱臣贼子"，这份爱永远得不到回应；其他人物如司马银凤、查德、上官姌、安尚芹无不在权力的旋涡中如浮萍一般被操控，他们的婚姻被作为获得权力的工具，他们的爱情注定要为权力牺牲。深深的宫墙锁住了人心，寂寥的宫院更添寂寞，这群痴男怨女生而富贵，却为这富贵献出了与爱人相知相守的权利。

　　第二，视角的巧妙转换，将"虐恋"之"虐"发挥到极致。池灵筠的小说多是以女主的视角来看待人物，记述情节的发展。在女主眼中，一切都扑朔迷离，男主反常的选择与冷漠的对待，都使她内心失望又痛苦。这种叙述方式虽然使男主的内心描写缺失，但却给予文章留白的空间，男主背后的隐忧与压抑、奸人的计谋与使坏、遗憾的误会与错过随着情节的发展，最终都会在女主和读者面前水落石出，这种时候情感之"虐"便达到了极致。《宫砂泪》中上官嫇与司马棣的感情走向便是在视角切换中推动的。在上官嫇视角中，她对司马棣百般示好，却换来了司马棣的视而不见，在反派司马银凤的算计下，认定司马棣是杀害自己爱宠的凶手，司马棣中毒那夜更是只看到了他对自己的恨，从而认为自己的爱情从未得到回应。而在读者的视角中，池灵筠留下的一些线索使他们觉得别有隐情，于是继续探索，这个时候"虐"的程度还不深。之后，在司马轶的视角下，读者随女主一起发现了司马棣的爱之深、隐之痛，"虐"的程度猛然加深。最后女主身患绝症，于是骗查元赫自己从未对他用情，换来了查元赫的一通骂责，读者便随司马轶的视角一起深深地痛恨查元赫的愚蠢，然而一封书信最终揭开了谜底，原来查元赫也是在骗女主对他失望，因为他将会在不久后就为国捐躯。在司马轶的视角下，一切水落石出，女主与两位男主的爱情皆是错过，"虐"的情感体验便达到了顶峰。池灵筠的小说很少有美满的结局，她对于爱情抱着悲观的态度，在《画瓷》后记中她说道："我认为一段爱情最悲凉的结局是相忘于江湖，现实中很多人都是这样。"但她心底的柔软也同样存在，她笔下的人物或是生死相隔，或是同生共死，都始终坚持着那份痴心不改；她笔下的爱恨力透纸背，穿越古今，至死不渝！

网络文学主要在四种文化资源里发展起来的，一是西方流行通俗文化，如《魔戒》《哈利波特》等文学与影视；二是中国传统通俗文学，例如鸳鸯蝴蝶派的言情小说、官场黑幕小说、神话小说、武侠小说等；三是日本的ACG文化，如同人文化、二次元设定、萌宅基腐元素等；四是香港"无厘头"文化，如周星驰的电影《大圣娶亲》等。网络文学创作基本从这几种资源中获取，从而导致了"同质化"倾向，这种倾向严重制约着网络文学的良性发展，因此许多网络作者寻求新的文化资源以达到不落窠臼的创作目标。池灵筠便是其中的一位，她凭借自己深厚的文学素养，积极利用古典诗词文化资源，为网络小说创作提供了开拓性范例。在"新言情小说"的访谈中，对于池灵筠的爱好描述便有一项"读纳兰"，可见她日常生活中对于古典诗词的欣赏，同时，她也从传统文化资源中汲取能量。

首先，池灵筠小说的标题或直接使用古典诗词，或带有浓郁的古典韵味。《宫砂泪》的各章节标题皆是取自《诗经》的诗句，分别是"燕燕于飞"、"独寐寤者"（此为化用"独寐寤言"）、"古风习习"、"威严棣棣"（此为化用"威仪棣棣"）、"夜如何其"、"夜未央"、"匪我思存"、"忧心如醉"、"厌浥行露"、"岂曰无衣"、"在水一方"，诗句内涵与章节内容高度契合，相互呼应。例如第一章的题名"燕燕于飞"，是取自《诗经·邶风·燕燕》，全诗为："燕燕于飞，差池其羽。之子于归，远送于野。瞻望弗及，泣涕如雨。燕燕于飞，颉之颃之。之子于归，远于将之。瞻望弗及，伫立以泣。燕燕于飞，下上其音。之子于归，远送于南。瞻望弗及，实劳我心。仲氏任只，其心塞渊。终温且惠，淑慎其身。先君之思，以勖寡人。"这首诗表达了姑娘即将远嫁，家人不舍、柔肠百转的悲伤情绪，也传达了要姑娘做到性情温柔拥淑谨慎的嘱托，恰好与第一章上官嫘六岁出嫁时其父母的心情相契合。另外，《画瓷》的章节名取自传统画瓷艺术，如"青花翠""玲珑彩""孔雀蓝""豇豆红""声如磬""白如玉""明如镜""薄如纸"，以瓷器的色彩、外形来暗喻章节内容，不但极具美感，也作为线索串联起全文。

其次，池灵筠继承了古典诗词中"互文"的修辞传统。由于沿用"虐恋"的叙事模式，文中感情的表达是压抑而隐忍的，使文章有"不知所云"的风险，也会使读者渴望激烈情感体验的内心需求得不到满足。池灵筠用"互文"式修辞手法成功地"化险为夷"，常常将两件看起来"风马牛不相及"的事情放在一起叙述，引诱读者慢慢地进入她的叙述"圈套"，从中咂摸出两件事之间缥缈却相印的关系，由此产生的情感也会融合累积，从而获得"1+1＞2"的情感体验。《惑世姣莲》一书中女主角名为欧夕莲，因此昭帝为她养了一池的莲花，池中莲花的枯荣也暗示着欧夕莲的命运。例如在第二卷"怅然"一章，韦娘的话语似乎有些暗示的味道，她说："去荷塘那边吧，荷花不久便要败了呢，还能开几日。"而夕莲观赏时想起了情人予淳，紧接着便被荷花刺扎出了鲜血。这件事看似只是正常的生活小事，然而情节的发展却使读者发现了其中"猫腻"。当天晚上司马昭颜发现了夕莲与予淳私会的事实，天明时夕莲被人设计，其荷囊成为害死琴儿的导火索，第二章她得知予淳竟已娶妻，同时她与予淳的事也被司马昭颜当面撞破，从此与心爱之人远隔千里，她往后的命运就如那荷花一般枯败了，再无生气。最后，池灵筠的小说语言具有古典诗词一般凝练、优美的特点。例如《宫砂泪》第五十九章描写上官嫘下棋的画面，"青灯伴读，书卷花香。花枝横斜印在窗纸上，勾勒如画。上官嫘半倚在罗汉床上，白巾束发，仅裹了件银灰道袍，仙姿窈窕"。寥寥几笔，便把春光与美人融进一幅画卷，美不胜收。另外，她也在文中自作诗词，读来隽永，感人至深。如《宫砂泪》结局章中，元珊忽然忆起上官嫘在铜镜上写下的一首词："曦阳晨雾敛秋霜，素手饰凝妆。西风懒理幽绪，只怨道、寂寞长。抑清狂，贞节坊，宫砂殇。玉全瓦碎，怎奈何他，一世恍惘。"这首词有《红楼梦》中人物判词的意味，概括了上官嫄"一世恍惘"，不得所爱的寂寞人生，词放在上官嫄已逝的结局里，更显物是人非，读来悲凉至极。

虽然在网络文学创作上取得了不小的成就，但池灵筠并不是一个专业网络作家。她有一份IT公司的工作，写作是她的兴趣而不是她的"职业"。因此比起以写作为工作的大部分网络作家，她的写作姿态是"悠然自得"式的，不会为了点击量与曝光度而去刻意迎合读者的需要，也不会为了多赚些钱而过分扩张自己的故事架构。她曾戏称自己是"一个懒人"，并且说自己的梦想是"随便当个作者，随便赚点钱"（其新浪微博的简介）。她循着自己特有的叙事节奏，以细节填筑虚构世界，以唯美意境升华"虐恋"模式，将故事不紧不慢地细细向前铺开。

池灵筠的笔触不仅仅落在男女爱情描绘上，在小说中她喜欢营造优美的、哀伤的意境，从而将爱情的美与悲大肆渲染。"夜幕深沉，一颗颗星子正蹦出来，皎亮的，却渐渐模糊掉了。腿悬在外面，低头看下去，晕眩无比。西风一阵缓一阵急，吹得她双眼发涩，就紧紧闭了起来。"这是《宫砂泪》中的一段描写，夜幕深沉，星子由亮转暗以至模糊，营造了一种萧瑟、哀伤、压抑的氛围，而彼时上官嫄痛失爱人，又误会自己从未被爱，心里正是绝望与悲凉，在这样一种气氛中"爱别离""求不得"之苦愈发深沉，给予读者"又痛又爽"的心理体验。古代架空言情小说在社会背景与价值观方面是架空的、虚构的，作者的幻想及个人喜好也会投射到小说内容中，因此在池灵筠的小说中总有不合理的情节。例如，皇后竟可以独自闲游、皇后可以与男子独处等。这些情节设置成全了多男爱上一女的叙事结构，也满足了女性的自恋情结，不过与古代的价值观、风俗相左，总会使读者感到突兀。但是，池灵筠并不浮躁，她在叙事之下对细节进行精致的描绘，在一定程度上补齐了短板。第一，她描绘了严格的宫廷规矩，如宫嫔、秀女需准时向皇后请安，凸显了皇宫深院的森严；第二，宫廷里的权力倾轧与密谋筹划皆布局宏大，环环相扣；第三，人物心理的变化细腻，层层递进。情节上的失实与细节上的写实并存，在满足女性读者心理幻想的同时，也为笔下的虚构世界填入了现实因素，形成幻想与现实和谐交融的独特文字世界。

三、纯情犀利哥：玄幻世界中的青年奋斗与精神狂欢

纯情犀利哥是玄幻小说创作群体中不可忽视的一位，2011年他凭借小说《异界魅影逍遥》崭露头角，2015年携作品《诸天至尊》入驻掌阅文化并成为掌阅首个"百万盟"作家，2016年加入作协，2018年凭作品《独步逍遥》荣获"橙瓜网络文学奖"年度十大作品奖，其他作品《斗战圣皇》《绝世邪神》《一等家丁》《武映三千道》等均受到读者的热捧。他的作品多被改编为游戏、电视剧，进一步扩大了其小说的影响力。作为"80后"的纯情犀利哥获得如此成就，得益于他对网络时代读者精神需求的敏锐把握。新世纪以来，商品经济在满足人的基本生存需要的同时，也使人们的精神在对比中越发贫瘠，失去了信仰和精神寄托的人们转而向虚拟世界寻求精神上的满足，纯情犀利哥笔下的"男性向"玄幻小说无疑为青年及青少年男性读者群体提供了做"白日梦"的载体和空间。首先，他的小说虽没有脱离现实生活的"模子"，但具有超现实又逻辑缜密的构思，整体布局宏大，玄秘万千，十分引人入胜。其次，他以诙谐幽默的语言构架出热血澎湃、悬念重重的情节，让读者捧腹大笑的同时又能燃起奋斗的勇气。第三，他笔下的英雄人物或天赋机缘或励志苦练，最终都能够坐拥江山与一众美人，"YY"（意淫）手法的充分运用为青年男性读者提供了现实生活外的"代偿性"满足。总体说来，纯情犀利哥的小说创作带有后青春时代"犬儒主义"的特点，他以玄幻的方式讲述了青年在底层艰难奋斗与挣扎成长的故事，让男性青年读者能够凭借自己的现实经验进行"代入式"阅读与体验，从而获得"代偿性"满足与阅读爽感，"逆袭"情节的设置也使读者从虚拟世界中获得对抗现实世界种种问题的勇气与斗志。

陶东风教授曾对玄幻文学做过分析，他认为："'玄幻文学'的两个关键词分别是'玄'和'幻'。'玄'为不可思议、超越常规、匪夷所思；'幻'

为虚幻、不真实，突出其和现实世界的差异。……在这个世界，没有不可能发生的事情。'玄幻文学'不但不受自然界规律（物理规律）、社会世界理性法则和日常生活规则的制约，而且恰好是完全颠倒了自然界和社会世界的规范。"①超现实的书写意味着想象力的不设限，纯情犀利哥敲打着普通的键盘却创造出了一个个自由的审美想象空间。作为现实世界与玄幻世界的"链接"，"穿越重生"的情节贯穿于纯情犀利哥的每一部玄幻小说中。《异界魅影逍遥》中男主角羿锋在闹洞房时因触碰到电线而重生穿越到控魅大陆；《一等家丁》中男主角许枫被雷劈中却因偶然得到的一块石头重生穿越到修炼玄功的异世界；《独步逍遥》中男主角叶宇因沉迷山中奇异美妙的月色景象而穿越至一个修行的世界；《绝世邪神》中的男主角叶楚因在酒吧玩乐时撞到房门灵魂穿越至新世界。在纯情犀利哥笔下，"穿越重生"成为揭开宏伟布局的第一把钥匙，开启了现代人到异世界披荆斩棘的修炼之旅。

东方玄幻小说的世界观设置基本遵循"天、地、人"三灵根模式，与此相对应，世界可分为"仙、人、鬼"三界，在这个世界里凡人可以通过修炼成仙，仙人会因犯戒而贬谪为人，妖可与人相爱相杀，三界群体的交通置换构成一个复杂宏大、等级分明的世界，凡人艰难修炼以晋升等级，最终到达成仙彼岸的情节构成了玄幻小说的主线。纯情犀利哥架构的玄幻世界也基本遵循此模式。《绝世邪神》一书中最为明显，他将世界划分为三大领域，分别是仙域、九华红尘域、魔界，在每一领域都有适宜的功法修炼，随之形成"超级仙域境界""万千界域境界""远古魔域境界"，每一境界又根据修炼程度划分等级。例如"万千界域境界"中划分为炼骨境、真气境、化意境、先天境、元灵境、玄命境、玄元境、玄古境、玄华境、法则境、宗王境、准圣境、圣者境、绝强者、准至尊、至尊境。高境界对低境界有着绝对压制，但低境界凭借功法、秘技、法宝又偶尔能以弱胜强，种种高低境界通过热血打斗进行交织，形

<hr />

① 陶东风：《中国文学已进入装神弄鬼时代？——由"玄幻小说"引发的一点联想》，《当代文坛》2006年第5期。

成支撑庞大世界观的梁柱。

值得一提的是，虽然纯情犀利哥创作的都是玄幻类小说，但他在小说中最为复杂困难的部分——世界观设置方面，从不套用已创作小说的框架，屡屡推陈出新，建构出一个个宏大精密的新世界。例如在前期作品《异界魅影逍遥》中，他设置了武者、摄魂师、医师、毒师等不同群体，每一群体又划分为九到十二个等级，就连修炼的功法、秘技、噬魂珠等都划分为五个以上的等级，在这一切的基础上又要将"魂""气""技"三者结合起来作为每一等级必不可少的评定条件，万般变化由此产生。在《一等家丁》中，他更是奇思妙想将世界分为异界、光明世界、黑暗世界三个主要领域，又挥毫创造出森罗位面、星河等次要领域，布局之宏伟纳入了整个星河宇宙；在等级方面也更为细致，仅在异界领域便设置15个大境界78个小境界，让人不得不叹服作者天马行空的想象力和缜密的逻辑思维。纯情犀利哥以现实世界为基石，使读者能够凭借现实经验增强代入感；以丰富的想象力为砖瓦，给予读者超现实的奇幻体验；以缜密的逻辑思维为泥，粘连起现实世界的基石与想象力的砖瓦，最终构建出庞大且精密的玄幻世界，成为读者缓冲精神高压、弥补心灵空虚的幻想空间。

玄幻世界尽管光怪陆离，但作为社会文化的一部分，它同样是对现实生活的一种投射。世纪之交恰好是"80后"一代成长、成熟的阶段，1998年高校扩招，他们成为毕业生就业难问题的第一波受害者。与此同时，住房政策变动与疯狂上涨的房价，使他们担负起无家可归的巨大压力。他们在如此重压之下，坚持为"身份""资产"而奋力拼搏，然而2008年金融危机爆发，彻底打碎了青年们的"小资"梦想。2009年电视剧《蜗居》的上映很大程度上反映了"80后"青年的焦灼与困窘，"屌丝""蚁族""工蜂"等一系列词语的流行也标志着"80后"青年对于底层身份的自嘲。既然现实生活中奋斗的意义变得捉摸不定，青年们转而向精神世界中寻求奋斗的路径与成功的快感。同为"80后"一员的纯情犀利哥将现实照进想象，他笔下的玄幻世界仍然存在着残酷的竞争机制与凶险极恶的丛林法则，而底层青年们永不服输的"逆袭"式奋斗历程，一定程度上给予了读者对抗现实生活的信心与勇气。

在穿越身份的选择上，纯情犀利哥有较为明显的底层化倾向，男主角们穿越而来的身体原主人无不拥有悲惨的遭遇或者沦落到人人嘲笑、唾弃的境地。《异界魅影逍遥》中，羿锋穿越到羿家天资卓越的二少爷身上，谁知好景不长，一场刺杀使得他经脉尽断，成为众人口中的"废物"；《一等家丁》中，许枫借尸还魂的人是一个偷窥美女的猥琐家丁，刚清醒就要面临主人的责打与他人的轻蔑；《绝世邪神》中，叶楚穿越到一个满城唾弃的人渣身上，好心救人还要被人误会；《独步逍遥》中，叶宇穿越清醒不久便发现自己被人绑架了，还成了众人口中"从未修行的废物"。显而易见，在文章初始，男主角们皆陷在玄幻世界的底层并苦苦挣扎，面临着来自家庭、社会的多重压力，这恰好与青年读者们的现实经历相重叠，读者们能够在男主角的窘迫遭遇中捕捉到自己的身影，从而自然地将个人情感代入其中，跟随着纯情犀利哥踏上了"逆袭"式奋斗历程的第一站。其次，男主角们的身份设定意味着他们的奋斗之路注定是孤独且艰辛的，照理说其心境应该是阴郁沉闷的，但是纯情犀利哥却反其道而行之，在他的笔下男主角们以游戏人间的姿态逆天而行，一步步拾级而上，屡入险境，以弱小对抗强大，从不后退，从不认输。"十方地狱禁不了我魂，浩瀚星空亮不过我眼，无垠大地载不起我足，诸天神魔承不住我怒！我要这天地匍匐，我要这轮回断灭！"《诸天至尊》中周泽发出的这一狂妄至极的宣告极具煽动力，这是多少在现实中碰壁的青年读者在借周泽之口怒吼，他们沦为人后的不甘、与现实对抗的无力，皆在这一声怒吼中飘然离散，只剩下毁天灭地的勇气与永不服输的奋斗精神。修炼之旅"道阻且长"是纯情犀利哥小说的一大特点，他细写主角的奋斗历程，一部小说几乎就是一个人物的成长史，其间读者随着男主角的视角一同走上奋斗之路，一路披荆斩棘、挥洒青春热血，将自己的精神映射进这一幅玄幻世界里的青年奋斗图卷。

有些玄幻小说在很大程度上脱胎于武侠小说，对男性青年具有自然的吸引力，其作家与小说主人公也基本为男性。在如今的各大网络文学网站，玄幻小说均被纳入到男性向频道，成为表达男性话语的领地。新世纪以来，网络为个人情绪宣泄提供了无规则约束的表达空间，越来越多的小说作者直接描述人性的本能与欲望追求，于是传统集体潜意识里形成的男权思想便随之充斥在以男性群体为主的玄幻小说之中。纯情犀利哥亦不能免俗，在小说中他凭借"YY"的手段重塑"理想"两性关系，并为满足男性读者群体的性欲望而为女性角色塑形，带有浓重的女色消费倾向，而男性读者则在虚妄的阅读过程中实现精神上的狂欢。《绝世邪神》一文被网友戏称为"撩妹"指南，文中男主角叶楚"后宫"之庞大，令封建社会的皇帝也望尘莫及。细细数来，与之确立伴侣关系的女性有70余位，而暗生情愫的其他红颜知己有20余位。如此疯狂的"一夫多妻"制得到了男性读者一致叫好，评论区偶有质疑，顷刻间便被打压，男性读者的性渴望与性压抑在变态的两性关系中得到疏解。书中描述了将近100位的女性角色，然而却并没有立体化的形象塑造，她们大多数是男主角修炼途中的小插曲或境界提升的踏脚石，有些女性仅仅设置为某次大战的导火索，情节一过便消失在读者视野中。另外，在书中的两性关系基本由男主角主导，而女性则处于依附或被降伏的地位，"征服"意味十分明显。

另外，对于女性角色的着墨集中在其外貌和身材方面，并一再强调她的倾国倾城与绝美无双，这一女色消费倾向在纯情犀利哥早期作品《异界魅影逍遥》中格外显著。小说第二章章名便为"秦依"，对于第一个出场的女性角色纯情犀利哥是如何描绘的呢？先是两大王级为她的美色相斗致两败俱伤，再是帝国皇帝亲自批语肯定她的倾城美貌，接着身为女性的羿锋母亲也对她嫉妒与防备，秦依还未出场便被侧面烘托成了绝世美人；出场时的描写更是细致："从后看去，一头乌黑亮丽的头发阻挡住白腻的脖颈，洁白的连衣裙腰间系着淡绿色腰带，显现出她的高挑纤细……现在的秦依已经悄然绽放，白腻成熟的脸蛋点点泪水如同百合身上的雨露。"除此之外，再无其他性格、能力等彰显秦依人格特质的描写，似乎读者和作者都认为女性角色只需要绝色容颜，其他"色"外之物皆废话，这就将女性角色物化处理了。另外书中还有大量的情色描写，将女性的美色大力渲染后呈现给读者以吸引读者注意力，而读者在获得阅读"爽"感的同时，也使女色成为消费、购买的对象。在经济时代，凭某些书写手段赢得高点击量是网络小说的通病，也是文化被纳入商品经济的必然发展结果，可若一味地描写情色以满足男性读者的精神狂欢，那么不但是对女性的不尊重，也会扭曲男性青年读者的价值观。玄幻小说现拥有着庞大的读者群体，且多是价值观还未定型的青少年男性读者，网络作家肩上应担着传播文学艺术人性关怀的责任，作为掌阅大神级作家的纯情犀利哥想必也早有考量。然而精神与物质的抗衡自古艰难，任重而道远，玄幻小说的价值观转变还需待以时日。

纯情犀利哥自2011年开始从事网络写作以来，几乎每本新作都会给读者带来新惊喜，网站评论区总能发现"热血""感谢""奋斗""期待新书"等读者评词。他想象的丰沛与宏大点亮了读者枯燥的现实人生，热血澎湃又曲折艰难的奋斗情节也点燃了读者的勇气，虽然其作品带有网络玄幻小说的通病，但他有意识地在后期作品中加以修正，体现了他作为网络大神级作家的创作自觉。任何新事物的发展都会伴随着问题，网络玄幻小说发展至今也不过三十年的时间，其消极的价值观导向、语法文字滥用错用、脱离现实主义、缺少人性关怀等问题仍然存在，但不能因此否定其积极意义，"一时代有一时代之文学"，网络玄幻小说的积极发展还有赖于纯情犀利哥一代的网络作家共同奋斗，期待他像笔下人物一般以纵横捭阖的气概扭转乾坤，揭开网络玄幻小说的新篇章。

第四节　净无痕、慕容湮儿与太一生水的创作

净无痕、慕容湮儿与太一生水是江西网络文学创作第二阶段的重要力量。净无痕（1989— ），原名李涛，江西南昌人，江西省网络作家协会主席，2010年底开始从事网络创作，已完成2000万字，代表作品有《太古神王》《绝世武神》《伏天氏》，2017年在第二届网文之王评选中位列百强"大神"，2018年入选第三届橙瓜网络文学奖百强"大神"。慕容湮儿（1990— ），原名吴静玉，江西东乡人，2008年起开始发表作品，著有长篇小说《倾世皇妃》《眸倾天下》《策天阙》《嫁入豪门》《帝业如画》《江山依旧》等。太一生水

（1984— ），原名黄煌，江西上高人，签约于阅文集团，2013年在QQ阅读（阅文）发布个人首部玄幻小说《万古至尊》，日销过万，凭借此书一举封神；2018年在第三届橙瓜网络文学奖评选中位列百强"大神"，《天神诀》荣获年度百强作品奖。

一、净无痕：玄妙奇特的"异世界"

净无痕的小说创作以玄幻爽文为主，以豪迈大气的笔触展现了"异世界"的独特景象，以主人公不断升级打怪实现自身飞跃的故事为主线，再加以对主人公曲折的情感经历的描写，极大地激发了此类小说爱好者的兴趣，在玄幻小说界大受好评。净无痕网络小说打造了独特的升级体系。升级，顾名思义，指的是提升等级。广义来说，虚拟世界或现实世界中任何技能、实力、地位、财富、身份的提高，都可以"升级"名之。而在网络文学领域，尤其是玄幻小说这一文类中，"升级"这一概念尤指作品中人物"武学"等级或者说"战斗力"等级的提高。不同的玄幻小说作品有着不同的战斗力升级体系，升级与玄幻小说的叙事模式总是紧密勾连着。

净无痕的代表作《太古神王》，讲述的是秦问天历经坎坷最终化身为通天彻地的太古神王的故事。这部小说的背景设定为九天大陆。九天大陆的天穹上有九条星河和亿万星辰，皆为武命星辰，武道之人可沟通星辰和觉醒星魂而成为武命修士。而九天大陆最为厉害的武修每突破一个境界便能开辟一扇星门从而沟通一颗星辰，直至让九重天上都有自己的武命星辰时，才能化身为通天彻地的太古神王。在重新修行前，九天世界的武命星魂有着七重境界，从第一星魂到第七星魂，从天锤到魔神身躯，从五重天到八重天。重新修行后的九天世界的武命星魂有着八重境界，从第一星魂到第九星魂，从魔神之躯到时光长河，从八重天到九重天。其中第九星魂星辰小人是神王曦的一缕残魂，已实现的话可以感悟所有星辰，但道法领悟仍在不断强化，在幽皇化道的帮助下灵魂力量变得无比强大，现能直接同时感知所有星辰。净无痕的另一部代表作《绝世武神》讲述的是主人公林枫穿越到九霄大陆得惊世传承修武道、踏九霄、破天地、傲苍穹、主宰武道的故事。本书的升级体系也独具一格。武道划分为十个境界。气武境分一至九重，此境界练气九重，吸收天地元气，淬炼肉身。灵武境分一至九重，此境界肉身强大，真气外放，释放强大的气。玄武境分一至九重，此境界精气神聚合，反应、速度、力量全面提升，元气液化、形成强大的真元，短时间御空飞行。天武境分一至九重，此境界领悟意志之力，真元凝为实质，武魂化形，形成刀、剑、盾、羽翼等，到天上遨游，淬炼真元。尊武境分一至九重，此境界领悟奥义，踏入尊武即为尊者，七重以上称为"尊主"，掌握一千倍天地大势或掌握一种法则的尊主被称为"无敌尊主"。武皇境分为下位皇、中位皇和上位皇。此境界的领悟法则分为下位皇、中位皇和上位皇，领悟道的力量且战斗力远超上位皇的人，称为"无敌武皇"。帝境分为大帝、天帝和圣帝。其中圣帝中战斗力远超普通圣帝但未突破圣帝桎梏的人，称为"极限圣帝"。

细细考察这些升级体系的源流演变，可以发现，净无痕的玄幻小说中的升级体系所直接借鉴的，无疑是电子游戏里的等级体系设定。电子游戏世界里等级分明、升级路线清晰。对那一代青少年来说，玩电子游戏时，"升级"所带来的巨大满足，是让他们在网吧里、电脑里不断重复这一娱乐形式的重要原因之一。在游戏过程中，玩家花费时间与金钱，期待着自己操纵的人物等级和能力的提升。净无痕也是在网络游戏兴起之时成长起来的。因此当他进入网络小说写作时，自然把这一系统纳入自己的想象世界和创作实践。净无痕小说中的升级体系与传统道家和佛教观念关系密切。作者仿佛冥冥之中发现了古老神秘哲学与当代中国人心理的同构性，并把这些因素加以重新编排，纳入自己的商业写作之中。而这种对传统文化资源的吸收显然收到了奇效，净无痕的作品受到了众多读者的追捧和喜爱。

净无痕小说中的主人公全都有着极为复杂坎坷的经历，往往命运多舛，人生道路困难重重，但最后都凭借着自己强大的意志战胜了所有敌人，建立了一番宏图伟业。如果试图寻找净无痕这些小说的前提，那么可以发现，他所倡导和推崇的是变强、再变强。这些小说大多以守护爱人和朋友，努力奋斗和改变命运为主题。与此同时，这些小说又都尊崇着"物竞天择，适者生存"的逻辑。这一方面反映了玄幻小说创作日益的模式化和商业化。另一方面，也从某种层面反映了中国大量底层读者在当今的社会环境下所面临的与日俱增的生活压力和挫败感。这种"变强"的主题也恰好与"升级"的叙事文学一拍即合。《太古神王》中的秦问天就是这类主人公的典型代表。秦问天是秦府养子，是断脉修行的天才，也是八阶神纹师，与白家的白秋雪有婚约，但白秋雪在叶家的诱惑下选择了叶家天才叶无缺，放弃了用心教导她的"废材"秦问天。之后秦问天前往帝星学院参加考核过程中被叶家、欧家追杀而不死并夺得新生第一，其间结识莫倾城，对其产生感情，以轮脉七重的修为在战斗中突破八重大白洛千秋夺得君临宴第一，但也因此破坏了九玄宫对帝星学院的企图而被九玄宫记恨。后前往妖州城仙池宫，探索苍王留在帝星学院的秘密，得到了青魅仙子的青睐，并派青儿保护问天，归来后帮助楚无为夺得王位。秦问天在青玄仙域拒绝东圣收徒，在白无涯的引荐之下加入天符界，于无忧城认识秦风、秦青并解救两人，后在飘雪城参悟九仙钟，得古人飘雪楼主传承。到了太古之后问天融合神王曦、幽皇的优势，创造出一片天，遭受苍生劫，集结众生意，问天实现超脱，救回所有至亲好友，封号"太古神王"。秦问天经历极为坎坷，但却凭借自己强大的意志建立了丰功伟业。

　　净无痕的网络玄幻小说文笔豪迈奔放，有着丰富的想象力与极大的叙事张力，他所构建的玄幻世界有着一套独特的运行体系，别具一番特色。他小说中的升级体系从起名到运行模式上都具有儒家和道家的哲学色彩，体现了作者对传统文化资源的借鉴征用。小说中的升级打怪，从挫折底层走向人生巅峰的过程属于玄幻爽文的常见套路，极大地迎合了在现实生活中遭遇生存压力的读者，希望在小说中历经艰难险阻，最终成为一方霸主的阅读需求。净无痕的玄幻小说代入感很强，主人公往往身世凄苦，被迫走上复仇之路，在人生道路上也历经世态炎凉人情冷暖，但最终凭借自己强大的意志克服了一切困难，也因为一些机缘得到了贵人的相助，最后一路开挂成为一方霸主。读者在阅读这一类小说时总是不禁将自己代入主人公，为了主人公坎坷的命运而揪心不已，等到大结局时又长舒一口气为主人公的成功而叫好连连，这就是净无痕小说的魅力所在，总能给读者爽快的阅读体验，因而在网络玄幻小说中一直占据着极为重要的地位。

二、慕容湮儿：错综复杂的宫闱权谋与爱情故事

宫廷小说是网络小说的重要类型。这类小说往往架空年代，以宫廷中一位女性人物的成长历程为主线，描写她所经历的情感纠葛。这些情感纠葛通常为多角关系，再以这些纷繁复杂的情感纠葛来带出潜藏于宫廷背后的权谋之争与各种平静的宫闱表象下隐藏的暗斗。这类小说往往文笔比较优美，多引用古诗词，彰显出中国传统文化之美。慕容湮儿就是创作这类网络宫廷小说的代表人物。慕容湮儿的小说大多把背景设在宫廷之中，以宫廷中女性人物的复杂的情感纠葛牵扯出一场场关于权力与阴谋的宫廷血腥之斗，展现女主角在弑杀血腥中沉沦起伏的过程。她的小说文笔较为细腻优美，多引用古诗词，对宫廷景象的描写也展现了中国传统文化景观，情感缱绻起伏，得到广大读者特别是青少年读者群的欢迎。

爱情是文学永恒的主题。每个人都渴望爱与被爱。慕容湮儿小说中的爱尤为复杂，有弱水三千只取一瓢，有万千宠爱却不屑一顾，有相知相爱不相守，有相守相亲不相爱，有既爱又恨，有由爱生恨等。"最是无情帝王家"这句话在这些不属于正史的宫廷小说中被屡屡打破，痴情皇帝、痴情王爷、受宠嫔妃的戏码深入人心，而这些缠绵悱恻的情节让人不由得心头一暖，不由得生出"美人赛过江山，爱情大过权欲"的念头。《倾世皇妃》中，馥雅是夏国公主，也是卞国丞相连城的未婚妻，集美貌与智慧于一身。然而一场亡国惊变，叔父弑兄篡位，灭她全家。幸好她在侍卫奕冰的保护下，逃过一死。在叔父追杀时，她遇见了亓国汉成王纳兰祈佑并被其所救。自此，她和他的命运开始了一世无休止的纠缠。馥雅在人生的不同阶段有着不同的名字。馥雅是她，潘玉

是她，雪海、静心亦是她。潘玉是参选太子妃的秀女，却因绣了一幅《凤求凰》而引得皇后大怒，取消其选妃资格并遣散出宫。她与汉成王纳兰祈佑有着特殊的关系。她来参选只是个阴谋，她是纳兰祈佑安插在宫中的一颗棋子，但亦是纳兰祈佑心中所爱。同时楚清王纳兰祈殒对她情有独钟，因她貌似其母袁夫人；纳兰祈星亦对她一往情深，视其为终生知己。雪海是毁容后的潘玉。为了给绣昭仪报仇，她以一曲凤舞九天吸引了皇上的目光，并与皇上相认，成了独宠后宫的"蒂皇妃"。静心是馥雅的又一个名字，她是连曦的辰妃。她在历经亡国、复国、毁容、失友、争宠、算计、欺骗、利用、谋杀、陷害、丧子以及最爱她的男人为她而死之后，她的心再也不复纯净。她内心被仇恨蒙蔽，变得心狠手辣，欲毁纳兰祈佑的半壁江山以泄恨。然而梦魇的纠缠，本性的善良终于使她放下。她选择了"了却尘缘，淡看世俗"。她"断青丝，断情丝"，剪断了一半的青丝，斩断了她对纳兰祈佑的情丝。馥雅虽是夏国的亡国公主，却同样是三位帝王的心头挚爱。她与三位帝王错综复杂的感情纠葛，剪不断理还乱的情丝绵绵让读者特别是很多女性读者深陷于这样的故事之中，为主人公坎坷的命运及复杂的感情而揪心不已。

《睥倾天下》讲述的也是几段错综复杂的感情故事与恩怨纠葛。主人公未央是乱世中的绝色美人，艳惊两朝，冶艳入骨。她是受命于天的皇后命格，有预言说她必定母仪天下。未央与莫攸然、楚寰、壁天裔、夜翎、风白羽、夜鸢六位王公贵族都有着纷繁复杂的感情纠葛。莫攸然是未央一直信赖且仰慕的"姐夫"，这个永远一身青衣淡雅飘逸的男子照顾她，宠溺了她七年，把她作为自己命定的皇后，未央宫为她空置了七年，指引着她走向一条通往权力顶点的不归路。楚寰是莫攸然的徒弟，与未央一同在"若然居"相处了七年。他始终以一副千年冰山脸相对。但他知晓了未央的身世，知晓了莫攸然对她的算计后，楚寰就已经对她动情。壁天裔是南朝天子，曾经的旷世三将之一。这是一个真正冷心冷血的男子。情之于他，永远不是第一位。他对未央有情，可以许诺要为她建一座宫苑，里面种满她最爱的芙蓉花，可以为了将她留在身边而用身份压制自己视如手足的三弟。夜翎是北国二王子。风白羽是旷世三将之一，白楼楼主，北国王上夜宣的私生子，未央的亲哥哥，亦是她心之所系。而风白羽的爱，一生一次，独予未央。夜莺是北国笑靥天下的长公子，未央的夫君。他自幼失去父爱，承受着父王那句"母贱，子更贱"的耻辱长大。他和未央的爱因阴谋开始，等到终于战胜了仇恨，却因猜疑结束。帝王之爱，如何能真正快乐长久，执子之手与子偕老，终是一场梦，对抗不了阴谋与世俗。

慕容湮儿小说中的女性形象大多才貌双全，身世坎坷，经历传奇，别具一番魅力，几乎遇见的每一个男性角色都为之倾倒，迷恋不已。而其小说中的男性角色则大多是王公贵族，外表英俊，风度翩翩，或温柔体贴，或坚毅英气，完美地契合了广大女性读者对于美好男性的幻想。《帝业如画》讲述了女主苏落雪一生中几段复杂坎坷的感情经历。苏落雪一生纠缠于三个男人之间，唯对自己所倾心的男子付出一切，但是却情路坎坷。第一个男人是元翊，苏落雪八岁对他倾心，却眼睁睁地看着他成为自己的姐夫，顾盼一生。"八年前，我放了无数次河灯，潼城的定情河畔，香花树旁，终于迎来了你的一次凝眸。"愿得一人心，白首不相离。对于元翊来说，江山可以几番颠覆，但是苏落雪却只有一个。苟洛是一直潜伏在苏落雪身边的男人。他身份成谜，虽有欺骗，却从不忍心伤她分毫，抵死相护。"彼岸花开开彼岸，奈何桥前可奈何。如你遇见这花，如我遇见你。"苟洛是最懂落雪的人，也是一直守护在她身边的人。苟夜是和苏落雪相爱相杀的男人。他许诺她帝业如画，她便与他征战天下。落雪对他又爱又恨。整部作品在这些缠绵悱恻的感情纠葛中铺展开来，让读者在这波澜起伏的情爱中无法释怀。

总的来说，慕容湮儿的小说大多以宫廷女性一生的多段感情纠葛为主线，并将这些情丝缱绻的爱情故事置于宫廷权谋争斗的大背景中，情节跌宕起伏，故事发展扣人心弦，强烈地吸引着读者。小说大多以女性视角展开，女主人公也多为才貌双全身世传奇又命运坎坷的奇女子。这也极大程度地调动了广大女性读者的代入感，她们常常把自己代入女主角，来切身体会主人公复杂的感情纠葛和传奇的经历。而小说中的男主角则大多英俊潇洒风度翩翩，他们或对女主角情根深种在一旁默默守护，或与女主角有一段孽缘相爱相杀。显然，这些男主角都极大程度地迎合了女性读者对于男性角色的审美趣味。慕容湮儿的小说文笔优美，多引用古诗词，写情写景都笔触婉转动人，深受古典传统诗学影响。尽管慕容湮儿的网络言情小说有着明显的同质化倾向，也有刻意迎合女性读者审美趣味之嫌，但总体上故事精彩，情节丰富生动，语言雅致流畅，是当前网络宫廷小说中的佼佼者。

三、太一生水：玄幻世界的逆天修炼之旅

新世纪以来，网络文学迅速崛起，文学写作人才辈出，一些新晋网络新锐作家常常是"一部封神"甚至"半部封神"。2013年7月，太一生水在创世中文网发布个人首部玄幻小说《万古至尊》，日销过万，凭借此书一举封神。玄幻小说是网络文学的代表门类，它的各种让脑洞大开的奇幻想象与无边界的互联网络有着天然的联系，使其成为网络文学繁荣至今的主要题材之一，甚至长时间出现"玄幻霸屏"的网络文学景观，在思维观念和创作方式上对整个网络文学创作都产生了巨大影响。纵观网络玄幻小说的各种类型，写作者常常完全架空现实，努力为读者创造出一个畅快肆意的玄幻世界。在这个虚拟的世界之中，主人公往往凭借着逆天的运气和某些阴错阳差的机遇实现人生逆袭，成就辉煌的伟业。普通人在现实生活中完全无法施展的人生抱负，全都在小说中得以实现。因此，玄幻爽文总是能够让广大读者产生极强的代入感，读者往往把自己代入主人公，在玄幻世界中不断升级打怪，任意驰骋，最终走向人生巅峰，这种"爽快"的阅读体验是玄幻爽文一直风靡至今的主要原因所在。太一生水小说中的主人公正是这种历经磨难之后，凭借运气和机遇实现人生逆袭的典型。

《万古至尊》中，男主角李云霄本是破军武帝古飞扬转世，是南域天水国靖国公长孙和炎武城城主，拥有圣器界神碑及诸多九阶玄器，天命加身，性格放荡不羁，重情重义。李云霄在红月城招亲时，因与闻祥一战而名闻天下，被红月城城主姜楚然誉为"后起之秀第一人"。红月城抢亲大战之后，李云霄身份及其身怀圣器之事人尽皆知。后来李云霄和鲁聪子在古魔井中战斗，后宇光

盘爆炸撕裂空间进入南域封魔之地。在南域封魔之地，李云霄突破十方神境，成为"十万年来第一人"。炎武城成立天武盟后，李云霄更是成为天武界抗魔的领袖。最后，李云霄参透旧魔界界纹章，修为达到千界之主，通过星宇盘离开了天武界，进入初生代大宇宙，并在小神劫中获得至尊果位，成就万古至尊。太一生水的另一部代表作《天神诀》也是这类玄幻爽文的典型代表。《天神诀》讲述的是华夏大宗师杨青玄的主魂与残魂双魂合一后争霸天下的故事。杨青玄是殷武王转世，降临时因被天无情算计，灵魂被迫分裂于两个时空。本体一道主魂曾在地球上的华夏国问鼎武道大宗师，找寻身世时，触发昆仑山下地宫阵法，激活星宇盘穿越鸿蒙宇宙回归本体。杨青玄与诗玉颜有婚约，隐世杨家之人，第十二代人皇，和玄天机亦敌亦友。因修习完整青阳武经，杨青玄成为这一代的青龙圣灵。千城珏神魂消散后，杨青玄成为武魂"天下有敌"的主人，与天无情共用武魂"太玄剑家"。

　　与大多数玄幻小说一样，太一生水小说讲述的都是普通人强力扭转命运实现人生逆袭，进而成为世界规则制定者的故事。这些主人公往往历经了很多艰难困苦，命运跌宕起伏，包含着痛苦、恐惧、愤怒、快乐等一些基本情绪类型。这些丰富复杂的"爽快"情绪书写，一方面能够带来正向效应，强化主角的斗志和毅力；另一方面则极大满足了读者的心理需求。根据马斯洛的需求层次理论，从生理需要、安全需求、感情需求、尊重需求到自我实现需求，人们通常是先满足最基本、最直接的需求，再满足更高的需求。玄幻小说普遍采用主角不断奋斗变强的升级结构与先抑后扬的曲折手法，由此形成一种独有的叙述循环与螺旋式上升的叙事序列。在玄幻小说中，人的努力与命运构成了基本的矛盾，不断重复着主角成功逆天、封天成神并战胜命运的乐观故事。当然，这种借助"金手指"来改变命运的幻想在很大程度上是对现实的一种想象性超越、补偿和妥协。

　　太一生水的玄幻小说不管是从所建构的第二世界还是所用的武器来说，都体现了天马行空的想象力。《万古至尊》的武器分为玄器、圣器、特殊圣器和天圣器，其中特殊圣器中有两个圣器分别名为"谁主沉浮"和"如是我闻"，这种起名体现了强烈的佛教色彩。"谁主沉浮"是李云霄运用含光剑、剑殇斩红、冷剑冰霜炼制出的圣器，炼成之日便斩断武界规则，因内含超玄空间，并以真龙之魂作为剑灵，达到了超越天圣器的品质。"如是我闻"是与太阳真经有关的圣器，为海神所炼制，为水仙所有。此外，圣器中的"须弥无我""劫量无始""天地无法""真我无相"等命名也体现了丰富的佛学和哲学色彩。圣器中的"小轮转三相化生轮回大转盘"体现了佛家轮回的思想。它借用轮回之力炼制而成，威力在普通圣器之上，原为鬼王所有，鬼王陨落后被黑宇护收取，由南风璇护送回圣域，后为公羊正奇持有。这些武器的名称及功能体现了作者天马行空的想象力和对佛学知识的娴熟运用。

在太一生水的玄幻小说中，男主人公都拥有很多姿容绰约的红颜知己，而这些红颜则在主人公升级打怪的故事主线中起着衬托的作用，男主人公和这些女性角色的感情纠葛也成为故事的调剂品。《万古至尊》中，男主人公李云霄就有着六位红颜知己。曲红颜更是天下第一美人、仙人神霄宫宫主，与古飞扬有过旧情，曾邀十大九星武帝在降雪峰与古飞扬对决。她拥有紫霄神剑，修为至化境巅峰。非倪是天岭龙家之主，身负上古天凤血脉，后被李云霄表现出来的战力所震惊，认定李云霄为自己的真命天子，现为李云霄情人。水仙是四海公主，海皇波隆之女，性格单纯，爱慕并追随着李云霄。洛云裳为九阳神体，是曲红颜的弟子。在曲红颜与古飞扬一战时，为古飞扬的眼眸所迷。丁玲儿父母被丁山杀害，后被丁山收养，成为天元商会会长，为挽救天元商会在商盟的地位，在天武大陆四处奔波，在商盟巨变时遭丁山囚禁，被李云霄救出，后成为李云霄情人。小红本为虹石化灵，隐匿于海天镇，遇到李云霄之后与霓石融合，因海天镇遭东海入侵时被李云霄保护而心生爱意，后来和李云霄入魔界并追随于他。这些各具特色的女性角色作为衬托男主人公魅力的配角而存在，是吸引读者的重要筹码。

太一生水小说的男主人公大多身世传奇而命运坎坷，因为一些意外而深陷困境，却最终凭借自己坚韧顽强的意志而克服重重艰难险阻，在成长道路上也多因机缘巧合得贵人相助，最终在玄幻世界中不断升级再升级最终走向人生巅峰，称霸宇内。在男主人公升级打怪的过程中，也因为各种阴错阳差每每都能救红颜出难关，这些女性角色也几乎全都拜服于男主人公的智勇和谋略中，大多以身相许，誓死追随。这样的情节极大程度地迎合了广大男性读者的需求，满足了他们克服人生重重困难实现人生价值最终抱得美人归的普遍心理。总之，太一生水小说是网络玄幻爽文的典型代表，融合了重生、升级、热血、武打、玄幻等多种要素，故事情节跌宕起伏，人物命运波澜起伏，他所构建的玄幻世界与升级体系都别具一格，文笔较为流畅，带给读者各种丰富的阅读体验，当年引爆了重生流。这位曾经梦想成为一名成功证券投资家的玄幻"大神"，正是凭借他的精彩玄幻作品在当下网络玄幻小说创作中占有重要一席之地。

结语

一时代有一时代之精神，一时代有一时代之文学。建国以来，江西当代文学走过了七十年的发展历程。回顾江西当代文学的发展历程，大致可以1970年代末为界，前三十年主要立足革命历史，缓慢起步，曲折行进；后四十年以革命和乡土为依托，向现实生活各领域开拓，蓬勃发展。然而，无论是曲折行进，还是蓬勃发展，江西当代作家始终以强烈的时代使命感和鲜明的人道情怀立足历史，扎根大地，从火热的革命历史斗争、深厚的传统文化积淀和鲜活的社会现实生活中发掘题材源泉，汲取创作灵感，塑造艺术个性，为繁荣发展的中国当代文学奉献了具有鲜明特色的"江西风景"。改革开放以来，江西文学经历了80年代的初步"崛起"、90年代的深入发展和新世纪以来的多元繁荣，江西作家队伍不断壮大，各类文体创作得到长足发展。然而毋庸讳言，近四十年来江西文学创作无疑是欣慰与忧虑并存。一方面，江西文学创作取得了不可否认的成绩，譬如在革命历史书写和地域乡土叙事方面为中国当代文学创作提供了"江西经验"，在散文创作和网络文学创作方面产生了令人瞩目的"江西现象"，在诗歌创作方面江西诗群形象日益凸显。但是另一方面，江西文学创作仍存在一些不容忽视的局限和问题。在中国当代文学整体格局中，江西与一些兄弟省份相比，仍然缺少在全国文坛上具有重要影响的领军人物，没有形成鲜明的"文学赣军"集团力量，尤其是小说创作力量尤显薄弱，在生存和叙事的艺术探索方面仍显迟疑滞后。"文变染乎世情，兴废系乎时序"，文艺创作反映着一个民族、一个地域的文化创造能力和水平。江西是一块文化积淀深厚的土地，有着辉煌的文学传统和秀美的山水田园风光，尤其是近现代以来，赣鄱大地上更是演绎了无数革命英雄传奇，"古色""红色"与"绿色"成为这片神奇土地的绚丽色彩。近年来，作为一个内陆欠发达省份，江西始终坚持开放发展理念，结合自身实际，提出了"打造内陆双向开放高地"和"绿色崛起"的战略目标，江西经济将在GDP迈入"两万亿俱乐部"的基础上，有望延续稳中有进、经济增速快于全国的基本态势，主要经济指标将继续保持全国第一方阵，增长质量有望继续提高，实现党的十九大之后经济发展的良好开局。在文化产业发展方面，新时代江西形成了一批塑造江西文化形象的重大项目和工程，推出一批体现区域特色、反映时代精神、具有国际一流水准的文化艺术精品，在红色、绿色、古色等方面做文章，创作生产更多更好适应人民群众需求的优秀文化产品。这一切都为江西文学的复兴提供了丰沛的资源和强大的动力，伴随着江西经济社会发展的崛起，文学赣军必将为文学兴赣谱写出更加辉煌的篇章。

参考书目

1.吴海、曾子鲁主编：《江西文学史》，江西人民出版社2005年版。

2.刘华主编：《江西当代作家创作论》，江西高校出版社2013年版。

3.王庆生主编：《中国当代文学史》，高等教育出版社2003年版。

4.陈思和主编：《中国当代文学史教程》，复旦大学出版社2014年版。

5.洪子诚：《中国当代文学史》，北京大学出版社2016年版。

6.陈平原：《陈平原小说史论集》，河北人民出版社1997年版。

7.鲁迅：《鲁迅全集》，人民文学出版社2005年版。

8.陶东风：《社会转型与当代知识分子》，上海三联书店1999年版。

9.李贤平主编：《诗江西》，中国广播电视出版社2004年版。

10.章罗生：《中国报告文学新论——从新时期到新世纪》，湖南大学出版社2012年版。

11.方卫平：《寻回心灵的诗意：方卫平儿童文学论集》，明天出版社2012年版。

12.陈伯吹：《儿童文学简论》，长江文艺出版社1959年版。

13.米兰·昆德拉：《小说的艺术》，董强译，上海译文出版社2004年版。

14.苏珊·朗格：《艺术问题》，滕守尧、朱疆源译，中国社会科学出版社1983年版。

15.柳鸣九编选：《新小说派研究》，中国社会科学出版社1986年版。

16.亨利·詹姆斯：《小说的艺术》，朱雯等译，上海译文出版社2001年版。

17.里尔克：《给一个青年诗人的十封信》，冯至译，生活·读书·新知三联书店1994年版。

18.毛姆：《书与你》，方瑜译，花城出版社1981年版。

19.韦勒克、沃伦：《文学理论》，刘象愚等译，生活·读书·新知三联书店1984年版。

20.弗洛伊德：《精神分析引论》，高觉敷译，商务印书馆1986版。

21.陈世旭：《将军镇》，上海文艺出版社1999年版。

22.刘华：《车头爹　车厢娘》，长江文艺出版社2010年版。

23.杨佩瑾：《浣纱王后》，中国青年出版社1995年版。

24.罗旋：《南国烽烟》，江西人民出版社1977年版。

25.熊正良：《红锈》，百花文艺出版社1995年版。

26.李伯勇：《轮回》，北岳文艺出版社1998年版。

27.温燕霞：《红翻天》，解放军文艺出版社2008年版。

28.傅太平：《小村》，百花文艺出版社1994年版。

29.丁伯刚：《天问》，百花洲文艺出版社2018年版。

30.阿袁：《郑袖的梨园》，二十一世纪出版社2011年版。

31.杨剑敏：《出使》，华夏出版社2000年版。

32.陈离：《惘然记》，上海文艺出版社2013年版。

33.樊健军：《诛金记》，作家出版社2017年版。

34.陈然：《幸福的轮子》，作家出版社2004年版。

35.王芸：《与孔雀说话》，中国书籍出版社2015年版。

36.杨帆：《瞿紫的阳台》，作家出版社2011年版。

37.夏日里的阿燃（欧阳娟）：《路过花开路过你》，朝华出版社2006年版。

38.江子：《青花帝国》，广西师范大学出版社2017年版。

39.李晓君：《江南未雪》，人民文学出版社2015年版。

40.傅菲：《南方的忧郁》，花城出版社2014年版。

41.范晓波：《正版的春天》，作家出版社2007年版。

42.陈蔚文：《见字如晤》，人民文学出版社2015年版。

43.王晓莉：《双鱼》，百花文艺出版社2006年版。

44.梁琴：《叶影》，百花洲文艺出版社1991年版。

45.郑云云：《云水之境》，百花洲文艺出版社2001年版。

46.李耕：《爝火之音》，百花洲文艺出版社2001年版。

47.郭蔚球：《心海漂流》，百花洲文艺出版社2005年版。

48.程维：《古典中国》，百花洲文艺出版社1992年版。

49.三子：《松山下》，作家出版社2009年版。

50.林莉：《在尘埃之上》，作家出版社2011年版。

51.林珊：《小悲欢》，长江文艺出版社2018年版。

52.王彦山：《一江水》，漓江出版社2014年版。

53.聂冷：《辫子大帅张勋》，中国青年出版社1994年版。

54.彭学军：《油纸伞》，二十一世纪出版社1996年版。

55.郑允钦：《吃耳朵的妖精》，江西少年儿童出版社1989年版。

56.孙海浪：《带火的银剑》，江西少年儿童出版社1985年版。

57.胡辛：《胡辛文集》，江西教育出版社2012年版。

58.胡平：《胡平文集》，二十一世纪出版社2011年版。

59.中国作家协会江西分会主编：《江西新时期十年文学作品选》，百花洲文艺出版社1990年版。

60.江西省文学艺术界联合会主编：《90年代江西文学作品选》，作家出版社1999年版。

61.刘上洋主编：《江西六十年文学精选》，百花洲文艺出版社2009年版。

后记

　　"暮从碧山下，山月随人归。却顾所来径，苍苍横翠微。"在这样一个阳光灿烂的午后，深秋的黄昏远未到来，不知为何，凭栏远眺的我竟然想起了李白在《下终南山过斛斯山人宿置酒》中写的句子，其间虽也有山野田园之趣，却显然没有五柳先生"悠然见南山"的恬淡自如。在这"知非""知命"之年，近日里总有一种苍茫和惶惑时常向我袭来，于是不经意间便回顾起"所来径"。自2002年起开始关注身边的赣鄱文学风景，至今已二十年矣，其间多蒙一些师友不弃，先后在江西省文艺评论家协会和江西省作家协会兼职，情怀也好，职责也罢，一种对本土文学的眷眷之情总在不断滋长，且难释怀。

　　在中国当代文学行旅中，虽然文学赣军并没有表现出多少令乡党足以自矜的业绩，但江西自古便是"江南昌盛之地""文章节义之邦"，尤其是在宋明时期更有过"无与伦比"的辉煌。改革开放四十年来，江西作家始终以强烈的时代使命感和鲜明的人道情怀立足历史，扎根大地，从火热的革命历史斗争、深厚的传统文化积淀和鲜活的社会现实生活中发掘题材源泉，汲取创作灵感，塑造艺术个性，为繁荣发展的中国当代文学园地奉献了具有鲜明特色的"江西风景"，我想这些不难从拙著中得到一些有力的印证。在本书中，我将近四十年来的江西文学按其历程大致分为三个阶段，即80年代的"崛起"、90年代的"发展"和新世纪以来的"繁荣"时期，按小说、诗歌、散文、儿童文学、纪实文学和网络文学等文体分章设节，试图梳理和描述近四十年来江西文学发展的过程和全貌。作为一个长期接受学院式文学史观"熏陶"的文学评论者，我深知，以一己绵薄之力，给江西当代文学写史，无论是从时间的长度还是空间的距离来看，都可能有些"得不偿失"，但我还是有着难以自抑的"冲动"和"野心"，何况有身边师友的鼓励和支持。因此，虽然自不量力，却还要勉力一试。

其实，这不能算完整意义上的"江西当代文学史"。因为文学史上的"当代文学"起点通常是从1949年开始的，也许当初申报江西文化艺术基金项目时用的题目"转型时期的江西文学（1978—2018）"更为确切些。然而在我看来，"当代"是一个在不断增长的概念，它的外延在不断延伸，它的内涵也在不断丰富，正如刘华主席在本书的序言中一语中的地指出："这是一部直面当下、瞻望未来的文学史，一部会成长的文学史。它所回顾的历史，其实并不长，甚至，放在历史长河中远眺，那只是短短一截粼粼波光而已，1978年至2018年，此书将时间跨度定义为'近四十年'。近四十年，却是江西文学崛起、发展并走向繁荣的至关重要的时期。"因而，用"江西当代文学史"这样一个有些"恢宏"的书名，再加上"1978—2018"时段的补充，既是为了"回顾"，也是为了"瞻望"。

不管从哪个角度讲，我都应该算是当下江西文学在场的参与者或观察者，书中所讨论的对象或是相知多年的朋友，或是敬重已久的师长。这势必或多或少地影响到我对他们创作的阐释和评价，但从另一个方面看，也使得我的评论书写有了更切近的质感和温度。因而，我还要在此再一次重申自己的一点主张：在这样一个诗意匮乏的物质时代，我们应该对那些仍然怀着盎然诗意的人们表示敬意，我反对没有文学性的文学作品，我同样拒绝没有文学性的文学评论。诚然，以上这些唠叨当然不是为自己作一些词不达意的辩解和开脱，拙著中的诸多局限和错漏还请各位方家不吝批评指正。

　　最后，要说明的是，本书是江西省文化艺术基金项目"转型时期的江西文学（1978—2018）"（项目编号：2019-050-WX03C）的最终成果，是关于江西近40年文学的一次整体呈现，作为通识课和选修课的教学用书，得到了南昌大学教材出版资助，也算是本人为文学教材本土化的一种努力。本书中的部分章节尤其是江西网络文学部分，曾在课堂上与南昌大学中国现当代文学专业2018级、2019级研究生同学一起讨论过，借鉴吸收了他们的一些材料和观点，感谢与同学们一起度过的那段教学相长的美好时光。感谢夫人姜国华女士为我做出的默默奉献，感谢一路扶持我的父母和师长，感谢南昌大学教务处和人文学院对拙著的支持，感谢百花洲文艺出版社胡青松先生及其编辑团队为拙著付出的辛劳，尤其感谢我一向敬重的刘华先生在百忙之中为本书作序。江西文学有过辉煌的过去，江西文学有着灿烂的未来，这是不容置疑的。

2021年10月